官場現形記 上

李伯元 撰
張素貞 校注
繆天華 校閱

三民書局

官場現形記　總目

引言

張素貞

文學是感情的寄託，時代的反響；小說更是奠基於大眾的興味，除了作者思想的呈露，它的風行，也映現了世俗的輿論與時代的潮流。晚清吏治黑暗，仕途混雜，遠超過宋、明等各個朝代。自嘉慶以後，內有白蓮教、太平天國、捻、回等亂事；對外而言，也是憂患頻仍，屢敗於英、法、日本，國威頓挫，關市大開。於是民心慌亂，驚惶之餘，有識之士亟意主張維新致強。無奈戊戌變法失敗，庚子拳變又引致八國聯軍侵壓，清廷被迫訂約賠款，一般士民對朝廷信心全失，由失望而憤慨，便有不少小說採取尖刻的抨擊態度，揭發弊惡，諷刺譴責，來投合時人的嗜好，藉此風行。李伯元的官場現形記便是應書商的請託，於庚子賠款的次年（光緒二十七年）開始陸續刊出。某些狹義的言情小說也許可能與時代環境脫節，官場現形記，既以「官場」為重心，又標示「現形」，產生在庚子之後，它的時代背景絕對不能忽視，它寓意譴責的特色也不宜抹煞。

在儒家思想的薰陶之下，自古讀書人都講究自我修持，小而獨善其身，大而兼善天下。他要是得志，能施展才情，濟世振俗，食祿富貴，誰也羨慕。有些甚至推俸以食天下之士，在鄉里廣置義田，開辦義塾（如范仲淹），更是讀書人的風範。讀書人如果缺乏抱負，捧起書本便想做官發財，做不了官，便在鄉里作惡，欺壓善良，那真是枉讀聖賢書，不如一介農夫了。這倒不算嚴重，晚清人的實利眼光還更狹窄，更可怕。他們認為凡百行業，唯獨做官的利息最豐厚，不分士農工商，是否具備治國安民之才，都是想盡辦法，使竭各種手段，要去做官。他們做官既不為朝廷，也不為百姓；既不求耀祖榮宗，也不要口碑載道，純粹只是為逐利。這些做官的人，不一定科甲出身，飽讀詩書，也許是販夫駔儈，自己履歷名銜也寫不完整的，照樣用白花花的銀兩，捐納個一官半職。他的官既是捐輸所得，便存有將本求利的意念，窮極手段，聚斂敲剝，大飽私囊。他最重要的工作，不在署理政事，為百姓謀福，而在於如何保持祿位，進而逐步飛昇。因此，蒼生可以誤盡，上憲之歡不能不巧邀逢迎。而上自西太后，下迄營官佐雜，其於僚屬，留意的是奉獻多寡，應酬巧拙，他銓衡的標準，絕非治績優劣，理政勤惰了。如此，官場上，大凡善工諂諛，詐偽巧飾之人，往往雞犬昇天，此輩官僚志在財貨，便苦了百姓，也斷送了國家前途。士民雖然憤恨，懾於官僚的氣燄，又只能噤若寒蟬，百般忍受。在這種情形之下，小說家能用諧謔滑稽的筆墨，為大眾喉舌，把晚清官僚政治的齷齪景象，盡情揭發，即使略嫌誇張，也是大快人心的事，官場現形記正做到了這個功夫，難怪讀者喜歡了。

光緒二十九年（一九〇三年），作者續成官場現形記第三編，印行時，友人茂苑惜秋生作了序（也有以為是作者自序），指摘當時的官場說：「羊狠狼貪之技，他人所不忍出者，而官出之；蠅營狗苟之行，他人所不屑為者，而官為之；下之聲、色、貨、利，則嗜若性命；般樂飲酒，則視為故常。觀其外，偭規而錯矩；觀其內，踰閑而蕩檢——種種荒謬，種種乖戾，雖罄紙墨不能書也！」官僚的貪狠、無恥，實在已到令人不能置信的地步，遑論官德！弄到末了，官成了百姓的大患、天下的大毒，猶如空中的病菌，防不勝防，所以序中說：「天下可惡者，莫若盜賊，然盜賊處暫而官處常；天下可恨者，莫若仇讎，然仇讎在明而官在暗。吾不知設官分職之始，亦嘗計及乎此耶？抑官之性有異於人之性，故有以致於此耶？」官僚對於百姓的騷擾與威脅，居然比盜賊仇敵還要嚴重，這自然不是聖君當初設官分職，為百姓造福的本意！若說做官之人與常人本性不同，也不是道理。這是末世亂俗，流風影響，原也不是一朝一夕之故，做官的人只心存私利，罔顧邦國，所有維繫世道人心的倫常道德，不但不能由官僚提倡勸行，而且全毀於其手。國家衰貧，官吏卻是富貴，這是亡國病徵！讀者細玩序文，便可知作者內心的深刻隱憂，而官場現形記之所以要揭露官僚政治的黑幕，用意也就很耐人深思了。

本書的寫作方法，是襲取儒林外史的布局方式，用某一人物的事跡為重心，敘至末了，由一有關人物牽引展開另一段故事，如此蟬聯貫串，而成長篇，其實也可以割裁成為許多獨立的短篇。譬如第一回由趙溫引出錢典史，再由錢典史敘及黃道臺、何藩臺及三荷包。這些人物的思想情緒卻有其大同小異之處，即熱中做官，現實、勢利。書中敘述的大都是迎合、鑽營、矇混、羅掘、傾軋等事，兼及時人熱心做官的情形，及其家庭際遇和社會關係。頭緒既繁，腳色也多，有王公大人，有佐雜司閽，有公堂大審，有妓院春色。人物雖多，等色不同，而衣著形貌，言談舉止，都刻畫得唯妙唯肖，恰如其分，令人不能不佩服作者那種「酣暢淋漓闡其隱微」的筆墨！

書中有幾個片段，實在精彩，譬如第二十六回，描寫賈大少爺到處請教朝見天子的儀注，大員們敷衍其詞的狀況，極盡懸疑迭宕之致：

> 當時引見了下來，先見著華中堂。華中堂是收過他一萬銀子古董的，見了面問長問短，甚是關切。

後來賈大少爺請教他道：「明日朝見，門生的父親是現任臬司，門生見了上頭，要碰頭不要碰頭？」華中堂沒有聽見上文，只聽得「碰頭」二字，連連回答道：「多碰頭，少說話，是做官的秘訣。」賈大少爺連忙分辯道：「門生說的是：上頭問著門生的父親，自然要碰頭；倘若問不著，也要碰頭不要碰頭？」華中堂道：「上頭不問你，你千萬不要多說話；應該碰頭的地方，又萬萬不要忘記不碰。就是不該碰，你要多磕頭，總沒有處分的。」一夕話說的賈大少爺格外糊塗，意思還要問；中堂已起身送客了。賈大少爺只好出來，心想：「華中堂事情忙，不便煩他。不如找黃大軍機，黃大人是才進軍機的，若去請教他，或者肯賜教一二。」誰知見了面，賈大少爺把話才說完，黃大人先問：「你見過華中堂沒有？他怎麼說的？」賈大少爺照述一遍。黃大人道：「華中堂閱歷深，他叫你多碰頭，少說話，老成人之見，這是一點兒不錯的。」兩句話，亦沒有說出個道理。

賈大少爺無法，只得又去找徐大軍機。

這位徐大人，上了年紀，兩耳重聽；就是有時候聽得兩句，也裝作不知。他生平最講究養心之學，有兩個訣竅：一個是「不動心」；一個是「不操心」。那上頭見他「不動心」？無論朝廷有什麼緊要的事，請教到他，他絲毫不亂，跟著眾人隨隨便便，把事情敷衍過去；回他家裏，依舊吃他的酒，抱他的孩子。那上頭見他「不操心」？無論朝廷有什麼難辦的事，他到此時，只有退後，並不向前；口口聲聲反說：「年紀大了，不如你們年輕人辦的細到，讓我老頭子休息休息罷！」他當軍機，上頭是天天召見的。他見了上頭，上頭說東，他也東，上頭說西，他也西；每逢見面，無非「是是是」、「者者者」。倘若碰著上頭要他出主意，他怕用心，便推著聽不見，只在地下亂碰頭。上頭見他年紀果然大了，鬍鬚也白了，也不來苛求。他往往把事情交給別人去辦。後來他這個訣竅，被同寅中都看穿了，大家就送他一個外號，叫他做琉璃蛋。他到此，更樂得不管閒事；大眾也正歡喜他不管閒事，好讓別人專權，因此反沒有人擠他，表過不提。這日賈大少爺因為明天召見，不懂規矩，雖然請教過華中堂，黃大軍機，都說不出一個實在；只得又去求教他。見面之後，寒暄了兩句，便提到此事。徐大人道：「本來多碰頭是頂好的事；就是不碰頭，也使得。你還是應得碰頭的時候，你碰頭；不應得碰頭的時候，還是不必碰的為妙。」賈大少爺又把華、黃二位的話述了一遍。徐大人道：「他兩位說的話都不錯，你便照他二位的話，看事行事最妥。」說了半天，仍舊說不出一毫道理。又只得退了下來。後來一直找到一位小軍機，也是他老人家的好友，才把儀注說清。

一個遇事推託、不切實際的人，即使一樣很小的禮信儀注，也儘說些模稜兩可，不著邊際的話，這段文字可說是詼諧銳達，入木三分。其間提及華中堂收受一萬兩銀子的古董，對賈大少爺格外親切，輕輕描繪出官場藉著奉獻以開闢仕途的陋習；文中又刻意描摹「琉璃蛋」的敷衍推諉，混資歷，賣老成，那種風吹草偃，軟骨病患的模樣，居然還是參贊軍機，頗得國君眷寵，真令人又氣又惱。讀者別以為作者胡謅杜撰，這「琉璃蛋」是實有其人，作者不過略加渲染，以求高度趣味性罷了。

對於掌握軍機大權的一般王爺大人，他們顢頇、昏瞶，只知隨聲附和，因循苟且，不肯切實負責的態度，第五十八回也有一段特寫，可與這段媲美。它敘述湖南境內，有個外國人打死一個小孩，單道臺在百姓與外國人之間斡旋，兩面討好，總算拿兇手問了個監禁五年的罪名，外國領事怕引致百姓公憤，勉強遷就，而心有未甘，告到京城公使處，一定要撤換巡撫，懲罰地方矜紳。總理衙門的大人們接到照會，是「搖搖頭」「不作聲」「不贊一辭」，王爺看談不出個道理，「於是摸出表（錶）來一看。張大人說本衙門有事，王大人說還要拜客，李、趙二位大人亦都要應酬；一齊說了聲：『明天再議。』」這麼拖延，公使等得不耐煩，第五天寫了信，訂期親來拜會，試看下面這段趣聞：

同外國人打交道，是不可誤時候的。說是三點鐘來見，兩點半鐘，各位王爺大人都已到齊，一齊穿了補褂朝珠，在一間西式會客堂上等候。剛剛三點，公使到了。從王爺起，一個個同他拉手致敬，分賓坐下，照例奉過西式茶點。王爺先搭訕著同他攀談道：「我們多天不見了！」公使還沒有答話，張大人忙接了一句道：「這一別可有一個多月了！」王大人道：「還是上個月會的！」公使李大人道：「多時不見，我們記掛貴公使的很！」趙大人道：「我們總得常常敘敘才好！」公使是懂得中國話的，他們五位都說客氣話，少不得也謙遜了一句。王爺又道：「今天天氣好啊！」張大人道：「沒有下雨。」王大人道：「難得貴公使過來，天緣總算湊巧得很。」李大人道：「幸虧是好天，下起雨來，這京城地面，可是有些不方便！」趙大人道：「我曉得貴公使館裏，很有些精於天文的人。不是好天，貴公使亦不出來。」

公使又問道：「前天有兩件照會過來，貴親王、貴大臣都想已見過的了。為什麼沒有回覆？」王爺道：「就是湖南的事嗎？」張大人亦說了一聲：「湖南的事？」公使問：「怎麼辦法？」王爺咳嗽了一聲。四位大人亦都咳嗽一聲。公使又問：「怎麼樣？」王爺道：「等我們查查看。」四位大人亦都說：「須得查明白了，再回覆貴公使。」公使問：「幾天方能查清？」王爺道：「行文到湖南，再等他聲覆到京，總得兩個月。」四位大人齊說：「總得兩個月。」……公使聽了，微微一笑。

……但道：「要等行文去查，那是等候不及！現在電報又不是不通，諸公馬上打個電報去，三兩天裏頭，還怕沒有回電嗎？」一句話，把他們提醒了，一齊都說：「准其打電報去問明白了，就給貴公使回音罷！」

這不是絕好的一段相聲劇本？公使走後，他們商量的結果是：「只有順著他辦。」其實鬧了半天，他們也沒弄清事情的真象，「究竟案中的詳情，他們還是糊裏糊塗！一個個吃了『補心丹』，一齊把心補住，決不肯為了此事再操心的。」撤換巡撫，還要探探公使口氣，他說那個好，就派那個去，這是王公大人省事的法子，由此也可以窺知晚清官場懼怕洋人，抱薪救火的可憐相。

此外官場現形記對於人物的描寫，擅長於小官僚佐雜的刻畫，由個人，寫到他的家庭際遇以及社會關係。第四十四回「跌茶碗初次上臺盤，拉辮子兩番爭節禮」，描敘湖廣代署總督賈制臺決定次日佐雜站班改為賜坐，直把個申守堯高興得不得了，一向在太太面前撐面子，其實婦道人家那懂得這些當佐雜的，連制臺衙門的一條狗還不如！太太倒是只求有錢用，有飯吃，不要再上當鋪當東西就夠了。好不容易捱過一夜，守到了出頭的日子，窮佐雜們等得心焦，及至傳喚，不免又爭先恐後；進去賜坐時，有的兩眼只管看著大帥，沒有照顧後面，也有坐在茶几上的，也有一張椅子已經有人坐了，這人又坐了上去，以致坐無可坐，又趕到對面，在廳上兜了一個大圈子的，亂了半天，方才坐定。想不到制臺送客的時候，申守堯快活過度，竟跌破了茶碗，制臺吩咐巡捕：「以後還是照舊罷。這些人是上不得臺盤，抬舉不來的！」可憐一場美夢頓時又成了泡影，他們受盡制臺跟班的奚落，申守堯更是被同仁埋怨了一頓：「我們熬了幾十年，才熬到這們一個際遇，如今又被你鬧回去了。你一人的成敗有限，這是關係我們佐班的大局的，怎麼能夠不來怪你呢！」然後由隨鳳占出來打圓場。緊跟著敘說隨鳳占補了蘄州吏目，由於世代佐班了解一切經絡，曉得做捕廳的，好處全在三節，所以他趕著上任，與前任爭年下節禮，為了四塊洋錢，與前任扭著進衙門，被一班打麻雀的門政大爺幾句話說得羞慚萬分：

只聽一個打牌的人說道：「真是你們這些太爺眼眶子淺，四塊錢也值得鬧到這個樣子！……」錢漕道：「我有錢賺，我可惜做不著老爺；他們大小總是皇上家的官。」又一個同賭的道：「罷罷罷！你們沒瞧見他們剛才一路扭進來的時候，為了四塊洋錢，這個官簡直也不在他們二位心上；倘若有幾千銀子給他們賺，只怕叫他們不做官都情願的。……」那個同賭的道：「我只要有錢賺，就是給我官做，我亦不要。」

那是一個重利的社會，「千里為官只為財」。如果「財」與「官」二者選其一，「財」在世俗的眼光中還是要緊得多；因為那些「官」並沒有什麼理想抱負，他們的眼中只有錢財呀！這段文字藉幾個「奴才」來發揮拜金主義者的賺錢哲學，相形之下，窮佐雜只是個小巫了。但是江山易改，本性難移，隨鳳占還是念念不忘節禮，因而有丟開臨時任務，趕回任所搶收節禮，以致與代理的再度扭持上公堂的鬧劇。原來個人的際遇，深深影響他的見解與觀念。這些人不過是宦海中的小泡沫，李伯元卻把他們的精神形影刻畫得生動至極，他的描摹天才是不容置疑的。

還有值得一提的，是敘述胡統領嚴州剿匪幾個回合，相當精到，有聲有色。它敘述胡統領奉命去嚴州剿匪，內心懼怕，很想藉故推託掉，文案戴大理為了報復個人私怨，推薦周老爺給胡統領，教他有功自己保留，有罪就推給周老爺。胡統領雖答應下來，一路上不忘享受，雇了好多隻「江山船」，有吃有玩的，船主顧著生意，白天行三里，夜裏退二里，沿途大事耽擱，胡統領等人也樂得逍遙，為了妓女，還隔船吃醋。等到聽說嚴州土匪早已退走，只是官吏的謊報，胡統領才兼程趕到嚴州。他這時和周老爺計議好，一心想無中生有，以小化大，便於浮報開銷，據以邀功，於是煞有介事地調兵遣將，自己也故示奮勇，率了一隊進剿，這一來把嚴州的四鄉，弄得雞犬不寧，士兵搶劫姦淫，無所不為，又強拉良民，指為盜賊。鬧了一天，然後回船，張筵慶祝。一面又連電上方，頻頻奏捷，再來一大批保奏。結果是統領升官，雞犬入雲，所苦的只是嚴州百姓。它不僅暴露了晚清防營的弊病：將領貪淫膽怯，剋扣軍餉，卻又作威作福；士卒十額九空，老羸疲弱，卻又能欺壓良民。其中有同僚之間的傾軋，長官與下屬之間的猜忌與矇混。此外，周老爺的陰譎，文七爺的慷慨，妓女蘭仙的多情，縣令莊大老爺的精明，捕快的能幹，以及幫帶魯總爺的貪鄙，人物穿插，都很生動而又實在，可說是一部官場現形記的縮影。

由官場現形記的描摹，讀者可以瞭然晚清的時代背景以及其社會型態。從書中人物於軍務、洋務上表現的怯懦、顢頇、敷衍，以及在現實層面表露的逐利狠貪手段，也可以略窺晚清吏治腐敗的一斑，可知清代的覆亡，並非一朝一夕之故；而民國體制的建立，也實在是時勢所需了。

官場現形記考證

張素貞

官場現形記的作者李伯元，名寶嘉，別號南亭亭長，也就是他的筆名，江蘇上元（民國廢，劃入江寧縣）人。生於清同治六年（一八六七），少擅制藝及詩賦，以第一名入學，後以屢赴秋闈不第，遂絕意於功名。於是到上海，創辦指南報，不久又別創游戲報，以善為嘻笑怒罵之文，著稱於時。接著又辦海上繁華報，內容記載詩詞小說之外，並為倡優作起居注，一時頗為風行。最後數年，他主編繡像小說，光緒三十二年（一九〇六）死於瘵病。

庚子之後，朝政日非，海內失望，頗有形之於筆墨，作為小說，以肆抨擊的。李伯元也應坊間之請，寫了官場現形記。書現存六十回，在李伯元初意，原擬寫成十編一百二十回。光緒二十七年至二十九年寫成三編，後二年又成三編，共六十回，繁華報館印行。此書在當時版本頗有幾種，繪圖批點石印本，較繁華本尤為美觀。又有日本知新社光緒三十年（一九〇三）鉛排本，但作者已易名為吉田太郎，顯係偽託。

李伯元死時四十歲，無子，由伶人孫菊仙為之經紀其喪，用以報答繁華報對他的讚揚吹捧。

李伯元所著，除官場現形記之外，有庚子國變彈詞若干卷，海天鴻雪記六本，李蓮英一本，繁華夢，活地獄各若干本；又有文明小史六十回，中國現在記十二回。其他因用筆名，不可考的仍然很多，吳趼人曾經替他作傳。他生前，曾被薦應經濟特科，不去，時論都認為清高難得。

官場現形記裏所鋪描的角色，幾乎可以用同一線索貫串起來。熱中財利，以自我為中心，只重眼前的財貨，不顧他人，不顧國家。什麼忠君愛民，濟世救人，榮祖耀宗，施展抱負，一樣也扯不上，他們壓根兒不懂也不想。這是書中官僚的通病。讀者看到的，儘是一些貪狠卑鄙的小人，作者在最後一回，借甄閣學的老兄夢中景象，指罵官場一些賤官粗吏，都是些豺、狼、虎、豹、貓、狗、老鼠、猴子、黃鼠狼一類的畜牲，雖跡近刻薄，如果就書中所描敘的看來，倒也罵得痛快。官場現形記裏偶爾也點綴一二個清簡方正的好官，如文制臺手下的淮安府（五十三回），署理制臺賈世文（即諧音「假斯文」）屬下的在旗藩臺噶札騰額（書中四十二回說他：「到底年紀輕的人，一心想做好官，很替地方上辦了些事，口碑倒也很好。」）以及三荷包的書啟幕賓丁自建（第六回），真正鳳毛麟角，只是略事烘托而已。他的官多數是顢頇敷衍，不通道理，尸位素餐，甚而是草菅民命，喪盡天良。內中也有幾個能員，卻是厲害得令人心寒的角色。他們圖財的手段，求官的伎倆，已到了讓人嘆為觀止的地步。莊知縣替胡統領掩飾虛詐用兵，騷擾百姓的大罪，不但百姓不求伸冤，而且稱頌統領的好處，具了甘結，縱使包青天再世，也翻不了案；刁邁彭用盡計謀，挪騙張軍門的鉅款，張軍門的遺孀拿他當心腹倚賴，最後張太太憂憤而卒，他遠放海外，做著大紅的使官，還惦念著張家的大宅沒能到手。此其人，才具足夠上輔天子，下御百官，而心術之壞，讓人聞之色變。李伯元能描摹得如此肖妙自然，其閱歷之深廣，觀察之入微，與文墨的酣暢，確實是超人一等的。

書中除了官僚以外，其他人物的塑造，李伯元寫來倒是入情入理。就舉洋人來說吧！洋教習用棍棒狠揍拍錯馬屁的哨官，是鹵莽毛躁型的（三十四回）。洋商堅持簽約，才肯由劣紳手中買取採礦權，是知法守法的類型（五十二回）。張軍門的姨太太被官逼得走投無路，信了耶教，教士仗義，為她們爭取權益，公正不偏，是明是非，辨事理的類型（五十一回）。荷蘭水軍提督，再三婉謝梅颺仁的殷勤款待，還代為捕捉強盜，監斬犯人，卻不侵犯地主國的權益，是標準的軍人典型（五十五回）。大抵寫來實在，給讀者的印象也很明晰。至於官僚左近的差人僕婢，衙內的官眷以及佐雜小吏，妓院鶯蝶，倒也都刻畫得恰如其分，栩栩如生。更令人讚嘆的是，作者往往利用這些小人物，發揮一些深刻感人的話，更加重了劇力千鈞的震撼作用。諸如「江山船」上的妓女龍珠說：

> 我想我們的清倌人，也同你們老爺們一樣！……做官的人，得了錢，自己還要說是清官，同我們吃了這碗飯，一定要說清倌人，豈不是一樣的嗎？（十四回）

又如差官夏武義評論舒軍門說：

> 說起這位軍門來，在廣西辦的事，論起他的罪名來，莫說一個頭不夠殺，就是十個八個頭也不夠殺。……錢雖賺的多，無奈做不了肉，大人你想，光京城裏面，什麼軍機處、內閣六部，還有裏頭老公們，那一處不要錢孝敬。東手來，西手去，也不過替人家幫忙。事到如今，錢也完了，人情也沒有了，還不同沒有用過錢的一樣嗎？（二十八回）

所謂「旁觀者清」，這些警策之言，官場中汲汲營營的官僚卻是執迷不悟，難得黃粱夢醒呢！

官場現形記由於具有特殊的寫作背景，又是應書商請託，投合讀者興味，它除了尖銳的諷刺，還具有相當成分的譴責意味。作者所揀擇的材料，有些是實有其事，依據自己目擊或耳聞的事實，寫入小說之中，其間雖不免有幾分渲染，但與事實相差不多。如寫舒軍門待罪天牢，胡鏡孫創辦貧弱戒煙善會，徐大軍機號稱「琉璃蛋」，江南的闊道臺及闊幕府，童子良受任九省欽差，湖北湍制軍的丫姑爺……等等，都是有所影射的。另外一些是就一般情形約略描繪，並非專指某一人、某一事，但卻寫得逼真；在他本無所指，而在當時的官場，這類人物與事情卻是在情理之中。譬如，四十三至四十五回，山東佐雜的窮形極相，第十二回至第十八回胡統領嚴州剿匪，揚威、吃醋等醜態，便是好例子。作者又常利用諧音為書中角色取名號，既加深讀者的印象，又充滿諧趣，如區奉仁之為「趨奉人」，史耀泉之為「死要錢」，冒得官之為「冒得官」，衛占先之為「會占先」，賈世文之為「假斯文」，毛維新之為「冒維新」，梅颺仁之為「媚洋人」，望文生訓，別有風味。而一些綽號，如三荷包、黃胖姑、傅二棒鎚、唐二亂子、田小辮子等，都是幽默的丑角，足見作者才情。

無可諱言的，官場現形記由於旨在譴責，又為一時風尚所驅，窮形惡詆，盡量誇張，因而削弱了它的成就。它難免有些地方失實誇大，不如儒林外史的諷世來得公允妥貼。它僅是揭發黑幕，把寫作的焦距，完全集中在官僚政治醜惡面的暴露，對於「官場現形」的名目，便嫌照應欠周。不過，明白了本書寫作的特殊背景，知道小說是反映時代人情的性質之後，讀者該不至於苛求它能十全十美了。相反地，我們還得說，譴責正是官場現形記的特色，暴露官僚生活的齷齪卑鄙，正是官場現形記的寫作宗旨。而且，晚清民心，對這部小說的愛好之熱烈，也非同凡響，它使得不少小說家陸續以官場為主題，寫了許多作品。如：冷泉亭長的繪圖後官場現形記甲編八回（小說保存會版，一九〇八），天公最近官場秘密史前後編三十二回（新新小說社，一九一〇），心冷血熱人新官場現形記十二集（改良小說社，一九〇八），延陵隱叟特別新官場現形記十二回（文明小說社，一九〇九），陸士諤官場怪現狀初集十回（大聲小說社，一九一一），傀儡山人官場笑話二卷（改良小說社，一九〇八），天夢官場離婚案十二回（改良小說社，一九一〇），李韵官場風流案十三回（改良小說社，一九〇八），張春帆宦海四卷二十回（環球社，一九〇九）等皆是。

官場現形記原本是李伯元應書商請託，陸續寫成，隨寫隨刊，有點類似今天的連載小說。它的格局，可能最初已略具雛型，而故事演化，想必也隨時受作者精力情緒，以及外在環境，諸如輿論反映等的影響。寫作匆匆，又須按日交稿，成績遂時好時壞。匆匆發表，匆匆成冊，也不及修改，嚴格論來，便很難有完善之作。談瀛室隨筆曾記李伯元自己的話說：「未作官場現形記之先，覺胸中有無限蘊蓄，可以藉此發抒。迨一涉筆，又覺描繪世情，不能盡肖，頗自愧閱歷未廣。倘再閱十年而有所撰述，或可免此病矣！」（見小說考證續編）如此說來，作者本人對於匆匆寫成的書，也有所不滿。李伯元有寫作天才，如果多假以時日，有充裕的時間，相信官場現形記的成就會更高。

今本官場現形記只有六十回，書末還附了一筆「是為官場現形記前半部終」。按照預定計畫，理該還有續本的。不過，我們試翻閱最末一頁，看看它最後結束時的辭氣，卻是這麼說的：

原來這部教科書，前半部是專門指摘他們做官的壞處，好叫他們讀了知過必改。後半部方是教導他們做官的法子。如今把這後半部燒了，只賸得前半部。光有這前半部，不像本教科書，倒像個封神榜、西遊記；妖魔鬼怪，一齊都有。他們那班人，因此便在那裏商議說：「總得把他補起來才好！」內中有一個人道：「我是一時記不清這些事，就是要補，也非一二年之事。依我說：還是把這半部印出來。雖不能引之為善，卻可以戒其為非。況且從前古人，以半部論語治天下；就是半部亦何妨？倘若要續，等到空閒的時候再續。諸公以為何如？」

雖然假託甄閣學的哥哥夢境校書舘失火，舘中人問對之言，卻明明影射著：官場現形記揭發官吏的醜行，正是前半部，而已足以戒其為非，半部即是一部了。倘若真要續一份教官吏們做官的教科書：「仿照世界各國普遍的教法：從初等小學堂，一層一層的上去，由是而高等小學堂、中學堂、高等學堂。等到了高等卒業之後，然後再放他們出去做官，自然都是好官。二十年之後，天下還愁不太平嗎？」它只能像公民課本、法律條文，談不上興味，又怎能說是小說？這明明是一種託辭，不過用來向讀者作個交代罷了。作者借甄老先生的夢，把全書作個了結，原來可以一再蟬聯下去的故事，也到此告個段落，旨意既已揭明，讀者還待何求？

苦鑽差黑夜謁黃堂

少訓練副將降都司

原序

官之位，高矣！官之名，貴矣！官之權，大矣！官之威，重矣！——五尺童子皆能知之。

古之人：士、農、工、商，分為「四民」；各事其事，各業其業；上無所攖，亦下無所爭。其後選舉之法興，則登進之途雜；士廢其讀，農廢其耕，工廢其技，商廢其業，皆注意於「官」之一字。蓋官者：有士、農、工、商之利；而無士、農、工、商之勞者也。

天下愛之至深者，謀之必善；慕之至切者，求之必工；於是乎有脂韋滑稽者，有夤緣奔競者，而官之流品已極紊亂！

限資之例，始於漢代，定以十等，乃得為吏；開捐納之先路，導輸助之濫觴。所謂：「衣食足而知榮辱」者，直是欺人之談！歸罪孝、成，無逃天地。夫振飢出粟，猶是游俠之風；助邊輸財，不遺忠愛之末；乃至行博弈之道，擲為孤注；操販鬻之行，居為奇貨；其情可想，其理可推矣！沿至於今，變本加厲，兇年、飢饉、旱乾、水溢，皆得援輸助之例，邀獎勵之恩；而所謂官者，乃日出而未有窮期，不至充塞宇宙不止！朝廷頒汰淘之法，定澄敘之方；天子寄其耳目於督撫，督撫寄其耳目於司道，上下矇蔽，一如故舊。尤其甚者，假手宵小，授意私人；因苞苴而通融，緣賄賂而解釋。是欲除弊而轉滋之弊，烏乎可？

且昔亦嘗見夫官矣：送迎之外無治績，供張之外無材能；忍飢渴，冒寒暑，行香則天明而往，稟見則日昃而歸；卒不知其何所為而來，亦卒不知其何所為而去？袁隨園之言曰：「當其雜坐戲謔，欠伸假寐之時，即鄉城老幼毀肢折體而待訴之時也；當其修垣幃，治供具之時，即胥吏舞文匿案而逞權之時也！」怵目惕心，無過於此！而所謂官者，方鳴其得意，視為榮寵。其為民作父母耶，抑為督撫作奴耶？試取問之，當亦啞然失笑矣！不寧惟是：田野不闢，訟獄不理；則置諸不問；應酬或缺，孝敬或少，則與之為難；大府以此責下吏，下吏以此待大府。論語曰：「上有好者，下必有甚焉矣。」易曰：「上行下效，捷於影響。」執是言也，官之所以為官者，殆可想像得之！

暴秦之立法也，并禁腹誹；有宋之覆國也，以廢清議。若官者，輔天子則不足，壓百姓則有餘；以其位之高，以其名之貴，以其權之大，以其威之重；有語其後者，刑罰及之，有誚謗者，拘繫隨之。明達之士，豈故為寒蟬仗馬哉？懾之於心，故慎之於口耳！其意若曰：「是固可以賈禍者，我既不係社稷之輕重，亦無關朝廷之安危；官雖苛暴而無與我之身家，官雖貪黷而無與我之資產，則亦聽之而已矣。又何必拂其心而攖其怒乎？」於是官之氣愈張，官之燄愈烈：羊狠狼貪之技，他人所不忍出者，而官出之；蠅營狗苟之行，他人所不屑為者，而官為之；下之聲、色、貨、利，則嗜若性命；般樂飲酒，則視為故常；觀其外，偭規而錯矩；觀其內，踰閑而蕩檢——種種荒謬，種種乖戾，雖罄紙墨不能書也！得失重，則嫉妒睚眦之怨起。古之人，以講學而分門戶，以固位而立黨援；比比然也。而官則或因調換而齟齬，或因委署而齮齕，所謂「投骨於地，犬必爭之」者是也。其柔而害物者，且出全力以搏之，設深心以陷之，攻擊過於勇夫，蹈襲逾於強敵。宜其「知己知彼，百戰百勝」矣，而終不免於報復者！子輿氏曰：「殺人父者，人亦殺其父；殺人兄者，人亦殺其兄。」戰國策曰：「螳螂捕蟬，不知黃雀之在其後。」即此類也。

天下可惡者，莫若盜賊；然盜賊處暫而官處常；天下可恨者，莫若仇讎；然仇讎在明而官在暗；吾不知設官分職之始，亦嘗計及乎此耶？抑官之性有異於人之性，故有以致於此耶？國衰而官強，國貧而官富；孝、弟、忠、信之舊，敗於官之身；禮、義、廉、恥之遺，壞於官之手；而官之所以為人詬病，為人輕褻者，蓋非一朝一夕之故，其所由來者漸矣！

南亭亭長，有東方之詼諧，與淳于之滑稽，又熟知夫官之齷齪卑鄙之要凡，昏瞶糊塗之大旨，欲提其耳，則彼方如巢許之掩之而走，欲唾其面，則彼又如師德之使其自乾。因喟然歎曰：「昔嚴介溪敬禮能作古文之人，人或訝之；介溪愀然曰：『我輩他日定評，在其筆下。』是知古今來大奸大惡，天變不足畏，人言不足恤，而惟竊竊焉以身後為憂；是何故哉？蓋猶未忘『恥』之一字也！佛家之論『因果』曰：『過去』，曰：『未來』，曰：『現在』。過去之恥，固若存而若亡；未來之恥，亦可有而可無；而現在之恥，則未有不思浣濯之以滌其污，彌縫之以泯其跡者。且夫訓教者，父兄之任也；規箴者，朋友之道也；諷諫者，臣子之義也；獻進者，矇瞽之分也。我之於官，既無統屬，亦鮮關係；惟有以含蓄醞釀存其忠厚，以酣暢淋漓闡其隱微，則庶幾近矣！」窮年累月，殫精竭誠，成書一帙，名曰「官場現形記」。立體仿諸稗野，則無鉤章棘句之嫌；紀事出以方言，則無詰屈聱牙之苦。開卷一過，凡神禹所不能鑄之於鼎，溫嶠所不能燭之以犀者，無不畢備。曹孟德得陳琳檄而愈頭風，杜子美對張良傳而浮大白，讀是編者，知必有同情者已！

光緒癸卯，中秋後五日，茂苑惜秋生。

回目

上冊

下冊

第一回　望成名學究訓頑兒　講制藝鄉紳勗後進

話說：陝西同州府朝邑縣，城南三十里地方，原有一個村莊，這莊內住的，只有趙、方二姓，並無他族。這莊叫小不小，叫大不大，也有二三十戶人家。祖上世代務農，到了姓趙的爺爺手裏，居然請了先生，教他兒子攻書。到他孫子，忽然得中一名黌門秀士。鄉裏人眼淺，看見中了秀才，竟是非同小可，合莊的人，都把他推戴起來。姓方的便漸不敵了。姓方的瞧著眼熱，有幾家該錢的，也就不惜工本，公開一個學堂；又到城裏請了一位舉人老夫子，下鄉來教他們的子弟讀書。這舉人姓王名仁，因為上了年紀，也就絕意進取，到得鄉間，盡心教授。不上幾年，居然造就出幾個人材：有的也會對個對兒，有的也會謅幾句詩。內中有個天質高強的，竟把筆做了開講。把這幾個東家，歡喜的了不得。到了九月重陽，大家商議著，明年還請這個先生。王仁見館地蟬聯，心中自在歡喜。

這個會做開講的學生，他父親叫方必開。他家門前，原有兩棵合抱大樹，分列左右；因此鄉下人都叫他為大樹頭方家。這方必開因見兒子有了怎麼大的能耐，便說自明年為始，另外送先生四塊洋錢。不在話下。

且說是年正值大比之年，那姓趙的，便送孫子去趕大考。考罷回家，天天望榜，自不必說。到了重陽過後，有一天早上，大家方在睡夢之中，忽聽得一陣馬鈴聲響，大家被他驚醒。開門看處，只見一群人，擁簇著向西而去。仔細一打聽，卻說趙相公考中了舉人了。此時方必開也隨了大眾，在街上看熱鬧；得了這個信息，連忙一口氣，跑到趙家門前探望。只見有一群人，頭上戴著紅纓帽子，正忙著在那裏貼報條呢！

方必開自從兒子讀了書，西瓜大的字，也跟著學會了好幾擔放在肚裏。這時候他一心一意都在這報條上，一頭看，一頭念道：「喜報貴府老爺趙印溫，應本科陝西鄉試，高中第四十一名舉人。報喜人卜連元。」他看了又看，念了又念；正在那裏籀嘴弄舌，不提防肩膀上有人拍了他一下，叫他一聲親家。方必開嚇了一跳，定神一看，不是別人，就是那新舉人趙溫的爺爺趙老頭兒。

原來：這方必開，前頭因為趙府上中了秀才，他已有心攀附，忙把自己第三個女孩子，託人做媒，許給趙溫的兄弟。所以這老頭兒趕著他叫親家。他定睛一看，見是太親翁，也不及登堂入室，便在大門外頭，當街爬下，綳冬綳冬的磕了三個頭。趙老頭兒還禮不迭，趕忙扶他起來。方必開一面撣著自己衣服上的泥，一面說道：「你老今後可相信咱的話了。咱從前常說，城裏鄉紳老爺們的眼力，是再不錯的。十年前，城裏石牌樓王鄉紳下來上墳，是借你這屋裏打的火。王老先生飯後無事，走到書房。可巧一班學生在那裏對對兒哩。王老先生一時高興，便說我也出一個與你們對對。剛剛那天下了兩點雨，王老先生出的上聯，就是『下雨』兩個字。我想著，你們這位少老爺，便沖口而出，說是什麼『出太陽』。王老先生點了點頭兒，說道：『「下雨」兩個字，「出太陽」三個字，雖然差了點，總算口氣還好。將來這孩子倒或者有點出息。』你老想想看，這可不應了王老先生的話嗎？」趙老頭兒道：「可不是呢！不是你提起，我倒忘記這會子事了。眼前已是九月，大約月底月初，王老先生一定要下來上墳的。親家那時候把你家的孩子一齊叫了來，等王老先生考考他們。將來望你們令郎，也同我這小孫子一樣就好了。」方必開聽了這話，心中自是歡喜；又說了半天的話，方才告別回家。

那時候已有午牌過後，家裏人擺上飯來，叫他吃也不吃。卻是自己一個人，背著手，在書房廊前踱來踱去，嘴內不住的自言自語，什麼「捷報貴府少老爺」！什麼「報喜人卜連元」！家裏人聽了都不明白。還虧了這書房裏的王先生，他是曾經發達過的人，曉得其中奧妙。聽了聽，就說：「這是報條上的話，他不住的念這個，卻是何故？」低頭一想：「明白了，一定是今天趙家孩子中舉，東家見了眼饞，又勾起那痰迷心竅老毛病來了。」忙叫：「老三，快把你爹爹攙到屋裏來坐，別叫他在風地裏吹。」這老三便是會做開講的那孩子，聽了這話，忙把父親扶了進來。誰知他父親跑進書房，就跪在地當中，朝著先生一連磕了二十四個響頭！先生忙忙還禮不迭，連忙一手扶起了方必開，一面嘴裏說：「東翁，有話好講，這從那裏說起！」

這時候方必開一句話也說不出來，拿手指指自家的心，又拿手指指他兒子老三，又雙手照著王仁拱了一拱。王仁的心上已明白了三四分了，就拿手指著老三問道：「東翁，你是為了他麼？」方必開點點頭兒。王仁道：「這個容易。」隨手拉過一條板凳，讓東家坐下。又去拉了老三的手，說道：「老三，你知道你爹爹今兒這個樣子，是為的誰呀？」老三道：「我不知道。」王仁道：「為的是你。」老三說：「為我什麼？」王仁道：「你沒有聽見說，不是你趙家大哥哥，他今兒中了舉人麼？」老三說：「他中他的，與我什麼相干？」王仁道：「不是這樣講。雖說人家中舉，與你無干；到底是爹爹眼睛裏，總有點火辣辣的。」老三說：「他辣他的，又與我什麼相干？」王仁道：「這就是你錯了！」老三道：「我錯什麼？」王仁道：「你父親就是你一個兒子。既然叫你讀了書，自然望你巴結上進，將來也同你趙家大哥哥一樣，掙個舉人回來。」老三道：「中了舉人有什麼好處呢？」王仁道：「中舉之後，一路上去，中進士，點翰林，好處多著哩！」老三道：「到底有什麼好處呢？」王仁道：「點了翰林，就有官做，做了官，就有錢賺；還要坐堂打人，出起門來，開鑼喝道，阿唷唷，這些好處，不念書，不中舉，那裏來呢？」老三孩子雖小，聽了做了官就有錢賺一句話，口雖不言，心內也有幾分活動了。悶了半天不作聲，又停了一會子，忽然問道：「師傅，你也是舉人，為什麼不去中進士做官呢？」

那時候，方必開聽了先生教他兒子的一番話，心上一時歡喜，喉嚨裏的痰也就活動了許多。後來又聽見先生說什麼做了官，就有錢賺，他就哇的一聲，一大口的黏痰嘔了出來。剛剛吐得一半，忽然又見他兒子回駁先生的幾句話，駁的先生瞪口無言，他的痰也就擱在嘴裏頭，不往外吐了。直鉤著兩隻眼睛，瞅著先生，看他拿什麼話回答學生。只見那王仁楞了好半天，臉上紅一陣，白一陣，面色很不好看；忽然把眼睛一瞪，吹了吹鬍子，一手提起戒尺，指著老三罵道：「混帳東西！我今兒一番好意，拿好話教導與你，你倒教訓起我來了！問問你爹爹，請了我來，是叫我管你的呢，還是叫你管我的？學生都要管起師傅來，這還了得！這個館不能處了，一定要辭館，一定要辭館！」這方必開是從來沒見先生發過這樣大的氣。今兒明明曉得是他兒子的不是，沖撞了他，惹出來的禍。但是滿肚子裏的痰，越發湧了上來，要吐吐不出，要說說不出，急的兩手亂抓，嘴唇邊吐出些白沫來，老三還在那裏嘰哩咕嚕說：「是個好些兒的，就去中進士做官給我看，不要在我們家裏混閒飯吃！」王仁聽了這話，更是火上加油，拿著板子趕過來打；老三又哭又跳，鬧的越發大了。還是老三的叔叔，聽見不像樣，趕了進來，拍了老三兩下；

又朝著先生作了幾個揖，陪了許多話；把哥子攙了出來，纔完了事。按下不表。

*　*　*

且說趙老頭兒，自從孫子中舉，得意非凡。當下就有報房裏人，三五成群，住在他家，鎮日要大魚大肉的供給；就是鴉片煙，也是趙家的。趙老頭兒就把一向來往的鄉姻世族誼，開了橫單，交給報房裏人，叫他填寫報條，一家家去送。又忙著看日子，祭宗祠，到城裏雇的廚子，說要整豬整羊上供，還要砲手樂工禮生。又忙著檢日子，請喜酒；一應鄉姻世族誼，都要請到。還說如今孫子中了孝廉，從此以後，又多幾個同年人家走動了。又忙著叫木匠做好六根旗杆：自家門前兩根，墳上兩根，祠堂兩根。又忙著做好一塊匾，要想求位翰林老先生，題「孝廉第」三個字。想來想去，城裏頭沒有這位闊親戚可以求得的；只有墳鄰王鄉紳，春秋二季下鄉掃墓，曾經見過幾面，因此淵源，就送去了一分厚禮，央告他寫了三個字。連夜叫漆匠做好，掛在門前，好不榮耀！又忙著替孫子做了一套及時應令的棉袍褂，預備開賀的那一天，好穿了陪客。趙老頭兒祖孫三代究竟都是鄉下人，見識有限，那裏能彀照顧這許多？全虧他親家，把他西賓王孝廉請了過來一同幫忙，纔能這般有條不紊。

當下又備了一副大紅帖，上寫著：「謹擇十月初三日，因小孫秋闈僥倖，敬治薄酒，恭候台光。」下寫的：「趙大禮，率男百壽，暨孫溫載拜。」外面紅封套籤條居中寫著「王大人」三個字，下面注著「城裏石牌樓進士第」八個小字。大家知道，請的就是那王鄉紳了。另外又煩王孝廉，寫了一封四六信，無非是仰慕他，記掛他，屆期務必求他賞光的一派話。趙老頭兒又叫在後面加注一筆，說在初一，先打發孩子，趕驢上城，等初二就好騎了下來，這裏打掃了兩間莊房，好請他多住幾天。帖子送去，王鄉紳答應說來。趙老頭兒不勝之喜。

＊　＊　＊

有事便長，無話便短。看看日子，一天近似一天；趙家一門大小，日夜忙碌，早已弄得筋疲力盡，人仰馬翻。到了初三黑早，趙老頭兒從炕上爬起，喚醒了老伴，並一家人起來，打火燒水洗臉，換衣裳，吃早飯。諸事停當，已有辰牌時分，趕著先到祠堂裏上祭。當下都讓這中舉的趙溫，走在頭裏；屁股後頭，方是他爺爺，他爹爹，他叔子，他兄弟，跟了一大串。走進了祠堂門，有幾個本家，都迎了出來。只有一個老漢，嘴上掛著兩撇鬍子，手裏拿著一根長旱煙袋，坐在那裏不動。趙溫一見，認得他是族長，趕忙走過來，叫了一聲大公公。那老漢點點頭兒，拿眼把他上下估量了一回；單讓他一個坐下，同他講道：「大相公恭喜你，現在做了皇帝家人了！不知道我們祖先，積了些什麼陰功，今日都應在你一人身上！聽見老一輩子的人講，要中一個舉，是狠不容易呢。進去考的時候，祖宗三代都跟了進去，站在龍門等幫著你抗考籃；不然，那一百多斤的東西，怎麼拿得動呢？還說是文昌老爺，是陰朝的主考，等到放榜的那一天，文昌老爺穿戴著紗帽圓領，坐在上面，底下圍著多少判官，在那裏寫榜。陰間裏中的是誰，陽間裏的榜上也就中誰，那是一點不會錯的。到這時候，那些中舉的祖宗三代，又要到陰間裏看榜，又要到玉皇大帝跟前謝恩，總要三四夜不能睡覺呢！大相公，這些祖先，熬到今天，受你的供，真真是不容易呢！」

爺兒兩個，正在屋裏講話，忽然外面一片人聲吵鬧，問是什麼事情；只見趙溫的爺爺，滿頭是汗，正在那裏蹬著腳罵廚子，說：「他們到如今還不來；這些王八崽子，不吃好草料的！停會子告訴王鄉紳，一定送他們到衙門裏去！」嘴裏罵著，手裏拿著一頂大帽子，借他當扇子扇，搖來搖去，氣得眼睛都發了紅了。正說著，只見廚子挑了碗盞傢伙進來；大家拿他抱怨。廚子回說：「我的爺！從早晨到如今餓著肚皮，走了三十多里路，為的那一項？半個老錢沒有看見，倒說先把咱往衙門裏送。城裏的大官大府，翰林尚書，咱伺候過多少；沒瞧過他這囚囊的❶暴發戶，在咱面上混充老爺，開口王鄉紳，閉口王鄉紳，像他這樣的老爺，只怕替王鄉紳檢鞋還不要他哩！」一面罵，一面把抄菜的杓子，往地下一摜，說：「咱老子不做了；等他送罷！」這裏大家見廚子動了氣，不做菜，祠堂祭不成，大家坍臺；又虧了趙溫的叔叔，走過來左說好話，右說好話，好不容易把廚子騙住了。一樣一樣的做現成了；端上去擺供。當下合族公推新孝廉主祭，族長陪祭，大眾跟著磕頭。雖有贊禮生在旁邊吆喝著；無奈他們都是鄉下人，不懂得這樣的規矩，也有先作揖後磕頭的，也有磕起頭來，再作一個揖的。禮生見他們參差不齊，也只好由著他們敷衍了事。一時祭罷祠堂，回到自己屋裏，便是一起一起的人來客往，算起來還是穿草鞋的多。送的分子❷，倒也絡續不斷；頂多的一百銅錢，其餘二十三十也有；再少卻亦沒有了。

＊　＊　＊

看看日頭向西，人報王鄉紳下來了。趙老頭兒祖孫三代，早已等得心焦；吃喜酒的人，都要等著王鄉紳來到，方且開席。大家餓著肚皮，亦正等的不耐煩，忽聽說來了，就賽如天上掉下來的一般，大家迎了出來。原來這王鄉紳坐的是轎車，還沒有走到門前，趙溫的爹爹，搶上一步，把牲口攏住，帶至門

❶ 囚囊的：罵人的話。
❷ 分子：合做一件事，各人分湊出來的一份錢。

前。王鄉紳下車，爺兒三個連忙打恭作揖，如同捧鳳凰似的捧了進來，在上首第一位坐下，這裏請的陪客，只有王孝廉賓東兩個，王孝廉同王鄉紳敘起來，還是本家。王孝廉比王鄉紳小一輩，因此他二人以叔姪相稱。他東家方必開，因為趙老頭兒說過，今日有心，要叫王鄉紳考考他兒子老三的才情，所以也戴了紅帽子，白頂子，穿著天青外褂，裝做斯斯文文的樣子，陪在下面。但是腳底下，卻沒有著靴，只穿得一雙綠梁的青布鞋罷了。

王鄉紳坐定，尚未開談，先喊了一聲：「來！」只見一個戴紅纓帽子的二爺❸，答應了一聲：「是。」王鄉紳就說：「我們帶來的點小意思交代了沒有？」二爺未及回話；趙老頭兒手裏，早拿著一個小紅封套兒，朝著王鄉紳說：「又要你老破費了，這是斷斷不敢當的！」王鄉紳那裏肯休；趙老頭兒無奈，只得收下，叫孫子過來叩謝王公公。當下吃過一開茶，就叫開席，王鄉紳一席居中，兩傍雖有幾席，都是穿草鞋穿短打的一班人；還有些上不得臺盤❹的，都在天井裏等著呢！這裏送酒安席，一應規矩，趙老頭兒全然不懂，一概託了王孝廉，替他代作主人。當下王鄉紳居中面南；王孝廉面西；方必開面東；他祖孫兩個坐在底下作陪。

一時酒罷三巡，菜上五道，王鄉紳叔姪兩個，講到今年那省主考，放的某人，中出來的闈墨，一定是清真雅正，出色當行。又講到今科本縣所中的幾位新孝廉，一個個都是揣摩功深，未曾出榜之前，早決他們是一定要發達的，果然不出所料；足見文章有價，名下無虛。兩人講到得意之際，不知不覺的多

❸ 二爺：舊時官員隨從的尊稱。

❹ 上不得臺盤：不懂禮節，不能在席面上應酬。

飲了幾杯。原來這王鄉紳也是兩榜進士出身，做過一任監察御史，後因年老告病回家，就在本縣書院掌教。現在滿桌的人，除王孝廉外，便沒有第二個可以談得來的。趙溫雖說新中舉，無奈他是少年新進，王鄉紳正不將他放在眼裏。至於他爺爺及方必開兩個，到了此時，都變成鋸了嘴的葫蘆：只有執壺斟酒，舉箸讓菜，並無可以插得嘴的地方，所以也只好默默無言。

王鄉紳飲了半酣，文思泉湧，議論風生，不禁大聲向王孝廉說道：「老侄，你估量這制藝一道，還有多少年的氣運？」王孝廉一聽這話，心中不解，一句也答不上來，筷子上夾了一個肉圓，也不往嘴裏送，只是睜著兩隻眼睛，望著王鄉紳。王鄉紳便把頭點了兩點，說道：「這事說起來話長，國朝諸大家是不用說了。單就我們這陝西而論，一位路潤生先生，他造就的人才，也就不少。前頭入閣拜相的閻老先生，同那做刑部大堂的他們那位貴族，那一個不是從小讀著路先生的制藝，到後來才有這們大的經濟！」一面說，一手指著趙家祖孫，口內又說道：「就以區區而論，記得那一年，我才十七歲，才學著開筆做文章；從的是史步通史老先生。這位史老先生，雖說是個老貢生，下個十三場沒有中舉；一部『仁在堂文稿』，他卻是滾瓜爛熟記在肚裏。我還記得，我一開手，他叫我讀的就是『制藝引全』，是引人入門的法子，一天只教我讀半篇；因我記性不好，先生就把這篇文章，裁了下來，用漿子糊在桌上，叫我低著頭想，偏偏念死念不熟。為這上頭，也不知捱了多少打，罰了多少跪；到如今才掙得兩榜進士！唉！雖然吃了多少苦，也還不算冤枉！」王孝廉接口道：「這才合了俗語說的一句話，叫做：『吃得苦中苦，方為人上人。』別的不講；單是方才這幾句話，不是你老人家一番閱歷，也不能說得如此親切。」王鄉紳一聽此言，不禁眉飛色舞，拿手向王孝廉的身上一拍，說道：「對了。老侄你能夠說出這句話來，你的文章也著實有工夫了。現在我雖不求仕進，你也無意功名；你在鄉下授徒，我在城中掌教，一樣是替路先生宏宣教育，替皇上家培養人才。這裏頭消長盈虛，關係甚重！老姪你自己不要看輕，這個重擔，卻在我叔姪兩人身上，將來維持世運，歷劫不磨。趙世兄他目前雖說是新中舉，總是我們斯文一派，將來昌明聖教，繼往開來，舍我其誰？當仁不讓，小子勉乎哉，小子勉乎哉！」說到這裏，不覺閉著眼睛，顛頭播腦起來。趙溫聽了此言，不禁肅然起敬。他爺爺同方必開，起先尚懂得一二，知道他們講的無非文章；後來王鄉紳滿口掉文，又做出許多癡像；笑又不敢笑，說又沒得說。

正在疑惑之際，不提防外頭一片聲嚷，吵鬧起來。仔細一問，原來是王鄉紳的二爺，因為他主人送了二分銀子的賀禮，趙溫的爹爹開銷他三個銅錢的腳錢，他在那裏嫌少，掙著要添。趙溫的爹爹說：「你主人止送了二分銀子，換起來不到三十個錢；現在我給你三個銅錢，已經是格外的了。」二爺說：「腳錢不添，大遠的奔上來，飯總要吃一碗。」趙溫的爹爹不給他吃；他吵著一定要吃，自己又跑到廚房搶麵吃，廚子不答應，因此爭吵起來，一直鬧到堂屋裏。王鄉紳站起來罵：「王八蛋！沒有王法的東西！」當下還虧了王孝廉出來，做好做歹，自己掏腰摸出兩個銅錢，給他買燒餅吃，方才無話。坐定之後，王鄉紳還在那裏生氣；嘴裏說：「回去一定拿片子送到衙門裏，打這王八羔子幾百板子，戒戒他二次才好！」究竟趙老頭兒是個心慈面軟的人，聽了這話，連忙替他求情，說：「受了官刑的人，就是死了做了鬼，是一輩子不會超生的。這不毀了他嗎？你老那裏不陰功積德，回來教訓他幾句，戒戒他下回罷了。」王鄉紳聽了不作聲。

方必開忽然想起趙老頭兒的話，要叫王鄉紳考考他兒子的才情，就起身離座去找老三，叫喚了半天，前前後後，那裏有老三的影子。後來找到廚房裏，才見老三伸著油晃晃的兩隻手，在那裏啃骨頭。一見他老子來到，就拿油手，往簇新的衣服上亂擦亂抹。他老子又恨兒子不長進，又是可惜衣服，急的眼睛裏冒火。當下忍著氣，不說別的，先拿過一條濕布，替兒子擦手，說要同他前面去見王鄉紳。老三是個上不得臺盤的人，任憑他老子說得如何天花亂墜，他總是不肯去。他老子一時恨不過，狠狠的打了他一下耳刮子；他哇的一聲哭了。大家忙過來勸住。他老子見是如此，也只好罷了。

這裏王鄉紳，又吃過幾樣菜，起身告辭。趙老頭兒又託王孝廉替他說：「孫子年紀小，不曾出過門；王府上可有使喚不著的管家，請賞薦一位，好跟著孫子明年上京會試。」王鄉紳也應允了；方才大家送出大門，上車而去。

欲知後事如何，且看下回分解。

第二回　錢典史同行說官趣　趙孝廉下第受奴欺

話說：趙家中舉開賀，一連忙了幾天，便有本學老師，叫門斗❶傳話下來，叫趙溫即日赴省，填寫親供。當下爺兒三代，買了酒肉，請門斗飽餐一飯，又給了幾百銅錢。門斗去後，趙溫便躊躇這親供如何填法；幸虧請教了老前輩王孝廉，一五一十的都教給他，趙溫不勝之喜。他爺爺又向親家方必開商量，要請王孝廉同到省城，去走一遭，隨時可以請教。方必開一來迫於太親翁之命，二來是他女兒大伯子中舉的大事，還有什麼不願意麼？隨即滿口應允。趙老頭兒自是感激不盡。取過曆本一看，十月十五是個長行百事皆宜的黃道吉日，遂定在這天起身。因為自己牲口不夠，又問方親家借了兩匹驢。幾天頭裏，便是幾門親戚前來餞禮送行；趙溫一概領受。

閒話少敘。轉眼之間，已到十四。他爺爺，他爹爹，忙了一天；到得晚上，這一天更不曾睡覺，替他弄這樣，弄那樣，忙了個六神不安。十五大早，趙溫起來，洗過臉，吃飽了肚皮。外面的牲口，早已伺候好了。少停一刻，方必開同了王孝廉也踱過來。趙溫便向他爺爺爹爹磕頭告行。趙老頭兒又朝著王孝廉，作了一個揖，教他照料孫子；王孝廉趕忙還禮不迭。等到行完了禮，一同送出大門，騎上牲口，順著大路，便向城中進發。

❶ 門斗：舊時學官的侍役。

原來幾天頭裏，王鄉紳有信下來，說趙世兄如若赴省填親供，可便道來城，在舍下盤桓幾日。所以趙溫同了王孝廉，走了半天，一直進城，投奔石牌樓而來。王孝廉是熟門熟路，管門的一向認得，立時請進，並不阻擋；趙溫卻是頭一次。幸虧他素來細心，下驢之後，便留心觀看。只見門前粉白照牆一座，當中寫著「鴻禧」兩個大字；東西兩根旗杆；大門左右，水磨八字磚牆；兩扇黑漆大門，銅環擦得雪亮；門外掛著一塊「勸募秦晉賑捐分局」的招牌；兩面兩扇虎頭牌，寫著「局務重地」，「閒人免進」八個大字；還有兩根半紅半黑的棍子，掛在牌上；大門之內，便是六扇藍漆屏門，上面懸著一塊紅底子金字的匾，寫著「進士第」三個字；兩邊貼著多少新科舉人的報條，也有認得的，也有不認得的，算來卻都是同年；兩邊牆上，還掛著幾頂帽子，兩條皮鞭。門上的人，因為他是王孝廉同來的人，也就讓他進去。轉過屏門，便是穿堂；上面也有三間大廳，卻無桌椅檯凳。兩面靠牆，橫七豎八擺著幾副銜牌：什麼「丙子科舉人」「庚辰科進士」「賜進士出身」「欽點主政」「江西道監察御史」。趙溫心中明白，這些都是王鄉紳自家的官銜。另外還擺著半新舊的兩頂轎子。又轉過一重屏門，方是一個大院子，上面五間大廳；其時已是十月，正中掛著大紅洋布的板門簾。前回跟著王鄉紳下鄉，王孝廉給他兩個銅錢買燒餅吃的那個二爺，正在廊簷底下，提著一把溺壺走來，一見他來，連忙站住。虧他不忘前情，迎上來朝著王孝廉打了一個千❷，問他：「幾時來的？」王孝廉回說：「才到。」那二爺瞧瞧趙溫，也像認得，卻是不理他；一面說話，一面讓屋裏坐；趙溫也跟了進去。

原來居中是三間統廳，兩頭兩個房間；上頭也懸著一塊匾，是「崇恥堂」三個字，下面落的是汪鳴

❷ 打千：垂手屈一足行禮。

鑾的款。趙溫念過墨卷，曉得這汪鳴鑾，就是那做能自彊齋文稿的柳門先生，他本是一代文宗，不覺肅然起敬。當中懸著一副御筆，寫著「龍虎」兩字，卻是石刻朱搨的。兩邊一副對子，是閻丹初閻老先生的款。天然几上一個古鼎，一個瓶，一面鏡子，居中一張方桌，兩旁八張椅子，四個茶几。上面梁上，還有幾個像神像盒子的東西，紅漆描金，甚是好看。趙溫不認得是什麼東西，悄悄請教老前輩。王孝廉對他說：「這是盛誥封軸子的。」趙溫還不曉得什麼叫誥命，正想追問，裏頭王鄉紳拖著一雙鞋，手裏拿著一根旱煙袋，已經出來了。

王孝廉連忙上前請了一個安，王鄉紳把他一扶，跟手趙溫已經爬在地下了；王鄉紳忙過來呵下腰去扶他，嘴裏雖說還禮，兩條腿卻沒有動。等到趙溫起來，他才還了一個揖。分賓主坐下。趙溫坐的是東面一排第二張椅子；王孝廉坐的是西面第二張椅子；王鄉紳就在西面第三張上坐了相陪。王鄉紳先開口問趙溫的爺爺爹爹的好；誰知他到了此時，不但他爺爺臨走囑咐，他到城之後，見了王鄉紳，替他問好的話，一句說不上來；連聽了王鄉紳的話，也不知如何回答，面孔漲得通紅，嘴裏吱吱了半天，才回了個「好」字。王鄉紳見他如此，也就不同他再說別的了；只和王孝廉說來幾句。言談之間，王鄉紳提起：「有個舍親，姓錢號叫伯芳，是內人第二個胞兄；在江西做過一任典史。那年新撫臺到任，不上三個月，不知怎樣就把他罣誤了。卻不料他官雖然只做得一任，任上的錢，倒著實弄得幾文回來。你們一進城，看見那一片新房子，就是他的住宅。做官不論大小，總要像他這樣做官，才不算白做。現在他已經託了人，替他謀幹了一個開復，一過年，也想到京裏去走走，看有什麼路子弄封把『八行』，還是出來做他的典史。」王孝廉道：「既然有路子，為什麼不過班做知縣；到底是正印。」王鄉紳道：「何嘗不是如此，我也勸他幾次。無奈我們這內兄，他卻另有一個見解。他說：州縣雖是親民之官，究竟體制要尊貴些，有些事情，自己插不得身，下不得手，自己不便，不免就要仰仗師爺同著二爺，多一個經手，就多一個扣頭，一層一層剝削了去，到得本官就有限了，所以反不及他做這典史的，倒可以事事躬親，實事求是。老姪，你想他這話，是一點不錯的呢！這人做官倒著實有點才幹，的的確確，是位理財好手。」王孝廉道：「俗語說的好，『千里為官只為財』。」王鄉紳道：「正是這話。現在我想明年趙世兄京會試，倒可叫他跟著我們內兄，一路前去，諸事託他招呼招呼，他卻是很在行的。」王孝廉道：「這是最好的了；還有什麼說得。」當下王孝廉見王鄉紳眼睛不睬趙溫，瞧他坐在那裏，沒得意思，就把這話告訴他一遍。趙溫除了說「好」之外，亦沒有別的話可以回答。王孝廉又替他問錢老伯府上，應該過去請安。王鄉紳道：「今天他下鄉收租去了，我替你們說好，明年再見罷。」當下留他兩人晚飯。就在大廳西首一間，住了一夜。

*　　*　　*

次日一早起身，往省城而去。於是曉行夜宿，在路非止一日，已經到了省城，找著下處，安頓行李。且說趙溫雖然中了舉，世路上一切應酬，卻未諳練。前年小考，以及今年考取遺才，學臺大人雖說見過兩面，一直是一個坐著點名，一個提籃接卷，卻是沒有交談過。這番中了舉人，前來叩見，少不得總要攀談兩句。他平時見了稍些闊點人，已經坐立不安，語無倫次，何況學臺大人，欽差體制，是何等威嚴？未嘗見面，已經嚇得昏的了。虧得王孝廉遇事招呼，隨時指教，凡他所想不到的，都替他想到。頭一天晚上，教他怎樣磕頭，怎樣回話，實如春秋二季，「明倫堂」上演禮一般，好容易把他教會。又虧得趙溫質地聰明，自己又操演了一夜，頂到天明，居然把一應禮節，牢記在心。

少停，王孝廉睡醒，趙溫忙即催他起來洗臉，自己換了袍套，手裏捏著手本❸。王孝廉又叫他封了四弔錢的錢票，送給學臺大人做「贄見」。另外帶了些錢做一應使費。到了轅門，找到巡捕老爺，趙溫朝他作了一個揖，拿手本交給他，求他到大人跟前代回；另外又送了這巡捕一弔錢的門包❹。巡捕嫌少，講來講去，又加了二百錢，方才回去。等了一會子，巡捕出來說：「大人今天不見客。」問他親供填了沒有。趙溫聽說大人不見，如同一塊石頭落地，把心放下！趕忙到承差屋裏，將親供恭恭敬敬的填好，交代明白；一應使費，俱是王孝廉隔夜替他打點停當，趙溫到此，不過化上幾個喜錢，沒有別的嚕囌。當下事畢回寓，整頓行裝，兩人一直回鄉。王孝廉又教給他寫殿試策白摺子，預備來年會試不題。

* * *

正是光陰似箭，日月如梭，轉瞬間已到新年。趙溫一家門，便忙著料理上京會試的事情。一日飯後，人報王鄉紳處有人下書。趙溫拆開看時，前半篇無非新年吉祥話頭；又說：「舍親處，已經說定結伴同行，兩得裨益。舊僕賀根，相隨多年，人甚可靠，於北道情形，亦頗熟悉，望即錄用」云云。趙溫知道，便是託王鄉紳所薦的那位管家了。只見賀根頭上戴一頂紅帽子，身穿一件藍羽緞錦袍，外加青緞馬褂，腳下還登著一雙粉底烏靴，見了趙溫，請了一個安，嘴裏說了聲謝少爺賞飯吃，又說主人請少爺的安。趙溫因他如此打扮，鄉下從未見過，不覺心中呆了半天，不知拿什麼話回答他方好。幸虧賀根知竅，看

❸ 手本：舊時官場寫履歷的帖子，為屬員拜見上官時用。

❹ 門包：舊時高級居官僚處的管門人，往往向求見的人索取賄賂，叫做「門包」。

見少爺說不出話，便求少爺帶著到上頭，見見老太爺請請安。趙溫只得同他進去，先見他爺爺。見過之後，他爺爺說：「這個人，是你王公公薦來的，僧來看佛面，不可輕慢於他。」就留他在書房裏坐。等到吃飯的時候，他爺爺一定又要從鍋裏另外盛出一碗飯，兩樣菜，給賀根吃，一應大小事務，都不要他動手。後來還是王孝廉過來看見，就說：「現在這賀二爺，既然是府上的管家，不必同他客氣，事情都要叫他經經手，等他做熟之後，好跟世兄起身。」趙家聽得如此，才漸漸的差他做事。

到了十八這一天，便是擇定長行的吉日；一切送行辭行的虛文，不用細述。這日仍請王孝廉伴送到城。此番因與錢典史同行，所以一直逕奔他家，安頓了行李，同到王府請安。見面之後，留吃夜飯，檯上面只有他郎舅叔姪三個人說的話，趙溫依然插不上嘴。飯罷，臨行之時，王鄉紳朝他拱拱手，說了聲：「耳聽好音。」又朝他大舅子作了個揖，說：「恕我明天不來送行，到京住在那裏，早早給我知道。」又向王孝廉說了聲：「我們再會罷。」方才進去。三人一同回到錢家，住了一夜，次日錢趙二人，一同起身。王孝廉直等送過二人之後，方才下鄉。

* * *

話分兩頭。單說錢典史一向是省儉慣的，曉得賀根是他妹丈所薦，他便不帶管家，一路呼喚賀根做事。過了兩天，不免忘其所以，漸漸的擺出舅老爺款來；背地裏不知被賀根咒罵了幾頓。幸虧趙溫初次為人，毫無理會。況兼這錢典史，是勢利場中歷練過來的，今見趙溫是個新貴，前程未可限量；雖然有些事情欺他是鄉下人，暗裏賺他錢用；然而面子上總是做得十二分要好。又打聽得趙溫的座師吳翰林新近開了坊，升了右春坊右贊善；京官的作用，不比尋常，他一心便想巴結到這條路上。

有天落了店，吃完了飯，賀根替他鋪蓋打開，點上煙燈。其時，趙溫正拿著一本新科闈墨，在外間燈下揣摩；錢典史便說：「堂屋裏風大，不如到煙鋪上躺著念的好。」趙溫果然聽話，便捧了文章進來，在煙鋪空的一邊躺下，嘴裏仍然念個不了。錢典史卻不便阻他；自己呼了幾口煙，又吃些水菓乾點心之類，又拿起茶壺，就著壺嘴抽上兩口，把壺放下，順手拾過一支紫銅水煙袋，坐在牀沿上吃水煙，一個吃個不了。

後來錢典史被他噪聒的實在不耐煩，便借著賀根來出氣。先說他偷懶不肯做事；後來又說他今天在路上買饅頭四個錢一個，他硬要五個半錢一個，十二個饅頭，便賺了十八個錢；真正是混帳東西。頭裏賀根聽見錢舅老爺說他偷懶，已經滿肚皮不願意；後來又說他賺錢，又罵他混帳；他卻忍不住了，頓時嘴裏嘰哩咕嚕起來，什麼賺了錢買棺材，裝你老爺，還說什麼混帳東西，是咱大舅子。錢典史不聽則已，聽了時立刻無明火三丈高，放下水煙袋，提起支煙槍，就趕過來打。賀根也不是好纏的，看見他要打，便把腦袋向錢典史懷內一頂，說：「你打你打，不打是咱大舅子！」錢典史見他如此，倒也動手不得。嘴裏吆喝：「好個撒野❺東西！回來寫信給你老爺，他薦的好人，連我都不放在眼裏！」賀根正待回話，幸虧得店家聽見裏頭鬧得不像樣，進來好勸歹勸，才把賀根拉開。這裏錢典史還在那裏氣得發抖。

當他二人鬧時，趙溫想上來勸，但不知怎樣勸的好。後來見店家把賀根拉開，他又呆了半天，才說了一聲：「天也不早了，錢老伯也好困覺了。」錢典史聽了這話，便正言厲顏的對他說道：「世兄！用到這樣管家，你做主人的，總要有的主人的威勢才好；像你這樣好說話，一個管家治不下，讓他動不動

---

❺撒野：撒潑，放肆。

得罪客人，將來怎樣做官管黎民呢？」趙溫明曉得這場沒趣，是錢典史自己找的；無奈他秉性柔弱，一句也回答不上，只好索性讓他說，自己呆呆的聽著。錢典史又道：「想我從前在江南做官的時候，衙門雖小，上下也有四五個管家，還有書辦❻差役，都要我一個人治伏他們；一個不當心，就被他們賺了去。像你一個底下人都治不服，那還了得！」趙溫道：「為著他是王公公薦的人，爺爺囑咐過，要同他客氣點；所以有些事情，都讓他些。」錢典史哈哈冷笑道：「你將來，要把他讓成功謀反叛逆，才不讓他呢！這種東西，叫我一天至少罵他一百頓；還要同他客氣，真真奇談！」趙溫道：「既然老伯如此，我明天管他就是了。」錢典史道：「我並不是要叫你管他，我是告訴你做官的法子。」趙溫心下疑惑道：「這與做官有什麼相干？」又不便駁他，只好拉長著耳朵，來聽他講。

錢典史又說道：「『齊家而後治國，治國而後平天下』，這兩句話，你們讀書人是應該知道的。一個管家治不服，怎好算得齊家？不能齊家，就不能治國。試問皇上家，要你這官做什麼用呢？你也可以不必上京，會試趕功名了。就如我，從前雖然做了一任典史，倒著實替皇家出了力。不要說衙門裏的人，都受我節制，就是那些四鄉八鎮的地保鄉約圖正董事，那一個敢欺我？」趙溫雖然是鄉下人，也曉得典史比知縣小，聽他說得高興，有意打趣他；便問他道：「請教老伯，典史的官，比知縣大是小？」錢典史欺他是外行，便道：「一般大。他管得到的地方，我都管得到。論起來，這一縣之主，還要算是我呢！有起事來，我同他客氣，讓他坐在當中，所以都稱他『正堂』；我坐的是下首主位，所以都稱我『右堂』；其實是一樣的，不分什麼大小。」趙溫道：「典史總要比知縣小些。」錢典史道：「他在府城裏，我在

❻ 書辦：舊時衙門中的文書。

縣城裏，我管不著他，他管不著我。」趙世兄，你不要看輕了這典史，比別的官卻難做，等到做順了手，那時候給你狀元，你還不要呢！我這句話，並不是瞧不起狀元；常常聽見人說，翰林院裏的人，都是清貴之品，將來放了外任，不是主考，就是學政，自然有那些手底下的官兒，前來孝敬，自己用不著為難；然而隔著一層，到底不大順手。何如我們做典史的，既不比做州縣的，每逢出門，定要開鑼喝道，叫人家認得他是官；我們便衣就可上街，什麼煙館裏，窰子裏，賭場上，都可去得。認得咱的，這一縣之內，都是咱的子民，誰敢不來奉承？不認得的，無事便罷；等到有起事情來，咱亦還他一個鐵面無私。不上兩年，還有誰不認得咱的？一年之內，我一個生日，我們賤內一個生日，這兩個生日，是刻板要做的，下來老太爺生日，老太太生日，少爺做親，姑娘出門，一年上總算有好幾回。」趙溫道：「我聽見王大哥講過，老伯還沒養世兄，怎麼倒做起親來呢？」錢典史道：「你原來未入仕途，卻也難怪你不知道。大凡像我們做典史的，全靠著做生日，辦喜事，弄兩個錢。一樁事情，收一回分子；一年上有五六樁事情，就受五六回分子了。一回受上幾百吊，通扯起來，就有好兩千，真真大處不可小算。不要說我連著兒子閨女都沒有，就是先父老母，我做官的時候，都已去世多年；不過託名頭說在原籍，不在任上，打人家個把式罷了。這些錢都是面子上的，受了也不罪過。還有那不在面子上的，只要事在人為，卻是一言難盡。我這番出山，也不想別的好處，只要早些選了出來；到了任，隨你什麼苦缺，只要有本事，總可以生發❼的。」說到這裏，忽聽窗外有人言道：「天不早了，客人也該睡了，明天好趕路。」原來是車夫半夜裏起來解溲，正打窗下走過，聽見裏面高談闊論，所以才說這兩句。」錢典史聽了笑道：「真是

❼ 生發：生利。

我說到高興頭上，把明兒趕路也就忘記了。」當下便催著趙溫睡下，自己又吃了幾口水煙，方才安寢。次日依舊趕路不題。

*　　*　　*

卻說他主僕三人，一路曉行夜宿，在河南地面上，又遇著一場大雪。直至二月二十後，方才到京，錢典史另有他一幫人，天天出外應酬，忙個不了。這裏趙溫會著幾個同年，把一應投文覆試的事，都託過了一位同年，替他代辦，免得另外求人，倒也省事不少。不過大幫覆試已過；只好等至二十八這一天，同著些後來的，在殿試廷上覆試的，居然取在三等裏面；奉旨准他一體會試。趙溫便高興的了不得，寫信稟告他爺爺父親知道。

這裏自然到京頭一樁忙著，便是拜老師。趙溫請教了同年，把帖子寫好，又封了二兩銀子的「贄見」，四吊大錢的「門包」。他老師是吳贊善，住在順治門外；趙錢二位，卻住在米市胡同內；相去還不算遠。這天趙溫起了一個大早，連累了錢典史，也就起來，忙和著替他弄這樣，弄那樣，穿袍子，打腰摺，都是錢典史親自動手。又招呼賀根拿帖子，好趕緊去套車。一霎時兒簇簇新的轎車，停在門外；趙溫出門上車，錢典史還送到門口。這裏掌鞭的，就把鞭子一洒，那牲口就拉著走了。

一霎時到了吳贊善門前，趙溫下車。擡頭一看，只見大門之外，一雙裏腳條，四塊包腳布，高高貼起，上面寫著什麼「詹事府示，不准喧嘩，如違送究」等話頭。原來為時尚早，吳家未曾開得大門。門上一副對子，寫的是：「皇恩春浩蕩」「文治日光華」十個大字。趙溫心下一揣摩，這一定是老師自己寫的，就在門外徘徊了一回，方聽得呀的一聲響，大門開處，走出一位老管家來。趙溫手捧名帖，含笑向前，道了來意。那老管家就知道是主人去年考中的門生，連忙讓在門房裏坐。取了手本贄見，往裏就跑。停了一會子，不見出來；趙溫心下好生疑惑。

原來：這些當窮京官的人，好容易熬到三年，放了一趟差，原指望多收幾個財主門生，好把舊欠還清，再拖新帳。那吳贊善自從二月初頭到如今，那些新舉人來京會試的，他已見過不少。見了張三，打探李四，見了李四，打探張三。如若是同府同縣，自然是一問便知。就是同府隔縣，問了不知便罷；只要有點音頭，他見了面，總要搜尋這些人的根柢；此亦大概皆然，並不是吳贊善一人如此。

目下單說吳贊善，他早把趙溫的家私，問在肚裏，便知道他是朝邑縣一個大大的土財主，又是暴發戶；早已打算他若來時，這一分贄見，至少亦有二三百兩。等到家人拿進手本，這時候，他正是一夢初醒，臥牀未起，聽見趙溫二字，便教請到書房裏坐，泡蓋碗茶。老家人答應著。幸虧太太仔細，便問：「贄見拿進來沒有？」說話間，老家人已把手本連二兩頭銀子，一同交給丫鬟，拿進來了。太太接到手裏，掂了一掂，嘴裏說了聲：「只好有二兩。」吳贊善不聽則已；聽了之時，一碍碌忙從牀上跳下，大衣也不及穿，搶過來打開一看，果然只有二兩銀子。心內好像失落掉一件東西似的，面色登時改變起來。歇了一會子，忽然笑道：「不要是他們的門包，也拿了進來？那姓趙的狠有錢，斷不至於只送這一點點。」老家人道：「家人們另外是四吊錢，姓趙的說得明明白白，只有二兩銀子的贄見。」吳贊善聽到這裏，便氣的不可開交了！嘴裏一片聲嚷：「退還給他，我不等他這二兩銀子買米下鍋，回頭他，叫他不要來見我！」說著賭氣，仍舊爬上牀去睡了。老家人無奈，只得出來回覆趙溫，替主人說道乏❽，今天不見

❽ 道乏：主人倦累，向客人歉稱不能接見。

客。說完了這句，就把手本向桌上一撩，卻把那二兩攜了去了。趙溫撲了一個空，無精打彩，快快的出門坐車回去了。錢典史接著，忙問：「回來的為什麼這般快，可曾見著沒有？」趙溫說：「今兒老師不見客。」錢典史說：「就該明兒再去。」到了明日，又趕一個早，跑了去。那老家人，回也不替他回一聲，讓他一個人在門房裏坐了老大一會子；才向他說道：「我看你老還是回去罷，明日不用來了。」趙溫聽了這話，心上不懂，正待問他；老家人便道：「我就要跟著出門，你老也不用坐了。」趙溫無奈，只得依舊坐車回寓。錢典史知道他又不曾見著，曉得這裏頭有點不清，便把從前要靠趙溫走他老師這條門路的心，也就淡下來了。

* * *

過了幾天，已是初八頭場。趙溫進去，狠命用心，做了三篇文章，又恭恭敬敬的寫到卷子上；聽見人說三場試卷，沒有一個添註塗改，將來調起墨卷來，要比別人沾光些，他所以就在這上頭用功。誰知到了初十那一天，落太陽的時候，他還有一首詩不曾寫，忽然來了許多穿靴子，戴頂子的，嚷著：「搶卷子。」還有一個人，手裏拿著一個大喇叭，照著他嗚嗚的吹；把他鬧急了，趕忙提起筆來寫，偏生要好不得好，一首八韻詩，當中脫落了四句，只好添註了二十字；把他惱的了不得，匆匆忙忙，收拾了考籃，交了卷子出去；自己始終不放心。直到第二天藍榜貼出了來，沒有他的名字，方才把心放下。接連二場三場，他一連吃了九天辛苦。出場之後，足足困了兩天兩夜，方才困足。

以後就是門生請主考，同年團拜；因為副主考請假回家修墓，尚沒有來京，所以只請了吳贊善一個人。趙溫穿著衣帽，也混在裏頭。錢典史跟著，溜了進去瞧熱鬧。只見吳贊善坐在上面看戲，趙溫坐的地方，離他還遠著哩；一直等到看戲，沒有看見吳贊善理他。大家散了之後，錢典史不好明言；背地裏說：「有現成的老師，尚不會巴結；叫我們這些趕門子，拜老師的怎樣呢？」從此以後，就把趙溫不放在眼裏。轉念一想，讀書人是包不定的，還怕他聯捷上去，姑且再等他兩天。

趙溫自從出場之後，自己就把頭篇抄了兩分出來；一分寄到家中去，一分帶在身上，隨時好請教人。人家都恭維他，文章怎麼做得好，一定聯捷的。他自己也拿穩一定是高中的了。

就有人來說，四月初九放榜，初八寫榜。從幾天頭裏，他就沒有好生睡覺，到了初八黑早，還沒有天亮，他就喚醒了賀根，叫他琉璃廠去等信。賀根說：「我的爺，這會子人家都在家裏睡覺，趕去做什麼？」趙溫一定要他去，賀根推天還早，一定要歇一會子再去，主僕二人，就拌起嘴來；還是錢典史聽不過，起來幫著趙溫吆喝了幾句，他才嘰哩咕嚕的，一路罵了出去。這一天趙溫就同熱鍋上螞蟻一般，茶飯無心，坐立不定！到得下午，便有人來說道，誰又中了，誰又中了。偏偏賀根從天亮出去，一直到晚不曾回來；趙溫急的跳腳！等到晚上，街上人說榜都填完了，只等著填五魁了。賀根知道沒了指望，方才回寓。

趙溫見了他眼睛裏出火，罵他：「沒良心的東西！」賀根根極，便說：「還有五魁沒有出來，等我再去打聽。」他一面說，一面跑了出來。找到一個賣燒餅的，同他商議，假充報子，說他少爺中了會魁，好訛他的錢分用。賣燒餅的依他話，便跑了來敲門報喜。賀根是早在大門外頭等好的了；一見報子來到，也跟了進來。趙溫自然歡喜，問：「要賞他多少銀子？」賀根道：「這是頭報，應該多賞他幾兩。」趙溫道：「賞他二兩。」報喜人嚷著嫌少，一定要一個大元寶。後來還是賀根做好做歹，給了十兩一錠。

那報喜人去了，賀根跟著出去，定要分八兩，賣燒餅的只肯五兩，兩個人在那裏吵嘴；被錢典史出來小恭，一齊聽了去。就說：「賀根，你少爺他已經不中進士，不該再騙他錢用。」賀根道：「你老別多嘴，我騙他的錢，與你什麼相干？誰要說破這件事，咱們白刀子進去，紅刀子出來，叫他等著罷！」錢典史聽了這話，把舌頭一伸，縮不進去，那裏還敢多嘴。只可憐趙溫白送了十兩銀子，空歡喜了一夜！到第二天，不見人來替他道喜；又買本題名錄來一看，自己沒有名字，才知昨夜受人之騙。氣的一天沒有吃飯！

欲知後事如何，且看下回分解。

第三回　苦鑽差黑夜謁黃堂　悲鐫級藍呢糊綠轎

話說：趙溫自從正月出門到今，不差已將三月；只因離家日久，千般心結，萬種情懷，正在無可排遣。恰好春風報罷，即擬整頓行裝，起身回去。不料他爺爺望他成名心切，寄來一封書信，又匯到二千多兩銀子；信上寫著：「倘若連捷，固為可喜；如其報罷，即趕緊捐一中書，在京供職。」信上並寫明：「是王鄉紳的主意，所以東挪西湊，好容易弄成這個數目；望你好好在京做官。你在外面做官，家裏便免得人來欺負。千萬不可荒唐，把銀子白白用掉。」各等語。趙溫接到此信，不好便回；只得託了錢典史，替他打聽，那裏捐得便易，預備上兌。

那錢典史，本來瞧不起趙溫的了。現在忽然看見他有了銀子捐官，便重新親熱起來；想替他經經手，可以於中取利的意思。後見趙溫果然託他，他喜的了不得；今天請聽戲，明天請吃飯。又拉了一個打京片子❶的人來，天天同吃同喝；說是他的盟弟，認得部裏書辦，有什麼事託他，那是萬妥萬當的。趙溫信以為真，過了一天，又穿著衣帽去拜他，自己還做東請他，後來就託他上兌。二千多銀子不夠，又虧了他，代擔了五百兩。趙溫一面出了憑據，約了日期，一面寫信家去，叫家裏再寄銀子出來，好還他。這裏一面找同鄉，出印結❷，到衙門，忙了一個多月，才忙完。看官記清，從此以後，趙孝廉變了趙中

❶ 京片子：北平話。

書。還是賀根跟他在京供職。

＊　　　＊　　　＊

話分兩頭。且說錢典史在京裏混了幾個月。幸虧遇見一個相好的書辦，替他想法子，把從前參案的字眼改輕；然後拿銀子捐復原官，加了花樣，仍在部裏候選。又做了手腳；不上兩個月，便選了江西上饒縣典史。聽說缺分還好，他心中自然歡喜。後來一打聽，倒是從前在江南揭參他的那個知府，現在正做了江西藩司。冤家路窄，偏偏又碰在他手裏，他心中好不自在起來！跑來同他盟弟——就是上回賺他錢的那個人——商量；他盟弟道：「這容易得狠。我間壁住的徐都老爺，就是這位藩臺大人的同鄉，去年這位藩臺上京陛見的時候，徐都老爺還請他吃過飯，是小弟作的陪。他兩人的交情狠厚，在席面中咕嘰嘰，談個不了。還咬了半天耳朵，不曉得這裏頭是些什麼事情。後來這位藩臺大人出京的時候，還叫長班❸送了四兩銀子的別敬。」錢典史道：「像他這樣交情，應該多送幾兩才是；怎麼只送四兩？」他盟弟把臉一紅道：「這個卻不曉得。或者另外多送，我們也瞧不見。再不然，大概同鄉都是四兩；他們做大員的，怎好厚一個，薄一個，叫別位同鄉看著吃味兒❹？」錢典史道：「這個我們不去管他。但是我的事情，怎麼樣呢？」他盟弟道：「你別忙。停一會子，我到隔壁，化上百把銀子，找這徐都老爺寫封信，替你疏通疏通。這不了結嗎？」錢典史道：「一封信，要這許多銀子？」他盟弟道：「你別急，

❷ 印結：文狀的一種。官吏向上級官所具的保證文書叫做「結」，加蓋印章的「結」，就叫「印結」。
❸ 長班：即「長隨」，舊時官僚所雇的僕役。
❹ 吃味兒：即「吃醋」，嫉妒。

你老哥的事情，就是我兄弟的事情；你沒有這一點子，我兄弟還效勞得起。」當時錢典史再三拜託而去。

原來他盟弟，姓胡名理。綽號叫做狐狸精。人既精明，認的人又多，無論那裏，都會溜了去。今番受了盟兄之託，當晚果然摸到隔壁，找到徐都老爺，說明來意，並說前途有五十金為壽，好歹求你寫一封信。徐都老爺道：「論起來呢，同鄉是同鄉，不過沒有什麼大交情，怎麼好寫信？就是寫去了，只怕也不靈。」胡理道：「那裏管將許多！你看銀子面上，隨便搨幾句給他就完了。」徐都老爺一想，家裏正愁沒錢買米，跟班的又要付工錢，太太還鬧著贖當頭❺，正在那裏發急，沒有法子想；可巧有了此事，心下一想，不如且拿他來應應急。遂即含笑應允，約他明早來拿信；又問：「銀子可現成？」胡理說：「怎麼不現成？」隨即起身別去。徐都老爺還親自送到大門口，說了一聲費心，又叮嚀了幾句，方才進去。

到了第二天一早，徐都老爺就起身，把信寫好。一等等到晌午，還不見胡理送銀子來，心下發急道：「不要不成功！為什麼這時候還不來呢？」跟班的請他吃飯也不吃。原來昨日晚上，他已經把這話告訴了太太和跟班的。大家知道他就有錢付，太太也不鬧著贖當，跟班的也不催著付工錢了。誰知第二天左等不到，右等不到，真正把他急的要死！好容易等到兩點鐘，聽到敲門；徐都老爺自己去開門，一看是胡理，把他喜的心花都開了。連忙請了進來，吩咐泡茶，拿水煙袋，又叫把煙燈點上。胡理未曾開口，徐都老爺已經把信取出，送到他面前；胡理將信從信封裏取出，看了一遍。胡理一面套信，卻一面嘴裏說道：「真正想不到，就會變了卦！」徐都老爺聽了這話，一個悶雷，當是不成功，臉上顏色頓時改變；

❺ 當頭：吳語。典押的東西。當，音ㄉㄤˋ。

忙問：「怎麼了？可是不成功？」胡理徐徐的答道：「有我在裏頭，怕他逃到那裏去？不過拿不出，也就沒有法子了」。徐都老爺道：「可是一個沒有？」胡理道：「有是有的；不過只有一半，對不住你老，叫我怪不好意思的，拿不出手來。」徐都老爺道：「到底他肯出多少？」胡理也不答言，靴掖子裏拿出一張銀票，上寫「憑票付京平銀二十五兩正」。下面還有圖書，卻是一張四恒的票子。徐都老爺望著，眼睛裏出火，伸手一把奪了去。胡理道：「就這二十五兩，還是我墊出來的哩。你老先收著使，以後再補罷！」徐都老爺無奈，只好拿信給他。

胡理也不吃煙，不吃茶，取了信一直去找錢典史，告訴他，替他墊了一百兩銀子；起先那徐都還不肯寫，後來看我面上卻不過，他才寫的。錢典史自是感激不盡。忙著連夜收拾行李，打算後天長行，一直到省。結算下來，只有他盟弟胡理處，尚有首尾未清。他盟弟外面雖然大方，心裏極其嗇刻；想錢典史同他算清，面子上又不好露出。因見錢典史有一個翡翠的帶頭子，值得幾文，從前錢典史也說過，要賣掉他。胡理到此，就心生一計，說有主顧要買，騙到手，估算起來，還可多賺幾文，滿心歡喜。次日便推頭❻有病，寫了一封書信，叫做飯的拿來，替他送行；信上還說帶頭子前途已經看過，不肯多出價錢，等到賣去之後，即將款項匯來。事到其間，錢典史也無可如何。只得自己算完了房飯帳，與趙溫作別，坐了雙套騾車而去。

* * *

有話便長，無話便短。他到了天津，便向水路進發，海有海輪，江有江輪，不消一月，已到了江西

❻ 推頭：推託。

省城，找到下處。齊巧那位藩司，又是護院，他一時也不敢投信，候准牌期，跟著同班一大幫，走進二堂，在廊簷底下，朝著大人磕了三個頭，起來又請了一個安。那大人只攤攤手呵呵腰兒，也沒有問話，就進去了。錢典史來的時候，手裏捏著一把汗，恐怕問起前情，難以回話；幸虧大人不記小人之過。過了此關，才把一塊石頭放下。但是他選的那個缺，現在有人署事，到任未及三月。這署事的人，也弄了什麼大帽子的信，好容易署了這個缺。上司看了寫信人面上，總要叫他署滿一年，不便半路上撤他回來，好生姓錢的是實缺，就是閒空一年半載，也不打緊。上司存了這個意見，所以竟不掛牌叫他赴任。

卻不想這位錢太爺，只巴巴的一心想到任；叫他空閒在省城，他卻受不了的！一天到晚，不是鑽門子，就是找朋友，東也打聽，西也打聽；高的仰攀不上，只要府廳班子裏，有能上司面前說得動話的，他便竭力巴結，天天穿著衣服，到公館裏去請安。後來就有人告訴他，現在支應局，兼營務處的候補府黃大人，是護院的天字第一號紅人；凡百事情託了他，到護院面前，說一是一，說二是二。新近賑捐案內，又蒙山西撫院保舉了免補，部文雖未回來，即日就要過班❼，便是一位道臺了。向來司道一體，便與藩臬兩司同起同坐，所以他現在雖然還是知府，除掉護院之外，藩臬卻都不在他眼裏，有些事情，竟要硬駁回去。藩臬為他是護院的紅人，而且即日就要過班，所以凡事也都讓他三分。……閒話休題。

且說錢典史聽見這條門路，便一心一意的想去鑽。究竟他辦事精細，未曾稟見黃大人，先託人介紹，認得了黃大人的門口❽，同他門口一個叫戴升的，先要好起來，拜把子，送東西，如兄若弟，叫的應天

❼ 過班：清朝吏因為上司的保舉或捐了錢而得到陞官，叫做「過班」。
❽ 門口：即「門子」，舊時官衙的管門人。

響。慢慢的，才把省裏鬧不起，想求大人提拔提拔的意思，說了出來。戴升道：「老弟，你為什麼不早說？這一點點事情，做哥哥的還可以幫你一把力。」錢典史聽了，喜的嘴都合不攏來；忙道：「既然如此，我明天一早就來稟見。」戴升道：「你別忙，早來無用，早晨找他的人多，那裏有工夫見？你要來，明兒晚上來。」錢典史忙說：「領教！倘能蒙老哥吹噓，大人栽培，賞派一個差使，免得妻兒老小捱餓，便是老哥莫大之恩！」說完之後，便即起身告辭。戴升說：「自家兄弟，說那裏的話！明晚再會罷。我也不送你了。」

錢典史去後，齊巧上頭有事來叫。戴升進去，問了兩句話。只因黃知府，今日為了支應局一個收支委員，虧空了幾百兩銀子，被他查了出來，馬上撤掉差使，聽候詳參。心想：這些候補小班子裏頭，一個個都是窮光蛋，靠得住的實在沒有；便與戴升談及此事。也是錢典史運氣來了；戴升便保舉他，說：「現在有個新選上饒縣典史錢某人，如何精明，如何諳練，而且曾任實缺，現在又從部裏選了出來；因為有人署事，暫緩赴任。如若委了這種有缺的人，他一定盡心報效，再不會出岔子的。」黃知府道：「我沒有看見過這個人。」戴升道：「他可常常來稟見。小的為著老爺事情忙，那裏有工夫見他，所以從沒有上來回過。」黃知府道：「既然如此，叫他明天晚上來見我。」戴升答應了：「是！」又站了一會子，才退了出去。

到了第二天，錢典史那裏等到天黑，太陽還大高的，他穿了花衣補服，跑了來。只見公館外頭，平放著兩乘子轎子，他便趔趔趄趄❾，走到戴升屋裏，請安坐下。戴升把昨兒夜間，替他吹噓的話，告訴了他。還說支應局出了一個收支差使，上頭一定要委別人，已經有了主了，是我硬替你老弟抗下來的。

---

❾ 趔趄：欲進不進的樣子。

停刻見了面，就有喜信的。」錢典史又是感激，又是歡喜，忙問：「大人幾時回來的？」戴升道：「早晨七點鐘上院，九點下來，接著會審了一件什麼案子，趕十二點到局裏吃過飯，又看公事才回來。抽不上三袋煙，又是什麼局裏的委員來稟見，現在正在那裏會客咧。你且在這屋裏吃飯，等他老人家送過客，過了癮，再上去不遲。」錢典史無奈，只得暫且坐著等候。停了一會子，只聽得裏頭喊：「送客。」見兩個委員前頭走，黃知府後面跟著送，走到二門口，那兩個委員就站住了腳，黃知府照他們呵呵腰，就自己先進去了。兩個委員各自上轎回去不題。

這裏黃知府，走進二門，便問管家：「轎子店裏催過沒有？」有個管家便回：「已經打發了三次人去催了。」黃知府道：「今兒在院上，護院還提起，說部文這兩天裏頭一定可到，轎子做不來，坐了什麼上院呢？真是這些王八蛋，我不說，你們再不去催的。」眾管家碰了釘子，一聲也不敢言語，一個個鴉雀無聲，垂手侍立。黃知府說完了話，也就走了進去。

等到上燈之後，錢典史在戴升屋裏吃過了夜飯。然後戴升拿著手本進去，替他回過。又出來領他到大廳西面，一間小花廳裏坐下。此時錢典史恭而且敬，一個人坐在那裏靜悄悄的，足足有半個鐘頭，才聽見靴子聲。還沒進花廳門，又咳嗽了一聲。隨見小跟班的，將花廳門簾打起，便是大人走了進來。家常便服，一個胖脹面孔，吃煙吃得滿臉發青，一嘴的濃黑鬍子，兩只眼睛直往上瞧。錢典史連忙跪倒，同拜材頭的一樣，叩了三個頭，起來請了一個安，跟手又請安，從袖筒管裏，取出履歷呈上。黃大人接在手中，一面讓坐。錢典史只有半個屁股坐在椅子上，斜著臉兒，聽大人問話。黃知府把他的履歷翻了一翻，隨手擱下。便問：「幾時到的？」錢典史忙回：「上個月到的。」黃知府道：「上饒的缺很不壞？」

錢典史道：「大人的栽培！但是一時還不得到任。」說到這裏，黃知府叫了一聲：「來。」只見小跟班的，拿著水煙袋進來裝煙。黃知府只管吃煙，並不答話。錢典史熬不過，便站起來，又請了一個安，說：「卑職母老家貧，雖說選了出來，藩憲一時不掛牌，總求大人提拔提拔。」黃知府道：「求我的人實在多，總要再添幾百個差使，才能彀都應酬得到。」錢典史聽了，不敢言語。只見黃知府拿茶碗一端；管家們喊了一聲：「送客。」他只好辭了出來。黃知府送到二門，也就進去了。

錢典史出來，仍舊走到戴升屋裏，哭喪著臉兒，在那裏換衣服，一聲也不言語。還是戴升看出他的苗頭，就說：「老弟！官場裏的事情，你也總算經過來的了！那裏有一見面，就委你差使的？少不得多走兩趟。不是說，有愚兄在裏頭，咱們兄弟，自己的事，還有什麼不替你上緊的！這算得什麼，也值得放在心上，就馬上不自在起來，快別這樣！」錢典史道：「做兄弟的，並非不知道這個道理；但是一件，剛才我求他，他老人家的口氣不大好，再來恐怕他不見。」戴升道：「你放心，有我呢！你看他一天忙到夜，找他的人又多。我說句話你別動氣，像你老弟這樣的班子，不是有人在裏頭招呼，如要見他一面，只怕等上三年，見不著的儘多哩！」錢典史道：「我曉得。不是你老哥在裏頭，兄弟那裏彀得上見他？有你老哥拍胸脯，兄弟還有什麼不放心的。你快別多心，以後全仗大力！」一面又替戴升請了一個安，然後辭了出來，自回寓處。後來又去過幾次，也有時見著，有時見不著。

忽然一天，錢典史正走進門房，戴升剛從上頭回事下來，笑嘻嘻的，朝著錢典史道：「老弟有件事情，你要怎樣謝我？說了再告訴你。」錢典史一聽話內有因，心上一想便道：「老哥你別拿人開心。誰不知道戴二太爺一向是一清如水，誰見你受過人家的謝禮？這話也不像你說出來的。」旁邊有戴升的一個夥計聽了這話，笑道：「真正錢大爺好口才。」戴升道：「真是真，假是假，不要說頑話。我們過這邊來，講正經要緊。」錢典史便跟了戴升到套間裏，兩個人咕咕噥噥了半天，也不知說些什麼。只聽得臨末一句，是錢典史口音，說：「凡事先有了你老哥，才有我兄弟。你我還分彼此嗎？」說完出來，歡天喜地而去。究竟所說的那個收支差使，派他沒有，後文再題。

* * *

且道黃知府有一天上院回來，正在家裏吃夜飯，忽然院上有人送來一角文書，拆開一看，正是保准過班的行知，照例開銷來人。便是戴升領頭，約齊一班家人，戴著紅帽子，上去給老爺叩喜。叩頭起來，戴升便回：「綠的轎子，可巧今天飯後送來。家人剛才看過曆本，明天上好的日子，老爺好坐著上院。」黃知府點點頭兒，又問：「價錢講過沒有？」戴升道：「拿舊藍呢轎子折給他，找他有限的錢。」黃知府道：「舊轎子擡去了沒有？」戴升道：「明天老爺坐了新轎子，就叫他們把舊的擡了去。」黃知府沒有別的言語；戴升便退了下來。接著首府，首縣，以及支應局，營務處的各位委員老爺，通統得了信，一齊拿著手本前來叩喜。內中只有首府來的時候，黃知府同他極其客氣。無奈做此官，行此禮，憑你是誰，總跳不過這個理去。始終那首府按照見上司的規矩見的他。一宵無話。

次日一早，黃知府便坐了綠呢大轎上院，叩謝行知。仍舊坐了知府官廳，惹得那些候補知府們，都站起來請安，一口一聲的叫：「大人。」黃大人正在那樣推讓的時候，只見有人拿了藩臬兩憲的名帖，前來請他到司道官廳去坐。那些知府，又站了班，送他出去。到司道官廳，各位大人，都對他作揖道喜。他依舊一個個的請安，還他舊屬的禮制。各位大人道：「以後我們是同寅，要免去這個禮的了。」各位大人又一齊讓位。黃大人便扭扭捏捏的在下手一張椅子上坐下。列位看官記清：黃大人現在已經變為道臺，做書的人，也要改稱，不好再稱他為黃知府了。當日黃道臺上院下來，便拿了舊屬帖子，先從藩臺拜起，接著是臬臺，糧巡道，鹽法道，以及各局總辦，並在省的候補道，通統都要拜到。一路上，前頭一把紅傘，四個營務處的親兵，一匹頂馬，騎馬的戴的是五品獎札，還拖著一枝藍翎；兩個營務處的差官，戴著白石頭頂子，穿著抓地虎⑩，替他把轎槓；另外一個號房⑪，夾著護書，跑的滿頭是汗；後頭兩匹跟馬，騎馬的二爺，還穿著外套。黃道臺坐在綠呢大轎裏，鼻子上架著一副又大又圓測黑的墨晶眼鏡，嘴裏含著一枝旱煙袋。四個轎夫扛著他，東趕到西，西趕到東。那個把轎槓的差官，還替他時時刻刻的裝煙。從午前一直到三點半鐘，才回到公館。他老的煙癮上來了，儘著打呵欠，不等衣服脫完，一頭躺下，一口氣呼呼的抽了二十四袋。跟他的人，不容說肚皮是餓穿的了！接著還有多少候補大人老爺們，前來道喜，都是戴升替他一個個道乏「擋駕」。

又過了兩天，戴升想巴結主人，趁空便進來回道：「現在老爺已經過了班；可巧大後天，又是太太的生日。家人們大眾齊了分子，叫了一本戲，備了兩檯酒，替老爺太太熱鬧兩天。這點面子，爺總要賞小的。總算家人們一點孝心。」黃道臺道：「何苦又要你們化錢？」戴升道：「錢算得什麼？老爺肯賞臉，家人們傾家都是願意的！」黃道臺道：「只怕這一鬧，不要叫局裏那些人知道，他們又有什麼公分鬧不清爽。還有營務處上的。」戴升道：「老爺的大喜，應該熱鬧兩天才是。」黃道臺也無他說。戴升

⑩ 抓地虎：一種薄底的靴子。

⑪ 號房：俗稱司閽曰號房，掌通謁及傳達文書之事。

便退了下來，自去辦事。不料這個風聲傳了出去，果然營務處手下的一班營官，一天公分。支應局的一班委員，一天公分。都是一本戲，兩檯酒，一齊拿了手本，前來送禮。黃道臺道：「果不出我所料，被戴升這一鬧，鬧出事情來了。」戴升道：「要他們知道才好！」於是定了頭一天暖壽，是本公館眾家人的戲酒。第二天正日，是營務處各營官的，第三天方輪到支應局的眾委員。

到了暖壽的第一天晚上，黃道臺便同戴升商量道：「做這一個生日，唱戲吃酒，都是靡費，一點不得實惠。」戴升正要回話，忽見門上傳進一封電報信來，上面寫明「南京來電送支應局黃大人升」。黃道臺知道是要緊事情，連忙拆開來一看。上頭只有號碼，黃道臺是不認得外國字的，忙請了帳房師爺來，找到一本華洋曆本，翻出電碼，一個一個的查。前頭八個字，是「南昌支應局黃道臺」。黃道臺急於要看底下，偏偏錯了一個碼子，查死查不對。黃道臺急了，說：「不去管他，空著這一個字，查底下的罷！」那師爺又翻出三個字，是「軍裝案」。黃道臺一見這三個字，他的心就畢卜畢卜跳起來了。瞪著兩隻眼睛看他往底下翻。那師爺又翻出六個字，是「帥查確，擬揭參」。黃道臺此時，猶如打了一個悶雷似的，咕咚一聲，往椅子上就坐下了。那師爺又翻了一翻，說：「還有哩。」黃道臺忙問：「還有什麼？」師爺一面翻，一面說：「朱守，王令均擬革，兄擬降同知，速設法。」下頭注著一個「荃」字。黃道臺便曉得這電報，是兩江督幕裏，他一個親戚姓王號仲荃的，得了風聲，知會他的。便說：「這事從那裏說起！」黃道臺道：「照這電報上，令親既來關照，摺子還沒有出去。觀察早點設法，總還可以挽回。」黃道臺道：「你們別吵！我此刻方寸已亂，等我定一定神再談。」

歇了一會子，正要說話，忽然院上文巡捕胡老爺不等通報，一直闖了進來，請安坐下。眾人見他來的古怪，都退了出去。胡老爺四顧無人，方才說道：「護院叫卑職到此，特特為為，通知大人一個信。」黃道臺正在昏迷之際，也不知回答什麼方好，只是拿眼瞧著他。胡老爺又說道：「護院接到南京制臺的電報，說是那年軍裝一案，大人也罣誤在裏頭；真是想不到的事情！護院叫勸勸大人，不要把這事放在心上。過上兩個月，冷一冷場，總要替大人想法子的。」此時黃道臺，早已急得五內如焚，一句話也回答不出。後來聽見胡巡捕說出護院的一番美意，真是重生父母，再造爺娘，那一種感激涕零的樣子，畫也畫不出！便說：「求老兄先在護院前，替兄弟叩謝憲恩。兄弟現在是被議人員，日裏不便出門，等到明兒晚上，再親自上院叩謝。」說完之後，胡老爺要趕著回去銷差，立刻辭了出來。黃道臺此番，竟是非常客氣，一直送出大門方回。

當下一個人，也不進上房，仍走到小客廳裏，背著手，低著頭，踱來踱去。有時也在炕上躺躺，椅子上坐坐，總躺不到，坐不到三分鐘的時候，又爬起來，在地下打圈子了。約摸有四更多天，太太派了老媽子，三四次來請老爺安歇。大家看見老爺這個樣子，都不敢回。後來太太怕他急出病來，只好自己出來解勸了半天；黃道臺方才沒精打彩的跟了進去。

到了第二天，本是太太暖壽的正日。因為遭了這件事，上下都沒了興頭。太太便叫戴升上去，同他商量，想把戲班子回掉不做。戴升一見老爺壞了事，誰肯化這冤錢，便落得順水推船說：「家人也曉得老爺心上不舒服。既然太太如此說，家人們過天再替太太補祝壽。」說完出去，叫了掌班的來，回頭他說：「不要了。」掌班的道：「我的太爺！為的是大人差使，好容易才抓到這個班子，多少唱兩天，再叫他們回去。」戴升道：「不要就是不要。你不走，難道還在這裏等著捱做⑫不成？」掌班的被罵了兩句；頭裏也聽見這裏大人的風聲不好，知道這事不成功，只好垂頭喪氣出來，叫人把箱擡走。一面戴升再去知會了局裏營裏；大家亦已得信，今見如此，樂得省下幾文。不在話下。

到了下午，大人從牀上起身，洗臉吃飯，一言不發，等到過完癮，那時已有上燈時分，戴升進來，回：「外面都已伺候好了。請老爺的示，還是吃過夜飯上院，還是此刻去？」黃大人說：「吃過夜飯再去。」原來這位黃大人的太太，最是知書識體的；一聽見丈夫降了官，便同戴升說：「現在老爺出門，是坐不來綠呢大轎的了。我們那頂舊藍呢的，又被轎子店裏擡了去。你看，向那位相好老爺家，借一頂來？」戴升道：「現在的事情，沒頭沒腦，不過一個電報，還作不得准。據家人的意思，老爺今天還是照舊；等到奉到明文，再換不遲。況且同人家去借，面子上也不好說。」太太說：「據我看，這樁事情是不會假的。再坐著綠大呢的轎子上院，被人家指指摘摘的不好，不如換掉了妥當，橫豎早晚要換的。家裏有的是老太爺不在的時候人家送的藍大呢帳子，拿出兩架來，把他蒙上，很容易的事。」一面說，一面就叫姨太太，同了小姐，立刻開箱子，找出三個藍呢帳子，交給戴升拿了出去。

戴升回到門房裏說道：「說起來，我們老爺真真可憐！好容易創好了一頂綠呢的轎子，沒有坐滿五回，現在又坐不成了！太太叫把藍呢蒙上，說得好容易，誰是轎子店裏的出身？我是弄不來。好在老爺是糊裏糊塗的，今兒晚上，讓他再坐一次。多吩咐親兵，明天一早，叫轎子店裏的人來一兩個，帶了傢伙，就在我們公館裏，把他蒙好就是了。」

究竟黃大人是否仍坐綠呢大轎上院，且看下回分解。

---

⑫ 捱做：挨揍。

第四回　白簡留情補祝壽　黃金有價快升官

卻道：黃道臺吃過了晚飯，又過了癮，一壁換衣服，一壁咳聲歎氣，紮扮停當出來上轎；仍舊是紅傘頂馬，燈籠火把而去。到得院上，一個人踱進了司道官廳。胡巡捕聽說他來，因為一向要好的，趕忙進去請了安，說：「護院正會客哩！等等再上去回。大人吃過飯了沒有？」黃道臺說：「便過了。老哥，你這稱呼要改的了，兄弟是降調人員，不同老哥一樣罷？」說著，就要拉胡巡捕坐下談天。胡巡捕也半推半就的坐了。說不到兩三句話，便道：「卑職要上去瞧瞧看，客人去了，好進去回。」黃道臺又說了一聲：「費心。」胡巡捕去不多時，就來相請。黃道臺把馬蹄袖放了下來，又拿手整一整帽子，跟了進去。護院已經迎出來了。一到屋裏，黃道臺請了一個安，跟手❶跪下磕了一個頭，又請了一個安，說：「叩謝大人，為職道事情操心。」歸坐之後，接著就道：「職道沒有福氣伺候大人，將來還求大人栽培。職道為牛為馬，也情願的。」護院道：「真也想不到的事情。但是制臺的電報，說雖如此說，摺子還沒有出去。昨日胡巡捕回來，講老哥有位令親在幕府裏，為什麼不託他想法子，去挽回挽回？」黃道臺道：「雖是職道的親戚在裏頭，怕的是制臺面前不大好說話，總求大人替職道想個法子，疏通疏通。職道也不敢望別的好處，但求保全聲名，那就感戴大人的恩典，已經不淺！」說著，又離座請了一個安。護院

❶ 跟手：接著。

道：「我今天就打個電報去。但是令親那裏，你也應該覆他一電，把底子搜一搜清，到底是怎樣一件事？」黃道臺道：「不用問得。」一面說，一面把嘴湊在護院耳朵跟前，如此如此，這般這般，說了一遍。方才高聲言道：「少不得總求大人的栽培。」護院聽了他話，皺了一回眉頭道：「老哥當初這件事，實在你自己大意了些，沒有安排得好，所以出了這個岔子。」黃道臺答應了一聲：「是。」護院又著實寬慰他幾句，叫他在公館裏等信。「我這裏立刻打電報去，少不得要替你想法子的。」然後端茶送客。

黃道臺辭了出來。胡巡捕趕上說：「護院已經答應，替大人想法子，看起來這事一定不要緊。等到一有喜信，卑職就立刻過來。」黃道臺連說：「費心！」又謙遜了一回，然後上轎而去。一霎回到公館，他老人家的氣色，便不像前頭的呆滯了。下轎之後，也不回上房，直到大廳坐下。叫請師爺來，告訴他原故。叫他擬電報，按照護院的話，就託王仲荃替他查明據實電復。師爺道：「這個電報字太多，若是送到電報局裏去，單單加一的譯費，就得好幾角！不如我們費點事，翻好了送去！」黃道臺點頭稱：「是。」師爺仍取過那本華洋曆本來，查著電報新編一門，一個一個的碼子，寫了出來，打發二爺送去。黃道臺方才回到上房，脫去衣服，同太太談論護院的恩典。太太也著實感激，說：「等我們有了好處，怎麼補報他方好！」當下安寢無話。

且說戴升看見老爺打電報，等到老爺進去，他便進來問過師爺，方才知道底細。師爺說：「這事護院很肯幫忙，看來還有得挽回。」戴升鼻子裏哼的冷笑一聲，說：「等著罷！我是早把鋪蓋捲好等著的了。想想做官的人，也真正作孽。你瞧他前天升了官，一個樣子，今兒參掉官，又是一個樣子；不比我們當家人的，辭了東家，還有西家，一樣吃他媽的飯。做官的可只有一個皇帝，逃不到那裏去的。你說護院肯幫忙，護院就要回任的，未見得制臺就聽他的話。以後的事情看罷咧！能𣪍不要我們捲鋪蓋，那是最好沒有。」一頭說著，一頭笑著出去。師爺也不同他多話。各自歸房不題。

＊　＊　＊

且說黃道臺在公館裏，一等等了三天，不見院上有人來送信，把他急的真如熱鍋上螞蟻一般，走出走進，坐立不定！真正說也不信，官場的勢利，竟比龍虎山上張真人的符還靈。從前黃道臺才過班的時候，那一天不是車馬盈門，還有多少人要見不得見；到了如今，竟其鬼也沒有一個；便是受過他的提拔，新委支應局收支委員的錢典史，也是絕跡不到，並且連戴升門房裏，亦有四五天沒有他的影子了。黃道臺此事卻不在意。但是胡巡捕素來最要好最關切的人，他今不來，可見事情不妙。到了第四天飯後，他老人家已經死心塌地絕了念頭。一等等到天黑，忽見戴升高高興興，拿了一封信進來，說：「院上傳見。這封信是文巡捕胡老爺送來的。大約南京的事情，有了好消息，所以院上傳見。」黃道臺連忙取過拆開一看，只見上面寫的是：「敬稟者：竊卑職頃奉護院面諭，刻接制憲電稱，所事尚未出奏，已委郭道查辦，定可轉圜；囑請憲駕即速到院。肅此謹稟。恭叩大人福安。伏乞垂鑑。卑職爾調謹稟。」黃道臺尚未看完，便說：「這件事情，仲荃太糊塗了。現在影子都沒有，怎麼就打那麼一個電報呢？真正荒唐！」一手拿著信，一頭嚷著，趕到上房，告訴太太去了。大家聽著，自然歡喜。

他便立刻換衣服，坐轎子上院。到了官廳裏，胡巡捕先來請安。此番黃道臺的架子，比不得那天晚上了；便站著同他講話，不讓他坐。胡巡捕也不敢坐。黃道臺道：「天下那裏有這樣荒唐人！想我們舍親，憑空來這們一個電報，現在委了郭觀察查辦，那事就好說了。」說著，胡巡捕進去回過來請見。黃道臺此番進去，卻改了禮節，仍舊照著他們司道的規矩，見面只打一恭；不像那天晚上，疊二連三的請安了。護院告訴他：「那天吾兄去後，兄弟就打了一個電報，給江寧藩臺；因為他也是兄弟的相好，託他替吾兄想個法子。剛才接到他的回電，老兄請看。」一面說，一面把電報拿了出來，給黃道臺看，只見上面寫的是：「江電謹悉。黃道事摺已繕就，遵諭代達，帥怒稍霽，飭郭道確查核辦。本司某虞電。」黃道臺看完，便重新謝過護院，說了些感激的話，辭了出來。

回到公館，也不曉得什麼人給的信，所有局裏的，營務上的那些委員，一個個都在公館裏等著請安。黃道臺會了幾個，其餘一概道乏，大家回去。只有錢典史一直落了門房，同戴升商量，要託他替回，就說：「這兩日，知道大人心上不舒服，不敢驚動，所以太太生日，送的戲也沒有唱。現在是沒有事的了；況且我又是受過栽培的人，比別人不同，應該領個頭，邀集兩下裏的同事同寅，前來補祝。老哥，你看就是明天如何？煩你就替我先上去回一聲。」戴升道：「兄弟別客氣罷！前兩天我們這裏真冷清，望你來談談，你也不來。這一會子又來鬧這個了。」錢典史把臉一紅道：「我不是不來，怕的是碰在他老人家不高興頭上，怪不好意思的。現在這樣，也是我們的一點孝心，是不好少的。」戴升道：「我知道了。你別著忙，少不得說定日子，就給你信的。」

原來錢典史自從那一天同戴升私語之後，第二天便奉到支應局的札子，派他做了收支委員。一切謝委到差，都是照例公事，不必細贅。凡是做書，敘一樁事情，有明點，有暗點，有補點。此番錢典史得差，乃是暗點兼補點法，看官不可不知。閒話休題。

且說是日錢典史去後，戴升一想：這話不錯。立刻就到上房，不說錢典史的主意，竟其算他自己的意思。說道：「前天太太生日，家人們本來要替太太祝壽的。偏偏來了這們一個電報，鬧了這幾天；家人連幾天飯也沒有吃，夜間也睡不著覺；心中想，好容易跟得一個主人，才要望主人轟轟烈烈的，升官發財方好。況且老爺官聲，統江西第一，算來決計不會出亂子的。前幾天家人同夥當中，還有幾個，一天到晚垂頭喪氣，想著要求某老爺，某老爺外頭薦事情，公館裏的事情都不肯做；這些沒有良心的東西，真把家人恨的了不得！」黃道臺道：「這些沒良心的王八蛋，還有用嗎！是那一個？就立刻趕掉他！」戴升道：「名字也不用說了。常言大人不記小人過，這些沒有良心的東西，將來總沒有好日子，等著瞧罷。」當下太太也幫著勸解一番；黃道臺方始無言。然後講到看日子，補祝壽。局裏頭是錢太爺領頭，還要照上面說的一樣辦。黃道臺應允了。就看定日子，後天為始。戴升出來，就去通知了錢典史。仍舊是眾家人頭一天暖壽，局裏第二天，營務處第三天，捱排下去。打條子給縣裏，請他知會學裏老師，去封戲班子的箱。

不上半天，仍舊上回那個掌班的，押著戲箱，來到公館，先見門政大爺戴大爺，請過安。那掌班的道：「我的大太爺，上回唱過，不結了嗎？害的咱東也找人，西也找人，為的是大人差事，賺錢事小，總要佔個面子。那裏知道，半天裏一個雷，說不唱了。我的大太爺，那真啃死小人了，足足賠了一百二十四弔，就是臏了條褲子沒有進當！幸虧好，今兒還是咱的差使，賞咱們個面子，咱恨不得竭力報效。大太爺你想，咱班子裏一個老生，一個花臉，一個小生，一個衫子，都是刮刮叫，超等第一名的腳色。老生叫賽菊仙，花臉叫賽秀山，小生叫賽素雲，衫子叫賽怡雲。」戴升道：「怎麼全是賽？只怕賽不過罷！」掌班的發急道：「這原是江西有名的『四賽』，誰不知道？等到開了檯，大太爺聽過，就知道咱不是說的瞎話。」戴升道：「唱的好，沒有話說；唱得不好，送到縣裏，賞你三百板子一面枷。」掌班的道：「唱的不好，也有你大太爺包涵；唱的好了，更不用說。你大太爺一句話，多不敢想，把大人庫裏的元寶，賞咱兩個，補補上回的數，那就是大太爺栽培小人了。」戴升道：「他有銀子在他手裏；我想賞你，他不肯，亦是沒有法想。」掌班的道：「大太爺你別瞞我，誰不知道，支應局的戴大太爺，大人面前說一是一，說二是二，只要你老吩咐就是了，不要說一個元寶，就是上千上萬的，也儘著你拿。」戴升道：「那倒好了。我有這些銀子，也不在這裏當門口了！」正說著，可巧上頭來叫戴升，就此把話打斷。

* * *

有話便長，無話便短。轉瞬間，便到了暖壽的那一天。班子裏規矩，兩點鐘就要開鑼。黃道臺因為此事，上院請了三天假。在公館裏吃過午飯，就同著太太，出來坐在大廳上聽戲。還有姨太太，小姐，一個個都打扮著像花蝴蝶似的，一同陪著看戲。黃道臺還有一個少爺，今年只得十三歲，是姨太太養的。因為太太沒有兒子，卻拿他愛如珍寶；把這位少爺脾氣，慣的比誰還要利害，他說要天上日頭，就得有人拿梯子才好；不然，他那牛性一發，十個老爺也強他不過！這天唱戲，他一早就攢在戲房裏，戴著鬍子，儘著在那裏使槍耍棒。班子裏人，為的是少爺，也不敢多說。後來倒是一個唱小丑的，看不過，說了一句：「我的少爺，我們在這裏唱戲，你老倒在這裏做清客串了！」少爺聽了不懂，跟少爺的二爺，聽了這話，就朝著那個唱小丑的眉毛一豎，說他蹧蹋少爺，一定要上去回。唱小丑的不服，兩個人就打起架來。掌班的看不過，過來把那個唱小丑的，吆喝下來，又過來替二爺賠不是，勸他同少爺廳上去瞧戲，戲房裏人多口雜，得罪了少爺，可不是玩的。那二爺方才同了少爺出來。少爺始終偷了人家一掛鬍子，藏在袖子裏；掌班的查著了，也不敢問。

少停，天黑，檯上停鑼預備暖壽。老爺太太一齊進去，紥扮出來，老爺穿的是朝珠補褂，太太穿的是紅裙披風；雙雙站立廳前，同受眾人行禮。起先是自己家裏的人。接著方是戴升，領著合府家人。那戴升頭戴紅纓大帽，身穿元青外套，其餘的也有著馬褂的，也有只穿一件長袍的，一齊朝上叩頭。老爺站在上面，也還了一個揖，太太也福了一福。眾家人叩頭起來，便是眾位師爺行禮。太太迴避，單是黃道臺出來。讓了一回，大家散去。接著合省官員，從知府以下的，都來上手本。黃道臺吩咐一概擋駕。獨有錢典史，也不管廳上有人沒人，身穿彩畫蟒袍，頭戴五品獎札，走到居中，跪下磕了三個頭，起來請過安，又要找太太當面叩見叩祝。太太見他進來的時候，早已走開了。黃道臺又同他客氣一回，讓他在這裏伺候的諸事停當，方坐席開鑼，重跳加官，捱排點戲，直鬧到十二點半鐘，方始停當。

卻說：這一天送禮的人，倒也不少，無非這酒燭糕桃幛屏之類居多。全是戴升一個人專管此事；某人送的某物，開發力錢多少，一一登帳記清。戴升還問人家要門包，也有十弔的，也有八弔的。真正是細大不捐，積少成多，合算起來，也著實不少。還有些候補老爺們，知道黃道臺同護院要好，說得動話，便借此為由，也有送一百兩的，也有送五十兩的，也有送衣料金器的，那門包更不用說了。凡送現銀子，及衣料金器的，因為太太吩咐過，一概立時交進，其餘晚上停鑼之後交帳。太太要親自點過，方才安寢。

轉瞬之間，已過三天，黃道臺上院銷假。又過了幾天，凡來拜壽的同寅地方，一處處都要去謝步。暗中又託人到郭道臺那裏打點，送了一萬銀子。郭道臺就替他洗刷清楚，說了些「事出有因；查無實據」

的話頭，稟復了制臺；那制臺也因得了護院的信，替他求情，面子難卻，遂把這事放下不題。

* * *

且說黃道臺仍舊當他的差使。因為護院相信他，什麼牙釐局的老總，保甲局的老總，洋務局的老總，通統都委了他。真正是錦上添花，通省再找不出第二個！無奈實缺巡撫，已經請訓南下，不日就要到任。別人還好，獨有那個藩臺大人，是鹽法道署的。他這人生平頂愛的是錢，自從署任以來，怕人說他的閒話，還不敢公然出賣差缺。今因聽得新撫臺，不久就要接印；他指日也要回任，這藩臺是不能久的。他便利令智昏，叫他的幕友官親，四下裏替他招攬買賣。其中以一千元為碼，只能委個中等差使；頂好的缺，總得頭二萬銀子。誰有銀子誰做，卻是公平交易，絲毫沒有偏枯，有的沒有現錢，就是出張到任後的期票，這位大人也收。但是碰著現惠的，這出期票的，也要退後了。

且說這位藩臺大人，自從改定章程，劃一不二，卻是其門如市，生涯十分茂盛。內中便有一個知縣看中一個缺，一心想要，便走了藩臺兄弟的門路，情願報效八千銀子。藩臺應允，立時三面成交，正要掛出牌去。忽然院上傳見，趕忙打轎上院。護院接見之下，原來不為別事，為的是胡巡捕當了半年的差，很獻殷勤，現在護院不久就要交卸，意思想給他一個美缺，無非是調劑他的意思。不料護院指名所要的那個缺，就是這位藩臺大人八千兩頭出賣的那個缺。護院話已出口，藩臺心下好不躊躇！心想：缺是多得狠，若是別一個還好，乃偏偏這個，昨天才許了人家，而且是現錢交易。初意以為詳院掛牌，其權仍舊在我；不料護院也看中是這個缺，叫我怎麼回頭人家呢！轉念一想：橫豎他不久要回任的，司道平行，他也與我一樣；他要照應人，何不等他回任之後，愛拿那個缺給誰，他也不管我事，何必定這時候來搶我的衣食飯碗呢？然而又不便直言回覆，不如另外給他個缺，敷衍過去。藩臺主意打定，便回護院道：「大人所說的這個缺，一來離省較遠，二來缺分聽說的也徒有虛名，毫無實際。胡令當差勤奮，又是大人的吩咐；等司裏回去，再對付一個好一點的缺調劑他。今天晚上就來稟覆。至於大人所說的這個缺，現在有應署人員，司裏回去，也就要掛牌出去。」護院道：「通省的缺，依我看，這個也上等的了，難道還不算好？」藩臺回道：「缺縱然好，也要看民情如何。那地方民情不好，事情不大好辦。等司裏對付一個民情好一點的地方，也不負大人栽培他這一番盛意。」原來這藩臺賣缺，護院已有風聞，大約這個缺，諒已經成交的了。心上原想定要同他爭一爭，既而一想，我又不久就要回任的，何苦做此冤家。他既說得如此要好，且看他拿什麼好地方來給我。遂即點頭應允，說了聲：「某翁費心。」藩臺方始辭別回去。

一霎時回到本衙，吃過了飯，正在簽押房裏過癮。只見他兄弟三大人，走進房間，叫了一聲：「哥。」藩臺問他：「什麼事？」三大人道：「昨日九江府出缺。今天一早，票號裏有個朋友接到他那裏的首縣一個電報，託號裏替他墊送二千銀子，求委這首縣，代理一二個月。這個缺也有限，不過是面子上好看些的意思。」藩臺道：「九江府也沒有聽見生病，怎麼就會死的？」三大人道：「現在只曉得是出缺，論不定是病死，是丁憂，電報上沒有寫明。」藩臺道：「首縣代理知府，原是常有的事；但是一個知府，只值兩千銀子，未免太便宜了。老三，生意不好做的這們濫。」三大人說：「我的哥呀！現在不是時候了，新撫臺一接印，護院回了任，我們也跟著回任。還不趁早撈得一個是一個？」藩臺道：「一個知府，總不止這個數。要是知府止賣二千，那些州縣豈不更差了一級呢？」三大人道：「缺分有高低，要看貨討價。這代理不過兩三個月的事情。」藩臺道：「代理就不要掛牌嗎？」三大人道：「牌是自然要掛的。」藩臺道：「要掛這張牌，至少叫他拿五千現銀子。代理雖不過兩三個月；現在離著收漕的時候也不遠了，這一接印，一分到任規，一分漕規，再做一個壽，論不定新任過了年出京，再收一分年禮，至少要弄萬把銀子。現在叫他拿出一半，並不為過。況且這萬把銀子，都是面子上的錢；若是個手長的，弄上一底一面，誰能管他呢？」三大人見他哥這們一說，心上自己轉念頭，說：「哥的話並不錯。」便對他哥道：「既然如此，等我去找票號裏這個朋友，叫他今天就打個電報去回他，說五千銀子一個不能少，是不是？叫他當天電復。有個缺在這裏，還怕魚兒不上鉤？況且省裏的候補知府多得狠哩！」藩臺道：「是呀！你就立刻去找那個朋友，好歹叫他給一個回信，他不要，還有別人呢！」

原來這位署藩臺，姓的是何。他有個綽號，叫做荷包。這位三大人也有一個綽號，叫做三荷包。還有人說，他這個荷包，是個無底的，有多少，裝多少，是不會漏掉的。

且說這三荷包，辭了他哥哥出來，也不及坐轎，便叫小跟班的打了燈籠，一直走到司前，爿匯票號裏，找到當手的倪二先生——就是拿電報來，同他商量的那個朋友。這倪二先生，有名的爛好人，大家都叫他泥菩薩。他這人專門替人家拉皮條，溜鉤子。何藩臺在鹽道任上，三荷包管帳房，一直同他來往。及至署了藩臺，買賣更好，進出的多，他來的更比前殷勤。通藩司衙門，上上下下，以及把門的三小子，沒一個不認得泥菩薩；就是衙門裏的狗，見了他面善，要咬也就不咬了。

三荷包進了他的店，一疊連聲的喊：「泥菩薩。」泥菩薩聽見，便知是早上那件事情的回音來了，趕忙出來接了進去。見面之後，泥菩薩便問：「那事怎麼樣子？」三荷包道：「你這人，人人都叫你泥菩薩；我看比強盜還利害。我們自家人，也好意思給我當上？」倪二先生發急道：「這從那裏說起！我是什麼東西，敢給三大人當上？」三荷包道：「說句頑話，就急得這個樣兒！」倪二先生道：「我的三大人！你可知道，我是泥做的，禁不起嚇，一嚇就要嚇化了的！」說著，兩個人又哈哈的笑了。

笑過之後，三荷包便一五一十的，把他哥的話告訴了倪二先生。倪二先生道：「我說句不知輕重的話，不怕你三大人招怪。現在新撫臺指日到任，令兄大人不日就要回任的，現在樂得撈一個是一個。前途出到二千，據我看，也是個分上了。如今叫他多，也多不到那裏，反怕事情要弄僵！我勸三大人，還是回去勸勸令兄大人，便宜他這一遭。有我做中人，將來少不得要找補的。」三荷包道：「我何嘗不是這樣說。無奈我們大先生，一定要扳個價，叫我怎麼樣呢？」倪二先生道：「事已到此，不添不成功。這裏頭有二八扣，我情願白效勞，就把這四百兩，也報效了令兄大人。這總是說得過了！」三荷包道：「他的有了，你的不要了，我呢？就是你也沒有白效勞的。」倪二先生道：「二千之外，我早替三大人想好了，還用吩咐嗎？」三荷包把身子湊前一步，低聲問道：「多少呢？」倪二先生道：「加二。」三荷包道：「泥菩薩，你是知道我的用度大的，這一點點怎麼夠呢！我們大先生那裏，二千答應下來，答應不下來，儘著我去抗。橫豎叫他代理這缺就是了。但是我兩個，總得叫他好看些。」倪二先生道：「我另外提開算，單儘你三大人罷。多要了開不出口；如果些微潤色點，我旁邊人就替他做硬主，還可以使得。我的意思，二成之外，再加一百，一共五百兩。倘若別人，我們須得三一三十一的分派。如今是你三大人，我們兄弟分上，你留著使罷。」三荷包道：「這個不算數，看你的分上，以後要多照顧些才是。」倪二先生道：「這個自然。承你三大人看得起我，做了這兩年的朋友，難道我的心，三大人你還不曉得嗎？」三荷包道：「你趕今晚就覆他一個電報，叫他預備接印；大先生跟前有我哩。」倪二先生歡天喜地的答應了，又奉承了幾句話。三荷包方才回去。

究竟此事他哥能否應允，且看下回分解。

第五回　藩司賣缺兄弟失和　縣令貪贓主僕同惡

卻說：三荷包回到衙門，見了他哥，問起那事：「怎麼樣了？」三荷包道：「不要說起，這事鬧壞了！大哥，你另外委別人罷！這件事看上去不會成功。」他哥一聽這話，一盆冷水從頭頂心澆了下來！呆了半晌，問：「到底是誰鬧壞的？由我討價，就由他還價，他還過價，我不依他，他再走也還像句話。那裏能夠他說二千，就是二千，全盤都依了他？不如這個藩臺，讓給他做，也不必來找我了。你們兄弟好幾房人，都靠著我老大哥一個，替你們一房房的成親，還要一個個的捐官。老三，不是我做大哥的說句不中聽的話，這點事情，也是為的大家。你做兄弟的，就是替我出點力，也不為過。怎麼叫你去說說，就不成功呢？況且姓倪那裏，我們司裏多少銀子，在他那裏出出進進，又不要他大利錢，他也有得賺了。為著這一點點，他就拿把❶，我看來也不是什麼有良心的東西！」

原來三荷包進來的時候，本想做個反跌文章，先說個不成功，好等他哥來還價，他用的是引船就岸的計策。先看了他哥的樣子，後來又說什麼由他還價：三荷包聽了，滿心歡喜，心想這可由我殺價，這叫個裏外兩賺。及至聽到後一半，被他哥埋怨了這一大篇，不覺老羞變怒。本來三荷包在他哥面前，一向是極循謹的；如今受他這一番排揎，以為被他看出隱情，叫他容身無地。不禁一時火起，就對著他哥

❶ 拿把：操縱，刁難。

發話道：「大哥，你別這們說。你要這們一說，咱們兄弟的帳，索性大家算一算。」何藩臺道：「你說什麼？」三荷包道：「算帳。」何藩臺道：「算什麼帳？」三荷包道：「算分家帳。」何藩臺聽了，哼哼笑兩聲道：「老三，還有你二哥四弟，連你弟兄三個，那一個不是在我手裏長大的？還要同我算帳？」三荷包道：「我知道的。爹爹不在的時節，共總剩下也有十來萬銀子。先是你捐知縣，捐了一萬多，弄到一個實缺；不上三年，老太太去世，丁艱下來，又從家裏搬出二萬多，彌補虧空；你自己名下的，早已用過頭了。從此以後，坐吃山空，你的人口又多，等到服滿，又該人家一萬多兩。憑空裏知縣不做了，忽然想要高升，捐什麼知府，連引見走門子，又是二萬多。到省之後，當了三年的釐捐總辦，在人家總可以剩兩個；誰知你還是叫苦連天，論不定是真窮，還是裝窮。候補知府做了一陣子，又厭煩了；又要過什麼班，八千兩買一個密保，送部引見，又是三萬兩，買到這個鹽道。那一注不是我們兄弟的錢？就是替我們成親，替我們捐官，我們用的，這好算是用的利錢，何曾動到正本錢？現在我們用的自家的錢，用不著你來賣好，什麼娶親，什麼捐官。你要不管儘管不管，只要還我們的錢。我們有錢，還怕娶不得親，捐不得官？」何藩臺聽了這話，氣得臉似冬瓜一般的青了；一隻手絡著鬍子，坐在那裏發楞，一聲也不言語。

三荷包見他哥無話可說，索性高談闊論起來。一頭說，一頭走，背著手，仰著頭，在地下踱來踱去，只聽他講道：「現在莫說家務，就是我做兄弟的，替你經手的事情，你算一算：玉山的王夢梅，是個一萬二。萍鄉的周小辮子八千。新昌胡子根六千。上饒莫桂英五千五。吉水陸子林五千。廬陵黃霑甫六千四。新畬趙苓州四千五。新建王爾梅三千五。南昌蔣大化三千。鉛山孔慶輅，武陵廬子庭，都是二千。

還有些一千八百的，一時也記不清，至少亦有二三十注，我筆筆都有帳的。這些錢，不是我兄弟替你幫忙，請教那裏來呢？說說好聽，同我二八三七。拿進來的錢可是不少，幾時看見半個沙殼子，漏在我手裏？如今倒同我算起帳來了。我們索性算算清，算不明白，我到南昌縣裏，叫蔣大化替我們分派分派。蔣大化再辦不了，還有首府首道。再不然，還有撫臺。就是京控，亦不要緊。我到那裏，你就跟我到那裏。要曉得兄弟也不是好欺侮的。」三荷包越說越得意；把個藩臺白瞪著眼，只是吹鬍子，在那裏氣得索索的抖。楞了好半天，才喘吁吁的說道：「我也不要做這官了。大家落拓大家窮。我辛辛苦苦，為的那一項？爽性自己兄弟，也不拿我當作人；我這人生在世上，還有什麼趣味！不如剃了頭髮當和尚去，還落個清靜！」三荷包說道：「你辛辛苦苦，到底為的那一項？橫豎總不是為的別人。你說兄弟不拿你當人，你就應該擺出做哥子的款來，你不做官，你要做和尚，橫豎隨你自家的便，與旁人毫不相干。」何藩臺聽了這話，越想越氣；本來躺在床上抽大煙，站起身來，把煙槍一丟，豁琅一聲，打碎一隻茶碗，潑了一牀的茶，褥子潮了一大塊。三荷包見他來的兇猛，只當是他哥動手要打他。說時遲，那時快；他便把馬褂一脫，捲了捲袖子，一個老虎勢，望他哥懷內撲將來。何藩臺初意丟掉煙槍之後，原想奔出去找師爺，替他打稟帖給撫臺告病。今見兄弟撒起潑❷來，一面竭力抵擋，一面口裏說：「你打死我罷！」

起先兄弟倆鬪嘴的時候，一眾家人都在外間靜悄悄的，不敢則聲；等到後頭鬧大了，就有幾個年紀大些的二爺，進來相勸老爺放手。一個從身後抱住三老爺，想把他拖開；誰知用多大的力，也拖不開！還有幾個小跟班❸，不敢進來勸，立刻奔到後堂，告訴太太說：「三老爺同老爺打架，拉著辮子不放哩！」

❷ 撒潑：即「撒野」。

太太聽了，這一嚇非同小可，也不及穿裙子，也不要老媽子攙，獨自一個奔到花廳。眾跟班看見，連忙打簾子讓太太進去。只見他哥兒倆，還是揪在一塊，不曾分開。太太急得沒法，拚著自己身子，奔向前去，使盡平生氣力，想拉開他兩個，那裏拉得動！一個說：「你打死我罷！」一個說：「要死死在一塊兒！」太太急得淌眼淚說：「到底怎麼樣！」嘴裏如此說，心上到底向著自己的丈夫，竭力的幫助他丈夫往旁邊拉。何藩臺一看太太這個樣子，心早已軟了。連忙一鬆手，往旁邊一張椅子上坐下。那三荷包卻不提防他哥此刻鬆手，仍舊使著全副氣力，往前直頂，等到他哥坐下，卻撲了一個空，齊頭拿頭頂在他嫂子肚皮上。他嫂子乃是女人，又有了三個月的身孕，本是沒有氣力的；被他叔子一頭撞來，剛正撞在肚皮上，只聽得太太啊唷一聲，跟手咕咚一聲，就跌在地下。三荷包也爬下了，剛剛磕在太太身上。何藩臺看了，又氣又急：氣的是兄弟不講理；急的是太太有了三個月的身孕。自己已經一把鬍子的人了，這個塡房太太，是去年娶的，如今才有了喜；倘或因此小產，那可不是玩的！當時也就顧不得別的了，只好親自過來，一手把兄弟拉起。卻用兩隻手去拉他太太，誰知拉死拉不起；只見太太坐在地下，一手摸著肚皮，一手托著腮，低著頭，閉著眼，皺著眉頭，那頭上的汗珠子，比黃豆大。何藩臺問他：「怎樣？」只是搖頭說不出話。何藩臺發急道：「真正不知道我是那一輩子造下的孽！碰著你們這些孽障！」三荷包見此光景，搭訕著就溜之乎也。

起先太太出來的時候，另外有個小底下人，奔到外面聲張起來，說：「老爺同三老爺打架。你們眾位師爺不去勸勸！」頃刻間，眾位師爺都得了信，還有官親大舅太爺，二舅老爺，姑老爺，外孫少爺，

❸ 跟班：隨從。

本家叔大爺，二老爺，姪少爺，約齊好了到簽押房裏去勸和。走進外間，跟班回說：「太太在裏頭。」一於是大家縮住了腳，不便進去，幾個本家也是客氣的，一齊站在外間聽信。後首聽到三老爺把太太撞倒，太太啊唷一聲，大家就知道這事越鬧越大，連勸打的人也打在裏頭了。跟手看見三老爺掀簾子出來，大家接著齊問他：「什麼事？」三老爺因見幾個長輩在跟前，也不好說自己的是，也不好說他哥的不是；但聽得說了一聲道：「咱們兄弟的事，說來話長；我的氣已受夠了，還說他做甚！」說罷了這一句，便一溜煙外面去了。

這裏眾人，依舊摸不著頭腦。後來帳房師爺同著本家二老爺，向值簽押房的跟班，細細的問了一遍，方知就裏。二老爺還要接著問別的，只聽得裏面太太，又在那裏啊唷啊唷的喊個不住！想是剛才閃了力了；論不定還是三老爺把他撞壞的，大家都曉得太太有了三個月的喜，怕的是小產。外間幾個人，正在那裏議論，又聽得何藩臺一疊連聲的叫人去喊收生婆。又在那裏罵上房裏的老媽子：「都死絕了，怎麼一個都不出來？」眾跟班聽得主人動氣，連忙分頭去叫。不多一刻，姨太太，小姐，帶了眾老媽，已經走到屏門背後，於是眾位師爺，只好迴避出去。姨太太，小姐，帶領三四個老媽進來；又被何藩臺罵了一頓，大家不敢做聲。好容易五六個人，拿個太太連擡帶扛，把他弄了進去。何藩臺也跟進上房，眼看著把太太扶到牀上躺下。問他：「怎樣？」也說不出怎樣。

何藩臺便叫人到官醫局裏，請張聾子張老爺，前來看脈。張聾子立刻穿著衣帽，來到藩司衙門，先落官廳，傳進手本；等到號房出來，說了一聲：「請。」才跟著進去。走到宅門，號房站住；便是執帖二爺，領他進去。張聾子同這二爺，先陪著笑臉，寒暄了幾句，不知不覺領進上房。何藩臺從房裏迎到裏間，連說：「勞駕得狠！」張聾子見面，先行官禮，請了一個安；便說：「憲太太欠安，卑職應得早來伺候。」何藩臺當即讓他坐下，把病源細細說了一遍。不多一刻，老媽出來相請。何藩臺隨讓他同進房間，只見上面放著帳子；張聾子知道太太睡在牀上，不便行禮，只說一句「請太太的安」。帳子裏面也不則聲；倒是何藩臺同他客氣了一句。他便側著身子，在牀面前一張椅子上坐下。叫老媽把太太的右手請了出來，放在三本書上。他卻閉著眼，低著頭，用三個指頭按準寸關尺三部脈位，足足把了一刻鐘的時節。一隻把完，又把那一隻左手換了出來，照樣把了半天。然後叫老媽去看太太的舌苔。何藩臺恐怕老媽靠不住，點了個火，鼻開帳子，讓張聾子親自來看。張聾子立刻站了起來，只些微的一看，就叫把帳子放下；嘴裏說：「冒了風，不是頑的！」說完這句話，仍由何藩臺陪著，到外間開方子。張聾子說：「太太的病，本來是鬱怒傷肝；又閃了一點力，略略動了胎氣，看來還不要緊。」於是開了一張方子，無非是白朮，茯苓，川連，黑山梔一類。寫好之後，遞給了何藩臺，嘴裏道：「卑職不懂得什麼，總求大人指教。」何藩臺接過，看一遍，連說：「高明得很。」又見方子後面，另外注著一行小字；道是：「委辦官醫局提調，江西試用通判張聰謹擬」十七個字了。何藩臺看過一笑，就交給跟班的，拿摺子趕緊去撮藥。這裏張聾子也就起身告辭。少停撮藥的回來照方煎服。不到半個鐘頭，居然太太的肚皮也不痛了。何藩臺方始放心。

只因這事是他兄弟鬧的，太太雖然病不妨事，但他兄弟始終不肯服軟，這事情總得有個下場。到了第二天，何藩臺便上院請了兩天假，推說是感冒，其實是坐在家裏生氣。三荷包也不睬他，把他氣的越發火上加油。只好虛張聲勢，到簽押房裏，請師爺打稟帖給護院，替他告病；說：「我這官一定不要做了。我辛辛苦苦做了這幾年官，連個奴才還不如，我又何苦來呢！」那師爺不肯動筆，他還打恭作揖的求他快些寫。師爺急了，只好同伺候簽押房的二爺咬了個耳朵，叫他把合衙門的師爺，什麼舅太爺，叔太爺，通通請來相勸。不消一刻，一齊來了，當下七嘴八舌，言來語去。起先何藩臺咬定牙齒不答應。虧得一個舅太爺，一個叔太爺，兩個老人家，心上有主意，齊說：「這事情是老三不是，總得叫他來下個禮，賠個罪，才好消這口氣。」何藩臺說：「不要叫他。那不折死了我嗎？」舅太爺道：「我舅舅的話他敢不聽！」便拉了叔太爺，一同出去找三荷包。

三荷包是一向在衙門裏管帳房的；雖說是他舅舅他叔叔，平時不免總有仰仗他的地方，所以見面之後，少不得還要拍馬屁。當下舅太爺雖然當著何藩臺，說：「我舅舅的話他敢不聽！」其實兩個人到了帳房裏來，一見三荷包，依然是眉花眼笑，下氣柔聲。舅太爺拖長了嗓子，叫了一聲：「老賢甥」，底下好像有多少話似的，一句也說不出口。三荷包卻已看出來意，便道：「不是說要告病嗎？他拿這個壓制我；我卻不怕。等他告准了，我再同他算帳。」舅太爺說：「不是這們說。你們總是親兄弟。現在不說別的，總算是你讓他的。你幫著他這幾多年，辛辛苦苦管了這個帳，替他外頭張羅，他並不是不知道好歹；不過為的是不久就要交卸，心上有點不高興，彼此就頂撞起來。」三荷包道：「我頂撞他什麼？如果是我先頂撞了他，該剮該殺，聽憑他辦。」舅太爺道：「我何曾派老賢甥的不是！不過他是個老大哥，你總看手足分上，拚著我這老臉，替你兩人打個圓場，完了這件事。」叔太爺也幫著如此說。他叔叔卻不稱他為老賢姪，比舅太爺還要恭敬，竟其口口聲聲的叫三爺。三荷包聽了，心想：這事總要有個收篷；倘若這事弄僵了，他的二千不必說，還有我的五百頭，豈不白便宜了別人！想好主意，便對他舅舅叔叔說道：「我做事不要瞞人，他若是有我兄弟在心上，這樁口舌是非，原是為九江府起的。」便如此這般樣，把賣缺一事自頭至尾，說一遍。兩人齊說：「那是我們好說的。」三荷包道：「要他答應了人家二千，我就同他講和。倘若還要擺他的臭架子，叫他把我名下應該分的家當，立刻算還了給我，我立刻滾蛋；叫他從今以後，也不要認我兄弟。」舅太爺道：「說那裏話來？一切事情，都在娘舅身上。你說二千，就是二千，我舅舅只准叫他要二千，他敢不聽！」說著，便同叔太爺一邊一個，拉著三荷包到簽押房來。

跟班的看見三老爺來了，連忙打簾子。當下舅太爺，叔太爺，一個在前，一個在後，把個三荷包夾在中間。三荷包走進房門，只見一屋子的人，都站起來招呼他；獨有他哥還是直挺挺的坐在椅子上不動。三荷包看了，不免又添上些氣。虧得舅太爺老臉，說又說得出，做又做得出；一手拉著三荷包的手，跑到何藩臺面前說：「自家兄弟，有什麼說不了的事情！叫人家瞧著，替你倆擔心。我從昨天到如今，為著你倆沒有好好的吃一頓飯。老三，你過來，你做兄弟的，說不得先走上去叫一聲大哥，弟兄和和氣氣，這事不就完了嗎？」三荷包此時，雖是滿肚皮的不願意，也是沒法，只得板著臉，硬著頭，狠蹶蹶的叫了聲：「大哥。」何藩臺還沒答腔，舅老爺已經張開兩撇鬍子的嘴，哈哈大笑道：「好了，好了。你兄弟照常一樣，我的飯也吃的下了。」說到這裏，何藩臺正想當著眾人，發落他兄弟兩句，好光光自己的臉；忽見執帖門上來回：「新任玉山縣王夢梅王大老爺稟辭稟見。」這個人，可巧是三荷包經手，拿過他一萬二千塊的一個大主顧。今天因要赴任，特來稟辭。何藩臺見了手本，回心轉念，想到這是自家兄弟的好處，不知不覺，那面上的氣色，就和平了許多。一面換了衣服出去，一面回頭對著三荷包道：「我要會客，你在這裏陪陪諸位罷！」大家齊說：「好了，我們也要散了。」說著，舅老爺叔太爺，同著眾位師爺一鬨而散。何藩臺自己出來會客。

*　　*　　*

原來這位新掛牌的玉山縣王夢梅，本是一個做官好手，上半年在那裏辦過幾個月釐局。不該應要錢的心太狠了，直弄得民怨沸騰，有無數商人，來省上控。牙釐局的總辦立刻詳院，將他一面撤委，一面提集司事巡丁，到省質訊。後來查明，是他不合縱容司巡，任情需索。幸得憲恩高厚，只把司巡辦掉幾個；又把他詳院，記大過三次，停委一年，將此事敷衍過去。可巧何藩臺署了布政司，約摸將交卸的一個月前頭，得到不久就要回任的信息。他便大開山門，四方募化。又有個兄弟，做了幫手，竭意招徠。只要不惜重貲，便是有求必應。王夢梅曉得了這條門路，便輾轉託人先請三荷包吃了兩罈花酒。齊巧有一天，是三荷包的生日，他便借此為名，送了三四百兩銀子的壽禮。就在婊子家弄了一本戲，叫了幾罈酒，聚集了一班狐群狗黨，替三荷包慶了一天壽。這天直把三荷包樂得不可開交，就此與王夢梅做了一個知己，可巧前任玉山縣，因案撤省。這玉山是江西著名的好缺，他便找到三荷包，情願孝敬洋錢一萬塊，叫他署理這缺。三荷包就進去替他說合。何藩臺說他是停委的人，現在要破例委他，這個數還覺著嫌少。說來說去，又添了二千。王夢梅又私自送了三荷包二千的銀票。三荷包一手接票子，一面嘴裏說：「咱弟兄還要這個嗎？」等到這句話說完，票子已到他懷裏去了。究竟這王夢梅，只辦過一趟釐局，而且未曾終局，半路撤回。回省之後，還帳應酬，應酬，再貼補些與那替他當災的巡丁司事，就是錢再多些，到此也就有限了。此番買缺，幸虧得他有個錢莊內朋友，替他借了三千。他又弄到一個帶肚子的師爺，一個帶肚子的二爺，每人三千；說明到任之後，一個管帳房，一個做稿案。三注共得九千，下餘約四五千，多是自己湊的。這日因為就要上任，前來稟辭，乃是官樣文章，不必細述。

王夢梅辭過上司，別過同寅，帶領家眷，與所有的幕友家丁，一直上任而去。在路非止一日。將到玉山縣頭一天，先有紅諭下去，便見本縣書差前來迎接。王夢梅的意思，為著目下乃是收漕的時候，一時一刻都不能耽誤的。原想到的那一天，就要接印；誰知到的晚了，已有上燈時分，把他急得暴跳如雷，恨不得立時就把印信搶了過來！虧得錢穀上老夫子，前來解勸，說：「今天天色已晚，就是有人來完錢糧漕米，也總要等到明天天亮，黑了天是不收的，不如明天一早接印的好。」王夢梅聽了他言，方始無話。卻是這一夜，不曾合眼！約摸有四更時分，便已起身，怕的是誤了天亮接印，把漕米錢糧，被前任收了去。等到人齊，把他抬到衙門裏去，那太陽已經在牆上了。拜印之後，升座公案，便是典史參堂，書差叩賀，照例公事。話休絮煩。

且說他前任的縣官，本是個進士出身。人是長厚一路，性情卻極和平；惟於聽斷上稍欠明白些。因此上憲甄別屬員本內，就輕輕替他出了幾句考語，說他是：「聽斷糊塗，難膺民社。惟係進士出身，文理尚優，請以教諭歸部銓選。」本章上去，那軍機處擬旨的章京向來是一字不易的，照著批了下來。省裏先得電報，隨後部文到來。偏偏這王夢梅做了手腳，弄到此缺。王夢梅這邊接印；那前任當日就把家眷搬出衙門，好讓給新任進去。自己算清了交代，便自回省不題。

且說王夢梅到任之後，別的猶可；倒是他那一個帳房，一個稿案，都是帶肚子的，凡百事情，總想挾制本官。起初不過有點呼應不靈，到得後來，漸漸的這個官，竟像他二人做的一樣。王夢梅有個姪少爺，這人也在衙門裏幫著管帳房，肚裏卻還明白，看看苗頭不對，便對他叔子說：「自從我們接了印，也有半個多月。幸虧碰著收漕的時候，總算一到任就有錢進。不如把他倆的錢還了他們，打發他走，免得自己聲名有累。」他叔子聽了，愣了一愣，歇了一會，才說得一聲：「慢著，我自有道理。」姪少爺見話說不進，也就不談了。

原來這王夢梅的為人，最惡不過的。他從接印之後，便事事有心退讓，任憑他二人胡作胡為。等到有一天鬧出事來，便翻轉面孔，把他二人重重的一辦，或是遞解回籍，永免後患。不但乾沒了他二人的錢文，並且得了好名聲，豈不一舉兩得，你說他這人的心思，毒乎不毒？所以他姪少爺說話，毫不在意。

回到簽押房，偏偏那個帶肚子的二爺，名喚蔣福的，上來回公事，有一樁案件，王夢梅已批駁的了；蔣福得了原告的銀錢，重新走來，定要王夢梅出票子提拿被告。王夢梅不肯，兩個人就鬬了一會嘴，蔣福嘰哩咕嚕的，撅著嘴罵了出去。王夢梅不與他計較，便拿硃筆寫了一紙諭單，貼在二堂之上，曉諭那些幕友門丁，其中大略意思，無非是「本官一清如水。倘有幕友官親，以及門稿書役，不安本分，招搖撞騙，私自向人需索者，一經查實，立即按例從重懲辦，決不寬貸……」各等語。此諭貼出之後，別人猶可，獨有蔣福，是虛心的，看了好生不樂。回到門房，心上盤算了一回，自言自語道：「他出這張諭帖，明明是替我關門。一來絕了我的路，二來借著這個清正的名聲，好來擺布我們。哼哼！有飯大家吃，無飯大家餓，我蔣某人也不是好惹的。你想獨吞，叫我們一齊餓著，那卻沒有如此便宜！」想好主意，次日堂事完後，王夢梅剛才進去，一眾書役，正要紛紛退下，他拿手兒一招道：「諸位慢著！老爺有話吩咐。」眾人聽得有話，連忙一齊站定；他便拖著嗓子講道：「老爺叫我叫你們回來，不為別事，只因我們老爺為官，一向清正，從來不要一個錢的，而且最體恤百姓；曉得地方上百姓苦，今年年成，又沒有十分收成。第一樁想叫那些完錢糧的，照著串上，一個完一個，不准多收一分一釐。這事昨日已經有話，等定好章程，將要貼出來。第二樁是你們這些書役除掉照例應得的工食，老爺都一概拿出來給你們；卻不准你們在外頭多要一個錢。你們可知道：昨天已貼了諭帖，不准官親師爺，私自弄錢？查出來了，無論是誰，一定重辦。你們大家小心點！」說完這話，他便走開，回到自己屋子裏去。這些書差一干人退了下來，面面相覷，卻想不出本官何以有此一番舉動，真正摸不出頭腦。

於是此話哄傳出去，合城皆知，都說：「老爺是個清官，不日就有章程出來，豁除錢糧浮收，不准書差需索。」那第二件，人家還不理會。倒是頭一件，人家得了這個信息，都想等著佔便宜。一等三天，告示不曾出來。這三天內的錢糧，卻是分文未曾收著。王夢梅甚為詫異，說：「好端端，這三天裏頭怎麼一個錢都不見！」因差心腹人出外打探，方曉得是如此如此。這一氣非同小可，恨的他要立時坐堂，把蔣福打三千板子，方出得這一口氣。後來幸虧被眾位師爺勸住，齊說：「這事鬧出來不好聽。」王夢梅道：「被他這一鬧，我的錢糧還想收嗎？」錢穀師爺道：「不如打發了他。這件事總算沒有，他的話不足為憑。難道這些百姓，果真的抗著不來完嗎？」王夢梅見大家說得有理，就叫了管帳房的姪少爺來，叫他去開銷蔣福，立時三刻要他捲鋪蓋滾出去。姪少爺道：「三千頭怎麼說？」王夢梅道：「等查明白了，沒有弊病，才能給他。」姪少爺道：「這話恐怕說不下去罷！」王夢梅道：「怎麼你們都巴望我多拿出去一個，你們才樂？」姪少爺碰了這個釘子，不敢多說話，只得出來同蔣福說。蔣福道：「我那老爺接印的那一天，我就知道，我這飯是吃不長的。要我走容易得很，只要拿我的那三千洋錢還我，立刻就走。還有一件，從前老爺有過話，是『有福同享，有難同當』。現在老爺有得升官發財，我們做家人的出了力，賠了錢，只落得一個半途而廢，這裏頭請你少爺，怎麼替家人說說。利錢之外，總得貼補點家人才好。還有幾樁案子裏弄的錢，小事情，十塊二十塊，也不必提了。即如孔家因為爭過繼；胡家同盧家為著退婚；就此兩樁事情，少說也得半萬銀子。老爺這個缺，一共是一萬四千幾百塊錢，連著盤費，就算他一萬五。家人這裏頭有三千，三五一十五，應該怎麼個拆法？老爺他是做官的人，大才大量！諒來不會刻苦我們做家人的。求少爺替家人言轉一聲。家人今天晚上再來候信。」說罷，退了出去。

姪少爺聽了這話，好不為難。心下思量：「他倒會軟調脾，說出來的話，軟的同棉花一樣，卻是字眼裏頭，都含著刺。替他回的好，還是不替他回的好？若是直言，攔上我們這位叔太爺的脾氣，是不好惹的，剛才我才說得一句，他就排揎我，說我幫著外頭人，叫他出錢。若是不去回，停刻蔣福又要來討回信，叫我怎樣發付他？說一句良心話，人家三千塊錢，那不是一封一封的填在裏頭，給你用的？現在想要乾沒了人家的，卻是良心上說不過。況且蔣福這東西，也不是什麼吃得光的。真正一個惡過一個，叫我有什麼法子想！也罷，等我上去找著嬸子，探探口氣看是如何，再作道理。」主意打定，便叫人打聽老爺，正在簽押房裏看公事。他便趁空溜到上房，把這事從頭至尾，告訴了太太一遍；又說：「現在叔叔的意思，一時不想把這錢還人家。蔣福那東西頂壞不過，恐怕他未必就此干休。所以姪兒來請嬸娘的示，看是怎麼辦的好？」豈知這位太太，性情吝嗇，只有進，沒有出，卻與丈夫同一脾氣。聽了這話，便說：「大少爺你第一別答應他的錢。叔叔弄到這個缺不輕容易！為的是收這兩季子錢糧漕米貼補貼補，被蔣福這東西，如此一鬧，人家已經好幾天不交錢糧了！你叔叔恨的牙癢癢，為的是到任的時候，他墊了三千塊錢，有這點功勞，所以不去辦他。至於那注錢，亦不是吃掉他的，要查明白沒有弊病，才肯給他。你若答應了他，你叔叔免不得又要怪你了。」姪少爺聽了這話，不免心下沒了主意。又不好講別的，只得搭訕著出來，回到帳房，悶悶不樂。忽見簾子掀起，走進一人，你道是誰？原來就是蔣福聽回信來了。姪少爺一見是他，不覺心上畢拍一跳。

究竟如何發付蔣福，與那蔣福肯干休與否？且看下回分解。

第六回　急張羅州官接巡撫　少訓練副將降都司

卻說：蔣福走進帳房，探聽消息。姪少爺無法，只得同他說道：「你的錢，老爺說過，一個不少的；但是總得再過幾天，才能還你。好在你的家眷也同了來，今日說走，今日也未必動得身。等你動身的時候，自然是還你的。」這位姪少爺總算得能言會道，不肯把叔子的話，直言回覆蔣福，原是免得淘氣❶的意思。然而那一種呑呑吐吐的情形，已被蔣福看透。聽罷之後，不禁鼻子管裏哼哼冷笑了兩聲，說：「這算什麼話！要人走，錢不還人家，這個理信倒少有。現在也不必說別的，我們同到府裏，評評這個理去。」姪少爺連忙勸他，說：「你放心罷，你這錢斷斷不會少你的。」蔣福道：「有本事只管少，我也不怕！」說著，自己去了。

原來這蔣福，同廣信府的一個稿案門上，又是同鄉，又是親家；兩人又極其要好。這個稿案門，又是府大人第一個紅人，說一是一，說二是二。蔣福從帳房裏下來，便一直上府，找到他親家，說老王不還他錢，他要先到府裏上控，求親家好歹拉一把。他親家聽了，自然是拍胸脯，一力承當；把他歡喜的了不得。當天稿案門就回了本府，說縣裏這位王大老爺，怎麼不好，怎麼不好。虧得這位本府，自從王夢梅到任以來，為他會巴結，心裏還同他說得來；就說：「這事情鬧了出來，面子上不好看，還是不叫

❶ 淘氣：嘔氣。

他上控的好。」就同刑名老夫子商量。刑名道：「太尊的話是極。晚生即刻就找了他來，開導開導他，叫他不要辜負了太尊的美意。」知府說：「如此很好。」刑名便叫自己的二爺，拿了名片到縣裏，請王大老爺便衣過來，有公事面談。

去不多時，果見王夢梅來了，走進書房，作揖歸坐。說了幾句閒話；刑名老夫子便提到剛才太尊的意思，說：「太尊說的，彼此要好，不要弄出笑話來。只要夢翁把用他的錢給了他，其餘無憑無據的事，也斷不能容他放肆。」便把蔣福要告他的話，說了一遍。王夢梅聽了這話，臉上一紅，心上想：此事他既曉得，須瞞他不得。便把蔣福如何可惡，也說了一遍：「現在已經三天沒有人來交錢糧，兄弟心上恨不過。所以雖然有錢，也要叫他難過兩天再給他，並沒有吃沒他的意思。至於蔣福說要上控兄弟的話，同城耳目眾多，府憲又是精明不過的；況且又蒙你老夫子拿兄弟當做人；兄弟即使有點不好，難道能夠瞞過府憲？不要說對不住府憲，連你老夫子，亦對不住！」刑名道：「這些話，誰有工夫去聽他，我不過當作閒話談談罷了。只要老哥早給他一天錢，早叫他滾蛋一天，大家耳根清淨，不結了嗎？」王夢梅又把臉一紅道：「這蔣福原是一個朋友薦來的，說他如何可靠；來了不到三天，就拿了一筆錢，是三千塊，叫兄弟替他放；兄弟就是沒錢用，也不至於用他們的錢。」刑名道：「是呀！」王夢梅道：「我想他們不過貪圖幾個利錢，所以就留下他的，替他放在莊上是有的。」刑名道：「不管他是存是放，你只要提還他就是了。」王夢梅又愣了一會道：「說到如此，兄弟無不遵命。明天兄弟便把三千塊劃過來，放在老夫子這裏。兄弟那裏，總要查過他沒有弊病，才能放他滾蛋。」王夢梅的話，不過是借此收場的意思；刑名亦看出來，便說：「很好，就是如此辦，果然有弊病，我還要告訴太尊，重重的辦他一辦。」

說完，王夢梅辭去。次日上府，果然就帶到一張三千塊錢月底的莊票。刑名收了下來，便問：「你從前出過憑據給蔣福沒有？」王夢梅說：「摺子是有一個。」刑名道：「今天我先出張收條給你；明天你拿著來換摺子便了。」這一樁事情，總算府大人從中轉圜，蔣福未曾再敢多耍，王夢梅也未曾出醜。到了年底，倒是那刑名仗著此事出了把力，寫封信來，問王夢梅借五百銀子過年。王夢梅應酬了他二百兩，才把這事過去。此是後話不題。

*　　*　　*

有話便長，無話便短。且說三荷包，自從和他哥講和之後，但九江府一注買賣，他自己就弄到幾百兩，連著前前後後經手的多了，少說有萬把銀子在荷包裏了。那時候正值山西水旱，開辦賑捐。三荷包到處拉攏，叫人捐官，他自己好賺扣頭。他身上原有一個州同，就此加捐一個知州，又捐了一個十成花樣，歸部銓選。可巧他運氣好，掣籤掣得第一。此時，他哥大荷包，已經回任；他便把帳房銀錢交代清楚，立刻進京投供候選。第二個月，山東莒州知州出缺，輪到他頂選，就此選了出來；不過這缺苦點。他便把荷包裏的錢掏了出來，託人走門子，化上二千兩，拜了一位軍機大人做老師。這天是手本夾著銀票一塊兒進去的。等了好半天，軍機大人傳見。他進去，磕了三個頭；那軍機大人只還了半個揖，讓他坐下。只問得兩句：「你幾時來的？」三荷包回過；又問：「幾時走？」三荷包回：「耽擱三四天就走。」說完兩句話，那軍機大人就端茶送客，自己踱了進去。三荷包無奈，只好退了下來，回到寓所。次日軍機大人差人送來一封書信，說是帶給山東撫院的。三荷包收了下來，又送來人八兩銀子，來人方去。三荷包燈下無事，把書信偷著拆開一看，只見那信，只有一張八行書，數一數核桃大的字，不到二十幾個。

三荷包官場登久了的，曉得大人先生們八行書，不過如此。仍舊套好封好。過了兩天，他便離了京城，一直奔赴山東濟南省城，稟到稟見，把軍機大人的書信投了進去。

次日即蒙撫臺傳見，說：「莒州缺苦，我已經同藩臺說過，偏偏昨日膠州出缺，就先掛牌委你署理。隨後有別的好點的缺，我再替你對付。」三荷包打千謝過，回說：「卑職學陋才淺，現在的膠州有了外國人，事情很不好辦，總求大人常常教訓。」撫臺道：「好在我目下就要出省大閱，先到東三府，大約不上一月，就可到得膠州，那時候有什麼事，我們當面斟酌再說。你老兄就趕緊去到任。」三荷包答應了幾聲：「是。」退了出去。

不到晚上，果然藩司前掛出牌來。三荷包自然歡喜。次日大早，連忙到上憲衙門稟謝；也有見得著的，也有見不著的。跟手第二天，又拜了一天客。第三天，又赴各衙門稟辭。三荷包一面去上任，這裏撫臺大人也就起身了。

三荷包到了膠州，忙著拜廟，接印，點卯，盤庫，閱城，閱監，拜同寅，拜紳士，還與前任算交代，整整忙了二十幾天，方才忙完。接著上縣滾單❷下來，曉得撫臺是打萊州一路來的。三荷包得了這信，因他是初次為官，所有鋪墊擺設，樣樣都是創起的。現在又要辦這樣的大差使，就是有錢，這幾天裏如何來得及呢！在省城臨動身的時候，什麼洋貨店裏，南貨店裏，綢緞店裏，——人家因為他是現任大老爺，而且又是江西鹽道的三大人，誰不相信他。——都肯拿東西賒給他，不要他的現錢，因此也賒了幾千銀子的東西。然而立時立刻要辦怎麼一個差使，還要辦得妥貼，著實為難。霎時間把他急得走頭無路，

❷ 滾單：原指徵田賦、錢糧五戶、十戶共用之單據；借用為州縣遞傳上司行程之通知。

如熱鍋上螞蟻一般。

當下便同衙門裏師爺商量；內中有個書啟老夫子，姓丁名自建，是濟陽縣裏一位名孝廉。從前在省城濼源書院肄業，屢屢考在超等。不但八股精通，而且詩詞歌賦，無一不會，一筆王石谷的畫，一手趙松雪的字，真正刻板無二。從前這位撫臺大人，做濟東道的時候，這丁自建屢次在他手裏考過，算得一個得意門生。現在因為丁憂在家，沒有事做，仍舊找到舊日恩師，求他推薦一個館地。幸喜此時這位恩師，已經開府山東；一省之內，惟彼獨尊，自然是登高一呼，眾山響應。因此就把他薦與三荷包，當得一名書啟幕賓。

這日因見東家為著辦差的事，愁的雙眉不展，問了眾人，也不得一個主意。他便從旁獻計道：「東翁現在這差，晚生倒有一個辦法。」三荷包忙問：「是何辦法？」丁自建道：「我這敝老師生來一種脾氣，頗有閻文介，李鑑堂之風。從前他做道臺的時候，晚生曾在衙內住過幾天。其實他的上房裏，另外有個小廚房，飲食極其講究。然而他等到請起客來，不過四盆兩碗，還要弄些豆腐青菜在裏頭。他太太就是晚生的敝師母，晚生也曾拜見過幾次，一般是珠翠滿頭，綾羅遍身。然而這位敝老師，無冬無夏，只得一件灰布袍，一件天青哈喇呢外褂，還要打上幾個補釘。一頂帽子，也不知從那裏古董攤上拾得來的。若照外面看上去，實在清廉得很。其實有人孝敬他老人家。他的為人，又極世故，一定必須要領人家情。不過你不去送的他，他卻決不向你開口。但凡有過孝敬的，他一定還要另眼看待。所以他的好處，也在這裏。現在辦他的差使，能彀華麗，固然是好；倘或不能，依晚生愚見，不妨面子稍些推扳點，骨子裏頭，老老實實的，叫他見你個情。橫豎一樣化錢，在我們的一面樂得省事，在他一面又得了實惠，又得了好名聲，這又何樂而不為呢！」三荷包道：「辦這個差使，無論如何推扳，體制所關，總得有個分寸才好。」丁自建道：「這個容易。現在已經五月天氣，今年又熱得早，行轅裏鋪陳過於華麗了，反瞧著叫人心煩，不如清淡些。最好是鋪幾個外國房間，只要有檯毯帳子，其餘桌圍椅披，一概不要。再弄幾百盆花，屋裏院子裏，統通擺滿。一天兩頓，也不用滿漢席，燕菜席，竟請他吃大菜。他這一路來，燕菜燒烤早已吃膩了，等他清淡兩天也好。況且有了這個房間，就是外國人來拜，也便當許多。」三荷包聽了他話，甚為覺得有理；忽又躊躇道：「這些外國傢伙，一時到那裏去辦呢？」丁自建道：「這個容易。晚生有個朋友，同德國兵官極其要好，就託他去借；連吃大菜的刀叉杯盤，桌子上的擺式，還有做大菜的廚子，亦問他借用幾天；東西不夠，再託他替我們借些，總夠用的了。」三荷包道：「問人家借廚子，人家就不吃飯了嗎？」丁自建道：「這幾天，就叫這外國人，不必開火倉，統通在我們這裏做好，叫打雜替他送去的。他也樂得省錢，豈不兩全其美？」三荷包道：「裏面如此，大致已妥。外面怎樣？」丁自建道：「裏面弄好，那外頭愈加好說了。但如今到底是用那裏的房子做行轅？有了房子，方好擺布。」三荷包道：「你們看那裏好？」眾位師爺有的說借東門外孫家的，有的說借南門裏王家的。三荷包聽了，都不中意，不是門口不像樣，就是房子太淺促。後來還是雜務門高二爺見多識廣，是個老辦手，忙說：「這兩處都嫌遠，不如就把書院騰了出來，路又近，房子寬爽，從大門走進來，一直到上房，筆直一條路，豈不比孫家王家的好？」三荷包一聽這話，連說著：「不錯。」丁自建也忙說：「好。」三荷包就此託丁師爺幫著賬房總辦此事。自己也忙著調度。外面篷匠綵畫匠，一切都是高門上去辦。裏頭丁師爺，只管借東西弄廚子，鋪設房間。虧得人多手快，日夜不停，足足忙了五六天，居然一律停當。

接著上縣的滾單，又是雪片的滾將下來，說撫院後天可到。三荷包忙著會同了營務裏，出境去接。

* * *

且說那膠州營務官，本是一員副將，這人姓王名必魁，是個武榜眼出身，拉得一手好弓，射得一手好箭。但是武營裏的習氣，所有的兵丁，平時是從不習練；而且必要剋扣糧餉，化公為私。這些弊病，卻是一言難盡。只有三年大閱，是他們的一重關煞。那一種急來抱佛腳情形，比起那些秀才們三年歲考還要急。撫院來的三月頭裏，這協臺得著了文書，就是心下一個疙瘩❸。幸虧日子離著還遠，不過傳齊了標下大小將官，從中軍，都司起，以及守備，千總，把總，外委，就叫把手下們的額子，都招招齊，免得臨時忙亂。一干人得了這個吩咐，關係自己考程，也都就不敢怠慢。所有地方的青皮❹光棍，沒有行業的人，統通被他招了去。從此這干人進了營，當了兵，吃了口糧，就也不去為非作歹，地方上倒平安了許多。不在話下。

看看離著撫院來的日子，一天近似一天。大小將弁，帶領著兵丁們，天天下校場操演，不時這位協臺大人還要自己去看操。真正是五天一大操，三天一小操。鎮日價旌旗耀目，金鼓齊鳴，好不齊整，好不威武。列位要曉得，中國綠營的兵丁，只要有了兩件本事，就可以當得：第一件是會跑，大人看操的時候，所有擺的陣勢，不過是一個跟著一個的跑，在校場裏會兜圈子，就會擺得陣勢：排得一溜的，叫長蛇陣；圈在一堆的，叫螺螄陣；分作八下的，叫八卦陣。第二件是會喊，瞧著大人轎子老遠的來了，

---

❸ 疙瘩：鬱結。

❹ 青皮：無賴流氓。

一齊跪在田裏，當頭的將官，雙手高捧手本，口報：「某官某人，叩接大人。」大人跟前的戈什❺，喊一聲：「起去。」所有的兵丁，齊齊答應一聲：「嗄！」這一聲要一齊張嘴，不得參差。喊過之後，拔起腳來就跑，又趕到前面伺候去了。所以這一個跑，一個喊，竟是他們秘傳的心法，人人要操練的。至於那些耍槍弄棒，頑籐牌，翻觔斗，正月城隍廟裏，耍槍賣膏藥的一般人，都會得兩手。此時都找了來，到了校場上，敲著鼓，打著鑼，鼕鼕，鏜鏜鏜，耍一套，換一套，真正比耍猴還要好看！他們編的名字叫「打對子」。這些樣子，今天看看不過如此，明天看看也不過如此，把個協臺大人，早看的心煩了。看過幾次，就派中軍替他代勞，空了功夫，這班總爺副爺，自己還弔膀子，下箭道學著射箭。怕的要是撫臺大人來到，一枝射不中，要說他技藝生疎，送掉前程，那就作下了。年紀大些的，同那打過仗，受過傷的，都改騎射為放鎗。射步箭有箭靶子；射馬箭是三角皮毬；放洋槍是一個灰包，一鎗過去，鎗子穿過灰包，就有多少灰飛了出來，那是頂好看的。這幾天裏頭，文官忙辦差，武官忙操演。直忙得個不擇飯而食，不擇席而臥。

一天滾單到來，知道撫臺大人已到前站。三荷包便會同了王協臺，出境相迎。接著之後，趕到行轅稟見。撫院單傳他進見，敷衍了兩句，退了下來。跟手到營務處候補道洪大人的公館裏稟見。又拜跟了來的什麼文案老爺，巡捕老爺。這些老爺，班次不過同通州縣，都是三荷包同寅，用不著手本，叫號房拿著帖子，一處處去拜。拜過之後，等到晚上，打聽大人已經睡覺，巡捕陸老爺已經下來，三荷包在省的時候，早同他拜過把子，好託他在大人跟前，做個小耳朵。此時見面之後，著實顯殷勤，三荷包訴說：

❺ 戈什：同「戈什哈」，滿洲話，意思是護衛。清朝文武大員身邊的衛隊。

「自己是才到任，諸事不周，全仗大力，從中照應。」陸巡捕一力承當，說：「老哥放心，都在小弟身上。就是大人跟前的這些二爺，曉得兄弟要好的朋友，那是斷斷不會作難的。」三荷包聽了此言，千恩萬謝，感激不盡。外面辦差的二爺，同著州裏管廚的，另外又去找大人帶來的廚子，同他講盤子。那廚子一口咬定，要三百吊一天，只伺候大人兩頓飯，兩頓點心。後首說來說去，好容易講成功了，統通在內，一天一百五十吊，住一天，算一天。那廚子又同這裏管廚的說：「我們大人是最好打發的。你家老爺也不用多化錢，咱們這些夥計也不用費事，只要四碟兩碗，他老人家還要看著心疼！就是這個菜，也不要什麼好的，只要一碟韮菜炒肉絲，一碟炒雞蛋，現在到了夏天了，一碟子拌王瓜，一盤子雜拌，再頓上一碗蛋糕，碗豆腐湯，多加上些香油，包你都中意。早點心是兩個燒餅。一碗稀飯。下半天的點心，只要兩個餑餑，是萬萬不會挑眼的。」管廚的聽了這話，連聲多謝。彼此分手，跟著本官回來料理。本官三荷包，沿途又找著陸巡捕叨了多少教。

接著撫院進了本境，打過尖。這天約莫已有未牌時候，憲駕已到東門城外，鬨動了合城的人，都去看。等了一會子，只見接差的營兵，一個個都掮著大旗，拿著刀，抗著槍，跑的滿頭是汗，在頭裏沖頭陣。後面方是欽差閱兵大臣的執事，什麼沖鋒旗，帥字旗，官銜牌，頭鑼，腰鑼，傘扇，令旗，令箭，劊子手，清道旗，飛虎旗，十八般兵器，馬道馬傘，金瓜鉞斧，朝天凳，頂馬提爐，親兵，戈什哈，巡捕，一對一對的過完，才見那撫院坐著八人擡的一頂綠呢大轎子，緩緩而來。撫院架著一副墨晶眼鏡；一手綹著鬍子，一手扇著一把潮州扇；前呼後擁，好不威武！不上一刻，三聲大炮，到了行轅。兩邊吹鼓亭上，奏起樂來。撫院的轎子，一直由戈什扶著，擡到裏頭下轎。大小官員，齊到那裏站班；撫院朝著大眾點了點頭兒，簇擁著進去。便是一眾官員上手本稟見，撫院便把三荷包同王協臺兩個人，傳了進去問問地方上的公事；又問問外國人的情形；又同王協臺說：「今天已經四點鐘了，明天一早到校場看操。」王協臺答應著。撫院說著話，便拿眼睛四下裏瞧了一瞧，連說：「太華麗了！何大哥，我沒有出省的時候，就叫人帶信給你們，不可過於靡費，怎麼還如此費事？」原來撫憲此刻頓的，是會客廳，三荷包原按著中國官場體制預備的，一概是繡花鋪墊。所以撫院看著，嫌他華麗，其實後面住的外國房間，還沒有看見，所以他不知道。三荷包便回：「這是會客廳。後面替大人預備下幾間外國房間，不過夏天住著相宜。那裏頭沒有什麼擺設。」撫院一聽是外國房間，馬上就對三荷包說：「你我裏頭去坐。」當下便撇了王協臺，三荷包伺候著撫院進去。只見院子裏擺著好幾百盆花，撫院便讚了一聲：「好。」等到到了房間裏，四下一看，連說：「清爽得很呢。」又對三荷包說：「這些外國傢伙，只怕價錢也不會便宜在那裏呢？」三荷包不肯說是借來的，只好說：「不值什麼錢！」趁空又回：「卑職曉得大人夏天歡喜清爽，所以預備的是外國大菜。」撫院一聽外國大菜，愣了一愣，說道：「外國大菜，牛羊肉居多；兄弟家裏，已經七輩子不吃牛肉，只要家常飯菜便好。你老哥也不必費事，兄弟吃了不及那個舒服。」三荷包道：「外國菜中國菜統通預備，就是外國菜，免去牛肉，亦可以做得。」撫院道：「既有中國菜，我就吃這個；把那外國菜留著，過天請外國人吃。」三荷包聽了這話，立刻丟一個眼色❻，叫辦差家人，進內去招呼管廚的，趕緊預備。又談了一回公事，三荷包方才退了下來；又到各位隨員屋子內請安拜見。那撫院吃過晚飯；州官又上手本稟安。巡捕下來說了聲道乏。三荷包回去。這裏撫院也就安睡。一切都

❻ 丟眼色：用目光示意。

照著巡捕陸老爺吩咐的話預備，所以撫院心上甚是中意。

話休煩絮。且說這一夜工夫，三荷包足足熬了一夜，不敢合眼，怕的是誤了差使。第二天黑早，傳說大人已經起身。廚房裏把預備的稀飯燒餅早點心，端了進去。那時候行轅上已發二鼓了。接著一眾官員齊上手本，巡捕下來說：「一概免見，停會到校場相見。」說話間已發三鼓。大人出來上轎，合城的官，都在那裏直挺挺的候送站著。這位撫院甚是謙恭，一路走出來，還朝著他們呵呵腰兒。他們卻還直綳綳的一動不動，是直等撫院上轎，在轎子裏拿手拱了一拱，他們通統齊打一躬，才把個欽差閱兵大臣送出轅門。這裏一眾官員，齊走小路，又要趕在撫院頭裏，以便迎接。真正是人不停步，馬不停蹄，一口氣跑到校場。有另外預備的官廳，大家進來，暫時休歇。不上一刻功夫，忽聽得三聲大炮，那撫院的執事，也就到了營門外了。當下是王協臺居首，率領著標下弁兵，什麼都司、守備、千把之類，一齊頂盔貫甲佩刀跪迎。王協臺另外有個差官，替他報名。其餘都守以上，都是自己捏著手本，跪在地下高聲喊叫。喊過了之後，撫院前的戈什，仍舊喊了一聲：「起去。」眾兵丁齊聲答應一聲：「嗄！」只見前呼後擁，簇擁著撫院大轎，向演武廳如飛而來。且說這校場，原在東門外頭，地方甚是空闊；上面一座高臺，幾間廠房，是演武廳；東面是將臺；西面是馬道；演武廳後面，另有三間起坐，是預備撫院吃飯歇息的處所。演武廳東西兩面，另外有幾個席棚。東面是預備站班的眾位官員，腿痠了，好進去坐坐，或者換換衣服。西面是預備營務處隨員，幫著看看射箭的，一樣擺設公案。

閒話休題。但說那撫院轎子上得演武廳，大小官員接著。撫院下轎，先到後面歇息，營務處上洪大人陪著進去，回了幾句話，吃了一碗茶，吩咐升坐。只聽得營門外三聲大礮，將臺上先掌號，隨後又吹打起來。撫院升座之後，便有帶來的隨員，同著本城州官，營裏的王協臺，上來參堂，連打三躬；撫院還了三躬。接著一班巡捕老爺，上去請了一個安，撫院止拱了一拱手。參堂之後，站立兩旁。便是王協臺頂盔貫甲，掛刀佩弓，從演武廳旁邊拔了一面旂，兩手拿著，走到撫院公案前，屈了一條腿，嘴裏報了聲：「請大人發令。」撫院吩咐先看洋操，次看陣圖，次放演大炮，末了看籐牌同各種技藝。王協臺答應下來，走到演武廳臺階上，把面旂子，交到中軍都司手裏。那中軍執旗在手，朝著南面展了兩展。將臺嗚嗚的奏起西樂來。老遠的便見上有多少洋槍隊，由教習打著外國口號，一嶄齊的走了上來。中軍又朝著演武廳雙膝跪下，報了一聲：「大人看洋槍隊。」然後起來，站在一邊。這底下便是洋槍隊操演，放了幾排槍，仍舊由教習押著下去。接著看操演陣勢，什麼一字長蛇陣，兩儀陣，三才陣，四面埋伏陣，五路進攻陣。當中還有什麼長蛇陣變螺螄陣，螺螄陣變八卦陣。忽而兩軍對壘，互相廝殺。正在熱鬧之際，這個擋裏，放了幾門大炮，攻的震天價響，眾兵各歸隊伍。照壁牆下，緊對演武廳，支起一架帳篷。上豎起一面大旗，寫著「三軍司令」四個大字。接著就看籐牌，并各種技藝，翻觔斗，爬桿子，樣樣都做到。只聽將臺上打著得勝鼓，吹著將軍令，把所有的隊伍，圍著校場，由前至後，兜了一個圈子，說是收隊。然後中軍仍舊拿旗子，走上去交給協臺；協臺跪稟撫院，報了聲：「請大人收令。」然後撫院退堂吃飯。一眾官員亦下去歇息。

吃過午飯，重新升座，一齊參堂禮畢，就看各將校的步箭。此乃軍政大典，王協臺雖是二品大員，到了此時也不能不佩弓伺候。向例撫院謙和點的，必定免射；況且他是武鼎甲出身，是天子開軒親取的門生，就是放出來做個參將，比協臺小了一級，也是一概傳免。這位撫院，性情雖是謙和；無奈見了這位王協臺一臉煙氣，問他營裏的事情，他多是前言不對後語，因此心上就十二分的不舒服他。等到點名的時候，上頭巡捕官唱了一聲：「王將官。」王必魁在底下，答應了一聲：「到。」一面拿弓在手，一面卻拿眼睛看著上頭，一心只指望上頭免射，顧全他的面子。誰曉得上頭只是不開口，一等等了一刻多功夫，大家都看愣了，上頭還是不響。王協臺這一氣非同小可，只得拔出箭來，搭上弓弦，也不及擺子，對準頭，颼颼颼五枝箭接連射去，卻是一枝箭都不中。射完之後，照例上來屈膝報名。那撫臺見是如此，知道王協臺有心瞧他不起，惱羞成怒；等他上來報名的時候，便認真一時發作起來，說：「三年軍政，乃是朝廷大典，現奉上諭不准瞻徇。你瞧不起本院，便是瞧不起朝廷。你為一營表率，弓箭且如此生疎，則其他可想！本院惟有照例題參，以肅軍政！」說完，便叫先摘去他的頂戴，下去候參。王協臺原本因他是武鼎甲出身，撫院不給他面子，免他步射，一時火性發作，有意五枝不中。今見撫院動氣，便也懊悔不迭，只是跪在地下，不肯起來。撫院也不睬他。便把其餘各將官，依次點名校射。撫院又嫌靶子太近，喚了一個親信的巡捕，同了兩個戈什，拿弓重新量準。誰知這些巡捕，戈什，都是得了他們錢的。任憑撫院如何認真，量來量去，那弓只是在地下打滾。閒話休題。靶子立好，於是一個個挨次射去，西面席棚子裏，另有營務處洪大人幫同校看，免得耽誤時候。眾人因見撫院動氣，大家俱各各小心，不敢怠慢。一時事完。王協臺還是跪著不起。撫院退堂之後，少坐一坐，便令起身回轅。眾人照例送迎，不須多述。

且說撫院回到行轅，便傳營務處洪大人進見，說：「王協臺技藝既已生疎，兵丁亦少訓練，立刻將他撤任。另委跟來的一個記名總兵，先行署理。回省之後，再行具摺奏參。」洪大人答應了下來。只有王協臺戴著沒有頂子的帽子，兩隻眼睛哭得紅腫腫的，同著本州三荷包到洪大人跟前，託他求情。又被洪大人埋怨一番，說：「你怎麼好同他賭氣呢？現在叫我也沒有法想。你暫且交卸，跟著到省，替你想法子。」王協臺無法，只得退去。後來撫院回省之後，王協臺又去求洪大人。洪大人要他六千銀子，保他不壞功名。可憐他一個武官，那裏拿得出！好容易湊了二千銀子送去，洪大人不收。撫院的意思，要拿他奏參革職！洪大人假做好人，替他求情，降了一個都司。看官須知，大凡革職的人，一保就可以開復原官；降調的人，非一級一級的保升上去不可：這便是洪大人使的壞。這是後話。

要知撫院看操之後，尚有何項舉動，且看下文分解。

第七回　式宴嘉賓中丞演禮　採辦機器司馬濫交

卻說：那撫院閱兵之後，因為山東東半省地方，已漸漸為外國人勢力圈所有，不時有交涉事件；總算中外協和，凡事尚能和平辦理。撫院來的時候，那外國總督，特地派了一枝兵，前來迎接，也就佔得十二分面子。所以撫院一進行轅，便叫翻譯寫一封洋文信送去，訂期閱兵之後，前來拜見。到了這一天，撫院吃過早飯，便帶了一個洋務人員，是個同知前程，姓梁名世昌，廣東人氏；一個翻譯，是個知縣，姓林名履祥，福建人氏；撫院大轎在前，他二人小轎隨後，到了總督公館，投進帖子；裏頭傳出話來，說了一聲：「請。」撫院降輿進內。那總督著實敬重，立刻脫帽降階相迎，見面握手歸坐之後，彼此說了些仰慕的話，無非翻譯傳言，無庸細述。那總督又拿出幾種洋酒洋點心敬客。撫院擾過之後，便即相辭出來。跟手那外國總督命駕前來答拜。撫院接著，也著實殷勤一番。

總督去後，撫院便傳州官上去，同他商量，預備明天請外國人吃飯。州官三荷包，聽了撫院吩咐下來，自己思量，上司的差使好辦；這請外國人吃飯的事情，卻沒有辦過。外國人吃番菜，是不用說的了。從前走過幾趟上海，大菜館裏很擾過人家兩頓。有了廚子，菜還做得來；但是請外國人，是個什麼儀注？須得預先考較，免得臨時貽笑外人。少不得又把丁自建丁師爺請來商議。丁自建想了一會子，說：「這事情，須得同撫憲同來的翻譯商量。他們這些人，自小同外國人來往，這個禮信一定知道的。」三荷包老爺一聽這話有理，便叫拿帖子去拜撫院同來的翻譯林老爺。二人相見之後，寒暄了幾句，三荷包便把要叨教的意思，說了出來。誰知這位林老爺，是個最刁不過的；一聽來意，是要叨他的教，他便拿腔做勢，跳到架子上，說：「這是頂容易的事。」嘴裏雖說容易，究竟容易在那裏？卻不肯告訴與人。三荷包再問問他，他便指東話西，一味支吾，又說：「臨時我自來照料。」又說：「連我也不懂得甚麼！」三荷包無可奈何，只得辭了出來，又與丁師爺商量。還虧得丁師爺交遊道廣，仍舊找到他那個借外國傢伙的朋友，——也是在外國官跟前當翻譯的，一個廣東人。——同他說了。承他的情，什麼規矩，什麼儀注，那是頭一席，那是第二席，那是主位，先上什麼酒，一五一十，統通告訴了他。丁師爺回來，告訴了三荷包。三荷包歡喜不盡。連夜又把那位翻譯請了來，留他吃飯，同他商量，又請他寫了一張菜單，一共開了十幾樣菜，五六樣酒。三荷包接過看時，只見上面開的是：清牛湯，炙鰣魚，冰蠶阿，丁灣羊肉，漢巴德牛排，凍豬腳，橙子冰忌廉，澳洲翠鳥雞，龜子蘆筍，生菜英腿，加利蛋飯，白浪布丁，濱格，豬古辣冰忌廉，葡萄乾，香蕉，咖啡。另外幾樣酒是：白蘭地，魏司格，紅酒，巴德，香檳，外帶甜水，鹹水。三荷包看了，連說：「費心得很！」又愁撫憲大人是忌牛的，第一道湯，可以改作燕菜鴿蛋湯。這樣燕菜，是我們這邊的頂貴重的菜，而且合了撫憲大人的意思。免得頭一樣上來，主人就不吃，叫外國人瞧著不好。那翻譯連說：「改得好。索性牛排改做豬排。」三荷包道：「外國人吃牛肉，也不可沒有。等到拿上來的時候，多做幾分豬排，不吃牛的吃豬，你說好不好？」翻譯又連說：「就是這樣變通辦理。」三荷包又叫把單子交給書稟師爺，用工楷謄出十幾分來。

到了第二天大早，三荷包起來，穿著簇新的蟒袍補褂，走到撫院這邊，親自監督，調排桌椅，安放刀匙。總共請了三個外國官，四個外國商人，兩個外國官帶來的翻譯。這裏是撫憲一位，營務處洪大人一位，洋務隨員梁老爺一位，撫院翻譯林老爺一位，連著州官三荷包，共是五個中國官。算一算，一總是十四位。去叫書稟師爺，把某大人、某老爺，一個個拿紅紙寫了簽條。三荷包又請那位翻譯幫著點對：那裏是首席，該什麼人坐；那裏是二席，該什麼人坐。分派既定，就把紅簽放在這人坐的面前。倘是外國人，隨手請翻譯寫一排洋字在上面，好叫外國人認得。這時候，桌子上的擺設，玻璃瓶件鮮花之類，一律齊備。廚房裏亦諸事停當。

三荷包又問：「外國酒送來沒有？」管家們回：「都已送來。」三荷包叫把酒瓶一律打開，連荷蘭水也開好幾瓶等用，免得臨時手忙腳亂。翻譯說：「酒和水開了怕走氣，只好臨時要用現開。」三荷包又說：「今日請客，自然撫院主人。然而兄弟也有半個主人在裏面。一切儀注，須預先學習。」翻譯道：「外國人請貴重客，都是主人自己把菜一分一分的分好，然後叫細崽❶端到客人面前。」三荷包聽了他話，馬上要學這個禮節，便叫廚房裏把做好的多餘菜，拿出幾樣。經他的手，一分一分的分好。叫管家們一律穿著簇新的大褂，裝作細崽模樣，以供奔走。等到各事停當，那時已有巳牌時候。外國人向來是說幾點鐘，便是幾點鐘，是不要催請的。這日請的十二點鐘；等到十一點打過，撫院同來的什麼洪大人，梁老爺，林老爺，一齊穿著行裝，上來伺候。三荷包便請丁師爺陪著那個翻譯，在帳房裏吃飯，以便調度一切。

又歇了兩刻鐘，果見外國人絡續的來了。撫院接著，拉過手脫過帽子，分賓坐下。從此寒暄了幾句，

❶ 細崽：小廝，侍候餐飲之人。

無非翻譯傳話。少停，眾客來齊，撫院讓他們入席。眾人一看簽條，各人認定自己的坐位，毫無退讓。先上一道湯，眾人吃過。撫院便舉杯在手，說了些「兩國輯睦，彼此要好」的話，由翻譯翻了出來。那首席的外國官，也照樣回答了幾句，仍由翻譯傳給撫院聽了。撫院又謝。遂舉起酒來一飲而盡。一面說話，一面吃菜，不知不覺，已吃過八九樣。後來不曉得上到那樣菜，三荷包幫著做主人，一分一分的分派。不知道怎樣，一個調羹，一把刀沒有把他夾好，掉了一塊在他身上，把簇新的天青外套，油了一大塊。他心上一急，一個不當心，一隻馬蹄袖，又翻倒了一杯香檳酒。幸虧這桌子上鋪的白檯毯，那酒跟手收了進去，不至淌到別處。又幸虧這張大菜桌子，又長又大；撫院坐在那一頭做主人，三荷包坐在這一頭打陪，兩個隔著很遠，沒有被撫院看見，還是大幸。然而已經把他急的耳朵都發了紅了！

又約摸有半點多鐘，各菜上齊。管家們送上洗嘴的水，用玻璃碗盛著。營務處洪大人一向是大營出身，不知道吃大菜的規矩，當作荷蘭水之類，端起碗來喝了一口，嘴裏還說：「剛才吃的荷蘭水，一種是甜的，一種是鹹的；這一種是淡的，然而不及那先兩種好。」他喝水的時候，眾人都不在意，只有外國人看著他笑。後來聽他如此一說，才知道他把的洗嘴水喝了下去。翻譯林老爺拉了他一把袖子，悄悄的同他說：「這是洗嘴的水，不好吃的！」他還不服，嘴裏說：「不是喝的水，為什麼要用這好碗盛呢？」大家曉得他有痰氣的，也不同他計較。後來吃到水菓，他見眾人統通自家拿著刀子削那菓子的皮，他也只好自己動手。吃到一半，又一個不當心，手指頭上的皮削掉了一大塊，弄的各處都是血，慌的他連忙拿手到水碗裏去洗。霎時間那半碗的水，都變成鮮血的了！眾人看了詫異，問他怎的。他又好強，不肯說，又回頭低聲罵辦差的，連水菓都不削好了送上來。管家們不敢回嘴。三荷包看著很難為情。

少停，吃過咖啡，客人絡續辭去；主人送客。大家散席。仍舊是丁師爺過來監督著收傢伙。有個值席的二爺說：「到底人家做到撫院，大人大物，無論他見中國人外國人，那規矩是一點不會錯的。有這樣的才情，所以才能夠做到撫院！想這洪大人，不是喝了洗嘴水，就是割了手指頭，什麼材料做什麼官，那是一絲一毫不會推板的。想我們老爺演習了一早上，還把身上油了一大塊；倘若不演習，還不知要弄到那個分上哩。」這二爺正說得高興，不提防旁邊那個撫院跟來的一個三小子，是伺候撫院執帖門上的，聽了這話，便說道：「你說撫臺大人他不演習，他演習的時候，這怕你看不見罷哩！」那二爺道：「夥計你看見，你說。」三小子道：「他老人家演習，我那裏會看得見；我也不過是聽我們包大爺講的。我們包大爺說：『大人昨天晚上，叫了林老爺上去，問了好半天的話，林老爺比給大人看，大人又親自操習了半夜。』我們包大爺也在旁邊，幫著學上菜。整整鬧到四更多天，才下來打了個盹。天底下那有不學就會的事情？」那二爺還要再說，被丁師爺催著收傢伙，不能再說。後來那些外國官員商人，又請撫院一干人到他那裏去宴會，一連吃了兩三天，方才吃完。

* * *

這幾天裏，撫院很認得了幾個外國人。提起富強之道，外國人都勸他做生意。撫院心裏亦以為然，就向他們著實叨教。回省之後，有幾個會走心經的候補老爺們，一個個上條陳，講商務；撫院一概收下。內中有一個候選通判，是洋務局老總的舅爺，姓陶名華，字子堯，靠他姊夫的面子，為他文墨尚好，有時候做封四六信，還充得過；所以他姊夫就求了撫院，委他在洋務局裏充當一名文案❷委員。他見姊夫

❷ 文案：專辦筆墨的幕友，等於今之秘書。

上院回來，屢屢談及撫憲大人，近來著實講求商務，凡有上來的條陳，都是自己過目；候補班子裏，很有兩個因此得法。他把這話聽在肚裏，心想：「像我在這裏當文案，每月拿他二十四兩銀子薪水，就是當一輩子也不會出頭。現在既有這個機會，我何不也學他們上一個條陳？或者得個好處，也未可知。就是說的不好，像我這候選的，又不求他什麼，諒來是沒事的。」主意打定，便開了書箱，把去年考大考時候買的什麼商務策，論時務，從新拿了些出來，擺在桌子上。先把目錄查了半天，看有什麼對勁的，抄上幾條，省得費心。可巧有一篇，是從那裏書院課藝上採下來的，題目是整頓商務策。他看到這個題目，急忙查出原文來一看，洋洋灑灑，足有五千多字，一起一結當中，現現成成有十二條條陳。把他喜的了不得。大略看了一遍，也有懂得的，也有不懂得的。中間還有幾個外國人的名字，看了不知出處，心下躊躇道：如果照本抄謄，倘若撫憲傳問起來，還不出這幾個人的出典，就要露馬腳。又想把這幾個人名字拿掉不寫，又顯不出我的學問淵博。想來想去，好在撫臺也是外行，不如欺他一欺。倘若問起來，隨便英國也好，法國也好，還他個糊裏糊塗，橫豎沒有查考的。主意打定，他又是聰明絕頂的人，官場款式，無一不知。把頭尾些些改了幾個字，又添上兩行。先謄了一張草底，說是自己打肚子裏才做出來的；同姊夫說明原故，請他指教。

他姊夫雖說當的是洋務差使，於這文墨一道，也甚有限。聽他舅爺說，要到院上上條陳，他便鄭重其事的，戴上老花眼鏡，先把舅爺渾身上下，估量了一回。嘴裏說道：「看你不出，倒有這樣的大才情！但這位中丞，是個精明不過的；一個條陳進去，總要請各位老夫子過目。倘若把話說錯了，老夫子就要批駁下來。所以這上條陳一件事，竟是難上加難，非有十二分大本領的人，決不敢冒險。倘若說錯，反不如藏拙的好。」他說這話，原是看不起他舅爺的意思。陶子堯便說道：「我也不知道好不好，所以拿底子送給姊夫過目。」他姊夫也不理他，便把條陳一條一條的念去，碰著有幾個不認得的字，便把舌頭在嘴裏打一個滾，含糊過去。一個條陳看完，有大半不懂。看看舅爺，還坐在對面，少不得要批評他兩句，停了半晌說道：「老弟肚裏實在博學，但上頭的意思是要實事求是。你的文章固然很好，然而空話太多；上頭看了，恐怕未必中意。愚兄於這筆墨一道，雖及不到你老弟，論起官場上閱歷卻比你老弟多些。」陶子堯忙辯道：「這個條陳，引用的典故，都是外國的事，並不是空話。」他姊夫道：「是呀！外國人沒有到過我們中國，怎麼就會曉得我們中國的情形呢？」陶子堯道：「並不是說外國人曉得我們中國的情形。原是引證外國人辦的事情，確有效驗，要我們照他辦的意思。」姊夫道：「我也沒工夫同你去辯。總之，這上條陳的事情，不是兒戲的；你倘若一定要上，你也總要斟酌的盡善。院上幾位老夫子，我統通認得，你做好之後等我先拿進去，請教請教他們幾位，他們說不差，再遞上去，免得碰釘子，豈不是好？」陶子堯聽了，很不自在。接過稿子，敷衍了兩句，搭訕著出來，回到自己書房裏，心想：「此事與他商量，託他代遞，是萬萬不會成功的。不如自己寫好，明天一早自己去遞。『烏龜爬門檻，就看此一番』；好歹又不與他什麼相干。」主意打定，連夜恭恭敬敬，謄了一個手摺。次日一早，乘他姊夫上院，沒有下來，他便穿好袍褂，拿著手本，也不坐轎，也不帶人，一直趕到院上。曉得這位撫院的新章：凡有遞條陳的人，先在巡捕老爺那裏掛號，專派一個巡捕辦理此事，隨到隨遞，倘若中意，立刻傳見。所以凡是來上條陳的，都歸這巡捕老爺接待。當下陶子堯走來，那巡捕問明來意，因為撫院有過吩咐，是不敢怠慢的，立刻讓進來吃茶抽煙。抽空拿著手本，夾著條陳，上頭去回。此時撫院正在那裏同洋務局總辦講話；看了條陳，甚是中意。一見手本是洋務局文案委員，便對他姊夫說道：「這陶某是你局裏的文案；他這個條陳，很有道理，不比那些空疏無據的。這個想你老哥已經見過的了。」他姊夫聽見是他舅子上條陳，心上老大捏著一把汗，還怪他不聽話，瞞著他做事。後來聽見撫院這一番誇獎，不禁轉怒為喜，連忙掇轉風頭，忙說：「這陶倅，是職道的內親。蒙大人提拔，自從今年二月起，就在局裏當差。他筆下還過得去。」撫院道：「非但過得去，而且很好。他這章程上，有幾條切中現今的時勢，很可以辦得。」說著，便問巡捕：「這人來沒有？」巡捕回：「在外頭候著呢！」撫院就命請來相見。巡捕去不多時，果見陶子堯跟了進來，見了撫院，磕過頭，請過安。撫院讓他上坐。他見姊夫也在坐，臉上火辣辣，怪不好意思的。又因姊夫是局裏的老總，不好僭他的坐，抵死要讓他姊夫坐在上頭。姊夫說：「大人吩咐過，你就坐下罷。」然後在上面坐下。茶房端上茶來。當下撫院拿他著實擡舉，并說：「老兄的章程，竟有一大半可以行得。內如榨油造紙，成本不多；至於賺錢，卻是拿得穩的。但是這些機器，總得外洋去買。你那章程裏頭，說的幾樣機器，依兄弟的意思，不妨每樣買上一分，帶來試用。」陶子堯連忙回說：「辦機器要到上海什麼瑞記洋行，信義洋行。那行裏的買辦，卑職都有朋友，同他們相好。只要託了他們，同外國人訂好合同，簽過字，到外洋去辦，不消三五個月，就可以來回。」撫院說：「很好。」隨便又問了些別的說話，跟了他姊夫一塊兒出來，回到洋務局裏。這時候他姊夫因見撫院將他擡舉，也不埋怨他了；還約他同到公館裏吃飯。到著公館裏，他姊夫已忙著把這話從頭至尾告訴了他姊姊一遍。姊姊聽了，自然歡喜，忙同丈夫說：「你做姊夫的，該應在撫臺面前，替他出把力。頂好就把這辦機器的差使委了他，等他好趁兩個。他有了好處，再不會忘記你姊夫的。」他姊夫道：「自己至親，說什麼客氣話，這不是應該的嗎？」當下吃過中飯，陶子堯仍舊回到局裏。

次日姊夫上院，撫院便把要委陶子堯到上海的話，告訴了他。他果然又替他舅子著實吹噓了許多好話。等到下院回到局裏，那委辦機器的札子，已經下來了：「先在善後局撥給二萬銀子，帶了去辦。如果不夠，等到講定價錢，電稟請示，隨時籌撥。」郎舅兩個，接到這個札子，自然歡喜。這日他姊夫，便叫他把行李搬到公館裏住，說：「不到幾天就要遠行，搬在一處，至親骨肉，好暢敘兩日。」這裏文案自然委他人，不必細說。次日陶子堯上院謝委，又蒙撫院傳上去，著實灌了些米湯，把他興頭的了不得。回到公館，料理行裝。又到各衙門同事處辭行。接著各處備酒餞行，一時亦難盡記。

且說這日，正是洋務局裏幾個舊同事，因為他此番奉委，一定名利雙收，因此大家借了趵突泉地方，湊了公分備了一席酒，替他送行。約的是午時十二點鐘會齊。誰知左等不來，右等不來，直至日落西山，約摸有五點多鐘時分，大家已等的心焦，才見他坐著姊夫公館裏的四人中轎，吃的醉醺醺而來。大家接著，奉坐獻茶。陶子堯先開口道：「今午可巧家姊丈請客，請的是兩司，首道，學堂裏的總辦王觀察，營務處洪觀察，一定要拉小弟作陪。一直吃到此時，方才散席，所以來的遲了一步，累諸公久等！」大家齊說：「還早。」少頃擺上席面，自然是陶子堯首座，其餘作陪。菜上一半，酒過三巡，大眾都要上來替他把盞；說他有此憲眷，機器辦到之後，一定大有作為，將來卻要提拔提拔小弟們！陶子堯聽了，一面孔得意之色，撇著腔說道：「這用說嗎？不是兄弟誇口，這山東一省，講洋務的，除掉中丞，竟沒有第二個人，我可以同他談得來的。」對面一個同事道：「我們老總要算得這裏頭在行的了。」陶子堯鼻子裏哼了一聲道：「談何容易，就講到『在行』兩個字！家姊丈辦了這幾年的洋務局，他只知道外國人三個字。你問他是那幾個國度的外國人，看他說得出說不出。兄弟固然沒有辦過什麼交涉，然而眼睛前幾個國度的名字，也還說得出。」大家齊說：「將來上海回來，老總的洋務局一席，只怕就要讓給老哥。」陶子堯道：「這也看罷咧！」當夜宴罷回來。次日一早起身，他姊夫替他料理那樣，料理這樣，很露殷勤。為他一向省儉，是從來不用管家的，特特為為又把自己的二爺，撥出一個給他帶著出門。

陶子堯拜別了姊夫姊姊，帶了管家，取道東三府，到濰縣上火車。到了青島，可巧有輪船進口。他便寫了票，搬上輪船。等到開船離了岸，那天忽然刮起風來，吹得海水壁立，把個輪船搖蕩不止。陶子堯一向是有暈船的毛病，一上船，就躺下不能動了。他管家叫張升，本是北邊人，沒有坐過船，更是撐不住。那風刮了兩天兩夜不住，他主僕兩個，也就困了兩天兩夜沒起。陶子堯上船的時候，有人替他寫了一封信，託輪船上一位帳房照應。這帳房姓劉，號瞻光，一上船，彼此請教過大名，陶子堯很擺架子。這劉瞻光，估量他一定是山東撫臺的紅人，所以才派他這賺錢差使；一心便想拍他的馬屁，口口聲聲稱他陶大人。陶子堯得意非凡。始而要房間，船上沒有，劉瞻光就把自己的帳房一間，讓了出來給他。吃飯是另外開，劉瞻光拿自己的體己菜出來，讓他吃。等到刮風的時候，他管家困倒了，吃茶吃水，都是劉瞻光派人招呼。自己又時時刻刻過來問候。因此陶子堯心上著實感激。

這天到了上海，風也息了，船也定了。他主僕兩個也不暈了。陶子堯是做官人，貪圖吉利，因此就擇了棋盤街的高陞棧。由棧裏接客的接著，叫了小車，把行李推著就走。主僕兩個，另外雇了東洋車，一路跟來。到了棧房，喝過茶，洗過臉，開飯吃過。為著船頭上顛播了兩天，沒有好生睡，因此暫不出門，先在棧中睡了一覺。

等到醒來，已是天黑。只見茶房送進一張請客票來；陶子堯接過了一看，上寫著：「即請棋盤街高陞棧陶子堯大人，駕臨四馬路老巡捕房對面一品香九號，番酌一敘。勿卻為幸！此請台安。」末了一行，便是年，月，日。下注三個小字，是「瞻光約」。旁邊還注著一行小字，道是「今日山東煙臺來，問明櫃上探請」幾個字。陶子堯看過，便知是輪船上那個帳房了，他一面看條子，一面管家絞上一把手巾，接來揩過，便起身換了一件單袍子，一件二尺七寸天青對面襟大袖方馬褂。其時雖交八月，天氣還熱，手裏又拿了一把摺扇。叫管家拿了煙袋，夾了護書，跟在後頭。走到街上，不認著路，只得喚了兩部東洋車，叫他拉到一品香。高陞棧到一品香能有多遠，車夫樂得賺他幾個，拉著兜了個圈子，方才拉到。

主僕二人下車，付過車錢，問了房間，走了進去。劉瞻光即起身相迎，作揖坐下。其時檯面上已有七八個人了；有的頭上四轉，都有些短頭髮垂了下來，卻是梳的淨光的勻；又有大衿鈕扣上，插著一朵鮮花；還有些人不知道是拿什麼醺的，一陣陣的香氣噴了過來。這些人穿的衣服，一律都是綾羅綢緞，其中也有一兩個些微舊點的，總不及陶子堯的古板。陶子堯是初到上海，由山東臨來的時候，姊夫曾叮囑過他，說：「上海不是好地方，你又是初次奉差，千萬不可荒唐。化錢事小，聲名事大！」陶子堯做官心切，便把此話牢記在心。自己拿定主意，到了上海，不叫局❸，不吃花酒，免得上當。

這日來到一品香，見過主人之後，又朝著眾人作了一個揖。席上的人，也有站起來拱手的，也有坐著不動的。劉瞻光便告訴他，這是某人，這是某人，無非某行買辦、某處繙譯之類，一一道過姓名。隨後又來一個人，同陶子堯一並排坐下。這人兩撇蟹鉗髭鬚，年紀四十上下。「請教尊姓，台甫？」那人自

❸ 叫局：指嫖客叫妓女陪酒。

稱：「姓魏名翩仞。」問他公館，說是住在棧裏。劉瞻光也將他姓名報與眾人，說：「這位陶大人，是山東撫院派來辦機器的，是山東通省有名的第一位能員；小弟素來仰慕的。」眾人聽說，著實起敬。內中有一個專做軍裝機器的買辦，姓仇名五科，聽了這話，便想替自己行裏拉買賣，就竭力恭維了幾句，以示親熱之意。魏翩仞同他坐在一塊兒，問長問短，更說個不了。後來主人讓他點菜，他說不懂；魏翩仞就替他寫了六樣。大家又要叫局，劉瞻光託魏翩仞替他代一個。陶子堯一定不肯，說：「諸位請便。兄弟是向不破戒，請免了罷。」眾人一定要他叫，他一定不肯叫。後來眾人見他急的面紅耳赤，也就罷了。

當下各人的相好，絡續來到，也有唱的，也有不唱的。獨有魏翩仞，叫的是小先生，跟局大姐著實標緻，一見魏老就伏在他身上，咬了半天的耳朵。席面上的人，都說：「老三搭魏老，直頭恩得來。」老三斜溜了他們一眼，不理眾人，仍舊說他的話。此時陶子堯坐在一邊，只作不看見。一霎時，局已到齊。真正是翠繞珠圍，金迷紙醉，說不盡溫柔景象，旖旎風光！當下仇五科竭力的想拉攏他，趁眾人廝混的時候，已囑咐他相好，趕緊回去備個雙檯。跟局的答應著，匆匆裝了兩袋煙，同了先生下樓而去。仇五科便走到劉瞻光面前，託他代邀陶大人同去吃酒。劉瞻光立刻代達，陶子堯再三推辭。劉瞻光道：「子翁不叫局，兄弟不敢勉強，少坐一會，吃一兩樣賞賞光。」魏翩仞亦幫著湊趣說：「我們這五科哥，極愛朋友。今天是專誠相請，酒已交代，子翁務必要去的。」又向五科說：「五科哥，你不妨先走一步，吩咐他們就擺起來。少停一刻，我們陪了子翁過來。」仇五科又說了一聲：「拜託」。方才穿好馬褂，辭別眾人而去。

這裏主人見菜上齊，吃過咖啡。西崽送上帳單，主人簽過字，便讓眾人同到仇五科相好家吃酒去。陶子堯先還不肯，後來被劉瞻光，魏翩仞一邊一個拉了就走。出得一品香，一直朝西而去。魏翩仞便告訴他：「這條叫四馬路，是上海第一個熱鬧所在。這是書場，這是茶店。」一一的說給他聽。陶子堯在外頭混了多年，也聽見過人家說四馬路的景緻；今番目覩，真正是笙歌徹夜，燈火通宵！他那一種心迷目眩的情形，也就不能盡述。魏翩仞是聰明不過的人，到眼便知分曉。況且剛才檯面上，已經同他混熟，因此就在路上，一力勸他說：「子翁，古人有句話說得好，叫做：『大德不踰閑；小德出入可也。』像你子翁不叫局，不吃酒，自然是方正極了。然而現在要在世路上行事，照此樣子，未免就要吃虧。」陶子堯聽了，不勝詫異，一定要請教。魏翩仞道：「兄弟不是一定要拉子翁下水；但是上海的生意，十成當中，倒有九成出在堂子❹裏。你看來往官員，那一個不吃花酒，不叫局？」陶子堯道：「你說生意，怎麼又說到做官的呢？」魏翩仞道：「你不要聽了奇怪。即如你子翁，誰不知道你是山東撫院的委員，你子翁明明是個官；然而辦的是機器，請問這樣機器，那樣機器，那一項不是生意呢？要辦機器，就要找到洋行。這些洋行裏的『康白度』，那一個不吃花酒？非但說請你，還得你請他。他請你，一半是地主之情，一半是拉你的買賣。你請他，是要勞他費心，替你在洋人跟前講價錢，約日子；只要同你說得來，包你事事辦得妥當，而且又省錢，又不會躭誤日期，豈不一舉兩得呢？」陶子堯道：「如此說來，一定叫兄弟吃酒叫局的了。」魏翩仞道：「這個自然！你不叫局，你到那裏擺酒請朋友呢？」陶子堯一頭走，一頭尋思。忽走到一爿茶店門口，上面豎著一塊匾，寫著「西薈芳」三個字。眾人齊說：「就這裏進去

❹ 堂子：俗稱妓院曰堂子。

罷！」陶子堯不知不覺，便跟了進去。

究竟魏翩仞是何等樣人，陶子堯曾否破戒，且看下回分解。

第八回　談官派信口開河　虧公項走頭無路

話說：陶子堯跟了眾人，走進西薈芳，只見這弄堂裏面，熙來攘往，轂擊肩摩。那出進的轎子，更覺絡繹不絕。魏翩仞便告訴他：「這轎子裏頭，坐的就是出局❶的妓女。你看，出出進進，這一晚上要有多少生意！」陶子堯聽了，答應著。便想到自己從前在山東省裏的時候，雖靠姊夫的光，當了文案，然而總是寄人籬下。有時在路上走著，碰著那些現任老爺們坐轎拜客，前呼後擁，好不威武，幾時我方得有此一日！如今看見出局的轎子，一般是呼么喝六，橫衝直撞，叫人見了，不覺打動了做官的思想。陶子堯一頭呆想，不知不覺，又穿過一道門，走到一家門口，高高點著一盞玻璃方罩的洋燈，牆上掛著幾張招牌，某某書寓❷……一時也記不清楚。眾人讓他進去，他便隨了眾人，一直上樓。樓下有些男人，喊了一聲：「客人上來。」一幫人才走到半扶梯，就有許多娘姨大姐，前來接應。一問是仇老一淘❸，就領了進去。又喊了一聲仇老，客人！便見仇五科迎了出來。大家朝他拱手，陶子堯也只得作了一個揖。接著娘姨請寬馬褂，倒茶，拿水煙袋，絞手巾。先生敬瓜子，別人是認得的，只有陶子堯是生客，隨口

❶ 出局：舊時妓女出外陪嫖客飲酒，叫做「出局」。
❷ 書寓：清末，上海的高等妓女，都以上書場唱書為幌子，所以妓院稱為「書寓」。
❸ 一淘：一起，一路。「淘」借作「道」。（吳語）

問了一聲：「尊姓？」陶子堯恭恭敬敬回答了一聲：「姓陶。」先生聽著笑了一聲。仇五科便請眾位寫局票。魏翩仞搶著代筆，自己先寫了一張陸桂芳。劉瞻光說：「翩仞總是叫這個小把戲。」仇五科說：「翩仞是醉翁之意罷哩。」魏翩仞只顧寫他的，也不理人，一連寫了三四張。回頭又問：「子翁到底怎麼樣？還是破戒不破戒？」陶子堯說：「我這裏沒有熟人可叫。」仇五科說：「小弟的檯面，子翁總得賞光，破一轉戒的了。」魏翩仞見陶子堯說話活動，知道剛才路上勸他的話，有點意思了；就說：「子翁沒有熟人，五科的熟人很多，就請他代一個罷。」當下仇五科就替他代了一個小陸蘭芬。陶子堯看見桌子上的局票，共是八九張，一時也記不清楚。只見劉瞻光叫的是張書玉，想就是在一品香叫的那一個了。又見桌子上還有幾張寫剩的請客票，上面是刻就的，「飛請大人老爺，即臨同安里小金媛媛家一敘」等話。他看了希罕，說道：「這倒便當得很。」就問：「誰是小金媛媛？」翩仞告訴他：「就是五科的貴相知。剛才一品香見過來，到這裏又問過你尊姓，怎麼就忘記了？」彼此一笑而罷。少停，擺檯面，起手巾。仇五科便讓陶子堯首席；陶子堯抵死不肯坐。劉瞻光，魏翩仞又幫著說：「今天是五科專誠相請，我們是沒有人僭你的。」一面說，一面大眾都坐好，就剩一個首坐。陶子堯無法，只得坐了。仇五科手執酒壺，親自奉酒。陶子堯竟其恪守官場規矩，站起來作揖；弄得仇五科無法，只得放下酒壺，還他的揖。主人一齊敬完之後，他一定要還敬，斟了酒還不算，又深深作了一個揖，又朝著眾人作了一個揖，說了聲：「有僭！」然後坐下吃酒。

一時菜上八道，酒過三巡，叫的局陸續都來了，只有陶子堯的局沒有來。他雖初入花叢，瞧著別人的局都到了，自己的不來，未免覺著沒趣。後來菜都上齊，主人數了一數，檯面上的局，獨獨小陸蘭芬未到。立刻叫人去催了。一會小陸蘭芬來了，見了仇五科，竟不題姓，叫了聲禿頭老爺，問：「那一位是陶大少？」仇五科指給他看。跟局娘姨同先生到了陶子堯跟前，一家說一句：「陶大少對不住！」陶子堯一聽叫人家老爺，叫我大少，心上有些不高興。後來見魏翩仞趕著跟局娘姨——叫新嫂嫂——說：「這位陶大人，是從山東來的，今天才下輪船。叫你先生多唱兩隻曲子。過天陶大人還要到你搭去請客哩！」娘姨聽了，趕到陶子堯背後，連忙改口，一口一聲：「陶大人」，什麼「場化❹小，大人勿厭棄，請過來」。幾個大人長，大人短，把個陶子堯喜的不亦樂乎！一時上過乾稀飯。小陸蘭芬，跟局新嫂嫂，聽了魏翩仞一番言語，曉得陶子堯是戶好客人，一直坐著不走。等到散過檯面，一定要同到他家去坐。起初陶子堯不肯，後來又是魏翩仞勸駕，兩人一路同去，陶子堯方才允了。

當下新嫂嫂跟著轎子在前，陶魏兩個人在後。轉了兩個灣，又是一條弄堂，上面寫著「同慶里」三個字。進去第三家，上樓對扶梯一直便是蘭芬房間，等到二人上樓，蘭芬已經到家多時了。新嫂嫂竭力張羅；寬馬褂，打手巾，先生敬瓜子，裝水煙。左一聲「大人」，右一聲「大人」，聽得陶子堯好不樂意！也不顧魏翩仞在坐，便打著官腔，把自己的履歷，盡情告訴了二人。這房間裏，還有兩個粗做的老婆子，聽了不懂，都坐在那裏打盹。魏翩仞先在榻牀上吃大煙，後來也睡著了。這裏陶子堯沒了顧忌，話到投機，越說越高興。只聽見他說道：「我們做官的人，說不定，今天在這裏，明天就在那裏，自己是不能作主的。」新嫂嫂道：「那末，大人做官格身體，搭子討人身體差勿多哉。」陶子堯不懂，什麼叫做討人身體。新嫂嫂就告訴他，才說得一句：「堂子裏格小姐」，陶子堯就駁他道：「咱的閨女，才叫小姐；

❹ 場化：地方。（吳語）

堂子裏只有姑娘，怎麼又跑出小姐來了？」新嫂嫂說：「上海格規矩，才叫小姐；也有稱先生格。」陶子堯道：「你又來了！咱們請的西席老夫子，才叫先生；怎麼堂子裏好稱先生？」新嫂嫂知道他是外行，笑著同他說道：「耐勿要管理先生小姐。賣撥勒人家，或者是押帳，有仔管頭，自家做勿動主，才叫做討人身體格。耐篤做官人，自家做勿動主，阿是一樣格？」陶子堯道：「你這人真是瞎來來！我們的官，是拿銀子捐來的，又不是賣身，同你們堂子裏，一個買進，一個賣出，真正天懸地隔，怎麼好拿你們堂子裏來比？」說著，那面色很不快活。新嫂嫂最乖不過，一看陶子堯氣色不對，連忙拿話打岔道：「大人路浪辛苦哉！走了幾日天？太太阿曾同來？是啥格船來格？」他怕陶子堯太太同來，有了管頭，所以問這一句話，這是新嫂嫂細心之處。陶子堯見問，不禁怒氣全消，面孔上又換了一副得意之色，說道：「你聽我來告訴你。你們不知道，我們做官的人，辛苦呢果然辛苦，然而等到官運好的時候，做的著實有趣，也就不覺其苦了。山東做官，怎麼就會來在你們上海？」新嫂嫂道：「格當中是啥格緣故？阿是高陞到別場化去，路過上海格？」陶子堯閉著眼睛，吃水煙不去理他。看看一根紙煙吃完，新嫂嫂趕忙又點好一根送上。陶子堯才同他講道：「說來也巧。今年大年初一，我早晨起來拜過天地祖先，就請出骨牌來。」新嫂嫂道：「阿是推牌九？」陶子堯道：「別胡說！」新嫂嫂嚇的不敢則聲。陶子堯道：「因我生平頂相信是牙牌神數，這是拿骨牌起課。一起出來，卻是兩個『上上』，一個『中下』。那首詩的句子，我全記得，我念給你聽。頭兩句是：『一帆風順及時揚』，『穩渡鯨川萬里航』。頭一句風順，是說我的官運。第二句就隱隱指著我要到上海，這都是命裏注定的。你說靈不靈？」新嫂嫂聽了詩句不懂，只好順著說道：「最靈勿過格是菩薩！大人耐格本籤書，阿帶得來？也替倪起格課。倪有仔三個月格喜哉，起起是男是女？如果是男，將來命裏阿有官做？也勿想格人閣拜相，只要像你大人也好哉！」陶子堯連連搖手道：「笑話笑話。你們的兒子，怎麼也好做起官來了？」新嫂嫂道：「倪格兒子為啥做勿得官格？」陶子堯道：「大清律上：凡是娼優隸卒的子孫，一概不准考，不准做官。」新嫂嫂道：「難末，倪又勿懂哉。倪格娘，有個過房兒子❺，算倪格阿哥。從前也勒一爿洋行裏做買辦格，前年捐仔知府，新近陞仔道臺，連搭頂子也紅哉，就勒此地啥個局裏當總辦。」新嫂嫂剛說到此，小陸蘭芬插嘴道：「阿姨耐說格，阿是老爺？前埭老爺屋裏做生日，叫倪格堂差，屋裏向幾幾化化紅頂子，才勒浪❻拜生日，阿要顯煥！老爺還說明朝來吃酒呀！」新嫂嫂道：「就是俚哉！」又對陶子堯說道：「倪個阿哥可以做官，倪格兒子是俚格阿姪，有啥勿好做格？」

陶子堯聽了，做聲不得，心想：「他家裏有這們闊人，我得拿兩句話蓋過他，才轉過我的面子來。」尋思了半天，說道：「我這番來，撫臺給我幾十萬銀子，託我辦機器。我動身的那一天，撫臺還坐著八人轎，親自送我到城外。藩臺以下那些大人們，離城十里，搭了一座彩棚，在那裏候著送。等我到得那裏，撫臺也趕到了，把公事談完，隨手在靴筒子裏，掏出一張四萬銀子的匯豐銀行的匯票，託我到上海替他留心買四位姨太太。大約一萬銀子一個，如果不彀，叫我打電報去問他找。」新嫂嫂道：「像倪格蘭芬，只要耐八千洋錢。陶大人耐阿好拿倪格蘭芬討子去罷。」蘭芬說：「倪阿有格號福氣！」陶子堯道：「你別這們說！俗語說的好：『嫁雞隨雞，嫁狗隨狗。』你嫁了我們撫臺做姨太太，我們都得稱你

❺ 過房兒子：乾兒子。

❻ 勒浪：在。（吳語）

憲姨太太。」新嫂嫂道：「有心託仔耐格大人，做仔格格媒人罷！」蘭芬說：「倪總勿會忘記耐格，謝謝耐。後補耐末哉！」陶子堯道：「的的確確是實缺，並不是候補。」說到這裏，新嫂嫂又特地倒了一碗茶，叫他潤潤嘴。陶子堯又說道：「剛才的話沒有說完。撫臺拿銀票交代與我之後，我拿過來，往馬褂袋裏一放，隨即起身上轎。撫臺還要敬酒，我被他們鬧的腦子痛，再三辭謝，方才免了。撫臺帶領大小官員，送至轎前，齊打一恭；我也還了一個揖。只聽得耳朵旁邊，『泊隆通！』『泊隆通！』」新嫂嫂道：「格當中啥個緣故？」陶子堯道：「營裏的兵開大炮送我，所以耳朵旁邊，只聽得『泊隆通！』『泊隆通！』」陶子堯說得高興。不提防魏翩仞在榻上一覺困醒，並不知道他說的什麼，只聽得什麼「泊隆通」，「泊隆通」，也就依著他說「泊隆通」，「泊隆通」。陶子堯見他睡醒，疑心方才的話，都已被他聽見，面上一紅，不好意思再說下去。自言自語道：「我們在這裏說營裏放大炮。」新嫂嫂道：「勿壳張格格大炮，倒拿魏老嚇醒。」魏翩仞睡眼朦朧，也沒有聽清，只是揉眼睛。新嫂嫂連忙絞過一塊手巾。蘭芬道：「陶大人說格鬧忙煞，格底下說啥。」陶子堯也不理他。魏翩仞揩過臉，摸出表來一看，已是三點三刻，道：「時候不早了，陶大人就在這裏借了一夜乾鋪罷。我是要失陪了。」陶子堯一定也要起身回棧，新嫂嫂挽留不住。又要留他兩人吃過稀飯再走；他兩人因為時已晚，急欲回去。新嫂嫂同了蘭芬，一直送到樓下，開開大門，看他兩人出弄堂。陶子堯不識路途，魏翩仞便同他走出弄堂，由石路挽到四馬路，叫了陶子堯向東，一直走到巡捕房朝南，朝東是一品香，朝南便是棋盤街，離高陞棧很近的。陶子堯至此，方悟原來高陞棧到一品香甚近，用不著坐東洋車的；今天從棧裏出來，被東洋車夫所欺，不知道在那裏兜了一個圈子，才到得一品香。可見上海地方，人心欺詐，是要刻刻留心的。當下便謝過魏翩仞，兩人拱手作別。陶子堯帶了跟班回棧。魏翩仞自到相好大姐老三處過夜不題。

且說次日，陶子堯一覺困到一點鐘，方才睡醒。才起來洗臉，便有魏翩仞前來，約他一同出去，到九華樓吃揚州館子。吃完之後，就在公一馬車行，叫了一部橡皮輪皮篷車，一同去遊張園。可巧這日是禮拜，所有昨天檯面上幾個朋友，倒有一大半在這裏。劉瞻光因輪船未開，亦到園中玩耍。仇五科一直等到打過四點鐘，方才來到。在大洋房裏，大家會齊，分了兩張桌子吃茶。此時遊園妓女，數一數足足到了五六十個，把個大洋房，擠的實實窒窒的，好不熱鬧。陶子堯跟了眾人出去兜了一個圈子，不提防在照相地方，碰見新嫂嫂，同了蘭芬在那裏照相。見面之後，著實殷勤，一路跟著同到大洋房。新嫂嫂便把煙袋送過。魏翩仞因同陶子堯咬耳朵，說：「趁著瞻光還未開船，難得今天朋友齊全，不如此刻就到他家請客，又應酬了蘭芬，豈不一舉兩得？」陶子堯本有到他那裏請客的意思，但是面嫩，一時說不出口。聽得魏翩仞之言，連說：「好極，好極！」魏翩仞先替他交代新嫂嫂道：「陶大人吃酒，菜是要好的。交代本家大阿姐，不要搭漿！」說完之後，又替他張羅劉瞻光、仇五科一班人，這班酒肉朋友，天天在堂子裏混慣的，豈有不來之理。當下新嫂嫂要拉著陶子堯一同回去，陶子堯又拉著魏翩仞一塊兒走。隨即上了馬車，離了張園。

不上一刻工夫，早已來到泥城橋。馬夫巴結，大大的兜了一個圈子，方才回到石路同慶里口，下車進去，新嫂嫂先交代過本家，喊了一檯下去。兩人上樓吃茶吃煙，不多一歇，劉瞻光同了兩個朋友先到，跟手仇五科也到了。其時已有上燈時分。在席的人，多半因有翻檯，催著快擺。立刻寫局票擺桌面，起手巾，叫局，主人一個個敬酒，然後大家歸坐。少停，局到，唱曲子，豁拳，手忙腳亂，煙霧騰天。陶子堯自充行家，嫌這些姑娘們的曲子不好。仇五科便說：「子翁一定是高明的了。」檯面上有一個不懂事的朋友，一定要請教一隻；又把一位先生拉胡琴的烏師留下，好教他拉著，等陶大人唱。誰知陶大人抵死不肯唱。後來把他弄急了，他拿劉瞻光拉到一邊，低低同他說道：「我們是官體，怎麼好同他們一樣？倘若這風聲傳播到山東，那可不是玩的！」劉瞻光招呼了仇五科；仇五科又招呼了那個朋友。大家覺著沒趣，不及上乾稀飯，都已興辭而去。陶子堯也不在意。

吃過了酒，送過了客，獨有魏翩仞不走。他原是最壞不過的，看見陶子堯官派薰天，官腔十足，曉得是歡喜拍馬屁戴炭簍子的一流人。新嫂嫂雖是女流，亦早已看出。魏翩仞假託出恭，拉了新嫂嫂到小房間裏，二人如此如此，這般這般，商量好了一條計策。其時陶子堯正在大房間裏坐在煙鋪上，叫蘭芬裝水煙，聽他的高談闊論說：「做了撫臺姨太太，出起門來，要坐四人轎，還有戴頂子的扶轎槓。轎子前頭，還有一頂紅傘。無論走到那裏，都有人辦差，有人伺候。怕的是姨太太在大人跟前，不要說大壞話；只要稍微點上兩句，無論是誰，都吃不起。姨太太屋裏伺候的人：有丫頭，有老媽，有二爺，有打雜的。要什麼有什麼。面子上的月費一個月二百兩，做衣服，打首飾，吃飯用人用錢，還不在內。但就二百兩一月而論，已經比我們局裏總辦的薪水，多了一倍！」蘭芬道：「陶大人，耐做官一個月有幾化進帳？耐阿有姨太太？耐格姨太太一個月撥俚幾化洋錢用？」陶子堯只顧說的高興，不提防有此一問，堵住了嘴，一時對答不來。蘭芬還連著問他。他只顧吃水煙，歇了半晌，正想拿話支吾他。恰好魏翩仞同新嫂嫂，從小房間裏出來，把話打住。魏翩仞便披起馬褂要走，又朝著新嫂嫂努努嘴。新嫂嫂會意。其時陶子堯又要跟著走，誰知一件馬褂，卻被新嫂嫂扣住不給。陶子堯到此無法，只好聽魏翩仞一人獨去。

這裏新嫂嫂又張羅陶大人吃稀飯，又打發陶大人管家先回棧房。這天晚上，自從擺檯面，一直到魏翩仞走，凡有來叫局的，新嫂嫂都叫小大姐阿金跟了出去。自己卻一直在屋裏陪著陶子堯，無意中又同他說：「倪格蘭芬，雖然十六歲，還是小先生勒；樣式事體，有倪勒浪，決勿會虧待耐的。」陶子堯雖然說只來得兩天，因他聰明不過，檯面上亦聽得人講起，這新嫂嫂身分，也就都已明白了。當下吃過稀飯，打過四點鐘，蘭芬是沒有晏堂差的，大家收拾安睡。陶子堯居然就在這裏，借了一夜乾鋪。究竟如何，無庸深考。但覺與新嫂嫂情投意合，如漆如膠。一連住了七八日，不是人家請他，就是他請人家，一連七八天，沒有斷過。每天總要困到兩三點鐘方起。等新嫂嫂梳洗過後，一同吃早飯。吃過早飯，便是一部馬車，起先還帶蘭芬同坐，後來連蘭芬也不帶了。出門之後，不是遊張園，便是兜圈子。走到大馬路仁昌祥，震泰昌，以及亨達利等號，總得下車。不是買綢緞，便是買表，買戒指，一買便是幾百塊。此外打首飾，買珠子，還不在內。起先每次出門，陶子堯一定要到錢莊上，帶幾百銀子莊票，一二百塊洋錢鈔票在身邊。後來各家都熟了，知道陶大人是個闊客，就是沒得錢，也肯賒給他了。從前陶大人穿的衣服，新嫂嫂嫌他古板，特特為為，叫了幾名裁縫，在家裏客堂裏替他做，趁便自己也做些時式衣服，細算起來，數目也就不少了。陶子堯一心被新嫂嫂迷住，竭力報效，核計所化之錢，旬日之間，和酒局帳，不過一百多元。買東西，做衣服，通扯已不下三四千金之譜。再加別的用度，通算起來，帶來的二萬，不過才用得四分之一。自己一算，還不為多，將來機器買成，無論那注帳裏，多報銷一筆就夠了。如此一算，心上一寬，依舊爛化浪費起來。

＊　　＊　　＊

有一天新嫂嫂的娘過生日，喊了一班人，在堂子裏宣卷。單他一個，擺了一個四雙雙檯。有些不認得的人，也都拉來吃酒。魏翩仞看見他的錢，化的淌水一般，不加愛惜。心上便想：「他的錢，也就用的不少了；若不從此時下手，更待何時？」次日先去同仇五科商量。仇五科道：「這種壽頭，不弄他兩個弄誰？」魏翩仞道：「想個什麼法子去弄他？」仇五科道：「容易。你去同他說，後天開公司船，他要辦機器，同他到我這裏來，大家都是自己人，還他便宜就是了。」魏翩仞同仇五科，本來是做慣聯手的，心上明白。急急奔至同慶里，找到陶子堯。其時新嫂嫂正坐在客堂窗下梳頭；陶子堯坐在旁邊，坐著吃湯糰。一邊吃湯糰，一面看梳頭，恰在出神的時候。底下喊「客人上來。」正思躲避，見是魏翩仞，才縮住了腳。當下寒暄得幾句，魏翩仞便拉他到正房間裏坐下，同他講到買機器的話，說：「不要看這樁事情，倒是很不容易辦的；聽見仇五科說：『明天有公司船開，有什麼圖樣，一塊帶了去，三個月就有回音。倘若明天不寄，等到下一班，又要多少天。』五科是自己人，替朋友幫忙，難道還要你的好處嗎？他叫我來問你一聲，有什麼話，你去同他說亦好，我替你傳話亦好。」陶子堯連說：「費心。」忙問：「我的當差的來了沒有？」房中娘姨，一疊連聲的叫陶大人當差的。當差的上來，陶子堯便交代他一把鑰匙，叫他回棧房，把枕箱開開，裏面有個紙包，撫臺的札子，統通在內，把那個紙包，替我拿了來。這裏兩個人閒談。不多一刻，當差的回來，將紙包呈上。陶子堯打開，取出一篇帳目，大約開著幾件機器，也不詳細，遞與魏翩仞。魏翩仞道：「就是這個帳嗎？」陶子堯道：「這裏頭該有幾件東西，我也不知道，本來要請教五科。我們此刻就去看他。」魏翩仞道：「同去也好。」新嫂嫂道：「啥個要緊事體，託仔魏老，勿是一樣格？啥事體要一定自家去？」魏翩仞道：「恩得來，一歇歇才離勿開格哉！」新嫂嫂拿眼睛眇了他一眇，也不說別的，仍舊梳他的頭。陶子堯想要去，真是聽了新嫂嫂的話，就有點懶怠去了。魏翩仞道：「你不去也好，我就替你問他一聲，叫他替你開一篇帳，寄到外洋。將來銀子是要你付的呢！」陶子堯道：「這個自然。價錢克己點！」魏翩仞道：「這個是外國定好了來的價錢，貴賤我們做不得主的。」一面說，一面穿馬褂。趁空陶子堯又拉他到一旁說道：「不瞞翩翁說，兄弟當這一趟差使，上頭發的盤川，不過是個名色，不夠用的。況且到了上海，又不能不應酬。這裏頭託你同五科講一聲，將來開帳的時候，叫他酌量開，總算他照應我的。」魏翩仞道：「這個還要你說嗎？不過照這篇帳，有限的幾樣東西，看上去，不過二萬銀子的進出，多開上一千八百，也望得見的。子翁我聽見人說，你這遭來，不是要辦幾十萬銀子機器嗎？我們都是好朋友，你別拿小注的給我們，拿大注的還去照應別人。」陶子堯聽說，愣了一愣，說道：「機器是還要添辦，先要看這個辦的便宜，再辦別的。」魏翩仞見此情形，心下明白，也不再追問了。便說：「今天託五科寄信去。價錢替你合準，包你便宜。只要你明天同外國人當面簽個字就完了。」說罷揚長而去。

一走走到五科行裏，五科接著忙問：「生意怎麼樣？開帳沒有？」魏翩仞遞給他看。五科看完之後，說了聲：「就是這個嗎？」又笑了笑道：「這篇糊裏糊塗的帳，怎麼好帶到外國去？而且一件機器，另外總有些零碎件頭，都要一筆筆的開上。」魏翩仞道：「他原說託你替他斟酌。五科哥，據我看起來，生意不過二萬銀子；他這裏頭，還想託你替他開花帳，吞吞吐吐的，灣著口頭，說又說不清，只怕蘭芬那裏的一筆用帳，要出在這上頭。」五科道：「看他不出，賺錢的本事倒有。但是他既託了我，你去同他講說，我都已明白，帳也開好，合同也弄好，叫他明天來簽字，我們好去替他辦。」魏翩仞道：「你真的替他辦麼？他銀子存在號裏。剛才我從同慶里出來，先彎到號裏，打聽過，由山東匯下來，總共不過二萬銀子。聽他說，這一禮拜裏頭，倒去拿過好幾千。蘭芬家新嫂嫂手上，金剛鑽戒指也有了，金釧臂也有了，倒著實在那裏報效。不要我們替他辦了機器，到那時候，拿不出來！」仇五科道：「你這個人，真正戇大！叫他先來簽了字，怕他走到那裏去。你我總不會落空就是了。」魏翩仞一聽此言，也就明白。當夜又趕到同慶里，通知陶子堯，告訴他說：各事都已停當，只要他明天十一點鐘到行裏簽字。到了次日十點鐘，魏翩仞仍趕到同慶里，叫醒陶子堯起來，洗臉吃點心，一塊同去找五科。新嫂嫂蓬頭赤腳，一定還要親自替陶子堯打一條辮子，方容他走。

當下兩個人，同到洋行裏。仇五科接著，著實殷勤。請坐之後，又每人敬了一根呂宋煙。從抽屜裏取出帳來一看，共是二萬二千兩規元銀子。簽字之後，先付一半。又拿合同念給他聽。陶子堯是不認得洋文的，由他念著，聽上去無甚出入，也無話說。隨問魏翩仞：「這個帳就這們開嗎？昨兒託的事怎麼？」魏翩仞又問仇五科，仇五科道：「這個是子翁同我們敝行東打的合同，將來銀子付清，是要重新寫過的。」陶子堯方才放心。仇五科就同他去見洋東，拉了拉手。洋東還說了幾句洋話，陶子堯不懂，又是仇五科繙給他聽，無非是應酬話頭。當面簽過字。魏翩仞跟著去劃銀子。陶子堯一想：「號裏只有著一萬四千多銀子；現在劃出一萬一千兩，只剩得三千多兩。將來機器到上海，還得找他一萬一千兩。現在短得雖多，幸虧臨動身的時候，撫臺大人有過話，如果不敷，隨時可以電撥。」於是到得號裏，寫了一張銀票，就託號裏代打一個電報，說明緣故，請再撥一萬五千兩。號裏朋友擬好電稿，請他過目，無甚說得。兩人辭別同去，找到仇五科，交代清爽，取轉那一分合同。當天仍到同慶里，擺了一個雙檯。因為仇五科，魏翩仞兩個幫了忙，所以就推他二位坐了上坐。

*　　*　　*

正是光陰似箭，日月如梭，自從那日在號裏發電報的日子算起，核算起來，頂多三天定有回音，現在倒有七八天了。虧得他天天被新嫂嫂迷住，所以也不覺得。及到屈指一算，不禁慌張起來。若論自己的憲眷，一定不會駁回的；大約撫臺公事忙碌，一時理會不到，也是有的，然而總不至於置之不覆。因此弄得他心上，好像有十五個弔桶一般，七上八下。虧得新嫂嫂能言會道，譬解過去。後來一等等了半個月，還是無回信。看看這裏的錢，又用去了二千多。新嫂嫂還一心要嫁他，說明做兩頭大，身價不要，只要一副珍珠頭面。下等的拿不出手，就是中等的，至少亦得一兩千塊；其餘衣飾還不在內。真正公私交迫，晝夜不寧！

又過了幾天，數了數日子，這電報打去已經三十天了，依舊杳無音信。把他急得熬不住，只得又打一個電報去催款。另外又打一個電報，要他姊夫從旁吹噓。到第三天得到姊夫的回電，說撫臺請病假，藩憲代理。機器已經另外託了外國人辦好，價錢很便宜，而且包用，叫他不要辦了；並催他即日回來。陶子堯得了這個電報，賽如一瓢冷水，從頂門上澆了下來，急得無法。可巧魏翩仞來看他，他便把此事告知，想叫他去同仇五科商量，說機器不要了，叫他退錢。魏翩仞道：「同了外國人打的合同，怎麼翻悔得來？倘若帳目沒有寄出去，還可收得轉。如今已經三十多天了，只怕已經到了外洋，怎麼好收轉？」陶子堯道：「打電報去止住。」魏翩仞道：「說的好容易，人家不是被你弄著玩的！我也不好說出口。」

陶子堯見他不肯退機器，心上更加煩悶。打那日起，就在棧中寫了兩天的信，一直沒有到同慶里去。新嫂嫂派了一個小大姐到棧裏釘住他，叫他去，他不肯去，把他弄急了，同小大姐說：「不是我不來，我這兩天心上不舒服；等我的事情弄定規了，自然要來的。」小大姐回去，告訴了新嫂嫂。新嫂嫂知事不妙，樂得弄他幾個現的。見小大姐請不來，只好自己坐了車，到棧裏來請。陶子堯雖說跟他同到堂子裏，依舊沒精打彩。禁不住新嫂嫂甜言蜜語，不由他不把號裏剩下的銀子，取來報效。後來用的只剩得幾百兩了，號裏的人，最是勢利不過的；就把下餘的錢算一算清，打一張票子，差一個學生，送給陶子堯，把摺子收回，以後不相來往。從此更絕了指望。還有魏翩仞聽了信息不好，雖說不准他退機器，料想再要他找，是萬萬找不出來的了。便去同仇五科商量，仇五科說道：「他真的拿不出嗎？你去同他講，如若機器運到，不來出貨，我們雖然是朋友，外國人卻不講交情，將來怕有官司在裏頭，還是叫他辦去的好。」魏翩仞又去告訴了他，順便探消息，順便催銀子。把個陶子堯真正弄的走頭無路，只得又打一個電報給姊夫，說明洋人不肯退機器，請他轉圜的話。誰知接到回電，陶子堯看了，這一驚竟非同小可。

欲知電中所說何事，且看下回分解。

第九回　觀察公討銀反臉　布政使署缺傷心

話說：陶子堯接到姊夫的回電，拆開來一看，下面寫的是：「上峰不允購辦機器。婉商務退款二萬，悉數交王觀察收。」陶子堯不等到看完，兩隻手已竟氣得冰冷，眼睛直勾勾的，坐在那裏，一聲也不言語。停了一會子說道：「這是我的釘封文書到了！」其時陶子堯還在蘭芬家同新嫂嫂一塊兒吃飯。管家送電報來，是電報局已經譯好了來的。陶子堯看完之後，做出這個樣子，大家都猜一定電報上有了什麼話句。虧得新嫂嫂心定，仍舊吃他的飯。等把一碗飯爬完，才慢慢的問：「到底那哼？」陶子堯也不便告訴他，但說得一句是「催我回去」的話。新嫂嫂心上明白，也不再問。陶子堯便問：「魏翩仞住在那裏？」新嫂嫂說：「耐篤一淘出，一淘進，倪格住處，耐有啥勿曉得格。」陶子堯道：「我同他是檯面上認得的，其實沒有到過他家。」管家插嘴道：「上海的這些露天掮客，真正不少。錢到了他的手裏，再要他挖出來，可是煩難！老爺又不認得他，怎麼會託他辦事情？」陶子堯罵道：「忘八蛋！放屁！你懂得什麼！」管家不敢做聲。新嫂嫂連忙改口道：「魏老格人，倒是劃一不二格。託仔俚事體，俚總歸搭耐辦到格。機器退勿脫，格是外國人格事體，關俚啥事？」陶子堯也不答應，穿穿馬褂，拔起腳來要走；新嫂嫂問他：「到啥場化去？」說：「到棧裏去。」新嫂嫂明知留他無益，任其揚長而去。

陶子堯回棧未久，頭一個是魏翩仞來找他，道：「五科已把這話同洋人商量過；洋人大不答應，說打過合同，如何可以懊悔的？就是這會子，把已經付過的一萬一千統通改做罰款，他亦不要，一定要你出貨。子翁你得詳詳細細，把這情形寫個稟帖給撫臺，也免得你為難。將來鬧出事情，打起官司，總是你山東巡撫派來的人。」陶子堯聽了，正在滿腹躊躇，無話可答，忽見管家拿出一封信來，說是長春棧二十一號，山東候補道王大人差人送來的，立候回音。陶子堯聽了王大人三個字，又是一呆；連忙把信拆開來一看，就是剛才他姊夫來的電報上所說王觀察了。王觀察信上，言明是奉了撫憲之命，前往東洋考察學務。到了上海，又接電報，叫他順便考察農，工，商諸事，添派四個委員，大小十幾個學生。因此就叫他向陶委員手裏討回那二萬銀子做盤川，亦是今天接到電報，所以特為寫信前來通知。如果銀子現成，就立刻派人來取。陶子堯不看則已，看了之時，急的一句話也說不出。心裏想道：「洋人非但不肯退，而且還要逼我後頭的。王觀察又是山東撫憲派來的，叫他來討。就是洋人肯退銀子，只有一萬一那九千已經被我用的九成多了；無論如何，二萬的數目，總不能歸原，叫我心上如何不急！但恨沒有地洞，如有地洞，我早已鑽進去了。」他一面想，只是不言語。管家站在一旁等回信，也不敢說什麼。當下還是魏翩仞等的不耐煩，說：「人家問你討回音，你怎麼講？」一句話提醒了陶子堯，立刻翻出信箋要寫回信。忽然想起王觀察是本省上司，論規矩應得寫張夾單❶，稟覆他才是。他本是做文案出身，這些款式是懂得的；無奈心緒不寧，提起筆來寫不上半行，不是脫落字，就是寫錯字，一連換了五張紅單帖，始終未曾寫滿三行，把他急得頭上汗珠子有黃豆大，無如總是寫不好。後來還虧魏翩仞替他出主意，說：「王觀察乃子翁的本省上司，他既然到這裏，你總得去拜他一趟。今日且不必寫回信，只拿個片子

---

❶ 夾單：舊時官場有事欲稟報上司，例須於名帖中夾一單片，敘述情事，名為「夾單」。

交把來人，叫他先回去言語一聲，說你子翁明天過來時一切面談。」陶子堯正愁著這封回信無從著筆，聽了此言，連說：「有理。」立刻自己從護書裏找出一張小字官銜名片交代管家，叫他出去告訴來人，託他回去轉稟大人，說大人的來信收到，明天一早過來請安；還有許多下情，須得明天面稟。管家拿了銜片，自去交代不題。

這裏魏翩仞便問他：「這事到底怎樣辦？」陶子堯道：「翩翁外國人那一邊，總得叫他能夠退才好！」魏翩仞道：「子翁，我們都是自家兄弟，有些事情，你雖然沒有告訴我，我豈有不知道的。」陶子堯一聽這話，臉上一紅，知道各事瞞他不過，不妨同他明說，或者有個商量。便說：「我現在好比駱駝擱在橋板上，兩頭無著落；你總得替我想個方法才好！」魏翩仞道：「依我看起來，這機器還是不退的好。陶子堯道：「何以見得？」魏翩仞道：「你子翁帶來的錢，同你在上海化消的錢，我心裏都有個數。洋人那裏的錢，就是退不掉，還算你因公受過，上司跟前，不至有什麼大責罰的。倒是你自己化消的錢，如何報銷；我同你做了知己朋友，總得替你籌算籌算。」陶子堯道：「多承費心。兄弟一時沒有了把握，虧空公項，倘若追逼這筆銀子來，怎麼辦呢？」魏翩仞道：「我早替你想好一條主意了。」陶子堯忙問：「什麼主意？」魏翩仞道：「現在機器是萬萬退不得的。退了機器，你沒有生發了。洋人那裏，但憑五科一句話，要退便退；現在老實對你說，是我替你抗住不退。你明天見了王觀察，只說機器的事，一到上海，就同洋人打好合同。索性多說些，二萬二的機器，樂得說他四萬銀子。二萬不夠，又託朋友在莊上借了二萬，價錢通統付清，機器不日可到。洋人那邊，是萬萬不肯退的。現在既然山東來電一定要退，只好請訟師同他打官司。倘若打不贏外國人，你這機器本不要退，這筆訟費至少也得幾千兩，還有別的費用，也只好由你報銷。況且王觀察面前也有得推託，叫他不至於來逼你。你說這話可好不好？」陶子堯連稱：「妙計！」又說：「我上次發去的電報，早稟明二萬不夠，還要請上頭發款；這話是埋過根的。」魏翩仞道：「但是一件，這外國律師，你是一定要請一位的。」陶子堯道：「我沒有熟人，那裏去請？」魏翩仞說：「有。我這裏頭，我都有熟人。我此刻就替你去找一位，明天上半天把事辦好回來，你再去見王道臺。他見你打官司，這事情是真的了；他一定不好再來逼你。騰出空來，我們再想別的法子。」陶子堯道：「如此，就請你費心罷！」魏翩仞道：「你這回請訟師，不過面子帳，用不著他替你著力。我們知己人，能夠省一個，樂得省一個。」魏翩仞一面說，一面掐指一算，說道：「這事總要上一回堂，好遮遮人家的耳目。你先拿五百銀子出來，我請個朋友替你去包辦下來。你說可好？」陶子堯聽了，愣了一回道：「要這些錢麼？」魏翩仞道：「同你說面子帳。如若要他出力，只怕二三千還不夠呢！」陶子堯自己估量：「一共總只剩得七百幾十兩銀子，還有二百多塊錢的鈔票；如今又去五百。照此情形，山東不見得再有匯來；倘若用完，叫我指著什麼呢？」想了好半天，只得據實告訴了魏翩仞，託他想法子，同訟師商量，先付若干，其餘的，打完官司再付。魏翩仞聽了無法，於是叫他先付三百；後來講來講去，陶子堯只肯先付二百。魏翩仞無奈，只得拿了就走。出得門來，先去通知了仇五科。仇五科道：「翩仞哥，又有點小進項了。」魏翩仞道：「這個自然。我們天天在四馬路混的是那一項呢？」五科一笑無言。

魏翩仞出來，到一家熟錢莊上，把銀子劃出五十兩，劃到一個訟師公館，先會見翻譯。彼此都是熟人，把手腳做好；然後翻譯走到公事房裏，一五一十的告訴了訟師。訟師答應，立刻先替他寫兩封外國信：一封是給仇五科的洋東，說要退機器的話；一封是給新衙門的，等陶子堯稟帖寫好，一塊送進去。魏翩仞見事辦妥，把銀子交代清楚，然後袖了這封信，回來見陶子堯。其時陶子堯稟帖稿子已經打好，是抱告家人陶升出名，告的是「仇五科代辦機器，浮開花名，不照原帳，意圖侵蝕，懇請飭退」，一派的話。魏翩仞道：「這條倒是虧你想的。可巧那篇到外洋定機器的帳，都是五科一手寫出來的。若照你那篇原帳，只有幾個總名字，寫得不清不爽；只怕走遍地球，也沒處去辦。不料五科為朋友要好，如今倒被人家拿做了把柄！」陶子堯道：「我何曾要同他打官司！不過是無事要生發點事情出來，別的話說不上去，只有這條還說得過。」魏翩仞道：「這詞訟一門，不料子翁倒是行家。」陶子堯道：「小弟才到山東的時候，本學過三年刑名。後來家父常說：『凡做刑名的人，總要作孽。』所以小弟改行，才入了仕宦一途。」魏翩仞道：「原來如此，倒失敬了！」當下稟稿看過，沒甚改動。陶子堯立刻寫好，隨了外國訟師的信，一塊兒拿帖子送了進去。接到回片，方才放心。

次日一早，就到長春棧二十一號去見王道臺。這天穿的衣裳，照例是行裝打扮。雇了一部轎子馬車，拉到長春棧門口。管家先生進去投手本。王道臺正在那裏會客，一見是他便說了聲：「請。」吩咐跟班的引他到別的屋裏坐一會。跟班會意，把陶子堯請了進來，同他到隨員周老爺屋裏坐下。不多一刻，王道臺送客回來，趕到這邊相見。陶子堯雖久在山東，同王道臺卻是從未謀面。見面之下，少不得磕頭請安。王道臺曉得他是撫臺特識的人，不好怠慢於他，還說了許多仰慕的話。陶子堯忙回：「卑職一直是洋務局裏面當差，沒有伺候過大人。今番大人來在上海，卑職沒有預先得信，所以來的遲了。今日特地前來稟安請罪！」王道臺道：「說那裏話！」彼此言來語去，慢慢說到退機器劃銀子的話。王道臺道：

「兄弟這回出來，本來是奉了別的差使。到了上海，接著電報，才曉得還要到東洋去走一趟。所以出省的時候，沒有帶什麼錢，後來打電報去請上頭發款，接到回電，才曉得老兄那裏有這筆銀子，所以昨天寫信通知老兄。這款想來是現成的，只等老兄回信，兄弟就派人來領。現在老兄又要自己過來，實在勞駕得很！」陶子堯道：「為了這事，卑職實在為難。曉得大人來到這裏，本應該過來請安，二來還求大人教訓，好替卑職作一個主；卑職雖然沒有到省，然而當的是山東差使，大人就是卑職的親臨上司一樣，所以一切總要求大人指教。」王道臺聽了，摸不著頭腦，只得隨口應酬了幾句。後來又問：「這銀子幾時好劃？」陶子堯方說道：「上頭發款二萬兩，差卑職到上海辦機器。一到上海，就與洋行訂好合同，約摸機器不到一月一定運到。款項不夠，已由卑職出名，莊上借銀子二萬兩墊付。不料諸事辦妥，上頭又打電報來，叫把機器退掉，銀子要回。洋行的規矩，大人是曉得的，訂了合同，如何翻悔得來？但是卑職既經奉了上頭的電諭，也不敢不遵辦。同洋行說過幾次，說不明白，只好請訟師同他打官司，稟帖是昨兒晚上進去的。將來新衙門，還得求大人去關照一聲，叫他替咱們出把力，好教卑職將來可以銷差。」說罷，又站起來請了一個安，說了聲：「大人栽培！」王道臺聽了他話，也不好說什麼，於是敷衍了幾句，端茶送客。少不得次日出門，順便到高陞棧，過門，飛片謝步。照例擋駕，自不必說。

* * *

且說陶子堯自從見過王道臺，滿心歡喜。以為：現在我可把他搪塞住了，關了這道門，免他向我討錢；再想別的法子。自此每日仍到新嫂嫂那裏鬼混。他們的事情，新嫂嫂都已明白，樂得再用他兩個。後來陶子堯把錢用完，便去同魏翩仞商量，託他向莊上借一二千。魏翩仞起先不肯，後來想到他這事情，鬧到後來，不怕山東巡撫不拿錢來替他贖身。主意打定，雖不能如他的意，也借與他好幾百兩銀子。陶子堯異常感激。新嫂嫂一邊，魏翩仞還不時要去賣情，說：「陶大人沒有錢用，山東不匯下來，都是我借給他。」以便叫新嫂嫂見好。自從新嫂嫂敲到了陶子堯的竹槓，不是剪兩件衣料，就是順便叫裁縫做件把衣裳，不收他的錢，好補補他的情。更兼魏翩仞，或是碰和，或假稱出門匆促，未曾帶得洋錢，時常一二十，三四十，到新嫂嫂手裏借用。連借了幾次，也有一百多塊錢，始終未曾還得分文。新嫂嫂卻也不肯向他討取。這些事，不但陶子堯一直未曾知道，而且還拿他當作朋友看待，真正可笑！閒話休題。

再說王道臺因見陶子堯那裏的錢不能取到，他這裏出洋又等錢用，只有仍打電報到山東去。其時撫臺請病假，各事都由藩臺代拆代行；接到了這個電報，便打一個回電給陶子堯，說他不肯退機器，不會辦事，著實將他申飭兩句，一定要退掉機器。陶子堯雖有魏翩仞代出主意，究竟本省上司的言語，不敢違拗，因此甚是為難。同時那個藩臺，又覆一個電報給王道臺，叫他仍向陶委員收取。王道臺無奈，只得又拿片子前去請他，商議此事。陶子堯滿肚皮懷著鬼胎，只好前來稟見。這幾天頭裏，他的事情，王道臺已經訪著了一大半。只因王道臺的隨員周老爺，是山西太原府人，同前頭陶子堯存放銀子的那家票號裏的老板是嫡親同鄉。周老爺初到上海拜望同鄉，這票號裏的老板很同他來往。曉得山東有電報叫王道臺向陶子堯手裏討銀子，陶子堯付不出；他就把這裏事情，原原本本，一齊告訴了周老爺。周老爺回來，亦就一五一十的通知與王道臺。王道臺無奈，只好請了他來，當面問過，看是如何，再作道理。

這日見面之下，王道臺取出電報來與他看。陶子堯一口咬定：「銀子四萬，通通付出，帶來的不夠，在莊上又借了兩萬。現在卑職手裏，實在分文沒有。就是請訟師打官司，還得另外張羅。總求大人原諒！

大人如果有信到山東，還求大人把卑職為難情形，代為表白幾句。那是感激不盡！」王道臺雖然已經曉得他的底細，聽了這話，不便將他說破，只些微露點口氣，說：「洋人那裏，吾兄是何等精明，斷乎不會全數付他。已經付出的呢，兄弟也不說不講情理的話。退與不退，自然等到打停官司再講。但是兄弟還有一句公道話，我們出來做官，所為何事？況且子翁來到上海，自然有些用度，倘若還有錢沒有付出，子翁不能不自留千兩，預備正用。兄弟這裏，或者先付五六千。一來兄弟同老兄的事，上頭也有了交代，其餘不足的，兄弟自然再打電報向上頭去要，決計不來再逼吾兄。吾兄看此事可好如此辦法？」陶子堯只是一口咬定：「沒有存錢。」王道臺本來也正想銀子使用，齊巧派了這個差使有二萬兩撥給他，他如何不拚命的追？況且已經探實陶子堯的細底，如何肯將他放鬆？便道：「這注銀子，是上頭叫兄弟討的。既然老哥沒有，須得給兄弟一個憑據，我也好回覆上頭，請上頭匯款下來。」陶子堯道：「卑職回去，就具個稟帖過來，大人好據著卑職的稟帖，回覆上頭。」王道臺道：「不但這個，吾兄付款出去，總有收條，這個收條，一定是洋字。兄弟這邊因為出洋，才找到一位翻譯，吾兄來了，可把這個收條帶了過來，由兄弟叫翻譯替你翻好，寫一分寄到上頭去。並不是不放心吾兄，向吾兄要收條；為的是有了實憑實據，銀子實實在在付給洋人，上頭看見，也不好再叫兄弟前來追逼吾兄，吾兄以為何如？若兄弟這裏翻譯是現成的，免得吾兄出去找人，又要化錢。」陶子堯一聽王道臺問他要收條，知道事情不妙，怕要弄僵，忙回道：「收條本來是有的，但是因為銀子不夠，向人家借墊，人家不相信，暫時只得將合同收條，抵押在那個人家，並不在卑職手頭。現在大人要看，須得卑職先去說起來看。」王道臺道：「並不是我要頂真，為的是大家洗清身子。既然押在人家，亦不妨事，我叫翻譯跟了老兄同去，就在那個人家取出來一看，翻他一張底子，帶了回來，豈不甚便？」陶子堯道：「這事總得卑職先去通知一聲，叫那人家把東西拿在手頭，然後卑職再同了翻譯前去，免得耽誤時刻。」王道臺見他總是一味推諉，也不值再去逼他。便乃一笑，端茶送客。

過了兩三日，王道臺見他竟無回音，便差了周老爺，同了翻譯，前去拜他，討他的回信。倘若已與前途說妥，就叫翻譯立刻翻好，帶了回來，因為立等寄信山東，免得耽誤時刻。誰知一連去了三次，總是未曾見面，亦不見他前來回拜，把個王道臺氣得了不得，說他靠了誰的勢，連我都不在他眼睛裏。跟手寫了一封信，居然擺出上司的款來，很拿他申斥幾句，還說什麼：「老兄在這裏辦的事，兄弟統通知道；不過因與令姊丈是同官同寅，處處顧全面子。現在反將我一片好心，當作了歹意。既然不肯賜教，兄弟也只得據實稟覆上頭。將來休要怪弟不留面情！」痛痛快快的寫了一封信，送到棧裏。管家見是王道臺來的要信，立刻到小陸蘭芬家，找到主人，把信呈上。陶子堯看了，著實有點耽心事，愁眉不展，茶飯無心。新嫂嫂見了，問問他，雖說是一味支吾，然而已經十猜六七。便說：「有甚為難之事，魏老主意極多，外面人頭也熟，何不請他前來商量商量？」一句話把陶子堯提醒。立刻寫了一個票頭，差相幫去請。堂子裏請不著；後來還是新嫂嫂差了一個小大姐，在六馬路他的姘頭大姐老三小房間裏找著的，一同來到同慶里。魏翩仞便問何事，此時陶子堯早拿他當自己人看待，便也不去瞞他，把王道臺的信，取了出來與他觀看，同他商量辦法。魏翩仞道：「這事須得同五科商量。我想除掉借洋人的勢力剋伏他，是沒有第二個法子。」說完，便約了陶子堯一同去見仇五科，告訴他王道臺情形。仇五科道：「這事須得請洋東，即刻打個電報到山東，託他們的總督，向山東撫臺說話。就說：『定了機器，無故要退，商人吃虧不起。委員已經同我們打官司，他們山東官場上，又派什麼姓王道臺的，來到這裏提錢；我們的招牌，已經被他們弄壞了，以後不能做生意。現在非但不准他退生意，而且還要山東撫臺賠我們的招牌。』照此電報打去，外國的總督沒有不幫著自己商人的。如此做去，陶子翁，包你的機器一定辦得成。敲開板壁說亮話，合同打好，再由你退，我們行裏只好替你們白忙，生意也不要做了。陶子翁，你去同王道臺說，叫他不要來逼你；他再來逼你，叫他提防，我要出他的花樣。上海地方，還輪不著他海外❷哩！」陶子堯聽了千多萬謝。跟手魏翩仞替他出主意，叫他同仇五科，另外訂了一張定辦四萬銀子機器的假合同，寫好兩分，兩人簽個字，一人拿著一張，預備將來真個打官司，好呈上去做憑據。仇五科也叫陶子堯，另外寫了一張借銀二萬，即以訂辦機器合同作抵的字樣，連合同交給魏翩仞收好。此時陶子堯拿魏翩仞真當作自己人看待，以為他辦的事，真是千妥萬當，異常放心。不在話下。等到陶子堯去後，仇五科果然把此事始末根由，又編上許多假話，告訴了本行洋東。請洋東打個電報給本國總督，請他照會山東巡撫。總督得了電報，果然外國的官專以保商為重，不比中國官場，是專門淩虐商人的。一個電報打過去，除了機器四萬不能退還分文外，還要索賠四萬。山東撫臺得了這個電報，這一驚非同小可。

* * *

且說其時原委陶子堯辦機器的那位巡撫，前因抱病請假，一切公事，奏明由藩司代拆代行；等到假滿，病仍未痊，只好奏請開缺。朝廷允准，立刻放人，就命本省藩司先行署理。這藩司姓胡名鯉圖，乃是陝西人氏。早年由兩榜出身，欽用榜下知縣，吏部掣籤，分發湖廣，到任不多兩年，就補得一個實缺。

---

❷ 海外：這是「海外奇談」的簡詞，包括「說大話」「擺架子」等意思。（吳語）

不料那年地方上民教不和，打死一個洋人，鬧出事來。上司說他辦理不善，先拿他撤任；後來附片進去，又將他革職。後來好容易，投效軍營，開復原官，又歷保至知府放缺。為了一件什麼交涉案件，得罪了外國人；外國人稟了外國公使，本國公使告訴了總理衙門，行文下來，又拿他開缺，把他氣的了不得。後來又走了門路，湊巧那年鬧拳匪，殺洋人，山西撫臺把他咨調過去辦團練，等到和局告成，懲辦罪魁，換了巡撫。後任雖未查出他縱團仇教的真憑實據，然而為他是前任的紅人，就借了一樁別的事情，將他奏參，降三級調用。他名心未死，竭力張羅，於秦晉賑捐案內，捐復原官，加捐道臺。幸喜折扣便宜，化錢有限，又把家裏的老本，一齊搬了出來，報效國家二萬銀子。就有人保薦他奉旨記名簡放，並交部帶領引見。他就立刻進京，又走了老公的門路，吃虧化的錢不多，不能望得好缺，就放了山東兗，沂，曹，濟道，是個苦缺。到任之後，因在內地，洋人來的不多，遂得平安無事。然而為了不知那一國的教士，要在這兗州府一個地方，買地建立教堂，與鄉人議價不合，教士告訴本道。胡鯉圖非但不辦鄉下人，而且反勸教士多出兩個。教士大動其氣，進省告知巡撫。雖沒甚大過處，巡撫曾將他申飭一番。因此他生平做官，屢次翻觔斗，都是為了洋人的事。幸喜聖眷極優，不到兩年，升運司，升臬司，仍舊做到山東藩司。不與洋人交涉，宦途甚覺順利。目今因本省巡撫告病，奉旨就叫他升署。未曾升署之前，因為撫臺請假，照例是他代拆代行；接到陶子堯來電，稟請添撥款項。他生平最怕與洋人交涉，忽然發了一個多一事不如省一事的念頭。立刻就打電報，叫陶子堯停辦機器，要回銀子，立刻回省銷差。又叫王道臺幫著討回此款。卻未想到因此一番舉動，卻生出無數是非；非但銀子不能討還，而且還受外國人許多閒話。畢竟是他不識外情，不諳交涉之故。閒話休題。

且說這日，正是他接印日期，一早起來，把他興頭的了不得。辰正三刻，擺齊全副執事，親到撫院大堂，拜受印信，並王命旗牌。升座之後，並有司道各官，上來參堂，從前雖是同寅，現在卻做了下僚了。一時接印禮成，其餘照例儀注，不用細述。只因撫臺尚未遷出，所以署院只好將印信帶回自己藩司衙門辦事。當下胡鯉圖胡大人，才回得衙門，便有合城官員，拿著手本前來稟賀。胡大人只命把司道請進，行禮之後，彼此閒談。正說得高興時候，忽見巡捕官送進一個洋文電報來，說是膠州打來的。胡大人一聽，不覺心上陡然一驚，忙教翻譯翻出。原來正是不准陶子堯退機器，並叫山東官場，再賠四萬銀子的那個電報。胡大人看過，登時嚇得面孔如白紙一般。歇了半天，才說道：「我想不到，我的運氣就這們壞！我走到那裏，外國人跟我到那裏！總算做了半年揚州運司，八個月的湖北臬司，算沒有同他來往，省得多少氣惱。就是在藩司任上也好，怎麼一署巡撫，他就跟著屁股趕來。偏偏是今天接印，他今天就同我倒蛋，叫我一天安穩日子都不能過！真正不知道是我那一門的七世仇家，八世冤家。照這樣的官，真正我一天也不要做了！」一面說，一面咳聲歎氣不止。署藩臺勸道：「陶某人辦機器的事情也長遠了。」其時洋務局的老總，——就是陶子堯的姊夫，——也正在座。署藩臺便道：「某翁，陶某人是你令親，還是你打個電報給他，叫他把事情早點弄好回來，免得大人操心。」陶子堯的姊夫道：「當初我早曉得他不能辦事，果然鬧得不好。當初原是他上條陳，前院忽然賞識起來，就派他這個差使。真真年輕不能辦事！」胡大人道：「你也不必埋怨他。這都是我兄弟命裏所招！兄弟自從縣令起家，直到如今，為了洋人，不知道害我化了多少冤枉錢，叫我走了多少冤枉路，吃了多少苦頭！我走到東，他跟到東；我走到西，他跟到西，想來是我命裏所招。看來這把椅子，又要叫我坐不長遠了。」他正說到傷心，忽見巡捕官又拿著一個電報來，回說外務部來的電報。胡大人這一驚更非同小可。

欲知後事如何，且看下回分解。

第十回 怕老婆別駕擔驚 送胞妹和尚多事

卻說：署理山東巡撫胡鯉圖胡大人，為了外國人同他倒蛋，正在那裏愁眉不展；忽見巡捕官拿進一封外務部的電報，以為一定是那椿事情發作了，心上急的了不得。等到拆開來一看後，才知道是椿不要緊的事情，於是把心放下。對著司道說道：「將來我兄弟這條命，一定送在外國人手裏。諸公不要不相信，等著瞧罷！」眾人也不好回答別的。還是陶子堯的姊夫，——洋務局的老總——他辦事辦熟了，稍為有點把握，就開口說道：「外國人的事情，是沒有情理講的，你依著他也是如此，你不依他也是如此。職道自從十九歲上到省，就當的是洋務差使，一當當了三十幾年，手裏大大小小事情，也辦過不少，從來沒有駁過一條。這陶倅是職道的親戚，年紀又輕，閱歷又淺，本來不曾當過什麼差使。現在頭一件就是叫他同外國人打交道；怎麼辦得來呢？職道的意思，就請大人打個電報給王道臺，叫他就近把這件事弄好。辦好的機器，如若能退，就是貼點水腳，再罰上幾個，都還有限；倘或實在退不掉，沒有法，也只好吃虧買了下來。至於另外還要賠四萬，外國人也不過借此說說罷了；我們亦斷乎不能答應他的。」胡大人道：「到底老哥是老洋務。好在陶某人是令親，這件事只好奉託費心的了。」說完端茶送客。

陶子堯的姊夫下來，立刻就到電報局，打一個電報給自己舅爺，叫他趕緊把事辦好，回省銷差。又打一個電報給王道臺，面子上總算託他費心，其實這裏頭，已經照應他舅爺不少。王道臺出洋經費，回明署院，另外由山東撥匯，以安王道臺之心，便不至於與他舅爺為難。其實王道臺只要自己出洋經費有了開銷，看同寅面上，落得做好人。就是陶子堯真果有大不了的事，他早已幫著替他遮瞞了。

* * *

話分兩頭。且說：王道臺在上海棧房裏，正為著討不到錢，心上氣惱。這日飯後，又要打發周老爺去催。周老爺道：「一個高陞棧的門檻，都被我們踏穿了，只是見不著他的面。他玩的那爿堂子，我也找過幾趟；不是推頭沒有來，便是說已經來過去了，房間裏放著門簾，說有別的客人，我們也不好闖進去。現在再到棧裏去，一定還是不照面的。」王道臺道：「你不找他，那裏同他照面；你去同他說，他再照這模樣兒，我可要動真公事了！」周老爺被王道臺逼不過，只好換了衣裳去找。剛剛跨出房門，只見電報局送到電報一封，上寫著是山東打給王道臺的。他便跟了進來，瞧這電報上說的什麼話。王道臺拆開看時，原來就是陶子堯姊夫發來的；上面寫的是：「上海長發棧王道臺：陶倅所辦機器，望代商洋人，可退即退，不可退即購；不敷之款，及出洋經費，另電匯至。洋行另索四萬，望與磋磨，勿賠，事畢，促陶倅速押機器回省。乞電復。」下面還注著陶子堯姊夫的名字。王道臺看到電匯出洋經費一句話，便說：「我們的錢，也不必去問陶子堯去討了。他的事情，有他姊夫幫忙，不要說四萬，就是十萬八萬，也沒有不成功的。」連忙回頭，叫周老爺不必再去。又說：「既然是他令姊丈的電報，應得去通知他一聲。」周老爺道：「也不必去通知。他那裏得了信，自然他會跑來的。」王道臺道：「你說的不錯，等著他來也好。」當下無言而罷。

且說陶子堯，自從王道臺問他要錢沒有，問他要合同收條又沒有，因此不敢見王道臺的面；天天躲在同慶里小陸蘭芬家，省得有人找他。以前周老爺來過兩趟，管家曾經回過；後來見主人躲著不見，周老爺來，便是管家代為搪塞支吾，也就不來回主人了。故此數日，陶子堯反覺逍遙自在，專候仇五科行裏的回信。一天魏翩仞來說：「外國總督那裏，已有回電，准了行東的電報，允向山東官場，代索賠款。」陶子堯聽了，又是驚，又是喜：驚的事情越鬧越大，將來不好收場；喜的是有了外國人幫忙，只要機器不退，我的好處是穩的。既而一想：「我已經請過訟師告過仇五科，將來回省銷差，上司跟前，決不會疑心到我，說我搗鬼。」又一轉念：「橫豎只要好處到手，有了錢賺，就是不回山東也使得。或者將來在上海尋注把生意做做，就像五科，翩仞兩個，一年到頭，賺的錢著實不少。不要說候補道府跟他不上；就是什麼洋務局，營務處，支應局，幾位老總，算得第一分的紅人，也趕不上他。」主意打定；混到那裏，算到那裏。但是一件，前頭跟翩仞借的幾百銀子，看看又要用完；現在莫展一籌，又不便再向他啟齒，因此心內十分躊躇。面子上只好敷衍他，說：「我同翩仞哥是自家人。這件事情，若不是翩仞哥，五科哥出力，兄弟這一趟，非但白走，而且還要賠錢。但願他們連四萬頭一同賠了過來，也好補補你二位的辛苦。」翩仞道：「但願如此更好。但是五科說過：『不准他退機器是真的。至於賠款一層，也不過說說罷了。』」當下又說了些別的閒話別去。

這裏新嫂嫂，見陶子堯這幾日手頭不寬，心上未免有點不樂。這天因為催陶子堯替他看一處小房子，陶子堯推頭這兩天身體不快，過兩天一定去看。新嫂嫂明知他手頭不便，便嗔著說道：「倪格人，說一句是一句，說話出了嘴，一世勿作興忘記格。耐格聲說話，阿是三禮拜前頭就許倪格？」陶子堯道：「我怎麼說話不當話。我的意思，不過要等我身體好點，自然要料理這事。彼此相處這多少時候，你還有什麼不放心我的？」新嫂嫂聽了無甚說得，但說：「倪格碗斷命飯，也勿要吃哉。早舒齊❶一日，早定心一日。」陶子堯道：「你的心，我又有什麼不放心的？」當下又閒談一回，無庸細述。

又過了兩天，新嫂嫂只是催他尋房子。陶子堯到了上海這許多時候，也曉得這軋姘頭事情，是不輕容易的；便去請教魏翩仞，這事怎麼辦法。魏翩仞道：「恭喜，恭喜。到底子翁的豔福好，我們白相了多年，面子上要好，都是假格。」陶子堯道：「休要取笑。」魏翩仞便問：「他是個什麼局面？」陶子堯道：「他一定要嫁我。」魏翩仞道：「啊唷，還要拜堂成親哩！」陶子堯道：「何嘗不是如此，這句話已經說過三四個禮拜了。他說明要紅裙外褂全頭面，還要花轎小堂名。兄弟想：我們做官的人家規矩，似乎這些也不可少的。但是另外要我二千塊錢，也不曉得做什麼用，問他也不肯說。如果是禮金，用不到這許多。翩仞哥，替我想想。」魏翩仞道：「這須得問過新嫂嫂，方好斟酌。」兩個人便一同來到同慶里。見面之後，新嫂嫂劈口便問：「房子阿看好？」陶子堯一聲不言語。魏翩仞道：「恭喜，恭喜。你們兩家頭的事情，怎麼好沒有媒人？有些話不好當面說，等我做個現成媒人罷！也好替你們傳傳話。」新嫂嫂道：「媒人阿有啥捱上門格？倪搭俚現在也沒做啥親，還用勿著啥媒人。」魏翩仞一聽不對，便對陶子堯說道：「怎麼說？」陶子堯忽見新嫂嫂變了卦，不覺目瞪口呆，歇了半天，方向新嫂嫂說道：「不是你說要嫁給我嗎？還要什麼紅裙外褂，花轎執事。」新嫂嫂道：「還有呢？」陶子堯道：「還有再講。」新嫂嫂回頭對魏翩仞道：「魏老，勿是倪說話勿作准，為仔俚格人有點靠勿住。嫁人是一生一世格事體，倪又勿是啥林黛玉，張書玉，歇歇嫁人，歇歇出來，搭俚弄白相。現在租好仔小房子，搭俚

❶ 舒齊：辦理妥當。（吳語）

住格一頭兩節，合式末嫁撥俚，勿好末人家不好說啥。魏老，阿是？」魏翩仞笑而不答。陶子堯跳起來說道：「我們做官人家，要娶就娶，要嫁就嫁，有什麼軋姘頭的？」魏翩仞道：「陶大人，心上不要不舒服。還是軋姘頭的好，要軋就軋，要拆就拆，可以隨你的便。不比娶了回去，那事情就弄僵了。新嫂嫂是同你要好，照應你，不會給當你上的。」陶子堯聽了無話。新嫂嫂拿眼睛對著魏翩仞一眇，說道：「要耐多嘴！」魏翩仞道：「是啦，我就不說話。」新嫂嫂道：「倪又勿要耐做啥啞子。倪末將來總要嫁撥俚格。耐想俚格人，房子末勿看，銅錢也嘸不，耐看俚格人，阿靠得住靠勿住？」陶子堯心上想：「自從我到此地，錢也化的不少了，還說我不給他錢用，不知道前頭的那些錢，都用在那裏去了。」心上如此想，面孔上早露出悻悻之色，坐在那裏，一聲不響。新嫂嫂道：「耐為啥勿響？」陶子堯道：「我沒有錢，叫我響什麼？」兩個人，你一句，我一句，登時拌起嘴來。魏翩仞只得起身相勸。誰知此時他二人，一個是動了真氣，一個是有心嘔他，因此魏翩仞攔阻不住。

* * *

正在鬧到不可開交的時候，只見陶子堯的管家，送了一封電報信。眾人瞧見，以為一定是山東的電報來了。等到接在手中一看，見是紹興來的；魏翩仞莫明其妙。陶子堯卻不免心上一呆；連忙拆開，又是沒有繙過的，立刻叫人到書鋪裏，買到一本電報新編。魏翩仞在煙鋪上吃煙，同新嫂嫂講說閒話。陶子堯卻獨自一個，坐在方桌上繙電報，繙一個，寫一個。魏翩仞問他：「是那裏電報？」他搖搖頭不做聲。等到電報繙完，就往身上袋裏一塞；走了過來，一聲也不言語。魏翩仞一定要問他，那裏的電報，他只是不說。當下無精打彩的坐了一會。魏翩仞要走，他也要跟著一同走。新嫂嫂並不挽留。當下出得門來，魏翩仞便問他：「剛剛那個電報，到底是那裏來的？」陶子堯歎一口氣道：「不要說起，是紹興舍間來的。」魏翩仞又問：「到底什麼事？不妨說說。我們是自己人，或者好替你出個主意分分憂。」陶子堯道：「翩仞哥不是外人，說出來實在坍臺得很！」魏翩仞道：「說那裏話！」陶子堯道：「兄弟在山東洋務局裏當差，每月的薪水，都是家姊丈經手。他一定每月替我扣下十兩銀子，替我匯到舍間，作賤內的日用。等到兄弟奉差出門，這筆薪水，已歸別人。家姊丈以為兄弟得了這宗好差使，家用是不必愁的了。這是兄弟荒唐，初到上海，只寄過一封家信，一混兩三個月，一塊錢也沒有寄過。這一個多月，又為著心上不舒服，也就懶得寫信。家裏賤內，倒來過五封信了，又是要錢，又是不放心我在外頭，恐怕有什麼病痛。兄弟只是沒有覆他。所以他急了，發了一個電報給我，還說日內就要過江，由杭州趁小火輪到上海來。所以兄弟的意思，新嫂嫂的事情，不成功也好。等到山東電報回來，賤內也可來到上海。看是事情如何。兄弟此行，本來想要帶著搬取家眷，齊巧他來也好，就省得我走此一趟。」魏翩仞道：「既然嫂夫人要來，這事情自以不辦為是。倘若嫂夫人是大度包容的呢，自然沒得話說。然而婦人家見識，保不住總有三言兩語；依我看來，也是不辦的好。」當下又閒話一回，彼此分手。

陶子堯果然在棧房一連住了三天，他既不到同慶里，新嫂嫂也不叫人前來相請。日間無事，便在第一樓吃碗茶，或者同朋友開盞燈。每天卻是一早出門，半夜裏睡覺方回。他的意思，為是怕王道臺派人來找他討錢，只得借著出門，不好與他相見。一天正在南誠信開燈，只見他當差的喘吁吁的趕來，說：「棧房裏有個人，拿一封信，一定要當面見老爺。小的回他老爺出門，他說有要緊事情，立逼小的出來找尋老爺，他在棧裏老等。就請老爺吃了這筒煙，趕緊回去。」陶子堯摸不著頭腦，心下好生躊躇。欲待回去，恐怕是王道臺派來的人，向他纏繞；欲待不去，又實在放心不下。慢慢的吃過一筒煙，又喝了一碗茶，穿好馬褂，付了煙錢，跟了管家就走。陶子堯一頭走，一頭問管家：「你可曾問過這人，是那裏來的？」管家道：「他只是催小的快來。小的披好衣裳就來，所以未曾問得。」陶子堯道：「糊塗王八蛋！」一面罵，一面走，不知不覺，回到棧中。

走進客堂一看，你道是誰？原來是仇五科行裏的朋友，拿了一封五科的親筆信。這人是老實人，叫他面交，他一定要見過面，才肯把信交代出來。陶子堯拆開看時，無奈生意人文理有限，數一數五行信，倒有二十多個白字，還有些似通不通的話。子堯看了好笑，忙對來人說道：「我這裏卻還沒有接到電報。他這信息是那裏來的？」那人道：「聽說是個票莊上朋友說的。據說，王觀察那邊，昨天已經接著山東電報，機器照辦，不夠的銀子，由山東匯下來。連王觀察出洋經費，也一同匯來。」陶子堯道：「我說呢，怪不的姓周的今天沒有來！事情既然如此，諒來我這裏一定也有電報的。」語言未了，齊巧電報局裏有人送報到來。陶子堯趕緊繙出看時，果然是他姊丈打來的電報，上說機器能退即退，不能退照辦。機器一到，叫他趕緊回山東銷差。陶子堯自是歡喜。一面照抄一張，交給來人，帶回去與仇五科看。又寫一封信，差管家去找魏翩仞，約他今晚在一品香晚飯。

卻說仇五科那裏，一面送信與陶子堯，一面也就叫人去找魏翩仞。魏翩仞到得行裏，仇五科便同他商量：「現在的事情，總算被我們扳過來了；但是犯不著便宜姓陶的，我們費心費力，叫他去享用，天下那裏有這種現成的事？況且他拿了錢去，無非送給堂子裏，我們不好留作自己用嗎？翩仞哥，你聽我說的可錯不錯？」魏翩仞道：「不要冤枉人，同慶里是早已斷的了。但是我們出了力，叫人家受用，卻是犯不著。現在總共是一萬出頭銀子的貨，上頭倒報了四萬，姓陶的一個人，已先虧空了將近萬把。據我的意思，也可不必再分給他了。」仇五科道：「山東匯來的銀子，依舊要在他手裏過付，恐怕由不得我們做主！」魏翩仞道：「怕他怎的。他一共有兩分合同在咱手裏：一分是前頭訂的，是二萬二千銀子；一分是第二次訂的，上頭卻寫的明明白白，是四萬，原是預備同山東撫臺打官司的。雖說是假的，說到出起場來，不怕他不認。他能夠放明白些，不同我們爭論，算他的運氣；若有半個不字，我拿了這兩分合同，一定還要他找二萬二出來。」仇五科道：「有兩分合同，要兩分錢，就得有兩分機器。」魏翩仞道：「原要有兩分機器才好，他多辦一分，我們多得一分佣錢，不過不能像四萬頭來得容易罷了。」仇五科聽了，有財好發，把他喜得嘴都合不攏！便催魏翩仞去問陶子堯，山東銀子幾時好到，叫他照付。

再說：陶子堯，自從接到電報，打發管家去找魏翩仞去後，獨自一個坐在棧房，甚是開心。一面自己想：「這事王道臺那裏，雖說也有電報，我明天須得去見他一見。一來敷衍他的面子；二來前頭雖說彼此有點嫌隙，就此也可說開；三來他如今自已已經有了錢，雖則不來分我的好處，將來回省之後，也免得沖我的冷水；四則這筆銀子，究竟是幾時好到，大約同王道臺出洋經費，一同匯出，到他那裏，順便去問一聲，也是要緊的。」又想到：「仇五科能夠叫他洋東打怎們一個電報去，山東官場就不敢不依，可見洋人的勢力著實厲害。明天倒要聯絡聯絡他們，能夠就此同外國人要好了，將來到省做官，託他們寫封把外國信，只怕比京裏王爺中堂們的八行書，還要靈，要署事就署事，要補缺就補缺。」想到此間，好不樂意！又想：「我前頭的錢，只有請律師用的是冤枉的。」又一轉念：「亦不算冤枉，有此一層，我將來回省，倒有得交代了。這事情是山東撫臺答應的，可見得並不是我不出力。」忽然又想到：「新嫂嫂，他究竟不是無情的人；是我沒有錢，叫我賃房子不賃，問我拿錢不拿，因此上反的目，畢竟還是我虧負他。現在我用的一算，大約山東又匯來二萬銀子，照機器的原價，只有二萬二千兩，這裏頭已經有我一個扣頭；下餘的一萬八，是魏翩仞，仇五科兩個人出力弄來的，少不得要謝他們一二千銀子，我總有一萬好處。有了一萬，什麼事情做不得？」陶子堯想到這裏，那個去找魏翩仞的管家，已經回來，說：「小的到得魏老爺那裏，魏老爺齊巧打仇老爺那裏回來。小的拿老爺的信給他瞧；他說本來要來會老爺，停刻一品香準到。」陶子堯點點頭，又問：「魏老爺還說些什麼？」管家道：「魏老爺問老爺這兩天，還到同慶里去不去？」小的回說：「不去。」陶子堯聽了無語。管家自行退去。

陶子堯本來在那裏想新嫂嫂，又聽了管家的話，不禁觸動前情，愈覺相思不置。肚裏尋思道：「前就是我無錢，以致同他翻面；如今有了錢，各色事情就好商議了。但是已經翻臉，怎麼再好踏進他的大門？」又一轉念道：「我同他不過鬬了兩句嘴，又沒有拍桌子，打板櫈，真的同他翻臉。是我一時不合，不該應賭氣，這幾天不去走動，就覺著生疏了。最好今天一品香仍舊去叫局，吃完了大菜，就翻過去，順便請請幾個朋友。他若留我，樂得順水推舟；他若不留，我也不走。等到明天山東的錢到手之後，先把房子租好，索性租一所五樓五底的房子，場面也好看些。然後託魏翩仞，再去同他商量。女人的心最活不過，況且他並不是無情於我。倘若把這事辦好了，他從前是有過話的，不肯到別處去，一直要住上海。這裏有的是招商局，電報局，弄個把差使當當，快活兩年再說。」想到這裏，一個人在房裏，忽而躺在牀上，忽而踱來踱去，看他好不自在！

* * *

正想得高興時候，忽見管家帶進一個土頭土腦的人來，見面作揖。陶子堯一見，認得他是表弟周大權，問他怎麼來的。周大權打著紹興白話道：「阿哥，阿嫂來東哉。」陶子堯一驚非同小可，忙問：「住在那裏？」周大權道：「東來陞棧房裏。」陶子堯道：「還有什麼人同來？」周大權道：「還有個和尚同來。」陶子堯聽了，面孔氣得雪雪白，一句話也說不出來。你道為何？只因這位陶子堯的太太，著名的一個潑辣貨，平日在家裏的時候，不是同人家拌嘴，就是同人家相罵，所有東鄰家，西舍家，沒有一個說他好的。後來他丈夫在山東捐了官，當了差使，越發把他揚氣的了不得，儼然一位誥命夫人了。本來他家裏的稱呼，都是什麼「大娘娘」，「二娘娘」；自從陶子堯做了官，他一定壓住人家要叫他做太太。紹興的風俗：人家的婦女，沒有一個不相信吃齋唸佛的，有一天他正在佛堂裏燒香，他婆婆偶然叫錯了一聲，只稱得他大娘娘，沒有稱他做太太，把他氣的了不得，念一聲阿彌陀佛，罵一聲「娘杀人殺！」等到佛堂裏出來，還一手捻著佛珠，一手拍著桌子，罵個不了。虧得他婆婆是一個忠厚人，不曾同他計較。

此番卻是陶子堯不好，不應該一連兩三個月，不曾寄得家信。太太沒有錢用，還是小事；實因常常聽見人說，上海地方，不是好地方，婊子極多，一個個狐狸似的；但凡稍些沒有把握的人，到了上海，沒有不被他們迷住的。今見陶子堯不寄銀信，一定是被婊子迷住了。一個月頭裏，他太太就要親自到上海來找他，是他婆婆勸住的。後來又等了一個月，還是杳無回信。他一定要走，婆婆勸不住，只好讓他動身。因為沒有人伴送，他婆婆把自己的內姪周大權，同他伴送。太太嫌他土頭土腦，上不得臺盤。齊巧他娘家哥哥，在揚州天寧寺當執事的一個和尚，法名叫做清海，這番在寺裏告假回家探親，目下正要前赴上海，順便趁寧波輪船上普陀進香；他妹子知道了，就約他同行。這和尚自從出家，在外頭溜慣了，所以紹興的土氣，一點沒有。他平時在寺裏的時候，專管接待往來客人，見了施主老爺們，極其漂亮。陶子堯卻因他是出家人，很不歡喜，時常說他太太，同著和尚並起並坐，成個什麼樣子。太太聽了這話，心上不服，就指著他臉罵道：「我同我自家阿哥並起並坐，有什麼要緊？我不去偷和尚，就留你的面子了。」陶子堯聽了這話，更把他氣得像蝦蟆一樣。清海和尚見妹夫不同他好，因此他也不同妹夫好。

這番陶子堯聽說是他同了家小同來，所以氣的了不得。當下就同表弟周大權說：「你表嫂既然來了，我立刻就派人打轎子接到此地，一塊兒住；你也同來，省得另住棧房，又多花費。那個和尚，就叫他住在那爿棧房裏，不要他來見我。」周大權聽了，諾諾連聲。陶子堯又叫茶房先端一碗魚麵，給周大權吃；大權不上二口，把麵吃完，端起碗來喝湯，一口也不賸。吃完之後，陶子堯便叫管家，同了轎班，擡著轎子去接太太，剛才出得大門，陶子堯正在房裏尋思，說：「他早不來，晚不來，偏偏今兒有事，他偏偏來了，真真不湊巧！」話言未了，忽見茶房領著一個中年婦人，一個和尚，趕進來了。茶房未及開口，那女人已經破口大罵起來。陶子堯定睛一看，不是別人，正是他的太太，同他大舅子兩個人。

太太見了他，不由分說，兜胸脯一把，未及講話，先大聲啼哭起來。陶子堯發急道：「有話好說，這像什麼樣子？豈不教人家笑話！還成我們做官人家體統嗎？」連忙叫茶房，替太太泡茶，打洗臉水；又問吃過飯沒有。太太一手拉住他胸脯，只是不放；嘴裏道：「用不著你瞎張羅。人家做太太，熬的老爺做了官，好享福；我是越熬越受罪。不要說這兩年多在家裏活守寡，如今越發連信都沒有了。銀子不寄，家亦不顧了，我還要沖那一門子的太太。可憐我跟了你，吃了多少年的苦！那裏跟得上你心愛的人，什麼新嫂嫂，舊嫂嫂！聽說你這個差使，有十幾萬銀子，現在都到那裏去了？」陶子堯辯道：「那裏來的這宗好差使？你不要聽人家的胡說！」嘴上如此說，心上也甚詫異：「是誰告訴他的？」又聽太太說道：「你做了事，你還想賴？我有憑有據，還有見證。」陶子堯道：「沒有這會事，那裏來的見證？」太太道：「你別問我。你去問問謝二官再來。」陶子堯一聽謝二官兩個字很熟，一時想不起來。齊巧去接太太的管家，因為接不著，已經回來，站在一旁。看老爺太太打架，聽見太太說謝二官，老爺一時想不起來，他就接嘴道：「老爺！不是常常到這裏，身上穿的像化子似的那個人？有時候問老爺討一角錢，有時討三個銅元。他說同老爺是鄉親，老爺從前還用過他的錢。小的並問過他『貴姓』，他說『姓謝』。想來一定就是他了。」陶子堯道：「胡說！我會用人家的錢？這種不安分的王八蛋，搬是非，造謠言，如果看見他再來，就替我交給巡捕。」太太道：「阿呀！阿呀！你使人家的錢還算少，你那年捐這撈什子官的時候，連我娘家妹子手上一付鍍銀鐲子，都被你脫了下來，湊在裏頭。還說不用人家的錢，問問你還要面孔不要？」其時棧房裏看的人，早哄了一院子。還是同來的和尚，看他們鬧的太不成體統了，只得和身插在中間，竭力的相勸，勸了好半天，好容易把他們勸開。太太三腳兩步，走進房間。表老爺周大權，押著行李也就來了。還有跟來的丫頭，忙著替太太找梳頭傢伙，又找盆打洗臉水。

*　*　*

陶子堯在外間，雖然太太不同他吵了；低下頭一看，身上纔換上的一件硬面子的寧綢袍子，已經被太太的頭，弄皺了一大塊。原想穿這件新衣裳，到一品香請客的；今見如此，心上一氣，跺著腳說：「我不知道那裏來的晦氣。這種日子，我一天不要過！」正是滿肚皮的不願意，不知道要向那裏發洩方好。

一面自己抱怨自己；忽又想起一品香，已經約下魏翩仞，卻忘記去定房間。現在已有上燈時分，不知道還有房間沒有。幸虧棧房裏到一品香不遠，便即一人走出棧來，踱到一品香。纔上扶梯，剛巧遇著魏翩仞，兩人一見大喜。問了問，只有十八號還空著，兩個人就坐了十八號。西崽跑了上來，又送上菜單點菜。兩人先把大概的情形，說了一遍。魏，仇一邊如何辦法，魏翩仞因他銀子尚未到手，一時暫不說破。席間，陶子堯提起他賤內已經來到，並剛纔在棧房裏大鬧的話，全行告訴了魏翩仞。說話之間，不免長吁短嘆。魏翩仞見他無精打彩，就攛掇他叫局。陶子堯一來也想借此遣悶，二來又可與新嫂嫂敘舊，連忙寫票頭去叫。吃不到三樣菜，果見新嫂嫂同了小陸蘭芬進來。新嫂嫂板著面孔，一聲不響。陶子堯也不好意思同他說話。倒是魏翩仞竭力替他拉攏，一五一十的告訴他，說：「陶大人的銀子，明天好匯到了。這一次是不會搭你漿的了。」陶子堯正在聽到得意時候，西崽來說：「六號裏來了一個女人，同了一個和尚吃大菜。那個女人自說『姓陶』，又說『我們老爺，今天也在這裏請客』。」陶子堯不聽則已；聽了之時，陡然變色，便說道：「夜叉婆！不知同我那一世的對頭，我走到那裏，他跟到那裏！」說完，站起來，說了聲：「翩哥，我們再會罷！」拔起腳來，一直向外下樓而去，也不知到那裏去了。新嫂嫂同了蘭芬，也只好就走。魏翩仞等吃過咖啡，簽過字，站起身來，走到六號房間門口，張了一張；果然一個女人，同了一個和尚，在那裏吃大菜。是個什麼面孔，一時卻未曾看得清楚。魏翩仞也就出得一品香，自去趕事不提。

且說陶太太同他哥在棧房裏，曉得陶子堯在一品香請客，一定要叫局熱鬧，故而借吃大菜為名，意想拿住破綻，鬧他一個不亦樂乎。不提防陶子堯先已得信，逃走無蹤。太太只得罷手。一時吃完，回到棧內。一等等到兩點鐘，不見老爺回來，急的個太太，猶如熱鍋上螞蟻一般，又氣又惱。後來越聽越無消息，料想一定是在窰子裏過夜，不回來的了。氣得太太坐在牀上，一夜不曾合眼；足足的罵了一夜，罵一聲「爛婊子」，罵一聲「黑良心」，「殺千刀」，「不吃好草料的」；他哥和尚，也陪著他一夜不睡。

到了次日天明，陶子堯還沒有回來。太太披頭散髮，亂哭亂嚷，一定要到新衙門裏去告狀，要請新衙門老爺，趕掉這些婊子，省得在此害人。鬧得他哥勸一回，攔一回，好容易把他勸住。看看日已正午，長春棧裏的王道臺，打發周老爺來說，山東的銀子已到，是匯在王道臺手裏的；叫周老爺來帶信，叫陶子堯去付。太太聽見了，也不顧有人沒人，趕出來說：「有銀子交給我，交不得那個『殺千刀』的；他是要去貼相好的。」周老爺看了好笑，問了管家，纔知道是陶子堯的太太。

當下陶太太，恐怕王道臺私下付銀子給陶子堯，一定要自己跟著周老爺，到長春棧裏去見王大人。後來把個周老爺弄急了；又虧得和尚出來打圓場，說：「王大人是我們妹夫的上司，太太不便去的；還是我出家人替你走一遭罷。」周老爺問了來歷，只得說：「好。」和尚便叫管家拿護書，叫馬車，穿了一件簇新的海青，到長春棧裏拜訪王大人去。

畢竟此時陶子堯逃在何方，與那清海和尚，如何去見王道臺，且看下回分解。

第十一回 窮佐雜夤緣說差使 紅州縣傾軋鬥心思

話說：清海和尚，同了周老爺去見王道臺，當下一部馬車，走到長春棧門口。周老爺把和尚讓在帳房客堂裏坐，自己先進去回王道臺。王道臺聽了，皺眉頭說：「好端端的，那裏又弄了個和尚來？你去同他說，我是僧道無緣的，叫他到別處去罷。」周老爺道：「他來並不是化緣；聽說為的家務事情。」王道臺道：「這也奇也！和尚管起人家的家務來了！」周老爺道：「聽說他是陶子堯的內兄。卑職去的時候，陶子堯不在家，他太太一定要跟了卑職來見大人。虧得和尚打圓場，好容易纔把那女人勸下的，所以同了他來。大人如果不要見他，叫人出去道乏就是了。」王道臺未及回言，不料和尚因為等得不耐煩，已經進來了。王道臺想要不理他，一時又放不下臉來；要想理他，心上又不高興；只把身子些微的欠了一欠，仍舊坐下了。和尚進來，卻是恭恭敬敬，作了一個揖。叫他坐，起先還不敢坐，後來見王道臺先坐了，他方纔斜簽著坐下。王道臺問：「幾時來的？」和尚回：「是昨天到的。陶子堯陶老爺是舍妹丈。這會是送舍妹來的。大人跟前，一向少來請安了！去年僧人到過山東，現在這位護院，那時候還在藩司任上；他的太太，捐過有二萬多銀子的功德。就是臬司的太太，濟東道的太太，還有糧道胡大人，都是相信僧人的；一共也捐了好兩萬的功德。」和尚的意思，原想說出幾個山東省裏的闊人，可以打動王道臺；豈知王道臺聽了，只是不睬他，由他說。王道臺一直眼睛望著別處，有時還同管家們說話。和尚一看不對頭，趕緊言歸正傳，預備說完了好告辭。纔說得半句，「舍妹丈這個差使」；王道臺已經端茶送客，聽見和尚還有話說，於是站住了腳，也不等和尚說，他先說：「我明天就要動身往東洋去。找他不到，我也沒有這等大工夫去等他。好在我們周老爺不走，把銀子替他存在莊上，等他自己去付就是了。」說完了這兩句，已經走到門檻外頭，等著送客；等到和尚纔出房門，他老人家把頭一點，已經進去了。

和尚沒趣，只好仍舊坐了馬車回來。見了妹子，還要擺闊，說：王道臺同他怎麼要好，「一見我面，曉得我要募化他蓋大殿，不等我開口，一捐就是一萬，還約我開歲後，再到山東走一趟。他本來回拜我的；我因說他明天就要動身往東洋去，事情很忙，找他的人又多，所以我止住他，叫他不要來。」他妹子聽了，信以為真。便問：「你妹夫的事情怎麼樣？」和尚道：「他們做大官大府的人，為著這點小事情，怎麼好去煩動他？」他妹子發急道：「原來你去了半天，我的事情，一點沒有辦！」和尚道：「這些事情，王大人已經交代過周老爺了，只要問周老爺就是了。」他妹子將信將疑的，只好答應著。和尚又問：「妹夫到底回來沒有？」他妹子含著一包眼淚，說：「那裏有他的影子？」和尚說：「他怎麼大的人，又是個官，是斷乎不會失落的。倘若找不到，只要我到上海道裏一託，立刻一封信，託洋場上的官，交代了包打聽，是沒有找不到的。妹子但請放心便了。」

* * *

話分兩頭。且說王道臺送罷和尚回來，管家來回：「前天來的那個鄒太爺又來了。」王道臺聽了皺眉頭說：「我那裏有這閒工夫去會他？」管家說：「鄒太爺曉得老爺明天一準動身，昨天一早就跑了來，坐在家人屋裏，一定要家人上來替他回。一直捱到昨天半夜裏兩句鐘，纔被家人們趕走的。今天一早又來，他說老爺親口答應他，替他在上海道跟前遞條子，說差使，他所以要來聽個回音。」王道臺道：「他託弄差使，我替他說到就是了，那裏能夠包他一定得？況且說不說由我，派不派由他，我又不能夠壓著上海道，一定派他的差使。就是上海道看我面子，肯派他事情，也有個遲早，那裏有手到擒拿的？你叫他不要光在我這裏纏繞，應該上的衙門，勤走兩趟。做上司的人，看見他上衙門上得勤，自然會派他差使的。」管家道：「這種人，是再惹不得的！他來稟見，當初老爺不見他，也就罷了；就是見了他，也不可當面許他什麼。」王道臺嘆一口氣道：「你們這些人，那裏知道！這些窮候補的，捱上十幾年，一個紅點子沒有見，家裏當光吃光；我們做上司的再不去理他，他們簡直只好死，還有第二條活路嗎？所以從前張朗齋張大人做山東巡撫的時候，我是伺候過他老人家的。他老人家的脾氣，是凡遇就派差使的人，上去稟見，你瞧他那副不理人的面孔，著實難看！有些人他不想給他差使，等到見了面，卻是十二分客氣。他老人家說：『我已經沒有差使派他，再拿冷面孔給他看，他這還有日子過嗎？』所以先灌上他些米湯，他就是沒有差使，也不至於十二分怨我了。這是他老人家親口對我說的。所以我就學他這個法子。」管家道：「據小的看，這位鄒太爺，鴉片煙癮來的可不小，一天到夜，只有抽煙的工夫，那裏還有上衙門的工夫？這兩天到這裏來，時時刻刻要出去上小煙館過癮。」王道臺道：「大煙呢，其實也無害於事。現在做官的人，那一個不抽大煙？我自從二十幾歲上到省候補，先出來當佐雜，一直在河工上當差，我總是一夜頂天亮，吃煙不睡覺。約摸天明的時候，穿穿衣裳，先到老總號房裏掛號，回回總是我頭一個。等到掛號回來再睡覺。後來歷年在省城候補，都是這個法子。所以有些上司不知道，還說某人當差當得勤。我從縣丞過知縣，同知過知府，以至現在升到道臺，都沾的是吃大煙，頭一個上衙門的光。等鄒太爺來時，你們無意之中，把我這話傳給他，等他上兩趟早衙門，自然上司喜歡他，派他事情。我是要走的人，那裏還有這們大工夫去理他？」

管家無奈，退了出來。鄒太爺正在門房裏候信呢！忙問：「大人怎麼吩咐？」管家沒有好氣，說道：「大人說道，你們這些小老爺，總是不肯勤上衙門，所以輪不到差使。」鄒太爺道：「我的爺！實不相瞞，我就吃虧在這大煙上；自從吃了這兩口撈什子，以後起死起不早了。」管家道：「不能起早，可能睡遲，我們大人有個法子傳授你。」便把王道臺說的話，述了一遍，還說：「包你照樣做去，以後還要升道臺呢！」鄒太爺道：「人家急的要死，同你們說正經話，休要取笑。」管家把臉一板道：「說的何嘗不是正經話，誰有工夫同你取笑！」鄒太爺一看苗頭不對，趕緊陪著笑臉道：「老哥哥教導的話，句句是金玉良言。小弟是窮昏了，所以說出來的話，自己還不覺得，已經得罪了人。真正是小弟不是。老哥千萬不必介懷！」說著話深深的作了一個揖。管家不睬他。

鄒太爺摸不著頭腦，呆呆的坐了半天。忽然心生一計，趁眾人忙亂的時候，一溜溜了出來，趕到自己屋裏。他那裏還該得起公館！租了人家半間樓面，一夫一妻，暫時棲身。兩塊松板，支了一張牀。旁邊放著一個行竈。太太陪嫁的箱子，雖說還有一二隻，無奈全是空的。太太蓬著個頭，少說有一個月沒有梳；身上飄一塊，蕩一塊。他那副打扮，比起大公館裏的三等老媽還不如，真正冤枉做了一個太太！而且老兩口子，都愛抽煙；男的又年年不得差使，不要說坐吃山空，支持不住，就是抽大煙，也就抽窮了人家了。閒話休題。

當下鄒太爺回到家中，也不同太太說話，就掀開箱子亂翻，翻了半天，又翻不出個什麼來。太太問他也不響。後來被太太看出苗頭，曉得他要當頭，太太說：「我的東西，生生的都被你當得完了。這會子還不饒我！我現在穿的在身上，吃的在肚裏，你有本事拿我去當了罷！我這日子一天也不要過了！」一頭數說，一頭號咷痛哭起來。左鄰右舍家，還當他家死了人，哭的如此傷心，大家一齊跑過來看。鄒太爺也無心管他，只是滿屋裏搜尋東西。後來從牀上找到一個包袱，一摸裏頭還有兩件衣服；意思就要拿了就走。被太太看見，一把攔住道：「這裏頭我只有一件竹布衫，一條裙子。你再拿了去，我就出不得門了！」鄒太爺那裏肯依，奪了就走。太太畢竟是個女人，沒有氣力；拗他不過，索性躺在樓板上，泣血搥膺的，一直哭到半夜！二房東被他吵不過，發了兩句話，要他明天讓房子；太太纔不敢哭了。

* * *

且說鄒太爺拿了衣包，一走走到當鋪裏。櫃上朝奉❶打開來一看，只肯當四百銅錢；禁不住鄒太爺攢眉苦臉，求他多當兩個，纔算當了四百五十錢。鄒太爺藏好當票，用手巾包好錢，一走走到稻香村，想買一斤蜜棗，一盒子山查糕，好去送禮。後來一算錢不夠，只買了十兩蜜棗，一斤雪片糕，託店裏夥計，替他拿紙包大些，這是送禮好看些。紮縛停當，把錢付過，還多得幾十個錢，鄒太爺非常之喜。拿兩手捧著，一直到長春棧王道臺門房而來。一走走到門房裏，把買的蜜棗，雪片糕，望桌子上一放。王道臺的管家，還當是他自己買的什麼東西哩，心上一個不高興，說：「這人好不知趣，不管人家有事沒事，只是來纏些什麼？」一面想，一面坐著不動，不去理他。只見鄒太爺把東西放在桌上，笑嘻嘻的說道：「我曉得我屢次來打攪老哥們，心上實在過意不去；難得相與一場，彼此又說得來，明天老哥們又

❶朝奉：俗稱當鋪的掌櫃為朝奉。

要伺候大人到東洋去，目下就要分手，這一點點東西，算不得個意思，不過預備老哥們船上餓的時候，點點飢罷了。」管家曉得包裹是送的點心，纔連忙站起來，說：「鄒太爺，這算得那一回的事，又要你老破費；況且你老光景又不大好，怎麼好意思收你的呢？」鄒太爺道：「自家兄弟，說那裏話來！只要老哥不把兄弟當外，賞臉收下，兄弟心上就舒服了。」管家聽了這話，知道他一定不肯收回去的；又想：「怎麼好白受他的！」只得重新讓他坐下，彼此扳談一回。鄒太爺心上，要說求他到大人跟前吹噓的話，一時不便出口；然而明天他們就要動身，錯了這個機會，只有活活餓死，然而要說又不好意思。幸虧這位大爺，也曉得送他東西，一定是為說差使；然而他不先說，我不好迎上去，被人家看輕，說我只認得東西。兩個人正在那裏轉念頭的時候，齊巧走進一個人來，管家趕忙站起，同那人咕唧了一回，那人仍舊走了進去。鄒太爺正苦沒有說話，幸虧認得這人，便搭訕著問道：「這位不是周老爺嗎？」管家說：「是。」鄒太爺道：「他明天一定也是跟著大人，一塊到東洋去的了？」管家說：「你沒有瞧見報嗎？他是浙江巡撫奏調過的，等我們動身之後，他就要到杭州的。」鄒太爺道：「他不去，誰跟著大人去？這隨員當中，不是少個人嗎？」說到這裏，合該鄒太爺要交好運。管家忽然恍然大悟道：「是呀！今天早上，上頭還說過，周老爺不去，少個辦事的人。你等一等，我去替你探一探口氣，再託周老爺敲敲邊鼓。周老爺說上去的話，看來總有六七成好拿得穩。」鄒太爺聽了，不勝大喜，連忙又說了些：「老哥提拔，老哥栽培。倘若咱們弟兄們，能在一塊兒做同事，那是再好沒有的了。」管家進去，找到周老爺，先把這話告訴了他，只說是自己的鄉親，託他務必周全一下子。周老爺道：「我們自己的事情，我總得替你竭力的說；但是時候太急促了些，明天就要動身，他早來兩天也好。」管家道：「來是這兩天天天往這裏跑，上海道那裏，也替他遞過條子。」周老爺道：「大人已經替他遞過條子，叫他等兩天，自然有眉目，何必一定要吃這一趟苦呢？」管家道：「人在人情在。我們老爺，又不是上海道的什麼頂門上司，不過是隔省的一個同寅；況且人家是實缺，咱們又是候補。老實說罷，這種條子，遞上一百張，當時面子帳收了下來，轉背誰還認得你，還不是騙小孩子的？」周老爺一聽這話不錯；吃不住這位管家大爺追得兇，只得到王道臺跟前。纔說了幾句別的話，齊巧王道臺先開口問道：「你不同我去，真正叫我不便當，有些事情，他們都辦不下來。這叫我怎麼好呢？」周老爺回道：「卑職蒙大人栽培，原應該伺候大人到東洋竭力的報效。無奈浙江劉中丞已經奏調過，又叫朋友寫了信來催，不准多耽誤。卑職也叫做無法，只好將來再報效大人的了。大人這趟去，手底下少人伺候，卑職倒留心到一個人。」王道臺問：「這個「是誰？」周老爺忙回道：「就是天天來的那鄒典史。這人當差使，看來還在行。」王道臺道：「這個人說來也好笑。他老人家從前在山東茌平處館，我齊巧出差到那裏，彼此認得之後，從此就相與起來了。後來他還找我，替他弄過幾回事情。大約此人去世，已有靠二十年光景了。當時他故了下來，同鄉裏出來替他打把式，我還幫過他二兩銀子；以後就沒有通過音信。這回來在上海，不知道怎麼被他打聽著，天天來纏不清爽。據他自己說，他自從丁憂服滿，出來到省，就分發在這裏當差。這許多年一個紅點子沒有輪到，也不知道他是怎麼熬的？」王道臺說的時候，管家都站在底下聽。王道臺說到這裏，便瞧著管家說：「不是你們說，這人的煙癮很大麼？」那個收他蜜棗雪片糕的管家便說：「從前煙癮是不小，現在想要當差使，這兩天天天正在那裏戒煙哩！」王道臺道：「吃了煙要戒，是說說的。真的要戒，為什麼不早戒？為什麼要到這時候纔戒？我雖然同他老人家認識，但是同他到外洋，不比在內地裏當差，弄得不好，不要被外國人笑了去？」管家忙插口道：「鄒太爺在上海這許多年，出出進進，洋場上外國人，也見過不少了。一切事情，就是沒有辦過，看也看熟了。」王道臺把臉一沉道：「要我放心，纔好委他差使。我知道他能辦事不能辦事，你們倒曉得。」管家得到了沒趣，趔趄著退了出來。王道臺道：「好笑不好笑，用著他們乾起勁。」周老爺連忙打圓場，說：「他們也沒有別的，不過看他可憐，隨便求大人賞派個事情，叫他學習罷了。」王道臺道：「老遠的帶他出門，我總有點不放心。製造局鄭某人那裏用的人多，昨天席面上他還說起，為著一樁什麼事情，委員司事要換掉二十多個。給他封信，等他再去碰碰，看看他的運氣罷。」周老爺見王道臺已允寫信，不便再說別的。且喜王道臺向來寫信，都是他代筆，也無用客氣得，立刻走到桌子邊，拔起筆來就寫。寫完之後，給王道臺看過，沒有話說。周老爺便拿出來，交給管家。

先是管家碰了釘子出來，便氣憤憤的，走到自己屋裏，正在那裏沒好氣。鄒太爺看見氣色不對，手裏捏著一把汗，心裏在那裏叫苦。後來停了一會子，周老爺出來，拿信交給了他，說明原委。鄒太爺本來是不同周老爺拉攏的；到了此時，感激涕零，立刻走過來，就替周老爺請安。從前已經打聽明白，周老爺是纔過班的知縣，他就一口一聲的趕著喊「堂翁」，自己稱「卑職」，連說：「卑職蒙堂翁栽培，實在感激的了不得！」又同管家大爺咬耳朵，說他自己不敢冒昧，意思想今天晚上，求堂翁賞光，到雅敘園敘敘。管家替他代達。周老爺說：「心領了罷。我今天實在不空，大人明天要動身，剛纔陶子堯又有信來，託我替他去了事情，叫我怎麼忙得過來，只好改日再擾罷！」鄒太爺見周老爺一定不肯去，只得搭訕著說道：「既然堂翁不賞臉，等稍停兩天，卑職再來奉請。」周老爺說：「彼此相會的日子長著哩，何必一定要客氣。」當下鄒太爺又問管家借了一件方馬褂，到上頭叩謝了王道臺。王道臺不免勉勵了兩句，叫他好生當差，鄒太爺站著答應了幾聲「是」，退了下來。次日又到東洋碼頭上，恭送回來，自往製造局投信不題。

* * *

且說周老爺昨天傍晚的時候，接到陶子堯的信，約他到一品香小酌，說有要事奉商。周老爺因為沒工夫，本來是不去的；後來為著銀子已劃在莊上，須得當面交代一聲，較為妥當。所以抽了一個空，到一品香來會著陶子堯。

原來陶子堯昨天同太太打飢荒，從一品香溜了出來，一來也是賭氣，不回棧裏過夜；二來路上又碰著一個朋友，拉他到一家莊家人家，碰了一夜和，次日碰到十點鐘纔完，打了一個盹，等到敲到四點鐘，跑回棧房。太太已經鬧到不像樣了，和尚亦拜過王道臺回來了。陶子堯正在那裏埋怨他大舅子不該應去拜王道臺。他舅子不服氣的，脫掉帽子，光郎頭上出火。偏偏魏翩仞又來找他，把事情一齊推在仇五科身上，說他從前有兩張合同，想要叫他出兩分錢。陶子堯發急道：「合同一張是假的，原是預備打官司的。大家好朋友，怎麼好訛起我來呢！」魏翩仞道：「等到出起首來，你好說是假的嗎？你既然筆跡落在外頭，總得想一法子收回來纔好。」當時陶子堯急了，所以就要和周老爺商議。太太起先因他一夜不回，好容易回來，正在那裏哭罵，後來見他被人家訛詐，畢竟夫妻無隔夜之仇，肐膊曲子往裏灣，到了此時，也就不同他吵鬧了。當下陶子堯氣憤憤的，就邀了魏翩仞，同他大舅子和尚，一同到了一品香；不多一會，周老爺接著他的信也來了。當時三個會著，閒談了幾句。周老爺先把銀子存在莊上的話，交代明白。陶子堯便把周老爺拉到外面洋臺上，靠著欄杆，把細底統通告訴了他。周老爺道：「本來這件事，你子翁鬧的也太大了！」陶子堯道：「這些話不要去講他！只求你老哥替小弟想一法子，小弟情願把這裏頭好處，同老哥平分。何必便宜他們呢？」周老爺聽了，心上一動，又說道：「他們兩個，幫了子翁出了這麼一把力，一個撈不到，看上去怕沒有如此容易了結呢！」陶子堯道：「老哥你看怎麼樣？」周老爺道：「做到那裏算那裏，也不能預定的。」當下入席點菜。和尚點的是：蘑菇湯，炒冬菇，素十景，素麵。當著人面前，一定要守佛門規矩，是一定不肯破戒的。其餘的人，都是葷菜，不用細述。獨有周老爺，只點了一樣湯，說是有事，不能久坐。當時在席面上，周老爺只是肚皮裏打主意，一直沒有提起這事，把湯吃完，起身告辭。陶子堯又再三的叮囑。周老爺答應他，明天替他煩出一個人來料理此事。彼此分手而別。

這裏陶子堯，又自己竭力的託魏翩仞。魏翩仞道：「不但五科那裏兩分合同，是老哥的親筆跡；後來打的一分，一式兩張，一張五科拿去，一張是兄弟經手替你押在外頭，還有子翁寫的抵借銀子的押據。」陶子堯聽了這個，越發著急道：「這個通統都是假的！只有頭一張合同，辦二萬二千銀子的貨，是真的。」魏翩仞道：「你別發急，我現在又不問你要錢。大家都是好朋友，有福同享，有難同當；橫豎上頭發下來的錢，總不止二萬二千，這種意外的錢，大家也就要靠著你子翁沾光兩個。」陶子堯見話鬆了些，因為自己已託了周老爺，也不多說。但託他：「見了五科哥，好歹替我善為說辭，說這裏頭，我也沒有甚麼大好處，總算他照應我兄弟罷了。」魏翩仞也只好答應著。當下吃完，各自散去。

* * *

單說周老爺，單名是一個因字，表字果甫，本是山東試用府經。這番跟了王道臺出來，原說同到東洋去的。齊巧浙江巡撫劉中丞，有文書奏調他；他從前在劉中丞家裏處過館，做過西席，有此淵源，所以劉中丞就提拔他。他得了這個機會，心想府經總不過是個佐雜，怕的派不著好差使。幸喜他這人，專會拉扯，所有這些匯票莊上都是他同鄉，人人同他要好。他這會就去同人家商量，想趁此機會，捐個知縣班。果然一齊應允，也有二百的，也有一百的，也有五十的。居然集腋成裘，立刻到捐局裏，填了部照出來。從此以後，場面愈闊，拉攏愈大，天天在外頭應酬，有幾個大點洋行裏的買辦，他通統認得了。有天檯面上無意之中，聽見人家講起，這訛詐陶子堯的仇五科，就是他新近結交的一個軍裝買辦的外甥。這買辦姓王名二調，同周老爺敘其來歷，還有點親，因此格外要好。王二調的意思，無非因為他是浙江巡撫的紅人，竭力同他扯拉，好預備將來兜攬他的生意，並沒有別的意思。周老爺有此一個好朋友，陶子堯的事情，也就好辦了。

且說他頭天晚上，一品香擾過陶子堯回棧，足足忙了一夜。到次日把王道臺送了動身，他便一直找到王二調行裏，說起這件事情，託他為力。王二調立刻答應，並說：「我們這個外甥，他去年到這爿洋行裏做生意，是我娘舅做的保人，包管一說便妥。就是姓魏的，也是熟人，不消多慮。」周老爺去後，王二調果然把他外甥叫了來，說：「大家都是面子上的人，不要拆人家的梢。」仇五科當詳細的全盤告訴了娘舅。王二調道：「既然如此，也犯不著便宜姓陶的。但是一件，我已經答應了周某人，等我告訴他，隨便叫姓陶的拿出幾個來，過個場完事罷。」仇五科不好違拗娘舅的話，答應著，告退回家。通知魏翩仞，專聽娘舅的調處，多少看起來不會落空罷了。魏翩仞跺腳說道：「這事情鬧糟了，怎麼好叫他老知道呢？」

當天晚上，王二調便到萬年春，請了周老爺來，叫他去同陶子堯說：「各式事情，兄弟都替他抗了下來。但是這裏頭，五科，翩仞兩個人，也著實替他出力，狠化了些冤枉錢！費心轉致陶子翁，隨便補償他們點。兄弟吩咐過，多少不准爭論。所以特地請老兄來，關照一聲。」周老爺聞言，感謝不盡。回來就通知了陶子堯，商量仇，魏二人，應送若干。陶子堯只肯每人一千。周老爺說：「至少分一半給他們，大家免得後論。」陶子堯捨不得；周老爺爭來爭去，每人送了二千。卻另外送了周老爺一千，周老爺意思嫌少，問他多借一千；他又應酬了五百。周老爺拿了四千的銀票，仍去找了王二調，把這件事交割清楚。陶子堯出的假筆據，統給收了回來。只等機器一到，就可出貨，運往山東。

當下仇五科，因為娘舅之命，不敢多說什麼。只有魏翩仞心上還不甘願。自己沒有法子想，便攛掇新嫂嫂，同他說：「陶子堯現在有錢了，他這人是沒有良心的，樂得去訛他一下子。」新嫂嫂便親自到棧房裏去找他。他素性是懼內的，一見新嫂嫂找到棧房裏，恐怕太太知道，一直讓新嫂嫂到底下房間裏坐。新嫂嫂先同他講，仍照前議軋姘頭的話；看看話不得投機，又講那拆姘頭的話。坐的時候長久了，陶子堯怕太太見怪，便催著他走；一時又想不到別人，便說：「有話你託魏老來說罷！」新嫂嫂正中下懷，後來他倆一直沒見面，兩頭都是魏翩仞一個人跑來跑去，替他們傳話，一跑跑了好多天。魏翩仞說：「新嫂嫂一口咬定要三千，如果不答應，明天要親自到棧房來，同你拚命！」陶子堯急了，只央告魏翩仞，可能再少點。後來說來說去，講到二千了事。魏翩仞去了，其實只給了新嫂嫂五百塊；陶子堯卻又謝他五百塊，共總意外得了二千。他的心也就死了。

以後陶子堯等到機器到埠，是否攜同家眷前往山東交代，或者另生枝節，做書的人到了此時，不能不將他這一段公案，先行結束，免得閱者生厭。

*　　*　　*

且說：周老爺憑空得了一千五百塊洋錢，也算意外之財。拿了他，便一直前往杭州。到省之後，照例稟見。劉中丞係屬舊交，當天見面之後，立刻下札子，委他幫辦文案，又兼洋務局的差使。周老爺次日，上去謝委下來，又稟見司道，遍拜同寅。一連忙了好多日，方纔忙完。大家曉得他與中丞有舊，莫不另眼相看。同時院上有一個辦文案的，姓戴名大理，是個一榜出身，候補知州。他在劉中丞手下當差，卻也非止一日，一向是言聽計從。院上這些老爺們，沒有一個蓋過他的，真正是天字第一號的紅人。周老爺雖是中丞的舊交，無奈戴大理總以老前輩自居，不把周老爺放在眼裏。周老爺曉得自己資格尚淺，諸事讓他三分，暫不同他計較。

有一天，出了一個什麼知縣缺，劉中丞的意思，想教戴大理去署理。偶同藩司說起，說：「戴某人跟著兄弟，辛苦了這許多時候，這個缺，就調劑了他罷！」藩臺諾諾稱是。此不過撫藩二憲商量的話，究竟尚未奉有明文。當時卻有個站在跟前的巡捕老爺，他都聽在耳朵裏，等到會完了客，他便趕到文案處戴大理那裏，送信報喜，說：「今天中丞當面同藩臺說過，大約今晚牌就可以掛出來。」戴大理聽了，自然歡喜。一班同寅，個個過來稱賀。周老爺也只好跟著大眾，過來敷衍了一聲。

合當有事。是日中飯過後，劉中丞忽然傳見周老爺，說起：「文案一向是戴某人最靠得住。無論什麼公事，凡經他手，無不細心，從來是沒有出過岔子。我為他辛苦了多年，意思想給他一個缺，等他出去撈兩個。以後的事，須得你們諸位格外當心纔好。」周老爺聽了，想了一想，說道：「回大人的話。大人說的戴牧，實實在在是個老公事。不要說別的，他已經五十多歲的人了，寫起奏摺來，無論幾千字，一直到底，不作興一個錯字，又快又好。卑職們幾個人，萬萬趕他不上。論起來這話不好說；為大局起見，這裏頭，實實在在少他不得。現在湖南，廣東兩省，因為摺子有了錯字，或者抬頭差了，被上頭申飭下來。現在年底下事情又多，若把戴牧放了，回來卑職們縱然處處留心，恐怕出了一點亂子，耽誤大人的公事。但是戴牧苦了這多年，今番恩出自上，調劑他一個缺，卑職們難道好說叫他不去到任？但是為公事起見，實在少他不得！」劉中丞一聽這話不錯：「周某人是我從前西席老夫子，他的話卻是可靠的。現在上頭挑剔又多，設或他去之後，出點亂子，怎些好呢？」想了一想，說道：「好在我給他這個缺的話，還沒有向他說過；不如把這缺委了別人。叫他忙過了冬天，等別人公事熟練些，明年再出什麼好缺，給他一個也使得。」說完，便叫通知藩臺：「某縣缺不委戴某人了。等著明天上院，當面商量，再委別人。」周老爺等話說完，退了下來。

這天晚上，正是文案上幾個朋友，湊了公分，備了酒席，先替戴大理賀喜；周老爺也出了一分，剛纔劉中丞同他所講的話，悶在肚裏，一聲不響；面子上跟著大眾，一同敬酒稱賀，說說笑笑，好不熱鬧。此時戴大理，一面孔的得意洋洋之色，喝了十幾杯酒。他的酒量本來不大，已經些微有點醉意；便舉杯在手，對大眾說道：「我們同在一塊兒辦事的人，想不到倒是兄弟先撇了諸位出去。」大眾齊說：「這是中丞佩服老哥的大才，所以特地把這個缺留給老哥，好展布老哥的經濟。」戴大理道：「有什麼經濟！不過上憲格外垂愛，有心調劑我罷咧！」眾人道：「說不定指日年底甄別，還要拿老哥明保。」戴大理道：「那亦看罷咧！但願列位都像兄弟得了缺出去。」眾人道：「這個恩出自上，兄弟們資格尚淺，那裏比得上你老前輩呢！」周老爺也隨著大眾，將他一味的恭維；肚裏卻著實好笑。

一霎席散，其時已有三更多天。戴大理回到自己家裏，細問跟班：「藩臺衙門的牌，出來沒有？」戴大理以為雖是中丞吩咐，未必有如此之快，因此并不在意。過了一夜，到了第二天，等到十點鐘，還沒有掛出牌來；戴大理不免有點疑惑起來。等到飯後，仍無消息；戴大理就同跟班說：「不要漂了罷？」跟班不敢言說。此刻他的心上，想想：「自己的憲眷，是靠得住的，既然有了這個意思，是不會漂的。」又想：「不要被什麼有大帽子的搶了去！然而浙江一省，有的是缺，未必就看中我這一個。總而言之，那通信的巡捕，他決計不會來騙我的。」一霎時，猶如熱鍋上螞蟻一般，茶飯無心，坐立不定，好生難過！一直等到天黑，跟班的又出去打聽，時候不多一刻，只見垂頭喪氣而回。戴大理忙問：「怎樣了？」跟班的又不敢瞞，只得回說：「怎麼昨日巡捕老爺拿人開心，不是真的！」戴大理一聽這話不對，還要頂住跟班的問：「你不要看錯了別的缺罷？」跟班的道：「巡捕老爺來送信的時候，小的在跟前，聽的明明白白的，怎麼會看錯呢？」戴大理道：「委的那個？」跟班道：「委的是個姓孔，聽說是營務處上的。」到了此時，戴大理一個到手的肥缺，活活被人家奪了去，這一氣真非同小可，簡直氣出膨脹病來！便請了五天假，坐在公館裏，生氣不見客。

後來劉中丞，因為一件公事，想起他來，問他犯的什麼病，著實的記掛。就派了前番報喜的那個巡捕，到公館裏看他。那巡捕見了他，著實的將他寬慰，又說：「那日中丞，說得明明白白，是委你老先生去的。怎的同周某人談的半天，就變了卦。」戴大理忙問：「周某人說我什麼？」巡捕道：「有句說句，他倒是竭力保舉老先生的了。」便把周老爺同劉中丞講的一番說話，統通告訴了戴大理。畢竟戴大理胸有邱壑，聽了此言，恍然大悟道：「是了，是了。我好好的一個缺，就葬送在他這幾句話上了。」又細問：「他同中丞說話，是什麼時候？何以那天晚上，酒席檯上，一聲也不言語？這個人竟如此陰險，實在可惡得狠！」想罷，不由咬牙切齒，恨個不止：「一定要報復他一番，纔顯得我的本事！」

要知後事如何，且看下回分解。

第十二回　設陷阱借刀殺人　割靴腰隔船吃醋

卻說：戴大理向巡捕問過底細，曉得他的這個缺，是斷送在周老爺手裏；將周老爺懷恨入骨髓，當時卻也不露詞色。向巡捕交代過公事，送過巡捕去後，他卻是氣得一夜未睡。整整盤算了一夜，總得借端報復他一次，方洩得心頭之恨。

且說他這五天假期裏頭，所有文案上幾個同事，一齊來瞧他，安慰他。周老爺卻更比別人走的殷勤，每天早晚兩趟，口口聲聲的說：「自從老前輩這兩天不出來，一應公事，覺得很不順手；總望前輩全愈之後，早點出門纔好。」他同戴大理敷衍；戴大理也就同他敷衍。周老爺回到院上，有時劉中丞傳見，問起戴大理的病；周老爺便回中丞說：「戴牧並沒有什麼病，聽說大人前頭要委他署事，後來又委了別人，他心上不高興，所以請假在家養病。卑職想此番不放他出去，原是大人看重他的意思，為的年下公事多，他總算這裏熟手，所以留他在裏頭多頓兩個月。卑職伺候上司，也伺候過好幾位了，像大人這樣體恤人，曉得人家甘苦，只要有本事能報效，還怕後來沒有提拔嗎？戴牧卻看不透這個道理，反誤會了大人一番美意，將來總是自己吃虧。」劉中丞一聽這話，心上好生不悅，道：「我委他缺，又沒有當面同他講過。他若一直在我這裏當差，還怕將來沒有調劑？怎麼我要他多幫我幾個月，就不能彀嗎？有病請假；沒有病也請假，他還是拿把，我除掉他，我就沒有人辦事嗎？」周老爺聽了，並不言語。誰知劉中丞倒越想越氣。

過了五天，戴大理假期已滿，上去稟見，劉中丞雖沒有見他，幸虧還沒撤他的委。他仍舊逐日上院辦公事。畢竟他是老公事，劉中丞少不得他，所以雖然不歡喜他，然而有些公事，還要和他商量。他一見憲眷比從前差了許多，曉得其中一定有人下井投石，說他的壞話；他也不動聲色，勤勤慎慎辦他的公事，一句話也不多說，一步路也不多走。見了同事，周老爺一班人，格外顯得殷勤，稱兄道弟，好不熱鬧，並且有時還稱周老爺為老夫子，說：「周老爺是中丞從前請的西賓；中丞尚且另眼相看；我等豈可怠慢於他？」周老爺一幫人，見他如此隨和，大家也願意同他親近。周老爺沒有家眷，是住在院上的，他不時要到周老爺屋子裏坐坐談談天，還時常從公館裏做好幾件家常小菜，自己帶來給周老爺吃，說是小妾親手做的。如此者兩個多月，大家只見他好，不見他壞，偶然中丞提起，大夥兒一齊替他說好話，因此憲眷又漸漸的復轉來。況且他在院上當差已久，不要說外面人頭熟，就是裏頭的什麼跟班，門上，跑上房的，還有抱小少爺的奶媽子，統通都認得。戴大老爺自從在周老爺面上，擺了一會老前輩，就碰了這樣一個釘子，吃過這一轉虧，以後便事事留心；這是他閱歷有得，也是他聰明過人之處。閒話休題。

* * *

且說：此時浙東嚴州一帶地方，時常有土匪作亂，抗官拒捕，打家劫舍，甚不安靜。浙江省城，本有幾個營頭，一向是委一位候補道臺做統領。現在這做統領的，姓胡號華若，是湖南人氏，同戴大理同鄉同年，因此他倆交情，比別人更厚。

卻說這班土匪，正在桐廬一帶嘯聚；雖是烏合之眾，無奈官兵見了，不要說是打仗，只要望見土匪的影子，早已聞風而逃。官兵有兩種：一種是綠營，便是本城額設的營汎，太平時節，十額九空，都被營官，哨官❶，千爺，副爺之類，通同吃飽。遇見撫臺下來大閱，他便臨期招募，暫時彌縫；只等撫臺一走，依然是故態復萌。這番土匪作亂，雖也奉到省臺密札，叫他們竭力防禦，保守城池；無奈舊有的兵，大概是老羸疲弱的，新招的隊，又多是土棍青皮，平時魚肉鄉愚，無惡不作，到這時候有了護符，更是任所欲為的了。至於那些營官，哨官，千爺，副爺，他的功名，大都從鑽營奔競而來，除了接差，送差，吃大煙，抱孩子之外，更有何事能為，平日要捉個小賊尚且不能，更不容說身臨大敵了。一種是防營，從前打粵匪、打捻匪，什麼淮軍湘軍卻也很立些功勞。等到事平之後，裁的裁，撤的撤，一省之內，總還留得幾營，以為防守地方起見。當初裁撤的時候，原說留其精銳，汰其軟弱；所以這裏頭，很有些打過前敵殺過長毛的人。就是營哨各官，也都是當時立過汗馬功勞；什麼「黃馬褂巴圖魯」，「提督軍門頭品頂戴」一個個保至無可再保。事平之後，那裏有這許多缺應付他們，於是有此一個防營，就可安頓這一班人不少。又過了二十年，那些打過前敵，殺過長毛的人，早已老的老了，死的死了，又招了這些新的，還怕不與綠營一樣？這防營的統領管帶，無論什麼人，只要有大帽子八行書，就可當得；真正打過仗立過功的人，反都擱起來沒有飯吃。就有幾個上頭有照應，差使十幾年不動，到了這種世界，入了這種官場，他若不隨和不通融，便叫他立腳不穩。而且暮氣已深，嗜好漸染，若是再叫他出去殺賊，也殺不動了。至於那些謀挖這個差使的，無非為剋扣軍餉起見，其積弊更與綠營相等。這回所說的胡華若胡統領，正坐在這個毛病。

❶ 哨官：負責巡哨之軍官。

這時候嚴州一帶地方，文武官員，雪片的文書到省告急。上司也曉得該處營汎兵力單弱，不足防禦；就委胡華若統帶綠營防軍，前往勦捕。胡華若的這個統領，本是弄了京裏什麼大帽子信得來的；胸中既無韜略，平時又無紀律。太平無事，尚可優遊自在；一旦有警，早已嚇得心亂意慌。等到上頭派了下來，更把他急的走頭無路！只因戴大理交情頂厚，未曾奉札之前，偏偏又是戴大理頭一個趕來送賀喜信，請安歸坐，便說：「蠢爾小醜，大兵一到，不難剋日蕩平，指日報到捷音，便是超升不次。所以卑職前來叩喜。」胡華若道：「老同年休要取笑！你我彼此知己，更有何話不談。你想，我從前謀挖這個差使的時候，化的銀子，你是曉得的。通共只當得半年，從前的虧空還沒彌補，就出了這個岔子。你說我心上是什麼滋味！況且這出兵打仗的事情，豈是你我所做得來的？錢倒沒有弄到，白白的把命送掉，卻是有點划算不來。至於立功得保舉的話，等別人去做罷；這種好處，我是不敢妄想的了。」戴大理道：「上頭委了下來，大人總得辛苦一趟。」胡華若道：「我不去。我這身子是吃不來苦的。倘若送了命，豈不是白填在裏頭？什麼封蔭卹典，我是不貪圖的。等到札子下來，我拚著這官不做，一定交還上頭，請他另委別人。」戴大理道：「這個倒不好退的。好在那裏是烏合之眾，沒有什麼大不了的事情。大人只不過想不擔這個沉重。其實卑職倒有一條主意：大人在院裏請一個人同去，各式事情，只要委了他，無論辦好辦醜，都可與大人不相干。」胡華若忙問：「何人？」戴大理道：「就是同卑職在一塊辦文案的周某人。」胡華若道：「我也曉得這個人，聽說他做過中丞的西席的。」戴大理道：「正是為此，所以他在中丞跟前，言聽計從，竟沒有一個趕得上他。現在上頭委了大人到嚴州勦辦土匪，大人要說不去，以卑職愚見，那是萬萬使不得的；被上頭看了，倒像我們有心規避，恐怕差使辭不掉，還要叫上頭心上不舒服。」胡華若道：「依你老同年的意思，怎麼樣？」戴大理道：「現在只等公事一下，大人就上院同中丞稟請幾個得力隨員，一同前去，頭一個就把周某人名字開上，上頭是沒有不答應的。周某人想在中丞跟前當紅差使，好意思說不去？等他前來稟見之時，大人就把一切勦捕事宜，竭力重託在他身上。將來設或事情辦得順手，大家有面子；倘若辦得不好，大人只須往周某人身上一推。中丞見是周某人辦的，就是要說什麼，也不好說什麼了。到這時候，大人再去求交卸，求上頭另委他人。上頭就是怪大人辦的不好，譬如有十分不是，到此亦減去七分了。大人明鑑，卑職這個條陳，可否使得？」胡華若一聽他言，不禁恍然大悟，連忙滿臉的堆著笑，說道：「老同年此計甚妙，兄弟一定照辦。」說到這裏，戴大理又請一個安，說道：「將來大人得勝回來，保案裏頭，務求大人在中丞跟前栽培幾句，替卑職插個名字在內。」胡華若道：「這個自然！但怕辦的不好回來，叫老同年打嘴！」戴大理尚未及回答，忽見一個差官來稟：「院上有要事，立刻傳見。」戴大理只好起身相辭。

胡華若立刻坐轎上院，走進官廳，手本剛才上去，裏頭已叫「請見！」當下劉中丞同他講的，就是嚴州府的事情，叫他連夜前去勦辦土匪。並說：「那裏的事情，十分緊急，老兄帶了六個營頭先去。如果不敷調遣，趕緊打個電報給兄弟，再調幾營來接應。因為今天事情太急，所以先請老兄來此一談，隨後補了公事送過來。」胡華若連連答應，等中丞說完，接著回道：「職道的閱歷淺，恐怕辦不好，辜負大人的委任。況且手下辦事的人，得力的也很少，現在想求大人賞派幾個人同去。」劉中丞道：「你要調誰，就叫誰去。」胡華若道：「大人這裏文案上的周令，職道曉得這人很有閱歷，從前在大營裏頭；若有了他去，職道各事就可靠託在他一人身上。」劉中丞道：「他吃的了嗎？」胡華若道：「這人職道很曉得的。」劉中丞道：「他能彀吃的了，最好。好在我這裏沒有什麼大事情，就叫他跟了你去。還要誰？」胡華若又稟了一個候補同知，姓黃號仲皆；一個候補知縣，姓文號西山；連著周老爺，一共是三個人。劉中丞統通答應，立刻就叫人去傳三個人來見。三個之中，周老爺是在院上當差的，一傳就到。見面之後，劉中丞告訴他緣故，要他同去勦辦土匪。周老爺聽了，不免自己謙讓了幾句。後見胡華若在旁竭力的恭維，說了些「久仰大才，這回的事，一定要借重」的話，周老爺一見如此擡舉他，又想倘若得勝回來，倒是升官的捷徑。想到這裏，早已心花都開，便不由自主的答應了下來。胡華若自然歡喜。不多一會子，那兩個也都來了；中丞面諭他們，沒有一個不去的。胡華若便先起身告辭；又叫他三位各人趕緊預備預備，今天夜裏就要動身，公事停刻補過來。三個人站起來答應著。劉中丞便送胡華若出來，一頭走，一頭問：「他三個人派什麼差事？」胡華若回道：「黃丞總辦糧臺。文令人甚精細，可以隨營差遣。周令閱歷最深，想委他總理營務。」劉中丞聽了無話，送到二門一呵腰進去了。那周，黃，文三個不等中丞送客，趁空溜了出來，在外頭候著替統領站了一個班。胡華若吩咐他們，趕緊收拾行李，應領薪水，各付三個月，立刻叫人送到。三個人聽了這話，又一齊請安稟謝。送過胡華若上轎不題。

且說：周老爺回到文案上，眾同寅是早已得信的了，大夥兒過來道喜，齊說：「上馬殺賊，乃是千載罕逢之機會。先生此去，何異登仙。指日紅旗報捷，什麼司馬黃堂，都是指顧間事。那時扶搖直上，便與弟輩分隔雲泥，直令人又羡又妬！」周老爺道：「此乃中丞的栽培，統領的擡舉，與各位老同寅的見愛。此去但能不負期望，僥倖成功，便是莫大幸事；何敢多存妄想！」眾人道：「說那裏話來！」正在那裏謙讓的時候，忽然戴大理走過來，拿他一把袖子，拖到隔壁一間堆公事的屋裏說道：「我有一句話關照你。」周老爺道：「極蒙指教！但不知是什麼事情？」戴大理道：「就是稟請你的那位胡統領，他這人同兄弟不但同鄉，而且同年，從前又同過事。雖說他已經過了道班，兄弟卻與他很熟，極知道他的脾氣。老哥現在跟了他去，所以兄弟特地關照一聲，所謂知無不言，方合了我們做朋友的道理。」周老爺道：「老前輩如有關照，實在感激得很！」戴大理道：「客氣。這位胡統領，最是膽小。凡百事情，優柔寡斷。你在他手下辦事，只可以獨斷獨行，倘若都要請教過他再做，那是一百年也不會成功的。而且軍情一息萬變，不是可以捱時捱刻的事。你切記我的說話，到那時候該勦者勦，該撫者撫；他雖然是個統領，既然大權交代與你，你就得便宜行事，所謂將在外，君命有所不受。你能如此，他格外敬重你，說你能辦事；倘或事事讓他，他一定拿你看得半文不值。我同他頓在一塊兒這許多年，還有什麼不知道的？」周老爺聽了他的言語，果真感激的了不得，而且是心上發出來的感激，並不是嘴裏空談。當下兩個人又談了一會閒話。周老爺趕著回家，收拾行李。

未到天黑，胡華若派人把公事送到，又送了三個月的薪水。因為出兵打仗，格外從豐，每月共總二百兩銀子，三個月是六百兩。周老爺開銷過來人，收拾好行李，一直挑到候潮門外江頭下船。那黃，文二位，亦剛剛才到。又等了一會子，方見胡統領打著燈籠火把，一路蜂擁而來。到了船上，一同會著。胡華若吩咐立刻開船。船家回道：「現在夜裏不好走，就是開了船也走不上多少路。不如等到下半夜，月亮上了，潮水來的時候，趁著潮水的勢頭，一撐就是多遠，走的又快，夥計們又省力，豈不兩得其便？」船頭上的差官進來，把這話回過，無甚說得，差官退了出去。原來這錢塘江裏，有一種大船，專門承值差使的，其名叫做「江山船」。這船上的女兒媳婦，一個個都擦脂抹粉，插花帶朵，平時無事的時候，天天坐在船頭上，勾引那些王孫公子上船玩耍；一旦有了差使，他們都在艙裏伺候。他們船上有個口號，把這些女人叫作「招牌主」，無非說是一扇活招牌，可以招徠主顧的意思。這一種船，是從來單裝差使，不裝貨的。還有一種可以裝得貨的，不過艙深些；至艙面上的規矩，仍同「江山船」一樣；其名亦叫「茭白船」。除此之外，只有兩頭通的「義烏船」。這「義烏船」也搭客人，也裝貨；不過沒有女人伺候罷了。此時胡統領手下的兵丁，坐的全是「炮划子」。因為他自己貪舒服，所以特地叫縣裏替他封了一隻「江山船」。縣裏要好，知道他還有隨員師爺，一隻船不夠，又封了兩隻「茭白船」。當下胡統領坐的是「江山船」；周，黃，文，三位隨員老爺，還有胡統領兩位老夫子，一共五個人，分坐了兩隻「茭白船」。有人說起這「江山船」名字，又叫做「九姓漁船」。只因前朝朱洪武得了天下，把陳友亮一幫人的家小，統通貶在船上，猶如官妓一般。所以現在船上的人，還是陳友亮一幫人的子孫，別人是不能冒充的。

* * *

閒話休題。且說當日胡華若上了「江山船」，各隨員迴避之後，便由船上的「招牌主」上來，孝敬了一碗燕菜。胡統領是久在江頭玩耍慣的，上船之後，橫豎用的是皇上家的錢，樂得任意開銷，一應規矩，應有盡有。倒也不必表他。卻道三位隨員，兩位幕賓，分坐了兩隻「茭白船」。五人之中，黃仲皆黃老爺，是有家眷，一直在杭州的。一位老夫子姓王表字仲循，是上了年紀的人，而且鴉片癮又吃得大，一天吃到晚，一夜吃到天亮，還不過癮，那裏再有工夫去嫖呢？所以這兩個須提開，不必去算。下餘的三個人：第一個文西山文老爺，是旗人，年紀又輕，臉蛋兒又標緻，穿兩件衣裳，又乾淨，又峭僻，不要說女人見了歡喜，就是男人見了也捨他不得。因為他排行第七，大家都尊他為文七爺。還有一個老夫子，姓趙，他的號本來叫做補蓼，後來被人家叫渾了，竟變成「不了」兩字。年紀也只有二十來歲。拋撇了家小，離鄉背井，二千多里來就這個館，真真合了一句話，「三年不見女人面，見了水牛也覺得彎眉細眼。」這趙不了確實實在在有此情景。末了說到周老爺，他這人上回已經表過，業已知其大略。他的為人，卻合了新學家所說的「騎牆黨」一派：遇見正經人，他便正經；碰著了好玩的朋友，他便叫局吃酒，樣樣都來。外面極其圓通，所以人人都歡喜他。但有一件毛病，乃先天帶了來，一世也不會改的，是把銅錢看得太重；除掉送給女人之外，一錢不落虛空地。臨走的時候，胡華若送他三百銀子，他分文不曾帶上船，一齊託朋友替他放在外頭，預備將來收利錢用。他的意思，這回跟著出門打土匪，少不得胡統領總要派兩個營頭給他帶，有兵就有餉，有餉就好由我剋扣。倘或短了一千八百，還可以向胡統領硬借。戴大理說他吃硬不吃軟，他們是熟人，說的話一定是不會錯的。

此刻單表文，趙二位，他倆偏頓在一隻船上。文七爺早已存心，未曾上船之前，已經吩咐水手，把這一隻船，開的遠遠的，不要同統領的船緊靠隔壁。船上人會意，知道接到了大財神了。等到一上船，齊巧這船上有個「招牌主」，叫做玉仙，是文七爺叫過局的，此刻碰見了熟人，格外要好。文七爺從統領船上回話回來，玉仙忙過來替他接帽子，解帶子，換衣服，脫靴子，連管家都不要用了。跟手玉仙又親自端著燕窩湯，叫文七爺就著他手裏喝湯，兩個人手拉手兒，一並排坐在炕沿上。

趙不了見了眼熱，心上想：「到底這些人勢利，見了做官的就巴結。」正在盤算的時候，不提防一個人，也拿了一個蓋碗，往他面前一放，把他嚇了一跳。定睛看時，不是別人，卻是玉仙的妹妹，名字叫蘭仙的，亦端了一碗燕窩湯給他。你道為何？原來這船上的人，起先看見他穿的樸素，不及文七爺穿的體面，還當他是底下人。後來文七爺的管家到後頭沖水，說起來，船家才曉得他是統領大人的師爺；所以連忙補了碗燕窩湯。但是罐子裏的燕窩，早都倒給文七爺了，剩得一點燕窩滓了。船家正在躊躇，沖水的二爺道：「沖上些開水，再加點白糖，不就結了嗎？」一言提醒了船家，如法泡製，叫蘭仙端了進去。趙不了一見，直把他喜的了不得。又幸虧他生平沒有吃過燕窩湯，如今吃得甜蜜蜜的，又加蘭仙朝著他擠眉弄眼，弄得他魂不附體，那裏還辨得出是燕菜是糖水？

列位看官，你可曉得文七爺的嫖，是有錢的闊嫖。前頭書上說的陶子堯的嫖，是賺了錢才去嫖的，也要算得闊嫖。單是這位趙不了，他一個做朋友的人，此番跟了東家出門，不過賺上十兩八兩銀子的薪水，那裏來的錢，能供他嫖呢？所以他這嫖，只好算得窮嫖。把話說清，列位便知這篇文字，不是重複文章了。閒話休題。

且說趙不了當時，把碗糖湯吃著，一口也不賸。吃完之後，也不睡覺，便同蘭仙兩個人，儘著在艙裏胡吵。此時文七爺，卻同玉仙靜悄悄的在耳房裏，一點聲息也聽不見。一直等到下半夜，齊說潮水來了。船上的夥計，一齊站在船頭上候著。只聽老遠的同鑼鼓聲音一般，由遠而近，聲音亦漸漸的大了。及至到了跟前，竟像千軍萬馬一般，一沖沖了過來，一個回身，把船頭頓了兩頓。夥計們用篙把船頭一撥就轉，趁著潮水，一撐多遠，已經離開江頭十幾里了。

其時大眾都被潮水驚醒，不多一刻，天已大亮，船家照例行船。文七爺已經起來的了，看看天色尚早，依舊到耳房裏去睡；玉仙仍舊跟著進去伺候。起先還聽見文七爺同玉仙說話的聲音，後來也不聽見了。趙不了自同蘭仙鬼混了半夜，等到開船之後，蘭仙卻被船家叫到後梢頭去睡覺，一直不曾出來。中艙只剩得趙不了一個，舉目無親，好不淒涼可慘！一回想到玉仙待文七爺的情形，一回又想到蘭仙的模樣兒，真正心上好像有十五個弔桶一般，七上八下。

到了次日停船之後，文七爺照例替玉仙擺了一桌八大八小的飯。請的客便是兩船上幾個同事，只是沒有去請統領。王，黃兩位沒有叫陪花，周老爺也想不叫。文七爺說：「你不帶局，太冷清了。」周老爺無法，便帶了他坐船上一個小「招牌主」，名字叫招弟的。趙不了不用說，剛才入坐，蘭仙已經跟了身後坐下了。文七爺還嫌冷清，又私下叫人把統領船上的兩個「招牌主」，一齊叫了來，坐在身旁。等到大碗小碗一齊上齊，通桌的陪花，從主人起，五啊六啊，每人豁了一個通關。把拳豁完，便是玉仙抱著琵琶，唱了一隻先帝爺，文七爺自己點鼓板。玉仙唱完，蘭仙接著唱了一隻小調。一面唱，一面同趙不了做眉眼。趙不了不時回頭去看他，又被人家看出來，一齊喝采。文七爺吵著，要趙不了替他擺飯。趙不了算算自己腰包裹的錢，只夠擺酒，不夠擺飯；便一口咬定不肯擺飯。蘭仙拗他不過，只得替他交代了一檯酒。

文七爺曉得趙不了還要翻檯，便催著上飯。吃過之後，撤去殘席，黃，王二位要過船過癮。趙不了不放，說：「我是難得擺酒的，怎麼二位就不賞臉？」黃，王二位無奈，只得就在這邊船上過癮。「江山船」上的規矩，擺飯是八塊洋錢，便飯六塊，擺酒只要四塊。趙不了搭連袋裏只賸得三塊洋錢，八個角子，還有十幾個銅錢。趁空向他同事王仲循，借了三個角子，一共十一個角子，又同文七爺管家，掉到一塊大洋錢。兌換停當，席面已經擺好了。趙不了坐了主位，好不興頭！黃，王二位還是不叫陪花，周老爺依舊叫的是招弟。因為招弟年紀只有十一歲，一上船時，船家老板奶奶，就同周老爺說過：「只要老爺肯照顧，多少請老爺賞賜，斷乎不敢計較。」所以周老爺打了這個算盤，認定主意，一直叫他。文七爺是不用說，自家一個玉仙，還有統領船上的兩個「招牌主」，一共三個。

* * *

文七爺擺飯的時候，聽說統領大人正在船上打瞌銃❷，所以敢把他船上的「招牌主」叫來。起先原關照過的，等到統領一醒，叫他們來知會。姊妹兩個分一個過去伺候大人，免得大人寂寞。誰知胡統領這個瞌銃，竟打了三個鐘頭，方才睡醒。這邊文七爺連吃兩檯，酒落歡腸，不知不覺寬飲幾杯，竟其大有醉意。等到統領船上的人前來關照時，說：「大人已醒，叫他姊妹們過去一個。」誰知被文七爺扣牢不放。

原來統領船上的「招牌主」，是姊妹兩個：姊姊叫龍珠，現在十八歲；妹妹叫鳳珠，現年十六歲。他二人長的：一個是沉魚落雁之容，一個是閉月羞花之貌，真正數一數二的人才。凡有官場來往，都指定要他家的船。其實胡統領同龍珠的交情，也非尋常泛泛可比。首縣大老爺會走心境，所以在江頭就替他封了這隻船。胡統領上船之後，要茶要水，全是龍珠一人承值。龍珠偶然有事，便是鳳珠替代；因為鳳珠也是十六歲的人了，胡統領早存了個得隴望蜀的意思，想慢慢施展他一箭雙雕的手段。所以姊妹兩個，都是他心坎上的人；除掉打盹之外，總得有一個常在跟前。

這回一覺醒來，不見他姊妹的影子；叫了兩聲，也沒人答應。一個人起來坐了一回，又背著手踱來踱去，走了兩趟，心內好不耐煩！側著耳朵一聽，恍惚老遠的有豁拳的聲音。又聽了一聽，有個大嗓在

❷ 瞌銃：瞌睡。

那裏唱京調，唱的是烏龍院。剛唱到「我為你蓋了烏龍院」，「我為你化了許多銀」兩句，一時辨不出誰的聲音。又側耳一聽，忽然一陣笑聲，卻是龍珠，不是別人。胡統領滿腹狐疑，到底是誰在那裏唱呢？又聽那船上唱道：「舉手掄拳將爾打。」唱完此句，大眾一齊喝采，這裏頭卻明明白白夾著趙不了的聲音。胡統領至此，方才大悟，剛才唱的不是別人，一定是文七爺。不由怒從心上起，火向耳邊生，把桌上一隻茶碗，豁瑯一聲，向地下摔了個粉碎。又停了半晌，還沒有人過來。原來這邊大船上的人，什麼老板夥計，連著大人的跟班，差官，一齊都趕出那邊船上去瞧熱鬧；這邊卻未賸得一人。

胡統領此時大發雷霆，真按捺不住了！順手取過一張椅子，從船窗洞裏丟了出來。幸虧隔壁船上聽見響動，趕出來一看，才曉得統領動氣。他們船幫裏，本是互相關照的，趕忙跑到文七爺船上，如此這般，說了一遍。大家都嚇昏了。趙不了平時怕東家如虎，一聽此信，忙著叫撤檯面。無奈文七爺多吃了幾杯，便嚷著說：「我是不受他節制的。他們當統領的好玩，難道我們當隨員的不好玩麼？」一面說，一面伸著兩隻手把龍珠姊妹兩個的衣裳按住。後來被龍珠說了多少好話，把鳳珠留下了，才算放他。文七爺還發脾氣，說：「龍珠是統領心上的人，你們這些爛婊子，只知道巴結大人，把我不放在眼裏！」龍珠也不敢回嘴，急忙忙趕回自己船上。只見統領大人面孔已發青了。一個船老板，三四個夥計，跪在地下磕響頭。胡統領罵了船家；又問：「這裏是那一縣該管？」吩咐差官：「拿片子，把這些混帳王八蛋，一齊送到縣裏去。」此時龍珠過來巴結又不好，分辯又不好。他們在文七爺船上做的事，及文七爺醉後之言，又全被統領聽在耳朵裏。所以又是氣，又是醋，併在一處，一發而不可收拾！

後來幸虧一個伶俐差官，見此事沒有收場；於是心生一計，跑了進來，幫著統領把船家踢了幾腳，嘴裏說道：「有話到縣裏講去，大人沒有工夫同你們嚕囌。」說著，便把一干人帶到船頭上；好讓龍珠一個人在艙裏伺候大人，慢慢的替大人消了氣。

起先胡統領板著面孔不去理他；禁不住龍珠媚言柔語，大人也就軟了下來。大人躺在煙鋪上吃煙，龍珠在一邊燒煙，統領便問起他來：「怎麼在那船上同文七爺要好，一直不過來？想是討厭我老鬍子，不如文七爺長的標緻？既然如此，我也不要你裝煙了。」龍珠聞言，忙忙的分辯道：「他們船上的『招牌主』，叫我去玩，所以誤了大人的差使，並沒有看見姓文的影子。」胡統領道：「你不要賴。都被我聽見了，還想賴麼？」一面同龍珠說話，又勾起剛才吃醋的心，把文七爺恨如切骨！還說是：「什麼時候，當的什麼差使，他們竟其一味的吃酒作樂，這還了得！」只因這一番，胡統領同文七爺，竟因龍珠生出無數的風波來，連周老爺，趙不了通統有分在內。

要知端的，且看下回分解。

第十三回 聽申飭隨員忍氣 受委屈妓女輕生

卻說：當下胡統領，足足問了龍珠半夜的話，盤來盤去，問他同文七爺認得了幾年，有無深交。龍珠一口咬定：非但吃酒叫局的事，從來沒有，並且連文七爺是個胖子，瘦子，高個，矮個，全然不知，全然不曉。胡統領見他賴得淨光，格外動了疑心。不但怪文七爺不該割我上司的靴腰子；並怪龍珠不應該不念我往日之情，私底下同別人要好。「不要說別的，就是拿官而論，我是道臺，他是知縣，他要爬到我的分上，只怕也就煩難。可恨這賤人不識高底，只揀著好臉蛋兒的，去趕著巴結。」一面想；一面把他恨的牙癢癢。又想：「這件事，須得明天發落一番，要他們曉得這些老爺是不中用的，總不能跳過我的頭去。」主意打定，這夜竟不要龍珠伺候，逼他出去。獨自一個，冷冷清清的躺下，卻是翻來覆去，一直不曾合眼。

龍珠見大人動了真氣，不要他伺候，恐怕船上老鴇婆曉得之後，要打他罵他，急的在中艙坐著哭。既不敢到大人耳艙裏去，又不敢到後梢頭睡。有時想到自己的苦處，不由自言自語的說道：「這碗飯真正不是人吃的，寧可剃掉頭髮當姑子，不然跳下河去尋個死，也不吃這碗飯了！」

到了五更頭，船家照例一早起來開船。恍惚聽了大人起來，自己倒茶吃，龍珠趕著進艙伺候；胡統領不要他動手，自己喝了半杯茶，重新躺下。龍珠坐在牀前一張小凳子上，胡統領既不理他，他也不敢去睡。一等等到九點多鐘，到了一個什麼鎮市上，船家攏船，上岸買菜。那兩船上的隨員老爺，都起來了。

文七爺昨日雖然吃醉，因被管家喚醒，也只好掙扎起來，隨了大眾過來請安；想起昨夜的事情，自己也覺得臉上很難為情。走進統領中艙一看，幸喜統領大人還未升帳，已經聽得咳嗽之聲，知道離著起身已不遠了。等了一刻，管家進去打洗臉水，拿嗽口盂子牙刷牙粉，拿了這樣，又缺那樣。龍珠也忙著張羅，但沒聽見統領同龍珠說話的聲音。

統領有個毛病，清晨起來，一定要出一個早恭的。急嗓子喊了一聲：「來！」三四個管家一齊趕了進去。又接著聽見吩咐了一句：「拿馬桶」。只見一個黑蒼蒼的臉，當慣這差使的一個二爺，奔到後艙，拎了馬子到耳艙裏去。別的管家一齊退出，龍珠也跟了出來。人家都認得這拎馬桶的二爺，是每逢大人出門，他一定要穿著外套，騎著馬，雄赳赳，氣昂昂，跟在轎子後頭的；大人回了公館，便卸了裝，把腳一蹺，坐在門房裏。有些小老爺們來稟見，人家見了他，二太爺長，二太爺短，他還愛理不理的。此時卻在這裏替大人拎馬桶，真正人不可以貌相了。

且說：龍珠走進中艙之後，別人還不關心，只有文七爺的眼尖，頭一個先望見。陡見龍珠兩隻眼睛，哭的腫腫的，不覺心上畢拍一跳，想不出什麼道理來。還疑心：昨天自己在檯面上沖撞了他，給了他沒臉，叫他受了委屈，此乃是我醉後之事，他也不好同我作對，就哭到這步田地？又論不定，他把我罵他的話，竟來哭訴了統領，所以剛才統領的聲氣不大好聽。但是龍珠這人，何等聰明，何至於呆到如此？他究竟為了什麼事情，哭得眼睛都腫了？真正令人難解！意思想趕上前去問他，周，黃二位同寅，是不要緊；倘若被統領聽見了，豈不要格外疑心？卻也作怪，可恨這丫頭，自從耳房裏出來，非但不同我答腔，眼皮也不朝著我望一望，其中必有緣故！

想到這裏，又聽得耳艙裏，統領又喊得一聲：「來！」只見前面那個拎慣馬桶的二爺，推門進去，霎時右手拎著馬桶出來，卻拿左手掩著鼻子，大家都看著好笑。又聽得統領罵一個小跟班的，說他也偷懶不進來裝水煙。小跟班的道：「不是一上船，老爺就吩咐過的嗎？不奉呼喚，不許進艙。小的怎麼敢進來？」統領道：「放你媽的狗臭大驢屁。我不叫你，你就不該應進來伺候嗎？好個大膽的王八蛋，你仗著誰的勢，敢來同我鬪嘴？我曉得你們這些沒良心的混帳王八羔子，我好意帶了你們出來，就要作怪，背了我好去吃酒作樂，嫖女人，唱曲子。那樁事情能瞞得過我？你們當我老爺糊塗，老爺並不糊塗，也沒有睡覺，我樣樣事情都知道，還來朦我呢！我此番出來，是替皇上家打土匪的，並不是出來玩的；你們不要發昏！」統領這番罵跟班的話，別人聽了都不在意；文七爺聽了，倒著實有點難過。心想：「統領罵的是那一個？很像指的是自己。難道昨夜的事情發作了嗎？」一個人肚裏尋思，一陣陣臉上紅出來，止不住心上十五個吊桶，七上八落。等了一會子，聽見裏面水煙袋響。小跟班的裝完了煙，噘著嘴走到外艙，見了各位老爺，面子上落不下去，只聽他嘰哩咕嚕的說道：「皇上家要你這樣的官來打土匪，還不是來替皇上家造百姓的。這樣龍珠，那樣龍珠，有了龍珠，還想著我們嗎？」一頭說，一頭走到後艙去了。大家都聽了好笑。隨後方見龍珠進去，幫著替大人換衣裳，打腰摺，紮扮停當，咳嗽一聲，大人踱了出來。眾人上前請安相見。

胡統領見面之下，什麼「天氣很好」，「船走的不慢」，隨口敷衍了兩句，一句正經話亦沒有。倒是周老爺國事關心，問了一聲：「大人得嚴州的信息沒有？」統領聽了一驚，回說：「沒有，老哥可聽見有什麼緊信？」周老爺道：「的確的消息也沒有，不過他們船裏傳來的話。」胡統領戰兢兢的道：「阿彌陀佛！總要望他好才好！」周老爺道：「聽說土匪雖有，並不怎麼十二分利害，而且槍炮不靈，只等大兵一到，就可指日平定的。」胡統領頓時又揚揚得意道：「本來這些么麼小醜，算不得什麼。連土匪都打不下，還算得人嗎？但是兄弟有一句過慮的話：兄弟在省裏的時候，常常聽見中丞說起，浙東的吏治，比起那浙西來，更其不如。這句話怎麼講呢？只因浙東有了『江山船』。所有的官員，大半被這船上女人迷住，所以辦起公事來，格外糊塗。照著大清律例，狎妓飲酒，就該革職；叫兄弟一時也參不了許多。總得諸位老兄替兄弟當點心，隨時勸戒勸戒他們。倘若鬧點事情出來，或者辦錯了公事，那時候白簡無情，豈不枉送了前程，還要惹人家笑話？中丞的話如此說法，但是兄弟不能不把這話傳述一番。」說完，不住的拿眼睛瞧文七爺。只見文七爺坐在那裏，臉上紅一陣，白一陣，很覺得侷促不安。就是黃老爺，周老爺，曉得統領這話不是說的自己；但是昨天都同在檯面上，不免總有點虛心，靜悄悄的，一聲也不敢言語。胡統領停了一會，見大家都沒有話說，便端茶送客。他三位走到船頭上，一字兒站齊，等統領走出艙門，朝他們把腰一呵，仍舊縮了進去，然後三個人自回本船。

三人之中，別人猶可；只有文七爺見了統領，聽了隔壁閒話，知道統領是指桑罵槐，已經受了一肚皮的氣。剛才統領出來，又一直沒有睬他，因此更把他氣的了不得。回到自己船上沒有地方出氣，齊巧一個貼身的小二爺，一向是寸步不離的，這會子因見主人到大船上稟見統領，約摸一時不得回來，他就跟了船家到岸上玩耍去了。誰知文七爺回來，叫他不到，生氣罵船家。幸虧玉仙出來張羅了半天，方才把氣平下。一霎小二爺回來了，文七爺不免把他叫上來，教訓幾句。偏偏這小二爺不服教訓，噘著張嘴，在中艙裏嘰哩咕嚕的說閒話。齊巧又被文七爺聽見，本來不動氣的了，因此又動了氣，罵小二爺道：「我老爺到省才幾年，倒抓過四五回印把子，什麼好缺都做過，什麼好差都當過。就是參了官不准我做，也未必就會把我餓死。現在看了上司的臉嘴，還不算，還要看奴才的臉嘴，我老爺也太好說話了。」罵著，就立刻逼他打鋪蓋，叫他搭船回省去。別位二爺齊來勸這小二爺道：「老爺待你，是與我們不同的。你怎麼好撇了他走呢？我們帶你到老爺跟前下個禮，服個軟，把氣一平，就無話說了。」小二爺道：「他要我，他自然要來找我的；我不去。」說著，躺在後梢頭去了。這裏文七爺動了半天的氣，好容易又被玉仙勸住。

* * *

如是曉行夜泊，已非一日。有天傍晚，剛正靠定了船，問了問，到嚴州只有幾十里路了。下來的人都說：「沒有什麼土匪，有天半夜裏，不曉得那裏來的強盜，明火執仗，一連搶了兩家當鋪，一家錢莊。因此閉了城門，挨家搜捕。其實閉了一天一夜的城，一個小毛賊也沒有捉到，倒生出無數謠言。官府愈覺害怕，他們謠言愈覺造得凶。還說什麼『這回搶當鋪錢莊的人，並不是什麼尋常小強盜，是城外一座山裏的大王，出來借糧的，所以只搶東西不傷人。這大王現在有了糧草，不久就要起事了。』地方文武官聽了這個謠報，居然信以為真，雪片文書到省告急。所以省裏大憲，特地派了防營統領胡大人，率領大小三軍，隨帶員弁前來勦捕。」

從杭州到嚴州，不過只有兩天多路，倒被這些「江山船」，「茭白船」，一走走了五六天，還沒有到。

雖說是水淺沙漲，行走煩難；究竟這兩程還有潮水，無論如何，總不會耽擱至如許之久。其中卻有一個緣故：只因這幾隻船上的「招牌主」，一個個都抓住了好戶頭，多在路上走一天，多擺檯把酒，他們就多尋兩個錢。倘若早到地頭一天，少在船上住一夜，他們就少賺兩個錢。如今頭一個胡統領，就不用說，龍珠本是舊交，雖不便公然擺酒；他早同王師爺等說過：「等我們得勝回來，原坐這隻船進省。那時候必須脫略一切，免去儀注，與諸公痛飲一番。」這幾天龍珠身上，明的雖沒有，暗底下早已五六百用去了。第二個文七爺，比統領還闊，他這趟出來，卻是從家裏帶錢來用，並不是剋扣軍餉。一賞玉仙，就是一對金鐲子，開開箱子，就是四疋衣料，連著趙不了趙師爺的新相好蘭仙，趙不了還沒有給他什麼，文七爺看了他姊姊分上，也順手給了他兩件。這種闊老，怎麼叫人不巴結呢？第三個是蘭仙，同趙不了要好，雖然是趙不了拿不出什麼，總得想他兩個，做妓女的人，好歹總沒有脫空的。第四個周老爺，——他這船上一位黃老爺，一位王師爺，都是絕慾多年的；剩得個周老爺。——碰著吃酒，他卻總帶招弟，一直不曾跳過槽，小雖小，也是生意。還有大人跟前的幾位大爺二爺，同著營官老爺，晚上停了船，同到後梢頭坐坐，呼兩筒鴉片煙，還要摸索摸索。大爺二爺白叨了光；營官老爺有回把不免破費幾塊。他們有這些生意，就是有水可以走快，也決計不走快了。往往白天走了七十里，晚上一定要退回三十里。所以兩天多的路程，走了六天還不曾走到。

單說：趙不了自從上船蘭仙送燕菜給他吃過之後，兩個人就從此要好起來。趙不了又擺了一檯酒，替他做了一個面子。又把褲腰帶上常常掛著的，祖傳下來的一塊漢玉件頭解了下來，送給了蘭仙。蘭仙嫌他像塊石頭似的，不要；趙不了只得自己拿回，仍舊拴在褲腰帶上。一時面子上落不下，就說：「現在路上沒有好東西給你，將來回省之後，一定打付金鐲子送你。幾百塊錢，算不了什麼。」「江山船」上的女人眼眶子淺，聽了他話，當他是真正好戶頭了。就是一天不曉得蘭仙給了他些什麼利益，害得他越發五體投地，竟把蘭仙當作了生平第一個知己；就是他自己的家小，還要打第二。蘭仙問他要五十塊洋錢，他自己沒有。這幾天看見文七爺用的錢像水淌，曉得他有錢，想問他借，怕他見笑。後來被蘭仙催不過了，只好硬硬頭皮，老老臉皮，同文七爺商量。不料文七爺一口答應，立刻開開枕箱，取出一封一百洋錢，分了一半給他，趙不了看著眼熱，心上懊悔，說道：「早知如此，應該向他借一百，也是一借。如今只有五十，統通被蘭仙拿了去，我還是沒有。」一面想的時候，文七爺早把那剩下的五十塊洋錢包好，仍舊鎖入枕箱去了。趙不了不好再說別的，謝了一聲，兩隻手捧了出來。不到一刻工夫，已經到了蘭仙手裏去了。

這日飯後，太陽還很高的，船家已經攏了船，問了問到嚴州只有十里路了。問他：「為什麼不走？」回道：「大船上統領吩咐過：『明天交立冬節，今日是個四離四絕的日子，這趟出門，是出兵打仗，是要取個吉利的。』所以吩咐今日停船，明天飯後，等到未正二刻交過了節氣，然後動身，一直頂碼頭。」別人聽了還可，只有一個趙不了喜歡的了不得。因為在船上同蘭仙熱鬧慣了，一時一刻也拆不開，恐怕早到碼頭一天，他二人早分離一天。如今得了這個信，先趕進艙來，告訴文七爺。文七爺知道他腰包裏有了五十塊錢了，便敲他吃酒。趙不了楞了一楞，蘭仙已經替他交代下去了，還說：「明天上了岸，大人們一齊要高陞了，一杯送行酒，是萬不可少的。」

文七爺自從那天聽了統領的說話，一直也沒有再到統領坐船上稟安。心上想：「橫豎事已如此，也不想他什麼好處，我且樂我的再說。」跟手又吩咐玉仙：「今天晚上趙師爺的酒吃過之後，再替我預備一桌飯。」玉仙答應著。他又去約了那船上的王，黃，周三位；索性又把炮船上的統帶，什麼趙大人，魯總爺，又約了兩位；連自己同著趙不了，一共是七位；整整一桌。當下王，黃二位答應說來。只有周老爺忽然膽小起來，說：「恐怕統領曉得說話。」趙，魯二位，也再三推辭。文七爺道：「這裏頭的事情，難道你們諸位還不曉得？統領那天生氣，並不是為著我擺酒生氣，為的是我帶了龍珠的局，割了他的靴腰子，所以生氣。我今天不叫龍珠的局，那就一定沒事的了。況且統領還說過：『到了嚴州，打退了土匪，還要自己擺酒同大家痛飲一番。』這是你們諸公親耳聽見的。他做大人的好擺得酒，怎麼能夠禁止我們呢！又況嚴州並沒有什麼土匪，這趟還怕不是白走。我們也不望什麼保舉，他也不好說我們什麼不是。等擺好檯面，叫船家把船開遠些，叫他聽不見就是了。」

原來這幾天統領船上，王，黃二位，只顧抽鴉片煙，沒有工夫過去。文七爺因為碰了釘子，也不好意思過去。趙不了雖然東家帶了他來，有時候寫封把信，當當雜差，才叫著他，平時東家並不拿他放在眼裏；他也怕見東家的面，這幾天被蘭仙纏昏了，自己又懷著鬼胎，所以東家不叫他，他也樂得退後，不敢上前。這個空擋裏，只有一個周老爺，一天三四趟的，往統領坐船上跑。他本是中丞的紅人，統領自然同他客氣。偏偏又得到嚴州信息，曉得沒有什麼土匪，統領自然高興，他也幫著高興。雖然他臨走的時候，戴大理交代過他，說：「統領的為人，吃硬不吃軟。」及至見過幾面，才曉得統領並不是這樣的人，戴大理的話有點不確。須得見機行事，幸虧沒有造次。連日統領見了他，著實灌米湯；他亦順水推船，一天到晚，製造了無數的高帽子，給統領戴。說什麼：「嚴州一帶，全是個山，本是盜賊出沒之所；土匪亦是一年到頭有的。如今是被統領的威名震壓住了，嚇得他們一個也不敢出來。將來到了嚴州，少不得懲辦幾個，給他們一個利害，叫他們下次不敢再反。回來再在四鄉八鎮，各處搜尋一回，然後稟報肅清。也好叫上頭曉得大人這一趟辛苦，不是輕容易的。將來一定還好開個保案，提拔提拔卑職們。」胡統領道：「不是你老哥說，我正想先把嚴州沒有土匪的消息，連夜稟報上頭，好叫上頭放心。」周老爺道：「使不得！使不得！如此一辦，叫上頭把事情看輕。將來用多了錢，也不好報銷；保舉也沒有了。如今稟上去，越說得凶越好。」胡統領一聽此言，恍然大悟，連說：「老哥指教的極是，兄弟一准照辦。」當下就關照龍珠，另外叫他多備幾樣菜，留周爺在這船上吃晚飯。周老爺有了這個好處，所以文七爺請他，執定不肯奉擾。

文七爺見請他不到，也只好隨他。等到上火之後，船家果然把他們兩隻坐船，撐到對岸停泊。其時周老爺早已跳在統領大船上去了。趙不了檯面擺好，數了數人頭，就是不見周老爺，忙著要叫人去找。文七爺道：「現在他做了統領的紅人兒了，統領一時一刻不能離開他。他眼睛裏那裏有我們，我們也不必去仰攀他了。」趙不了道：「不請他，恐怕他在東家跟前，要說我們什麼。」王師爺道：「周某人同你往日無仇，他為什麼要擠你？這倒可以無慮的。」趙不了只得罷手，不過心上總有點疑疑惑惑，覺著總不舒服。一檯酒敷衍吃完，拳也沒有豁，酒也沒有多吃。幸虧一個文七爺，興高采烈，一檯吃完，忙吩咐擺他那一檯。又去請趙大人魯總爺，一個個坐了小划子都來了。趙大人並且把他的一個相好名字叫愛珠的帶來了。文七爺見了非常之喜，連說：「到底趙大人脾氣爽快。」又催著替魯總爺帶局，魯總爺沒有相好，文七爺就招周老爺叫的招弟的一個姊姊，名字叫翠林的薦給他。一時賓主六人，團團入座。

文七爺因為剛才在趙不了檯面上，沒有吃得痛快，連命拿大碗來。王，黃二位，是不大吃酒的；趙不了量也有限。幸虧炮船上統帶趙大人是行伍出身，天生海量，年輕的時候，每晚上，一個人能彀吃三大罎子的紹興酒，吐了再吃，吃了再吐，從不作興討饒的；如今上了年紀，酒興比前大減，然而還有六七斤的酒量，就以現在而論，文七爺還不是他的對手。但是文七爺亦是個好漢，人家喝一碗，他一定也要陪一碗，人家喝十碗，他一定也要陪十碗，喝酒喝的吐血，如今又得了痰喘的病，他還是要喝，見了酒沒命的喝，見了女人，那酒更是沒命的喝。先是搶三，三拳一碗；後來還嫌不爽快，改了一拳一碗。趙大人吃酒吃的火上來了，把小帽子皮袍子一齊脫掉。文七爺也光穿著一件棗兒紅的小緊身，映著雪白的白臉蛋，格外好看。王，黃二位，吃了一半，到後艙裏躺下抽煙。趙不了趁空，便同那蘭仙胡纏。檯面上只賸得一個魯總爺。

這魯總爺，是江南徐州府人氏，本是個鹽梟投誠過來的；兩隻眼睛烏溜溜，東也張張，西也望望，忽而坐下，忽而站起，沒有一霎安穩，好像有什麼心事似的；幸虧大家並不留意。後來大家吃稀飯，讓他吃，他一定不吃，說是酒吃多了，頭裏暈得慌，要緊回去睡覺。文七爺還同他辯道：「你何嘗吃什麼酒。」魯總爺道：「兄弟只有三杯酒量，吃到第四杯，頭裏就要暈的了。」眾人見他如此說，只好隨他先走，吩咐船上搭好扶手，眼望他上了划子。文，趙二位，依舊進艙對壘。趙大人趕著趙不了叫：「老宗臺，只顧同相好說話，不理我們，應該罰三大碗。」趙不了再三討饒，只吃得一杯；蘭仙搶過吃去了一大半，只剩得一點點酒腳，才遞給趙師爺吃過。文，趙二位又喝了幾碗。文七爺有點撐不住了，方才罷手。趙大人也有點東倒西歪，眾人架著，趔趔趄趄，跳上划子，回到自己炮船上睡覺。黃，王二位也回本船。周老爺從大船上回來睡著了。這裏文七爺的酒，越發湧了上來，不能再坐，連玉仙來同他說話，替他寬馬褂，倒茶替他潤嘴，他一概不知道，扶到牀上，倒頭便睡。玉仙自到後面歇息。趙不了自有蘭仙相陪，不必提他。

卻說玉仙，這夜不時起來聽信，怕的是七爺酒醒，要湯要水，沒人伺候。誰曉得他老這一覺，一直困了一夜零半天。約摸有一點鐘，統領船上鬧著，未時已過，要開船了，他這裏才慢慢的醒來。玉仙先送上一碗燕窩湯，呷了一口，然後披衣起身，下牀洗臉刷牙，吃早飯，一頭吃著，船已開動。文七爺伸手，往自己袍子袋裏一摸，誰知一個金錶不見了。當時以為不在袋裏，一定在牀上，就叫玉仙：「到牀上，把我的錶拿來。」誰知玉仙到牀上找了半天，竟找不到，後來連枕頭底下，褥子底下，通統翻到，竟沒有一點點影子花。文七爺還在外頭嚷，問他：「怎麼不拿來？」後來玉仙回報了沒有，文七爺親自到耳艙裏來尋，也找不到。自己疑心，或者昨天酒醉的時候鎖在枕箱裏，也未可知。連忙拿出鑰匙，想去開枕箱，誰知枕箱並沒有鎖，文七爺一看大驚，再仔細一看，銅鼻子也斷了。一定鎖被人家裂掉無疑了。趕忙打開一看：一封整百的洋錢，還有給趙不了剩下的五十塊洋錢，還有一隻金鑲籐鐲，金子雖不多，也有八錢金子在上頭，都不見了；還有一個翡翠搬指，兩個鼻煙壺，都是文七爺心愛之物，連著衣袋裏的一隻打璜金表，一條金練條，通統不見。

文七爺脾氣是毛躁的，立刻嚷了起來，說：「船上有了賊了，還了得！」玉仙嚇得面無人色。後艙裏人，一齊鬨到前艙裏來。船老板道：「我們的船，在這江裏上上下下，一年總得走上幾十趟，只要東西在路上，一個繡花針也不會少的。總是忘記擱在那裏了。求老爺再叫他們仔仔細細找一找。」文七爺道：「一個艙裏都找遍了，那裏有個影兒。」船老板不相信，親自到耳艙裏看了一遍，又掀開地板找了一會，通統沒有，連稱奇怪。文七爺疑心船上夥計不老實。船老板說：「我這些夥計，都是有根腳的，偷偷摸摸的事情，是從來沒有的。」文七爺發火道：「難道我冤枉你們不成，既然東西在你們船上失落掉的，就得問你要。」船老板不敢多言。船頭上一個夥計說道：「昨天喝酒的時候，人多手雜，保得住誰是賊，誰不是賊？」文七爺一聽這話，越發生氣，一跳跳得三丈高，罵道：「喝酒的人，都是我的朋友，你們想賴我的朋友做賊嗎？況且昨天晚上，除掉客人，就是叫的局，一個局來了，總有兩三個烏龜王八跟了來，一齊頓在船頭上。推開耳艙門伸手摸了去，論不定就是這般烏龜偷的。如今倒怪起我的客人來了，真正混帳王八蛋！等到了嚴州，一齊送到縣裏去打著問他。」船老板見文七爺動了真火，立刻到船頭上，知會夥計，叫他不要多嘴。又回到艙裏，叫玉仙倒茶給文老爺喝；文七爺也不理他。

此時船在江中行走，別船上的人，不能過來；只有本船上的，人人詫異，個個稱奇。趙不了也幫著找了半天，那裏有點影子。大家總是疑心船上夥計偷的，決非他人。文七爺統計所失，一個搬指頂值錢，是九百兩銀子買的；兩個鼻煙壺，四百兩一個；打璜金錶連著金練條，值二百多塊；一隻金鑲籐鐲，不過四十塊；其餘現洋錢是有數的了。一面算，一面託趙不了替他開了一張失單。

霎時間船抵碼頭，便有本城文武大小官員，前來迎接。文七爺是隨員，只得穿了衣帽，到統領船上請安稟見，怕的是有什麼差遣。這個擋裏，見了嚴州府首縣建德縣知縣莊大老爺，他們本是同寅，又是熟人，便把船上失竊的事，告訴了他；隨手又把一張失單，遞了過去。莊大老爺立刻吩咐出來，把這船上的老板夥計，通統鎖起，帶回衙門審訊；其餘幾隻船上，責成船老板，不准放走一個夥計，將來回明統領，一齊要帶到城裏對質的。果然現任縣太爺，一呼百諾，令出如山，只吩咐得一句，便有一個門上，帶了好幾個衙役，拿著鐵鍊子，把這船上的老板夥計，一齊鎖了，帶上岸去了。

且說：統領船上，把各官傳了幾位上來，盤問土匪情形。一個府裏，一個營裏，都是預先商量就的，見了統領，一齊稟稱：「起先土匪如何猖獗，人心如何驚慌，後來被卑府們協力擒拿，早把他們嚇跑，現在是一律肅清的了。」他二人的意思，原想借此可以冒功。誰知胡統領聽了周老爺所上的計策，意思同他一樣。船到碼頭時候，胡統領還捏著一把汗，生怕路上聽來的信息不確，到了嚴州，被土匪把他宰了。及至聽了府裏營裏的言語，膽子立刻壯起來，便說：「這些伏莽，為患已久；現在他們打聽得大兵前來，所以暫時解散。等到兄弟去後，依舊是出來攪擾。兩位老兄雖說是已經肅清；據兄弟看來，後患方長，不可不慮！且等明天兄弟上岸察看情形，再作計較。」當下又說了些別的閒話，端茶送客。眾官別去，不在話下。

*　*　*

單說：文七爺船上的老板夥計，被縣裏鎖了去，嚇得一船的女人，哭哭啼啼，跪著向文老爺討情；文老爺不理。又替趙師爺磕頭，趙師爺也作不得主。後來文七爺被玉仙纏不過，只好答應他，且等縣裏問過一堂，再去說情。未到天黑，縣裏的辦差門上進來，回文七爺的話，說道：「已經替大老爺同師爺，另外封了一隻船，就請今天搬過去。這隻船是賊船，我們敝上要重重的辦他們一辦。」文七爺道：「很好。」船上的女人，聽說老爺要過船，更沒有依靠了，一齊跪在艙板上不起來。玉仙拉著文七爺，蘭仙拉著趙師爺，更是哭個不了。文七爺沒法，只好安慰玉仙道：「我決不難為你的。」玉仙沒法，只好讓文七爺過船。

行李剛搬得一半，縣裏莊大老爺派的捕快，也就來了，先到船上請示，失去的搬指煙壺，是什麼樣子。聽說有一百五十塊現洋錢，有無圖書。文七爺說：「洋錢全是鼎記拿來的，一律是本莊圖書。」齊巧身邊還有一塊，就拿出來給他們看，好拿著比樣子去找。捕快說：「城裏大小當鋪，都找過沒有。想來還不曾出手，洋錢論不定要先出擋。昨天喝酒的那些老爺們，共是幾位？小的們不敢疑心到老爺，怕的是帶來的管家，手腳不好，雖不敢明查他們，也得暗裏留心，就是拿住之後，不替他們聲張出來，也有個水落石出。至於這幾隻船上的夥計，將來稟過大人，一齊要好好的搜一搜。」文七爺見這捕快說話在行，就通統告訴了他，還著實誇贊他幾句，說他能辦事。

等到文七爺，趙師爺，才把船過停當，捕快就進了中艙坐下，勒令別家船上的夥計，把船替他撐開碼頭，靠在一爿茶館底下。捕快向這茶館裏一招手，又上來好幾個，是他同夥的人，一齊到了中艙。就叫船家的女人，幫著把艙板掀開，大約看了一遍，沒有。又到後艙。起先玉仙姊妹，是一直在前艙的，一個個哭的同淚人一般，也不像什麼美人了。誰知蘭仙看見一幫人往後頭去，他也趕到後頭去，被一個捕快把他一攔道：「小姑娘，你別往這裏瞎跑！」蘭仙道：「我們女人，有些東西，不好給你們男人看的，我得收拾收拾。」捕快道：「慢著。不好看的東西，也要看看的了。」一面說，一面夥計們已在後艙翻的不成樣兒了。

後首不知怎樣，在蘭仙牀上，搜出一封洋錢，立刻打開來一看，一對圖章，絲毫不錯。捕快道：「贓在這裏了！」眾人聽了一驚。蘭仙急攘攘的說道：「這是趙師爺交給我，託我替他買東西的。」捕快道：

「趙師爺沒人託了，會託到你？這話只好騙三歲孩子。」蘭仙道：「如果不相信，好去請了趙師爺來對的。」捕快道：「真贓實據，你還要賴？」一面說，一伸手就是一個巴掌。船上的女人，通統認是蘭仙做賊，一個個都嚇昏了。

原來趙不了從文七爺手裏，借了五十塊洋錢，給了蘭仙。蘭仙卻瞞住他娘，不曾被他知道。等到抄了出來，所以他娘也摸不著頭腦。蘭仙又不是親生女兒，是買來做媳婦的，一時氣頭上，也不分青紅皂白，趕過來狠命的幫著，把蘭仙一頓的打；嘴裏還罵道：「不要臉的小娼婦！偷人家的錢，帶累別人！不等上堂老爺打你，我先要了你的命！」捕快道：「有了洋錢，別的東西就好找了。」忙著翻了一大陣，卻是一毫影子沒有。又趕過來問蘭仙，其時蘭仙已被他娘打的不成樣子了。捕快連忙喝阻道：「他今犯了官罪，有老爺管他，你須管他不到了；你自己的人作賊，連你自家都有罪，還有面孔打人呢！」老板奶奶，被捕快埋怨了一頓，一聲也不敢響。

捕快催問蘭仙別的東西；蘭仙只是哭，沒有話。大眾格外疑心；他娘也催著他說道：「多偷只有一個罪，少偷亦只有一個罪，小祖宗！你快招認罷，省得再害別人了！」蘭仙還是哭，沒有話。捕快道：「他不說，亦不要他說了，且把他帶到城裏再講。」於是拖了就走。那捕快還拉著老板奶奶，同著一塊兒去，老板奶奶嚇的索索抖不敢去，又被他們罵了兩句，只好跟著同去。一頭走，一頭罵蘭仙。

蘭仙此時被眾人拖了就走。上岸之後，在茶館裏略坐片刻，一同押著進城。可憐他小腳難行。走三步，挨一步，捕役還不時的催；恨的他娘一路拿巴掌打他。好容易捱到衙門口，在二門外頭臺階上坐了一會，捕快進去稟報，傳話出來：「老爺此刻就要上府，晚上統領大人還要傳去問話。吩咐把船上兩個女人，先交官媒看管，明天再審。」眾人聽了，便去傳到官媒婆，把兩個女人交給他。官媒婆領了就走，一走走到他家。這時候他娘兒兩個，頭上的金簪子，銀耳挖子，統通被差上拿去，說是賊贓，要交給老爺的。娘兒們也不敢作聲。到了官媒那裏，頭上的首飾，已經一絲一毫都沒有了。官媒還不死心，又拿他二人細細的一搜，蘭仙手上還有一付鍍金銀鐲子，也被他脫了下去，說是明天要交案的。其時冬初天氣，他娘兒們都穿著大厚棉襖，官媒婆一定說是偷來的賊贓，要他脫了下來。他二人不敢不遵。每人只穿兩件布衫，凍的索索的抖。

凡初到官媒婆那裏的人，總得服他的規矩，先餓上兩天，再捱上幾頓打，晚上不准睡，沒有把你弔起來，還算是便宜你的。至於做賊的女犯，他們相待，更是與眾不同：白天把你拴在牀腿上，叫你看馬桶，聞臭氣；等到晚上，還要把他綑在一扇板門上，要動不能動，擱在一間空屋子裏，明天再放你出來。可憐蘭仙雖然落在船上，做了這賣笑生涯，一樣玉食錦衣，那裏受過這樣的苦楚？只因他生性好強，又極有情義；趙不了給他錢的時候，曾對他說過：「不要同你媽說起，是我送的，怕傳在統領耳朵裏。」所以他牢記在心。等到捕役搜到之後，他一時情急，只說得一句是：「趙師爺託我買東西的。」後來被他們拉了上岸，早已知道，此去沒有活路，與其零碎受苦，何如自己尋個下場。就是不死，這碗船上的飯，也不是好吃的。所以聽說要將他拖上岸去，他早已萌了死志，順手把炕上煙盤裏的一個煙盒，拿在手中。等到官媒婆搜的時候，要藏沒處藏就往嘴裏一送，熬熬苦，吞了下去，趁空把盒子丟掉。一時官媒搜過，他便對他娘說道：「媽！你亦不必埋怨我，亦不必想我。這個苦，我是受不來的，早也是一死，晚也是一死，倒不如早死乾淨。我死之後，你老人家到堂上，只要一口咬定，請趙師爺對審。我的冤就可以伸，你老人家或不至於受苦了。」他娘此時又氣又嚇，又凍又餓，早已糊裏糊塗，他媳婦說的話，始終未曾聽清一句。等到上燈，官媒婆因他二人是賊，便將板門擡了進來，如法泡製，鎖入空房。誰知次日一早推門，這一嚇非同小可。

欲知後事如何，且看下回分解。

第十四回　剿土匪魚龍曼衍　開保案雞犬飛昇

卻說：蘭仙既死之後，次早官媒推門進去一看，這一嚇非同小可，立刻張皇起來。老板奶奶見媳婦已死，搶地呼天，哭個不了。官媒到此，卻也奈何他不得。又因他年紀已老，料想不會逃走，也就不把他拴在牀腿上了。奉官看守的女犯，一旦自盡，何敢隱瞞，只好拚著不要命，立時稟報縣太爺知曉。

莊大老爺一聽人命關天，雖然有點驚慌，幸虧他是老州縣出身，心上有的是主意。便立時升堂，把死者的婆婆帶了上來，問過幾句；老婆子只是哭求伸冤；老爺不理他。特地把捕快叫了上去，問他：「蘭仙做賊，是誰證見？」捕快回稱：「是他婆婆的見證。」莊大老爺喝道：「他同他婆婆，還有不是一氣的？怎麼說他是見證呢？」捕快回道：「文大爺的洋錢，塊塊上頭，都有鼎記圖章，小的在這死的蘭仙牀上，搜到了一封，一看圖章正對。他媽也不知這洋錢是那裏來的，還打著問他。大老爺不相信，問這船上的老婆子，可是不是？」老爺便問老板奶奶道：「你媳婦這洋錢是那裏來的？」老婆子回：「不知。」老爺道：「我亦曉得你不知情。倘若知情，豈不是你同他通統一氣，都做了賊嗎？」老婆子道：「我的青天大老爺！我實情不知道！」老爺道：「捕快搜的時候，你看見沒有，還是在死的蘭仙牀上搜著的呢？還是在你同你別的女兒牀上搜著的呢？」老婆子一聽這話，恐怕又拖累到自己連著玉仙，連忙哭訴道：「實實在在，是蘭仙偷的，是在他牀上翻著的。」老爺道：「可是你親眼所見？」婆子道：「是我親眼所見。」老爺道：「這是你死的媳婦不好。我老爺比鏡子還亮，你放心罷，我決不連累你的。」老婆子道：「真真青天大老爺！」

老爺這裏，又把官媒婆傳了上去，把驚堂木一拍，罵了聲：「好個混帳王八蛋！我老爺把重要賊犯交你看管，你膽敢將他淩虐至死。到我這裏，諒你也無可抵賴。我今天將你活活打死，好替蘭仙償命。」說罷，便吩咐差役，將他衣服剝去，拿籐條來，替我著實的抽。兩邊衙役答應一聲，立刻走過七八個似狼如虎的人，伸手將媒婆衣服剝去，只剩得一件布衫，跪在地下，瑟瑟抖個不了。老爺又喊一聲：「打！」便有一個人提著頭髮，兩個人一邊一個，架著他的兩隻膀子，一個拾著一根指頭粗的籐條，一五一十，一下下都打在媒婆身上，五十換班。打的媒婆「啊唷，皇天！」的亂叫，不住的喊：「大老爺開恩！」老爺也不理他。看看一口氣，打了整整五百下，方才住手。

老爺又問船上老婆子道：「你的媳婦，可是官媒婆弄死他的不是？如果是他弄死的，我今天立刻就弄死他，好替你媳婦償命。」老婆子跪在一旁，看見老爺打人，早已嚇昏的了。雖有吩咐下來，他卻一句不曾聽見，只是在地下發楞。老爺又指著船上老婆子，同官媒說：「你的死活在他嘴裏，他要你活就活，他要你死就死。我老爺只能公斷。」官媒一聽這話，便哭著求老婆子道：「奶奶！頭上有天！你媳婦可是自己尋死的，並不與我什麼相干。現在老爺打死我，只要你老人家說一句良心話，你媳婦是我弄死的不是？果若是我弄死的，我死而無怨。我的老奶奶！我的命現在吊在你嘴裏，你要冤枉死我，我做了鬼也不同你干休！」老婆子心上本來是恨官媒婆的；今見老爺已經打了他一頓。「倘若我再說了些什麼，老爺一定要將他打死。這條人命，豈不是我害的？別的不怕，倘若冤魂不散，與我纏繞起來，那可不是玩的！現在這一頓打，已經夠他受用的了。況且蘭仙又實實在在不是他弄死的，我又何必一定要他的命呢？」想罷，便回老爺道：「大老爺，我們蘭仙，是自己死的，不與他相干，求老爺饒了他罷！」老爺聽了這話，便道：「既然是你替他求情，我老爺今天就饒他一條狗命。」官媒就在堂上，向老婆子磕頭，謝過老奶奶。

老爺又對老婆子道：「昨天船上的事情，我也知道是蘭仙一個人做的，與你並不相干，我本來今天想放你的。既然如此，你趕緊下去，具張結上來，好領你媳婦屍首去盛殮。」老婆子巴不得這一聲，老爺開恩放他，立刻下去具結，無非是：「媳婦羞忿自盡，並無淩虐情事」等話頭。寫好之後，送上老爺過目。又拿下去，叫老婆子畫了「十」字。諸事停當，老爺又把船上的一般男人，什麼老板夥計，通同提了上去，告訴他們：「現在文大老爺少的東西，查明白了，是蘭仙偷的，贓在牀上，是老婆婆親眼為證，看著捕快搜出來的。現在蘭仙已經畏罪自盡，千個罪併成一個罪，等他死的一個人承當了去。餘下少的東西，我去替你們求求文大老爺，請他不必追究，可以開脫你們。」眾人聽了，自然感激不盡。老爺便命仍把一干人還押，等稟過本府大人，請鄰封驗過屍首回來，再行取保釋放。眾人叩頭下去。老爺便立刻上府，將情稟知本府，請派鄰封相驗。他們堂屬本來接洽，自然幫著了事，那裏還有挑剔之理？鄰封相驗，是照例文章，無庸細述。

莊大老爺又趕到船上向文七爺討情：「失落的東西，該價若干，由兄弟送過來。現在做賊的人，已經畏罪自盡，免其拖累家屬。」文七爺忙問：「東西那個偷的？」莊大老爺回說：「是本船上的『招牌主』蘭仙偷的。」文七爺聽了，好生詫異。本來還想再追究，因為莊大老爺是要好朋友，知道他是借此開脫自己的干係，同寅面上不好為難，只得應允。還說：「東西失已失了，做賊的人，已經死了，那有叫老哥賠的道理？」莊大老爺道：「老同寅面上，怎敢說賠。但是老哥也等著錢用，兄弟是知道的，停會就送過來。」文七爺見他如此，也不好說別的。當時又說了幾句閒話，彼此別過，走到船頭上。莊大老爺又同文七爺咬個耳朵，託他在統領面前，善言一聲。文七爺也答應。莊大老爺回去之後，當晚先送了三百銀子給文七爺。

次日鄰封驗過屍，屍親具過結，沒有話說，莊大老爺將一干人釋放。這人倒反感頌縣太爺不置。一條人命大事，輕輕被他瞞過，這便是老州縣的手段！閒話休題。

且說當莊大老爺同文七爺講話之時，都被趙不了聽去。先聽見蘭仙做賊，已吃一驚；後來聽說他畏罪自盡，這一嚇更非同小可。想起兩個人要好的情意，止不住撲簌簌掉下淚來。然而還當他果真是賊；卻想不到是自己五十塊洋錢，將他害的。當夜一宵沒有合眼。後來打聽到船上人，俱已釋放，蘭仙已經掩埋。他常常寫四六信寫慣的，便抽空做了一篇祭文，偷著到岸上空地方，望空拜奠了一番。回得船來，又是一夜不睡。替蘭仙做了一篇小傳，還謅了幾首七言四句的詩。自己想著：「將來刻在文稿裏，叫他留名萬載，也算以報知己了。」幸虧這兩天，文七爺公事忙，時時刻刻被統領差遣出去，所以他一個儘著去幹，也沒人來管他。

* * *

單說：胡統領，自從船靠碼頭，本城文武稟見之後，他聽了周老爺的計策，便一心一意，想無中生有，以小化大。次日一早，排齊隊伍，先獨自一個，坐了綠呢大轎，進城回拜了文武官員。首縣替他在城裏借了一個公館；他心上實在捨不得龍珠，面子上只說：「船上辦事很便，不消老哥費心！」所以預備的那個公館，他竟不到。是日就在府衙門裏吃的中飯，一面吃飯，一面同府裏營裏說道：「據兄弟看來，土匪一定是聽見大兵來了，所以一齊逃走，大約總在這四面山坳子裏。等到大兵一去，依舊要出來為非作歹。斬草不除根，來春又發芽，兄弟此來，決計不能夠養癰貽患，定要去絕根株。今天晚上，就請貴營把人馬調齊，駐紮城外，兄弟自有辦法。」營官諾諾連聲，不敢違拗。

本府意思還想冒功，遂又稟道：「土匪初起的時候，本甚猖獗；後來卑府會同營裏，同他們打了兩仗，都已殺敗，四處逃生，現在是一個賊的影子也沒有了。大人可以不必過慮！」胡統領道：「貴府退賊之功，兄弟亦早有所聞；但兄弟總恐怕不能斬盡殺絕，將來一發而不可收拾。不但上憲跟前，兄弟無以交代，就連著老哥們也不好看。好像我們敷衍了事，不肯出力似的。」本府聽了此話，面上一紅。

一霎吃飯，胡統領回船。營官回去傳令。不到天黑，早已傳齊三軍人馬，打著旗，掌著號。一班副爺們，一個個騎著馬，掛著刀，賽如迎喜神一般。到了城外，擇到一個空地方，把營紮下。本營參將，到船上稟過統領。此時統領，真正做了大元帥一樣，自己坐在船當中；兩邊兩隻，便是三個隨員，兩位老夫子的坐船。此外還有家人們的船，差官們的船，伙倉船，行李船，轎子船，又有縣裏預備吹打手船。一天吃三頓，吹打三次。統領出門回來，還要升炮。到了晚上，一更二更，頂到放天明炮，船上擂鼓，親兵掌號，嗚都都，嗚都都，嗚都都，吹的真正好聽！放過炮之後，還要細吹細打一次，都是照例的規矩。吹手船之外，便是統領帶來的兵船，有陸軍，有水師。水師坐的都是炮划子，桅桿上都扯著白鑲邊的紅旗子，寫著某營某哨。旗子當中，寫的便是本船統帶的姓。船頭上，船尾巴上，統通插著五色旗子；也有畫八卦的，也有畫一條龍的，五顏六色，映在水裏，著實耀眼。

胡統領等到吃過晚飯，便同軍師周大老爺商量發兵之事。當下周老爺過來，附著胡統領的耳朵，如此如此，這般這般，說了一遍。胡統領稱謝不迭。趕緊躺下抽煙，抽了二十多筒，他的癮也過足了；一翻身在炕上爬起，傳令發兵。

這個時候，差不多已有三更多天了。岸上的參將，守備，千總，把總，船上的營頭哨官，都靜悄悄的候著。胡統領走到中艙一坐，差官們雁翅般的排列著。兩邊明晃晃的點著一對手照。一邊架上，插著子丑寅卯辰巳午未申酉戌亥十二支令箭，還有黃綢做的小旗子。胡統領拔了一支令箭，傳參將上來，叫他帶五百人，作為先鋒，一路上逢山開道，遇水疊橋；參將答應一聲：「得令。」又傳守備上來，叫他亦帶五百人，作為接應。一個千總，一個把總，各帶三百人，作為衛隊。一干人都答應一聲：「得令。」拿了令箭，站在一旁。

看官須知道，武營裏的規矩，碰著開仗，頂多出個七成隊，有時還只出得個三成隊，四成隊的，從沒有出過十成隊的。今番胡統領明知道地面上一個土匪都沒有，樂得闊他一闊，出個十成隊，叫人家看看熱鬧熱鬧。按下不提。

他還不知道從那裏找得一張地理圖，畫得極其工細；燈光之下瞧了半天，瞧不清楚。虧得小跟班，遞上老花眼鏡來戴著，歪了頭瞧了半天。按著周老爺的話，從什麼地方進兵，從什麼地方退兵，什麼地方可以安營紮寨，什麼地方可以伏埋；指手畫腳的講了一遍。參將，守備，千總，把總，諾諾連聲，嘴裏都說：「遵大人吩咐。」說時遲，那時快，岸上兩個號筒手，早已掌起號來，「出隊，出隊」的吹個不了。這些兵勇們，打大旗的，抗洋槍的，抗刀叉的，——這種刀叉，名字叫作「南陽拔業」；——抗苗子的，裝著白蠟桿，足足有八尺多長；抗馬刀的，馬刀上都捆著紅布；滾籐牌的，穿的老虎衣。一面燈球火把，照耀如同白晝。單等參將，守備，千總，把總下來，指明方向，他們就可分頭進發。

這個時候，偏偏有個都司，叫作柏銅士的，蹌蹌踉踉下來回道：「剛才大人所說的進兵的地方，標下的船曾經搖過，廚子上去買菜，標下上去出恭，四面兒瞧過一瞧，一點動靜都沒有。」胡統領正在興頭上，突然被他阻住，不覺心中發火，大聲喝道：「我正在這裏指授進兵的方略，膽敢搖唇鼓舌，煽惑軍心；本該將你斬首，姑念用人之際，從寬發落！」一面喝：「拖下去！跟我結實的打！」只見四個親兵，如狼似虎，早把柏都司按下，舉起軍棍，一聲吆喝，那軍棍就從柏都司身上落下來。看看打到二百，胡統領還不叫住手；棍子又來的結實，柏都司實實熬不得了。於是一眾官員，自參將起，至外委止，一齊朝著胡統領跪下求情。艙裏容不下，連著岸上跪的都是人。胡統領還裝腔做勢，申飭了一大頓，方命把柏都司放起，將眾官斥退。

大隊人馬，都已分派齊全。又傳下令來：「五更造飯，天明起馬。」胡統領自己在後押住隊伍，督率前進。所有隨員，除兩位老夫子及黃同知，留守大船外，周，文二位，一概隨同前去。及吩咐已畢，其時已有四更多天。胡統領又急急的橫在鋪上，呼了二十四筒鴉片煙，把癮過足，又傳早點心。這個空擋裏頭，周老爺文七爺一班人，便也回到自己船上，料理一切。

且說：本營參將，奉了將令，點齊人馬，正待起身；手下有個老將，前來稟道：「統領叫大人打前敵，現在土匪一個影子都沒有，到底去幹什麼事呢？」一句話，把參將提醒，意思想上船請統領的示；

見了剛才柏都司捱打的情形，恐防又碰上統領氣頭上，討個沒趣，因此要去又不敢去。虧得這個老將聰明，便說：「統領跟前，不好請示；好在幾位隨員老爺已經下來，大人何不到他們船上問一聲兒？」參將正在沒得主意，一聞此言大喜，立刻叫伴當拿了名片，趕到隨員船上。因與文七爺相熟，指名拜文大老爺。文七爺見了名片，就說：「立時就要動身，那裏還有工夫會客。」周老爺道：「你別管，姑且先叫他進來，你沒工夫，等我陪他。」便命手下：「快請！」

參將進得艙中，朝著諸位一一打恭。歸坐之後，周老爺劈口問他：「半夜惠顧，有何賜教？」參將湊近一步，將來意陳明：「請教統領大人是何用意？此地實實在在一個土匪沒有，如今帶了大兵前去，到底幹嗎呢？」周老爺聽了這話，笑而不答。參將一定要請教。周老爺道：「此事須問統領方知。兄弟同老哥一樣，大家都是奉命差遣，別事一概不知。」參將急了，細想這事，一定要問文七爺。文七爺因為這幾天一直沒有好生睡，剛才從統領船上站班回來，意思想橫在牀上打個盹，就起身，不料參將纏不清爽，一定要見他；他覺無奈，只得起來相陪。周老爺把他拉在一旁，同他細說，問他：「怎樣辦法，可以不叫統領生氣？」文七爺的脾氣，一向是馬馬虎虎的，一句話便把他問住。

周老爺見文七爺回答不出，忽然心生一計，仍舊自己出來同他講，說這件事，須問統領的跟班曹二爺才曉得。參將道：「那裏去找他呢？」周老爺道：「容易。」立刻叫他自己管家：「到大人船上，看曹二爺空不空；倘若無事，請他過來一趟。」一霎曹二爺來了，站在船頭上，不敢進來。周老爺趕出去，同他咕唧了一回，又轉身進來，同參將說。無非說他們這趟，跟著統領出門，怎樣吃苦，想要你老哥栽培他們的意思。參將一聽明白，知道這事情非錢不行，立刻答應了一百銀子，還說：「兄弟的缺，是著名的苦缺，列位是知道的。這一點點不成個意思，不過請諸位吃杯茶罷！」周老爺又趕到船頭上，同曹二爺說。曹二爺嫌少，一定要五百。周老爺艙裏艙外跑了好幾趟，好容易講明白三百銀子。明天回來，先付一百兩；下餘的二百，在大人動身之前，一齊付清。又恐怕口說無憑，因為文七爺同他相好，周老爺便一定要拉文七爺擔保。

文七爺見周老爺向周參將要錢，心上已經不高興，後來又見他跑出再跑進，做出多少鬼串，愈覺瞧他不起。周老爺還不覺得，鄭重其事的，把統領的意思：「無非是虛張聲勢，將來可以開保的緣故。」統通告訴了參將。參將到此，方才恍然大悟；立刻起身相辭，舍舟登岸，料理出隊的事情。

*　*　*

說時遲，那時快，一霎時分撥定當，統領船上傳令起身。便見參將身騎戰馬，督率大隊，按照統領所指的地圖，滔滔而去。等到大隊人馬都已動身，其時太陽已經離地，統領船上方傳伺候。胡統領坐的仍舊是綠呢大轎，轎子跟前一把紅傘，一嶄齊十六名親兵，掮著的雪亮的刀叉，左右護衛。再前頭，便是在船上替拎馬桶的那個二爺，戴著五品功牌，拖著藍翎，腰裏插著一枝令箭，騎在馬上，好不威武的。再前頭，全是中軍隊伍；只見五顏六色的旗子，迎風招展，挖雲鑲邊的號褂，映日爭輝。虧得周老爺是打大營出身，文七爺是在旗，他二人都還能夠騎馬，不曾再坐縣裏的轎子。

自從動身之後，胡統領一直在轎子裏打瞌銃，並沒有別的事情，漸漸離城已遠。偶然走到一個村莊，他一定總要自己下轎，踏勘一回，有無土匪蹤跡。鄉下人眼眶子淺，那裏見過這種場面，膽大的藏在屋後頭，等他們走過再出來；膽小的一見這些人馬，早已嚇得東逃西走，十室九空。

起先走過幾個村莊，胡統領因不見人的蹤影，疑心他們都是土匪，大兵一到，一齊逃走，定要拿火燒他們的房子。這話才傳出去，便有無數兵丁，跳到人家屋裏，四處搜尋。有些孩子女人，都從牀後頭拖了出來。胡統領定要將他們正法，幸虧周老爺明白，連忙勸阻。胡統領吩咐帶在轎子後頭，回城審問口供再辦。

正在說話之間，前面莊子裏頭，已經起了火了。不到一刻，前面先鋒大隊都得了信，一齊縱容兵丁，搜掠劫搶起來；甚至洗滅村莊，奸淫婦女，無所不至！胡統領再要傳令下去，阻止他們，已經來不及了。

當下統率大隊走到鄉下，東南西北四鄉八鎮，整整兜了一個大圈子。胡統領因見沒有一個人出來，同他抵敵，自以為得了勝仗，奏凱班師，將到城門的時候，傳令軍士們，一律擺齊隊伍，嗚金擊鼓，穿城而過。

當他轎子離城還有十里路的光景，府縣俱已得了捷報，一概出城迎接。此時胡統領滿臉精神，自以為曾九帥克復南京，也不過同我一樣。見了府縣各官，他老亦只得下轎，走到接官亭裏，把自己戰功，敘述兩句。本府意思，想請統領大人到本府大堂，擺宴慶功；胡統領意思，一定要回到船上，本府拗他不過，只得跟他。又兜了一個大圈子，仍送他到城外下船。所有的隊伍，統通擺齊在岸灘上，足足擺了好幾里路的遠。統領轎子一到，一齊跪倒在地，吶喊作威。少停，升炮作樂，把統領送到船上，下轎進艙。接連著文武大小官員，前來請安稟見。

統領送客之後，一面過癮，一面吩咐打電報給撫臺，先把土匪猖獗情形，略述數語；後面便報一律肅清，好為將來開保地步。電報發過，他老的煙癮，亦已過足。先在岸灘上蓆棚底下，擺設香案，自己當先穿著行裝，率領隨征將弁，望闕叩頭。謝恩已畢，然後回船受賀。

諸事停當，先傳令：「每棚兵丁，賞羊一腔，豬一頭，酒兩罎，饅頭一百個。」各兵丁由哨官帶領著，在岸上叩頭謝賞。一面船上吩咐擺席。一切早由首縣辦差家人，辦理停當。一連十二隻「江山船」，整整擺了十二桌整飯。仍舊是統領坐船居中，隨員及老夫子的船，夾在兩旁，餘外全是首縣辦的。

其時已有初更時分，船艙裏頭，點的燈燭輝煌，照耀如同白晝。「江山船」的窗戶，是可以掛起來的，十二隻船，統通可以望見，燈紅綵綠，甚是好看！一聲擺席，一個知府，一個參將，一齊換了吉服進艙，替統領定席。吹手船上吹打細樂。

胡統領見各官進來，不免謙讓了一回，口稱：「今日之事，我們仰託著朝廷洪福，得以成此大功，極應該脫略儀注，上下快樂一宵。況且這船又是兄弟的坐船，諸位是客，兄弟是主，只有兄弟敬諸位的酒，那有反勞諸位的道理？」知府道：「本日是替大人慶功，理應大人首座，卑職們陪坐。」胡統領一定不肯。又要諸位寬章。諸位只好遵命。於是又請了兩位老夫子過來。原定五個人一席，胡統領又叫請周老爺，說一切調度，都是他一人之功，一定要他坐首位。周老爺見本府在座，不敢僭越，仍舊坐了第五位，餘下黃，文二位隨員，亦在隔壁船上坐定，一霎時十二隻船都已坐滿，不必細述。

單說當中一隻船上，六個人剛剛坐定，胡統領已是不可耐，頭一個開口就說：「我們今日非往常可比，須大家盡興一樂。」府裏營裏，只答應：「是，是。」統領眼睛望好了趙不了，知道他年輕好玩，意思要想他開端。齊巧碰著他，一肚皮的心事，他此刻身子雖然陪著東家吃酒，一心想到蘭仙，又想蘭仙死的冤枉，心上好不悽慘！肚皮裏尋思：「倘若此時蘭仙尚在，如今陪了東家一塊吃酒，是走了明路的，何等快活，何等有趣，偏偏他又死了！」想到這裏，不禁掉下淚來；又怕人看見，只好裝做眼睛被灰迷住了，不住的把手去揉，幸而未被眾人看破。

當下胡統領張羅了半天，無人答腔，覺著很沒意思。還虧周老爺聰明點，看出苗頭，暗地裏把黃老夫子拉了一把，因他年紀大些，臉皮厚些，人家講不出的話，他都講得出，所以要他先開口。他果然會意，正待發言，齊巧龍珠在中艙門口，招呼夥計們上菜。黃老夫子便趁勢說道：「龍珠姑娘彈的一手好琵琶，錢塘江裏沒有比得過他的。」胡統領道：「不錯，不錯。你老夫子是愛聽琵琶的。」黃老夫子道：「好琵琶人人愛聽，今天不比往常，極應該脫略形迹，煩龍珠姑娘多彈兩套，替統領大人多消幾杯酒。」胡統領道：「今日是與民同樂，兄弟頭一個破例，叫龍珠上來，彈兩套給諸位大人，師爺下酒。」龍珠巴不得一聲，趕忙走過來坐下；跟手玉仙亦跟了進來。胡統領一定要在席人統通都叫局。本府參府各人，叫了各人相好。周老爺仍舊叫了小把戲招弟。黃老夫子不叫局，胡統領倒也不勉強他一定要叫。末了臨到趙不了，胡統領道：「今天是先生放學生，准你開心一次，你叫那個？」趙不了回道：「沒有。」胡統領一定要他叫。他一定不叫。胡統領心上很怪他：「背地裏作樂，當面假撇清。這樣不識擡舉的，不應該叫他上檯盤。」心上如此想，面上就很不好看。那裏曉得他一腔心事，滿腹牢騷，他正在那裏難過，那裏還有心腸再叫別人呢！

當下胡統領便不去睬他，忙著招呼隔壁船上文七爺等統通叫局。此時蘭仙已死，玉仙無事，依舊做他的生意；文七爺於是仍把他叫了來。趙不了隔著窗戶看見了玉仙，想起他妹妹，他心上更是說不出的難過！一霎時局都叫齊，豁過了拳，龍珠便抱著琵琶，過來請示，彈什麼調頭。本府大人在行，說道：

「今天是統領大人得勝回來，應該彈兩套吉利曲子。」眾人齊說一聲：「是。」本府便點了一套將軍令，一套卸甲封王。胡統領果然非常之喜。一霎時琵琶彈完。本府參將一齊離座，前來敬統領的酒。齊說：「大人卸甲之後，指日就是高升，這杯喜酒是一定要吃的。」胡統領道：「要喜大家喜，兄弟回來，就要把今天出力的人員，稟請中丞，結結實實保舉一次。幾位老兄忙了這許多天，都是應該得保的。」本府參將聽得此言，又一齊離位請安，謝大人的栽培。

這裏只圖說的高興，不提防右首文七爺船上，首縣莊大老爺正在那裏吃酒，看見大船上本府參將，一個個離座，替統領把盞；莊大老爺也想討好，便約會了在桌的幾個人，正待過船，進統領的艙，一隻腳才跨出艙門，忽見衙門裏一個二爺，氣吁吁的，跑的滿頭是汗，跨上跳板，告訴他主人，說道：「老爺不好了！」莊大老爺一聽大驚，忙問：「姨太太怎麼樣了？」那二爺道：「不是姨太太的事。西北鄉裏來了多多少少的男人女人，有的頭已打破，渾身是血；還有女人扛了上來；要求老爺伸冤。」莊大老爺道：「什麼事情，難道又被土匪劫了不成？」二爺道：「並不是土匪，是統領大人帶下來的兵勇，也不知那一位老爺帶的，把人家的人也殺了，東西也搶了，女人也強姦了，房子也燒完了；所以他們進來告狀。」莊大老爺一聽這話，很覺為難。剛巧這兩天，姨太太已經達月，所以一見二爺趕來，還當是姨太太養孩子，出了什麼岔子，後來聽說不是，才把一條心放下。但是鄉下來了這許多人，怎麼發付？統領正在高興頭上，也不便去稟。到底他是老州縣，見多識廣，早有成竹在胸，便問二爺道：「究竟來了多少人？」二爺道：「看上去好像有四五十個。」莊大老爺道：「你先回去傳我的話，他們的冤枉，我統通知道。等我稟過統領大人，一定替他們伸冤。叫他們不要囉唕❶。」

二爺去後，莊大老爺才同文七爺等，跨到統領船上挨排敬酒。胡統領還說了許多灌米湯的話。莊大老爺答應著，又謝過統領，仍回到隔壁船上。卻把二爺來說的話，一句未向統領說起。等到席散，在席的官員，一個個過來謝酒。千把外委們，一齊站在船頭上排齊了請安。兩位老夫子，只作了一個揖。

胡統領送罷各客，轉回艙內，便是貼身曹二爺走上來，把鄉下人來城告狀的話，說了一遍。胡統領道：「怕他什麼。如果事情要緊，首縣又不是木頭，為什麼剛才檯面上，一聲不言語？要你們大驚小怪！」曹二爺碰了釘子，不敢作聲，趔趄著退了出去。此時周老爺已回本船，胡統領又叫人把他請了過來，告訴他剛才曹二爺的話。周老爺心中明白，聽了著實擔心，不敢言語。

胡統領又要同他商量開保案的事，誰是尋常，誰是異常，誰該隨摺，誰歸大案，斟酌妥了，好稟給中丞知道。當下周老爺自然謙讓了一回，說道：「這個恩出自上，卑職何敢參預？」胡統領道：「你老哥自然是異常，一定要求中丞隨摺奏保，這是不用說的了。其餘的呢？」周老爺見統領如此器重，趕忙謝過栽培之恩，不便過於推辭，肚皮裏略為想了一想，便保舉了本府，參將，首縣，黃丞，文令，趙管帶，魯幫帶，統領是異常勞績，胡統領看了別人的名字還可，獨獨提到文七爺，他心上總有點不舒服，便說：「自己帶來的人，一概是異常，未免有招物議。我想文令年紀還輕，不大老練，等他得個尋常罷？本地文武，沒有出什麼大力，何必也要異常？」周老爺同文七爺交情本來不甚厚，聽了統領的話，只答應了一聲：「是。」後來見統領又要把當地方文武抹去，他便獻策道：「大人明鑑，這件事情，是瞞不過他們的。他們倒比不得文令，可以隨隨便便，總求大人格外賞他們個體面，堵堵他們的嘴。這是卑職

❶ 囉唣：吵鬧，騷擾。

顧全大局的意思。」胡統領一想這話不錯，便說：「老哥所見極是，兄弟照辦。有這幾個隨摺的，也儘夠了。隨摺不比別的，似乎不宜過多。倘若我們開上去，被中丞駁了下來，倒弄得沒有意思，所以要斟酌的盡善。」周老爺連忙答應幾聲：「是。」又接著說道：「別人呢，卑職也不敢濫保。但是同來的兩位老夫子，辛苦了一趟，齊巧碰著這個機會，也好趁便等他們弄個功名。這裏頭應該怎樣，但憑大人作主，卑職也不敢妄言。此時還有大人跟前幾個得力的管家，卑職問過他們，功牌獎札，也統通得過的了。此番或者外委千把，求大人賞他們一個功名，也不枉大人提拔他們一番的盛意。」胡統領道：「老夫子呢，再談。至於我這些當差的，就是有保舉，也只好隨著大案，一塊兒出去。兄弟現在要緊過癮，就請老哥今天住在兄弟這邊船上，替兄弟把應保人員，照剛才的話，先起一個稿，等明天我們再斟酌。」說完之後，龍珠便上前替統領燒煙。

周老爺退到中艙，取出筆硯，獨自坐在燈下擬稿。一頭寫，一頭肚裏尋思，自己還有一個兄弟，一個內弟。兄弟已經捐有縣丞底子；內弟連底子都沒有，意思想趁這個擋口，弄個保舉，諒來統領一定答應的。只要他答應，雖說內弟沒有功名，就是連忙去上兌，倒填年月，填張實收出來，也還容易。

正在尋思，龍珠因見那統領在煙鋪上睡著了，便輕輕的走到中艙。看見周老爺正在那裏寫著字，龍珠趁便倒了碗茶給他。周老爺一見龍珠，曉得他是統領心上人，連忙站起來，說了聲：「勞動姑娘，怎麼當得起呢？」龍珠付之一笑；便問周老爺道：「還不睡覺，在這裏寫什麼？」周老爺便趁勢自擺闊說道：「我寫的是各位大人老爺的功名，他們的功名，都要在我手裏經過。」龍珠便問：「為什麼要在你手裏經過？」周老爺道：「今天統領到這裏打土匪，他們這些官，跟著一塊出征打仗。現在土匪都殺完了，所以一齊要保舉他們一下子。」龍珠道：「什麼叫土匪？」周老爺道：「同從前長毛一樣。」龍珠道：「我們在路上，不是聽見船上人說，並沒有什麼長毛嗎？」周老爺道：「怎麼沒有，一齊藏在山洞子裏，如果不去滅了他們，將來我們走後，一定就要出來殺人放火的。」龍珠聽了，信以為真；又問道：「府大人縣裏老爺，不統通都是官嗎？還要升到那裏去？」周老爺道：「縣裏升府裏，府裏升道裏；升了道臺，就同統領一樣。」龍珠道：「剛才我聽見你同大人說，什麼曹二爺也要做官，他做什麼官？」周老爺道：「這些人，也沒有什麼大官給他們做；不過一家給他們一個副爺罷了！」

龍珠道：「你不要看輕副爺，小雖小，到底是皇上家的官，勢力是大的。我們在江頭的時候，有天晚上，候潮門外的盧副爺，上船來擺酒，一個錢不開銷，還罷了；又說是嫌菜不好，一定要拿片子，拿我爸爸往城裏送。後來我們一船的人，都跪著向他磕頭求情，又叫我妹妹鳳珠陪了他兩天；才算消了氣。真正是做官的利害！」周老爺道：「統領大人常常說鳳珠還是個清的；照你的話，不是也有點靠不住嗎？」龍珠道：「我們吃了這碗飯，老實說，那裏有什麼清的！我十五歲上，跟著我娘到過上海一趟，人家都叫我清倌人❷；我肚裏好笑。我想我們的清倌人，也同你們老爺們一樣！」周老爺聽了詫異道：「怎麼說我們做官的，同你們清倌人一樣？你也太蹧蹋我們做官的了！」

龍珠道：「周老爺不要動氣，我的話還沒有說完，你聽我說。只因去年八月裏，江山縣錢太老爺在江頭雇了我們的船，同了太太去上任。聽說這錢太老爺在杭州等缺，等了二十幾年，窮的了不得，連什麼都當了，好容易才熬到去上任，他一共一個太太，兩個少爺，九個小姐。大少爺已經三十多歲，還沒

❷ 清倌人：妓女叫做倌人。（吳語）妓女能守身如玉的叫清倌人。

有娶媳婦。從杭州動身的時候，一家門的行李，不上五擔，箱子都很輕的。到了今年八月裏，預先寫信叫我們的船上，來接他回杭州。等到上船那一天，紅皮衣箱一多就多了五十幾隻，別的還不算，上任的時候，太太戴的是鍍金簪子，等到走，連那小少爺的奶媽，一個個都是金耳墜子了。錢太老爺走的那一天，還有人送了他好幾把萬民傘。大家一齊說老爺是清官，不要錢，所以人家才肯送他這些東西。我肚皮裏好笑，老爺不要錢，這些箱子是那裏來的呢？來是什麼樣子，走是什麼樣子，能夠瞞得過我嗎？做官的人，得了錢，自己還要說是清官，同我們吃了這碗飯，一定要說清倌人，豈不是一樣的嗎？周老爺，我是拿錢老爺做個比方，不是說你的。你老人家千萬不要動氣！」周老爺聽了他的話，氣的一句話也說不出，倒反朝著他笑。歇了半天，才說得一句：「你比方的不錯。」

龍珠又問道：「周老爺，這些人的功名，都要在你手裏經過。我有一件事情，拜託你。我想我吃了這碗飯，也不曾有什麼好處給我的爸爸，我想求求你老人家，替我爸爸寫個名字在裏頭。只想同曹二爺一樣，也就好了。將來我爸爸做了副爺，到了江頭，城門上的盧副爺再到我們船上，我也不怕他了。」周老爺聽了此言，不覺好笑，一回又皺皺眉頭。龍珠又釘著問他：「到底行不行？」一定要周老爺答應。周老爺拿嘴朝著耳艙裏努，意思想叫他同統領去說。龍珠尚未答話，只聽得耳艙裏胡統領一連咳嗽了幾聲，龍珠立刻趕著進去。

欲知後事如何，且看下回分解。

第十五回　老吏斷獄著著爭先　捕快查贓頭頭是道

話說：龍珠走進耳艙，看見胡統領已醒，連忙倒了一碗茶，胡統領喝過之後，龍珠又拿了一支煙袋，坐在床沿上，替他裝煙。一面裝煙，一面閒談，就講到保舉一事。龍珠撒嬌撒癡，一定要大人保他爸爸做副爺；胡統領恐怕人家說閒話，不肯答應。禁不住龍珠一再軟求，統領弄得沒法，便指引他叫他去求周老爺，龍珠道：「周老爺不答應，才叫我來找你的。」胡統領道：「剛才他不答應，包管你再去找他，他一定答應。」龍珠道：「我不管，我見了周老爺，只說是你叫我說的。」胡統領把臉一沉道：「你別瞎鬧！」說完這句，他老人家仍舊睡下。

龍珠恐怕耽誤他爸爸的功名大事，仍舊走到外艙，找周老爺。誰知這個擋口，一個中艙，人多擠滿了，有幾個是船上的哨官幫帶，其餘的便是統領的跟班廚子；一齊在那裏，圍著周老爺講話。因為統領睡了覺，不敢高聲，都湊上去，同周老爺咬耳朵。只見周老爺有的點點頭，有的搖搖頭，也不知說些什麼。又見廚子給周老爺打千。等到這些人退去，船頭上又站了不少的人；周老爺搖手，叫他們不要進來，怕驚了統領的駕。他們雖然不敢進來，卻是不肯散去。

周老爺叫把艙門關上。龍珠方又上來求他；周老爺也懂得這裏頭的機關，樂得在統領面上討好，便應允了。等到稿子擬好，天已大亮了。船上的烏龜，格外巴結，特地熬了一鍋稀飯，備了四碟子小菜，請他後梢頭去吃。

龍珠又到前艙裏，聽了統領正在好睡的時候，便回轉來同周老爺說道：「大人一時還不會醒，周老爺你整整辛苦了兩天兩夜，就在這船上歇歇，打個盹罷？」周老爺道：「我真的熬不住了！」說完此句，果然就在船老板牀上躺下來。龍珠替他拿被蓋好。老板說是天冷得很，自己又從櫃子裏，取出一條毯子，給他蓋上。周老爺連忙客氣，還說：「你如今保舉了官了，我們就是同寅了，怎麼好勞動你呢？」老板道：「老爺說那裏話來！小人不是託著你老人家的福，那裏來的官做呢？」周老爺到底辛苦了兩天兩夜，實在撐不住，一上牀就朦朧睡去。

等到了一覺睏醒，已經是一點鐘，趕緊起身，洗了一把臉，就拿擬的稿子，送給胡統領瞧。胡統領正躺在被窩裏過癮。一手接過稿子，一面嘴裏說：「費心得很！」等到過足了癮，打開稿子一看，頭一張便是辦勦土匪，一律肅清的詳細稟稿；連著稿請隨摺奏保的幾個銜名；其餘的，只開了幾張橫單，等到善後辦好，再稟上去，此時不過先把大概應保人員，斟酌出一個底子，以便隨後增添。胡統領看過無話，便命先將稟帖繕發，又叫把周老爺的名字，擺在頭一個；周老爺答應著，出來照辦不題。

* * *

且說：建德縣知縣莊大老爺，自在統領船上赴宴之後，辭別進城。一到衙前，果見人頭擁擠，剛才進得大門，便有無數鄉民，跪在轎旁，叩求伸冤。莊大老爺一見這個樣子，立刻下轎，親自去攙扶為首的兩個耆民。不等他們開口，自己先說：「這些兵勇，實在可惡得很！我已經稟過統領，一定要正法幾個，把人頭號令在你們莊子上，才好替你們出這口氣。」莊大老爺一頭走，一頭說，走到大堂，隨即坐下。此時通班衙役，兩旁站齊。大堂上燈籠火把，照耀如同白晝。

莊大老爺坐定之後，告狀的一班鄉民，把個大堂跪的實實足足。莊大老爺皺著眉頭，哭喪著臉，向底下說道：「我想你們這些百姓，真可憐呀！本縣是一縣的父母，你們都是本縣的子民。天下做兒子的，受了人家欺負，那做父母的，心上焉有不痛之理？今日之事，不要說你們來到這裏哀求我，替你們伸冤，就是你們不來，本縣亦是一定要辦人的。」莊大老爺的話還未說完，堂下跪的一班人，一齊都叫：「青天大老爺，真正是小人們的父母！曉得眾子民的苦楚！你老爺吩咐的話，都是眾民心上的話，真正是青天大老爺！也不用小人們再說別的了。」莊大老爺聽到這裏，曉得這事容易了結，便說：「你們先下去商量商量，誰人被殺，誰家被搶，誰家婦女被人強姦，誰家房子被火燒掉，細細的補個狀子上來。明日一早，本縣好據你們的狀子，到船上問統領要人，立刻正法，當面辦給你們看。」眾鄉民又一齊叩頭，謝大老爺的恩典。一齊下來，歌功頌德不置。

莊大老爺退堂之後，不做別的，立刻擬就一道招告的告示，連夜寫好發貼，告示上寫的，是：「統領軍令森嚴，此番帶兵剿辦土匪，原為除暴安良起見，深恐不法勇丁，騷擾百姓，所以面諭本縣；倘有前項事情，證據確鑿，准其到縣指控。審明之後，即以軍法從事，決不寬貸。」各等語。等到告示發出，莊大老爺方才回到上房，打了一個盹。

次日一早，先上府稟明此事。府大人聽了，甚是躊躇。想了一回，叫他先到城外，面回統領。其時統領正在好睡的時候，管家又不敢喊他。莊大老爺在官廳裏，一直等到一點半鐘，肚裏餓得難過，意思想轉回衙門，吃過飯再來。偏偏又有人來說，統領已經睡醒。只好等著傳見，一等等到兩點多鐘，船上傳話下來，吩咐說：「請！」莊大老爺上船，見了統領，先行禮謝過昨天的酒；然後歸坐，慢慢的談到公事。莊大老爺便把昨天晚上的事，稟陳了一遍，又說：「昨天晚上，卑職在船上，就得到這個信息，恐怕不確，所以沒有敢稟。」胡統領一聽他言，方想起昨日家人曹升來說的話，並不是假，心上甚不快活，只是沒有言語。

莊大老爺見統領為難，樂得趁勢賣好，便說：「這件事情，卑職已有辦法，包管鄉下人告不出。大人這裏，也不用辦一個人，自然可以無事。」統領忙問：「有何辦法？」莊大老爺便如此如此，這般這般，說了一遍。起先統領只是拉長著耳朵，聽他講話，後來漸漸的面有喜色；臨到末了，不禁大笑起來，連說：「甚好，甚好！老哥如此費心，兄弟感激得很！」說完之後，又告訴他：「老哥的銜名，已經稟請中丞隨摺奏獎。」莊大老爺立刻又請安謝過保舉，然後辭別。

坐轎回到衙中，傳齊三班衙役，立刻就要升堂理事。又叫人知會城守營，擺齊隊伍，前來助威。諸事停當了，然後莊大老爺升坐公案，把一干人提到案前審問。莊大老爺一見這班人，仍舊做出一副愁眉苦臉的情形，對這些人說道：「本縣想這些兵勇，真正可惡！一定今天要正法幾個，好替你們伸冤。所有被害的人家，本縣已經稟明統領，一概捐廉從豐撫卹。你們的狀子，想都已寫好的了，先拿來我看，好拿錢分給你們。」眾人一聽又有錢給他們，又替他們伸冤，真正是個青天大老爺，又連連磕頭稱頌不迭。於是齊把那狀子呈上。

莊大老爺看過之後，便吩咐左右道：「照這狀子上，錢大房子燒掉，又打死一個小工，頂吃虧，應該撫恤銀五十。」立刻堂上發下一錠大元寶，錢大拿著歡喜，眾人望著眼熱。下餘錢二，孫三，李四，周五，吳六，鄭七，王八，也有三四十兩的，也有十兩八兩的。莊大老爺見幾個頂吃虧的，都已敷衍完畢，便指著一個人說道：「你說你的老婆女兒，被人強姦，這件事情頂大，審問明白，立刻當面拿人殺給你看。但是一樣，這事情人命關天，究竟那一個強姦你的老婆，那一個強姦你的女兒，你須認明，不可亂指。你老婆女兒帶來了沒有？」這人道：「昨天就同了來的。」莊大老爺道：「很好。你老婆不用說。等把你女兒驗過，我就立刻辦人。」那人聽了無話。莊大老爺道：「從來打官司頂要緊的是見證，有了見證，就可辦人。你們的狀子，已在這裏，誰是見證？快快說來！不但這個須得見證，錢大的小工被兵打死，究竟是誰的兇手，亦要查個明白；房子被燒，亦得有人放火。你們快快查出人頭，我老爺立刻等著辦呢！」眾人面面相覷，一句對答不上。老爺便說：「你們暫且下去，想想再來，或者一時忘記，也說不定。」眾人退下，七嘴八舌，議了半天，畢竟未曾說出一個人來。那個女兒被人家強姦的，聽說要驗，尤其不肯。因此鬧了半天，竟是不能重新上堂稟復。

且說：莊大老爺所擬的招告告示貼出之後，四鄉八鎮，得了這個風聲，那些被害人家，誰不想來告狀，半日之間，衙前聚了好幾百人，為首的還是兩個武秀才，鬧烘烘的一齊要見本官。莊大老爺得信之後，知道人多難以理喻，便吩咐開了中門，請這兩位武秀才，內庭相見。起先這兩個武秀才，仗著人多，都是雄赳赳，氣昂昂，好像有萬夫不當之勇。及至聽到一聲「請」，又見本官衣冠迎接出來，大堂兩邊，自外至內，重重疊疊，站立著無數營兵衙役，到了此時，不覺威風矮了一半。眾人見他兩位，尚且如此，大家也無甚說得，跟了進來，一齊站在大堂院子裏，不敢多說一句話。

莊大老爺把兩個武秀才迎了進去。他兩個見了父母官，不敢不下跪磕頭，起來又作了一個揖。莊大老爺奉他兩位炕上一邊一個坐下；茶房又奉上茶來。弄得他二人坐站不安，手足無措，不知如何是好；想要說話，不知從那裏說起。那個坐首座的，不覺索索的抖了起來。莊大老爺不等他開口，依舊做出他一副老手段來，咬牙切齒，罵這些兵丁，傷天害理，又唉聲歎氣，替百姓呼冤。兩個武秀才聽了，覺得自己心上要說的話，多被大老爺替他們說了出來，除掉諾諾稱是之外，更無一句可以說得。莊大老爺立刻逼著：「快快出去，查明受害的百姓，趕緊指出真兇實犯，本縣立刻就要辦人！」兩個武秀才坐在上面，實在難過，巴不得一聲，馬上辭別下來。莊大老爺仍舊送到二門。

他倆會到眾人，正在商議辦法，又會見剛才過堂下來的一班人，彼此見面，提及前事，亦因不能指出人名，不能回復。正在為難的時候，裏頭知縣又掛出一扇牌來，眾人擁上去看，無非又是催促他們，趕緊查齊人證，以便從嚴懲辦的一派話。眾人看了，真正滿肚皮冤枉，卻是尋不著對頭。而且人命關天，非同兒戲；倘若冤枉了人，做了鬼要來討命，那倒更不是玩的。因此又議了半天，仍舊是一無頭緒。一霎時，又聽得裏面傳呼伺候，老爺升座，要提先來的一幫人審問。眾人無奈，只得仍到堂上跪下。

莊大老爺便換了一副嚴厲之色，催問他們：「查出人頭沒有？有無見證？」眾人你看看我，我看看你，仍然是無辭以對。莊大老爺便發話道：「本縣愛民如子，有意要替你們伸冤，怎麼倒來欺瞞本縣？這還了得！現在你們的狀子，都在本縣手裏，已經稟過統領。統領問本縣要見證，本縣就得問你們要人。你們還不指出人來，非但退回剛才發給你們的撫恤銀子，還要辦你們反告的罪。你們想想，殺人放火，強姦婦女，是個什麼罪名，本縣看你們實在可憐得很，怎麼不弄明白，就趕來告狀？」眾人一齊磕頭，沒有話說。莊大老爺只是逼著他們快說，叫他們趕緊指出人頭。無奈眾人只是說不出。莊大老爺發恨道：

「你們到底怎樣？若照這個樣子，叫本縣怎麼回覆統領呢？現在只有一條路，要你們指出人頭，立時三刻正法。除了這一條，就得辦你們誣告。」眾人聽得如此說，一齊跪在地下求饒。莊大老爺見他們害怕，越發得意；一回說，要解他們到統領船上去；一回又說，既然沒有憑據，剛才的銀子，都不該領，要他們一齊退出來。眾人不肯，只是哭哭啼啼的，在地下磕頭。莊大老爺道：「我想你們這些人，可憐呢果然可憐！然而又可恨之極！既要伸冤，為什麼不指出真兇實犯，等我辦給你看？現在弄得有冤沒處伸，還落一個誣告的罪名！幸而本縣曉得你們的苦處，若是換了別人，你們今天鬧的這個亂子，可不小！現在你們想怎麼樣？說了出來，本縣替你們作主。」眾人道：「小的們還有什麼說得。小人是大老爺的子民，只要大老爺照顧小人們一點，就是小人們重生父母了！」莊大老爺聽了，也不言語，皺了一回眉頭，方說道：「這事叫我也為難，現在放你們容易；但是統領跟前，我要為你們受不是的。」眾人只是磕頭無話。

莊大老爺又問：「房子燒掉，小工殺掉，東西搶掉，可是真的？」眾人道：「是真。」又問：「強姦婦女，可是真的？」那個老婆女兒被兵強姦的人，只是淌眼淚，不敢回答。莊大老爺道：「現在我只有一個法子，給你們開了一條生路，非但不辦反告的罪，還可以安安穩穩，得幾兩撫恤銀子。」眾人一聽大老爺如此開恩，又一齊磕頭。莊大老爺道：「這些事情，本縣知道全是兵勇做的。但是沒有憑據，怎樣可以辦人？現在要替你們開脫罪名，除非把這些事情，一齊推在土匪身上。你們一家換一張呈子，只說如何受土匪蹧蹋，來求本縣替你們伸冤的話。再各人具一張領紙，寫明領到本縣撫恤銀子若干兩。本縣就拿著你們這個，到統領跟前，替你們求情。倘若求得下來，是你們的造化；求不下來，亦是沒法的事。」眾人說：「大老爺替我們去求統領大人，是沒有不准的。」莊大老爺道：「那亦不定的。但是一樁，你們遭了土匪的害，統領替你們打平了土匪，你們做百姓的，也總得有點道理。」眾人還當是統領要錢，一人哭著說道：「小人們遭了土匪，大家都家破人亡，那裏還有錢孝敬統領大人？求大老爺開恩！」莊大老爺道：「統領大人那裏希罕你們的錢？臨走的時候，孝敬幾把萬民傘，不就夠了嗎？一個人出得幾文錢。」眾人聽了，又一齊叩頭，謝過大老爺的恩典，下去改換呈子，並補領狀。

頭一幫人發落已畢，再發落後頭一幫人。後頭一幫人，也是沒有真憑實據的，看見前頭的樣子，早已膽寒。莊大老爺本來也想當堂發落的，因見人多，恐怕滋事。仍舊退堂，叫人把兩位為首的武秀才叫了進來，又叫這兩個秀才，轉邀了幾十個耆民，一齊到大廳相見。兩個秀才見過官的了，幾個耆民見了官，都瑟瑟的抖。莊大老爺安慰他們，讓他們坐了講話。當下先對兩個秀才說道：「今天簡直把本縣氣死！可恨這些人，既要伸冤，又指不出真憑實據。不問張三李四，你想本縣能夠亂殺人嗎？就是本縣肯幫著他們，替他伸冤，怕上頭也不答應，非但不答應，一定還要本縣拿人，辦他們的誣告。你說冤不冤！本縣實在可憐他們，所以才替他們想出一個法子，非但不辦罪，而且每人反可得幾個撫恤銀子。我亦總算對得住你們建德的百姓了。」兩個秀才齊道：「蒙老父臺這樣，真正是愛民如子。」眾耆民亦不住的稱頌青天大老爺。方才言歸正傳，問兩個秀才道：「你二位身入黌門，是懂得皇上家法度的。今番來到這裏，一定拿到了真兇實犯，非但替你們鄉鄰伸冤，還可替本縣出出這口氣。」兩個秀才漲紅了面，一句回答不出，坐在那裏，著實侷促不安。莊大老爺又向幾個耆民說道：「你們幾位，都是上了歲數的人，俗語說道：『嘴上無毛，辦事不牢！』像你眾位，一定是靠得住，不會冤枉人的了。」豈知幾個耆民，在鄉下時，雖然眾人見了他們，惟命是聽；及至他們見了官，亦變成了沒嘴葫蘆。莊大老爺說一句，他們答應一句，到最後結果，依然是面面相覷，默無聲息。莊大老爺詫異道：「怎麼諸位一聲不響呢？本縣是個性急的人，只要諸位說出人頭，本縣恨不得立時立刻辦人。」眾人依然無語。

莊大老爺故意躊躇了半天，又問了好幾遍，見他們始終不說，莊大老爺才把臉一板道：「這是什麼事情，也可以鬧著玩麼？他人猶可，你二位是有功名的人，誣告一個罪，硬出頭一個罪，聚眾一個罪，噪鬧衙門一個罪。知法犯法，這還了得！」兩個秀才聽到這裏，早已嚇得半死了，連忙拍落托都跪在地下：「求老父臺大人高擡貴手。武生們是不識字的，不懂得道理。此番回去，一定安分用功；倘有不好事情，傳在老父臺耳朵裏，兩樁罪一塊兒辦。」說著，又連連鼜鼕鼜鼕的磕響頭。連著幾個耆民，也都跪下了，齊說：「情願叫來的人都回去，求老爺別動氣。」莊大老爺聽了肚皮裏著實好笑，卻忍住不笑。忙用手扶起兩個秀才，叫眾人一齊歸座。又裝腔做勢，扳談了好半天。准把幾個耆民開釋無事；兩位秀才暫時留在城裏，聽候統領的示下。眾人感激不盡，卻把兩個秀才活活嚇死。莊大老爺又會賣好，向眾人說道：「你們出去，先傳諭眾百姓，叫他們各自回去；不日本縣親自下鄉踏勘，果然受了蹧蹋，還要撫恤他們。」眾人聽了越發感激。兩個秀才卻嚇的面色都發了白了；不覺又一同跪下叩頭求饒。莊大老爺只是頭朝上仰著天，一手拈著鬍鬚，慢慢的說道：「誣告大事，本縣擔不起這個重任。」眾人見大老爺如此說法，以為這事不妙，連忙又一齊跪下，磕頭如搗蒜一般。莊大老爺道：「你們眾位是無知愚民，情有可恕。他二人身入黌門，那有不知王法的道理，本縣並不難為於他，把他送到學裏，交待老師，且等本縣見過學憲，再作道理。」兩個秀才一聽要稟學憲，更嚇得魂散魄飛，深恐斥革功名，失了飯碗，因此更哀求不已。眾人又再四哀求。莊大老爺一想，架子已經擺足，樂得順水推船；便對幾個耆民道：「百姓的苦處，一概知道，早晚自有撫恤。他們做秀才的人，亟應謹守臥碑，安分守己，現在事不干己，膽敢硬來出頭，他在本縣面前尚且如此，若在鄉下，更不知如何魚肉小民了！所以本縣也要留他在這裏，訪問訪問，平時有無劣跡再辦。現在既然是你們一再替他求情，本縣就給你們個面子，暫時交你們帶去。以後本縣要人，必須隨時交到；倘若不交，惟你們是問。但不知你們可能替他做個保人不能？」眾人齊說：「願代具保。」莊大老爺聽了無話。兩個秀才同了眾人，又一齊謝過，方才起來。

代書早已伺候現成，立刻就在廂房裏，把保狀先寫好；又補了兩個公呈，一個是稟告土匪作亂，要求請兵剿捕；一個是感頌統領督兵剿匪，除暴安良，帶述百姓們的苦處，順便稟求賑撫的話頭。起先幾個鄉下人，還不肯如此寫，齊說：「我們大老爺是好的，很體恤我們子民。統領的兵，一個個無法無天，我們的苦頭也吃夠了，實在說不出一個『好』字。」莊大老爺又私底下，叫人開導他們道：「你們眾人呈子上，不把統領恭維好，這撫恤銀子，他如何肯發你們？既然沒有憑據，伸不出冤，何如每人先拿他幾個銀錢呢？你不如此寫，老爺到統領跟前，也不好替你們說話。若把老爺弄毛了；他一動氣，要頂真辦起來，你們吃得住嗎？」眾人聽了，方才無話，只得忍氣吞聲，由著代書寫了出來，又大家打了手印，然後送莊大老爺過目。

莊大老爺見兩幫人俱已無話，然後一併釋放他們回去。一天大事，瓦解冰消，心上好不自在！立刻袖了稟詞結狀，出城來見統領。統領問知端的，不勝感激。便說：「應該賑撫多少銀子，老兄只管稟請，兄弟立刻核放。這個將來可以報銷的。」當時就留他吃飯。一頭吃著飯，問他：「到任有幾年了？」莊大老爺回稱：「兩年多了。」又問：「老兄做了這許多年實缺，總應該多兩個。」莊大老爺回道：「卑職前頭的空子❶太大了，人口又多，雖然蒙上憲栽培，做了二十三年實缺，非但不能多錢，而且還有三萬多銀子的虧空。不過有個缺照在那裏，拖得動罷了。」胡統領道：「做了二十三年實缺，尚且不能多錢，這就難了！」莊大老爺道：「有些錢，卑職又不肯要。所以有幾個缺，人家好賺一萬的，到了卑職手裏，只好打個七折。而且卑職應酬又大，有些事情，該墊的，該化的，卑職多先墊的墊了，化的化了，將來人家還不還，一概置之腦後。所以空子就越弄越大了。」胡統領道：「我這回事，極承老哥費心，斷不好再叫你墊錢。總共發了多少撫恤銀子，你儘管到我這裏來領。倘你若要用，或者多支一萬八千都使得，將來總是這一筆報銷罷了。」莊大老爺道：「蒙大人體恤，卑職感激得很！撫恤鄉下人，不過三兩吊銀子，卑職情願報效。至於大人這裏，卑職已經受恩深重，額外的賞賜，斷不敢領。既蒙大人栽培，卑職自己年紀已不小了，也不能做什麼事情；卑職有兩個兒子，一個兄弟，一個女婿，將來大案裏頭，倘蒙大人賞個保舉，叫他小孩子們，日後有個進身，總是大人所賜。」說畢，請了一個安。胡統領一面還禮，一面說道：「這事容易得很，立刻寫上履歷來。」莊大老爺回稱：「明天開好再呈上來。」

列位看官，須知胡統領身為統兵大員，不能約束兵丁，以致騷害百姓；竟被百姓告發，他的罪名，可就不小。現在被莊大老爺施了小小手段，鄉下人非但不來告狀，不求伸冤，而且還要稱頌統領的好處，具了甘結。從此冤沉海底，鐵案如山，就使包老爺復生，亦翻不過。這便是老州縣作用。胡統領怎麼能夠不感激！在他的意思，原想借著撫恤為名，叫莊大老爺多支一萬八千，橫豎是皇上家的國帑，用了不

---

❶ 空子：即「虧空」。

心疼的，樂得借此補報莊大老爺的情。誰知莊大老爺這筆款項，情願報效，只代子弟們求幾個保舉，更是惠而不費之事。將來造起報銷來，還不同莊大老爺說通，叫他出張印領，仍可任意開支，收入自己私囊。所以愈覺歡喜，立時滿口答應。又問他如要隨摺，一個名字尚可安放。莊大老爺重新請安謝過。想想兩個兒子，二少爺是姨太太養的，未免心上偏愛些，今年雖只有十二歲，幸虧捐官的時候，多報了幾年年紀，細算起來，照官照上已有十七歲了，當下便把他保了上去，統領應允。又說了些別的閒話，方才辭別回城。

* * *

剛剛走進衙門下轎，只見門上拿著帖子來，說道是：「船上魯總爺，派了兩個兵，押著一個伴當到此，請老爺審辦。說是伴當做賊，偷了總爺二十塊洋錢。」莊大老爺道：「我今天忙了一天，那裏還有功夫管這些小事情？但是魯總爺的面子，又不好回頭他，且收下押起來再講。」二爺答應了一聲「是」，出來吩咐過，拿一張回片交給來人。因為送來的人，是要當賊辦的，所以就交代給捕快看管。

原來：魯總爺領這個伴當，姓王名長貴，是淮安府山陽縣人，同魯總爺還沾點親。總爺做了炮船上的幫帶，照應親戚，就把他提拔做了伴當，吃了一分口糧。只因這王長貴生性好賭，在炮船上空閒下來，就同水手兵丁們賭錢。無奈他賭運不佳，輸的當光賣絕，只賸得一條褲子，一件長衫，沒有進當。現在十月天氣，在河底下北風吹著，凍得的瑟瑟抖，他還是不改脾氣，依然見了賭就沒有命。

他總爺雖是當了幫帶，究竟進項有限，手底下不甚寬餘。自從到了嚴州以後，忽然闊綽起來，腰包裏時常叮呤噹啷的洋錢聲響，今天買這個，明天買那個。有天晚上，還要偷到「江山船」上擺樁把整飯，請請朋友。王長貴就疑心他，「怎麼到了嚴州，忽然就有了錢了？」留心觀看，才見他時常在隨身一隻小衣箱裏頭，去拿洋錢。

合當有事，一天總爺不在船上，王長貴同水手們推牌九，又賭輸了錢。人家逼著他討，他一時拿不出，就被贏他的人蹧蹋了兩句。他不肯失這一口氣，便趁眾人上岸玩耍的時候，他託名肚子痛，不能上岸，情願睡在艙裏看船，讓別人出去玩耍；別人自然願意。他等人去之後，便悄悄的想法把鎖開了；又怕被人看見，胡亂用手摸了半天，摸到這封洋錢，順手往懷裏一揣，連忙把鎖鎖好。等到眾人回來，忙將賭帳二元二角還清。一船的人都是粗人，只要欠帳還清，誰還問他這錢是那裏來的。然而他自己心上明白：「停刻總爺回來，查了出來，豈不要問？」想了半天：「橫豎身邊還有十七多塊錢，不如請個假回省住兩天。就是將來查出來，也不至於疑心到我身上了。只要探聽將來沒甚話說，我過了兩天，仍舊好來。」主意打定，等了一會，總爺回船，他便上來告假，說是他娘病在杭州，想要連夜搭船回省探母。總爺應允。好在他無甚行李，身上除掉幾張當票之外，便是方才新偷的十七多塊錢，所以走的甚是爽快。這種人，軍營裏是看慣了的，自來自去，隨隨便便，倒也並不在意。

卻不湊巧，這天晚上，魯總爺又有什麼用頭，開開箱子拿洋錢，找不著這二十塊錢的一封，頓時發急起來。滿船的各處搜查，搜了一回沒有，才想到王長貴身上。馬上派了人四下裏去尋，尋了半天，居然在一爿煙館裏尋著，還沒有動身呢！當下簇擁到船上，誰料一搜便已搜著，恨的魯總爺了不得，伸手打了他五六個巴掌。立時立刻派人，送到莊大老爺那裏請辦。所以才到衙門裏來的。

當下捕快拿他一帶，帶到下處。從來賊見捕快，猶如老鼠見貓一般，捕快問他，不敢不說實話。先把怎樣輸錢，怎麼偷錢，自始至終，說了一遍。雖說他是總爺的伴當，到了此時，竟其不徇情面，捕快頭兒卻是拿他當賊看待。一到下處，便喝令叫他自己脫去衣服，幸虧沒有什麼穿著，脫去長衫，只賸得一衫一褲，捕快又叫他除去帽子，脫去鞋襪。不提防豁瑯一響，有兩塊幾角錢落地，捕快看了奇怪，連說：「怎麼你身上還有洋錢？」王長貴道：「頭兒明鑑！」捕快伸手一個巴掌，罵道：「誰是你的頭兒？頭兒是你亂叫得的？」王長貴立刻改口，稱他老爺，方才無話。捕快問道：「你偷總領的錢，不是已經被他搜了去嗎？怎麼你身邊還有？這是那裏偷來的？」王長貴道：「這也是總爺的洋錢。」捕快道：「你到底偷了他多少？」王長貴道：「一共拿他二十塊錢，還了二塊二角錢的賭帳，下餘十七塊八角。我告假之後，到了煙館裏，數了數，把十五塊包了一包，揣在腰裏。這兩塊八角，正想付過煙帳，上街買一件棉馬褂。想不到他們眾人就找了來，把我一帶，帶到船上。我這兩塊多錢，還揑在手裏；我一見總爺臉色不對，就順手往襪子筒裏一放，所以沒有被他們搜去。不瞞老爺說，總爺還是我的姑表哥哥哩！他的錢，我就用他兩個，大家親戚，也不好說我是賊。他忘記他從前窮的時候了，空在省裏，一點事情沒有，東也借錢，西也借當，我媽的褂子，也被他當了，至今沒有贖出來。如今做了總爺，算他運氣好，就這一趟差使，就弄了不少的錢。有福同享，有難同當，我用他這兩文，要拿我當賊辦，真正豈有此理！」

捕快聽到這裏，忽然意有所觸，便問：「你們總爺，是幾時得的差使？」王長貴道：「是今年五月裏才得的。」捕快道：「他這差使，一年有多少錢？你一個月賺幾塊錢？」王長貴道：「我只吃一分口糧，那裏會有多少錢？就是我們總爺，也是寅吃卯糧，先缺後空；太平的時候，聽說還過得去；現在有了軍務，就是要賺也就有限了。」捕快道：「他的差使，既然不好，那裏還有錢供你偷呢？」王長貴道：

「就是這個奇怪，沒有來的時候，一直鬧著，說差使不好；一到這裏，他老就闊起來了。而且他的錢，是在下鄉巡哨的前頭有的；如果在下鄉的後頭，一定要說他是打劫來的了。」捕快一面聽他講，便把那塊大洋錢重新取出來一看，無奈圖章已經糊塗，不能辨認。就問：「你那兩塊二角錢，是輸給那一個的？」王長貴道：「輸給本船上拿舵的老大，姓徐名字叫得勝，是他贏的。」

捕快聽說，心上已經會意，便把王長貴交代夥計看管。自己走進衙門，找到稿案上二爺，託他去回本官。先把王長貴的話，一五一十，述了一遍；自己方說：「據小的看起來，上回文大老爺少的那一注洋錢，雖說是死的婊子偷的，後來蒙大老爺恩典，並不追究。但是死的婊子牀上，只翻出來五十塊；那死的婊子，還說是那位師爺託他去買東西，小的不相信，就把他鎖了來。現在婊子死了，沒有對證。但是文大老爺一共失竊一百五十塊錢，還有別的東西。縱然有了五十，到底還有一百，連別的東西，沒有下落。雖說大老爺不向小的們要賊要贓；小的當的什麼差使，有得破案，總得破案。今番船上總爺送來的那個賊，已由小的仔細問過，據他說，他總爺這個錢，來路很不明白。如今這人身上，還藏著兩塊幾角錢，可惜圖章不大清楚，辨認不出。小的想求大老爺，把魯總爺在這賊身上搜出來的十五塊錢要了來，查對一對。這賊還有兩元二角錢，輸給本船掌舵的徐得勝，小的意思，亦想求大老爺拿片子，把這徐得勝要了來，看看圖書對不對。小的是如此想。求大老爺明鑑！」莊大老爺道：「上回的事，我不來問你們就是了。現在魯總爺為著他伴當做賊，送到我這裏來託我辦，輕則打兩板子開釋，重則押上幾個月，遞解回籍。前頭的事，還去翻騰他做什麼？」捕快道：「小的當的什麼差使，總得弄弄明白。就是查了出來，顧了總爺的面子，不去說穿就是了。」說來說去，莊大老爺只答應，拿片子要徐得勝到案質訊，不再去追問別的。

等到把人傳到，捕快先問他：「王某人還你的那兩塊洋錢，尚在身邊不在？」誰料徐得勝恐怕老爺辦他賭錢，不敢說實話。禁不住捕快連嚇帶騙，好容易說了出來，還說：「洋錢已經化去一半了，只有一塊在身邊。」捕快記得前頭鼎記的圖章，叫他取了出來一看，果然不錯。捕快非常之喜，立刻就託二爺上去，稟知莊大老爺。莊大老爺道：「這件案子，早已結好的了；他又不是死的婊子什麼親人，要他來翻什麼案！」捕快討了沒趣下來，心上悶悶。回家吃了幾杯燒酒。心上尋思：「出了竊案，一准要問我們當捕快的，捉不著人，我們屁股賠在裏頭遭殃。現在是戴頂子的老爺，也入了我們的行了。不料我們大老爺，先護在裏頭，連問也不叫我問一聲兒，可見他們官官相護。這才是『只准州官放火，不許百姓點燈。』古人說的話，是再亦不錯的。我倒有點不相信，一定要問個明白。」

想罷，換了一身衣服，回到衙門，從門房裏偷到一張本官的片子，把他自己薦到魯總爺船上，就說是：「本官聽見船上少了一個伴當，恐怕缺人使喚，所以把他薦了來。總爺是斷乎不會疑心的。只要他肯收留，將來總有法子好想。現在洋錢上的圖章已對，看上去已十有八九。但是鼎記圖章，並非文大老爺一個人獨有的，必須拿到別的東西，方能作准。」主意打定，立刻瞞了本官，依計而行。

走到船上，見了總爺，說明來意。魯總爺因為是莊大老爺的面子，不好回頭，暫時留用。當差異常敏捷，總爺甚是喜歡。他還不時抽空，回到城裏，承值他公事。過了兩天，莊大老爺過堂，順便提王長貴到堂，打了二百板子，遞解回籍。那個拿舵的，本來無事；捕快說：「他擅受賊贓，而且在船賭博，決非安分之人，縱不責打，不如一併遞解回籍，免得在外滋事。」莊大老爺聽了他話，照樣判斷，回覆了魯總爺；雖然多辦一個人，他卻並不在意。捕快的意思，是恐怕這掌舵的回到船上，識破他的機關，所以加了他一個小小罪名，將他趕去。這都是老公事的作用。

要知以後如何，且看下回分解。

第十六回　瞞賊贓知縣吃情　駁保案同寅報怨

卻說：建德縣捕快頭兒，自從薦在船上充當一名伴當，又自己改了名字，叫做高升。從來做官的人，沒有不巴結升官的；所以他就取了這個名字，果然合了魯總爺之意，甚是歡喜。

但是胡統領雖然平定了土匪，仍舊駐紮此地，辦理善後事宜；究竟沒有什麼大事情，多則一月，少則半月，只等上頭公事下來，叫他回省，他就得動身；魯總爺自然也跟了同去，高升是新來的人，縱然辦事勤能，主人歡喜，然未必就肯以心腹相待；捕快職司拿賊，乃是自己分內之事，在這幾天裏頭，如何就能破案，心內好不躊躇！

卻喜這魯總爺，是粗鹵之人；並有個脾氣，是最喜歡戴炭簍子，只要人家拿他一派臭恭維，就是牛頭不對馬嘴，他亦快樂。高升是何等樣人！上船一天，就被他看出苗頭，因此就拿個主人，一頂頂到天上去，主人想喝茶，只要把舌頭舐兩舐嘴唇皮，他的茶已經倒上來了；主人想吃煙，只要打兩個呵欠，他已經點了燈，並打好兩袋煙，裝好伺候下了。諸如此類，總不要主人說話，他都樣樣想到，樣樣做到。試問這種當差的，主人怎麼不歡喜呢？

一等等了三天，這天晚上高升正在艙內，替總爺打煙；總爺同他閒談。問起：「莊大老爺衙門裏有多少人？你從前跟誰的？他怎麼拿你薦給我呢？」高升見問，即景生情，便一一答道：「莊大老爺的人口，叫多不多，一個二老爺管理帳房，是頂有錢的。兩個少爺，大的是太太養的，小的是姨太太養的。一個小姐，是前頭大太太養的，去年出的閣；姑爺就招在衙門裏。小的本來是伺候二老爺的；因為同姨太太的老媽拌了嘴，姨太太在老爺跟前說了話，因此老爺不叫二老爺用小的。小的伺候二老爺已經六七年了，並沒有一點錯處。二老爺心上過不去，所以同老爺說了，薦小的來伺候總爺的。」魯總爺道：「用熟了一個人走掉了，是很不便的。」高升道：「正是這句話。做家人的伺候熟了一個主人，也不願意時常換新鮮。所以二老爺說過，倘若小的找不到好地方，過上一兩月，等老爺消消氣，仍舊叫小的進去。現在小的伺候了總爺，有了安身之處，也就不想別的了。」魯總爺道：「二老爺管帳房，他一年能有幾個錢？」高升道：「少則一二千，多則三四千。」魯總爺道：「據你說來，他管上十年帳房，手裏不要有兩三萬嗎？」高升道：「進帳是好，只可惜來的多，去的多，不會剩錢。」魯總爺道：「這是什麼緣故？」高升道：「我們這位二老爺，頂歡喜的是買翡翠玉器。一個翡翠搬指三百兩；他老人家還說：『價錢便宜無好貨。』只要東西好，他卻肯花錢。又最喜的是買鐘錶，金錶，銀錶，坐鐘，掛鐘，一共值八千多兩銀子。你只要有錶賣給他，就是舊貨攤不要緊的，他亦收了去。他自己又會修錶，修好了永世不會壞的，所以他要這個。若不是為這兩樁，他一年到頭，很可以多兩個錢哩！」魯總爺聽了他話，不覺心上一動，仍舊按下。高升亦不再提。打完了煙，睡覺歇息，一夜無話。

到了次日，高升叫他夥計，拿了五件細毛的衣服，到船上來兜賣，價錢很公道。估了估足值四百多塊錢，賣主只討二百兩銀子。魯總爺一還價，一百六十塊錢，後來添到二百十塊錢買成。魯總爺箱子裏，只賸了五十幾塊錢；因錢不夠，同高升商量，先付他五十塊，其餘等月底關了餉來補還他。那人答應，把東西留下；但是五天之內，必須算錢，等不到月底。魯總爺一想，橫豎有別的東西可以抵錢，看來斷不止此數；於是答應他五天來取錢。五十塊錢，由高升點給他；高升留心觀看，又與文大老爺失去的洋錢圖書一樣。當下也不作聲，交付來人而去。

這天魯總爺買著便宜貨，心上非常之喜，顛來倒去，看了幾遍，連說便宜。高升道：「這個人我認得他的，他家裏從前很有錢，有的是東西。一百錢的東西，時常十個二十個錢就賣了。如今被他嘗著了甜頭，包管他明天還要來。等他明天再來的時候，大大的殺殺他的價錢，買他些便宜東西。」魯總爺道：「要買便宜貨，要有現錢方好。」高升道：「他認得我，不要緊。剛才不是小的同他熟識，他肯把衣服留下，拿了五十塊錢就走嗎？」魯總爺不說，心上思量過了一會子，躺下吃煙，趁著高升替他燒煙的時候，就同他商量道：「我有一件事情，要託你去辦。」高升忙問：「有什麼事情，著小的去辦？」魯總爺道：「不是你說的，你們莊二老爺，歡喜買翡翠玉器，還有什麼洋貨鐘錶嗎？」高升道：「是。可惜沒有這些東西，如果有在這裏，我拿了去，包管一定成功。只要東西好，而且可以賣他大價錢。」魯總爺聽了，非常之喜，低聲向他說道：「這些東西現在我有。」高升道：「總爺既有這些東西，何不早說？」魯總爺道：「你來了能有幾天？我以前何曾曉得你們二老爺喜歡這個？」高升道：「有了這個，包管拿去就換了錢來。」魯總爺道：「但是我的東西好，不曉得他識貨不識貨。」高升道：「你先拿出來瞧瞧，說個價，少到什麼數目不賣？」魯總爺道：「你識貨嗎？」高升道：「跟二老爺時候久了，這些東西，天天在眼裏經過，雖不全懂，也還曉得一二。」魯總爺道：「如此更好了，我於這上頭也有限。這些東西，是個親戚託我替他銷的，且拿出來，替他估估價錢，免得吃虧。」

一頭說，一頭便取出鑰匙，開了箱子，搬出那幾件東西來，一個搬指，一個金錶。魯總爺開箱子的時候，像怕被人看見似的，先把眾人一齊差了出去，只把高升留下。等到東西取出，高升拿到手裏一看，恰恰與文大老爺失單上開的一樣。他看了又是喜，又是氣：喜的是真贓實犯，果不出我之所料；氣的是這班不長進的老爺，幹此下作營生，偏會偷偷摸摸。現在東西已經被我拿到，意思就要想聲張起來。後來一想：「本官前頭如何吩咐，設或鬧的不得下臺，大家的面子不好；不如且隱忍起來，等到回過本官，再作道理。」當下不動聲色。等魯總爺把東西拿齊，仍舊把箱子鎖好；只見他拿個搬指，套在大拇指頭上，對著高升說道：「這個綠玉的顏色倒很好看！同這隻金錶，你估估看，能值多少錢？」高升肚裏好笑，笑他不認得翡翠，當作綠玉。又把錶擎在手裏，轉動錶，便旋緊了發條，又撳住關捩，噹噹的敲了幾下。魯總爺聽見金錶會打得有響聲，心上覺得詫異，肚裏尋思：「怎麼金錶會打得響呢？不要是個小鐘罷？」高升拿東西翻來覆去，看了兩遍，因問總爺：「要個什麼價？」魯總爺道：「你說罷。」高升道：「據小的看起來，一個搬指，要他一千五。」魯總爺道：「一千五百塊？」高升道：「一千五百兩。」魯總爺把舌頭一伸道：「要的太多了。不要嚇退他不敢買，弄得生意不成功。就是少些也不妨，好歹由你去做。這個錶呢？」高升道：「這個表是大西洋來的，在這裏總得賣他三百塊。」魯總爺道：「不要亦嫌多罷？」高升道：「多什麼！小的此刻拿了去，包管總有一樣成功。」魯總爺聽了他言，心上雖非常之喜，然而總不免畢卜的畢卜的亂跳。把兩件東西，鄭重其事的，交代了高升；高升接過，用手巾包好，揣在懷裏。又伺候總爺過足了癮，然後辭別上岸，先尋到文七爺船上，託管家艙裏去回說：「縣裏上回派來查東西的捕快，有話要面稟大老爺。」文七爺吩咐叫他進來。捕快進艙，先替文七爺請過安，垂手站立一旁。文七爺就問：「東西查著了沒有？」捕快道：「回大老爺的話，小的自蒙本縣大老爺派了這件差使，日夜在心；城裏城外通統查到，一點影子都沒有，好容易今天纔查到。」文七爺一聽大喜，忙問：「東西在那裏尋著的？」捕快暫時不肯說出，但回得一聲是：「在船上拿到的。請大老爺看過是與不是，小的再回去稟知本縣大老爺。」一面說，一面將東西取出，送到文七爺手裏。文七爺道：「別的尚在其次，就是這個搬指，是我心愛之物，你看這個綠有多好！如今化上二三千塊錢，沒有地方去買。你居然能替我查到，這個本事不小！停刻我同你們莊大老爺說過，還要酬你的勞。這個賊現在那裏？」捕快道：「這個賊就在這裏。贓雖拿到，然而這個賊小的不敢拿。等回過本官，還要回過統領，才好去拿他。」文七爺道：「想是這個賊本事很大，你吃他不了？」捕快但笑不言。

文七爺把東西看了一遍，仍舊拿手巾包好。捕快接了過來，又回道：「小的此刻就要進城，到本縣大老爺前去報信，明天再來回大老爺的話。」文七爺點點頭兒。捕快辭別進城，稟知門稿，轉稟本官。莊大老爺一聽，是魯總爺做賊，甚為詫異，便說：「真贓實犯，難為他查著；但是這事情怎麼辦呢？」當時先把捕快傳了進去，問他怎麼查到的。捕快據實供了一遍，又說：「原贓已送到文大老爺那裏看過，的的確確是原物。現在請大老爺的示，怎麼想個法子辦人？」莊大老爺聽了無話，滿腹躊躇。便問：「你同文大老爺說出偷的人頭沒有？」捕快道：「小的沒有稟過大老爺，所以沒把人頭說給文大老爺知道。」莊大老爺道：「好，好，好！幸虧你沒有說給他。毀了一個魯總爺事小，為的是統領面子上不好看，而且也不好去回。倘或被他說兩聲：『我帶來的都是賊。』請問你還是辦的好，還是不辦的好？依我意思，先把文大老爺請了過來，拿話告訴了他，大家商量一個辦法。你先下去，回來我同文大老爺說過，自然有賞的。至於那個姓魯的，也不會如此便宜，且給他點心事擔擔。就是東西拿了出來，難道一百五十塊錢，就給他白用嗎？」捕快諾諾稱是。又謝過大老爺的恩典，方才退了下去。

* * *

這裏莊大老爺便差人拿片子，到城外去請文大老爺，說是東西查到，請他進城談談。不多一會，文七爺果然坐著轎子進城。才跨下轎，便對莊大老爺說道：「你們建德縣的捕快，本事真大，我的東西居然查到。」莊大老爺道：「你老棣臺的東西，何敢不查到嗎？」一頭說，一頭坐下。文七爺道：「老把兄，你又取笑了。東西有了，我得還你的錢！」莊大老爺道：「我的錢，老棣臺儘管用，還說什麼還不還？」文七爺道：「我的東西有了，自然要還你的錢。」莊大老爺道：「你的東西雖然有了，但是那一百五十塊錢，還無著落。」文七爺道：「這兩件有了，我已心滿意足的了。百把塊錢算不了事，注著破財，譬如多吃十來檯花酒，就有在裏頭了。倒是這個捕快，本事真好，我想賞他一百銀子，回去就送過來。現在賊在那裏？據捕快說起來，東西雖然有了，然而人不好辦，這是什麼緣故？我們總得辦人才好。」莊大老爺道：「正是為此，所以要請你老弟過來談談，現在這做賊的人，你猜那個？」文七爺道：「那天那位趙不了趙師爺，的的確確在我手裏借去五十塊錢，送他相好蘭仙。後來都說是蘭仙作賊，就此冤枉死了！那兩天我的事情很忙，所以沒理會到這上頭。等到事過之後，我才知道。這位趙老夫子，可憐他愛莫能助，整整哭了三天三夜！現在有了真贓，就有實犯，到把賊拿到，也好替死者明冤。」

莊大老爺道：「老弟，那死的婊子，也顧他不得了。如今我們且說活的。」文七爺道：「人命官司，救生不救死，這是我們做州縣官的秘訣。但是這件事情，既不是人命官司，怎麼說到這個。到底是什麼人做賊？你快說了罷！」莊大老爺到此，方把捕快如何改扮，魯某人如何託他售東西，因之破案，並自己的意思，說了一遍。又說：「如今愚兄的意思，不要他們聲張出來。姓魯的交情有限；為的是統領面子上不好看。」文七爺一聽說是魯某人做賊，嘴裏連連說道：「他會做賊？我是一輩子也想不到的了！實在看他不出！」莊大老爺道：「當過捻子的人，你知道他是什麼出身？你當他做了官，就換了人；其實這裏頭的人，人面獸心的多得很哩！」文七爺聽了無話。歇了半晌，方說道：「老哥叫他們不要聲張，這主意很是。一來關於統領面子，二來我們同寅也不好看。我只要東西尋著就是了，少了百把塊錢，也不必追他了。但是老哥要叫了他來，說破這件事情。兄弟同他是同事，當著面難為情；等兄弟走了，你去叫他。」莊大老爺道：「不把他弄了來，叫他擔點心事，亦未免太便宜他了。」文七爺道：「正是。」當下又說了些別的，方纔告辭出城。

這裏莊大老爺，果然等他去後，才差人拿片子請魯總爺進城。且說：魯總爺自從高升拿著東西上岸，約摸已有三個時辰，不見回來，心上正在疑惑。忽見建德縣差人，拿片子來請他進城，說是有話面談。究竟賊人心虛，不覺嚇了一跳。忽然想到：「文某人東西失竊，曾在縣裏報過，現有失單。不該自不檢點，聽憑高升一面之言，將東西送到他兄弟那裏。設或被他們看出，如何是好？」想到這裏，心上一似滾油煎的，直往上沖，急的搔頭抓耳，走頭無路。既而一想：「文老七少掉的洋錢，大眾都說是蘭仙偷的。如今蘭仙已死，當了災去，沒有對證，案子已了，人家未必再疑心到我身上。東西送去，人家只顧辨論好醜，或者不至於理會到這上頭，也論不定。」想到這裏，心上似乎一鬆。又想：「我同縣裏，卻同他見過幾面，他請我吃飯，我亦擾過他。彼此總算認得，或者有別的事情，也未可知。」一面想，一面換了衣服，坐了首縣替統領二爺辦差的小轎，一路心上盤算。

進了城門，到得縣衙，轎子歇在大堂底下。一個兵把名帖投了進去，半天不見出來。他在轎子裏急的了不得，又叫一個兵進去探信。誰知只有進去的人，不見出來的人，這真把他急死了！自想：「早知如此，極應該託病不來。如今懊悔已遲！」於是自己下轎，踱進宅門，探聽光景。誰知劈面遇見一人，你道這人是誰？卻是建德縣的門政大爺；魯總爺不認得他，他卻認得魯總爺。見面之後，便道：「總爺來了。我們敝上現有要緊公事，同師爺商量。請總爺先在外頭坐一會再進去。」一面說，一面便在前引路。魯總爺摸不著頭腦，只得跟了就走。一走走到門房裏坐下，那位大爺就進去了。虧得魯總爺門房是坐慣的，倒也並不在意。誰知等了好半天，不見有人來請，心中疑惑不定！又等了一會，只見那個門政大爺從裏頭出來，吩咐：「伺候老爺坐堂！」魯總爺愈覺驚疑。停了一刻，又見催問：「城外文大老爺的爺們，還有船上死的婊子的屍親來了沒有？」底下回說：「已經催去了。」魯總爺聽了，直嚇得汗流滿體！只聽門政大爺說：「老爺傳捕快上去問話，叫他把那查著的翡翠搬指，打璜金表，一齊帶上來。」話言未了，隨在玻璃窗內看見一個人，頭戴紅纓帽子走了進去。起先魯總爺聽見裏面要搬指金表，已經魂不附體；及至看見進來的這一個人，不覺魂飛天外，頭暈眼花，四肢氣力毫無，咕咚一聲，就坐在一張凳子上，心上恍恍惚惚，也不知是醉是夢，又不知世界上到底有我這個人沒有！你道為何？只因這個進來戴紅纓帽子的捕快，不是別人，正是他自己託銷東西的高升。到此方悟，他們串通一氣，冒充伴當，騙出贓物，自不小心，入了他們的圈套；回想轉來，直覺無地自容，恨無地縫可以鑽入！

坐了半天，剛正有點明白；門政大爺也進來了，只見他陪著笑臉說道：「敝上公事未完，又有堂事，倒教總爺老等了!」說完了話,卻朝著他笑。魯總爺呆呆的望著他,也不知說什麼方好,想了半天,才說得一句:「你們老爺坐堂,為件什麼事?」門政大爺道:「總爺是做官的人,還有什麼不明白的,我那裏曉得?」說完了,又朝著他笑。魯總爺到此,知道事情已破,有點熬不住,只得苦了他那副老臉,從凳子一站就起,跟手爬在地下,鼕鼕鼕鼕的亂磕頭,嘴裏不住的說道:「大爺救我!大爺救我!」那門政大爺,本來是朝著他笑的,不提防他忽然跪下磕頭。他想還是回磕的好,還是扶他起來的好?一時不得主意,忙了手腳,只得也跪在地下,雙手去扶他,嘴裏說:「我是什麼人,怎麼當得起總爺下跪!總爺請起,有話好講。」魯總爺只是不肯起,一定要他答應。

兩人正在相持的時候,忽然又有一個人,手掀簾子進來,一進門,便哈哈大笑道:「這是那一回子的事,在這裏下跪!」那一個門政大爺,一見這人,趕忙起來站在一旁,垂手侍立。魯總爺擡頭一望,見是莊大老爺,真羞得滿臉通紅,亦站了起來,低頭不語。莊大老爺道:「你來了這半天,他們為我有公事,亦沒有進來稟,倒叫你老好等!」一面說,一面把魯總爺拉了就走。誰知魯總爺的兩條腿,猶如棉花一般,一步捱不上三寸。莊大老爺便叫跟班的攙著他走,一攙攙到花廳上,分賓坐下。先同他說了半天的閒話,魯總爺方才漸漸的醒轉來,但是除掉諾諾稱是之外,其他的話,一句也說不出。又歇了半天,心上轉念頭,要探探莊大老爺的口氣。無奈莊大老爺總不提及此事,但一味的敷衍。魯總爺急了,想來想去,別無法想,只得仍舊跪下,口稱:「兄弟該死!求大老爺高擡貴手!」那莊大老爺假作不知,忙問:「什麼事情,要行此大禮?快請起來!」魯總爺道:『你老爺不答應,兄弟就跪在這裏,一世不起來!」莊大老爺道:「到底什麼事情?我竟其一點也不明白。」魯總爺道:「你老爺差了捕快來私訪我的，你老人家還有什麼不曉得。」莊大老爺道：「這更奇了，我何曾叫捕快來私訪你，你老爺有什麼事怕捕快？你越說我越糊塗了！」魯總爺只是跪在地下，不肯起來。莊大老爺只是催他起來，催他快說。魯總爺說：「醜媳婦總得要見公婆的，索性我自己招罷！這事情原是我一時不好，不該拿文某人的東西。如今東西呢，已經在你老人家這裏了；我自己知道錯處，只求你老爺替我留臉，我情願拿東西還他。一輩子供你老爺的長生祿位，也不敢忘記了你！」說罷，又連連磕頭。莊大老爺聽到這裏，便也直立不動。等他磕完了頭，故意板著面孔，說道：「我當是誰做賊，船上人是沒有這麼大的膽子，原來就是你閣下，你閣下也不至於偷偷摸摸。自從姓文的失了東西，統領以為是他帶來的人，一定要我辦賊；我辦賊不到，統領跟前，不知受了多少申飭。姓文的又時時刻刻來問我要錢，我弄得沒有法子想，私底下已經送過他五百兩，他還嫌少。現在既然是你閣下拿的，這話更好說了。你是統領帶來的人，同姓文的又是同事，他們沒有不照顧你的；我只要把你送到統領跟前，卸了我的干係。我們都是熟人，我又何必同你為難呢？你快快起來，我們一齊出城。」魯總爺聽了這話，真正急得要死，只是跪著哭，不肯起來。莊大老爺道：「這樁事說起來，我也不相信。你閣下還怕少了錢用，要幹這營生？現在是被他們捕快拿著的，我肯照應你，替你瞞起來，不說破。他們一般小人，為你這樁事情，每人至少也捱過二三千板子，現在真贓實犯，我豈可不聲不響的放掉，我於他們臉上，怎麼交代得過？如此下去，以後還要辦案，不要辦案？你也是做官的人，應該曉得兄弟的苦處。」魯總爺見莊大老爺不肯答應，急得兩淚交流，口稱：「家裏還有八十三歲的老娘，曉得我做了賊，丟掉官是小事，他老人家一定要氣死的，豈不是罪上加罪！現在沒有別的好說，總求你大老爺格外施恩。我將來為牛為馬，做你的兒子孫子也來報答你的！」

莊大老爺見他說得可憐，心想：「說這半天，也彀他受用的了。有娘無娘，不必信他。從來犯了罪的人，都是如此說法。因為還有公事，倘若耽擱下去，外面張揚起來，反不好辦；不如趁此收篷，算他運氣好，便宜他這遭就是了。」想了半天，便長歎一聲道：「唉！既有今日，悔不當初。我本來不要難為你的，但是文某人少的錢總得補上，我已經替你送過他五百銀子。還有捕快，他們辛苦了一番，不能不賞他幾個錢，至少一百兩；難道這個錢，真果要姓文的出嗎？」魯總爺道：「實實在在，只拿他一百五十塊錢，那裏有得五百兩。」莊大老爺道：「這個我也不知道，你去同他當面辨個明白也好。」魯總爺道：「承你老爺恩典，我還有什麼辨頭？只求寬限幾個月，等我關了餉來，找還就是了。」莊大老爺又歎一口氣道：「說來說去，總是皇上家的錢晦氣。你欠人家的錢，一定要關了餉來找還，這幾個月的兵吃什麼？不是我說句得罪你的話，你們這些做武官的，直結兒沒有一個好東西在裏頭！一旦國家有事，怎麼不一敗塗地呢！我好人做到底，也不管你這些閒事。但是我付出的五百兩，口說無憑，須得寫張字給我。文七爺跟前，我去替你說，說得下，說不下，碰你運氣。這賞捕快的一百兩，你今天要拿來的。叫他們多少賺兩個，也好堵堵他們的嘴，免得替你在外頭聲張。」

魯總爺為這一百銀子，雖是為難；聽了莊大老爺的話，不得不唯唯遵命，又重新叩頭謝過恩典。莊大老爺叫簽稿，替他起了一張稿子，叫他親自照寫。只見他捧筆在手，比千斤石還重，半天寫不上三個字，急得滿頭是汗。莊大老爺等的不耐煩，叫簽稿代寫，叫他畫了「十」字。莊大老爺收了，就叫簽稿送他出去。魯總爺謝了又謝，跟著簽稿出來，又朝著簽稿作揖。一出宅門，劈面遇見捕快，趕上來叫了一聲：「總爺！」又笑著說道：「高升是來伺候總爺的；總爺還是坐轎回去，還是騎馬回去？」這一聲，更把他羞的了不得，趕忙又替捕快作揖，說：「諸位老兄，休得取笑了！」捕快又道：「總爺可到小的家裏坐一回去。」總爺道：「不消費心了。停刻我就叫人送來。還有那天的皮貨，一塊兒拿過來。」一面說，一面朝著諸人拱拱手，匆匆忙忙上轎而去。

莊大老爺便寫一封信，隨著取出來的贓，送給文七爺，告訴他辦法。文七爺自是歡喜，因為魯總爺是同寅，也就和平了事。當賞捕快一百兩銀子，就交來人帶回。又另外賞了來人四塊洋錢。莊大老爺接到回信，又叫捕快到船上叩謝過文大老爺。魯總爺回船之後，東拼西湊，除掉號褂旗子，典當裏不要，其他之物，連船上的帳篷，通同進了典當。好容易湊了六十塊錢，自己送到縣衙，苦苦的向門政大爺哀求，託他轉稟莊大老爺，請把六十塊錢先收下，其餘約期再付。莊大老爺聽說，也只好一笑置之。魯總爺又叫跟來的人，把皮統子送還了捕快。又當面約捕快吃飯，改天在那裏敘敘，說：「我們那裏不拉個朋友。」捕快道：「我的總爺，只求你老人家照顧俺，不要出難題目給俺做，本官面前少捱兩頓板子，就有在裏頭了！什麼請酒請飯，倒不消多費的。」魯總爺一聽這話，明明是奚落他的，臉上不覺一紅。彼此無話而別。

自此以後，魯總爺總躲著不敢見文七爺的面。倒是文七爺寬洪大量，等到沒有人的時候，把他叫了來，反把好話安慰他。當下魯總爺，雖不免感激涕零；但是轉背之後，心上總覺得同他有點心病似的。此乃輓近人情之薄，不足為奇。按下不表。

* * *

且說：浙江巡撫劉中丞，自從委派胡統領帶了隨員，統率水陸各軍，前往嚴州剿辦土匪，一心生怕土匪造反，事情越弄越大，叫他不安於位，終日愁眉不展，自怨自艾。心想：「怎麼我的運氣不好，到了任就出亂子！」不時電信來報，今日派的兵到了那裏，計算日子某日可到嚴州，胡統領未到嚴州的頭一天，又有急電打來：「訪得匪勢猖狂，不易措手。」他老聽了，格外愁悶。隨後忽聽得說，大兵一到嚴州，把土匪都嚇跑了。他老還不相信。後來接到胡統領具報出師搜剿土匪日期電報，方把一塊石頭放下。過了一天，又得「一律肅清」的捷電，中丞非常之喜。藩臬以下，齊來稟賀。中丞隨發一電，獎勵胡統領，允他破格奏保。歇了兩天，齊巧胡統領把剿辦土匪詳細情形，稟上來了，附有稟請隨摺奏保，異常出力人員摺子一扣。

中丞看過無話；就把文案老總戴大理，傳了來，叫他速擬摺稿；告訴他說，無非是敘述：「土匪如何猖獗，經臣遴派胡某人，前往剿捕，刻幸仰仗天威，一律肅清。所有在事員弁，實屬異常奮勇，得以迅奏膚功。相應請旨，將該員等照單獎勵」各等語。隨手就把胡統領開來的單子，也交給戴大理，叫他照寫。戴大理接在手裏一看，單子上頭一個，就是周老爺的名字，心上便覺得一個刺。一時想不出主意，也不便說什麼，只得退了下來。回到文案處，一面提筆在手，一面想擺佈周老爺的法子。心想：「不料這件事，倒便宜他了。然而我的心上總不甘願。但是現在這人是胡統領保的，要顧胡統領的面子，就不好批駁他。若要批駁他，就於統領的面子不好看。」想來想去，甚是為難。等到奏摺做好一半，煙癮上來，躺下過癮，拿過稿子覆看一遍，起先無非把土匪作亂，敘得天花亂墜，好像當年長毛造反，蹂躪十三省也不過如此。摺中又敘：「經臣遴委得候補道胡統領，統帶水陸各軍，面授機宜，督師往剿，幸而士卒用命，得以一掃而平。」隱隱間把自己「調度有方」四個字的考語，隱含在內。看到此間，忽想起：

「這件事情，應得側重中丞身上著筆，方為得體。中丞不能自己保自己，只要把話說明，叫上頭看得出，至少一定有個『交部從優議敘』。如此一做，胡統領便是中丞手下之人，隨摺只保一個；其餘的統歸大案，方為合體。大案總得善後辦好，方可出奏，多寬幾天日期，我就可以擺佈姓周的了。」

主意打定，便攏了做好的一半摺稿，離開文案處，逕至簽押房，曉得中丞還在簽押房裏看公事。他是多年老文案，便衣見慣的，便乃掀簾進去。劉中丞叫他在公事案桌對面一張椅子上坐下，問他什麼事情。他便回道：「卑職想這嚴州肅清一案，實實在在是大人一人之功。胡道若不是大人調度，也不能辦的如此順手。現在大人的意思，把功勞都推在胡道身上，雖是大人栽培屬員的盛意；然而依卑職愚見，大人調度之功，亦不可以埋沒。」劉中丞道：「你話固然不錯，然而我總不能自己保自己。」戴大理聽到此間，便把摺底雙手奉上，說：「請大人過目，卑職擬的可對？從前古人有個功狗功人的比方：出兵打仗的人，就比方他是隻狗；這發號令的，卻是個人。這件事情，胡道的功勞，實實在在在大人之下。胡道帶去的隨員，更差了一層；倘若一齊保了上去，論不定就要駁下來，倒不如我們斟酌妥當，再出奏的好。一來大人的功勳，不致湮沒；二來上頭見我們一無冒濫，不但胡道保舉不遭批駁，感激大人的栽培；就叫上頭看看，也顯得大人辦事頂真。將來大案上去，就是多保兩個，那班愛說話的都老爺，也不能派我們的不是。」此時劉中丞，一心只在奏摺上頭，他說的故典，究竟未曾聽見。後來聽到他後半截的話，甚是入耳，連連點頭；但說：「跟胡道同去的人，不給他們兩個好處，恐怕人家寒心。」戴大理道：「此番保的太多，奏了進去，倘若駁了下來，以後事情弄僵，倒不好辦。如今拿他們一齊歸入大案，各人有本事，各人有手面，只要到部裏招呼一聲，是沒有不核准的。雖然面子差些，究竟事有把握，倒是大人成全他們的盛意，他們反得實惠。有像大人這樣的上司，還要寒心，也不成個人了！」劉中丞聽了，甚是歡喜，連說：「你話不錯。你就照這樣子，把稿擬好。胡道那裏，你去寫個信給他，把我的這個意思說明，不是我一定要撤他們的保案，為的是要成全他們，所以暫時從緩；將來大案裏，一定保舉他們的。」戴大理見計已行，非常之喜，連答應了幾聲「是」，退了下來。

等到把底子擬好，趕忙寫了一封信給胡統領，隱隱的說他上來的稟帖，不該應只誇獎自己手下人好，把中丞調度之功，反行抹煞。中丞見了甚是不樂，意思想把這事擱起，不肯出奏。後經卑職從旁再三出力，方才隨摺保了憲臺一位，甚餘隨員暫時從緩。胡統領接到此信，甚是擔驚；及至看到後一半，才曉得此事全虧得老同年戴大理一人之力，立刻具稟叩謝中丞，又寫一封信給戴大理，說了些感激他的話。因為上次稟帖，是周老爺擬的底子，就疑心：「周老爺有心賣弄自己的好處，並不歸功於上，險些把我的保案弄僵；看來此人也不是個可靠的。」從此以後，就同周老爺冷淡下來，不如先前的信任了。

欲知後事如何，且看下回分解。

第十七回　三萬金借公敲詐　五十兩買摺彈參

卻說：胡統領同周老爺，雖然比前冷淡了許多，然而有些事情，終究不能不請教他。所以心上雖不舒服，面子上還下得去。周老爺雖也覺得，也不好說什麼了。一日接到省憲批稟，叫胡統領酌留兵丁，以防餘孽，其餘概行撤回，各赴防次；並飭胡統領趕把善後事宜，一一辦妥，率同回省。胡統領一得此信，別的都不在意，只有開造報銷，是第一件大事。出兵一次，共需軍裝若干，槍炮子藥若干；兵勇們口糧若干；土匪抗官拒捕，共失去軍裝若干；用去槍炮子藥若干；兵勇受傷津貼若干；無辜鄉村被累，撫卹若干；打了勝仗，犒賞若干；辦理善後，預備若干；先札了一篇底帳。想了半天，沒有一個人可以辦得此事，只得仍把周老爺請來，同他商量。周老爺道：「容易。有些事情，叫首縣莊令去辦；其餘的，由我們自己斟酌一個數目。卑職商同糧臺黃丞，傳知各營官一聲，叫他們具個領紙上來要，所開多少就多少，還有什麼不成功的？」胡統領道：「不瞞老兄說，兄弟這個差使，耽了許多驚，受了許多怕；雖然得了個隨摺，其實也有名無實。總得老哥費心，替兄弟留個後手，幫兄弟出把力，將來兄弟另圖厚報。」周老爺道：「大人委辦的事，卑職應得效勞，況是大人分內應得的好處。」嘴裏如此說，心上早已打了主意。

等到退了下來，一切費用，任意亂開，約摸總在六七十萬之譜。先送上胡統領過目。胡統領道：「太開多了，怕上頭要駁。」周老爺道：「卑職的事，別人好瞞，瞞不過大人。卑職自從過班到如今，還沒有引見，已經背了一萬多銀子虧空。現在蒙大人栽培，趁著這個機會，一來想把前頭的空子彌補彌補，二來弄個引見盤纏。就是引見之後，一到省，也不會就得什麼差使，總得空上二三年，免得再去拖空子。這個都是大人栽培卑職的。至於大人的事，卑職感恩知己，自當知無不言。這樁事情下來，雖瞞得一時耳目，終究有人一定曉得，既然曉得，保不住就要說話，多開少開，總是一樣。將來回省之後，幕府裏面，同寅當中，應該應酬的地方，少不得還要點綴點綴。所以卑職也要商通了首縣莊令，糧臺黃丞，方可辦得。」胡統領一聽他口氣，雖然推在別人身上，知道他已經存了分肥念頭，心上老大不願；忙道：「老兄要引見，兄弟另外借給老兄。現在的事，只要切實替兄弟幫忙，兄弟沒有不知道的，將來一定另圖厚報。就是黃，莊兩人，兄弟亦自有幫他們忙的地方。總之：報銷上去的數目，還要斟酌。」周老爺明曉得胡統領心上不願意他分肥。忽然想到從省裏臨來的時候，戴大理囑咐他的一番話，說胡統領的為人，吃硬不吃軟。「我今同他商量，他竟其不答應。現在忙了這多天，連個隨摺都沒弄到，看他樣子，還像怪我不替他出力似的。出了好心沒有好報，看來為人也有限。若不趁此賺兩個，將來還望有別的好處嗎？至於他說將來怎樣幫忙，也不過嘴上好看，現在的人，都是過橋拆橋的，到了那時候，你去朝他張口，他理都不理你呢！為今之計，只有用強橫手段，要作弊大家作弊，看他拿我怎麼樣。」

主意打定，正待發作，忽又轉念一想道：「且慢，我今同他硬做，倘或彼此把話說僵，以後事情倒不好辦。現在這裏的人，又沒一個可以打得圓場的。我看此事須得如此如此，方能如願。」一面打算，一面答應了幾聲「是」，說：「大人吩咐的話，實在叫卑職刻骨銘心。卑職蒙大人始終成全，還有什麼不替大人出力的！」胡統領道：「如此甚好，將來兄弟自有厚報。」周老爺見話說完，退了下來，回到自己船上。此時主意早經打定，便命跟班的拿了帖子，跟著進城，去拜縣丞單太爺。

原來這裏的縣丞，姓單名逢玉，大家都尊他為單太爺。自從到任至今，已有二十多年。平時同紳士們還說得來，只因他為人騙功最好，無論見了什麼人，一張嘴竟像蜜炙過的，比糖還甜，說得人家心上發癢，不怕不同他要好。嚴州雖然是座府城，並沒有什麼大紳士，頂大的一個進士底子的主事。因為發達的晚，上了年紀，所以不到京裏去做官，只在家裏管管閒事，同地方官往來往來，包攬兩件詞訟，生發生發，借此過過日子。雖然也沒有什麼大進項，比起沒有發達的時候，在人家坐冷板凳，做猢猻大王，已經天懸地隔了。這位主事老爺，姓魏名翹，表字竹岡，就住在本城南門裏頭。只因本年十月十二，是他親家生日，——他親家是屯溪有名的茶商，姓汪名本仁——他所以特地預早一個月，奔了前去。一來拜親家的壽，二來順便看看女兒，三來再打兩百塊錢的秋風，回來好做過冬盤纏。後來嚴州信息不好，家裏寫信給他，催他回去。汪本仁說：「親家，現在正是亂信頭上，你年紀大了，犯不著碰在刀頭上。我這裏專人去打聽，如果勢頭來得兇，連你寶眷，一塊接了來，就在我這裏權且安身；倘若沒有什麼事情呢，你再回去不遲。」魏竹岡聽了親家的話，只得暫時忍耐。等到胡統領大兵一到，土匪平靜，他兒子又趕了信去。連著前頭他親家汪本仁派往嚴州的人，也就回來了。魏竹岡曉得家鄉無事，把心放下。其時親家的生日，早經做過。他又住了幾時，辭別起身。親家知道他是靠抽豐❶過日子的，於盤纏之外，加送了他二百塊錢的年敬；女兒又在自己私房當中，貼了他二百塊錢；總共得了四百塊錢，回家度歲，

❶ 抽豐：即「打抽豐」（打秋風），向別人講交情，希圖人家贈送禮物。

倒也心滿意足。冬天水乾，船行極慢，一路上灘下灘，足足走了十幾天，方到嚴州。

其時胡統領已奉到省憲催他回去的公事，同周老爺商量，開造報銷的數目。周老爺因為胡統領不能遂他的心願，曉得這裏縣丞單太爺，神通廣大，他二人從前在那裏又同過事，交情自與別人不同，所以特地進城拜望他，同他商酌一個借刀殺人的辦法。單太爺聽了會意，便說：「這事情，你老堂臺出不得面；一來關係名聲，二來同統領鬧翻之後，也沒人打得圓場。依晚生愚見，不如找個人出來，教給他去做；等他做好之後，稍些分點好處與他。等他做惡人，我們做好人。應得幫腔的地方，我們就在裏頭幫兩句，豈不更有把握？」周老爺道：「兄弟此來，正是這個意思。但是此人甚不好找。」單太爺即便把魏竹岡保了上去，說道：「此人如何能幹，無論什麼事情，都做得出。他一年幫晚生忙的地方很不少；晚生一年幫他忙的地方也不少。託了他，保管成功。但是此人兩月之前，就到屯溪去拜他親家的壽，目下不知道已經回來沒有？」說罷，便叫跟班：「拿我的片子，到南門裏魏府上，打聽魏大老爺屯溪回來沒有？立等回信！」跟班的去不多時，回來稟報：「魏大老爺是剛剛昨天夜裏才到。因為路上受了一點風寒，在家裏養病，所以還沒有過來。叫小的回來，先替老爺請安，說有什麼事情，就請過去談談。」單太爺便點點頭。跟班的退了下去。周老爺便催他：「立刻去看魏竹岡，好歹今晚給我一個回信。」單太爺滿口答應。

* * *

等送過周老爺，他也不坐轎，便衣出得衙門，只帶一個小跟班的，拿了一根長旱煙袋，一直走到魏家門口，通報進去。魏竹岡請他書房相見。進得門來，作揖問好，那副親熱情形，畫亦畫不出。一時分賓歸座，端上茶來。兩個人先寒暄了幾句，隨後講到土匪鬧事。魏竹岡一向是以趨奉官場為宗旨的，先開口說道：「這位統領，同兄弟鄉榜，先後只隔一科，他中舉人的座師，就是兄弟會試的房師。他的硃卷我看見過，筆路同我一樣；只可惜單薄些，所以不會中進士。我二人敘起來，還是個同門。難得他到我們這裏，辦了這麼一件事；等我的病好些，我得去拜他一趟：一來敘敘同門之誼，二來我們地方上的紳士，應得前去謝謝他。將來等他回省的時候，我還要齊個公分，做幾把萬民傘送他，同他拉攏拉攏。將來等他回省之後，省裏有什麼事情，也好借他通通聲氣。老哥是自己人，我的事，是不瞞你的。你說我這個主意可好不好？」單太爺道：「好是好的。但是現在的人，總是過橋拆橋，轉過臉就不認得人的。等到你有事去請教他，他又跳到架子上去了。依我之見，現在倒不如趁此機會，想個法子，弄他點好處，我們現到手為妙。等到好處到手，我們再送他萬民傘，那是大家光光臉的事情，有也罷，沒有也罷；好在是眾人的錢，又不要你自己掏腰，倒也無甚出入。」魏竹岡聽了詫異道：「怎麼這件事情，還有什麼好處在內？兄弟敲竹槓，也算會敲的了，難道這裏頭還有竹槓不成？」單太爺道：「不是我說，你幾乎錯過。我曉得你從屯溪回來，一路受了些辛苦，所以特地備下這分厚禮，替你接風。」魏竹岡聽了，心癢難抓，忙問：「到底是個什麼緣故？」單太爺道：「你出門兩個月，剛剛回來，也不曾出過大門，無怪乎你不曉得，等我來告訴你。」

說著，便把此事始末，說了一遍。又道：「當初並沒有什麼土匪，不過城廂裏出了兩起盜案，地方文武張大其詞，稟報到省。上頭為其朦蔽，派了胡統領下來。其實地方上早經平安無事。偏又碰著這位胡統領，好大喜功，定要打草驚蛇，下鄉搜捕；土匪沒有辦到一個，百姓倒大受其累。統領自以為得計，竟把剿辦土匪，地方肅清，稟報上去，希圖得保。現在又叫他手下的人，開辦報銷，聽說竟其浮開到一百多萬！害了百姓不算數，還要昧著天良，賺皇上家的錢。這樣的人，虧你認作同門，還要去拜謝他呢。」單太爺道：「據你說來，真正豈有此理！他下鄉騷擾百姓，百姓吃了他的苦，為什麼不來告呢？」單太爺道：「這是我們這位堂翁辦的好事。百姓起初原來告的，不知道怎麼一來，一個個都乖乖的回去，後來一點動靜都沒有了。」魏竹岡道：「這事情我不相信，我們要去問問他。一個地方官有多大，只知諂媚上官，罔恤民隱，這還了得嗎！」說罷，立刻親自下座，到書案桌上，取出信箋筆硯，先寫一封信，給本縣莊大老爺。單太爺勸他不要寫，他一定要寫。信上隱隱間責他「辦事顢頇，幫著上司，不替百姓伸冤。兄弟剛從屯溪回來，就有許多鄉親，前來哭訴，一齊想要進省上控，是兄弟暫將他們壓住。到底這件事，老公祖是怎麼辦的？即望詳示！」云云。寫完立刻差人送去，並說立等回信。一面仍同單太爺商量敲竹槓的法子。

不多一刻，莊大老爺回信已到，魏竹岡拆開看時，不料上面寫的甚是義正詞嚴，還說什麼：「百姓果有冤枉，何以敝縣屢次出示招告，他們並不來告。雖然來了幾起人，都是受土匪騷亂的，並沒有受過官兵騷擾，現有他們甘結為憑。況且被害之人，敝縣早經一一撫恤，領去的銀子，都有領狀可以查考。敝縣忝為民上，時刻以民事為念；這不替百姓伸冤的話，是那裏來的？還求詳細指教！」各等語。魏竹岡看完之後，把舌頭一伸道：「好利害！如今倒變了他的一篇大理信了。」單太爺道：「我們這位堂翁，是不好纏的，勸你不必同他囉嗦。還是想想你們貴同門胡統領的法子罷！」

魏竹岡聽了躊躇道：「不瞞老哥說，下頭的竹槓，小弟倒是敲慣的。我們這些敝鄉親，見了小弟，都有點害怕；還有鄉下人，也是一敲就來。人家罵小弟魚肉鄉愚，這句話仔細想來，在小弟卻是當仁不讓。倒是這上頭的竹槓，兄弟卻從來沒有敲過，應得用個什麼法子？」單太爺道：「只要有本事會敲，一敲下去，十萬八萬，也論不定；三萬二萬，也論不定；再少一萬八千，也論不定；看什麼事情去做。要敲敲大的。至於今天說官司，明天包漕米，什麼零零碎碎，三塊五塊，十塊八塊，弄得不吃羊肉空惹一身羶，那是要壞名氣的；這種竹槓，我勸你還是不敲的好。要弄弄一筆大的，就是人家說我們敲竹槓，不錯，是我的本事敲來的，爾其將奈我何？就是因此被人家說壞名氣，也還值得。」魏竹岡聽了，心上歡喜，張開鬍子嘴，笑的合不攏來。笑了一會說道：「我也不想十萬八萬，三萬兩萬，只弄他一萬八千，拿來放放利錢，彀了我的養老盤纏，我也心滿意足了。如今倒是怎麼樣敲法的好？還是寫信，還是當面？」單太爺想了半天道：「當面怕弄僵，還是寫信的好；你寫信只管打官話，是不怕他出首的。有什麼事情，裏頭我有一個至好的朋友，替我做內線。見事論事，隨機應變；依我看來，斷沒有不來的。」

說到這裏，伺候他的小廝，上來請吃飯。魏竹岡不答應，看他意思，要想把信寫好再吃飯。只見他走到書桌跟前坐下，開了墨盒子，順手取過信箋一張，一隻手摸著箋紙，一隻手拿了一枝筆，將筆頭含在嘴裏，閉著眼睛出神。卻不料單太爺，自從下午到此，已經坐了大半天，腹中老大有點飢餓，又不便一人先吃，只得催他吃過飯再寫。魏竹岡至此，方悟客人未曾吃飯，連忙吩咐小廝進去說：「今天有客在此，菜不夠吃，快去添些菜來。」小廝進去多時，方見捧了一小碟炒雞蛋出來。按排匙箸，都已停當，二人一同入座。單太爺舉眼看時，只見桌上的菜，一共三碟一碗：一碟炒蠶豆，一碟豆腐乳，一碟就是剛才添出來的雞蛋，一碗雪裏紅蝦米醬油湯。等到將飯擺上，乃是開水泡的乾飯。魏竹岡舉箸相讓，謙稱沒有菜。單太爺道：「好說。彼此知己，只要家常便飯，本來無須客氣。」一面吃著，魏竹岡又拿筷子夾了一小塊豆腐乳，送到單太爺碗上，說道：「此乃賤内親手做的，老哥嘗嘗滋味如何。」單太爺連稱很好。

說話間，魏竹岡已吃了三碗泡飯；單太爺一碗未完。只聽他說了聲：「慢請！」立起身來，走過去，拔起筆來寫信。幸而他是兩榜出身，又兼歷年在家包攬詞訟，就是刀筆也還來得，所以寫封把信，並不煩難。等到單太爺吃完了飯，過來看時，已經寫成三四張了。他一頭寫，單太爺一頭看，等到看完，他亦寫完。只見上頭先寫些仰慕的話；接著又寫了些自己謙虛的話；末後才說到：「……本城並無土匪作亂。先前不過幾個強盜，打劫了兩家當典錢莊。城廂重地，迭出搶案，地方官例有處分；乃地方官為規避處分起見，索性張大其詞，託言土匪造反，非地方官所能抵禦，以冀寬免處分。上憲不察，特派重兵前來剿捕。議者皆謂閣下到此，亟應察訪虛實，鎮撫閭閻；乃計不出此，而亦偏聽地方文武蒙蔽之言，以搜捕遺孽為名，縱所部兵四出劫掠。焚戮淫暴，無所不為；合境蒙冤，神人共憤！現在梓里士民，爭欲聯名赴省上控。幸鄙人與執事，誼屬同門，交非泛泛，稔知此等舉動，皆不肖將弁所為，閣下決不出此。惟探聞上控呈詞，業經擬定，共計八款，子目未詳。叨在知交，曷敢不以實告。應如何預為抵制之處，尚祈大才斟酌，並望示復為盼。……」各等語。

單太爺看了，連連拍手稱妙。魏竹岡道：「我只同他拉交情，招呼他，看他如何回答我。」單太爺道：「聽裏頭朋友說，他還有朦開保案，浮開報銷，幾條大劣迹，為什麼不一同敘進？」魏竹岡拿手指著「共計八款」四個字，說道：「一齊包括在內。給他個糊裏糊塗的好。等他來問我，我再一樣一樣的告訴他。我的信，只算要好通個信，我犯不著派他不是。所以信上有些話，一齊託了別人的口氣，不說是我說的，只要他覺著就是了。」單太爺聽了甚為佩服，連說：「到底竹翁先生是做八股做通的人，一通而無不通。小弟是沒有讀過書，主意雖有，提起筆來，就要現原形的。」魏竹岡道：「這也怪不得你，你若八股做通，你早已上去，也不在這裏做縣丞了。」正說著，將信封好，開了信面。怕自己的跟人不在行，交給單太爺的小跟班，即刻送去；叫他到船上，說是魏家來的，守候回信，千萬不可說明是單太爺的家人。小跟班的答應著去了。約摸兩個鐘頭，方才拿了一張回片回來，說：「有信明天送過來。」魏竹岡道：「我這個信，不是什麼容易覆的，定要斟酌斟酌。且看他明日回信如何寫法，再作道理。倘若沒有回信，好在你有位朋友在裏頭，就託他探個信，告訴我們一聲。或者再寫一封信去，或者商量別的辦法。」單太爺答應著，又說了些別的閒話，方才回去。按下不表。

* * *

且說：周老爺自從辭別單太爺出城之後，一直回到船上。畢竟心懷鬼胎，見了胡統領，比前反覺殷勤。胡統領本是個隨隨便便的人，倒也並不在意。等到晚上吃過夜飯，正是幾個隨員，在大船上趨奉胡統領的時候，忽見船頭上傳進一封信來，說是本城紳衿魏大老爺那裏寫來的。胡統領聽了詫異，連忙接在手中一看，只見上面寫明：「內要信送呈胡大人勛啟」，下面只寫著「魏緘」兩個字，還有「守候福音」四個小字。一頭拆信，一頭心上轉念：「我並不認得此人，這是那裏來的？」信封拆破，掏出來一看，先是一張名片，刻著：「魏翹」兩個大字；後面注著：「拜謁留名，不作別用」八個紅字；另用墨筆添寫：「號竹岡」，「某科舉人」，「某科進士」，「兵部主事」，「會試出某某先生之門」。胡統領看了明白：「是要我曉得他與我同門的意思，看來總是拉攏交情，為借貸說項地步。」因此並不在意，從從容容，將信取閱。及至看到了一半，說著「並無土匪」的事，心中始覺慌張；兼之一路看來，無非責備他的話頭，因此心上很不舒服；及至臨末，敘到他兩個，本是同門，因此特地前來關照，並且「鵠候回信……」等語。他翻來覆去，看了兩遍，一聲不響。眾隨員瞧看，也摸不著頭腦；周老爺雖已猜著九分九，也只好裝作不知，一傍動問：「是那裏來信？為的什麼事情？」胡統領不說什麼，但把信交在周老爺手中，說了聲：「你去看」。自己躺下吃煙。周老爺接信在手，從頭至尾，看了一遍，心內早已了然，口中不便說出，只說：「奇怪得很！看他來信，倒著實同大人要好，所以特地前來關照。」胡統領道：「他雖然與我同門，我又何嘗認得他？你說他同我要好，所以特來關照。據我看來，只怕不是好意思呢！」周老爺道：「這也不見得。倘若他不同大人同門，或者難保。既然同大人有此一層交情，借此拉攏，或者有之。倒是他信面上寫明白『守候回信』。現在怎麼回他？」胡統領道：「給他回片，先叫來人轉去，等明天訪明實在，倘有回信，再給他送去。」家人們答應一聲，取出名片，交給來人，叫他回去銷差。

這裏胡統領抽了幾口煙，一聲不響，等到過足了癮，坐起來，對周老爺說道：「我看這件事情不妙，好在眼前都是自己人。這件事情倘若鬧了出來，終究有點不便；怎麼想個法子，預先布置布置才好。事不宜遲，辦事越慢，花錢越多。就是我從前謀這個差使的時候，軍機王大人跟前，經手的朋友，是他的內姪；這條路原是再好沒有。他只叫我送三千銀子的贄見，包我得這個差使；我嫌多沒有理他。後來託了別人，一花花了五千，經手的還有謝儀，一共花了六千；足足的耽擱了半年，事情才成功。兄弟是過來人，這點機關，我還懂得。諸位替我想想看，可是不是？」文七爺接口道：「大人這事怕什麼，大人是上頭派了來的，無論事情辦的錯不錯，一來上頭總得護著大人，斷不肯自己認錯；二來縣裏有他們鄉下人的甘結領狀，都是真憑實據。他們有多大膽子敢上控？直捷可以不理他。」胡統領尚未開言，周老爺道：「怕呢，原是沒有什麼怕他；但是等到事情鬧出來，大家沒有味。這種人直捷是地方上的無賴，勝之不足為榮，敗之反足為辱。還是大人的明鑑，預先布置的好。」文七爺道：「只要我們理直氣壯，怕他怎的？」胡統領道：「文大哥，周某人話不錯。兄弟的脾氣，寧可息事，花點錢算什麼？只要小的去，大的來，就在裏頭了。但是總得有個人先去探探口氣，我們才好商量。」周老爺道：「先去探探口氣，果然是美意，我們也樂得同他拉攏拉攏。大人就給他一角公事，或者請他清查本地被土匪擾害的災戶，借此為名，等他開支幾兩銀子的薪水，這也好的；一面設法。倘若存了別的主意，大人跟前，卑職要直談的，那是他一定存了敲竹槓的意思。但是現在先寫信，看來事情一定還可挽回，大人也不必煩心。這裏的捕廳姓單，同卑職是十幾年的相好，聽說他同本地這些人，還聯絡得來；卑職就去找他，當中疏通疏通。將來事成之後，大案裏頭，求大人賞他一個保舉就是了。」胡統領道：「這是惠而不費的，我又何樂而不為呢？但是你老哥見了單縣丞只說你託他，不必提出我來，各式事情，我們心照就是了。」周老爺答應著說：「明天一早就進城去，事情要辦的快，總要明天一天裏頭了結才好。」胡統領道：「是啊！如此我也不留你們多坐了，你們各自回船歇息，明天好辦正經。」於是各隨員一齊辭別退去。

到了次日，周老爺果然起了一個早，坐轎進城。會見單太爺，講起昨夜統領的情形，知道事有把握。單太爺幫著敲了竹槓，統領還要保舉他，真是名利兼收，非常之喜。連說：「晚生倘能因此過班，全是老堂翁的提拔。至於銀錢裏頭，用著晚生出力的地方，晚生無不著力，無論多少好處，一齊都是你堂翁的。至於魏老朋友那裏，有兄弟去說，少則一頭二千，多則三五六千，隨你堂翁的便。他坐在家裏，那裏來得這些銀子，多了豈不是白便宜他呢？」周老爺聽了，自然也是歡喜。

又商量了一回，仍舊出城稟見統領，說起魏竹岡的為人：「據單縣丞說，竟其不是一個好東西，而且同京裏張昌言張御史，是姑表兄弟，所以在地方上很不安分。地方官看他表弟面上，有些事情都讓他，不同他計較。單縣丞雖然同他要好，曉得他利心太重，有些話也只好說起來看。總之：想敲一個大竹槓是實情。」胡統領聽了躊躇道：「少呢，我們那裏不花兩錢。如果要的多，也只好聽他的便了。」周老爺道：「據單縣丞說，只怕開出口來，不會少呢！」胡統領聽了詫異道：「怎麼單縣丞曉得他要敲我的竹槓？」周老爺連忙分辯道：「他如何會曉得？也不過外頭聽來的傳言。他聽見大人肯賞他保舉，他感激的了不得，立刻就到姓魏的那裏探聽去了。」周老爺正同統領說話的時候，忽然船頭上有人來回說：「有客到隔壁船上拜周老爺。」周老爺道：「只怕是單縣丞探了口氣來了。」胡統領道：「論不定就是他，你快過去看看罷。」周老爺辭別出來，回到自己船上，果然是單太爺，時因人多不便說話，便把他拉到耳艙裏，兩個人鬼鬼祟祟的半天。周老爺送客出來，一直仍回到統領船上。

一進門見了統領，便嚷道：「真正想不到的事情，簡直要把卑職氣死！怎麼不做一個好人，一定要敲竹槓！」胡統領忙問：「怎的？」周老爺只顧說他自己的話，說道：「他上天討價，不能不由我落地還錢。且看單太爺去說，他能聽不能聽，再作道理。」胡統領忙問：「到底他要多少數目？」周老爺道：「大人估量他要多少？」胡統領道：「多則五千，少則三千。」周老爺道：「三千再加一百倍！」胡統領楞了一楞，舌頭一伸道：「怎麼一百倍？」周老爺道：「他開口就是三十萬，豈不是一百倍？」胡統領道：「他的心比誰還狠，咱們辛苦了一趟，所為何事，他竟要一網打盡，我們還要吃什麼呢！你怎麼回頭他的？」周老爺道：「回頭了他，恐防生變。卑職總想著大人『寧可息事』的一句話，只同他講價錢，不同他翻臉。」胡統領道：「你到底同他講多少？」周老爺道：「他開的盤子太大了，過少不好出口，卑職還了他三萬。」胡統領聽了，默默無語，停了好半天，又問道：「你還他三萬，他答應不答應呢？」周老爺道：「他要三十萬，是單縣丞傳來的。卑職只還個數目給他，不曉得他答應不答應。」胡統領聽了，搖搖頭說道：「都要像這樣敲起來，一個三萬，十個就是三十萬。我的錢有完的時候，他們的竹槓沒有完的時候，這個我吃不了！你替我回頭他，有什麼本事，只管施來，我不怕；如若要錢，我沒有。」周老爺聽了，陡的吃了一驚，心上思量道：「怎麼這件事，他倒變起卦來？而且也不像他平日為人。」但碰了下來，也不好說別的。只搭訕著說道：「卑職這事，是仰體大人意思做的，所以敢還他一個價，橫豎這點數目，總還開銷得出。」胡統領一聽話中有因，明明說他的錢是賺來的，揭著他的痛瘡；心上越發生氣。其時天氣已交小寒，胡統領穿著一件棗兒紅的大毛袍子，沒有紮腰，也沒有穿馬褂；頭上戴著皮困秋❷；腳下蹬著薄底京靴；因為烘眼，戴了一付又大又圓的墨晶眼鏡；一手捧著水煙袋；一手綹著老鼠鬍子，坐在牀邊上，搖來搖去；牀上點著煙燈，只見他的面孔，比鐵還青，坐了老半天，一聲不響。周老爺也只好相對無言。又歇了一會說道：「我替他們地方上辦了這麼大的一件事，一把萬民傘都沒有，還來敲我的竹槓！」周老爺道：「等卑職出去通個風給他們，一定有得來的。」胡統領道：「算了罷！我省得三萬銀子，至少幾千把萬民傘好做。這個虛體面，我如今亦不在乎了！」周老爺一連

❷ 皮困秋：一種皮帽子。

碰了幾個釘子，滿肚皮不願意，癟在肚子不敢響。聽他的口音，三萬頭還賴著不肯出。一時不敢多說，只得隨便敷衍了幾句，搭訕著出去。

回到自己船上，踱來踱去，一時想不出主意。想了半天，忽然想到建德縣莊某人，統領同他還說得來，只好請他來打個圓場，或者有個挽回，可以撈他兩個。主意打定，便去拜見莊大老爺，言明來意，只說：「外頭風聲甚是不好；雖然鄉下人都有真憑實據，在我們手裏，到底鬧出來，總不好看。魏竹岡是著名的無賴，送他兩個，堵堵他的嘴，我們省聽多少閒話。」莊大老爺聽了，心想：「上回鄉下人的事情，雖然我替統領竭力的做了下來；然而對得住上司，畢竟對不住百姓，早晚總有一個反覆。倒不如等他們出兩個錢，我也免得後患。」想罷，便連聲稱「是」。又道：「統領脾氣，兄弟是曉得的，等兄弟去勸他，大概總答應。」周老爺感激不盡，辭別出門。

不多時候，莊大老爺也就來了，見了統領，閒談了幾句，慢慢講到此事。胡統領咬定一口不答應，還說了許多閒話，總怪周老爺幫著外頭人。又說：「兄弟這趟差使，是苦差使，瞞不過諸公的。周某人總想多開銷兄弟兩個，他才高興，不曉得他存著一個什麼心。像你老哥，才算得真能辦事情的人。」莊大老爺隨便替周老爺分辯了幾句；把嘴湊在統領耳朵上，咕咕唧唧了半天；先見統領皺一回眉，搖一回頭，後來漸漸有了笑容，一連把頭點了幾點，方才高聲說道：「這件事，兄弟總看你老哥的面子；如果是別人，兄弟一定不能答應。」莊大老爺又重新謝過，辭別回去，不提。

* * *

單說胡統領此番，雖然聽了莊大老爺的話，答應送魏竹岡三萬銀子，託為布置一切；他的初意，因為不放心周老爺，一定要莊大老爺經手。莊大老爺明曉得這裏頭周某人有好處，而且當面又託過，犯不著做什麼惡人，所以求了統領，仍交周某人經手。統領面子上雖然答應，等周老爺上來請示，要劃這筆銀子，他老人家總是推三阻四。一連耽擱了好幾天，亦沒有吩咐下來。周老爺心上著急，又不好十分催他。而且胡統領有意為難，過了兩天，竟其推病不見客，連周老爺來見，也是不見。等到病好，周老爺再上去請示，倒說：「兄弟那裏來的錢？還是老兄外頭面子大，交情多，無論那裏，先替兄弟拉三萬銀子，隨後等兄弟有了缺，本利一個不少他的就是了。」周老爺聽了，氣得半天說不出話來，意思待要發作兩句；既而一想：「好漢不吃眼前虧，且讓他一步，再作道理。」

回到自己船上，越想越氣。忽又想到：「戴大理的話，真是一點不錯。橫豎總不落好，碰見這種人，只好同他硬做。但是一件，銀錢是黃仲皆經管，我今同他商量，他是個膽小人，一定不肯答應，與其碰了回來，不開口為妙。」想來想去，一夜未眠。次日一早起身，正在一個人盤算主意的時候，齊巧單太爺前來探信。周老爺一想：「他來得湊巧，我今姑且同他商量。」當下請進見面敘坐。周老爺先開口說：「一連接到老哥三張條子，為著這事情大有反覆，所以一直未能報命。」單太爺道：「晚生並不敢來催堂翁，只因魏竹岡天天派人到晚生那裏來討回信，賽如欠了他的債一般；這種人真正可惡！晚生想不去理他，又怕耽誤了堂翁這邊的事，統領跟前無以交代，所以急於兩面圓場。也曉得堂翁這裏事情多，不好為著這點小事情，時來絮聒；為的實係被催不過，所以寫過幾封信，意思想討堂翁一個回信，晚生也好回覆前途。一連幾日，既未見堂翁進城；事情如何，又未蒙台諭；所以晚生只得自己過來，一來請請安，二來請個示。到底這事如何辦法？」周老爺聽了，皺了一皺眉頭，說道：「兄弟亦因此事為難，正想進城，同老哥商量。現在老哥來此甚好。」單太爺道：「怎麼說？」周老爺把嘴湊在他耳朵邊，將此事始末緣由，他如何為難，統領如何蠻橫，現在想賴這筆銀子的話，說了一遍。

單太爺聽了，想了一回，說道：「堂翁現在意下何如？」周老爺道：「這種人，不到黃河心不死，現在橫豎我們總不落好，索性給他一個一不做，二不休，你看如何？」單太爺道：「任憑他們去上控？」周老爺道：「猶不止此。」單太爺詫異道：「還要怎麼？」周老爺楞了半天，方說道：「論理呢，我們原不應該下此毒手；但是他這人，橫豎拿著好人當壞人的，出了好心沒有好報，我也犯不著替他了事。依我的意思，單叫人去上控，還是便宜他！最好弄個人，從裏頭參出來，做他一個迅雷不及掩耳。要賺大家賺，要漂大家漂，何苦單單便宜他一個？我上回恍惚聽見你老哥說起，張昌言張御史同魏竹岡是表兄弟，可有這個話？」單太爺道：「他倆不錯是表兄弟。但是他如今通信不通信，須得問問魏竹岡方曉得。」周老爺道：「我想託你去找找他，通個信到京裏，幹他一下子。你看怎樣？」單太爺道：「只要他肯寫信，那是沒有不成功的。但是一件，事情越鬧越大，將來怎樣收功？於他固然有損，於我們亦何嘗有益呢！」周老爺道：「我不為別的，我定要出這一口氣。就是張都老爺那裏，稍些要點綴點綴，這個錢我也肯出！」

單太爺一聽他肯出錢，便也心中一動，辭別起身，去找魏竹岡。兩人見面之下，魏竹岡曉得事情不成功。這一氣也非同小可，大罵胡統領不止。立刻要親自進省去上控，不怕弄他不倒。單太爺道：「現在縣裏有了憑據，所以他們有恃無恐。他是省裏委下來的，撫臺一定幫護了他。官司打不贏，徒然討場沒趣。」魏竹岡道：「省控不准，就京控。」單太爺道：「你有閒工夫，同他去打，這筆打官司的錢，那裏來呢？」魏竹岡一聽這話有理，半天不語。單太爺道：「你令親在京裏，不好託託他，想個法子嗎？」魏竹岡道：「再不要提起。我們那位舍表弟，他自從補了御史，時常寫信來託我替他拉買賣。我這趟在屯溪，替他拉到一注，人家送了五百兩，我想不賺他的，同他好商量，在裏頭挪出二百我用；誰知他來信一定不肯，說年底下空子多，好歹叫我匯給他。還說明：『將來你表兄有什麼事情，小弟無不竭力幫忙。應該要一百的，打個對折就夠了。』老父臺，你想想看，我老表兄的事情，他不肯說不要錢，只肯打個對折，你說他這要錢的心可多狠！」單太爺道：「不管他心狠不心狠，『千里為官只為財』，這個錢也是他們做都老爺的人應該要的。不然，他們在京裏，難道叫他喝西北風不成？」魏竹岡道：「閒話少說，現在我就寫信去託。但是一件，空口說白話，恐怕不著力，前途要有點說法方好。」單太爺道：「看上去不至於落空。至於一定要若干，我卻不敢包場。」魏竹岡道：「到底肯出若干買他這個摺子？」單太爺道：「現在已到年下了，就送點小意思，總算過年炭敬罷了。」魏竹岡道：「炭敬亦有多少，一萬八千也是，三十二十亦是，到底若干？說明白了，我好去託他。你不知道他們這些都老爺，賣摺參人，同大老官們寫信，都與做買賣一樣，一兩銀子，就還你一兩銀子的貨，十兩銀子，就還你十兩銀子的貨；卻最為公平，一點不肯騙人的。所以叫人家相信，肯把銀子送給他用。我看這件事情，總算兄弟家鄉的事情，於兄弟也有關係，你也一定有人託你。你就同前途說，叫他拿五百兩銀子，我替他包辦。」單太爺道：「五百太多罷？」魏竹岡道：「論起這件事來，五千也不為多。現在一來是你老哥來託我，二來舍表弟那裏，我也好措辭。總而言之：這件事參出去，胡統領一面，多少總可以生法，還可以樹上開花。不過借我們這點，當作藥線，好處在後頭，所以不必叫他多要。你如今連個名世之數，都不肯出，真正大才小用了。」單太爺道：「這錢也不是我出，等我同前途商量好了，再來復你。」魏竹岡道：「要寫信，早給兄弟一個回頭。」單太爺道：「這個自然。」說完別去。

當晚出城，找到周老爺說：「姓魏的答應寫信，言明一千銀子包辦。」周老爺聽了，嫌多，當下向單太爺再三斟酌，只出六百銀子。單太爺無奈，只得拿了三百銀子去託魏竹岡說：「前途實在拿不出，大小是件生意，你就賤賣一次，以後補你的情便了。」魏竹岡起先還不答應。禁不住單太爺涎臉相求，魏竹岡只得應允。等到單太爺去後，寫了一封信，只封得五十銀子。給他表弟，託他奏參出去。

以後如何，且看下回分解。

第十八回　頌德政大令挖腰包　查參案隨員賣關節

卻說：胡統領自從到了嚴州，本地地方官，備了行轅，屢次請他上岸去住；無奈他戀迷龍珠，為色所困，難捨難分；所以一直就在船上打了水公館。後來接到上憲來文，叫他回省，他便把經手未完事件，趕辦清楚，定期動身。此番出省剿匪，共計浮開報銷三十八萬之譜：有些已經開支；有的尚待回省補領。胡統領心滿意足，自己想想，總覺有點過意不去，便於其中提出二萬：一萬派給眾位文武隨員，以及老夫子家人等眾，一來叫他們感激，二來也好堵堵他們的嘴。周老爺雖非統領所喜，因為一切事情都是他經手，特地分給他三千。下餘的一千八百，三百五百，大小不等。是趙不了頂沒用，也分到一百五十兩銀子，比起統領頂得寵的門上曹二爺，雖覺不如；在他已經樂的不可收拾了。尚有一萬，由統領交託周老爺，說道：「本地紳士魏竹岡，他要敲兄弟三萬，他的心未免太狠，我一時那裏來得及！現在把這一萬銀子，託老兄替兄弟去安排安排，免得他們說話，大家不乾淨。倘若不夠，只得請老兄替兄弟代挪數千金補上。再要多，我可沒有了。」

周老爺聽了心下尋思：「這我的媽！你這個錢若肯早拿幾天，我也不至於託姓魏的寫信到京裏去了。現在事已如此，再出多些也無益，我樂得自己上腰，也犯不著再給姓魏的。我有了這個錢，回省之後，另打主意，或仍往山東一跑；將來就是他們參了出來，弄到放欽差查辦，也與我不相干涉。」主意打定，仍舊恭而且敬的，回答統領道：「大人委辦的事，卑職沒有不盡心的。齊巧這兩天，他們那邊也鬆了下來，大約一萬就可了事。」胡統領道：「可見這些人是賤的，你不理他，一萬也就好了。你若是依他，只怕三萬也不會了事。」周老爺心裏好笑，嘴裏不作聲。胡統領道：「現在錢也出了。我的萬民傘呢，這點虛面子，他們總不好少我的罷？」周老爺道：「這個自然。」胡統領道：「一萬銀子買幾把布傘，我還是不要的好。」周老爺道：「叫他們送緞子的。城裏一把，四鄉四把，至少也得五把。」胡統領道：「我不是稀罕這個，為的是面子。被上司曉得，還說我替地方上出了怎麼大一把力，連把萬民傘沒有，面子上說不下去。」

周老爺答應著。見話說完，退了下去。一頭走，一頭想，心想：「這送萬民傘的事情，須得同本地紳士商量。現在這些人，一齊把統領恨如切骨。說上去，非但不聽，而且還要受他們的句子。不如且到縣裏，與同莊某人斟酌斟酌再說。」主意打定，立刻坐了轎子，到縣裏拜會莊大老爺，說明來意。莊大老爺道：「我雖是地方官，這件事也不好勉強他們，須得他們願意；而且我也不好同他們去談這個。你去找找捕廳單某人，他與本地紳士還聯絡，不如叫他去說說看，說成了固然是好；倘若不成功，他的主意多，叫他想個法子，弄幾把傘，有幾個人送了去，統領面子上糊得過，不就結了嗎？」周老爺道：「單某人是我認得的，如此即刻去找他。」說完，辭了出來。捕廳就在縣衙東面，也不用坐轎子，踱了過來。單太爺接著，寒暄之後，便問：「老堂臺同統領幾時動身？晚生明日還要請老堂臺敘敘，一定要賞光的！」周老爺自然謙了幾句，便將來意告知。單太爺道：「紳士商人，於統領的口碑都有限。如今要他們送萬民傘，就是貼了錢，也萬萬不會成功。不如不去說的好。老堂臺如果怕統領面子上難以交代，晚生有句老實話，除非統領大人自己挖腰包不可。若以現在外面口碑而論，就是統領大人自己把牌傘做好，交給他們，他們也未必就肯送來，因為來了就要磕頭的。老堂臺如今要辦這個，依晚生愚見，這筆錢是沒有人肯出的。果然自己挖腰包，把傘做好，由晚生這裏，雇幾個人替你掮了去，也還容易。但是這些戴頂子送的人，那裏去找？」

周老爺聽了不語，心下尋思想道：「好在我已拿著他一萬銀子，拚出一二百塊錢，就做五把傘，四扇牌，應酬他也不打緊。」想罷，便對單太爺道：「這個錢，現在歸兄弟拿出來，你不必愁。但是請幾位朋友去送，總得你老哥想個法子。到底你老哥在這裏做官做久了，外面人頭熟，說出去的話，人家總得還你個面子。」單太爺道：「人頭果然熟，然而也要看什麼事情。我替老堂臺想，你們帶來的營頭，還有砲船，那些統領，幫帶，哨官，什長，那一個不是顏色頂子？去同他們商量，到了那天檢幾個永遠見不著統領的面的，叫他們穿著衣帽來送，就說是本地紳衿。橫豎進來磕過頭就出去的，那能辨他是真假呢？」周老爺一聽不錯，連稱：「老哥所說極是！兄弟一一照辦。」又把做萬民牌傘的事，託單太爺代辦。單太爺問：「做什麼樣子的？」周老爺說：「要緞子的。」單太爺楞了一楞道：「緞子的太貴罷！」周老爺道：「不用緞子，至少也得綾子。你老哥瞧著看怎麼省錢，怎麼好看，就怎麼辦。兄弟的事情，你老哥還肯叫我多化錢嗎？」說著，又問：「幾天做好？何日去送？」單太爺屈指一算，說：「今天不算，總得兩天做成。一准第三天送就是了。」周老爺回到城外，先去找了趙大人魯總爺一幫人，商量妥當，把人頭派齊。然後回到大船上，稟知統領，自然無話。預備第三天早上，收過萬民傘，德政牌之後，飯後開船回省。

* * *

正是光陰迅速，轉瞬間已到了第二天了。這天合城文武，在本府衙門，備了滿漢全席，公請統領。並請了周老爺，趙不了等，一班隨員老夫子作陪。又傳了一班戲，在廳上唱著。當下自然是胡統領居中第一位，眾官左右坐了相陪。胡統領穿的是吉祥狘缺衿袍子，反穿金絲猴馬褂。檯子面前，放著一個大火盆，燒著通紅的炭。十多個穿袍的管家，左右分班上茶斟酒。到午後兩點鐘入座，一直吃到上燈，還沒有完的。

胡統領嘴裏喝著酒，眼裏看著戲，正在出神時候，不提防一陣風來，把戲臺上一幅彩綢，吹在蠟燭上，登時燒將起來。雖然當時就被人瞧見，趕緊上前撲救；無奈風大得狠，早已轟轟烈烈，把簷上掛的彩綢，一齊燒著。大眾這一驚非同小可，一時七手八腳，異常忙亂，有些人取水潑救，有些人想拿竹竿子去挑。其時戲臺上已經停鑼，眾戲子一齊站在臺口上，幫著出力。幸虧其中有一個唱開口跳的小丑，本事高強，攀著柱子爬了上去，左一拉，右一拉，才算把彩綢扯下，餘火撲滅。一場大禍，頓歸烏有，眾人方才把心放下。回看地上，業已滿地是水，當差的拿掃帚掃過，重新入席，開鑼唱戲。

當火起的時候，胡統領面色都嚇白了，就叫：「打轎子！」說：「要回去。」後見無事，眾官又過來一再挽留，請大人寬用幾杯，替大人壓驚。誰知這位統領大人，是忌諱最多的，見了這個樣子，心上很不高興，勉強喝過幾杯，未及傳飯，首先回船。眾人亦紛紛相繼告辭。

胡統領回到船上，開口就說：「今日好端端的，人家替我餞行，幾乎失火，不曉得是什麼兆頭！」眾人不敢回答。虧得文七爺能言慣道，便說：「火是旺相，這是大人升官的預兆，一定是好兆頭。」一句話就把他老人家提醒，說說笑笑，依舊歡天喜地起來。

到了第三天，手下的人，一齊起早伺候。碼頭上本有彩棚，因為統領定於今日動身回省，首縣辦差家人，重將彩綢燈籠，更換一新。大小砲船，一律旌旆鮮明，迎風招展。碼頭左右，全是水陸大小將官，行裝跨刀，左右鵠立。將官之下，便是全軍隊伍，足足站有三四里路之遙，或執刀叉，或擎洋鎗。每五十人，便有一員哨官，手拿馬棒，往來彈壓。德政牌傘言明是日十點鐘，由城裏送到船上。趙大人，魯總爺所派武職人員，一早穿了衣帽，同到單太爺那裏，預備冒充本城紳衿，遮掩統領耳目。單太爺又嫌人數太少，不足壯觀，另把自己素有往來的幾個買賣人，什麼米店老板，南貨鋪裏掌櫃的，還有兩個當書辦的，一齊穿了頂帽，坐了單太爺預備的小轎。單太爺辦事精細，恐怕惹人議論，叫人悄悄的到傘牌店裏，把五把傘四扇牌取來，送到城門洞子裏會齊。又預先傳了一班鼓手，在那裏候著。等到諸位副爺老板轎子一到，然後將傘撐起，隨著鼓手德政牌，吹打一同出城。出城不遠，兩旁便有兵勇站街，也有人保護，不怕滋事了。分派停當，已經九下鐘。合城文武官員，絡續奔至城外官廳伺候。

約摸有十點半鐘，只聽岸灘上三聲大砲，兩傍吹鼓亭吹打起來。胡統領趕忙更換衣冠，頭戴紅頂貂帽，後拖一支藍紮大披肩的花翎，身穿棗兒紅猞猁猻缺衿開氣袍，上罩一件壽桃貉馬褂，下垂對子荷包，腳登綠皮挖如意行靴。幾個管家，一個個都是灰色搭連布袍子，天青哈喇呢馬褂，頭戴白頂水晶頂，後拖貂尾，腳踏快靴。其時德政牌傘已到岸上彩棚底下，一眾送傘的人，齊上手本，執帖門上呈上統領過目之後，便吩咐伺候。岸上又升三聲大砲。只見十六名親兵，穿著紅羽毛黑絨鑲滾的號褂戰裙，手執雪亮鋼叉，鋼叉之上，一齊繞著紅綢。親兵後頭，挨排八個差官。由船到岸，雖只一箭之遙，只因體制所關，所以胡統領仍舊坐了四人綠呢大轎。轎前一把行傘，轎後一群跟班。到了岸上彩棚底下下轎，朝著眾位送傘的人，謙遜了幾句。其時地上紅毡官墊，都已鋪齊，眾人紛紛磕頭下去，統領一旁還禮不迭，起來又謝過眾人，又留諸位到船上吃茶。眾人再三辭謝。統領送過眾人。其時各砲船船頭上，齊開大砲，轟轟隆隆，鬧的震天價響。兩旁兵勇掌號，吹鼓亭吹打細樂。統領依舊坐著轎子，由差官親兵等簇擁回船。

不提防轎子剛才擡上跳板，忽見一群披蔴帶孝的人，手拿紙錠，一齊奔到河灘，朝著大船，放聲號啡痛哭起來。其時統領手下的親兵，縣裏派來的差役，見了這個樣子，拿馬棒的拿馬棒，拿鞭子的拿鞭子，一齊上前吆喝。誰料這些人，絲毫不怕，起先是哭，後來帶哭帶罵，罵的話雖然聽不清楚，隱隱間也有一二句可以辨得，說什麼：「官兵就是強盜，害的我們好苦呀！」一派話頭。這些人聽了，愈加生氣，打罵的更兇，那些人，只是哭他的，伏在地下，慢慢化錠，慢慢訴說，只是不動。四面彈壓的人，及碼頭上瞧熱鬧的人，早已聚了無數。哭罵的話，胡統領也並非一無所聞，幸虧他寬洪大量，裝作不知。上船之後，就命立刻開船，離了碼頭。

再說府縣各官，聽說統領就要開船，一齊踱出官廳，上船叩送。走至岸灘，見了許多人，團聚一處，問起根由；眾人不敢隱瞞，只得依實直說。本府不語。首縣莊大老爺便罵當差的，問他：「為什麼不早驅逐閒人？現在圍了多少人在這裏，叫統領大人瞧著，像個什麼樣子呢？」辦差的不敢回嘴。莊大老爺又吩咐：「把地保鎖起來！」地保一聽老爺動氣，立刻分開眾人，要想把一個身穿重孝，哭的最利害的人，扭了來稟見本官。誰知這個人，並不畏懼，反拿了哭喪棒打地保的頭，嘴裏還說：「我的媽，我的哥，都死在他們手裏，我的房子亦燒掉了，我還要命嗎？他是什麼大人！我見了他，我拚著命不要，我定要同他拚命！」其時莊大老爺站在碼頭上，這些話都聽得明白，曉得罵的不是自己，雖然生氣，似乎可以寬些。忙傳話下去，叫地保不要同他囉嗾，把他們趕掉就是了。地保得令，同著七八個差役，兩個拖一個，把他們拖走。這些人依舊破口罵個不了。但是相去已遠，統領聽不見，莊大老爺也聽不見，就作為無其事，不去提他了。

且說各官捱排見過了統領，各人有各人坐船，一齊各回本船，跟著統領的船，走了有十幾里，統領再三相辭，方才回去。至各武官，一齊在江邊排隊，嗚鎗跪送，更不消說得。本道駐紮衢州，自從九月生病，請了三個多月的假，上頭因為他京裏有照應，所以並不動他；地方上雖有事，竟於他絲毫不相干涉似的。自從胡統領到嚴州，一直等到回省，始終未見一面；胡統領也曉得他的來頭，所以也並不追求。

* * *

正是有話便長，無話便短。胡統領在船上走了幾天，及到回省，已經是年下。照例上院稟見，一則稟陳勦辦情形，二則叩謝隨摺保奬，照例公事，敷衍過去。下來之後，便是同寅接風，僚屬賀喜，過年之時，另有一番忙碌，官樣文章，不必細述。

單說同去的隨員，黃文兩位，各自回家。周老爺原有撫院文案差使，撫憲同他要好，一直未曾開去，他回省之後，原舊可以當他的差使。無奈他在嚴州，因與胡統領屢屢齟齬，非但託人到京買摺奏參，而且還賺了他一萬銀子；將來這事總要發作，浙江終究不能立足。與其將來弄得不好，不如趁此囊橐充盈，見機而作。所以自從回省之後，一直請假，在朋友家中借住。等到捱過元宵，他又借著探親為名，上院稟見撫憲，口稱：「親老多病，倚閭望切，屢屢寄信前來，叫卑職回去。今幸嚴州土匪一律剿平，卑職並無經手未完事件，意欲請假半載，回籍省親。假滿之後，一定仍來報效。」劉中丞是同他有交情的，聽了此言，甚為關切，不得不允。但嫌半年日子太長，只給了三個月的假，還說：「隨摺只保得胡道一人，早奉批摺允准。旨意上並准兄弟擇尤保奬，不日就要出奏，老哥的事情，是用不著吩咐的。」周老爺又請安謝過。然後下去稟辭各上司，辭別各同寅，捲捲行李，搭上了小火輪。先到上海，再圖行止。按下慢表。

再道：戴大理聽見胡統領回省，先到公館稟見。見面之後，寒暄幾句，胡統領先謝他從中斡旋之事，又提到周老爺，竟其甚不滿意。戴大理便趁勢說了他許多壞話，又說：「這番不給他隨摺，也是卑職做的手腳。」胡統領道：「非但不給他隨摺，而且等到大案上去的時候，兄弟還要稟明中丞，把他名字撤去才好。」戴大理聽了甚喜。

正是光陰似箭，日月如梭，周老爺去不多時，這裏大案也就出去。胡統領雖與周老爺不對，屢次在中丞面前說他的壞話，戴大理也幫著在內運動；無奈中丞念他往日交情，這一番辛苦，不肯撤去他的名字，依舊保了進去。當經奉旨交部議奏。隨手就有部裏書辦，寫信出來，叫人招呼，無非以官職之大小，定送錢之多少，有錢的核准，無錢的批駁。往返函商，不免耽誤時日；所以奉旨已經三月，而部覆尚未出來。此乃部辦常情，不足為怪。

* * *

看看一年容易，早已是五月初旬。一日劉中丞正在傳見一班司道，忽然電報局送進一封電傳閣抄。

拆開看時，原來是派欽差兩位大員，隨帶司員，馳驛前赴福建，查辦事件。當下中丞看過，便說與眾人知道。藩臺回稱：「現在福建並沒有什麼事情，被人參奏，何以要派欽差查辦？」到底臬臺是當小軍機出身，成案最熟，想了一回，說道：「據司裏看起來，只怕查的不是福建。向來簡派欽差，查辦的是山東，上諭上一定說是山西，好叫人不防備；等到到了山東，這欽差可就不走了。然而決計等不得欽差來到，一定有預先得信，裏頭有熟人，沒有不寫信關照的。」劉中丞道：「我們浙江不至於有什麼事情，叫人說話。」司道聽了無話。

送客之後，歇了兩三天，劉中丞接到京中來信，也是一個要好的小軍機寫給他的。上頭寫的明明白白，是有三個御史，一連參了三個摺子，所以放了欽差來浙江查辦。劉中丞至此，方才吃了一驚。到了次日，又奉上諭，已將省分指明，著派兩欽差來浙查辦。但是只說有人奏，沒有提出御史的名字；此亦照例文章，無庸瑣述。至於所參的是那幾款，上諭未曾宣明。合省官員，雖有幾位自己心上明白，究竟一時亦不得主腦。過了幾日，京裏的那個小軍機，又寫了一封信來，才把被參的大概情形，約略通知。雖還不能詳細，大略情形已得六七。

列位看官，須知大凡在小省做督撫的人，裏頭軍機大臣上，如果有人關切，自然是極好的事；即使沒有什麼，達拉密章京——就是所稱為小軍機的——那幫人，總得結交一兩位，每年餽送些炭敬水敬。凡事預先關照，便是有了防備了。京城裏面，劉中丞雖然不少相好；無奈這些人，聽見他被參，恐怕事情不妙，都有點退後，不敢同他來往。又有人心上很想通知他，卻打聽不出被參的根由，因此不敢多言。本城司道，當中有幾個雖得實信，但是有礙中丞面子，橫豎將來總會水落石出，此時也不便多談。有此三層，所以欽差已經請訓南下一月有餘，所參各節，劉中丞反不能全然知道，卻是這個緣故。

閒話休題，言歸正傳。且說到了六月底，接著電報，曉得欽差已經行抵清江這邊。浙江省城，便委了文武巡捕，前往迎接。趕到七月中旬，業已頂到杭州。探馬來報，聽見離城不遠。文自巡撫以下，武自將軍以下，一齊接到官廳，預備恭請聖安。出城不到一刻，遠遠聽得河中小火輪的氣筒，嗚嗚的響了兩聲。兩岸接差的營兵，一陣排鎗放過，便見兩隻小火輪，拖帶欽差及隨員大小坐船二十餘隻，一路衝風破浪而來。船泊碼頭，三聲大炮。隨見兩位欽差，身著行裝，坐了大轎，擡到岸上，一同出轎，走至香案旁邊，東西站定。將軍巡撫以下，都統臬司以上，凡夠得著請聖安的，一齊跪定。巡撫將軍居首，口報：「某官臣某人，率領某某人，恭請聖安。」然後叩頭下去。欽差照例回答過。一時禮畢，兩位欽差，只同將軍學臺，寒暄了兩句，見了其餘各官，只是臉仰著天，一言不發；便命打轎進城。其時城內早經預備，把個總督行臺，做了欽差行轅。此番辦差，非同小可；為的是查辦本省事件，所以首縣格外當心。藩臺又怕首縣照顧不到，另派了一個同知，兩個知縣，幫同仁，錢二縣，料理此事。

欽差到了行轅，因為請訓的時候，面奉諭旨，叫他破除情面，澈底根查；所以關防非常嚴密，各官來拜，一概不見；又禁阻隨員人等，不准出門，也不准會客。大門內派了一員巡捕官，同一位親信師爺，一天到晚，坐在那裏稽查。有人出入，都要掛號。這個風聲一出，直把合省官員，嚇的不得主意。到了第二天，欽差又傳出話來，叫首縣預備十付新刑具，鍊子，桿子，板子，夾棍，一樣不得少。隨後又叫添辦三十付手銬，腳鐐，十付木鉤子，四個站籠。首縣奉命去辦，連夜做好，次日一早送到行轅。各員聞知，更覺魂不附體。

刑具造齊之後，一連兩日不見動靜。合城官員，越發摸不著頭腦。凡欽差一舉一動，首縣及本省所派的文武巡捕，均隨時稟知撫院；今因不見動靜，自然格外驚疑。到了第三天，欽差行轅，忽然發出一角公文，咨給本省巡撫。劉中丞拆出看時，上面寫的大略，是：「本大臣欽奉諭旨，來此查辦事件。凡與案內牽涉各員，相應咨請貴撫院，按照另開各員，分別撤任撤差看管，……」各等語。另外一張名單，共是：兩個實缺道，是寧紹臺一個，金衢嚴一個，均先撤任；兩個候補道，一個是支應局的老總，一個便是防軍統領胡道臺，均先撤差；五個知府；十四個同通州縣；建德縣莊大爺，亦在其內，得的處分，是先行撤任，發交首縣看管；此外全是撤任撤差，發縣看管的，共有三個；佐雜班子裏，撤任撤差的，共有八個；此外武官當中也不少。另有一篇名字，是：捉拿劣幕二人，一個還是現在撫院的幕府；三個門丁，兩個是跟藩臺的，一個是運司的；又有某處紳士某人；某縣書辦某人；足足有一百五十多個，一時也記不清楚。劉中丞一看，別的還好，偏偏自己幕友，也在其內，乃是第一掃臉之事。而且司道大員，統通有分，便知事情不小。但是來文當中，以及撤任撤差，拿人看管，並不指出所犯案情。惟因事關欽案，既不敢駁，又不敢問，只好一一遵照去辦。這個信息一出，真正嚇昏了全省的官，人人手中捏著一把汗，欲待打聽，又打聽不出，這一急尤其非同小可！不在話下。

且說：兩位欽差大臣，自從行文之後，行轅關防，忽然鬆了許多。就有幾位隨來的司官老爺，偶爾晚上出門，找找朋友，拜拜客；但是出門總在天黑上火之後，日間仍舊頓在家裏。欽差的隨員，誰不巴結他？既出來拜客，人家自然趕著親近，有的是親戚年誼，敘起來總比尋常分外親熱。起先只約會吃飯接風，後來送東送西，行轅裏面來往的人，也就漸漸的多了。兩位欽差，只裝作不聞不知，任他們去幹。

這隨帶司員當中，有一個旗人，名喚拉達，官居刑部員外郎，是正欽差的門生；師生之間，平時極其水乳。杭州候補道裏頭，有一管轄城門保甲的，也是個一榜出身，姓過名富，同拉達是同榜舉人，也中在正欽差門下。

卻說：這位正欽差，他是個旗員出身，現官兵部大堂，又兼內務府大臣之職。這趟差使，原是上頭有意照應他，說：「某人當差勤慎，在裏頭苦了這多少年，如今派了他去，也好叫他撈回兩個。」等到聖旨一下，還未請訓，他先到老公屋裏，打聽上頭派他這個差使，是個什麼意思。老公說道：「這差使，上頭原先要派某某人去的。我們是自己人，有了好事情，肯叫別人去嗎？所以就在佛爺跟前，替你把這差使求了下來。」正欽差聽了，自然異常感激，隨手說道：「這件事情，鬧的很不小，看來很不好辦。要請請示，上頭是個什麼意思？」老公鼻子裏撲嗤一笑道：「現在還有難辦的事情嗎？佛爺早有話：『通天底下一十八省，那裏來的清官？但是御史不說，我也裝做糊塗罷了；就是御史參過，派了大臣查過，辦掉幾個人，還不是這們一件事；前者已去，後者又來，真正能殼懲一儆百嗎？』這纔明鑑萬里呢！你如今到浙江，事情雖然不好辦，我教給你一個好法子，叫做只拉弓，不放箭：一來不辜負佛爺栽培你的這番恩典；又可落個好名聲，省得背後人家咒罵；二來你自己也落得實惠。你如今也有了歲數了，少爺又小，上頭有恩典給你，還不趁此撈回兩個嗎？」

正欽差聽了，別的還不在意，倒於這個「只拉弓，不放箭」兩句話，著實心領神會，等到辭別出京，頂到杭州，一直恪守這老公的一番議論。外面風聲雖然利害，什麼拿人造刑具，鬧得一天星斗；其實他老人家，天天坐在行轅裏面，除掉聞鼻煙抽鴉片之外，一無所事。空閒之時，便同幾個跟班的，唱唱二黃連花落，消遣消遣。不但提來的人，他一個不審，一個不問；就是調來的案卷，他老人家始終沒有瞧過一個字，只吩咐交給司員們看。同來的副欽差，雖是個漢人，他的官不過是個副憲；頂子還沒有紅，各式事情，都讓正欽差在頭裏，總不肯越過他去。至於帶來的司員，很少幾個懂得例案，留心公事的；無奈見了欽差如此舉動，一齊沒了主意。其中只有員外郎拉達，因是正欽差的門生，他二人做了一氣，正欽差拿他當心腹人看待；他又同他同年過道臺做了聯手。

* * *

這位過富過道臺，本是個一榜，上代也很有交情。自從到省以來，足足一十七載，從前幾任巡撫，看他上代的面子，也很委過他幾趟差使；無奈他太無能力，不是辦的不好，就是鬧了亂子回來。所以近來七八年，歷任巡撫，都引以為戒，不敢委他事情，只叫他看看城門，每月只領一百塊洋錢的薪水。每逢牌期朔望，雖然跟了許多司道上院，不過照例掛號，永無傳見之期，真正黑的比煤炭還黑！不料天無絕人之路，偏偏本省出了亂子，接二連三，被都老爺參了幾本，事情鬧大了，以致放欽差查辦；剛巧是他中舉的老師。頭一天去稟見，巡捕傳出話來，說是：「欽差不見客。」起初他還不曉得老同年拉達同來；過了幾天，拉達先拿著年弟的帖子，前來拜望，敘起來，纔知道是同榜同門，因此非常親熱。拉達受了欽差的吩咐，有心要叫過道臺做拉馬❶。他二人竟其沒有一天不碰頭兩三次。凡欽差行轅，一舉一動，本省大憲，自沒有不知道的。自從他二人要好，一班耳報神，早已飛奔的報到撫臺跟前了。

這幾天，撫臺正為這事，茫無頭緒；得了這個信，便傳兩司來商議。還是臬臺老練，有主意，說道：

❶ 拉馬：拉攏男女雙方搞不正當的關係，俗稱「拉馬」。引申之，凡是拉攏不正當的結合，都可以叫做「拉馬」。

「然而過道臺是欽差門生，少不得將來要照應他的，大人不如先送個人情給他：一來過道感激大人的栽培，各色事情，沒有不竭力報效的；二來叫欽差瞧著大人諸事都看他臉上，他也不好不念大人這點情分；三則過道臺既同欽差隨員相好，也可以借他通通氣。好在目下支應局營務處防軍統領，出了幾個差使，都沒有委人；大人何不先委他一兩樁？這個人情是樂得做的。」撫院聽了，甚以為然，立刻應允。等到兩司回去，未到天黑，札子已經寫好，送到過道臺的公館裏去了。

且說：過道臺，自從黑了許多年，手中也著實拮据。現在老同年到了，總得些微應酬點，而且還想老師跟前，吹噓吹噓，再託本省撫憲，另外委他個好點的差使；幸喜他秉性忠厚，只想老同年替他說兩句好話；至於借名招搖的事，的確絲毫沒有。這天正在公館裏打算：「明天請老同年逛西湖，只要一隻船，到了西湖，隨便到岸上小酌一頓，化上頭兩塊錢，便算請過了他，盡了東道之誼。」窮候補了多年，飯館子上都欠不動了，只好打這個小算盤，這正是他的苦處！不料正在打主意的時候，忽然院上送了兩個札子來。過道臺是多年不見紅點子的人，忽然院上送來兩個札子，還不知道什麼事情，甚是驚訝不定。等到拆開一看，才曉得是委了兩個差使：一個支應局，一個營務處。這一喜非同小可。第二天上院謝委，磕頭起來，說了許多感激的話。劉中丞也著實拿他灌米湯，還說：「老兄的大才，兄弟是素來知道的；一向沒有機會，所以拿你擱到如今，以後借重的地方還不少！」過道臺的底子，畢竟忠厚，從此以後，便一心一意幫著劉中丞，替他出力。卻是後話，不題。

單說：他上院下來，次日會見老同年，忙把此事告知。拉達心上明白，回到行轅，亦稟知了老師。欽差會意，等到晚上無人的時候，請了拉達過來，面授機宜，如此如此，這般這般的，吩咐了一番。拉達道：「老師的事情，門生還有不竭力的嗎？但是一件，我們也只可以逸待勞，以靜待動，等他們來請教我們。若是我去俯就他，這就不值錢了。」欽差道：「是呀！你老弟的話，一些兒不錯，聽憑你老弟去辦，我沒有不好商量的。」拉達次日一早便去拜望過道臺。門上人說：「我們大人一早就被院上傳了去，下來還要拜客，一時間怕不得轉來。」拉達聽說，只好回去。

且說：過道臺，是日一早果然是被劉中丞傳到院上。這日劉中丞託稱感冒，吩咐巡捕官止了轅門，凡官員來見的一概道乏。單傳了過道臺進去，又叫把他請進內簽押房，以示要好之意。等到過道臺進來，劉中丞已站在那裏，等候許久了。二人相見，打躬歸坐。中丞穿的是件接衫，也沒有戴大帽子，見面先讓升冠，又問：「便衣帶來沒有？」過道臺回稱：「沒帶。」中丞便同自己跟班的說道：「我的衣服，過大人穿著還對。快去把我新做的那件實地紗大褂，拿來給過大人穿。」跟班的答應著。去不多時，取了出來，給過道臺穿上。尚未坐定，中丞又說：「今兒天早得很，只怕沒有吃點心。」又叫跟班的：「去拿點心，我同過大人一塊兒吃。」少刻，點心擺上，二人對吃。一頭吃，一頭說，無非說些閒話，還沒有談到正經。一霎點心吃完，劉中丞見過道臺頭上汗珠，有黃豆大小，滾了下來，又趕著叫他寬大褂，又叫他把小褂一齊脫掉；吩咐管家：「絞手巾，替過大人擦背。」

正鬧著，巡捕拿著手本來回道：「已撤防軍統領胡道稟見。」中丞把眼一瞪道：「我有工夫會他嗎？我說過，今天不見客，你們沒有耳朵嗎？」巡捕道：「胡統領說有要緊公事面回。」劉中丞道：「什麼要緊公事，叫他去找戴某人。」巡捕碰了釘子下來，不敢作聲，只好通知胡統領，叫他去找戴大理。胡統領無奈，低頭忍氣而去。

且說：過道臺承中丞這一番優待，不禁受寵若驚，坐立不穩，正不知如何是好。一時擦背已畢，歸坐奉茶。劉中丞慢慢的同他講到：「欽差來到這裏查辦事件，到底不曉得幾時可了？事了之後，還得請他敘敘。兄弟那年上京陛見的時候，同他二位很會過幾次。聽說正欽差，還是老兄的座主。」過道臺忙答應了一聲：「是。」又回：「查辦的事，這兩天雖然不見動靜；隨員當中，職道有個同年，天天到職道那裏來的，大人有什麼事情，職道可以問他。」劉中丞道：「我有什麼事怕人說話？老夫子呢，是歷任請下來的，又不是我的親戚故舊，好便好，不好驅逐回籍，也與我毫不相干。我怕的是事情鬧的太大了，未免牽動全局，全局一壞，將來杭州的官不好做，差事也不好當了。我為的是大眾，並非是我一人之事。」過道臺聽了，心上甚是欽佩；又想起剛纔相待的情形，竟是深感肺腑，一心一意想要竭力報效。便一口答應，說道：「欽差是職道的座師，隨員拉某人，是職道的同門同年。現在查辦的事，乃是關係大局的事，大人是個什麼意思，職道能彀出力，沒有不竭力的。就是拉某人那裏，職道把大人盛意通知了他，料想他亦是一定肯幫忙的。」劉中丞道：「果然承他費了心，也沒有叫他白費心的道理，說句老實話，只要我開出口，難道我還要掏腰嗎？查是查的浙江省的事，用是用的浙江省的錢，多兩個，少兩個，倒不在乎，只要大家能把面子光過就算完了。第一老兄見了貴同年，先把原摺抄個底子看看，也好有個把握；就是他們查不到的事，我也好幫著他們去查。」過道臺諾諾連聲。見中丞無甚說得，方始告辭。他的意思，一定還要換了衣帽出去；中丞不允，叫他穿了大褂出去，又說：「就把這件大褂，送與老兄穿罷！」過道臺又請安謝賜。中丞道：「將來借重的地方多著哩。一件大褂，值得什麼！」言罷，吩咐跟班的，替過大人拿衣帽送了出去。

過道臺下院之後，也不及回公館，一直奔到欽差行轅，會著老同年拉達。拉達把「剛纔奉訪不見」的話說了，過道臺忙說：「失迎。」二人言來語去，過道臺便將劉中丞的話，一一轉達。拉達聽了，笑了一笑道：「他身任封疆，凡百事情，都要惟他是問，怎麼好說與他毫不相干呢？」過道臺道：「並不是說各色事情，都與他毫不相干，指的單是這位被參的老夫子，是前任一直請下來的。」拉達道：「既然不好，就不該聯下去，為什麼不早些把他辭掉？現在動了參案，縱然沒有通同作弊，這失察處分難免的。」過道臺道：「我們這位中丞是忠厚人，你又何必如此頂真？常言說的好，『得罷手時且罷手』，總之，你替他出了力，他總不辜負你們是了。」拉達道：「老同年，這也不能怪你，你同他是感恩知己，自然要盼他無事纔好。但是煌煌天使，奉旨而來，難道就此偃旗息鼓，一問不問嗎？」過道臺起先聽見拉達直揭他的心病，不免臉上紅了一陣，半天回答不出；等到聽見後來幾句話，纔說道：「事關欽案，也沒有偃旗息鼓，一問不問的道理。將來終究是個交代，或者把要緊的人，壞掉幾個，還怕搪塞不了嗎？」拉達道：「鬧來鬧去，終是位分越小的越晦氣，這點機關，難道我還不懂？總之，這件事，不是看你同年面上，我兄弟一定不答應，定要回過欽差，給他一個水落石出。現在一來是你老同年一分擔當，難道我們這點交情還沒有？二來你老同年纔得了這個美差，生怕再換一個上司，差使不牢，可是這個緣故？」過道臺又把臉一紅道：「我有你老同年照應，要署缺也容易，當個把差使，算不得什麼。」拉達道：「我是說頑話，你別生氣！」過道臺道：「你真正把我當作傻子了！彼此說說笑笑，那有當作真的道理？」拉達道：「真是真，假是假，這事情也不是我一個人能作得主的，果然他們有什麼意思。等我回過上頭，再通知你罷！」過道臺道：「這個自然。但是原參的底子，你不妨先給我知道！」拉達道：「這底子我雖然不妨拿給你看，我同你還分甚彼此；不過我們這幾個同事，有兩個很疙瘩的，我給你看了，他們不曉得我二人的交情，還當著我得了你幾多銀子似的。想起來真正可恨！」過道臺道：「只要肯拿出來，這點小意思，中丞吩咐過，原應得盡心的。」

拉達見說的話漸漸合拍，便讓過道臺到自己住的房間裏坐。又讓過道臺在牀沿上坐了，把嘴湊在過道臺耳朵上，同他低低說道：「這事我好瞞別人，瞞不得你老同年。老師早有過話的了，一齊在內，總得這個數。」一面說，一面伸了兩個指頭。過道臺道：「二萬。」拉達道：「差的天上地下哩！」過道臺道：「二十萬。」拉達把頭一搖道：「止有一折。」過道臺著驚道：「怎麼只有一折！」拉達道：「老師說過，總要二百萬。二十萬，豈不是纔有一折！」過道臺聽了，半天無話。拉達曉得他意思嫌多，便說：「事情又不是我的事情，你也不過做個當中人，這一個要得出，只要那一個答應的下，要你替古人擔憂做什麼呢？」過道臺道：「你既開了盤子，我總替你達到；但是底子你可先給我瞧瞧。」拉達道：「這是我們同事裏的好處，我一人實實做不得主；但是你老同年既然如此說了，我再不給你瞧，朋友面上，也難為情。如今我硬作主，你若答應五萬銀子，我就抄給你瞧。同事裏頭，有什麼說的，等我替你去抗。」過道臺聽了，還以為多；後來講來講去，讓到二萬銀子，「再少一個，斷斷辦不到」；過道臺只得一力擔承。拉達又叫他寫個欠銀字據，嘴裏說道：「並不是不放心你；人家曉得咱們是同年，你不寫這個，別人還要疑心我得了你若干；你寫這個，總算是照應我的。」過道臺無奈，只得提筆在手，寫了一張字據，交與拉達。然後拉達從拜盒裏，取出參案的底子來。過道臺見了，舌頭一伸，幾乎縮不下去！

欲知後事如何，且看下回分解。

第十九回　重正途宦海尚科名　講理學官場崇節儉

卻說：拉達將參案底稿取出，過道臺接在手中一看，只見上面自從撫院起，一直到佐雜以及幕友紳士書吏家丁人等，一共有二十多款，牽連到二百多人；一時也看不清楚，只好拿在手中，告辭回去，約過明日再聽回信。出門上轎，並不及回公館，一直上院。見了中丞，稟知一切，將底子呈上。劉中丞也不及細閱，單揀與自己關係的事，細細注目看了一回，其餘只看一個大略。看罷，隨手往桌上一撩，說道：「到底他們是個什麼意思？」過道臺又把欽差意思想要二百萬的話，說了一遍。劉中丞道：「我情願同他到京裏打官司去。他要這許多，難道浙江的飯，都被他一個吃完，就不留點給別人嗎？他既會要錢，我自然有我的法子，暫且把他擱起來，不要理他。至於底下的化費，頭兩萬銀子，尚在情理之中，明天你到善後局去領就是了。」說完，送客。

過道臺不得頭腦，只得回家，幸喜：「寫了憑據的二萬頭，中丞已允，卸了我的干係。別事『見風使帆』，再作道理。」誰知一歇三天，拉達聽聽無信，只得自己過來拜訪過道臺，探聽消息。過道臺無奈，又把中丞的話說了。拉達賽如頂上打了一個悶雷似的，歇了半天，無精打彩而去，回到行轅。正欽差亦在那裏，眼巴巴的望信哩！拉達只得據實告訴正欽差。正欽差發了脾氣，一定一個錢不要，抄著行文給巡撫，問他辦的人怎麼樣了，立刻就要提審。

這個風信一出，合省的官嚇毛了。司道上院商量辦法；劉中丞道：「不要說只參得二十來款，就是再多些，既然開了盤子肯要錢，那事就好辦了。現在查辦的事，兄弟不必說一省之主，樣樣都關到的，就是諸位也有一大半在內。這個兄弟都不著急，橫豎有錢替我們說話，替我們彌補。但是要得少些，我們還好應酬；如今一開口就是二百萬，我們答應了他，設或他沒有替我們弄好，再被御史一參，又派上兩個欽差，倒要我們二千萬，難道亦應酬他麼？為今之計：只好擱起他們來，有什麼話，我同他幾個，一塊兒到京裏去講。」

列位看官，須知劉中丞的意思，原想借著不理他，等他自己收篷，可以少拿幾個。誰知欽差不認這筆帳，仍舊用他的「只扯弓，不放箭」的手段。眾官一齊著急，劉中丞也知事情弄僵；但是面子上不能不做好漢，嘴裏雖如此說，心上甚是盼望事情早了。藩臬兩司，仰體憲意，面子上再三勸解，連稱：「求大人息怒，顧全大局要緊。欽差那邊，就託過道臺去磋磨，能得少些，自然極好；倘若不能，由司裏出去傳諭他們被參的，這筆錢應得大眾公認，斷無要大人操心之理。」劉中丞道：「既然你們諸位膽子小，一定要如此辦，我又何必從中阻撓，叫你們為難？如今讓你們去辦，辦好辦歹，統通與我無干。現在的世界，這個官還好做嗎？等到事情一了，那個不告病的？」司道一齊說道：「司裏職道見識有限，凡事總還求大人教訓！」中丞也不答言。藩臺又回道：「等司裏下去通知過道，就好開議。聽說欽差要緊回京，我們也樂得早了一天好一天。」劉中丞道：「你們斟酌去辦罷！」於是司道一齊退出。

當時藩臺便親自去拜會過道臺，把個擔子統通交付了他；又把自己的事情，再三相託。過道臺聽了，非常之喜，立刻去關照拉達。拉達又稟知欽差。欽差巴不得事情有了挽回，頓時應允，限五天之內稟覆。

拉達出來，又說給過道臺，說：「老師著你趕緊去辦。」

等到過道臺到家，官場早已得信，門口的轎子，已經排滿了。有些府廳州縣老爺們，都落了門房。幾個佐雜，都朝著門政大爺作揖磕頭，求他在大人跟前吹噓。其時巡撫檄調的，都已到齊；也有撤任的；也有撤差的；有的已交首縣看管，自己不能來，只好託了人來說情的。所以這天，自下午到半夜，過道臺公館裏，一直沒有斷客；而且有些人見不到，第二天起早再來的。真正合了古人一句話，叫作「臣門如市」！還有些接連來了好幾天，過道臺不見他，弄的沒法，只好託了別位道臺寫信，代為說項。又過上兩天，外省的電報信，也打來了；連信連電報，足足積了一尺多高。

這兩天過道臺請假，不上院，也不到局裏辦公，專門清理此事，趁空便去同拉達商量。他的人雖忠厚，要錢的本事是有的。譬如：欽差要這人八萬；拉達傳話出來，必說十萬；過道臺同人家講，必說十二萬；他倆已經各有二萬好賺了。諸如此類，不勝枚舉，一連鬧了幾天，欽差限期已到，拉達來討回信。他說：「頭緒紛繁，斷非一時能了。務託代求展限數天。」拉達回去，欽差應允。這幾日，把過道臺忙的晝夜不寧，茶飯無定。有的應該硬做，有的應得軟商，面子上全是他一個；暗裏卻是拉達，又添了副欽差的一個心腹，兩人作主。

正是光陰似箭，又過了好幾天，過道臺這裏大致方纔就緒。有些拿得出錢的，早已放心膽大，曉得可以無事，就是得些處分，也不過風流罪過，不至於罣誤功名；撤差的就可得差，撤任的還可回任；這都是拉達所說，由過道臺傳話出來的。至於那些拿不出錢的人，欽差自然不肯拿他放鬆；他自己也預備參官問罪，到了期滿的這一天，大家早已死心塌地的了！

大致停當。拉達回過正欽差來的時候，如何辦法，正欽差早把打好的主意，告訴了副欽差。副欽差的官，雖然比正欽差小些；然而論起科分來，他入翰林，比正欽差早十年，的的確確是位老前輩。做京官的最講究這個，他面子上雖然處處讓正欽差前頭；然而正欽差遇事，還得同他商量，不敢僭越一點，恐怕他擺出老前輩的架子來，那是大干物議的。

且說：這副欽差，連日看見拉達鬼鬼祟祟的到正欽差屋裏回話，他便趕過來聽；等到他來了，師生二人又不說了。因此心上大為疑惑，便向正欽差發話道：「怎麼這些隨員當中，只有拉某人能辦事？」正欽差支吾道：「不過為他還活動些，二來人頭也熟。」副欽差道：「事情太多，怕他一個人忙不了。我明天再派一個人幫他去辦公事，大家都做得，還好分彼此嗎？」正欽差不便駁他，只得答應著，說：「如此甚好。」這派的卻就是他的心腹，因此內裏有了他二人作主。

閒話休題，言歸正傳。單說：正副兩欽差，曉得大致已妥，便傳諭隨員們，把不出錢的人，什麼候補知縣，佐貳太爺們，以及紳士書吏，提了幾十個到欽差行轅。叫這些隨員老爺們，逐日分班問案。有該用刑的地方，絲毫不徇情面，該打的打，該收監的收監，好遮掩人家的耳目。如此者有七八天。等到這邊的人證問齊，那邊過道臺經手的銀子，也就送到了。正副兩位欽差，一面督率隨員，查照原參各款，分別清理。那個應該開脫，那個應該參辦，雖早有成竹在胸；只因頭緒紛繁，斷非一二天所能了事，因此又擬議了七八天，方纔定案。等到案定之後，他二人的贓款，也就分完了。面子上雖然一樣，畢竟正欽差有兩位門生幫忙，自然要多沾光些。副欽差要錢的心，雖亦難免；幸虧他素以道學為名，面子上總要做得十二分清廉，而且拿不著人家的破綻，亦只得罷手。

公事完畢，方纔出門拜客，便是：將軍請，巡撫請，學臺請，司道公請。又遊了兩天西湖。接連忙了幾日，卻也不得空閒。

* * *

一日，副欽差坐在行轅內，忽然巡捕官上來，回說是府學老師稟見。副欽差一看名字，幸虧記得這老師非別人，乃是老太爺當年北闈中舉一個鄉榜同年。老太爺中的第九名，這老師中的第八名。副欽差是幼秉庭訓，由老太爺自己手裏教大的。老太爺發解之後，就把這科的文章，第一名起，一直頂到第十八名，所有的闈墨，統通教兒子念熟，還說：「應試正宗，莫妙於此！」後來老太爺會試多次，始終沒有會上。在家裏教教館，遂以舉人而終。等到副欽差服滿應試，年紀不過二十歲，頭場首藝，全虧套了這位老年伯的墨卷調頭，居然也中鄉魁。次年連捷中進士，欽點主事，籤分吏部。吏部人少，容易補缺。後又考取御史，傳補到班。過了幾年，升給事中。由給事中內轉九卿。從中進士至今，不上二三十年，就做到副憲，也算得是一帆風順了！

是年這位做杭州府學的老師的老伯，年紀已有七十多歲，甚是龍鍾得很。每逢書院月課點名，撫臺見了他，必定問他高壽，還說：「像你這一把年紀，也可以回家享福了。」後來又叫本府傳出話來，叫他自己告病，免得等到年下甄別摺內，對不住，就要送他的終了。因此這位老師，兩手常常捏著一把汗。想要告病，無奈膝下有五個兒子，有兩個尚未成婚；十個女兒嫁了四個，第五個今年也有三十多歲，如此女兒一大群，一告病就絕了指望，深悔當年不該養這許多女兒！倘若不告病，撫憲大人已經有過話，如不見機，將來名登白簡，更將此半世虛名，付諸東洋大海！想來想去，除了終日淌眼淚之外，無一良策。正在為難的時候，卻不料老年姪放了本省欽差。欽差初到的時候，照例不得見客。好容易等到事完開門，又在轅門外伺候了七八天，巡捕官因為他只送得兩塊洋錢的門包，不肯替他去回，累得他託了多少人情，作了多少揖，方纔上去回的。

不料副欽差一見手本，立刻叫請。見面之後，府老師戰戰兢兢的，照例磕頭打躬，還他的規矩。副欽差一旁還過禮，口稱老年伯，請老年伯上坐，自己並不敢對面相坐，卻坐在下面一張椅子上。言談之間，著實親熱，著實恭敬。後來提到近年官況，府老師止不住兩淚交流，把撫臺預先關照的話，詳述一遍，總求欽差大人成全，副欽差聽了，甚是代為歎息，立刻拍胸脯，說：「劉某人那裏，小姪去同他說，保老年伯無事。但是小姪替老年伯想，照此冷落一官，就是再做上幾年，也是無濟於事。」府老師道：「這亦不過做到那裏，說到那裏，以後的事，何堪設想！」副欽差道：「老年伯且請寬心，容小姪慢慢的替你打個主意。」府老師聽說，謝了又謝。副欽差又留他吃飯，叫他升冠寬衣。做老師的，是一向吃豆腐，把嘴吃淡的了；以為今天欽差留我吃飯，一定可以痛痛快快的，飽餐一頓魚肉葷腥。誰知端上菜來，只有四碟兩碗，當中只有一碟韮菜炒肉絲，其餘全是素菜，心中大為失望。勉強吃罷，又閒談了幾句，方纔告辭退去。副欽差還要一定請轎，府老師說：「體制所關斷斷不敢！」副欽差說：「老年伯非他人可比。」一手拖著，等把轎子打進。先前不肯替他上來回的那個巡捕，這番見欽差如此把他看重，也和在裏頭，幫著下轎簾，扶轎槓，弄得這老頭兒心神不定。直待轎子擡出大門，方才把心放下。

副欽差得空，便寫了一封信給劉中丞，替他緩頰，自然一說便允。後來又吹了個風聲在中丞耳朵裏，說：「這人本是個八股名家，可惜遭逢不偶，潦倒終身。現在兒女一大群，大半未曾婚嫁，意思想要替他張羅幾千銀子。」中丞便把此意說給藩臺，藩臺又出來曉諭了眾人。次日一早，在官廳上，便是藩臺居首，幫銀一百兩，臬臺，道臺，亦各一百兩，以下也有七十兩的，也有五十兩的，不到一霎工夫，已湊了二千幾百兩。藩臺又叫首府首縣寫信出去，向外府縣替他張羅，大約一二千金易如反掌。議定之後，面回中丞。中丞自己又額外幫了二百兩。又吩咐司裏，某處書院，今年年底如果換人，可以請他掌教。安排妥當，方才函復副欽差。欽差通知了老年伯，直把個老年伯喜的晚上睡不著覺，真正是老運亨通，轉禍為福，萬萬夢想不到之事。

這個風聲傳播出來，大家曉得副欽差講究年誼，就有些人轉著灣了前來仰攀：有些的的確確是與欽差同年，自然蒙另眼看待；還有些仗著叔伯兄弟的年誼，也來倚附，副欽差亦一概照應。其中又有一個窮知縣，是欽差的親同年，因為縱容家丁，私和人命，被都老爺順筆帶下一句，朝廷就叫這兩位欽差，一同查辦。可憐他半世為官，清風兩袖，只因沒有銀兩孝敬，致被罣誤在內，大約至少也要得個革職處分。後來被他探得這個風聲，就去求見首府，託為斡旋。首府應允，就替他回過藩臺，藩臺趁便面求欽差。副欽差聽了這話，立刻翻出同年齒錄一看，果然不錯，滿口答應，替他開脫。等到藩臺退去，副欽差便同正欽差商量，意欲開除他的名字，隨便以「查無實據」四個字，含混入奏。正欽差卻不過副欽差的情面，只得應允，吩咐司員敘稿，將他情節改輕。這人感激，自不必說。只苦了那些無錢無勢的人，只好靜等著參官罷職！雖是人生不平之事，事到其間，也說不得了！

* * *

正是光陰似箭，日月如梭，兩位欽差，事完之後，倏已多日，正待回京覆命。卻不料中丞又被都老爺參了一本。他裏頭人緣本極平常，朝廷同他開心，就下了一道旨意，教他開缺來京，另候簡用。所遺巡撫一缺，即著副欽差暫行署理。有了電報，得信最早。合省官員，齊赴行轅稟安叩賀。副欽差等部文遞到，方才擇吉上任。劉中丞即於是日交卸。怕裏頭說他規避，不敢驟然告病；交卸次日，帶領家眷上船，用小輪船拖到上海，然後取道天津，遵旨北上。正欽差等副欽差接過印，他卻按照驛站大道，回京覆命。等到動身的那一天，署院率同兩司，以及將軍織造學政等官，照例寄請聖安。文武官員，出境恭送。不在話下。

單說：署院接印的頭一天，便頒出硃諭一道，貼在官廳之內，上面寫的，無非說：「浙江吏治之壞，甲於天下。推原其故，實由於仕途之雜；仕途之雜，實由於捐納之繁。無論市井之夫，紈袴之子，朝輸白鏹，夕綰青綾，口不誦夫詩書，目不辨夫菽麥。其尤甚者，方倚官為孤注，儼有道以生財；民脂民膏，任情剝削。如此而欲澄清吏治，整飭官方，其可得乎！本署院蒞任伊始，首以嚴核捐職人員為急務，自候補道以至同知州縣，凡以捐納出身者，無論有缺無缺，有差無差，統限三個月逐一面加考試一次。取列高等，方許得差；倘係不通，定行撤委。其佐雜各官，則委正途出身之道府，代為考試，一律辦理。」各等語。次日又通飭各屬：辦保甲，辦積穀，辦清訟。又傳諭巡捕官：嗣後凡遇年節生日，文武屬官來送禮的，一概不收。又傳諭兩首縣：從本署院起，以及各司道衙門，都不許辦差。又傳諭各官道：「吏治之壞，由於操守不廉；操守不廉，由於侈奢無度。今本署院力袪積弊，冀挽澆風，豁免辦差，永除供億。凡所屬官吏，有仍蹈故轍，以及有意逢迎，希圖嘗試者，一經察覺，白簡無情，勿謂言之不預也！」云云。各官看見，俱為咋舌。

一日轅期，司道上去稟見，只見署院穿的是灰色搭連布袍子，天青哈喇呢外褂，掛了一串木頭朝珠，補子雖是畫的，如今顏色，也不大鮮明了，腳下一雙破靴，頭上一頂帽子，還是多年的老式，帽纓子都發了黃了。各官進去打躬歸座。左右伺候的人，身上都是打補釘的。端上茶來，署院揭開蓋子一看，就罵茶房，蹧蹋茶葉，說道：「我怎樣囑咐過，每天只要一把茶葉，濃濃的泡上一碗，等到客來，先沖一碗開水，再鑲一點茶滷子，不就結了嗎？如今一碗茶，要一把葉子，照這樣子，只怕喝茶，就要喝窮了人家，真正豈有此理！」說罷，恨恨之聲，不絕於口。

這會上來稟見的各位道臺：當中科甲出身的也有，捐班的也有，齊巧兩司都不是正途。署院便檢了一個翰林底子的候補道，同他講道：「孔夫子有句話：叫做『節用而愛人』；什麼叫節用？就是說為人在世，不可浪費；又說道：『與其奢也寧儉。』可見這『儉樸』二字，最是人生之美德，沒有德行的人，是斷斷不肯省儉的。一天到晚，只講究穿的闊，吃的闊，於政事上毫不講究。試問他這些錢是從那裏來的呢？無非是敲剝百姓而來；所以這種人，他的存心，竟同強盜一樣！兄弟從通籍到如今，不瞞老哥說，頂帶換過多次，一頂帽子，卻是足戴了三十多年。有天召見，皇上看見我的纓子舊了，就叫太監賞了我一掛纓子。我想皇上賞的東西，一定是御用的東西，臣下何敢僭用。過天召見，皇上問我為什麼不戴；兄弟就把這個意思，回了上去。皇上點點頭。等我下來，皇上就同軍機大臣賈中堂說道：『看不出某人，倒著實謹慎。』諸位想想看，三國志上諸葛亮先生，一生謹慎，兄弟何等樣人，能擔當得這兩個字的考語！不過我們老太爺，一生講究理學，兄弟是自小謹守庭訓，不敢亂走一走。如今一舉一動，總還是老太爺的教訓。不過這些話，同幾位讀過書的人去講，或者懂的一二；至於他們捐納諸公，只怕兄弟說破了嘴，他們還是不懂！」幾句話，說的兩司及幾個捐班道臺，臉上都一陣陣的紅起來。署院也覺著自己失言，便對兩司道：「兩位都是軍功出身，一直保居到這個分位，所謂『簡在帝心』，同那捐班的到底要高一層。」這幾句，更把那幾個捐班道臺，羞得無地自容了！署院又說道：「不是兄弟瞧不起捐班，實實在在有叫我瞧不起的道理。譬如：當窰姐的，張三出了銀子也好去嫖，李四出了銀子也好去嫖。以官而論：自從朝廷開了捐，張三有錢也好捐，李四有錢也好捐，誰有錢，誰就是個官，還不同窰姐兒一樣嗎？至於正途，畢竟不同，不要管他文章怎樣好，學問怎樣深，他能夠下得場，中得舉，肚子裏總是通通兒的。舉人，進士，是不用說的了；就以五貢而論，那一個不是羊毛筆換得來的？捐班的何嘗吃過這種苦呢？」他只顧自己說得高興，不提防藩臺插嘴道：「回大人的話：屬員當中，亦很有些屢試不第，不得已才就這異途的。」署院曉得藩臺這句話，是駁他的，便打住話頭，不往底下再說。坐了一會，端茶送客。

*　　*　　*

各位司道下來之後，齊巧有兩個新到的候補道上來稟見。這兩個候補道，一個姓劉是南京人，他父親從前做過關道，手裏著實有錢。他本是少爺出身，自小到大，各事不知，只知道闊闊。人家都叫他為劉大侉子。去年秦晉賑捐案內，新過道班，入京引見，住在店裏，結交到一個朋友。這朋友姓黃，是揚州人，他祖上一直辦鹽，也是很有錢的。到他手裏，官興發作，一心一意的要想做官。沒有事在家裏，朝著幾個家人，還要「來啊來」的鬧官派。只因他好嫖，到京引見的時候，每日總要到相公下處溜一趟。他排行第三，因此就有他的一個相好，替他起了一個渾名，叫他為黃三溜子。他同劉大侉子，偏偏住在一店，一問又是同鄉，同班，同省，黃三溜子大喜。次日便拿了「寅鄉愚弟」的帖子，到劉大侉子房間裏來拜會。劉大侉子也是最愛結交朋友的，便也來回拜。自此二人臭味相投，相與很厚。湊巧同天引見，同時領憑，便互相約好，同日起身。到得上海，兩個人住下，爛玩了好幾個月。看看憑限已到，方才坐了小火輪，來省稟到。

其時正值副欽差署院之始，他二人是約就的，一同上院稟見。一齊穿著簇新平金的蟒袍，平金補服，金珀朝珠，珊瑚記念，一個個都是捐現成的二品頂戴，大紅頂子，翡翠翎管，手指頭上翡翠搬指，金剛鑽戒指，腰裏掛著打璜金表，金絲眼鏡袋，什麼漢玉件頭，滴里答臘東西，直頭帶得不少。兩人都是大爺身分，又是鴉片煙大癮，晚上不睡，早晨不起；這日總算起了一個大早上院。一齊坐著簇新的綠呢大轎，前頭頂馬紅傘，後頭跟班，好不榮耀。在他二人，以為頂要早沒有的了；誰知等到趕到院上，司道已經上去。他二人便發脾氣，罵跟班的：「為什麼不早叫我們起來？」又嫌轎夫走得慢，回來一定拿片子送他們到仁和縣裏去打屁股。自從進了官廳，一直沒有住嘴的罵人。一家一個跟班，拿著水煙袋裝煙，左一袋，右一袋，吃個不了。又因外頭傳說，署院做官嚴厲，做屬員的常常要碰釘子，便又不時在袖管裏，拿出一張，又像條陳，又像說帖的一張紙頭，反來覆去的看，惟恐上頭問了下來，無以回話。

正在神志昏迷的時候，忽見巡捕官拿著手本，邀他們上去。當下劉大侉子前頭，黃三溜子在後，一同進去。只因署院穿的樸素，都不當他是撫臺。劉大侉子悄悄的問巡捕道：「大人下來沒有？」巡捕不便答話，朝上努嘴給他看。劉大侉子立刻跪下磕頭。黃三溜子站著不動，巡捕在旁做手勢，叫他一塊兒磕，省得署院重新還禮。無奈黃三溜子不懂，定要等到劉大侉子起來，他方才磕下去。署院心上已經不願意。等到禮完畢，署院舉目一看，見他二人穿的都是簇新袍褂，手指頭上耀目晶光的，也不曉得是些什麼東西，便知他二人是闊少出身。當下也不問話，先拿眼睛釘住他倆，從頭上直看到腳下，看來看去，看個不了。劉大侉子究竟是官家子弟，還曉得一點規矩，大人不問，不敢開口。黃三溜子急了，滿肚皮的想要搜尋出幾句話，來應酬應酬大人才好，想了半天，熬不住，先開口道：「大人貴姓是傅，台甫沒有請教。」那署院一聽他問這兩句話，便知道他是初出茅廬，不懂得什麼，也不同他生氣，笑了一笑，說道：「不錯，我姓傅，我的號叫做理堂。你老哥一向在家裏做什麼的？」黃三溜子不提防署院有此一問，漲紅了臉，不知道怎樣回答方好，吱唔了好半天，一句說不出來。署院拿兩隻眼，只是瞅緊了他，也不說別的。又迸了半天，黃三溜子才說得一句：「職道家裏辦鹽。」署院道：「原來是位鹽商，失敬得很！」回過頭去，叫人拿過筆硯來。跟班的立刻送上。署院提筆在手，說道：「兄弟記性不好，說過話就要忘記的，請老兄替我記一記。」黃三溜子是從來不會寫字的，一見這個，早嚇毛了，迸在那裏做聲不得。署院道：「不多幾個字，不過寫個名字，連著一個號，住在那裏，一向在家做什麼事情，就完了。」黃三溜子急的汗流滿面，又吱唔了半天，站起來回道：「職道在路上吹了些風，這兩天手上有毛病，不能拿筆。大人要寫，我們這位劉大哥，他的書法極好，他在京裏的時候，對子也都寫過。」劉大侉子見撫院要他寫字，便想賣弄自己的才學，於是提筆在手，先把自己練就的履歷上幾個字，寫得明明白白。署院看了，只有一個錯字，是二品頂戴的「戴」字，他寫了一個「載」字，底下又加兩點，弄得「戴」不像「戴」，「載」不像「載」！署院笑了一笑，說到：「劉大哥，你這雙靴子，價錢倒不便宜，想是同紅頂子一塊兒捐得來的？」劉大侉子還不知道是自己寫錯，聽了這話，忙回道：「職道這靴子，是在京城內興隆定做的，齊巧那天領了部照出來，靴子剛剛亦是那天送到，所以同是一天換的。」署院聽了，哈哈一笑。隨手又託他把黃大哥的履歷開來，別的還好，後來寫到鹽商的「鹽」字，寫了半天，竟其不成個字了。「鹽」字肚裏，一個「鹵」字，鹵字當中，是一個「乂」，四個「點」；他老人家忘記怎麼寫，左點又不是，右點又不是，竟點了十幾點，越點越不像。署院看了笑道：「黃大哥是個小白臉，你何苦替他裝出這許多麻子呢？」劉大侉子紅了臉，不敢則聲。一霎寫完，署院接過一看，二人煙氣沖天，無話可說，只得端茶送客。他們見署院把茶碗放下，劉大侉子曉得規矩，早已站了起來。不料黃三溜子依舊坐著不動，低聲對劉大侉子說道：「劉大哥，時候尚早，再坐一回去。」劉大侉子不理他。後來見署院也站了起來，手下的人，一疊連聲的喊「送客」，他只得起身，跟著出來。走上幾步，一定要回過身去推兩推，口稱：「請大人留步，大人送不敢當！」署院見他處處外行，便也不願意送他，走到半路上，把頭一點，進去了。他二人方才搖搖擺擺的退了下來。

劉大侉子看出今日撫臺的氣色不好，心上不住的亂跳。黃三溜子不曉得，一定要拉他上館子吃飯，飯後又要逛西湖。劉大侉子道：「算了罷！我們回去過癮要緊。」黃三溜子無奈，只得一同趕到公館，吃過飯，過足癮，又困了一覺中覺，以補早晨之不足。等到醒來，便見管家來說：「藩臺衙門裏盧師爺，送一封緊要信來。」劉大侉子曉得那盧師爺，名字叫盧惟義，是他嫡堂娘舅。現在浙江藩幕，充當錢糧老夫子。他今有信來，一定有關切之事。趕緊拆開一看，才曉得：「今日下午，撫臺因事傳見藩臺，告訴藩臺說：『今天新到省的兩個試用道，一個劉某人，一個黃某人，一個是紈袴，一個是市井。本院看這兩個人，不能做官，意思想要出奏，把他二人咨回原籍。』幸虧藩臺再三的求情，說是監司大員，總求大人格外賞他們的面子。撫臺聽了無話。雖無後令，尚不知以後如何辦法，望老賢甥趕緊設法，挽回為要！」云云。劉大侉子看了，甚是著急。黃三溜子不認得字，還不曉得信上說些什麼，後來劉大侉子一五一十的統通告訴了他，才把他急得抓耳搔腮，走頭無路。劉大侉子此時，也顧不得他，自己坐了轎子去找娘舅，託他轉求藩臺設法。

黃三溜子雖然有錢，但是官場上並無熟人，只好把他一向存放銀子，有往來的裕記票號裏二掌櫃的請了來，和他商議，請他畫策。二掌櫃的道：「這事情幸虧觀察請教到做晚的，做晚的早留好一條門路，預備替你去走。」黃三溜子忙問：「有什麼門路？」二掌櫃的道：「現在的這位中丞，面子上雖然清廉，骨底子也是個見錢眼開的人。前個月裏放欽差下來，都是小號一家經手，替他匯進京的，足有五十多萬。後來奉旨署任，又把銀子追轉來，現在存在小號裏。為今之計，觀察能彀潑出頭兩萬銀子，做晚的替你去打點打點，大約可保無事。」黃三溜子道：「太多太多。我捐這個官，還不消這許多。」二掌櫃的道：「少了人家不在眼裏，就是多送，而且還不好公然送去，他是個清廉的人，肯落這個要錢的名氣嗎？」黃三溜子道：「就依了你，你有什麼法子？」二掌櫃的想了一回道：「有了，有了！湊巧他有一個姨太太，一個少爺，明天可到，等到了的時候，你化上一萬銀子，我替你打兩張票子，每張五千，用紅封套裝好，一張送少爺，一張送姨太太。送姨太太的籤條上寫『陪敬』，送少爺的籤條上寫『文儀』。現在北京城裏，官場孝敬，大行大市，都是如此。我們就照著他辦。昨日上海新聞報上載的明明白白，是不會錯的。」黃三溜子想來想去，別無他法，只好依著他辦。二掌櫃的道：「閻王好見，小鬼難當，旁邊若有人幫襯，敲敲邊鼓，用一個錢，可得兩錢之益。倒是送這一萬銀子的門包，少了拿不出去，總得五千起碼。」黃三溜子嫌多，爭來爭去，爭到三千。二掌櫃的去後，到了次日，打聽署院姨太太少爺進了衙門，他便拿了銀票，人不知，鬼不覺，找到了常到號裏來替署院存銀子的那個心腹，託他把銀票遞進。果然賞收。當天便傳出話來，叫他明日穿了極破極舊的袍套，再來上衙門，一定還有好消息。二掌櫃的出來，告訴了黃三溜子，黃三溜子非常之喜；但是自己一向是闊慣的，一套新衣裳穿不滿一季，就要賞管家的，如今指明要極舊的，那裏去找？當差的勸他到估衣鋪裏去挑選。黃三溜子道：「估衣鋪裏賣的衣服，是我們這種人穿得的麼？」後來又跑到裕記，請教二掌櫃的。二掌櫃的道：「上頭吩咐越舊越好，觀察萬萬不可拘泥。如嫌買的衣服齷齪，做晚的倒有一身，可以奉借。」黃三溜子道：「必不得已，還是借你的穿穿罷！」二掌櫃的道：「我這副行頭，還是我們先祖創的，一年到頭拜年敬財神，朋友家吃喜酒，衙門裏有什麼應酬，用著他的地方很不少。」一面說，一面開箱子，取了出來，又自己爬到櫥頂上拿帽盒，房門背後掛著一雙靴子，一同拿出來。黃三溜子一看，是比起署院身上穿的戴的，還要破舊，見了心上膩煩，不住的皺眉頭，二掌櫃的道：「觀察穿了這個上去，恭喜之後，非但要你賠還做晚的一身新的，而且還要好好的敲你一個竹槓。」黃三溜子道：「做副把袍套，算得什麼。只要我有差使，你一年四季都穿我的也有限。」說完，便叫當差的，把靴帽袍套包了一包，拿著跟了回去。

回到自己公館，連忙找一個裁縫釘補子；但是補子一時找不到舊的，只好仍把簇新平金的釘了上去。管家幫著換頂珠，裝花翎。偏偏頂襻又斷了，虧得裁縫現成，立刻將紅絲線連了兩針。翡翠翎管不敢用，就把管家的一個料煙嘴子，當作翎管，安了上去。收拾停當，齊巧劉大侉子回來；黃三溜子趕著問他：「事情怎麼樣了？怎麼一去三天，也不回來吃飯，也不回來睡覺？這兩天是住在那裏的？」劉大侉子道：

「住在家母舅那裏。兄弟的事情，藩臺已允幫忙，大約可以挽回。但是藩臺再三叮囑，叫我們不要穿新衣裳去稟見，所以我就把我們家母舅的袍套，借了回來，明日穿著上院。」又問黃三溜子事情如何，黃三溜子只說事已託人代為吹噓，但把行賄的話瞞住不題。一宵易過，次日天明，二人都換了舊衣裳上院稟見。

欲知此番署院見面後如何情形，且看下回分解。

第二十回　思振作勸除鴉片煙　巧逢迎爭製羊皮褂

話說：次日大早，劉大侉子同了黃三溜子，兩個人穿了極舊的袍套上院。剛才跨進官廳，只見各位司道大人，都是素褂，不釘補服，亦不掛珠。劉大侉子留心，便曉得今天是忌辰，說了一聲：「呵呀！我連這個都忘記了。」吩咐管家趕緊回去拿來，重行更換。黃三溜子還不曉得什麼事情，劉大侉子告訴他，方才明白；急得他一疊連聲的喊「來」，偏偏管家又不在跟前，把他氣的了不得，在官廳子裏跺著腳，罵「王八蛋」。各位司道大人都瞧著他好笑。罵了一回，管家來了，他就伸手去給他兩個「耳刮子」。管家不服，口裏嘰哩咕嚕，也不知說些什麼。把黃三溜子氣傷了，立時立刻，就叫號房拿片子，把這混帳王八蛋，交給仁和縣打屁股，辦他遞解。劉大侉子畢竟懂得道理，恐怕別位司道大人瞧著不雅，走上前去，竭力解勸。不提防黃三溜子所借的那件外套太不牢了，豁拉一聲，拉了一條大縫。管家趁空，也跑掉了。

黃三溜子還在那裏生氣，齊巧巡捕拿著手本，邀各位大人進見。劉大侉子急了，就是叫人回去拿衣服，一時也拿不來。俗語說的好，「情急智生」，還是劉大侉子有主意，趕忙把朝珠探掉，拿個外套反過來穿，跟了眾人一塊進去，或者撫臺不會看出。黃三溜子到此無法，只得學他的樣，亦是把個外套反穿了進去，但是袖子上一條大縫，還有一片綢子掉了下來，被風吹著，飄飄蕩蕩，實不雅觀；無奈事到其間，也說不得了。

一霎見了署院，打躬歸坐。署院先同藩臬兩司，及幾個有差使的紅道臺，閒談了一回公事。黃三溜子是有內線的，劉大侉子亦有藩臺先入之言，署院便有意留心看他二人。見他二人穿的衣裳，與前大不相同，但是外褂一概反穿，卻是莫明其故，要問又不好問，只得悶在肚裏。他兩人當中，黃三溜子的穿戴，尤其破舊，渾身上下，竟找不出一毫新的，而且袖子上還有一大塊破的。署院看了一回，便掉文說道：「人孰無過？你兩位老兄，亦可謂善於補過的了。」黃三溜子不懂署院說的什麼，私底下拉拉劉大侉子的袖子；劉大侉子把身子一幌不理他，更把他急的了不得。又聽署院說道：「你們兩位老兄，能夠從今日起，事事節儉下來，一反從前所為，兄弟極為佩服，極為歡喜；但是見了兄弟要如此，就是不見兄弟也要如此，我們講理學的人，最講究的是『慎獨』工夫，總要能夠衾影無愧，屋漏不慚。倘若見了兄弟一個樣子，背轉兄弟又是一個樣子，不能『慎獨』，便於行止有虧！兄弟天天派人在外察訪，老兄們一舉一動，都曉得的。」劉大侉子聽了，汗流浹背；黃三溜子依然不懂。署院又說道：「我們先君，一生講理學，講的就是這『慎獨』工夫。自從生了兄弟之後，頂到下世，一直是吃的『獨睡丸』，一個人住在書房裏，從不到上房一步。有時先母叫丫頭送茶送點心，給先君吃，先君從不拿正眼看丫頭一眼，怕的是因人欲之私，奪天理之正。這才算得實做『慎獨』二字！」各位司道大人，聽到這裏，因為署院說的是他老大人，一齊肅然起敬，後來署院又勉勵了大眾幾句，方才端茶送客。

黃三溜子回去，又把小當差的罵了一頓，定要叫他捲鋪蓋。後來幸虧劉大侉子講情，方才罷了。又過了兩天，撫臺便同兩司說：「候補道當中，新到省的黃某人，雖然是個捐班，然而勇於改過，著實可嘉。第二回來見我，竟其渾身上下，找不出一絲一毫新東西。同他同來的劉某人，袍套果然亦是極舊，然而靴帽還嫌時派。我們要做頂天立地的人，總得自己有個主意，不能隨了大眾，與世浮沉；所以黃道比起劉道來，似乎要高一層。兄弟今日不能不破例拿他做個榜樣，回來給他一個事情，獎勵獎勵他，也好勸化勸化別人。兩兄以為如何？」藩臬兩司，連連稱「是」。等到下來，撫院立刻下了一個札子，先叫他會辦營務處。黃三溜子得信，這一喜竟是夢想不到。

次日一早上院，見了撫臺，叩頭謝委；竟不知要說些什麼方好，吱吱了老半天，仍舊一個字未曾說。署院無非拿他勉勵了幾句；他除掉諾諾稱是之外，一無他語。自此黃三溜子得了差使，氣燄便與別人不同。同朋友說起話來，三句不離署院，兩句不脫營務處，就如同省候補道當中，沒有一個在他眼裏頭。劉大侉子更不消說得了。

* * *

但是從此之後，浙省官場風氣，為之大變。官廳子上，大大小小官員，每日總得好兩百人出進，不是拖一爿，就是掛一塊，賽如一群叫化子似的。從前的風氣，無論一靴一帽，以及穿的衣服花頭顏色，大家都要比賽，誰比誰的時樣；事到如今，誰比誰穿的破爛。那個穿的頂頂破爛的人，大家都朝他恭喜說：「老哥不久一定要得差得缺的了！」過上一兩天，果然委了出來。大家得了這個捷徑，索性於公事上全不過問，但一心一意穿破衣服。所有杭州城裏的估衣鋪，破爛袍褂，一概賣完，古董攤上的舊靴舊帽，亦一律搜買淨盡。大家都知道官場上的人，專門搜羅舊貨，因此價錢飛騰，竟比新貨還要價昂一倍。過了些時，有些外府州縣來省稟到，曉得中丞這個脾氣，不敢穿著新衣稟見，只得趕買舊的；無奈估衣鋪統通走徧，舊貨無存，甚至提著兩三倍的錢，還沒處去買一件，有些同寅當中，有交情的，只得互相借用。

後來處州府底下，有一個老知縣，已經多年不上省了；這番因新撫到任，不得不來一次，到省之後，聽得這個風聲，無奈為時已遲，沒處去買；而且同寅當中，久不來往，無處告貸。這位縣太爺，情急智生，只得穿了新衣前去上院。這時候新署院，令出惟行，文自藩臬以下，武自鎮副以下，沒有一個不遵他的號令。他不歡喜新衣服，一時風氣大變，沒有一個不是穿的極破爛不堪的。不料這位縣太爺，這天竟著了簇新袍套，前來稟見。同時稟見的人，一班有五六個，獨他一個與眾不同，大眾都瞧著奇怪，就是署院見了，也以為希奇。

坐定之後，談了兩句公事的話，署院熬不住，板著面孔，先發話道：「某老兄，你在外任久了，一直還是從前的打扮！兄弟到任之後，早已有個新章，而且還叫巡捕傳知你們各位，諒老兄現在也該曉得的了！」這位知縣，連忙拿身子一斜，腰一挺，就說道：「回大人的話，卑職昨日一到省，就聽得人說大人這個章程；卑職何敢故違禁令，自外生成？因此急急要去找一套舊的，穿了來見大人；誰知這舊衣服，非但找不到，就是有了，卑職也買他不起！」署院道：「這是什麼緣故呢？」知縣道：「自從大人下了這個號令，通城的官，都要遵大人的吩咐，不敢穿新衣裳來稟見，因此不得不買舊的。估衣鋪裏，曉得大眾都要這個，所以舊的價錢，比新的反貴得一兩倍不等。卑職這身袍褂，還是到任的那年做的，倘在別人，早已穿舊的了，卑職深知『物力維艱』，每逢穿到身上，格外愛惜當心，所以到如今還如新的一樣。朱子家訓上有句話：『一絲一縷，當思來處不易。』卑職一生，最佩服是這兩句。」署院聽到這裏，心中甚為高興，面孔上漸漸的換了一副和顏悅色，又說道：「其實舊衣裳，何必定要自己去買呢；朋友家有的，借一身穿穿也不妨。古人云：『乘肥馬，衣輕裘，與朋友共，敝之而無憾。』何況又是舊的呢？」知縣更正言厲色的答道：「大人明鑑。朋友的衣服，原可以借得；但是借了來，只穿著來見大人；下去仍得送還人家，既把舊的還了人家，將來不免總要再穿新的；這便是卑職穿了舊的，專門來哄騙大人的了。卑職雖不才，要欺騙大人，卑職實實不敢！今日卑職故違大人禁令，自知罪有應得，大人若把卑職撤任參官，卑職都死而無怨；若要卑職欺瞞大人，便是行止有虧，卑職寧死不從！」撫院聽了，心上盤算道：「想不到此人倒如此硬繃，說的話是句句有理，不好怎麼樣他。」立刻滿面堆著笑說道：「你老兄真是個誠篤君子，兄弟失敬得很！通浙江做官的人，都能像你老兄這樣，吏治還怕沒有起色嗎？」隨手又問了幾句民情怎樣，年歲怎樣，方才端茶送客。

這知縣後來又穿著新衣裳，上轅稟見了幾次；署院很拿他灌米湯，叫他先行回任，將來出個大點的缺，還要借重。這知縣稟辭回任去後，膽小的仍然穿著破爛不堪的衣服來見；有兩個膽子稍些大點的，都穿半新不舊的衣服，有時候也穿件把新的。問起來，便說舊衣服價錢大，實在買不起。如此者，署院被人家頂過兩次，也漸漸的不來責備這個了。

* * *

署院來此查辦事件的時候，是夏天事情；查完以至署缺上任，其中約摸耽擱了一兩個月；自從接印之後，傳見下員，清理公事，轉眼又有兩個多月，已是十一月天氣了。他自己要裝清儉，不穿皮衣。一眾官員，都穿著了棉袍褂上院。齊巧這年又冷的早，已下過一場大雪，有些該錢的老爺，外面雖穿棉袍褂，裏頭都穿絲棉小棉襖，狐皮緊身，所以尚不覺其冷，不過面子上太單薄些罷了，至於一般窮候補老爺們，因為署院不喜這個，齊巧沒有錢用，樂得早早把他當在當鋪裏去了。誰知天氣一轉變，每天清早起來上衙門，可憐直凍得索索的抖！起初藩臺還遵他的命令，後來熬不住了，便說：「我們出來做官，主子原是叫我們出來享福的，不是叫我們來做化子的。官場上的人，都寒酸到這個地位，明明是丟主子的臉，我從明天，可不受他的管了。」第二天便穿了狐皮袍子，貂外褂，並戴了貂帽子，前去上院。撫臺見了，很不為然，拿眼睛瞅了藩臺半天；始終因他位分大了，也不好說別的。

後來藩臺去後，他便同師爺們談起這事，說：「藩司某人，今日何以忽然改常？」便有個曉得藩臺底細的，回說道：「現在某人進了軍機，應該他闊起來了。」署院聞言，恍然大悟。原來這位藩臺是旗人，是現今吏部滿尚書某協辦的私人。昨兒奉上諭，這位協辦進了軍機，所以他的腰把子，亦登時硬綳起來，連撫臺都不在他眼裏了。撫臺曉得了這個緣故，雖然奈何他不得，然而心上總不大高興。第二天，便自己寫了一道手諭，叫刻字匠刻了一塊板，印成功幾千分，摺成手摺一樣，除通飭各屬分派外，一個官廳子上，一定要擺上幾百本，每一個官發一本手諭。上寫的大致是：「本部院以廉勤率屬，不尚酬酢周旋，於接見僚屬之時，一再告以勤修己職，俯恤民艱，勿尚虛文，勿習奔競，嚴切通飭各在案。至於衣服奢華，酒食徵逐，尤宜切戒。夏葛冬裘，但求適體禦寒足矣，何須爭新炫奇，必合時趨。本署院任京職時，伏見朝廷崇尚節儉，宵旰憂勤，屬在臣工，尤宜惕勵。近三年來，非朝會大典，不著貂裘，當為同官所共諒。若夫宴飲流連，最易愒時廢事；況屢奉詔旨，停止筵讌，飭戒浮靡，聖諭皇皇，尤當恪守。為此申明前義，特啟寅僚，無論實缺候補在任在差，一體遵照；如竟視為故事，日久漸忘，即係罔識良箴，甘冒不韙。希恕戇直！此啟。」云云。等到這張手諭印了出來，署院有意，特特為為拿紅封套封了一份，叫人送給藩臺去看。

藩臺看了一遍，哈哈的笑了兩聲，擱在一旁，不去理會。第二天，仍然穿著他的貴重細毛衣服去上院。一走走到官廳子上，等各位司道大人到齊後，他老人家先發話道：「中丞的手諭，料想諸位都見過的了。」各位大人齊說見過。藩臺道：「像我們這樣做官，一定發不了財。」眾人聽他說的詫異，一齊要請教。藩臺道：「像我們這位中丞大人，吃亦不要，穿亦不要，整齊十萬兩銀子，存在錢莊上生利，銀子怎麼不要多出來呢？我們呢，穿又講究，吃又講究；缺好亦不會賸錢，缺不好更不用說了。但是我們自己丟臉不要緊；如此堂堂大國一個國家大員，連著衣裳都穿不起，叫外國人瞧著，還成個什麼樣兒呢？如今正鬧著借洋債開鐵路，你窮到這步田地，外國人誰相信你，誰肯借錢給你用？」藩臺這話，一半是莊論，一半是戲言；他原仗著他自己腰把子硬，所以才敢如此。其餘的官，只有相對無言，不敢回答一語。有些人故意走走開，怕風聲傳到撫院跟前，致干未便。

那知這位署院，小耳朵極多；藩臺議論的話，不到晚上，就有人上去告訴了他；把他氣的了不得，滿肚皮要想找藩臺的岔子，好動他的手。齊巧有借錢給中國要包辦浙江鐵路的一個洋商，前來拜見。談完公事，洋商見他這個寒酸樣子，便尋他開心道：「貴撫臺做官實在清廉，我們佩服得很！」署院道：「兄弟做了幾十年官，一個錢都不賸。」洋商道：「你們貴國，這幾年為了賠款，國家也弄窮了，百姓也弄窮了。我們的意思，總以為你貴撫臺是有錢的。如今聽你的話，看你的這個樣子，方才曉得你貴撫臺也是一個錢沒有。我還記得兩年前頭，我曾到過你們貴省一次，齊巧亦是冬天，天氣冷得很，你們洋務局裏的老爺們，一個個都穿著很好的皮袍子；這次來看看，竟多穿不起了，可見得你們貴國的現在情形，實在窮得很！」署院道：「為此，所以要趕緊的，想把鐵路開通。能夠商務一興旺，或者有個挽回。」洋商道：「貴省的官，都窮到這步田地，我們有點不放心。我們的錢，要回去商量商量，再借給你們。只要我們把錢借給你們，你們貴省的官，就有了皮衣服穿了。」洋商說完這兩句話，拿眼瞧著署院只是笑。

署院這時候，正為著鐵路借款的事要與洋商磋商；今聽他如此一番言語，不覺大驚失色。又想起藩臺背後的話，果然不錯，他倒有點先見。現在事情弄僵了，不得不想個法子，把事情挽回轉來。想了一想，便對洋商道：「你嫌他們窮，老實對你說，他們其實不是真窮，是我兄弟嫌他們穿的衣服太華麗，不准他們穿，所以他們不能不遵我的吩咐。你如不信，你過天來看，包管另換一個樣兒。但是穿的過於怎麼講究，兄弟亦不能自相矛盾，總叫他一個適中便了。」洋商道：「正是，我也覺奇怪，你們貴省的釐金❶又好，貴國官場上，又是中飽慣的，怎麼一時就會窮起來？真正叫人不相信。貴撫臺不說清楚，我是一輩子不明白的。」署院又把臉一紅，淡淡的說了幾句閒話。洋商方才辭去。

署院回來，心上很覺得悶悶；因為大局所關，不得不委屈聽從。次日接見司道的時候，他便發言道：「兄弟的脾氣，是古板一路。兄弟總恨這江，浙兩省，近來奢侈太甚，所以到任之後，事事以節儉為先。現在幾個月下來，居然上行下效，草偃風行，兄弟心上甚是高興。但是兄弟一個人，是省儉慣的，到了冬天，皮衣服穿也罷，不穿也罷。諸位穿的衣服，雖然不必過於奢華，然而體制所關，也不可過於寒酸。

❶ 釐金：清末為籌軍餉，對行商運貨徵通過稅，於水陸要衝遍設關卡，名曰釐卡，乃對商民極盡苛擾之勒索。

諸公出去，可傳諭他們，直毛頭細衣服，價錢很貴，倘然製不起，還是以不製為是；羊衣褂子，價錢不大，似乎不即不離，酌乎中道，每人不妨製辦一身。兄弟當了十幾年的京官，不瞞諸位老兄弟說，只有一件羊皮褂子；現在穿的毛都沒有了，只賸得光板子，面子上還有幾個補釘，實在穿不出去。倘然另做一件，不免又要化錢，所以一直迸到如今，還是棉袍棉褂，唉！兄弟這樣的做官，也總算對得住皇上了。」司道大人聽了，各答應著。等到出去上轎，齊巧首府總都趕出來站班。藩臺就拿了這話，當面傳知了首府。首府挺著胸脯，筆直的站在那裏，答應了幾聲「是」。藩臺又笑道：「以後你們倒都要大大的巴結巴結洋人方是；不然，可就要凍死了。」一頭說，一頭笑著上轎而去。

霎時間，把這話，官廳子上都傳遍。有些老爺們，同估衣鋪熟的，等不到回家，就趕去製辦羊皮褂子。有些回家拿羊皮袍子改做的，也不少。還有些該錢的，為著天氣冷，毛頭小了，穿著不煖和，就出了大價錢，買了獺皮回來，叫裁縫做。統計幾天裏頭，杭州城裏的羊皮，賣了好幾千件，價錢頓時飛漲。成衣匠忙的做夜工，都來不及。過了五天，等下一朝轅期，居然大小官員，一個個身上都長了毛了；就是撫院瞧著，也覺得比前頭體面了許多。從此以後，於屬員穿衣服一事，就不大理會了。卻把個藩臺恨如切骨，常要動他的手，而又不敢動他的手。為他裏頭有照應，腰把子硬的原故，怕動他不倒，反為不妙。因此隱忍在心，遲疑不發。但是拿他無可如何，只好拿他的同鄉親戚來出氣。凡是藩臺的私人，以及被藩臺保舉過的人，撫臺都要尋點錯處，拿他撤差撤委。他卻有一件好處，這些差缺，並不安置自己的私人，先檢著正途出身人員，按照次序委派。藩臺拿他無法，也只好遵他的教。

* * *

過了些時，齊巧轅期，劉大侉子跟了一班候補道上院稟見。署院一見名字，忽然想起：「這人是個紈袴出身，專會寫白字，我從前要拿他咨回原籍，是藩臺替他求下來的。大約他倆有什麼淵源，今天且拿他發揮幾句再講。」想完，便叫請見。劉大侉子進來，坐定之後，署院先同別位候補道閒談了幾句。回過臉來，看看劉大侉子渾身上下，倒也無可指摘，即淡淡的說道：「劉大哥，委屈了你了！你要到省，那一省不好指，橫豎是元寶捐來，何苦偏偏要指這個浙江呢？」此時劉大侉子見黃三溜子，因穿破衣服，早經得意，自己思量：「我是同他一樣的，而且一天到的省；他已經得了差使，料想我也不會久空的。」所以這一陣上衙門，格外上得勤，滿心指望：「無論大小，叫我得個把差使，也好光光面子，免得被黃三溜子瞧不起。」不料平空裏今日上院，被署院似諷似譏的埋怨上這們兩句，一時摸不著頭腦，又不好回什麼，又不好答應「是」。楞在那裏不響。署院又道：「凡是捐官出來做的人有三等：頭一等，是大員子弟，世受國恩，自己又有才幹，不肯暴棄，總想著實出來報效國家；而又屢試不進，不得正途，於是方走了這捐班一路；這是頭一等。第二等，是生意買賣人，或當商或鹽商，平時報效國家，已經不少；獎敘得個功名出來，閱歷閱歷，一來顯親揚名，二來也免受人家欺負，這種人還可恕。第三等，最是不堪的了，是自己一無本事，仗著老人家手裏有幾個臭錢，書既不讀，文章又不會做，寫起字來，白字連篇；在老子任上，當少爺的時候，一派的紈袴習氣；老子死了，漸漸的把家業敗完，沒有事幹了，然後出來做官，不是府，就是道。你們列位想想看，這種人出來做了官，這吏治怎麼會有起色呢？」署院說到這裏，又把臉回過來，朝著劉大侉子說道：「劉大哥，我這話可錯不錯？」劉大侉子聽說，曉得署院這話，明明說的是他，把臉羞得緋紅，一句話也回答不上。署院又說道：「劉大哥，從前你們老太爺，我同他很會過幾面。他做了一任關道，很弄得兩文回去。到你老哥手裏，日子一定著實好過；你有這種好日子，大可在家裏享福，何必一定要出來做這個官呢？」劉大侉子道：「自從職道父親去世，也有靠十年了。家裏人口又多，累重太很，所以職道不得不出來。」署院道：「做官做官，有了官，就是有本事去做，不是馬上可以發得財的！況且你們老太爺，有這許多錢，怎麼現在一個也沒有了？你老哥也算得會用的了，真正闊手筆，看你不出，倒是個大處落墨的！」

劉大侉子見署院說的話，句句都戳他的心，弄的坐立不安。齊巧今天趕上衙門，又起了一個大早，鴉片癮沒有過足，坐在那裏，不知不覺，打了一個呵欠。署院一見，得了這個題目，又有文章好做了，便又說道：「劉大哥，你們一定要出來做官，我總不解。我們是沒有法子想，上了馬下不得馬；比不得你，有了偌大的家私，何犯著再出來吃這個苦呢！譬如：我如今幸虧沒有吃上鴉片煙；如果也學別人似的，抽上了癮，到如今一天到晚，只好躺在煙鋪上過日子，那裏還有工夫又要會客，又要辦公事呢？自從鴉片煙進了中國，害了我們多少人！弄得一個個痿倒疲倦，還成個世界嗎？諸位老兄，可以把我的話，傳諭大家一齊知道，限他們三個月，一齊戒除；如果不戒，到那時候，卻是不要怪我兄弟！」劉大侉子一想：「自己煙癮是大的。如今署院的話，雖不是專為我一人而言，然而我聽了，總不免擔心。」越想越覺可危。

正在為難的時候，忽然商務局的老總，——也是一個候補道——把身子一斜，插嘴說道：「回大人的話，大人限他們三個月，叫他們戒煙，寬之以期限，動之以利害，不忍不教而誅；做屬員的人，若再不振作精神，摒除嗜好，也就不成個人了。昨日有個新到省的試用知縣胡鏡孫胡令，在職道局裏，遞了一個稟帖；說是自己報效，開了一個什麼貧弱戒煙善會，求職道局裏，給張告示。稟帖上寫明白，大人跟前，另外具稟。」署院道：「是啊！稟帖是有一個，我看了還有批。這胡令，他一向是做什麼的？戒煙原是好事情，既然開善會，為什麼不取個吉祥點的名字？又『貧』又『弱』，這兩個字，實在不好聽。」商務局老總道：「聽說這胡令，從前是在梅花碑開丸藥鋪的；雖然捐了官，已經稟到，一直還沒有引見。為什麼題這個名字，職道也問過他；他說人生在世，譬如家業本是富的，吃了煙就會貧窮；身子本是強壯的，吃了煙，就會瘦弱的；因此題這兩字，無非是勸醒人的意思。」署院道：「果然辦得見效呢，叫這些官場上的人，去戒戒也好。但他究竟是個市井，他能彀靠得住靠不住，總得查個明白，方好給他告示。」商務局老總答應著。

等到退了下來，頭一個劉大侉子，聽了署院一番話，又是心上發急，又是煙癮上來，出了一身大汗，連小棉襖都濕透了。走到大堂底下，還沒有上轎，一把袖子拖住商務局的老總，問他胡鏡孫這個會，已經開辦沒有，開在那條街上。商務局的老總道：「據他稟帖上說，就在梅花碑，大約同他丸藥鋪在一塊。自從今年二月起，已將近一年了。他自家說，每天總得戒上幾十個人。每天來戒的人，他都天天抄了名字，託人到上海去上報。現在的局面，被他弄得著實不小。」劉大侉子道：「果然靈驗，我頭一個就要去戒。怎麼我來了幾個月，一直不曾曉得呢？」說罷，各自上轎而去。

一霎到了公館，先過癮，再吃飯。一頭吃飯，一頭想起署院的一番話，老大擔心。吃過了飯，立刻吩咐打轎，向梅花碑胡鏡孫丸藥鋪而來。劉大侉子自己思量：「現在各事都丟在腦後，且把這撈什子戒掉，再想別的法子。」轎子未到梅花碑，總以為這爿丸藥鋪，連著戒煙善會，不曉得有多大。及至下轎一看，原來這丸藥鋪，只有小小一間門面，旁邊掛著二方戒煙會的招牌，就算是善會了。但是丸藥鋪裏門外，足足掛著二三十塊匾額；什麼「功同良相」，什麼「扁鵲後生」，什麼「妙手回春」，什麼「是乃仁術」，匾上的字句，一時也記不清楚；旁邊落的款，不是某中堂，就是某督撫，都是些闊人。劉大侉子看了，心上著實欽敬。

正在看匾的時候，這善會裏的老板，就是胡鏡孫，早已得信。順手取過一頂大帽子，合在頭上，趕著出來迎接憲駕。一見劉大侉子，就在街上，迎面先打一個恭。劉大侉子還禮不迭，跨進店來，胡鏡孫把他一領，領到店後頭一間披屋，只容得三四個人，劉大侉子舉目一看，房間雖小，擺設俱全。牆上掛的對子，寫著某某司馬大人雅屬。再一看，這胡鏡孫頭上，戴的是料毬，便知道他是捐過同知銜的知縣了。

少停，學徒弟的送上茶來，劉大侉子一面吃茶，一面問他丸藥店裏，生意可好，戒煙的人，一天到晚，一定不會少的了。胡鏡孫道：「大人明見，這丸藥店，本是卑職祖父手裏創的。自從卑職入了仕途，把丸藥鋪改了公司，為的是做官的人，不便再做生意買賣，叫上頭曉得了說話。」慢慢的，兩個人講到戒煙的一事。胡鏡孫竭力稱贊他的戒煙丸藥，如何靈驗。又說：「一天到晚，總得有一二十號人來戒，實在來不及。」

正說著話，齊巧學徒弟的進來拿東西，胡鏡孫故意問他道：「現在戒煙的人，已經有多少號了？」這個徒弟不提防他問，一時順口說了出來，說道：「只有大前天有個人買了一包丸藥去，這兩天一直沒有人來問過信。」胡鏡孫聽了這兩句話，急得臉上緋紅，連忙說道：「你不懂的，快替我走！」又自己埋怨自己道：「是我糊塗，他是丸藥店裏的徒弟，戒煙會另有司事承管，這事問到司事，才知道，問他是不曉得的。」劉大侉子道：「我不管戒煙的人多人少，我只問你這丸藥，吃了可靈不靈？」胡鏡孫道：「卑職這個丸藥，比如有一錢癮的，只消吃兩粒丸藥。等到煙癮上來的時候，一吃下去，就抵當得住，比仙丹還靈。二錢癮，吃四粒。四錢癮，吃八粒。弄到後來，只要吃丸藥就彀了，用不著吃煙了。」劉大侉子道：「我從京裏來的時候，路過上海，聽說上海也有一種什麼戒煙丸藥，是咖啡做的。雖然能彀抵得煙癮，然而吃了下去，受累無窮，一世戒不脫的，不要你這丸藥，亦是那個東西做的？」胡鏡孫聽了詫異道：「咖啡只好當茶吃，從來沒有聽說可以抵得煙癮的，想必外國人又出了什麼新法子？」劉大侉子道：「外國人想賺錢的法子，本來很多。」胡鏡孫想了一回，恍然大悟道：「不要是嗎啡罷？」劉大侉子聽他一提，心上亦明白起來，是嗎啡，但是不肯自己認錯，怕人家笑他外行；也把臉一紅道：「不管他是咖啡是嗎啡，橫豎是外國來的就是了。」胡鏡孫道：「卑職開辦這個善會，是發過誓的，如今封袋上都刻明白：如以嗎啡害人，雷殛火焚。大人不信，請驗。」說著，順手在抽子裏，取出一包戒煙丸藥。劉大侉子接過一看，果然不錯，有此十字。一頭看，又一頭念過一遍。

剛剛念到「火焚」二字，忽然隔壁人家，大聲呼喚起來。頓時合店的人，都趕到後頭來看。再一聽，不是別事，原來為這邊廚房裏，有個學徒的，燒開水泡飯吃，燒的稻柴太多了，火燄上沖，轟了煙囪，火星直冒。隔壁人家當是起火，頓時聲張起來。虧得這邊人手眾多，上屋的上屋，打水的打水，灌了幾桶的水；弄得竈裏開了河，竈也壞了，火也滅了。胡鏡孫才把心放下。他堂客此刻也顧不得了店堂內有客無客，手裏拿了一串佛珠，站在天井裏，擧頭朝上，不住的念：「阿彌陀佛」，「救苦救難白衣觀世音菩薩。」劉大侉子見他家有事，就辭別回去。胡鏡孫還要再三的相留，劉大侉子不肯，只得送了出來。胡鏡孫道：「大人如要戒煙，卑職立刻就送一百包丸藥過來。」劉大侉子道：「用不著這許多，吃了有效驗，再來取。」說罷，上轎而去。胡鏡孫趕到街上，站了一個班，還做出卑職的規矩，方才進店。

要知劉大侉子此番能否把煙戒去，且看下回分解。

第二十一回　反本透贏當場出醜　弄巧成拙驀地撤差

卻說：劉大侉子從戒煙善會而來，剛才下轎，胡鏡孫已經派人，把戒煙丸藥送到，共計丸藥一百包，一張小字的官銜名片。劉大侉子吩咐收下，打發來人去後。從此以後，果然立志戒煙，天天吃丸藥，不敢間斷。說也不信，丸藥果然靈驗，吃了丸藥，便也不想吃煙。只可惜有一件，誰知這丸藥，也會上癮的，一天不吃，亦是一天難過，比起鴉片煙癮，不相上下。但是吃丸藥的名聲，總比吃大煙好聽；所以這劉大侉子，便一心一意的吃丸藥，不敢再嘗大煙了。

正是光陰如箭，轉眼間臘盡春來，官場正月一無事情，除掉拜年應酬之外，便是賭錢吃酒。此時黃三溜子，曉得自己有了內線，署院於他決不苛求；而且較之尋常候補道，格外垂青，一差之外，又添一差。黃三溜子也知感激，便借年敬為名，私下又餽送八千銀票，也是裕記號二掌櫃的替他過付。意思想求署院委他署缺一次，不論司道，也不論缺分好壞，但求有個面子。署院答應他徐圖一會，不可性急，防人議論。二掌櫃的出來，把這話傳諭黃三溜子，黃三溜子自然歡喜。曉得署院已允，將來總有指望，從此更意滿心高，任情玩耍。

齊巧正月，有些外府州縣實缺人員，上省賀歲，這些老爺們，平時刮地皮，都是發財發足的了。有些候補同寅，新年無事，便借請春酒為名，請了這些實缺老爺們來家，吃過一頓飯，不是搖攤，便是牌九。縱然不能贏錢，弄他們兩個頭錢，貼補貼補候補之用，也是好的。大家都曉得黃三溜子的脾氣，頂愛的是耍錢，只要有得賭，什麼大人卑職，上司下屬，統通不管。而且逢場必到，一請就來。贏了錢，便大把的賞人；輸了錢，無論上千上萬，從不興皺皺眉頭，真要算得獨一無二的好賭品了。因此大眾捨他不得。

* * *

這日是正月十三，俗例十三夜上燈，十八落燈。官場上一到二十，又要開印，各官有事，便不能任情玩耍了。且道：這日，是住在焦旗桿的一位候補知府請客。這位太尊姓雙名福，表字晉才，是鑲紅旗滿洲人氏。他爸爸在浙江做過一任乍浦副都統；他一直在任上當少大人，因他行二，大家都尊他為雙二爺。後來他爸爸死了，他本是一個京官，起服之後，就改捐知府，指分浙江。在省候補，也有五六年了。他雖為官，總不脫做闊少爺的脾氣，賃的極大的公館，家裏用的好廚子，烹調的好菜。他自己愛的是賭，時常邀幾個相好友朋，到家叉麻雀，不是五百塊錢一底，就是一千塊錢一底。黃三溜子也同他著實來往，雖然署院力崇節儉，也只好外面上遵他的教；其實人家公館裏，那能件件依他。自交正月，例不禁賭，雙二爺天天在公館裏請朋友吃喝。吃完之後，前兩天還是搖攤，後因搖攤氣悶，就改為牌九，已經痛痛快快的賭過幾夜。過了幾天，齊巧一個實缺金華府知府彭子和彭太尊，一個實缺山陰縣知縣蕭天爵蕭大令，兩人同天到省賀歲。卻都是這雙二爺的拜把子兄弟，從前常常在一處玩耍慣的；因此雙二爺興致格外好。頭一天雙二爺上院，彼此在官廳上碰著。依雙二爺的意思，就要把他倆拉回公館吃便飯，先玩一夜。他倆因為要到別處上衙門拜客，所以改了次日，就是十三這一天了。

頭天晚上雙二爺吩咐管廚的，預備上等筵席。別的朋友，横豎天天來耍錢耍慣的，用不著預邀。到了次日，中飯吃過，雙二爺為著來的人還不多，不能成局，先打八圈麻雀。在座的人，都是些闊手筆，言明一千塊一底，還說是小玩意兒。當下管家調排桌椅，扳位歸座。立時間就劈劈拍拍，打了起來。一打打了兩個鐘頭，四圈已畢，重復扳位擲點。當時算了算，雙二爺輸了半底。說是這樣小麻雀，打的不高興。自己站起身來，要去過癮，就把自己的籌碼，讓給一個代碰。雙二爺正過著癮，人報彭大人來了。彭大人剛從別處拜客而來；依舊仍穿著衣帽。走到廳上磕頭拜年，自不必說。磕頭起來，朝著眾人一個個作揖，大半都不認得。

正待歸座，只見黃三溜子，從院子裏一路嚷了進來，嘴裏喊著說道：「你們不等我，這早的就上局！」才跨進門檻，迎面瞧見彭知府穿了衣帽，黃三溜子一呆。雙二爺便告訴他是金華府彭守，昨兒才到的。又告訴彭知府說：「這位就是黃觀察黃大人。」彭知府是久仰大名的，究竟他是本省上司，不敢怠慢；立刻放下袖子，走上一步，請了一個安，口稱：「卑府今天早上到大人公館裏稟安。」黃三溜子也不知回答什麼方好，想了半天，才回了聲：「兄弟還沒有過來回拜！」當由雙二爺忙著叫寬章，讓坐奉茶。正在張羅的時候，山陰縣蕭大老爺也來了。無非又是雙二爺代通名姓。黃三溜子為他是知縣，到底品級差了幾層，就不同他多說話，坐在炕上也不動。只同彭知府扳談，滿嘴的什麼「天氣好呀。」「你老哥幾時來的？」「住在那裏？」「難得到省，可以盤桓幾天。」顛來倒去，只有這幾句說話。

頃刻間打麻雀的已完，別的賭友也來的多了。雙二爺一一引見，無非某太守，某觀察，官職比他小的，便是某翁。當中還有幾個鹽商的子弟，參店的老板，票號錢莊的擋手❶，一時也數他不清。頭一個黃三溜子高興說：「我們肚子很飽，賭一場再吃。」其中有幾個人說：「吃過再賭。」黃三溜子不肯。雙二爺為他是老憲臺，不便違他的教，只得依他。當下入局的人，共有三四十個。黃三溜子不歡喜搖攤，一定要推牌九。無奈彭大人說：「白天打牌九不雅相。天色很早，不如搖四十攤，吃過飯再推牌九。」黃三溜子說：「打攤打得氣悶；既然要打攤，須得讓我做皇帝。」其時正有個票號裏擋手❶，搶著做上手，聽說搖攤，已經坐了上去。主人家要巴結老憲臺；千「對不住」，萬「對不住」，把那人請了下來。黃三溜子一屁股坐定，也不管大眾齊與未齊，拿起攤盆，搖了三搖，開盆看點。旁邊記路的人，拿著筆一齊記下。霎時亮過三攤，黃三溜子又把攤盆搖了三搖，等人來押。頭幾下大家看不出路，押的注碼還少。黃三溜子贏了幾千，把他高興的了不得。雙二爺道：「為著老憲臺總不喜歡搖攤，叫你老人家贏兩個，以後也就相信這個了。」黃三溜子道：「所以我除了做皇帝，下手是不做的。皇帝還好贏幾個，下手只有輸無贏。」雙二爺道：「那也不見得。」

正說著話，黃三溜子又搖過幾攤，檯面上的籌碼洋錢票子，漸漸的多了起來。黃三溜子一連攧了兩攤，數了數，但將贏來的錢輸去八九，幸喜不曾動本。後來越押越大，他老人家亦就越輸越多，統算起來，至少也有四萬光景。霎時間已開過三十六攤，再搖四攤，便已了局。黃三溜子急於返本，嫌人家押的少，還說人家贏錢的，都藏著不肯拿出來。眾人氣他不過。內中有幾個老賭手，取過寶路一看，大小路都在「二」上，於是兩檯的人，倒有一大半去押「白虎」。還有些不相信「寶路」的，亦有專押「老寶」的，亦有「燒慣老灶」的，亦有「專趕熱門」的，於是么三四三門，亦押了不少。彭太尊年輕時，很歡

❶ 擋手：商店經理。（吳語）

喜搖攤，搖攤的別號又叫做「聽自鳴鐘」。他自己常說：「我因為聽自鳴鐘，曾經聽掉兩爿當鋪，三爿錢鋪子，也算得老資格了。」到這第三十七攤上，他亦看準一定是「二」，自己押了「二」還不算，又把「進」「出」兩門上的注碼，一齊改在「二」上。有個押「四」的錢莊裏擋手，獨他不相信，說一定是「四」。彭太尊要同他賭個東道。他理也不理，拉著嗓子喊了一聲：「三翻四。」彭太尊氣他不過，跟手喊了一聲：「四翻二。」錢莊裏擋手，又喊一聲：「再翻在四上。」彭太尊亦喊一聲：「再翻在二上。」錢莊裏擋手，還要再喊，主人雙二爺把手一擺道：「慢著，你們算算看。」黃三溜子道：「算什麼！」雙二爺道：「別說算什麼，彭子翁先把『進』『出』兩門的注碼，吃到『二』上，現在又同對門翻了兩翻。這一下開出來，設如是個『二』，你思他要賠多少？就是個『四』，彭子翁也不輕。」付擋的人，正待舉算盤來算，黃三溜子急於下莊，好去過癮，便朝著雙二爺嚷道：「人家輸得起，要你擔心？我可等不及了。」一面說，一面掀開寶盆一看，大家齊喊一聲：「四。」黃三溜子道：「『四』也好，不是『四』也好。橫豎你們自己去做輸贏，我只管我的就是了。」錢莊裏擋手一團高興，嘴裏說道：「怎麼樣？我賭了幾十年，最不相信的，是什麼路不路，如果猜得著，這寶也沒人打了。」此時只有他一個人，咂嘴弄舌，眾人也不睬他。把個彭太尊氣昏了，拿著手裏的籌碼，往桌子上一摜，說道：「輸錢事小；我走了幾十年的大小路，向來沒有失過，真正豈有此理！」

當時付擋的人，按照所翻的數目，一一付清。黃三溜子趕著把餘下三攤搖完。算了算頭檯的人，只有彭太尊頂輸，大約有五萬光景。黃三溜子後來下贏些回來，只有三萬多了。錢莊裏擋手，是頭一個大贏家。四十攤之後，別的人過癮的過癮，談天的談天，獨他一個穿穿馬褂，說：「號裏有事，不能不回去。」彭太尊嚷著：「不放他走！」雙二爺，黃三溜子亦趕過來幫著挽留。黃三溜子道：「通樘就是你一個大贏家，怎麼你好走？就是真有事，也不放你。我們熟人不要緊，你同彭大人是初次相會，你走了，他心下要不高興的。」錢莊裏擋手，卻不過眾人的情，只好仍舊脫去馬褂，陪著大眾一塊兒吃飯。雖然是雙二爺專誠備了好菜請彭太尊，無奈他賭輸了錢，吃著總沒有味。

一時飯罷，黃三溜子趕著推牌九。彭太尊一定還要打攤。主人雙二爺左右為難。幸虧是夜裏來趕賭的人，比白天又多了二十幾位，只好分一局為兩局，是一局攤，一局牌九，各從其便。黃三溜子齊了一幫人，專打牌九；彭太尊齊了一眾人，專打攤。吃飯的時候，已是二更多天，比及上局，約莫已有三更了。這一夜，竟其頂到第二天大天白亮，還沒有完。後來有些人，漸漸熬不住，贏錢的都已溜回家去睡覺。只剩些輸錢的，還守著不肯散，想返本。黃三溜子一見人少了，便要併兩局為一局。彼此問了問，彭太尊只翻回來幾千銀子；黃三溜子卻又下去一萬，主人雙二爺親自過來，讓眾位用些點心，又說：「今天是十四，不是轅期，沒有什麼事情。不如此刻大家睡一會兒，等到飯後，邀齊了人再圖恢復何如？」黃三溜子道：「賭一夜算什麼？只要有賭，我可以十天十夜不回頭。」彭太尊道：「卑府在金華的時候，同朋友在『江山船』上，打過三天三夜麻雀，沒有歇一歇。這一夜算得什麼？」於是大眾就此鼓起興來。這時候彭太尊攤也不搖了，亦過來推牌九。

這天自從早晨八點鐘入局，輪流做莊，一直到晚，未曾住手。黃三溜子連躺下過癮的工夫都沒有。幸虧一心只戀著賭，肚裏覺得並不飢餓。雖說雙二爺應酬周到，時常叫廚子備了點心，送到賭樘上，並不沾唇。有時想吃煙，全是管家打好了，裝在橡皮槍上；這橡皮槍有好幾尺長，賽如根軟皮條；管家在炕上替他對準了火，他坐在那裏，就可以呼呼的抽，可以坐著不動，再要便當沒有。但是玩了一天，沒有什麼上下，等到上火之後，來的人比起昨天的還要多。此刻他老人家的手氣，居然漸漸的復轉來，一連吃了三條。下手的人，一看風色不對，注碼就不肯多下了。黃三溜子只顧推他的，一連又吃過七八條，弄得他非凡得意。

正在高興頭上，不提防自己公館裏的一個家人，找了來，附了他耳朵上請示，說：「明天各位司道大人，統通一齊上院，慶賀元宵。請老爺今天早些回公館，歇息歇息，明天好起早上院。」黃三溜子道：「忙什麼！我今天要在這裏玩一夜。把應該穿的衣服拿了來，等到明天時候，叫轎班到這裏來伺候，我今天不回去，明天就在這裏起身上院。等院上下來，再回家睡覺。」家人是懂得他的脾氣的，只得退了出去，依他辦事。

他這裏上上下下，總算手氣還好，進多出少。後來見大眾不肯打了，他亦只好下莊，讓別人去推。自己數了數，一共贏進二萬多，連昨夜的扯起來，還差一半光景，自己懊悔昨天不該應搖攤。又連連說道：「如果再推下去，這頭兩萬銀子，算不得什麼，多進三五萬，亦論不定。」此時是別人做莊，他做下手，弄了半天，做上手的輸了幾條就乾了。他雖然贏錢，總嫌打的氣悶，眾人只得重新讓他上去做莊。幾個輪流，到他已有四更天了。誰知到了他手，莊風大好，押一千吃一千，押五百吃半千。此時檯面上現銀子洋錢，都沒有了，全是用籌碼。他自己身邊籌碼，堆了一大堆，約摸又有二三萬光景。眾人正在著急的時候，忽然莊上擲出一副「五在手」，自己掀出來一看，是一張「天牌」，一張「紅九」，是個一點，這以為必輸的了，仍舊把牌合在桌上，默然無語，回過頭去抽煙。誰知三家把牌打開：「上門」是一張

「人牌」，一張「么丁」；「天門」是一張「地牌」，一張「三六」；「下門」是一張「和牌」，一張「么六」。統算起來，都是一點。大家面面相覷，做聲不得。黃三溜子把一筒煙抽完，回過臉來，舉目一看，都是一點，這一喜非同小可。把自己兩扇牌翻過來，用力在桌上一拍，道了聲：「對不住」，順手向桌上一擄。

當時檯面上幾個贏家，並不說話；有幾個輸急的人，嘴裏就不免嘰哩咕嚕起來。一個說：「牌裏有毛病，不然，怎麼會四門都是一點兒？齊巧又是『天』『地』『人』『和』配好了的？」一個說：「一定骰子裏有毛病，何以不擲『二上莊』，何以不擲『四到底』，偏偏這個『五在手』？莊家拿個『天九一』吃三門，這裏頭總有個緣故。」又有人說：「毛病是沒有，一定有了鬼了，很應該買些冥錠來燒燒；不然，為什麼不出別的一點，單出這『天』『地』『人』『和』四個一點呢？」當下你一句，我一句，大家都住手不打。黃三溜子起先還怕擾亂眾心，拆了賭局，連說：「賭場上鬼是有的，應得多買些錠燒燒。從前我在家鄉開賭，每天燒錠的錢，總得好幾塊。老一輩子的人常說道：『鬼在黑暗地下，看著我們陽世人間賭得高興，他的手也在那裏癢了。自己沒有本錢，就來作弄我們；燒點紙錠給他就好了。』」雙二爺聞言，連說不錯，立刻吩咐管家去買銀錠來燒。

錠已燒過，黃三溜子洗過牌，重新做莊。無奈內中有個輸錢頂多的人，心上氣不服，一口咬定牌裏有講究，骰子也靠不住。黃三溜子氣極了，就同他拌起嘴來。那人也不肯相讓。便是你一句，我一句，吵個不了。主人雙二爺立刻過來勸解，用手把那個輸錢的人，拉出大門。那人一路罵了出去。彭太尊也竭力勸黃三溜子，連說：「大人息怒。」又說：「他算什麼！請大人不必同他計較。」一番吵鬧頓時把場子拆散。有些怕事的人，當他二人拌嘴的時候，早已溜掉一大半。黃三溜子見賭不成功，便把籌碼往衣裳袋裏一袋，躺下吃煙。

*　　*　　*

說話間，東方已將發亮了。黃三溜子的管家轎班，都已前來伺候主人上院。彭太尊之外，還有幾位候補道府，都說一塊兒同去。主人一面搬出點心，請眾位用；一面檢點籌碼，要他們把帳算一算清。黃三溜子道：「忙什麼！那王八羔子不來，我們今天就不賭了嗎？籌碼各人帶在身上，上院下來，賭過再算。」主人連說：「使得。」當初入局的時候，都用現銀子洋錢買的籌碼。而且這位雙二爺，歷年開賭的牌子極為硬綳。這副籌碼異常考究，怕的是有人做假，根上頭都刻了自己的別號；所以籌碼出去，人家既不怕他少錢，他也不怕人家做假。此刻黃三溜子不要人家算帳，說上院回來，重新入局。他做主人的，自然高興，有何不允從之理？

霎時點心吃過，一眾大人們，一齊紮扮起來。黃三溜子等把蟒袍穿好，不及穿外褂，就把贏來的籌碼，數了數，除彌補兩天輸頭之外，足足又贏了一萬多，滿心歡喜。便把籌碼抓在手裏，也不用紙包，也不用手巾包，一把一把的只往懷裏來塞。管家說：「不妥當，怕掉出來，還是讓家人們替老爺拿著罷！」黃三溜子道：「這都是贏來的錢，今天大十五，揣著上院，是一點彩頭。」家人不敢多說。

一時紮扮停當，忽然轎班頭上來回道：「有一個轎夫，沒有來，請大人等一刻。」黃三溜子急踩的腳罵王八蛋。當時就有一個同賭的武官，是個記名副將，借署撫標右營都司，曉得黃三溜子在署院前還站得起，又是營務處，便說：「標下的轎子，不妨先讓給大人坐。大人司道一班，傳見在前。標下雇肩小轎，隨後趕來，是不妨事的。」黃三溜子見他要好，便同他攀談，說：「老兄很面善，我們好像在那裏會過似的。」那武官還沒回答，雙二爺忙過來替他報履歷。黃三溜子連說：「久仰。」又說：「老兄訓練兵丁，步伐整齊，兄弟是極很佩服的。」那武官道：「大人在營務處，是標下的頂門上司，總得求大人格外照應。」黃三溜子道：「這還要說嗎？」一面說著話，一面又嚷道：「我記起來了，是去年十二月初七，一個什麼人家出殯，執事當中，我看見有你騎了一匹馬，押著隊伍，好不威武！你手下的兵，打的鑼鼓，同鬧元宵一樣，很有板眼。我們快去，等院上下來，我們亦來鬧一套玩玩。」說完了話，趕出大門上轎，那武官連忙跟著出來，招呼自己的轎班。誰知走出大門，黃三溜子的轎夫也來了，被黃三溜子罵了兩句，仍舊坐著自己的轎子而去。

霎時到得院上，會著各位司道大人，上過手本，隨蒙傳見。見了署院，一齊爬在地下磕頭賀節。等到磕完了頭，黃三溜子正要爬起來的時候，不料右邊有他一個同班，一隻腳不留心，踏住了黃三溜子的蟒袍，黃三溜子起來的匆忙，也是一個不當心，被衣服一頓，身子一歪。究竟兩夜未睡，人是虛的，一個觔斗，就跌在踏他蟒袍的那人身上，連那個人也栽倒了。署院看見，連說：「怎麼樣了？」他兩個在地下羞的面孔緋紅，掙扎著爬起來，剛起得一半，不料黃三溜子跌的時候，勢頭太猛，竟把懷裏的籌碼，從大襟裏滑了出來，滑在外褂子裏頭，等到站起，早已豁喇喇的掉在地下了。署院起先，但聽得聲音響，還不曉得是什麼東西，連說：「你們兩位，有什麼東西掉在地下，還不拾起來？」一面說，一面招呼巡捕幫著去拾。黃三溜子畢竟自己虛心，連忙又往地下一蹲，用兩隻馬蹄袖，在地毯上亂擄。幸虧籌碼滑出來的不多，檢了起來，不便再望懷裏來塞，只得握在手中。撣撣衣服，跟著各位司道大人歸座。卻不料地下還有抵得一百兩銀子的一根大籌碼，未曾拾起，落在地毯上。黃三溜子瞧著實在難過，又不敢再去拾，只是臉上一陣陣發紅。其實署院已經看見，也曉得黃三溜子這寶貝帶來的。署院生平，頂恨的是賭，意思想要發作兩句，轉念一想，隱忍著不響。齊巧那根籌碼，被巡捕看見，走上去拾了起來，袖了出去。署院裝做沒事人一樣。等到送客之後，署院問巡捕把那根籌碼要了來，封在信裏，叫先前替黃三溜子過付的那個人，仍舊送還了他；傳諭他下次不可如此，再要這樣，本院就不能迴護他了，叫他各人自己心上放明白些。

黃三溜子這日下得院來，曉得自己做錯了事，手裏揑著一把汗，便無精打彩的，一直回到自己公館，不到雙二爺家賭錢了。雙二爺等他不來，便叫管家來請他。他便打發當差的，同了雙二爺的管家到雙家，把帳算清，說是自己身上不爽快，改天再過來。此時大眾，已曉得他今天上院，跌出籌碼之事，官場上傳為笑話，他不肯再來，一定是臉上害臊；因此也不再來勉強他。

過了一天，黃三溜子接到署院的手札，並附還籌碼一根，又是感激，又是羞憤。恐怕以後不妥，又託原經手，替他送了三千銀子的票子。一直等到回信，說署院大人賞收了，然後把心放下。照舊當差不題。

*　　　*　　　*

且說：劉大侉子自從吃胡鏡孫的丸藥，三個月下來，煙癮居然擋住。但是臉色發青，好像病過一場似的。且有天不吃丸藥，竟比煙癮上來的時候還難過。劉大侉子便去請教胡鏡孫。胡鏡孫道：「大人要戒的是煙，只要煙戒掉就是了，別的卑職亦不能管。」劉大侉子見他說得有理，難以駁他，只好請醫生自去醫治。不在話下。

但是他自從到省以來，署院一直沒有給他好嘴臉，差使更不消說得。從來署院見他面色碧青，便說他嗜好太深，難期振作。每見一面，一定嘮嘮叨叨的申飭一次，還要說什麼：「是我認得你老人家的。他的子姪不好，我做父執的，應該替他教訓才是。」劉大侉子被他弄得走頭無路，便去找藩臺，託藩臺替他想法子，說：「照這種樣兒，晚生的日子，一天不能過了。」藩臺說：「他同兄弟不對，兄弟說的話，未必聽。我勸老兄忍耐幾時，再作道理。」

劉大侉子無法，又去找他娘舅。娘舅久充憲幕，見的世面多了，很有隨機應變的工夫。聽了外甥的話，閉目養神了半天，一聲也不響。想了一回，說道：「他時常教訓你，都是些什麼話？」劉大侉子便大概的述了一遍。娘舅道：「他同你老人家真有交情嗎？」劉大侉子道：「不過會過幾面，就是有交情也有限。」娘舅道：「有了道學朋友，只有拿著他的法子治他。所謂『君子可欺以方』，只有這一功他還受。」又說什麼：「即以其人之道，還治其人之身。」劉大侉子忙問：「是用什麼法子？」娘舅便附在他耳朵上，如此如此的囑咐一番。劉大侉子將信將疑，恐怕不妥；但是事已至此，只可做到那裏，說到那裏。

到了第二天，又去稟見。他是一個沒有差使的黑道臺，撫臺原可以不見他的。只因他脾氣好說話，署院把他訓飭慣了，好借著他發落別人；所以他十次上院，倒有九次傳見。這日見面坐定之後，署院開談了幾句，便漸漸的說到他身上來，先問他現在的煙癮，比起從前又大得多了。他回道：「職道現在戒煙，已經有好兩個月不抽了。」署院鼻子裏哼的一聲。他又回道：「職道自從吃了胡鏡孫胡令貧弱戒煙善會的丸藥，倒很見效。」署院道：「抽與不抽，我也不來問你。你自己拿面鏡子照照你的臉，隨便給誰看，說你不吃煙，誰能相信？當初你們老太爺，我是見過的，他並不抽煙。怎麼到你老兄手裏，好樣子不學，倒弄上了這個？真正我替你們老太爺嘔氣！」劉大侉子聽到這裏，一聲不響，只顧拿著馬蹄袖擦眼淚。署院又道：「出來做官，說什麼顯親揚名，都是假的；只要不替先人丟臉，就算得孝子了。」劉大侉子聽到這裏，一半自己的委屈，一半是娘舅的教訓，一不做，二不休，索性嗚嗚咽咽哭將起來。各位司道大人，見了都為詫異，一齊替他捏著一把汗。誰知署院並不見怪，停了一回，朝他說道：「我教導你的幾句話，並不是壞話，用不著哭啊！」劉大侉子擦了一擦眼淚，又擤了一把鼻涕，說道：「職道何嘗不知道，大人教訓的都是好話。職道聽了大人的教訓，想起從前職道父親在日，也常是拿這話教訓職道；如今職道父親病故已經多年，職道聽了大人的教訓，一來恨自己不長進，二來感念職道父親去世的早。聽了大人的話，不覺有感於中，屢次三番的，要哭不敢哭出，怕的是失儀，今天實實在在熬不住了。」說完了話，立起身來，爬在地下，朝著署院磕了三個頭，長跪不起。署院趕緊下座拉他。眾官亦一起站立。署院道：「這從那裏說起！有話起來說。」劉大侉子哭著回道：「大人教訓的話，都同職道父親的話一樣；總怪職道不長進，職道該死！求大人今天就參掉職道的官，也好替職道消點罪孽；就是職道父親在九泉之下，也是感激大人的。」說完了這兩句，便從頭上，把自己大帽子抓了下來，親自動手，把個二品頂戴旋了下來；嘴裏說道：「職道把這官交還了大人。大人是職道父執一輩子的人，職道就同大人子姪一樣。職道情願不做官，跟著大人，伺候大人，可以常常聽大人的教訓。將來磨練出來，或者還可以做得一個人，不至於辱沒先人，便是職道的萬幸了。」說完了話，直挺挺的跪著。署院一定要他起，眾官又幫著相勸，他只是不肯起；嘴裏又說道：「總得大人答應了職道，職道方才起來。」署院道：「你果然能聽我話，想做好人，我還要保舉你，鼓勵別人，何必一定要參你的官呢？」說完，便教巡捕過來，替他把頂子旋好，仍舊合在頭上。署院又親自拉他一把。劉大侉子見署院如此賞臉，便趁勢又替署院磕了三個頭，然後起立歸坐。

署院道：「『人孰無過？過而能改』，就不失其為好人了。兄弟生平，最恨的是抽大煙一樁事。好好一個人，生生的被煙困住，以後還能做什麼事業呢！」說到這裏，回轉頭去，一看見商務局老總也在座，便同他說道：「從前你們所說那個姓胡的，辦的那個戒煙善會，到底靠得住靠不住？」商務局老總道：「他的丸藥，外頭倒很銷，而且分會也不少。」署院道：「銷場雖好，不足為憑。你們只要看這位劉大哥臉的顏色，怎麼越吃越難看呢？不要丸藥裏攙了什麼東西害人罷？」商務局老總道：「職道也問過胡令，據稱用的是林文忠公的遺方。既然劉道吃了不好，等職道下去查訪查訪。果然不好，就撤去前頭給的告示，勒令停辦，免得害人。」署院道：「正該如此。」說完送客。

劉大侉子下來，仍舊去找娘舅；娘舅問他怎麼樣。劉大侉子便一五一十，述了一遍。娘舅道：「此計已行，以後包你上院，永遠不會碰釘子。但是想他的差使，還不在裏頭。等我慢慢的，替你再想個法子，包你得一個頂好的事情。」劉大侉子一定要請教。娘舅發急道：「你別性急！早則十天，遲則半月，總給你顏色看就是了。怎麼性急到這步田地？也得容我想想看呀！」劉大侉子見娘舅動氣，只好無言而罷。

*　*　*

且說：官場上信息頂靈，署院放一個屁，外頭都會曉得的。這日說了胡鏡孫丸藥不好，當天就有人傳話給他，叫他當心點。他這人生平最會拍馬屁，新近又不知道走了什麼路子，弄到山東賑捐總局的札子，委他兼辦勸捐事宜。他得了這個差使，便興頭的了不得，東也拜客，西也拉攏。懷裏揣著章程，手裏拿著實收，一處處向人勸募。居然勸了一個月下來，也捐到一個五品銜，兩個封典，五六個貢監；論他的場面能夠如此，已經很不容易了。這日聽得人家傳來的話，賽如兜頭一盆冷水，在店裏盤算了半夜，踱來踱去，走頭無路。後來忽然想到本省藩臺，曾經見過兩面，前頭開辦善會的時候，託人求他寫過一塊匾。有此淵源，或者不至忘記。事到其間，只得拚著老面去做。

是日一夜未睡，次天大早，便穿了衣帽，趕上藩臺衙門。手本進去，藩臺不見。胡鏡孫說有公事面晤，然後勉勉強強見的。見面之後，藩臺心上本不高興，胡鏡孫又囁囁嚅嚅的說了些不相干話，藩臺氣極了，便說：「老兄有什麼公事，快些說，兄弟事情忙，沒有工夫陪著你閒談。」胡鏡孫碰了這個釘子，面孔一紅，咳嗽了一聲，然後硬著膽子，說出話來。才說得「卑職前頭辦的那個戒煙善會」一句話，藩臺已把茶碗端在手中，說了聲：「我知道了。」端茶送客。胡鏡孫不好再說下去，只得退了出來。一場沒趣，愈加氣悶。

回到店裏，茶也不喝，飯也不吃，如同發了癡的一般，幸虧太太是個才女，出來問問究竟，便說：「現在世路上的事，非錢不行。藩臺不理你，你化上兩個，他就理你了。」胡鏡孫道：「去年我開辦這個善會的時候，問你借的當頭，如今還沒有替你贖出來。那裏還有錢去孝敬上司呢？」太太道：「有得贖沒有得贖，自己夫妻，有什麼不明白的，只要你不替我沒掉就是了。至於你如今孝敬上司，沒有現錢，依我想，東西也是好的。」胡鏡孫道：「你看我店裏，除掉幾包丸藥，藥瓶藥酒之外，還有什麼東西，可以送得人的？」太太道：「只要值錢，怎麼送不得？如果不好送，為什麼你的仿單上，要說『官禮相宜』呢？」胡鏡孫道：「話雖如此講，你曉得我十塊錢的藥，本錢這得幾塊？自己人，同你老實說，兩塊錢的本錢也沒有，不過騙碗飯吃吃罷了，那裏值得什麼錢呢？」太太道：「時常見你替人家捐官，從前你得這個差使的時候，你自己說過，有多少的扣頭，如今這筆錢那裏去了呢？」一句話提醒了；胡鏡孫心上一想：「橫豎空白實收在自己手裏，與其張羅了錢去孝敬上司，何如填兩張監生實收，去送藩臺的少爺。像他們這樣宦家子弟，這一點點的底子，總要有的。如果收了我的實收，他自然照應我。彼時間騎馬尋馬，只要弄到一筆大大的銀款，賺上百十兩扣頭，就有在裏頭了。他若不肯照應我，一定還我實收；實收已經填了字，不能還，只好還我銀子。如此一來，我賑捐內又多了兩個監生，將來報銷上去也好看。」主意打定，告訴自己妻子，太太點頭無話。

胡鏡孫方才胡亂吃了一碗飯，連忙取出實收，想要取筆填寫履歷；無奈又不曉得少爺的年貌三代，只好擱筆。想來想去，沒有他法，只好封了兩張實收，託人替他寫了一個稟帖，給藩臺；說明白：「卑職目下辦捐，情願報效憲少大人兩個監生，務求大人賞收。」另外又付一張夾單，是求藩臺替他斡旋那戒煙善會的事情。稟帖寫完，他便冒冒失失，交給藩臺號房，替他遞了進去。自己坐在官廳上等傳見，以為這一功他總受的。誰知等了半天，裏頭傳出話來，問他這個辦捐差使，是誰委的。他只得照實而說。那人進去，等到天黑，也沒見藩臺傳見。後來向號房打聽，亦打聽不出。號房勸他明天再來。只好回家，誰知一連上了三天衙門，藩臺始終未見。第四天上，接到委他辦捐那個老總的札子，上寫：「接准浙江布政司函開，說他如何藉差招搖，鑽營無恥，又附還實收兩張，希即查辦」云云。後面寫明將他撤委，限他即日，將經手已捐未捐各實收，造冊報銷，不得含混各等語。他得了這個札子，猶如青天霹靂一般，善會尚未保全，差使已經撤去。還算他自己顧全場面，次日即把捐務及收到銀子，一律交割清楚，後來又費九牛二虎之力，把個戒煙會保住，依舊做他的買賣。都是後話不題。

要知官場上又出什麼新鮮事情，且看下回分解。

第二十二回　叩轅門蕩婦覓情郎　奉板輿慈親勗孝子

卻道：浙江吏治，自從傅署院到任以來，竭力整肅，雖然不能有十二分起色，然而局面已為之一變，若從外面子上看他，卻是真正的一個清官：照壁舊了也不彩畫；轅門倒了也不收拾；暖閣破了也不裱糊。首縣奉了他的命，不敢前來辦差。一個堂堂撫臺衙門，竟弄得像破窰一樣，大堂底下，草長沒脛，無人剪除，馬糞堆了幾尺高，也無人打掃。人家都說碰到這位上司，自己不要辦差，又不准別人辦差，做首縣的，應該大發財源。誰知外面花費雖無，裏面孝敬卻不能少，不過折成現的罷了。所以但就情形而論，只有比起從前儉樸了許多，不能不說是他的好處；至於要錢的風氣，卻還未能改除。俗語說的好：「千里做官只為財」；做書的人，實實在在沒有瞧見真不要錢的人，所以也無從捏造了，閒話休題。

*　*　*

且說署院自從到任至今，正是光陰似水，日月如梭，彈指間已過半載。朝廷因他居官清正，聲名尚好，就下了一道上諭命他補授實缺。他出京的時候，是一個三品京堂；如今半年之間，已做到封疆大吏，自然是感激天恩，力圖報稱，立刻具摺謝恩。合屬官員得信之餘，一齊上院叩賀，不消細說。從此以後，他老人家更打起精神，勵精圖治。閒下來還要教小少爺讀書。他太太早已去世，小少爺是姨太太養的，年方一十二歲，居然開筆能做「破承」，傅撫院更是得意非凡。拿了一本文法啟蒙，天天講給小少爺聽；

還說：「我們這種人家，世受國恩，除了做八股考功名，將來報效國家，並沒有第二條路可以走得。」他一家骨肉，只有親丁三口，並無別的拖累。所以他於做官教子之外，一無他事。今見天恩高厚，將他補授斯缺，心中更為快樂。

一天適當轅期，會客之後，回到上房吃飯。正想吃過飯，考問兒子的功課。他一向吃飯因為人少都是姨太太陪著吃的。這日等了半天，姨太太竟未出來，他總以為姨太太另有別的事情，偶然遲到，不以為意。誰知等到吃完，姨太太始終不見。問問老媽，都不肯說；後來又問兒子。畢竟兒子年輕嘴快，回稱：「我娘困在床上，從早上哭到此刻，還沒有梳頭。」傅撫院聽了詫異，一時摸不著頭腦，只得又問兒子。旁邊伺候的老媽，一齊做眉眼給少爺，叫他不要說。被傅撫院瞧見，罵了老媽兩句。說：「你們偏會鬼鬼祟祟，有什麼事情要瞞我？」一定追著兒子要問個明白。少爺無法，只得說道：「我亦不知道什麼。今兒門上湯二爺來說，有個媳婦長的很標緻，還帶了一個孩子，說是來找爸爸的。我娘就為著這個生氣。」傅撫院一聽這話，心上老大吃驚，盤算了半天，一聲不響。歇了一回問道：「現在這女人在那裏？」少爺道：「他要來。湯二爺叫把門的看好了門，不許他進來。我娘囑咐湯二爺，等他來的時候，打他出去。」傅撫院著急道：「此刻到底這人在那裏？」少爺道：「連我不知道。」老媽見主人發急，曉得事情瞞不住，只得回道：「這女人據他自己說，是北京下來的。現住在衙門西邊，一爿小客棧裏，來了好兩天了。他說認的老爺有靠十年光景，從前老爺許過他什麼，他所以來找了老爺的。」傅撫院道：「那裏有這回事！我也不認得什麼女人。」老媽道：「他是這麼說呢！我們也不曉得。」傅撫院道：「我不問你這個。到底他到衙門裏來過沒有？」老媽道：「這個不知道。我們亦是湯二爺說的。」聽後傅撫院便吩咐：「叫湯升來，我問他。」

原來這湯升是傅撫院的心腹門上。他家的規矩：凡老人家手裏的用人，兒子都不能直呼名字，所以少爺也稱他為湯二爺。閒話休題。且說姨太太先前是聽見了丫頭們，咕咕唧唧，說什麼有個女人來找老爺。姨太太醋性是最大不過的，聽了生疑，便向丫頭追究，丫頭說是湯二爺說的。姨太太便把湯二爺叫上來，考問此事。沒了大太太，姨太太便做了中宮；當家人的，那裏還有不巴結他的，便一五一十的照說了一遍。當時姨太太便氣的幾乎發厥！這個時候傅撫院正在廳上會客。老媽們屢次三番要出來報信，因為會的是些正經客，恐怕不便，所以沒有敢回。等到傅撫院送客回來吃飯，姨太太肝厥已平下去了，只是還躺在牀上不肯起來。傅撫院向兒子道問此事，以及傅喚湯二爺，他都聽在耳朵裏，做不聽見，不作聲，看他們怎樣。

停了一刻，湯升穿了長褂子上來。傅撫院正要問他；一想守著多少人，說出來不便，便起身要帶湯升到簽押房裏去盤問。剛剛走到廊簷底下，已經被姨太太聽見，直著嗓子大喊起來，又像拿頭在板壁上碰的鼕鼕鼕鼕的響。傅撫院一聽聲音不對，立刻縮住了腳。再一細聽，姨太太已經放聲大哭起來，說什麼：「老不死的！面子上假正經，倒會在外頭騙人家的女人，還養了雜種的兒子。你們帶聲信給那老不死的，他要去會那不要臉的婊子，叫他先拿條繩子來勒死我，再去拿八抬轎抬那婊子進來！」一面罵，一面又問少爺在那裏。先是少爺聽見娘生氣，丟掉飯碗，早已溜在後院去了。好容易被丫頭老婆子找著，一齊說：「我的小祖宗，你快上去罷！姨太太要同老爺拚命，現在不知道怎麼樣了！」小少爺起先還不肯去，後來被丫頭老婆子，連哄帶騙的，才騙到上房。他娘一看了他，就下死的打了兩拳頭。手裏打的兒子，嘴裏卻罵的老爺了。說：「我們娘兒倆，今兒一齊死給他看，替我拔去眼中釘，肉中刺，好等他們來過現成日子。橫豎你老子有了那個雜種，也可以不要你了。」說著，又叫：「拿繩子來，我先勒死了你，我再死。」兒子捱了兩拳頭，早已哇的哭了。

傅撫院本來站在廊簷底下的，後來聽見姨太太找少爺，知道事情鬧大了，只得回轉上房。到套間裏，在靠窗一張椅子上坐下嘆氣，姨太太也不睬他。後來看見小老婆打兒子，又要勒死兒子，他老人家也動了真氣，便憤憤的來說道：「兒子是我養的，你們做妾婦的人，不懂得道理，好歹有我管教，你須打他不得。」姨太太一聽這話，格外生氣，便使勁唾了傅撫院一口道：「你說兒子是你養的，難道不是我十月懷胎懷出來的？我是他的娘，我就可以打得他。」說著，順手又打了兒子幾巴掌；兒子又哭又跳。傅撫院道：「豈有此理！我們這種詩禮人家，一個做小老婆的，都要如此顛狂起來，還了得！」姨太太道：「小老婆不是人？」傅撫院道：「人家縱容小老婆，把小老婆頂在頭上。我這個老爺，不比別人，我要照我的家教。從前老太爺臨終的時候，有過遺囑的。不好我就要……」話未說完，姨太太逼著問道：「你要怎麼樣？」傅撫院又縮住了嘴，不肯說出來。姨太太道：「開口老太爺遺囑，閉口老太爺遺囑，難道你在外頭相與那不成器的女人，也是老太爺遺囑上有的嗎！既然家教好，從前就不應該同那臭婊子來往。也不曉得姓張的姓王的，養了雜種，一定要拉到自己身上。」傅撫院被他頂的無話說，連連冷笑道：「你們聽聽，他這話說的奇怪不奇怪。來的女人是個什麼人，也沒有問個明白，一定要栽在我身上。等弄明白了，再同我鬧也不遲。」

姨太太正還要說，人報表太太來了。傅撫院立刻起身迎了出去，朝著進來的那個老婦人，叫了一聲：

「表嫂」。連說：「豈有此理！請表嫂開導開導他。表嫂在這裏吃了晚飯去，我有公事，不能陪了。」原來傅撫院請的帳房，就是他的表兄。這表太太，便是表兄的家小。傅撫院因為自己人少，就叫表兄，表嫂，一齊住在衙門內，樂得有個照應。這天家人丫頭們，看見姨太太同老爺嘔氣，就連忙的送信給表太太，請他過來勸解勸解。

* * *

傅撫院此時，心掛兩頭，正在進退兩難的時候，一見表嫂到來，便借此為由，推頭有公事，到外邊去了。湯升一直站在廊簷底下伺候著，看見老爺出來，亦就跟了出來。一走走進簽押房，傅撫院坐著，湯升站著。傅撫院問湯升道：「那女人是幾時來的？共總來過幾次？現在住在那裏，他來是個什麼意思？」湯升回道：「這女人來了整整有五六天了。住在衙門西邊，一爿小客棧裏。來的那一天，先叫人來找小的；小的沒有去。第二天晚上，他就同了孩子，一齊跑了來。把門的沒有叫他進來，送個信給小的，小的趕出去一看，那女人穿的倒也乾乾淨淨，小孩子，看上去有七八歲光景，倒生的肥頭大耳。」傅撫院道：「我不問你這個，問他到這裏是個什麼意思？」湯升湊前一步，低聲回道：「小的出去看了他，就問他來幹什麼的。他說八年前，就同老爺在京裏認識。後來大了肚子，沒有養，老爺曾經有過話給他，說將來無論生男生女，連大人孩子，都是老爺的。但是家裏不便張揚，將來只好住在外頭。後來十月臨盆果然養了個兒子，就是現在帶來的那個孩子了。」傅撫院道：「既然孩子是我養的，我又有過話；他為什麼一養之後，不來找我，要到這七八年呢？」湯升道：「小的何嘗不是如此說。況且這七八年，老爺一直在京裏，又沒有出門，為什麼不來找呢？」傅撫院道：「是啊！他怎麼說？」湯升道：「他說他還沒有養，他娘就把他帶到天津衛，孩子是在天津衛養的，養過孩子之後，一直想守著老爺，老鴇不肯，一定要他做生意。頂到大前年，才贖的身。因為手裏沒有錢，又在天津衛做了二年生意。今年二月上京，意思就想找老爺；不料老爺已放外任，他所以趕了來的。」傳撫院聽了，皺皺眉頭，又搖搖頭，半晌不說話。歇了一回，自言自語道：「他在天津贖身，是那個化的錢？他怎麼會知道我在這裏？」湯升道：「在窰子裏做生意，怕少了冤桶化錢？老爺是一省巡撫，能夠瞞得過人嗎？」傳撫院道：「你不要聽他胡說，我也不認得這種人，你去嚇嚇他，如果再來，我就要拿他發到首縣裏重辦，立刻打他的遞解。」湯升道：「這些話，小的都說過了。他自從來過一次之後，以後天天晚上，坐在二門外頭，等到關宅門才走。頭三天還講情理，說他此來，並不要老爺為難的，只要老爺出去會他一面，給他一個下落，他就走的。而且不要老爺難為錢，他出去做做生意，自己還可以過得。他還說這七八年，沒見老爺寄過一個錢，他亦過到如今了，兒子亦這麼大了。大家有情義，何必叫老爺一時為難呢？但是樹高千丈，落葉歸根，將來總得有個著落，不得不說說明白。」傳撫院道：「越發胡說了。再怎麼說，打他兩個耳刮子。」湯升道：「小的亦是這麼說，叫他把嘴裏放乾淨些。那知他不服，就同小的拌嘴。到昨天晚上，越發鬧的兇，一定要進來。幸虧被把門的攔住，沒有被他闖進宅門，齊巧丫頭們出來有事情，看見這個樣子，進去對姨太太說了。小的就曉得被他們瞧見不得，起先還攔他們不要說，怕的是鬧口舌是非。他們不聽，今兒果然幾乎鬧出事來。」傳撫院說：「我家裏的事情，還鬧不了，那裏又跑出來這個女人。你叫人去同他說，叫他放明白些，快些離開杭州，如果再在這裏纏不清，將來送他到縣裏去，他可沒有便宜的。」傳撫院把話說完，湯升雖然答應了幾聲：「是」，卻是站著不走。傳撫院問他：「站在這裏做什麼？」

湯升回道：「老爺明鑑：那女人實在利害得狠，說出來的話，句句斬釘截鐵。起先小的有些話，不敢回老爺；現在卻不能不回明一聲，好商量想個法子，對付他。」傅撫院道：「奇怪。你倒怕起他來了？」湯升道：「小的不是怕他。怕的是這種女人，他既然潑出來趕到這裏，他還顧什麼臉面，生怕被他張揚出去，外頭的名聲不好聽。」傅撫院說：「送到縣裏去，打他的嘴巴，辦他的遞解就是了。」湯升道：「不瞞老爺說，這些話小的都同他講過了。他非但不怕，而且笑嘻嘻的說：『你們不去替我回，你家老爺再不出來會，我為他守了這許多年，吃了多少苦，真正有冤沒處伸，我可要到錢塘縣裏去告了。』」傅撫院道：「告那個？」湯升道：「小的也不曉得告的是那個。」傅撫院道：「等他告呢，我看錢塘縣有多大的膽量，敢收他的呈子。」湯升道：「小的亦是這麼想，後來他亦料到這一層。他說縣裏不准到府裏，府裏不准到道裏，道裏不准到司裏。杭州打不贏官司，索性趕到北京告御狀。」傅撫院聽了這話，氣的鬍子一根根筆直，連連說道：「好個潑辣女人！湯升你可曉得老爺是講理學的人，凡事有則有，無則無，從不作欺人之談的，這女人還是那年我們中國同西洋打仗，京裏信息不好，家眷在裏頭住著不放心，一齊搬了回去，是國子監孫老爺高興，約我出去吃過幾回酒，就此認得了他。後來他有了身孕，一定栽在我身上，說是我的。當初我想兒子的事，多一個好一個，因此就答應了下來。誰知後來我有事情出京，等到回去不上兩個月，再去訪問，已經找不著了。當時我一直記掛他，不知所生的是男是女，倘若是個女兒呢，落在他們門頭人家，將來長大之後，無非還做老本行，那如何使得呢！所以我今天聽說是個男孩子，我這條心已放了一大半，好歹由他去，不與我相干。不是我心狠，肯把兒子流落在外頭，你瞧我家裏鬧的這個樣子，以後有得是饑荒！況且這女人，也不是個好惹的。我如今多一事，不如省一事，謝謝罷，我不敢請教了。」湯升道：「既然老爺不敢留他，或者想個什麼法子，打發他走。不要被他天天上門，弄得外頭名聲不好聽，裏頭姨太太曉得了，還要嘔氣。」傅撫院道：「你這人好糊塗！你把他送到錢塘縣去，叫陸大老爺安放他，不就結了嗎？」湯升道：「一到首縣，外頭就一齊知道了。」傅撫院道：「陸某人不比別人，我的事情，他一定出力的。他這些本事狠大，等他去連騙帶嚇，再給上幾個錢，還有大不了的事？」湯升道：「橫豎是要給他錢，他才肯走路，小的出去就同他講，有了錢，他自然會走，何必又要發縣，多一周折呢？」傅撫院發急道：「你這人真好糊塗！錢雖是一樣給他，你為什麼定要老爺自己掏腰，你才高興？」湯升至此，方才明白老爺的意思，這筆錢是要首縣替他出，他自己不肯掏腰的緣故。只得一聲不響，退了下來。

剛走到門房裏，三小子來回道：「大爺！那個女人又來了。」湯升搖了一搖頭，說道：「自己做的事卻要別人替他出錢了事，通天底下那有這樣便宜事情！說不得，吃了他的飯，只好苦著這副老臉，來替他幹，還有什麼說的！」一面自言自語，一面走出門房，到了宅門外頭。那女人正在那裏，一手拉著孩子，一手指著把門的罵呢！那女人穿的是淺藍竹布褂，底下紮著腿，外面加了一條元色裙子，頭上戴著金簪子，金耳圈，卻也梳的是圓的頭，瘦伶伶的臉，爆眼睛，長眉毛，一根鼻梁筆直，不過有點翹嘴唇，雖然不施脂粉，皮膚倒也雪白，手上戴了一副紋絲銀鐲子，一對金蓮叫大不大，叫小不小，穿著印花布的紅鞋，只因他來過幾次都是晚上，所以湯升未曾看得清楚，今番是白天，特地看了一個飽。至於他那個兒子，雖然肥頭大耳，卻甚聰明伶俐。叫他喊湯升大爺，他聽說話，就喊他為大爺。這時候，因為女人要進來，把門的不准他進來，嘴裏還不乾不淨的亂說，所以女人動了氣，拿手指著他罵。齊巧被湯升看見，呵斥了把門的兩句。因為白天在宅門外頭，倘或被人看見不雅，就讓女人到門房裏坐。叫三小子泡茶讓女人喝，又叫買點心給孩子吃，張羅了半天，方才坐定。

女人問道：「我的事情怎麼樣了？託了你湯大爺，料想總替我回過的了？我也不想賴到這裏，在這裏多住一天，多一天氣惱。說明白了，也好早些打發我們走。我不是那不開眼的人，銀子元寶再多些都見過；只要他會我一面，說掉兩句，我立刻就走，不走不是人。他若是不會我，叫他寫張字據給我也使得。他做大官大府的人，三妻四妾，不能保住他不討。他給我一張字，將來我也好留著做個憑據。」湯升道：「這些話都不用說了。倒是你有什麼過不去的事情，告訴我們，替你想個法子，打發你動身是正經，這些話都是白說的。」女人道：「我不希罕錢，我只要同他見一面，他一天不見我，我一天不走！」後來被湯升花言巧語，說好說歹，女人方才應允，笑著說道：「送我到錢塘縣我是不怕的。但是我既然同他要好，我為什麼一定要鬧到錢塘縣去，出他的壞名聲呢？現在是你出來打圓場，我決不敲他的竹槓，只要他把從前七八年的用度，算還了我，另外再找補我幾弔銀子。我也是個爽快人，說一句，是一句，無論窮到討飯，也決計不來累他。湯大爺，你是明白人，你老爺不肯寫憑據給我，卻要我同他一刀兩斷，自己評評良心，這一點子是不好再少的了。」湯升聽了他的話，又是喜，又是愁。喜的是女人肯走；愁的是數目太大，老爺自己又不肯拿出來，卻要叫我同錢塘縣陸大老爺去商量，得知人家肯與不肯呢？想了一會，總覺數目太大，再三的磋磨，好容易講明白，一共六千銀子。女人在門房裏坐等。湯升想來想去，總不便向首縣開口，只得又上去回老爺。

其時傅撫院正在上房裏，同姨太太講和。傅撫院同姨太太說道：「那個混帳女人，已經送到首縣裏去了，叫他連夜辦遞解，大約明天就離杭州了。」姨太太聽了，方才無話。湯升上來一見這個樣子，不便說什麼，只好回了兩件別的公事，支吾過去。卻出去在簽押房裏等候；傅撫院會意，亦便踱了出來，劈口便問：「怎麼樣了？」湯升把剛才的話說了一遍，又回道：「這女人很講情理，似乎不便把他發縣。請老爺的示，這筆銀子怎麼說？據小的意思，還是早把他打發走的乾淨。」傅撫院道：「話雖如此說，六千數目總太大。」湯升道：「像這樣的事，從前那位大人也有過的，聽說化到頭兩萬，事情才了。」傅撫院聽說，半天不言語，意思總不肯自己掏腰。湯升情急智生，忽然想出一條主意，道：「外頭有個人，想求老爺密保他一下，為的老爺不要錢，他不敢送來。等小的透個風給他，把這事承當了去，橫豎只做一次，也累不到老爺的清名。就是將來外頭有風聲，好在這錢不是老爺自己得的，自可以問心無愧。」傅撫院道：「是啊，只要這錢不是我出的，隨你們去做就是了。但是也只好問人要六千，多要一個，便是欺人。欺人自欺，那是斷斷不可。」湯升聽了這話，心上要笑又不敢笑，只得答應著退下。不到三天，把事辦妥。女人離了杭州。湯升亦賺著不少。那個想保舉的人，你說是誰？就是本省的糧道。他同湯升說明，想中丞給他一個密保，他肯出這筆銀子。中丞應允，他肯立刻墊了出來。

* * *

且說這糧道姓賈字筱之，是個孝廉方正出身，由知縣直爬到道員。生平長於逢迎，一舉一動，甚合傅撫院的脾胃，新近又有此一功；因此傅撫院就保了他一本。適遇河南臬司出缺，朝廷就升他為河南按察司。辭別同寅，北上請訓，都不用細述。

單說他此次，本是奉了老太太，同了家眷，一塊兒去的。將到省城時候，有天落了店，他便上去同老太太商量道：「再走二天，就到省城了。請老太太把從前兒子到浙江糧道上任的時候，教訓兒子的話，拿出來操演操演。倘若有忘記的，兒子好告訴老太太，省得臨時說不出口。」老太太道：「那些話我都記得。」賈臬臺便從下一站立刻吩咐，約摸離著店還有頭二里路，一定叫轎夫趕到前頭，在店門外下轎，站在街旁。有些地方官來接差的，也只好陪他站著。老遠的望見老太太轎子的影子，他早已跪下了。等到轎子到了跟前，他還要嘴裏報一句：「兒子某人，接老太太的慈駕。」老太太在轎子裏點一點頭。他方從地上爬了起來，扶著轎槓，慢慢的扶進店門。老太太在轎子裏吩咐道：「你現在是朝廷的三品大員了，一省刑名，都歸你管，你須得忠心辦事，報效朝廷，不要辜負我這一番教訓。」賈臬臺聽到這裏，一定要回過身來，臉朝轎門，答應一聲「是」，再說一句「兒子謹遵老太太的教訓」。說話間，老太太下轎；他趕著自己上來，攙扶著老太太進屋。又張羅了一番，然後出來會客。惹得接差的官員，看熱鬧的百姓，一齊都說：「這位大人，真正是個孝子咧！」誰知他午上進店是如此，晚上住店亦是如此。到了出店的時候，一定還要跪送。所有沿途地方官，止見得一遭，覺得希奇。倒是省裏派出來接他老人家的差官，一路看了幾天，甚為詫異，私底下同人講道：「大人每天幾次，跪著接老太太乃是他的禮信應得如此。何以老太太教訓他的話，顛來倒去，總是這兩句，從來沒有換過，是個什麼緣故？」大眾聽了他言，一想果然不錯。

到了第三天，將到開封這天，更把他忙的了不得。早上從店裏出來，一路上，打恭請安，簡直不停。又行一程，離城五里，又下來稟安一次。及到城門合省官員出城接他的，除照例儀注行過後，他便一直扶了老太太的轎子，從城外走到城裏，頂到轅門行口，又下來跪一次。一路上老太太又吩咐了許多話，忙得他不時躬身，稱「是」。等到安頓了老太太，方才出來稟見中丞。大家曉得他是孝子，都拿他十分敬重。等到接印的那一天，他自己望闕謝恩拜過印磕過頭還不算，一定還要到裏頭請老太太出來行禮。老太太穿了補褂，由兩個管家拿竹椅子，從裏頭擡了出來。賈臬臺親自攙老太太下來行禮。老太太磕頭的時候，他亦跪在老太太身後，等老太太行完了禮，他才跟著起來，躬身向老太太說道：「兒子蒙皇上天恩，補授河南按察使。今是接印的頭一天，凡百事情，總得求老太太教訓。」老太太正待坐下說話，忽然一口痰湧了上來，咳個不了。急的賈臬臺，忙把老太太攙扶坐下，自己拿拳頭，替老太太搥背。管家們又端上茶來。老太太坐了一回，好容易不咳了。少停，又哇的吐了一口痰，但是覺得頭昏眼花，有些坐不住。一眾官員齊說：「老太太年紀大了，不好勞動，還是拿椅子擡到上房歇息的好。」老太太也曉得自己撐持不住，只得由人拿他送了進去。賈臬臺跟到上房，又張羅了半天，方才出來。把照例文章做過，上院拜客，不用細述。

* * *

且說他自從到任之後，事必親理，輕易不肯假手於人。凡遇外府州縣上來的案件，須要臬司過堂的，他一定要親自提審。見了犯人的面，劈口先問：「你有冤枉沒有？」碰著老實的犯人，不敢說冤枉，依著口供認過一遍，自無話說。倘若是個狡猾的，板子打著，夾棍夾著，還要滿嘴的喊冤枉。那做州縣的好容易把他審實了，定成罪名，疊成案卷，解到司裏過堂。被這位大人輕輕的挑上一句，就是不冤枉，那犯人也就樂得借此可以遷延時日。賈臬臺一見犯人呼冤，便立刻將此案停審，行文到本縣，傳齊一干原告見證，提省再問。他說這都是老太太的教訓。老太太說：「人命關天，不可草率。倘若冤屈了一個人，那人死後見了閻王，一定要討命的。」賈臬臺最怕的是冤鬼來討命，所以聽老太太的教訓，特地分外謹慎，無奈各州縣解上來的犯人，十個裏頭倒有九個喊冤枉；賈臬臺沒法，只得一面將他們收監，一面行文各州縣去。

不到一月，司裏府裏縣裏三號監牢，都已填滿，重新提審的案件，一百起當中，倒有九十九起不能斷結。各處提來的屍親，苦主，見證，鄰右，省城裏大小客店，亦都住的實實窒窒。有些帶的盤纏不足，等的日子又久了，當光賣絕，不能回家的，亦所在皆是。

老太太又看過小書，提起從前有個什麼包大人施大人，每每自己出外私訪，好替百姓伸冤。賈臬臺聽在肚裏，亦不時換了便服，溜出衙門，在大街小巷各處察聽。歇了半年，有天晚上，獨自一個出來，走了一回，覺得有點吃力，忽然路旁有個相面先生，一張桌子，一張椅子，那相士獨自坐在燈光底下看書，旁邊擺著幾張板凳，原是預備人來坐的。賈臬臺走的乏了，一看有現成板凳，便一屁股坐下。相士趕著招呼，以為是來相面的了。賈臬臺道：「不敢勞動，我是因為走乏了歇歇腳的。」相士一見沒有生意，仍舊看他的書，不來理會。賈臬臺坐了一會，便搭訕著問道：「先生貴府那裏？一天到晚在這裏生意可好？家裏還有什麼人？」相士見問，方把賈臬臺看了兩眼，嘆了一口氣，順手拿書往桌上一撩，說道：「客人不要提起，提起來恨的我要三天三夜睡不著覺。」賈臬臺聽了詫異道：「這是什麼緣故？」相士道：「我是陳州府人。客人，你想想陳州到省裏，是幾天的路程！我家裏雖不算得有錢，日子也狠好過得。五年前，還是趙大人歲考的，那一年在下在他手裏，僥倖進了個學。每年坐坐館，也有二十幾弔錢的束修。誰知去年，隔壁鄰舍打死了人，地保鄉約上上下下，趕著有辮子的抓，因此硬拖我出來做干證。本縣做做也罷了，然而已經害掉我幾十弔錢。後來又碰著這個天殺的臬臺，真正混帳王八蛋，害得我家破人亡，一門星散！」賈臬臺聽到這裏，陡吃一驚，問道：「是那個臬臺？還是前任的，還是現任的？」相士道：「就是現任姓賈的這個雜種了！」賈臬臺一聽當面罵他，心上拍篤一跳，要發作又不好發作，只得忍著氣，問他道：「你好好的在家裏，怎麼會到省城來呢？」相士道：「因為姓賈的這雜種，面子上說要做好官，其實暗地裏想人家的錢。無論什麼案件，縣裏口供已經招的了，到他手裏，一定要挑唆犯人翻供，他好行文到本縣，把原告鄰舍干證，一齊提到，提來了，又不立時斷結，把這些人擱在省裏。省裏開銷很大，如何支持得住？雜種一天不問，這些人一天不能走。就以我們這一案而論，還是五個月前頭提了來的，一擱擱到如今。他這樣的狗官，真正是害人！我想這人，一定不得好死，將來還要絕子絕孫哩！」賈臬臺聽他的話，氣的頓口無言，歇了一歇，就道：「你不要看輕這位臬臺大人，人家都說他是孝子哩！」相士鼻子裏哼了一聲道：「你們說他是孝子，你可知道，他這孝子是假的呢！」賈臬臺欲問究竟。相士道：「等他絕子絕孫之後，他祖宗的香煙都要斷了，還充那一門的孝子？」賈臬臺見他愈罵愈毒，不好發作什麼，只得忍著氣走開，仍舊獨自一人踱入衙門而去。

欲知後事如何，且看下回分解。

第二十三回　訊姦情臬司惹笑柄　造假信觀察賺優差

卻說：賈臬臺聽了相士當面罵他的話，憤憤而歸。到了次日，一心想把相士提到衙中，將他重重的懲處一番，以洩心頭之恨。但是一件，昨日忘卻訊問這相士姓什名誰，票子上不好寫；而且連他擺攤的地方，地名都不曉得，更不能憑空拿人。想了半天，只好擱住；然而心上總不免生氣。

齊巧這日，有起上控案件，他老人家正在火頭上，立刻坐堂，親自提問。這上控的人姓孔，乃是山東曲阜人氏。他父親一向在歸德府做買賣。因為歸德府奉了上頭的公事，要在本地開一個中學堂，款項無出，就向生意人硬捐。這姓孔的父親，只開得一個小小布店，本錢不過一千多弔，不料府大人定要派他每年捐三百弔。他一爿小鋪，如何捐得起！府大人見他不肯，便說他有意抗捐，立刻將他鎖將起來。他的兒子，東也求人，西也求人，想求府大人將他父親釋放。府大人道：「如要釋放他父親，也甚容易；除每年捐錢三百弔之外，另外叫再捐二千弔，立刻繳進來，為修理衙署之費。」他兒子一時那能拿得出許多。府大人便將他父親打了二百手心，一百嘴巴。打完之後，仍押班房，尚算留情，未曾打得屁股。兒子急了，只得到省上控。

賈臬司正是一天怒氣無可發洩，把呈子大約看了一遍，便拍著驚堂罵道：「天底下的百姓，刁到你們河南也沒有再刁的了。開學堂是奉過上諭的，原是替你們地方上培植人材，多捐兩個，有什麼要緊，也值得上控？這一點事情都要上控，我這個臬臺，只好替你們白忙的了。」姓孔的兒子說道：「小的本來不敢到大人這裏來上控的，實在被本府大人逼的沒有法兒，所以只得來求大人伸冤！」賈臬臺道：「混帳。自己抗了捐不算，還敢上控。你們河南人，真正不是好東西！」姓孔的兒子道：「小的是山東兗州府曲阜縣人，是在河南做生意的。老聖人傳下來我們姓孔的人，雖然各省都有，然而小的實實在在不是河南人。」賈臬臺見他頂嘴，猶如火上加油，那氣格外來的大，拍著驚堂木，連連罵道：「放屁，胡說！就是你們孔家門裏，沒有一個好東西。」姓孔的兒子道：「大人你這話怎麼講？你老長大了，讀的誰的書？姓孔的沒有好人，還有老聖人呢，怎麼連他老人家都忘記了！」賈臬臺被他這一頂，立時頓口無言，面孔漲得緋紅。歇了一會，又罵道：「你有多大膽子，敢同本司頂撞？替我打，打他個藐視官長，咆哮公堂。」兩旁差役吆喝一聲。正待動手，姓孔的兒子，一站就起，嘴裏說道：「大人打不得！打不得！」一頭說，一頭往外就走。

賈臬臺氣的要再發作。他背後有個老管家，還是跟著老太太當年賠嫁過來的，凡遇賈臬臺審案，老太太都命他在旁監視。設如賈臬臺要打人，他說不打，賈臬臺便不敢打，真是他的話，猶如母命一般。如今他見賈臬臺要打姓孔的兒子，他知道是打錯了，便把主人的袖子一拉道：「這個人打不得，打錯了，老太太要說話的。」賈臬臺聽了老管家的話，立刻站起來答應了一聲「是」。回頭叫差役把姓孔的兒子拉回來，對他說道：「依本司的意思，定要辦你個罪名；是我老太太吩咐，念你是生意人，不懂得規矩，暫且饒你一次，二次不可，下去。」姓孔的兒子道：「到底小的告的狀，大人准與不准？」賈臬臺道：「下去候批。大正月裏我那裏有許多工夫，同你講話。」姓孔的兒子無奈，退了下來。

當值的門上回道：「河南府解來的那起謀殺親夫一案的人證，是去年臘月二十四，都解齊了，犯人寄在監裏，人證住在店裏。老爺當初原說是就審的；如今一個年一周，又是多少天了，大家都望老爺早點把案斷開，好等那些見證回去。鄉下的人是耽誤不起的。」賈臬臺道：「我一年到頭，只有封了印空兩天，你們還不叫我閒。什麼要緊事情就等不及？你們曉得我這兩天裏頭，又要過年，又要拜客，那裏有一天空。我做官也算得做得勤的了。今天還是大年初五，就要不等開印，我就出來問案，尚說我耽誤百姓，你們這些人，良心是什麼做的！況且大年初五，就要問案，也要取個吉利。怎麼就叫我問這奸情案呢？你們叫我問，我偏不問。退堂明天審。」

到了明天，便是新年初六，他老人家飯後無事，吩咐把河南府解到的謀殺親夫一案，提來過堂。霎時男女兩犯，及全案人證一統提到。他老人家便坐大堂，一一點名。先問原告，再問見證，以後提審奸夫。一齊錄有口供，都與縣裏所供的，不相上下。賈臬臺審了半天，也審不出一毫道理。原來告狀的是本夫的姪兒。這奸夫就是本夫的姑表兄弟，算起來是表叔同表嫂通姦。後來陡起不良，將本夫用藥毒死。被他親姪兒看見，舉發告官。縣官親臨檢驗，填明屍格，委係服毒身亡。隨把鄰右奸婦，提案審問，奸婦熬刑不過，供出姦情。然後捕提姦夫，一見人證俱齊，曉得賴不到那裏，亦就招認不諱。當時由縣擬定罪名，疊成案卷，送府過堂，轉道解省。當時本縣出了這種案件，問明之後，照例先行申詳各憲。所以人犯尚未解省，臬司衙門早經得知。賈臬臺一見是謀殺親夫的重案，恐怕本縣審得容有不實不盡，所以格外關心，預先傳諭，一俟此案解到，定須親自過堂。又因受了老太太的教訓，說是臬司乃刑名總匯，人命關天，非同兒戲。所以雖在封印期內，向例不理刑名；他以堂堂臬司，卻依舊逐日升堂理事，也算是他的好處。

*　　*　　*

閒話休題。單說他的本意，自因恐怕案中容有冤情，所以定要親自提訊。及至問過原告見證姦夫，都是照實直陳，沒有翻動，他心上悶悶不樂。便叫把姦婦提上堂來。這姦婦年歲不過二十歲，雖然是蓬首垢面，然而模樣卻是生得標緻，一雙水汪汪的眼睛，更為勾魂攝魄。賈臬臺見了這種女人，雖不至魂不守舍，然而坐在上頭，就覺得有點搖幌起來。自知不妙，趕緊收了一收神，照例問了幾句口供。他老人家是奉過老太太教訓的，道是女人最重的是名節，最要緊的是臉面。如今公堂之上，站了許多書差，還有許多看審的人，叫他一個年輕婦女，如何說得出話來。況且這通姦事情，也不是冠冠冕冕，可以說的。想罷，便吩咐把女人帶進花廳細問。當下選了一個白鬍子的書辦，四個年老的差役，跟了進去；其餘的都留在外面。

賈臬臺走進花廳，就在炕上盤膝打坐，叫人把女人帶到炕前跪下，賈臬臺又叫他仰起頭來。賈臬臺的臉，正對準了女人的臉。看了一回，先說得一聲道：「看你的模樣，也不像是個謀殺人的。」女人一聽這話，正中下懷。連忙喊了一聲：「大人，冤枉！」賈臬臺道：「本司這裏，不比別的衙門，你若是真有冤枉，不妨照實的訴。倘若沒有冤枉，也決計瞞不過我的眼睛。你但從實招來，可以救你的地方，本司沒有不成全你的。平時我們老太太，常常叫我買這些鯉魚，烏龜、甲魚，黃鱔，到黃河裏放生。那有好好一個人，無緣無故，拿他大切八塊的道理呢？你快說！」女人一見大人如此慈悲，自然樂得反供，便說道：「小女人自從十六歲上嫁了這個死的男人，到今年已經第五個年頭了，咱兩口子再要好是沒有的。到上年九月，他犯了傷寒病，請城裏南街上張先生來家替他看。誰知他的藥吃錯了，第二天他就蹺了辮子了。青天大人！你想咱們年紀輕輕的夫妻，生生被他拆開，你說我這以後的日子，怎麼過呢！」說罷，嗚嗚咽咽的哭起來了。賈臬臺瞧著，也覺得傷心。停了一會問道：「庸醫殺人，亦是有的。怎麼他們咬定是你毒死的呢？」女人道：「小女人的男人，被張先生看死了，小女人自然不答應，鬧到姓張的家裏，叫他還我的丈夫。他被小女子纏不過，他不說是他把藥下錯了，倒說是小女子毒死的。我的青天大人，他這話可就坑死了小女人了！」賈臬臺聽了點頭歎息。又問道：「這姓張的醫生，同來沒有？」書辦回道：「點單上張大純，就是他，剛才大人已經問過了。」賈臬臺道：「剛才他跟著大眾上來，說的話，都是一樣；我卻沒有仔細問他。如今看起來，倒是這裏頭頂要緊的一個人了。你們去把他提來，等我再細細問他一問。」

差役從命，立時出去，把張大純帶了進來，就跪在女人的旁邊。賈臬臺問了名姓，復問：「死者究竟身犯何症？」張大純道：「犯的是傷寒症，一起手病在太陽經。職員下的是『桂枝湯』，大人明鑑，這『桂枝湯』，是職員遠祖仲景先生傳下來的秘方。自從漢朝到今日，也不知醫好了多少人。不瞞大人說，不是職員家學淵源，尋常懸壺行道的人，像這種方子，他們肚裏就沒有的。」賈臬臺道：「我不來考查你的學問，要你多嘴！」張大純不敢做聲。賈臬臺又問道：「你看過幾次？」張大純道：「職員只看過一次。以為這帖藥下去，一定見效的。誰知後來說是死了。職員正在疑心，倒說他女人找到職員家裏，要職員賠他的男人。」剛說到這裏，女人插嘴道：「你看一次病，要人家二十四弔錢，掛號要錢，過橋要錢，還不好生替人家看，把病人吃死了，怎麼不問你要人呢？」賈臬臺道：「看病用不了這許多錢。」

女人道：「大人你不知道，咱那裏的先生，都是些黑良心的。隨常的先生，起碼要四弔錢一回。這位張先生與眾不同，看一回要二十四弔。每到一個人家，進了大門，多走一重院子，要加倍四十八弔。他住城南，咱住城北，他穿城走過，要走兩道弔橋，每一頂要加二弔。大人，你說他的良心，可狠不狠！」賈臬臺道：「從前我到過上海，上海的先生，有個把心狠的，是有這許多名目。你們河南地方，不至於如此。像這們要起錢來，不要絕子絕孫嗎？」女人道：「可不是呢！」賈臬臺又對張大純道：「多要少要，我也不來問你。但是你怎麼曉得是服毒死的？」張大純道：「職員被這女人纏不過，職員說：『你的男人，吃了我的藥，只會好，不會死的；論不定吃了別人的藥了。』他說沒有。職員不相信，趕到他家，定要看看死人，是個什麼樣子？那時他男人尚未盛殮，被職員這一看，可就看出破綻來了。」

說到這裏，賈臬臺連忙攔住道：「不用說了。你這些話，剛才都說過了，還不是同大家一樣的。你的話也不能為憑。」張大純著急道：「縣主大老爺驗過屍，驗出來是毒死的。毒死的，同病死的，差著天懸地隔呢！」賈臬臺發恨道：「不管他是毒死是病死，你們做醫生的，人家有了危急的病，來請教到你，你總不該應同人家狠命的要錢。古人說：『醫生有割股之心。』你們這些醫生，恨不得把人家的肉割下來，送到你嘴裏方好，真正好良心！」言罷，喝令左右：「替我把他拉下去發首縣，等到事情完結之後，我要重重的辦他一辦，做個榜樣！」左右一聲答應。頓時張大純頸脖子上，加了鍊子，拉著送到祥符縣去了。

* * *

醫生去後，賈臬臺重新再問女人；女人一口咬定：『男人是病死，不是毒死。這個姪兒想家當，搶過繼，家當想不到手，所以勾通了張大純同衙門裏的人，串成一氣，陷害小女人的。縣裏大老爺，被他們朦住了，所以拿小女人屈打成招。我的青天大人！再不替小女人伸冤，小女人沒有活命了！」賈臬臺聽了，點頭不語，翻出原卷看了一回，問道：「謀殺一層擱在後頭。我且問你，你同你男人的表弟通姦，可有此事？」女人道：「王家表弟，同小女人的男人，生來是不對的。咱們家裏他並不常來，面長面短，小女人還不認得，那裏與他通姦？這話可屈死小女人了！」賈臬臺聽了，微微的一笑道：「通姦原不是要緊事情，律例上是沒有死罪的。你怕的那一門？現在堂上並沒有別人，不妨慢慢的同我講。」女人仍是低頭無語。賈臬臺道：「現在我索性把值堂書差，一概指使出去，省得你害羞不肯說。」說罷，便叫書差退至廊下。

此時花廳之內，只有賈臬臺一位，犯婦一口。賈臬臺道：「如今這屋裏沒有人了，你可以從實招了。」女人還是不說，時時擡頭偷眼瞧著大人。只見大人閉目凝神，坐在炕上。此時女人跪在地下，見大人如此舉動，絲毫摸不著頭腦，以為大人轉了什麼念頭。無奈他只是閉著眼睛出神，頗有莊敬之容，而無猥褻之意。停了一會，但聽得大人吩咐道：「你快招啊！這屋裏沒有人，還有什麼話說不得的！」女人心上想道：「事已到此，樂得翻案，翻供到底，看他將我奈何。瞧他的樣子，決計沒有什麼苦頭給我吃的。」主意想好，仍是一口咬定，是人家設了圈套，陷害他的。賈臬臺問來問去，依然一句口供沒有。賈臬臺發急道：「我現在還沒問你謀殺，你連通姦的事情，都不肯認，你這人，也不懂得好歹了。唉！這總怪本司不能以德化人，所以地方上生了你這個刁婦！現在說不得，只好驚動我們的老太太了。我們這老太太，至誠所感，人不忍欺，等你一見了我們老太太，那時不打自招，不愁你不認。」

說罷，便起身從炕上走了下來，行近女人身旁，捲捲袖子，要去拉女人的膀子。誰知賈臬臺是安徽人，所說的話慢些還可以懂，若是說快了，倒有一大半不能明白。所以女人聽了半天，他這一篇話，只聽清「老太太」三個字，其餘的，一概是糊裏糊塗。忽然看見大人下來拉他的膀子，不曉得是什麼事情，陡然吃了一驚。在賈臬臺的意思，是要拉他到上房裏去，請老太太審問。女人不知道，反疑大人有了什麼意思了。一時不得主意，蹲在地下。大人要他站起，他更不站起。賈臬臺見了拉他不起，便用兩隻手去拖他。女人一時情急，隨口喊了一聲：「大人，你這是什麼樣子！」誰知這一喊，驚動了廊下書差，不知道裏面什麼事情，還當是大人呼喚他們，立刻三步做兩步，闖了進來。一看大人正在地下，拿兩隻手拉著女人不放哩！大家見此情形，均吃一驚，連忙退去不迭。

賈臬臺一見女人不肯跟到上房聽老太太審問，這一氣非同小可。立刻放手，回到炕上坐下，罵道：「像你這種賤人，真正少有。我們老太太如此仁德，你還怕見他的面，你這人還可以造就嗎！這種不知好歹的東西，本司也決計不來顧戀你了。」說罷，喊一聲：「人來」，書差跟蹌奔進。賈臬臺吩咐：「把女人交給發審委員老爺去問，限他們儘今天問出口供。」眾人遵命，立刻帶了女人出去。賈臬臺方才退堂。

* * *

剛剛回到上房，老太太問道：「今天有什麼事情，坐堂坐得如此之久？」賈臬臺躬身回了一遍。老太太道：「這些事情，你們男人問他，他如何肯說？把他叫上來，等我問給你看，包你不消費事，統通都招出來了。」賈臬臺道：「兒子的意思，也是如此，無奈他不肯上來。」老太太道：「你領他上來，他自然不肯。等我喚老媽去叫他，也不用一個衙役。他是個女人，不會逃到那裏去的。」說完，吩咐一個貼身老媽出去提人。

這老媽姓費，跟著老太太也有四十多年了。滿衙門的丫鬟僕婦，都歸他總管；合衙門上下，都稱他為費大娘。宅門以外，三小子，茶房，把門的、差役人等，都尊他為總管奶奶。這總管奶奶傳出話來，沒有一個不奉命如神的。而且老太太時常提問案件，大家亦都見慣，不以為奇。凡經老太太提訊過的人，無論什麼人，有罪都可以改成無罪，十起當中，總要平反八九起。

此番這女人，聽說老太太派人提他到上房，他心上還不得主見。一應差役官媒人等，都朝他恭喜，齊說：「我們這位老太太，是慈悲不過的；到了他手裏，你就有了活命了。快快跟著總管奶奶上去罷！」女人至此，喜出望外；頓時跟著到了上房，見了老太太，跪下磕頭。其時老太太，坐在上房中間上首一張椅子上；賈臬臺站在旁邊，替老太太搥背，還不時過去倒茶裝水煙。老太太當下問了女人幾句話，還沒有問到姦情，女人已在地下極口呼冤。老太太聽了，點頭，復歎一口氣，說道：「螻蟻尚且貪生，為人豈不惜命！死的我亦不去管他了，現在活活的，要拿你大切八塊，雖說皇上家的王法應該如此；但是有一線可以救得你的地方，在我手裏，決計不來要你命的。」說罷，回轉頭來，對兒子說道：「你做官總要記好我一句話，叫做『救生不救死』。死者不可復生，活的總得想法，替他開脫。」賈臬臺連忙走過來，答應了一聲：「是」，又跪下叩謝老太太的教訓，起來站立一旁。

然後老太太又細細盤問女人，無奈仍然連連呼冤，一句口供沒有。老太太發急道：「無論什麼人，到我這裏，沒有不說真話的。我現在有恩典給你，想是你還不知道。費媽，你把他帶到廚房裏，叫大廚房做碗麵給他吃，你們好好的開導開導他。」費大娘領命，把女人帶下，兩個人在廚房裏，咕唧了一回。一霎時點心吃過，費大娘仍帶他到老太太跟前。老太太又拿他盤問了半天，無奈女人總不肯吐真言，氣的老太太喘病發作，連連咳嗽不止。急的賈臬臺忙跑到老太太身後，又搥了一回背，方漸漸的平復下來。只聽得老太太喘吁吁的說道：「我從小到大，沒有見過你這樣牛性子的人。我好意開導你，你不說，我也不要你說了。等我晚上佛菩薩面前，上了香，我把你的事情，統通告訴了佛菩薩。到那時候，自然神差鬼使的，叫你說，不怕你不說。」老太太還要說下去，無奈又咳了起來，霎時間喘成一堆。賈臬臺只好叫人，仍舊把女人帶出去，交給發審老爺們審問。自己在上房伺候老太太，把老太太攙進上房，睡了一會，亦就好了。賈臬臺方才把心放下，出來吃晚飯。

* * *

剛剛坐定，人報大少爺進來。他這位大少爺，是前年賑捐便宜的時候，報捐分省知府，就在勸捐案內，得了個異常勞績，保了個免補本班，以道員補用，並加三品銜。少爺的意思，一心只羨慕二品頂戴，要想戴個紅頂子。又因他這個道臺，雖然是候補班，將來歸部掣籤，保不定要拿那一省。況且到省之後，還要候補，一省之中，候補道臺論不定只有一缺半缺，若非化了大本錢，到京裏走門路，就是候補一輩子，也不會得實缺的。他的主意，再牢靠沒有，雖然道臺核准了已一年有餘，他卻一直不引見，不到省；仍舊在老子任上當少爺，吃現成飯，靜候機緣。

這天因在電報局得了電報，說是鄭州底下，黃河又開了口子，漫延十餘州縣一片汪洋，盡成澤國。至於勸捐辦賑，自有借此營生的一般大善士鑽著去辦。他一心一意卻想靠老人家的面子，弄一個河工上總辦當當；一來辦工辦料，老大可以賺兩個錢；二來合龍❶之後，一個異常勞績，又是穩的。已經做了道臺，雖然官階無可再保，但求保一個送部引見。下來發一道上諭，某人發往某省，就變成做特旨道。至於二品頂戴，賽如自家荷包裏的東西，更不消多慮了。河工上賺的銀子，水裏來，水裏去，就拿他到京裏，拜上兩個老師，再走走老公的路子，放一個缺，也在掌握之中。所以黃河決口，百姓遭殃，卻是他升官發財的第一捷徑。他既得了這個消息，連忙奔回衙門，告訴他老子，求他老子替他到河督跟前，謀這個差使。賈臬臺聽了兒子的話，自然也是歡喜。說道：「既然鄭州黃河決口，院上就要來知會的。」大少爺道：「剛剛來的電報，只怕此時已經送到院上去了。」

話言未了，果然院上打發人來，說是鄭州決口，災區甚廣，一切工程，雖有河督擔任，究竟在河南省治，是巡撫管轄的地方。所以撫臺急急傳見司道，商議賑撫事宜。賈臬臺得信，立刻起身上院，會同各司道，一同進見。撫院大人接著，先把鄭州來的電報，拿出來叫大眾看了一遍；說道：「近來二十多年，我們河南從沒有開過這麼大的口子，這是兄弟運氣不好，偏偏碰著了這倒霉的事情。」司道一齊回道：「我們河南，不比山東：山東自從丁宮保把河工攬在自己身上，倒被河督卸了一半干係；我們河南，卻是責成河督，與大人並不相干。」撫院道：「擔子在身上，有好有壞，開了口子就有處分，辦起工程來，多少有點好處。如今歸了河督，好處沾不到，只怕處分倒不能免的。因為在你屬下，總是你該管地方，怎麼能彀便宜你呢？如今不要說別的，十幾處州縣，就有幾十萬災民。我們河南是個苦地方，那裏捐這許多錢去養活他們！兄弟頭一個就捐不起。現在兄弟請你們諸公到此，不為別事，先商量打個電報，

❶ 合龍：堵塞河堤決口成功時，叫做「合龍」。

給上海的善堂董事，勸他們弄幾個錢來做好事，將來奏出去，也有個交代。」司道俱各稱：「是。」

正說著，河督也有信來了，是咨照會銜電奏的事情。撫臺道：「不用說來了，他是不肯饒我的，一定要拿我拖在裏頭，好替他卸一半干係；我是早已看穿，彼此都不能免的。」便親自動手，擬好復電，是彼此會銜電奏，並聲名已經電託上海辦捐官商，籌款賑撫，以顧自己的面子。河督那面，亦聲明業已遴派委員，馳赴上下游查勘形勢，以便興工築堵。一面兩個人，並自行檢舉，又將決口地方員弁，統通撤參，候旨懲處。這都是照例文章，不用細述。過了一日，奉到電諭，以：「該督撫疏於防範，釀此巨災，非尋常決口可比，河道總督，河南巡撫，均著革職，留任；其他員弁，一概革職，戴罪自贖；還有幾個枷號河干的，朝廷軫念災民，發下內帑銀二十萬，著河南巡撫，遴選委員，馳赴災區，核實散放，毋任流離失所。所有此次工程浩大，仍著該督撫，督率在工員弁，不分日夜，設法防堵，以期早日合龍。」各等語。

賈臬臺得了這個消息，這日午後，便獨自到撫臺跟前，替兒子求謀河工上總辦差使。撫臺說道：「你老哥的世兄，還有什麼說的。派了出去，兄弟再放心沒有了。但是這個工程，須得河臺作主，兄弟犯不著僭他的面子。因為我們河南，比不得山東巡撫，可以拿得權的。既然是老哥囑託，兄弟總竭力的，同河臺去說就是了。」賈臬臺替兒子謝過了栽培，退回本衙，告訴了大少爺。大少爺皺眉道：「這樣說起來，恐防要漂！」賈臬臺道：「何以見得？」大少爺道：「撫臺作不得主，到了河臺手裏，一定要委他的私人，我們還有指望嗎？」賈臬臺道：「既然你怕撫臺說話不中用，不如打個電報給周老夫子，等他打個電報出來，託託河臺，裏外有人幫忙，他總得顧這個面子。」

列位看官，你曉得賈臬臺說的周老夫子是誰？原來就是現在軍機大臣上的周中堂。賈臬臺此番升臬臺，進京陛見的時候，化了三千銀子，新拜的門，遇事很為關切。所以如今想到了他，要打電報給他，求助一臂之力。大少爺聽了父親的說話，一想這條門路，果然不錯，立刻擬好電報，親自趕到電報局打報。省城裏公事忙，電報學生，是一天到晚不得空的；大少爺特地打了一個加急的三等報，化了三倍報費，眼看著打了去。又託本局委員，私下傳個電報給那邊委員，此電送到，先打一個回電。不消一刻，那邊回電過來，說周中堂不在宅中。電報局委員巴結大少爺，忙說一得回電，立刻就送過來。大少爺只得悵悵而歸。

等到天黑，周中堂的回電來了，趕忙譯出來一看，只見上面寫的是：「河南賈臬臺，弟與某素無往來，前薦某丞未收。工程浩大，恐非某能勝任。世兄事當另圖。」下面注著一個「隱」字。賈臬臺父子便知是周中堂的別號了。賈臬臺看過電報無語，口中說道：「既然周老夫子如此吩咐，你權且等他幾天，再作道理。」大少爺聽了，並不答應，自己肚裏打主意，尋思了好半天，忽然想出一個計策，急忙忙奔到自己書房。他雖是捐班出身，幸虧肚才還好，提了筆就寫，頓時寫成功一封信。寫完，自己又看了一遍，看他臉上甚是高興，但不知這信是給誰的。看完之後，封入信封，填好了信面。忽又重新拆開，取了出來，又隨便疊了一疊，套入信封裏去，跟手往靴頁子裏一夾，怡然自得。當晚睡覺歇息無話。

到了次日，見了父親，也不說別的，但說：「今天爹爹上院，見著撫臺，請問一聲，到底託他的事情，河臺那裏，可曾有過信去？倘若已經提過，無論事情成與不成，似乎應得前去稟見一趟。天下斷沒有坐在家裏，可以得差使的。」賈臬臺道：「你話不錯。」這天上院見了撫臺，未及開言，倒是撫臺先提起，說：「世兄的事情，昨天兄弟已有信給河臺了。聽說河臺這幾天裏頭，就得動身，到下游去踏看。世兄可先去見他一面，就是工上的事情派不到，好歹總不會落空。」賈臬臺聽了，著實感激，回來同兒子說知。大少爺道：「只要撫臺有過信，我去見他就有了底子了。」

* * *

這時候河臺已經駐紮工上，不能像從前整天閒著無事。大少爺就於這日飯後動身，坐的是自己的雙套車，後頭跟著行李車，家人車，還有騾馬一大群。在路不分日夜，兼程而進。這天到了工上，在河臺行轅旁邊一個相好朋友的下處，暫且住下。這相好，也是新委的河工差使，姓蕭號二多，是個候選知府，乃是河臺的紅人，天天見著河臺的。賈大少爺有了這條好內線，更可以顯他的作用。先打聽河臺，這兩天還不動身。他並不著忙稟見，說在路上辛苦了，要養息兩天，方能出門，後來倒是蕭知府關切，說：「你既然來了，應該先去見他老人家一面。這兩天，各省投效的人，一天總有好幾起來稟見，都是大帽子的信。你再不去，將來好差使都被人家佔了去，你就沒有指望了。」賈大少爺道：「你別替我著急。我來雖來了，然而心上懊悔的了不得，這一回很不該來，很應該先在省裏聽聽消息再來。」蕭知府道：「省城裏有什麼消息？」賈大少爺道：「省城裏有什麼消息！怕的是京裏有什麼事情，他老人家倘或有點風吹草動，我們這個大局，就有變動；所以兄弟甚是懊悔，早知如此，實實在在不應該來的。」蕭知府說：「難道你得了什麼確實信息不成？」賈大少爺道：「真實信息雖然沒有，然而終究不妥。知己之間，我也不用瞞你。就是我動身那一天，動身之後，不到三個時辰，老人家接到京城裏一封信，立刻派了三匹馬，一路追了下來，要追我回去。老哥，你想兄弟是何等性子躁的人，上了路，白天晚上，那裏歇一步，三步路併做兩步走，一口氣趕到這裏。我剛下車，他的馬也趕到了。我看了信，真把我氣的了不得。早知如此，我不會頓在省裏候信，何必定要吃這一趟辛苦呢？所以我這兩天不去上院，為的是等等信息再說。老哥你不問我，亦不便告訴你；好在你也不是外人，告訴了你也不要緊。」

蕭知府聽了，好如頂上打了個悶雷一樣，楞了好半天，才說道：「到底老大人接到京裏那一個的信？這個消息究竟確不確？」賈大少爺聽說，也不答言。從自己枕箱裏，找了一回，找出一封信來，隨手遞與蕭知府說道：「我們自己人，這個你拿去瞧了，就明白。只要你外頭不提起，我們自己曉得就是了。」蕭知府接到手中一看，信上的字，足有核桃大小，共只有三張信紙。信上說的話，除寒暄之外就是說：「令親某人，擬改同知，分發河南，承囑函託某人照拂；某辦事不近人情，朝議咸薄其為人。僕前以舍親某丞相屬，至今亦未位置。令親事容代緩圖。」各等語。蕭知府看了，意思似乎不甚明白，又翻來倒去的看。賈大少爺忙解說給他聽，道：「這是軍機大臣周中堂給老人家的信。老人家是周中堂的門生。這件事情，還是三個月前託他的，想不到如今才接到他老人家的回信。這信上的事情，雖與兄弟毫不相干；然而照他這封信上，他老人家同河帥，意思著實有點不對。他寫這封回信的時候，黃河尚沒有開口子。如知出了這個岔子，我們私底下講講不妨，若照這封信上，河帥的事情，恐怕不妙。所以老人家一得這封信，就要追我回去，叫我不要來。我所以到了這裏，一直不去見他，就是這個緣故。」

蕭知府聽了，心上老大不高興。然而他是河臺的紅人，更比別人休戚相關，聽了那有不著急的。賈大少爺雖然再三囑咐他，不要提起，他見了河臺，一心想獻殷勤，難保不露出一言半語。齊巧這兩日，河臺接到軍機大臣上字寄，屢奉嚴旨切責，說他調度乖方，辦理不善，若不剋期合龍，定降嚴譴各語。

河臺自奉到這些諭旨，正在茶飯無心，走頭無路，不知如何是好；再聽了蕭知府傳來的話，焉有不關心之理？當向蕭知府詳細追問。蕭知府也只得詳細無隱，把賈大少爺的話，說了一遍。又把周中堂的信，大略念了一遍。河督聽了，尤為毛髮竦然，一想：「事情不妙。保不定這幾天之內，裏頭還要動我的手！」想來想去，一籌莫展，只得與蕭知府商量。又問他：「周中堂與賈臬臺，是個什麼交情？撫臺曾有信給我，說賈臬臺的世兄如何老練，要我派他總辦差使。何以他來了，一直不來見我？」蕭知府見問，只得把賈臬臺拜門的一節說明，又說：「若照周中堂的信看起來，他二人的交情很不淺！至於賈道雖然來了幾天，卻因為路上感冒，所以一直還沒有上來稟見。」河臺又想了半天，說道：「若論工上的差使，總得熟手才可以委。現在說不得了，一來要看周中堂的分上，二則撫臺又有過信來，好在下游地方很大，一個人也顧不來，賈某人現已來了，不如先把他添上，給他一個下游總辦。將來裏頭的事，就託他老人家，幫著疏通疏通。」蕭知府連連稱「是」，又說：「臬府下去，就叫賈道來稟見。」河臺道：「他既然在路上感冒，不妨叫他多養息兩天，再來見我。河工上風大，吹著不是玩的。你去把我的話，傳諭給他。我這裏不妨先下札子，叫他請兩天假就是了。」蕭知府唯唯領命。一到下處，立刻把這話告訴賈大少爺，賈大少爺聽了，自然歡喜。心上想道：「他如今可上了我的當了。」未到天黑，札子已經送來。賈大少爺差使既已到手，病也沒有了。並不請假，第二天便赴河督行轅稟見謝委。

欲知後事如何，且看下回分解。

第二十四回　擺花酒大鬧喜春堂　撞木鐘初訪文殊院

話說：賈臬臺的大少爺，自從造了一封周中堂的假信，吹了個風聲到河臺耳朵裏，竟把河臺瞞過，信以為真，立刻委他當了河工下游的總辦。他心中十分歡喜，立刻上轅稟見謝委，稟辭河臺。見面之後，不免又著實灌些米湯。他到工之後，自己一個人盤算：「將來大工合龍，隨摺保個送部引見，已在掌握之中。雖然免了指省保舉一切費用，然而必得放個實缺出來，方滿我的心願。」又想：「要放實缺，非走門路不可；要走門路，又非化錢不可。」因此他一到工上，先把前頭委的幾個辦料委員，抓個錯誤，一齊撤差。統統換了自己的私人，以便上下其手。下游原有一個總辦，見他如此作威作福，心上老大不高興，屢次到河臺面前，說姓賈的壞話。河臺礙於情面，不好將他如何。後來又被賈總辦曉得了，反說他有意霸持，遇事掣肘。遞了個稟帖給河臺，請河臺撤他的差使，以便事權歸一。「大人若不將他撤去，職道情願辭差。」河臺無法，只得又把前頭的一個總辦，調往別處；這裏歸了他一人獨辦，更可以肆無忌憚，任所欲為。

諸公要曉得：凡是黃河開口子，總在三汛，到了這時候，水勢一定加漲，一個防堵不及，把堤岸衝開，就出了岔子。等到過了這個汛，水勢一退，這開口子的地方，竟可以一點水沒有。所以無論開了多大的口子，到後來沒有不合龍的。故而河工報效人員，只要上頭肯收留，雖然辛苦一兩個月，將來保舉是斷乎不會漂的。此番賈大少爺，既然委了這個差使，任憑他如何賺錢，只要他肯拿土拿木頭，把他該管的一段填滿，挨過來年三汛，不出亂子，他便可告無罪。就是出了亂子，上頭也不肯為人受過，但把地名換上一個，譬如張家莊改作李家莊，將朝廷朦過去，也就沒有處分了。自來辦大工的人，都守著這一個訣竅。所以這回賈大少爺的保舉，竟其十拿九穩。

* * *

有話便長，無話便短。過了幾日，決口地方，雖不能如上文所說的點水俱無，然而水勢漸平，防堵易於為力，又加以河帥恐遭嚴譴，晝夜督催。賈大少爺本是個嬌生慣養的人，到了此時，也只好跟在工上吃辛吃苦，亦總算難為他了。等到工程十成八九，大眾方才把心放下。

下游工程，統歸總辦作主，當由他選擇吉日吉時合龍。到了那天四更頭裏，賈大少爺換了一身簇新的行裝，擺齊親兵小隊，跨了一匹高頭大馬，親到工上督率，等著吉時報到，大工告成。總辦又統率在工大小文武員弁，上香行禮，叩謝河神。文武員弁，又一齊向總辦賀喜。總辦又赴河帥行轅稟知合龍。當蒙河帥傳見，允為從優保獎。照例文章，不用細述。賈大少爺事完之後，當即回省，仍在父親衙內居住。

過了些時，電報局得了閣抄上諭，曉得賈大少爺蒙河督於奏報合龍摺內，另片保奏，奉旨送部引見，先賞加布政使銜。得信之下，自然歡喜。河督因他是賈臬臺的少爺，乃是同寅之子，雖未接到部文，業奉聖旨允准，特地自寫信來關照。賈臬臺便叫兒子先赴河督巡撫兩院叩謝。此時督撫兩憲，俱已開復處分，而且一齊又交部從優議敘，自然也是高興的。等到大案出奏的時候，賈大少爺除將在工員弁分別異常尋常請奬外，又趁勢把自己的兄弟姪兒，親戚故舊，朦保了十幾個在裏頭。河督一時不及細察，統通保了進去。這是河工上的積弊如此，也無從整頓的。閒話休提。

單說賈大少爺這一趟差使，錢也賺飽了，紅頂子也戴上了，送部引見也保到手了，正是志滿心高，十分得意。在家裏將息了兩個月，他便想進京引見，謀幹他的前程。稟告父親，賈臬臺自然無甚說得。隨向原保大臣那裏請了咨文，擇日登程北發。預先把賺來的銀子，託票號裏替他匯十萬進京。又託京裏朋友，預為代賃高大公館一所，以便到京居住。諸事辦妥，然後自己帶了一個姨太太，一個代筆師爺，又一個管帳的，並男女大小僕人廚子車夫人等，數了數足足有三十來個。賈大少爺同姨太太坐的，都是自己的車；其餘全是祥符縣辦的官車。在路曉行夜宿，非止一日。一日到得北京城，在順治門外南横街，朋友預先替他們找好的一座公館，暫時住了。賈大少爺此番進京，原是為廣通聲氣起見，所以打定主意，竭力拉攏。到京之後，凡是寅年世戚鄉誼，無不親自登門奉拜，足足拜了七八天的客，方才拜完。他每日出門，坐的是自己的坐車；騾子是在河南五百兩銀子買的。趕車的一齊頭戴羽纓涼帽，身穿葛布袍子，腰掛荷包，足登抓地虎，跨在車沿上，脊梁筆直，連帽纓子都不作興動一動。這個名堂，叫做「朝天一炷香」，京城裏頂講究這個，所以賈大少爺竭力摹仿。坐車之外，前頂馬，後跟騾。每到一處，管家趕忙下馬，跑在前頭投帖。所拜的客，也有見得著的，也有見不著的，也有發帖子請吃飯的，也有過天來回拜的。賈大少爺都不在意；頂要緊的是太老師周中堂，同著寄頓銀子，一個錢店掌櫃，外號叫做黃胖姑的。到京的第二天，就去奉拜。

齊巧這天周中堂請假在家，一見大片子名字上頭寫著「小門生」三個字，另外黏著一張籤條，寫明

「河南按察使賈某之子」，周中堂便曉得就是他了。這位老中堂，一直做京官，沒有放過外任。一年四季，什麼炭敬，水敬，贄見，別儀，全靠這班門生故吏，接濟他些，以資開銷。如今聽說是他，心上早打了底子，立刻請見。賈大少爺進去了好一回，只覺得冷冷清清，不見動靜。約摸坐了半個鐘頭，中堂方才出來。賈大少爺朝他拜了幾拜，中堂只還了半個揖，讓他坐。他曉得中堂的炕，不是尋常人可以坐得的，就在旁邊一張椅子上坐下。中堂見了他，氣吁吁的，只問得他父親一聲「好」，跟手自己就發了一頓牢騷，隨後方問：「你來京幹嗎？」賈大少爺一一回答。中堂見話講完，就此送客。

*　　*　　*

賈大少爺出來，忙趕到前門外大柵欄去找黃胖姑。黃胖姑是紹興人，因為在京年久，說的一口好京話。京城上下三等人都認得他同官場來往，也很同他拉攏。大家因他養的肥胖，做起事來又有些婆婆媽媽的腔調，所以大家就送他一個表號，叫他做黃胖姑。他這表號，是沒有一個人不曉得的。賈大少爺到他店門口下了車，不等通報，闖進了門，就嚷著問道：「胖姑在家沒有？」惹得一班夥計們，都抿著嘴笑。一個夥計，把他領到客座裏。只聽得嘻嘻哈哈一陣笑聲，從裏頭笑到外頭。一看不是別人，正是黃胖姑。

黃胖姑一見賈大少爺，嘴裏嚷道：「我的大爺，你是幾時來的？可把我想壞了！」賈大少爺要同他行禮，他雙手拉住賈大少爺的手，不准他下禮。那股要好的勁，畫亦畫不出。兩人分賓主敘坐。才坐下，黃胖姑又站起來問：「老大人好？」賈大少爺亦站起來，回答說：「好。」然後仍舊坐下對談。黃胖姑要留賈大少爺吃便飯；賈大少爺道：「今天要拜客，過天再擾罷！」黃胖姑便問：「今天拜了些什麼客？」

賈大少爺回稱：「剛從周中堂那裏來。」黃胖姑道：「這位老中堂，現在背時的了。你去找他做甚？」賈大少爺一聽大驚，急於要問。黃胖姑道：「新近他老人家，因為誤保了一個人，上頭很不喜歡，著實拿他申飭，幾乎把官送掉。虧了一位王爺替他求情，官雖沒有壞，恐怕要去軍機；所以他這兩天請假，躲在家裏。你想，出了軍機，還有什麼撈呢？」賈大少爺聽說，心上沉思道：「怪不得走上大門，冷清清，見了他老人家面色很不對，又發了半天牢騷，原來就是這個講究。」想罷，問道：「保著一個什麼人保舉錯了？」黃胖姑道：「本來老中堂也好糊塗了。什麼人保不得，偏偏保舉個維新黨。怎麼不要壞官呢？趕出軍機，還是便宜他的。」賈大少爺頓腳說道：「糟了，糟了！裏頭頂恨這個，他老人家怎麼糊塗到這步地位？他保舉維新黨，人家就要疑心他，連他亦是個維新黨。」黃胖姑道：「對啊，正是為此。」賈大少爺道：「既然如此，以後他那裏我亦不便常去走動，省得叫人家疑心，說我也是他們同黨。」黃胖姑把大拇指頭一伸道：「我的大爺，你真是個明白人，有見識，我佩服你。況且這種背時的人，你巴結他也沒用。」賈大少爺聽了半天不語。黃胖姑何等刁鑽，早已瞧出他是因為斷了一條門路，心上可惜的意思。便說道：「他的事是自己找的，我們也不必顧戀他。大爺，咱是自己人，你的事情，我總可以效力。我有幾個朋友在裏頭，大家都還說得來，你委了我，我去託他們，包你成功就是了。」賈大少爺一聽這話，句句打入他的心坎，霎時轉憂為喜，連說：「本來我有多事，要拜託費心，過天細細的再談。」說完，起身，要往別處拜客。

黃胖姑又恐怕買賣被人家分做了去，不肯放鬆一步，先約他明天到便宜坊吃便飯；又道：「大爺早晨出門拜客，可以到館子裏去換便衣，咱們儘興樂一樂。」賈大少爺立時應允。臨時出來上車，忽然又笑著問黃胖姑道：「近來有什麼好條子沒有？」黃胖姑道：「有有有，明天我薦給你。」說完，各自分手。

黃胖姑回轉店內，立刻寫帖子請客。所請的客：一位是新科翰林錢運通錢太史；一位是甲班主事王占科王老爺；一位是個宗室老爺，名字叫做溥化，排行第四，人家都尊他為溥四爺；一位是銀爐老板，姓白號韜光；一位是琉璃廠書鋪掌櫃的，姓黑，名字叫做黑伯果，天生一張嘴，能言慣道，一到席面上，咭咭呱呱，只有他一個人說的話，大家叫順了嘴，把黑伯果三個字，竟變為黑八哥了；還有一位，是在前門外開古董鋪的，姓劉名厚守，新近捐了一個光祿寺署正，常常帶著白頂子，同大人先生們往來。這些人除去錢，王二位，是帶還東的，其餘全是黃胖姑的好友，而且廣通內線，專拉皮條。黃胖姑看準了，想做賈大少爺一注生意，所以把這些人一齊邀來。當下數了數，連賈大少爺一共是七個客人。一共寫好，派人一面到便宜坊定座，一面分頭請客。不在話下。

* * *

到了次日，看看自鳴鐘上，剛正打過十一點，黃胖姑吩咐套車，自己先到便宜坊等候。約摸有三刻工夫，黑八哥頭一個先來。第二個便是宗室溥四爺，一進門就同黃胖姑請安拉手，說不出那種親熱樣子。賈大少爺雖然沿途拜客，倒也未曾耽擱，接著也就來了。一個個問「貴姓」，「台甫」；黃胖姑替他們三個，彼此通姓報名，大家無非說了些「久仰」的客氣話。後來說到溥四爺，黃胖姑說：「賈大哥！我們這位溥老弟，乃是宗室當中第一位博學。」說罷，又哈哈一笑道：「誰不曉得北京城裏有名的才子溥四爺呢！我從前考過他的學問；我拿筆在紙上寫一豎兩點，他認得是個小小的『小』字；後來我又在小字上頭加兩橫，難為他亦認得，說是出告示的『示』字；跟手我又在示字上加一個寶蓋頭，他說這是我們宗室的『宗』字，這些都不希奇。末後又在宗字頭上加一個山字，這卻難為他了，你說他念個什麼字？」賈大少爺尚未接言，黃胖姑道：「他說是哈噠門『哈』字。大爺，你瞧，虧他好記性，記得這字是哈噠門的『哈』字。」賈大少爺也明白，北京城的崇文門，俗名叫做哈噠門，想是溥四爺念慣了「哈」字，看慣了「崇」字，所以拿「崇」字當作「哈」字讀了。曉得這話，是黃胖姑奚落溥四爺的；但係初次相會，不便說什麼，只好笑而不答。及至回頭再看，溥四爺卻是眉頭一掀，脖子一挺，欲笑不笑的滿面孔得意之色。

大家言來語去，正談論間，白韜光，劉厚守，錢太史三個人，亦都來到。其時已有四點多鐘。只差王主事一個人。黃胖姑道：「時候不早了，我們先坐罷！空了首席等他。」剛才入座停當，人報王老爺來。大家一齊站起，主人出位相迎。只見王主事穿著衣帽進來，先朝主人作了一個揖，又朝檯面上作了一個總揖。黃胖姑讓他換了便衣入座。在席的人，王主事只認得錢太史，及古董鋪老板劉厚守兩個人。錢太史發達比他遲兩科，乃是後輩，並不在意。倒是這劉厚守，乃是一直充當現任滿大學士，又兼軍機大臣華中堂的門上，跟了中堂幾年，著實發了幾十萬銀子的家私；因此就在前門外開了一爿古董鋪，如今雖然捐了官，卻還常到中堂宅內當差。王主事還是那年朝考，中堂派了閱卷大臣，照例拜門，去過幾趟，沒有得見，只好在劉厚守門房裏坐坐。劉厚守雖不認得，他卻是記得劉厚守的面孔。自古道：「宰相家奴七品官」，況且他現在又捐了署正，同是六品，一樣分印結，而且又是中堂老師的門生，尋常人那裏巴結得上？如今反見他坐在下首，自己坐了首座，心上著實不安，一定要同劉厚守換座。劉厚守不肯，道：「你別光讓我，還有別人呢！」王主事只得又讓別人，別人都不肯，只得自己扭扭捏捏的坐了。然後同不認得的人，一一問「貴姓，台甫」，「貴科，貴班，貴衙門」。一問問到賈大少爺；賈大少爺回稱姓賈，號潤孫。黃胖姑插口說道：「這位便是河南臬臺賈筱芝賈大人的少爺，我們至好。」王主事道：「原來是孝子順孫，聚在一門，難得難得！」跟手又問：「貴科？」賈大少爺漲紅了臉，回答不出。黃胖姑只得又替他說道：「這位賈觀察，乃是去年賑捐案內保過道班，今年河工合龍，又蒙河臺保了送部引見。他老大人官聲甚好，早已簡在帝心，將來潤翁引見之後，指日就要放缺的。」王主事一聽他不是科甲出身，立刻回轉了臉不同他說話。在座的人只有同錢太史還說得來。王占科乃是庶常散的主事，錢運通乃是新庶常，所以錢運通見了王占科，竟其口口聲聲「老前輩」，自稱「晚生」。王主事卻是直受不辭，非凡得意。

不料談了半天，劉厚守忽然問王主事道：「王老爺你好面善，我們好像在那裏會過。」一句話問住了；王主事羞的滿臉通紅，歇了半天，才答道：「厚翁，你真是貴人多忘事。兄弟那年朝考下來，三次到中堂老師這裏去叩見，回回都坐在厚翁屋子裏的，怎麼就忘記了？」劉厚守道：「莫怪，莫怪！我們中堂，每日找他的人可不少，咱那裏記得許多。不要說別的，外省實缺藩臬，來過幾次，我還記不清他的名字；何況……」說到這裏，不往下說了。黃胖姑趕忙打岔道：「這位王大哥，乃是刑部主事，貴州司行走，當差很勤。將來老中堂跟前，還得你老哥保舉保舉他，常常提提他名字，拜託拜託。」劉厚守聽了一笑。王主事更覺難以為情，坐立不定。

這個檔口裏，賈大少爺坐著無味，便做眉眼與黃胖姑。黃胖姑會意，曉得他要叫「條子」，本來也覺著大家悶吃不高興，遂把這話問眾人，眾人都願意。黃胖姑便吩咐堂官拿紙片。當下紙筆拿齊，溥四爺頭一個搶著要寫，先問：「王老爺叫那一個？」王老爺說：「二麗。」無奈溥四爺提筆在手，欲寫而力不從心，半天畫了兩畫，一個「麗」字寫了寫不對；後來還是王老爺提過筆來自己寫好。當下檢熟人先寫。於是劉厚守叫了一個景芬堂的芬小，黑伯果叫了一個老相公，名字叫綺雲。白韜光說：「我沒有熟人，我免了罷！」主人黃胖姑倒也隨隨便便。不料溥四爺反不答應，拉著他一定要叫。白韜光說：「如要我破例叫『條子』，對不住，我只好失陪了。」大家見他要走，只得隨他。錢運通說：「老前輩在這裏，不敢放肆。」王老爺不去理他，早已替他寫好了。溥四爺最高興，叫了兩個：一個叫順泉，一個叫順利。末後輪到賈大少爺，王老爺因為他是捐班，瞧他不起，不同他說話，只問得黃胖姑一聲說：「你這個朋友叫誰？」賈大少爺叫黃胖姑薦個條子。溥四爺想了一回，忽然想到韓家潭喜春堂，有個相公，名字叫奎官。他雖不叫這相公的「條子」，然而見面總請安，說：「老爺有什麼朋友，求你老爺賞薦賞薦！」因此常常記在心上。當時就把這人薦與賈大少爺。主人見在檯的人，都已寫好，然後自己叫了一個小相公紅喜作陪。霎時條子發齊，主人讓菜敬酒。

不多一會，跑堂的把門帘一掀，走了進來，低著頭回了一聲道：「老爺們，條子到了。」眾人留心觀看，倒是錢太史的相好頭一個來；這小子長的雪白粉嫩，見了人叫爺請安。在席的人，倒有一大半不認得他。問起名字；王老爺代說：「他是莊兒的徒弟，今年六月才來的。頭一個條子，就是我們這位錢運翁破的例。你們沒瞧見，運翁新近送他八張泥金炕屏，都是楷書，足足寫了兩天工夫；另外還有一副對子，都是他一手報效的。送去之後，第二天徐尚書在他家請客。他寫的八張屏掛屋裏，不曉得被那王爺瞧見了，很賞識。」說至此，錢太史連連自謙道：「晚生寫的字，何足以污大人先生之目！不過積習未除，玩玩罷了！」王占科道：「這是他師傅莊兒親口對我講的，並不假。照莊兒說起來，運翁明年放差，大有可望。」大眾又一齊向錢太史說「恭喜」。正鬧著，在席的「條子」，都絡續來到；只差得賈大少爺的奎官沒來。

這時候，賈大少爺見人家的「條子」都已到齊，瞧著眼熱，自己一個人坐在那裏，甚覺沒精打彩。黃胖姑看出苗頭，便說：「奎官的『條子』並不忙，怎麼還不來？」正待叫人去催，奎官已進來了。溥四爺便把賈大少爺指給他。奎官過來請安坐下，說：「今日是我媽過生日，在家裏陪客，所以來的遲了些，求老爺不要動氣！」溥四爺說道：「你再不來，可把他急死了。」一頭說話，一頭喝酒。叫來的相公猜拳打通關，「五魁」「八馬」，早已鬧的煙霧塵天。賈大少爺便趁空同奎官咬耳朵問他：「現在多大年紀？唱的甚麼角色？出師沒有？住在那一條胡同裏？家裏有什麼人？」奎官一一的告訴他：「今年二十歲了。一直是唱大花臉的，十八歲上出的師，現在自己住家。家裏止有一個老娘。去年臘月娶的媳婦，今年上春時死了。住在韓家潭，同小叫天譚老板斜對過。老爺吃完飯，就請過去坐坐。」賈大少爺滿口答應。奎官從腰裏摸出鼻煙壺來，請老爺聞；又在懷裏掏出一枝「京八寸」，裝出蘭花煙，自己抽著了，從嘴裏掏出來，遞給賈大少爺抽。賈大少爺又要聞鼻煙，又要抽旱煙，一張嘴來不及，把他忙的了不得。一頭吃煙，舉目四下一看，只見合席叫來的「條子」，都沒有像奎官如此親熱巴結的。自己便覺著得意，更把他高興的了不得。

黃胖姑都看在眼中，朝著賈大少爺點點頭，又朝著奎官擠擠眼。奎官會意，等到大家散的時候，他偏落後，遲走一步。黃胖姑連忙幫腔道：「大爺怎麼樣？可對勁？」賈大少爺笑而不答。溥四爺嚷著，一定要賈大少爺請他吃酒：「齊巧今兒是奎官媽的生日，你倆如此要好，你不看朋友情分，你看他面上，今兒這一局還好意思不去應酬他嗎？」白韜光道：「潤翁賞酒吃，兄弟一定奉陪。」黑伯果拍他一下道：「不害臊的，『條子』不叫，酒倒會要吃的。」說的大家都笑了。賈大少爺卻不過情，只得答應，同到奎官家去。又託黃胖姑代邀在席諸公。王老爺頭一個回頭，說：「明天有公事，要起早上衙門，謝謝罷！」劉厚守說：「我不能磨夜，有時候的，九點鐘總得回家。」黃胖姑道：「不錯，厚翁嫂夫人閫令極嚴，我不敢勉強。回來叫他頂燈吃苦頭，是對他不住的。」又朝著錢太史說道：「運翁明天沒有什麼事情，可以同去走走。」賈大少爺因為他是翰林，要借他撐場面，便道：「運翁是最好沒有，我們一見如故，今天一定賞光的。」錢太史無奈，只得應允。王老爺起先還想拉住錢太史，做眼色給他，叫他不要去。後來見他答應，便也無法，他自己只得跟了劉厚守，先辭別眾人，上車而去。這裏大家席散。約摸已有八點多鐘，等到主人看過帳，大眾作過揖，然後一齊坐了車，同往韓家潭而來。

便宜坊到韓家潭，有限的路，不多一回就到了。下車之後，賈大少爺留心觀看；門口釘著一塊黑漆底子金字的小牌子，上寫著「喜春堂」三個字。大門底下懸了一盞門燈。有幾個「跟兔」，一個個垂手侍立，口稱：「大爺來啦！」走進門來，雖是夜裏，還看得清爽，彷彿是座四合廳的房子。沿大門一並排三間，便是客座書房。院子裏隔著一道竹籬，地下擺著大大小小的花盆，種了若干的花。這一天，是奎官媽的生日，隔著籬笆，瞧見裏面設了壽堂。點了一對蠟燭，卻不甚亮。有幾個穿紅著綠的女人，想是奎官的親戚。此外並無別的客人，甚是冷冷清清。

當下奎官出來，把眾人讓進客堂。賈大少爺舉目四看，字畫雖然張掛了幾條，但是破舊不堪。煙榻牀鋪一切陳設，有雖有，然亦不甚漂亮。一面看，一面坐下。溥四爺，白韜光兩個，先吵著：「快擺，讓我們吃了好走！」主人無奈，只得吩咐預備酒。一聲令下，把幾個「跟兔」樂不可支，連爬帶滾的，到後面廚房裏去了。霎時檯面擺齊，主人讓坐，拿紙片叫條子，以及條子到，猜拳敬酒，照例文章，不用細述。

這時候賈大少爺，酒入歡腸，漸漸的興致發作。先同朋友打通關，又自己擺了十大碗的莊。不知不覺，有了酒意，渾身燥熱起來。頭上的汗珠子，有綠豆大小。奎官讓他脫去上身衣服，打赤了膊，又把辮子盤了兩盤。

誰知這位大爺，有個毛病，是有狐騷氣的，而且很利害。人家聞了都要嘔的。當下在席的人，都漸漸覺得，於是聞鼻煙的聞鼻煙，吃旱煙的吃旱煙。奎官更點了一把安息香，想要解解臭氣。不料賈大少爺汗出多了，那股臭味格外難聞。在席的人被薰不過，不等席散，相率告辭。轉眼間只賸得黃胖姑一個。奎官怕近賈大少爺的身旁，賈大少爺一定要奎官靠著他坐，奎官不肯。賈大少爺伸出手去拖他，奎官無法，只得一隻手拿袖子掩著鼻子。賈大少爺是懂得相公堂子規矩的，此時倚酒三分醉，竟握住了奎官的手，拿自己的手指頭，在奎官手心裏一連掐了兩下。奎官因他騷臭難聞，心上不高興。然而又要顧黃胖姑的面子，不好直絕回覆他不留他，只好裝作不知，同他說別的閒話。

賈大少爺一時心上抓拿不定。黃胖姑都已明白，只得起身告別。賈大少爺並不挽留。奎官一見黃老爺要走，怕他走掉，賈大少爺更要纏繞不清，便說：「求黃老爺等一等。我們大爺吃醉了，還是把車套好，一塊兒把他送回家去的好。」賈大少爺聽說套車，這一氣非同小可。他手裏正拿著一把酒壺，還在那裏讓黃胖姑吃酒；忽聽這話，但聽得「拍禿」一聲，一個酒壺，已朝奎官打來。雖然沒有打著，已經灑了渾身的酒。又聽得「拍的」一聲，桌子上的菜碗，乒乓乒乓，把吃剩的殘羹冷炙，翻的各處都是。幸虧檯面沒有翻轉。奎官一看情形不對，便說道：「大爺你可醉啦？」賈大少爺氣的臉紅筋漲，指著奎官大罵道：「我毀你這小王八羔子！我大爺那一樣不如人？你叫套車，你要趕著我走，還虧是黃老爺的面子。你不看僧面看佛面，如果不是黃老爺薦的，你們這起王八羔子，沒良心的東西，還要吃掉我呢！」一頭罵，一頭在屋裏踱來踱去。黃胖姑竭力的相勸，他也不聽。奎官只得坐在底下，不做聲。歇了半天，熬不住，只得說道：「黃老爺，你想這是那裏來的話！我怕的大爺吃醉，所以才叫人套車，想送大爺回去，睡得安穩些，為的是好意。」賈大少爺道：「你這個好意我不領情。」奎官道：「不是我說句不害臊的話，就是有什麼意思，也得兩相情願才好。」賈大少爺聽到這裏，越發生氣道：「放你媽的狗臭大驢屁！你拿鏡子照照，你的腦袋，一個冬瓜臉，一片大麻子；這副模樣，還要拿腔做勢，我不希罕。」奎官道：「老爺叫『條子』，原是老爺自己情願；我總不能捱上門來！」賈大少爺氣的要動手打他，黃胖姑因怕鬧的不得下臺，只得奔過來，雙手把賈大少爺捺住，說道：「我的老弟！你凡事總看老哥哥臉上。他算得什麼！你自己氣著了倒不值得！你我一塊兒走。」賈大少爺道：「時候還早得很，我回去了沒有事情做。」黃胖姑道：「我們去打個茶圍好不好？」賈大少爺無奈，只得把小褂大褂一齊穿好。奎官拗不過黃胖姑的面子，也只得親自過來幫著張羅；又讓大爺同黃老爺吃了稀飯再去。賈大少爺不理。黃胖姑說：「吃不下。」因為路近，黃胖姑說：「不用坐車，我們走了去。」於是奎官又叫「跟兔」點了一盞燈籠，親自送出大門，照例敷衍了兩句，方才回去。

＊　＊　＊

當下二人走出門來，向南轉灣。走了一截路，出得外南營，一直向東，又朝北方進陜西巷，一走走到賽金花家。黃胖姑一進門，便問：「賽二爺在家沒有？」人回：「賽二爺今兒早上肚子痛，請大夫吃了藥，剛剛睡著了。」黃胖姑道：「既然他睡了，我們不必驚動他，到別的屋子裏坐坐，就要走的。」當下就有人把他倆一領，領到一個房間裏坐了。黃胖姑問：「姑娘呢？」人回：「花寶寶應『條子』去了。」黃胖姑無甚說得。於是二人相對，躺在煙鋪上談心，賈大少爺一直把個奎官恨的了不得。黃胖姑因為是自己所薦，也不好同他爭論什麼，只說道：「論理呢，這事情奎官太固執些；你大爺也太情急了些。才擺一檯酒，就同他如此要好，莫怪他要生疑心。過天你再擺檯飯，試試如何？」賈大少爺道：「算了罷！那副嘴臉，我不希罕，我有錢，那裏不好使，真真要氣壞人！」黃胖姑道：「你的話原不錯。這種事情丟開，就完了，有什麼一直放在心上的；好便好，不好就再換一個，十個八個，聽憑你大爺挑選，誰能夠管住你呢？」賈大少爺道：「你這話很明白，我今天要不是看你的面子，早把那小鼈蛋的窠毀掉了。」黃胖姑道：「這些話不用說了，我們談正經要緊。你這趟到京城，到底打個什麼主意？」

賈大少爺便湊近一步，附耳低聲，把要走門子的話，說了一遍。又說：「在河南的時候，常常聽見老人家談起，前門內有個什麼菴裏的姑子，現在很有勢力；並且有一位公主，拜在他門下為徒，老人家說過他的名字，我一時記不清楚。這姑子常常到裏頭去，說一是一，說二是二。上頭總說他們出家人，以慈悲為主，方便為門，他們來說什麼，總得比大概要賞他們一個臉。其實這姑子，也是非錢不應的。

不過走他的門路，比大概總要近便些。譬如別人要二十萬，到他十萬也就好了；人家要十萬，到他五萬也就好了。只要認得了他，是一個冤枉錢不會化的。倘若不認得他，再要別人經手，那就化的大了。」黃胖姑一聽這話，心上畢拍一跳，心想：「被他曉得了這條門路，我的買賣就不成了！」其實黃胖姑心上很曉得這個說頭的來歷，而且同他也有往來；因為想賺賈大少爺的錢，只得裝作不知。又假意說道：「大爺你既有這樣門路，那是頂近便沒有了。為什麼不去找找他呢？」那賈大少爺道：「動身的時候，原問過老人家，老人家道：『你一到京，打聽人家；像他這樣大名鼎鼎，還怕有不曉得的？』所以我來問你，到底他如今怎麼樣？」黃胖姑假作躊躇道：「你這問可把我問住了。不是我說句大話，北京城裏上下三等，九流三教，只要些微有點名氣的人，誰不認得我黃胖姑？倒沒聽說有什麼姑子，同裏頭來往。你不要記錯，不是姑子，是和尚道士罷？」賈大少爺道：「的的確確是姑子。老人家說過，我忘記了。」說罷，甚是懊悔。黃胖姑道：「既然說是住在前門裏頭，你何妨去找找，有了這條門路，也省得東奔西跑，咱們是自己人，我也幫著替你打聽打聽。」賈大少爺道：「如此，費心得很！」坐了一回，又抽了兩袋煙，姑娘出「條子」還沒有回來。賈大少爺摸出錶來一看，說：「天不早了，我們回去罷！」賽金花始終也沒有見面，只有幾個老媽送了出來。二人一拱手，各自上車而去。

賈大少爺回到寓處，一宵無話。到了次日，仍舊出門拜客，順便去訪問他老人家所說的那個姑子。一連問了幾個朋友；也有略知一二的，也有絲毫不知的。只因這些朋友，不是窮京官，就是流寓在京的，一向無事同這姑子往來，難怪他們不曉得。弄得賈大少爺甚為悶悶；一心思想：「我若是把各式事情，交託黃胖姑，原無不可；但是經了他手，其中必有幾個轉折，未免要化冤錢。倘若我找著這個姑子，託他經手，一定事半功倍。老人家總不會給我上當的。只恨動身時匆忙，未曾問得仔細，只好慢慢的尋找。」一個人坐在車中往來盤算。一走走到他老人家拜把子的一個都老爺家。這都老爺姓胡名周，為人甚是忠厚。見了面，居然以世姪相待，問長問短，甚為關切。賈大少爺急不及待，言談之間，講及朝政，不說自己想走門路；但說：「如今裏頭的情形，竟其江河日下了！聽說什麼當姑子的，膽敢出入權門，替人關說，這還了得！」胡都老爺道：「是啊！越是他們出家人，裏頭越相信。時事如此，無法挽回，也只得付之一歎的了。」賈大少爺道：「老世伯現居高職，何不具摺糾參，那倒是名傳不朽的。想是不曉得那個菴裏的姑子，叫個什麼名字，所以未曾動手？」胡都老爺道：「名字倒有點曉得；不過現在裏頭，闇寺當權，都成了他們的世界，說了非但無益，反怕招禍；所以兄弟只得謹守金人之箴，不敢多事。」賈大少爺道：「老世伯身居臺諫，尚然如此見機，無怪乎朝政日非了！現在京城地面，既有這種人，倒不可不請教請教他的名字，將來當作一件新聞，談談亦好。」胡都老爺想了一回說道：「這姑子的名字，叫鏡空。這種人你找他去做甚？如果一定要找他，訪問個實在，你只要進了前門，沿城腳去問，有幾個轉灣，我聽人家說過，如今也記不得了。」賈大少爺問到了地方名字，心中暗暗歡喜。同老世伯無甚說得，只得興辭出來。

一見天色尚早，就命車夫替他把車趕進前門。車夫請示進前門，到那一家拜客；賈大少爺便按胡都老爺的話，一一告訴了車夫。車夫道聲：「曉得。」於是把鞭子一揚，展起雙輪，不多一刻，捱進前門。約摸轉了七八個灣，到得一個所在，只見一道紅牆，門前有幾棵合抱的大槐樹。山門上懸掛著一方匾額，上寫「文殊道院」四個大字。山門緊閉不開，卻從左首一個側門內出入。但是門前甚是冷清，並無車馬的蹤跡。賈大少爺下得車來，車夫在前引路，把他領進了門。乃是一個小小院落，當頭一個賽蘿架，其時綠葉正盛，好如搭的涼棚一般，不見天日。院之西面，另有一個小門，進去就是大殿的院子了。南面三間開出去，便是山門，北面為大殿，左為客堂，右為觀音殿，一共十二間。院子裏上首，兩個磚砌的花臺；下首兩棵龍爪槐。房子雖不大，倒也清靜幽雅。賈大少爺一路觀看，踱進客堂；就有執事的道婆，前來打個問訊。賈大少爺便說是專誠謁拜鏡空師父的。道婆道：「老爺請坐，等我進去通報。」不到一刻，只見道婆引了一個老年尼姑出來。老尼見了賈大少爺，兩手合十，念了一句「阿彌陀佛」，動問：「老爺貴姓？是什麼風吹到此地？」賈大少爺便把自己的姓名履歷，背了幾句。又道：「是進京引見。久仰師傅大名，所以特來拜訪。」老尼一聽他是道臺，不覺肅然起敬，連稱：「不知大人光降，褻瀆得很！」賈大少爺回稱：「說那裏話！」又問：「師傅出家幾年？是幾時到的京城？這菴裏香火必盛，來往的人可多？」老尼道：「不瞞大人說，老身原是本京人，出家就在這菴裏。是二十五歲上削的髮，今年六十五歲了。京城地面，乃是紅塵世界，老身師徒三眾，一直是清修；所以這菴裏，除掉幾位施主家的太太小姐，前來做佛事，吃頓把素齋，此外並無雜人來往。大人今天忽然下降，乃是難得之事。」賈大少爺一聽不對。沉吟了一會；便問：「師傅的法號，上一個字可是『水月鏡花』的『鏡』字，下一個字可是『四大皆空』的『空』字？」老尼道：「下一字不錯。上一字乃是清靜的『靜』字，並不是鏡子的『鏡』字。」賈大少爺便知其中必有錯誤，忙問：「有位與師傅名字同音的，但是換了一個『鏡』字，這人師傅可認得？」老尼道：「一個北京城，幾十里地面，菴觀寺院，不計其數，那裏一一都認得？」賈大少爺知道走錯了路，只得說了些閒話，搭訕著辭了出來。老尼又要留吃素麵。賈大少爺隨手在身上摸了一錠銀子，送與老尼，作為香金，方才拱手出門，匆匆上車而去。
賈大少爺一面上車，一面問車夫道：「不對啊！你從那兒認得這姑子的？」車夫道：「小的從前伺候過順治門外南橫街戶都謝老爺，跟著謝老爺來過兩趟，所以才認得的。他菴裏很有兩個年輕的姑子，長的很俊。謝老爺上年在這裏請過客，小姑子出來陪著一塊兒吃酒。今天想是為著老爺頭一趟來，所以小的不出來陪。這菴裏很靠不住。」賈大少爺聽說，心上一動。把頭伸到車子外頭往後一瞧，只見剛才替他通報的那個道婆，在那裏探頭探腦的望。此時賈大少爺弄得六神無主，意思想要出城，因聽了車夫的話，想要會會那年輕的姑子；待要下車，又見天色漸晚，恐怕趕不出城。車夫見他躊躇，也就停鞭以待。賈大少爺沉吟了一會，道：「今天鏡空會不著，倒想不著走到這麼一個好地方來；姑且回去通知了黃胖姑，過天同他一塊來，他在京裏久了，人家不敢欺負他，什麼相公婊子，我都玩過的了，倒要請教請教這尼姑的風味。」說罷，便命車夫趕車出城，過天再來。車夫遵諭，鞭子一揚，騾子已得得而去。賈大少爺又不住把頭伸出來往後探望，一直等到轉過灣，方才縮進。
霎時到得寓所，下車寬衣。只見管家拿了兩副帖子上來，當中還夾著一封信。賈大少爺看這帖子，是：一副黑伯果，請在致美齋吃午飯；一副是溥四爺，請在他叫的相公順泉家裏吃夜飯；都是明日的日期。另外那封信，乃是黃胖姑給他的；賈大少爺看得一半，不覺臉上的顏色改變；等到看完，這一嚇更非同小可。
欲知信中所言何事，且看下回分解。

第二十五回　買古董借徑謁權門　獻巨金癡心放實缺

卻說：賈大少爺自從城裏出來，回到下處，正想拜訪黃胖姑，告訴他文殊道院會見姑子的事，不料黃胖姑先有信來。拆開看時，不知信上說些什麼，但見賈大少爺臉色陣陣改變；看完之後，順手拿信往衣裳袋裏一塞，也不說什麼。當夜無精打彩，茶飯不寧。他本有一個小老婆同來的，見了這樣，忙問緣故；他也不說。

到了次日，一早便即起身，吩咐套車，趕到黃胖姑店裏。打門進去，叫人把黃胖姑喚醒。彼此見了面，胖姑便問：「大爺為何起得這般早？」賈大少爺道：「依著我，昨兒接到你信之後，就要來的，為的是常常聽見你說，你的應酬很忙，一吃中飯，就找不著你了，所以我今兒特地起個早趕了來。我問你到底這個信息是那裏來的？現在有這個風聲，料想東西還沒出去。」黃胖姑道：「本來前天夜裏的事情，他昨兒才曉得。就是要出去，也決計不會如此之快。不過我寫信給你，叫你以後當心點；這是我們朋友要好的意思，並沒有別的。」賈大少爺道：「看來奎官竟不是個東西！我看他也並不紅，前天晚上，也沒有見他有過第二張條子，卻不料倒有這門一位仗腰的人。」黃胖姑道：「說起來也好笑。就是打聽你的這位盧給事，五年前頭，也是一天到晚常在相公堂子裏的。他老人家在廣東做官，歷任好缺。自從他點了翰林當京官，連著應酬，連著玩，三年頭裏，足足揮霍過二十萬銀子，奎官就是他贖的身。等到奎官贖身的時候，他已經不大玩了，因為了他一向最歡喜唱大花臉，所以就愛上了奎官。然論起奎官來，也虧得有此一個老斗幫扶幫扶；如果不是他，現在奎官也不曉得到那裏去了。」賈大少爺道：「他問我是個什麼意思呢？」黃胖姑道：「你別忙，我同你講。這位盧給事，名字叫盧朝賓，號叫芝侯。還是癸未的庶常，後來留了館。那年考取御史，引見下來，頭一個就圈了他，不久補了都老爺，混了這幾年，今年新轉的給事中。他同奎官要好，他替他贖身，他替他娶媳婦，他替他買房子，吃他用他多不算。奎官兩口子，同他賽如一個人。如今是奎官媳婦死了，他去的也漸漸的少了。齊巧那天是奎官媽生日，他晚上高興跑了去，剛碰著你在那裏鬧脾氣。等你出門，他就問奎官，叫奎官告訴他。昨兒奎官為著得罪了你，怕我臉上下不去，到我這兒來賠不是。我問他：『奎官，昨兒有些什麼人到你那裏？』他就提起這盧芝侯。我問他：『賈大爺生氣，盧都老爺曉得不曉得？』他說：『盧都老爺來的時候，正是賈大人摔酒壺的時候。後來的事情，統通被他老人家都曉得了。』我當時就怪奎官說：『賈大人是來引見的，怎麼好把他的事情，告訴他們都老爺呢？』奎官說：『我見賈大人生氣，我一步沒離，我並沒有告訴他。又問我們家裏，也不曉得那個告訴他的。』所以我昨兒得了這個風聲，立刻寫信通知你。你是就要放缺的人，名聲是要緊的，既然大家相好，我所以關照。」賈大少爺說：「費心得很！你看上去，不至於有別的事情罷？」黃胖姑道：「那也難說。他們做都老爺的，聽見風，就是雨。皇上原許他們風聞奏事，說錯了，又沒有不是的。」

賈大少爺一聽不免愁上心來，低首沉吟，不知如何是好。歇了一會，說道：「千不該！萬不該！前天吃醉了酒，在你薦的人那裏撒酒風，叫你下不去，真正對你不住！大哥，我替你陪個罪。」說著，便作揖下去。黃胖姑連連還禮，連連說道：「笑話笑話。咱們兄弟，那個怪你？」賈大少爺道：「大哥，你京裏人頭熟，趁著摺子還沒有出去，想個法兒，你替我疏通疏通，出兩個錢倒不要緊。」黃胖姑聽了歡喜，又故作躊躇，說道：「雖說現在之事，非錢不行。然而要看什麼人，錢用在刀口上才好，若用在刀背上，豈不是白填在裏頭？幸虧這位都老爺，這兩年同奎官交情有限；若是三年頭裏，你敢碰他一碰！但是這位都老爺是有家，見過錢的，你就送他幾弔銀子，也不在眼裏。不比那些窮都老爺見錢開眼，不要說十兩八兩，就是一兩八錢，他們也沒命的去趕。我們自己人，還有什麼不同你講真話的。前兒的事情，也是你大爺過於忽略了些。京城說話的人多，不比外面可以隨隨便便的。至於盧芝侯那裏，我不敢說他一定要動你的手，然而我也不敢保他一定無事！既然承你老弟的情，瞧得起我，不把我當作外人，我還有不盡心竭力的嗎？」說著，賈大少爺又替他請了一個安，說了聲：「多謝大哥。」黃胖姑一面還禮，一面又自己沉吟了半天，說道：「芝侯那裏，愚兄想來想去，雖然同他認得多年，總不便向他開口。碰了釘子回來，大家沒味。我替你想，你若能拚著多出幾文，索性走他一條大路子，到那時候，不疏通自疏通。你看可好？」賈大少爺摸不著頭腦，楞住不語。黃胖姑又說道：「算起來，你並不吃虧，你這趟來，本來想要結交結交的。如今一當兩便，豈不省事！依我意思你說的那些什麼姑子道士，都是小路，我勸你不必走。你要走還是軍機大臣上，結交一兩位。凡事總逃不過他們的手，你就是有內線，事情弄好了，也總得他們擬旨。再不然，黑八哥的叔叔，在裏頭當總管，真正頭一分的紅人，說一是一，說二是二，同軍機上，他們都是連手。你若是認得了這位大叔，不要說是一個盧都老爺，就是十個盧都老爺，也弄你不動。何以見得？他們摺子上去，不等上頭作主，他們就替你留中了。至於那些姑子，你認得他，他們就是真能夠替你出力，他們到裏頭，還得求人。他們求的，無非仍舊還是黑大叔幾個，有些位分還不及黑大叔的，他們也去求他。在你以為這當中，就是他一個轉手，化不了多少錢。何如我叫八哥帶著你，一直去見他叔叔，豈不更為省事？前天我見你一團高興，要去找姑子，我不便攔你。究竟我們自己弟兄，有近路好走，我肯叫你多轉灣嗎？」賈大少爺道：「本來我要同你說，我昨兒好容易，問了我們老世伯，才曉得這姑子的名字住處。誰知奔了去，並不是那個姑子；還有好笑的事要同你講。」黃胖姑道：「什麼好笑的事？」賈大少爺把車夫說姑子不正經的話，述了一遍。黃胖姑道：「本來這些人不是好東西，你去找他做什麼呢？但是愚兄還有一言奉勸你老弟，現在正是疑謗交集的時候，這種地方少去為妙。一個奎官玩不了，還禁得住再鬧姑子？倘或傳到都老爺耳朵裏，又替他們添作料了。」賈大少爺一團高興，做聲不得，只得權時忍耐，談論正經；連連陪著笑說道：「大哥的話不錯，指教的極是，小弟的事，全仗大哥費心，還有什麼不遵教的？但是走那條路，還得大哥指引。」

黃胖姑道：「你別忙，今天黑八哥請你致美齋，一定少不了劉厚守的。到了那裏，你倆是會過的，你先拿話籠住他；私底下我再同他替你講盤子。你曉得厚守是個什麼人？」賈大少爺道：「他是古董鋪的老板。」黃胖姑嗤的一笑道：「古董鋪的老板，你也忒小看他了！你初到京，也難怪你不曉得。你說這古董鋪是誰的本錢？」賈大少爺一聽話內有因，不便置辭。黃胖姑便道：「這是他的東家華中堂的本錢！」賈大少爺道：「他有這個綳硬東家，自然開得起大古董鋪了。」黃胖姑道：「你這人好不明白！到如今你還拿他當古董鋪老板看待，真正有眼不識泰山了！」賈大少爺聽了詫異，定要追問。黃胖姑道：「你也不必問我，你既當他是開古董鋪的，你就去照顧照顧，至少頭二萬兩銀子起碼，再多更好。無論什麼爛銅破瓦，他要一萬，你給一萬，他要八千，你給八千，你也不必同他還價。你把古董買回來，自然還你效驗。」賈大少爺聽說，格外糊塗；心上思想：「一定要我買了他的古董，便算照顧了他，他才肯到中堂跟前替我說好話？」便把這話問黃胖姑道：「可是不是？」黃胖姑道：「天機不可洩漏！到時還你分曉。」

賈大少爺將信將疑，自以為心上想的一定不錯，便也不復追問；停了一刻說道：「華中堂這條路是一定要走的了。還有別人呢？黑大叔那裏幾時去？」黃胖姑道：「你別忙，華中堂的路要走；軍機上不是他一個，別人那裏自然也要去的。你不要可惜錢，包你總佔便宜就是了。」賈大少爺道：「你老哥費了心，小弟還有什麼不曉得。」黃胖姑道：「事不宜遲，要去今天就去。你在我這裏坐一會兒，等替人家辦掉兩樁事情，等到一點鐘，我們一塊兒上致美齋。」賈大少爺道：「既然你有事情，我也不來打攪你，我到別處去轉一轉去，等到打過十二點鐘，我來同你。」說罷，拱拱手別去。

這裏黃胖姑，果然替人家辦了若干事，無非替人家捐官上兌，部裏書辦打招呼，以及寫回信，打電報。大小事情，足足辦了十幾件，正是能者多勞。幸虧他自己以此為生，倒也不覺辛苦。等到事情辦完，恰恰打過十二點，賈大少爺已經來了；約他：「一同去赴黑八哥的約，飯後同到劉厚守鋪子裏買古董。」說罷，同出上車。霎時到得致美齋。客人絡續來齊，亦無非是昨天幾個，但是沒有錢，王二位。卻添了一位，也是進京引見的試用知府。這位知府，姓時號筱仁，乃山西人氏。賈大少爺敘起來，還有點世誼。賈大少爺到了檯面上，竭力的敷衍劉厚守，黑八哥兩個，很露殷勤。劉厚守因預先聽了黃胖姑先入之言，詞色之間，也就和平了許多，不像前天拒人於千里之外了。

一霎席散，天色還早，劉厚守要回店，賈大少爺便約了黃胖姑跟他同走。溥四爺又再三叮囑晚上同到順泉家吃飯。賈大少爺因為奎官之事，面有難色，尚未回答得出。黃胖姑道：「你跟著我們一塊兒玩，只要不撒酒風，包你無事。」究竟他是貪玩的人，也就答應下來，分別上車，各自回去。

*　　*　　*

霎時黃，賈兩人，到了大柵欄劉厚守古董鋪，下車進去，劉厚守已先回一步，接著讓了進去，請坐奉茶。賈大少爺是初到，不免又說了些客氣話。劉厚守雖同他客氣，究竟還有點驕傲之容，不能不使賈大少爺格外恭敬。當下黃胖姑，先把賈大少爺的來意言明，說要選買幾件古董孝敬華中堂的。劉厚守四面一看，道：「這擺著的都是，請挑就是了。」賈大少爺當下四下裏看了一遍，選中一對鼻煙壺，一個大鼎，一個玉磬，還有十六扇珠玉嵌的掛屏。劉厚守道：「這對煙壺，倒虧潤翁法眼挑著的。這位老中堂，別的不希罕，只有這樣東西，收藏的最多。他有一本譜，是專門考究這煙壺的。上個月底結帳，總共收到了八千零六十三個；而且個個都好，沒有一個壞的。拿這樣東西送他頂中意。」賈大少爺聽了，非常之喜。劉厚守道：「這位老中堂，他的脾氣，我是曉得的，最恨人家孝敬他錢。你若是拿錢送他，一定要生氣，說：『我又不是鑽錢眼的人，你們也太瞧我不起了！』本來他老人家，做到這麼大的官，還怕少了錢用？你們送他錢，豈不是明明罵他要錢，怎麼能斅不碰釘子呢？所以他愛古董，你送他古董頂歡喜。」賈大少爺便託黃胖姑，問一共多少價錢。劉厚守道：「煙壺二千兩，古鼎三千六，玉磬一千三，掛屏三千二，一共一萬零一百兩。」賈大少爺意思嫌多，說：「可能讓些？」黃胖姑急忙從他身後，把他衣裳一拉，意思想叫他不要同劉厚守講價錢，賈大少爺尚未覺得，劉厚守早已一聲不響，仰著頭，眼望到別處去了，黃胖姑趕忙打圓場，朝著賈大少爺說道：「彼此知己，劉厚翁還肯問你多要麼？」賈大少爺亦恍然大悟道：「既然如此，就託大哥替我劃過來就是了。」劉厚守道：「如果不是胖姑的面子，我這一對煙壺，任你出什麼大價錢，我不賣。不瞞二位說，我有個盟弟，亦在河南候補，上年有信來，說是也要拜在我們這位老中堂門下，託我替他留心幾件禮物。這對煙壺，我本要留給他的。如今賈潤翁買了去，中堂見了一定歡喜；不過我有點對不住我那個盟弟。」黃胖姑同賈大少爺連連稱謝不置。

黃胖姑又道：「厚翁肯替人家幫忙，說兩句好話，一句話就值一萬銀子。一個煙壺算得什麼！將來潤孫的事，總還要借重厚翁大力。」劉厚守道：「我們一句話，算得什麼！胖姑你是知道的，我如今也捐了官了，老中堂跟前，我也不大去，就覺著生疏了。而且現在做了官，官有官禮，倒比不得從前，可以隨隨便便了。但是一樣，我從前跟他老人家這幾多年，總算緣分還好，他待我很不錯。不是我自己胡吹，我跟他這十幾年，可沒有誤過事，所以偶爾說兩句話，或者替人家吹噓吹噓，他老人家還相信，總還給個面子。」黃胖姑道：「能夠叫他老人家相信，談何容易。像你厚翁這樣的老成練達，愛惜聲名，真正難得！」劉厚守聽了，怡然自得，坐在椅子上，儘興的把身子亂擺，一聲兒也不響。

歇了一會，黃胖姑又叮嚀一句道：「如此東西算買定，少停兄弟把錢劃過來，中堂跟前怎麼送上去？索性奉託厚翁代辦一辦。」劉厚守躊躇道：「這件事倒要講起來看。兄弟自從上兌之後，裏頭的事，一直不大問信；有事另外派了人。不去找他們，中堂雖然也見得著；但是將來事情多，終究不能越過他們的手。如果去找他們，我兄弟現在是有官人員，不好再同他們去講這個，怕的是自己褻瀆自己。胖姑，我看這件事，你還是託了別人罷！」黃胖姑道：「你的事情我曉得的，並不是要你去同他們講價錢，只要你吩咐他們一句，他們還敢不遵嗎？」劉厚守道：「這幾年我替人家經手，實在經手的怕了，你偏偏要來找我，沒法，你老哥的事，做兄弟的怎麼好意思推託不給你個面子？」黃胖姑立刻站起身來，請安相謝。賈大少爺也跟著請了一個安。劉厚守道：「事情准定我去辦，但是我說個數目，你不要駁我。」賈大少爺正在沉吟。黃胖姑把身子一挺，拿手把胸脯一拍道：「你說，我依你。」劉厚守道：「上頭不要錢，底下不好白難為他們，依兄弟愚見，這分禮足值一萬。我們自己人，我亦不准他們多要，我們一底一面罷！」黃胖姑看看賈大少爺，賈大少爺看看黃胖姑。賈大少爺道：「一底一面是多少？」黃胖姑道：「虧你一位觀察公，一底一面還不曉得。你送的東西，面子上值一萬，這零零碎碎用的錢，也得一萬。」賈大少爺意思嫌多。黃胖姑好勸歹勸，兩面竭力的磋磨。劉厚守忽然又擺出架子說：「我那裏有工夫，替人家辦這些事？」又禁不住黃胖姑再三相求，方才講明八千銀子的門包，說明當晚就把禮物連門包送了過去，約賈大少爺明天下午去叩見。黃胖姑同賈大少爺，見諸事俱妥，方才別去。

晚上又去赴了溥四爺的約會。席散之後，黃胖姑又趕到賈大少爺寓處，同作說客一樣，又叫他拿出幾千銀子，為的軍機上，不止華中堂一位，此外尚有三位，別處也得點綴點綴才好。賈大少爺見他說得有理，只得允應，事情概託黃胖姑代辦。黃胖姑亦就勇於任事，自己一力承當，絕不推託。當下議定：明天頭一處，先到華中堂那裏；回來，依著路再到那三家去；這四處見過之後，再託黑八哥帶領著去見他叔子。目下一面先託八哥同他叔子講起價錢，一切事情，都託了黃胖姑作主。賈大少爺又託胖姑，另外劃出幾百銀子，送一般窮都，免得他們說話。又敦囑送奎官老斗盧都老爺格外從豐。黃胖姑會意，一一允諾；因為一應大事，都已託他經手，所以也不在這小頭節目上剝削他了。賈大少爺等胖姑回去，方才歇息。

*　　*　　*

一宵已過。次日起來，賈大少爺性子急，不等下午，忙著就去叩見華中堂。到了門上，劉厚守早已安排好的了。其時中堂上朝未回，就留他在門房裏坐著等候。好容易等到正午，中堂從軍機上回來，便有幾個部裏的司官，跟著來找中堂畫稿。公事辦過，家人們趕著上去替他回。又等中堂吃過飯，方才請見。賈大少爺曉得這位華中堂，乃是軍機上頭一個拿權的人，當今聖眷又好，不曉得見了面，要拿多們大的架子，手裏早捏著一把汗。誰知及至見面，異常謙和。朝他磕頭，居然還了一揖。因為賈大少爺送這四樣禮物，說明白是拜門的贄見；所以他口口聲聲叫「老弟」。當時坐下，先問：「老弟幾時到京的？」又問：「老人家可好？」又問：「老弟這個月裏可來得及引見？」賈大少爺一一回答。末後華中堂又說到自己：「從半夜裏忙到如今，一霎沒得空。如今上了年紀了，有點來不及了。我想擱下不做，上頭又不准我告病。」賈大少爺回道：「中堂是朝廷柱石，怎麼能容得中堂告病呢？」中堂道：「留著我中什麼用！也不過像俗語說的，『做一日和尚撞一天鐘』罷了！就是拚性命去趕現在的事，也是弄不好的！」賈大少爺見提到國家大事，恐怕說錯了話，便也不敢多講，中堂見他無話，方才端茶送客。

賈大少爺出來，又趕著去見第二家。這位軍機大臣姓黃，乃是才補的。他補的這個缺，就是周中堂讓給他的。周中堂因為自己做錯了事，保舉了維新黨，上頭不歡喜他，就上摺子，說是自己有病，請開去各項差使。總算上頭念他多年老臣，賞他面子，准其所奏，就叫他入閣辦事。大學士雖然不曾開缺，然而聲光總比前頭差得遠了。閒話休提。

單說這位黃大軍機，資格雖淺，辦事卻甚為老練。見了賈大少爺，先問：「貴庚？」賈大少爺回稱：「三十五歲。」黃大軍機道：「英雄出少年，將來老兄一定要發達的。」說完了也就送客。

第三家拜的這位軍機姓徐。見面之後，倒問了半天河南的情形。所問的話，無非是撫臺的缺怎麼樣？藩臺的缺怎麼樣？一年開銷若干？可餘若干？沒有一句要緊話。賈大少爺因為他是戶部尚書，現在正是府庫空虛，急於籌款之時，便說道：「職道有一個理財條陳，尚未寫好，過天送過來，求大人的教訓。」徐尚書道：「現在有錢也要過，沒錢也要過，巧媳婦做不出沒米的飯，上頭催部裏，部裏催各省。他們有得解來，無非左手來，右手去；他們不解來，橫豎其過並不在我。至於條陳，我這裏也不少了，空了拿過了消消閒。至於一定要說怎麼樣，我沒有這樣才情，等別人來辦罷！」說完亦就送客。

賈大少爺又趕到第四家。門上人回報：「大人今天不見客。」叫他過天再來。第二天去又未見著，第三天才見的。

賈大少爺因四處已用去銀子三萬兩，雖然都得見面，然而都是浮飄飄的，究竟如何栽培，毫無把握，心上著急。只得又去請教黃胖姑，胖姑道：「老弟你這是急的那一門？等你引見過。你是明保人員，定要召見的。要有什麼好處，總在召見之後，等到召見之後，自然給你憑據。你不要嫌我多事，黑八哥叔叔那裏，他姪兒已經同他講好了，先送二萬銀子去見一面。如要放缺再議。」賈大少爺道：「多化幾萬銀子，算不得什麼。我這錢帶了來，原來預備化的；但是馬上總要給我一點好處，就是再多兩個我也捨得。」黃胖姑道：「老實對你講，要放缺，這兩個是不夠的，你要效驗，我同你說過的了，總要等到召見之後，想什麼好處，預先打定主意，去同黑大叔講妥。只要一召見，上諭下來，裏應外合，那時就好了。你如今聽我的話，包你一點冤枉路不會走。不是你老弟的事，我也沒有這大工夫去管他；叫他去撞撞木鐘，化了錢沒有用，碰兩個釘子再講。」賈大少爺道：「老哥，你說的話，我是知道的。我的事情託了你，這個月裏就要引見，日子很快，亦沒有幾天了。我看倒是黑大叔這條門路頂靠得住。」胖姑道：「我的門路，是沒有一條靠不住。設或靠不住，第二三遭誰來相信我，誰來找我？就是你老弟，我同你交情再好些，你見我靠不住，你也不來找我了。」賈大少爺道：「這些話不用講了，我相信你。倒是黑大叔那裏幾時去？」黃胖姑道：「這事要辦就辦，沒有什麼耽誤幾天的。八哥一霎來討回信。只要你定了主意，明天就叫他帶了你去見他叔子。」賈大少爺道：「橫豎你替我把銀子預備現成就是了，還有別的主意麼？」

* * *

正說著，黑八哥也來了。黃胖姑把他拉在一傍告知詳細。黑八哥過來說道：「不瞞潤翁說，我們家叔，原是一個錢不要的。這二萬銀子，不過賞賞他的那些徒弟們。你不要疑心他老人家要錢。就是我兄弟替人家經手，我們家叔亦早吩咐過，不准得人家一個錢。我們是知己，又是黃胖姑託了我，就帶你去見見。等我今天先把銀子拿了去。你明天不要過早，約摸一點之後，你到我家裏，我同你去見。」賈大少爺再三稱謝，自不必說。

到了次日，賈大少爺如期而往。黑八哥忙叫套車，說是：「家叔不能出來，只有到宮裏去見他。」賈大少爺只好跟著他走，他叫下車就下車，他叫站住就站住。下車之後，一轉轉了幾十個灣，約摸走了十幾個院子，過了十幾重門，高高低低的臺階，也不知走了多少。他此刻戰戰兢兢，並無心觀看院子裏的景緻，只有低著頭悶走，一走走到一個所在。黑八哥叫他站在廊簷底下等候。八哥自己到裏面院子裏，伺候的人卻不少，都是靜悄悄的，一些聲息都沒有。八哥進去了半天，也不見出來。忽聽得裏頭吩咐了一句：「傳飯！」但見有幾十個人，一齊穿著袍子，戴著帽子，一人端著一個盒子，也不知盒子裏裝的是些什麼，只見雁翅似的，一個個挨排上去。又停了一會，裏頭傳：「洗臉水！」那些人又把盒子一個個端了下來。賈大少爺曉得是上頭才用過膳，但不知這用飯的是那一位。

少停一刻，才見黑八哥從裏頭出來，招呼他上去。賈大少爺頭也不敢擡，跟了就走。黑八哥把他一領，領到堂屋裏。只見居中擺著一張桌子，桌子上面坐了一個人。桌子上並無東西，只有一把小茶壺，一個茶鍾。上面那個人坐在那裏，自斟自喝，眼皮也不掀一掀，賈大少爺進來已經多時，他那裏還沒有瞧見。一面喝茶，一面慢慢的說道：「怎麼還不進來？」只見八哥躬身回道：「賈某人在這裏叩見大叔。」一面又使眼色給賈大少爺，叫他行禮。賈大少爺連忙跪下磕頭。黑大叔到此，方拿眼睛往底下瞧了一瞧，連說：「請起，恕我年紀大了，還不得禮。老大給他個座位，坐下好說話。」賈大少爺還不敢坐。黑大叔又讓了一次，方才扭扭捏捏的，斜簽著身子，臉朝上，坐著半個屁股在椅子上。黑大叔便問他父親「好」。賈大少爺連忙站起來回答；又說：「父親給大叔請安。」黑大叔聽了不自在，對他姪兒說道：「他可是賈筱芝的少爺不是？」八哥回稱一聲：「是。」黑大叔又回過臉兒，朝賈大少爺說道：「你父親叫我大叔，你是他兒子，怎麼也叫我大叔？只怕輩分有點兒不對罷？」說完哈哈大笑。賈大少爺一聽此言，惶恐無地，回答也不好，不回答也不好。

楞了半天，剛要開口；黑大叔又同他姪兒說道：「你領他到外頭去歇歇，沒有事情，可叫他常來走走。都是自己孩子們，咱亦不同他客氣了。」賈大少爺聽說，只好跟了黑八哥退了出來。他退出去的時候，還一步步的慢走，意思以為大叔總是起身送他。豈知黑大叔坐在那裏，動也不動。賈大少爺報著自己的名字，告別了一聲。只見大叔把頭點了一點，一面低了下去，連屁股並沒有擡起，在他已經算是送過客的了。

賈大少爺出來，也不知黑大叔待他是好是歹，心上不得主意，兀自小鹿兒心頭亂撞，仍舊無心觀看裏頭的景緻。跟著黑八哥一路出來，曲曲彎彎，又走了好半天，方到停車的所在，仍舊坐了車，電掣風馳的一直出城，到得黃胖姑錢莊門口下車進去。

此時黑八哥因有他事，並未同來。黃胖姑接著，忙問：「今天去見著沒有？」賈大少爺回稱：「見著的。」黃胖姑立刻深深作了一個揖，說道：「恭喜，恭喜。」賈大少爺一面還禮，一面問道：「見他一面有什麼喜在裏頭？」黃胖姑道：「你引見見皇上倒有限；你能夠見得他老人家一面，談何容易！見皇上未必就有好處；他老人家肯見你，你試試看，等到召見下來，你才服我姓黃的，不是說的假話。」賈大少爺依舊將信將疑的，辭別回去。

* * *

這時候離著引見的日期很近了，一天到晚，除掉坐車拜客，朋友請吃飯，此外並無別事。一天正從拜客回來，順便轉到黃胖姑店裏。黃胖姑劈頭說道：「我正想來找你，你來的很好，省得我多走一趟。」賈大少爺忙問：「何事？」黃胖姑道：「有個機會在這裏，不知道你肯不肯？」賈大少爺又問：「是什麼機會？」黃胖姑伸手把他一把拖到帳房裏面，低低的同他講道：「不是別的。為的是上頭，現在有一個園子已經修得有一半工程了，但是款項還缺不少。這個原是八哥他叔叔關照：說有什麼外省引見人員，以及巨富豪商，只要報效，他都可以奏明上頭，給他好處。朝廷還怕少了錢，蓋不起個園子。不過上頭的意思，為的是遊玩所在，不肯開支正帑；這也是黑大叔上的條陳，開這一條路，准人家報效。我想你老弟，不是想放實缺嗎？趁這機會報效上去。黑大叔那裏，我們是熟門熟路，他自然格外替我們說好話。你自己盤算盤算，依我看起來，這個機會，是萬萬不好錯過！」賈大少爺聽了，心上喜的發癢；又問道：「你包得住一定放缺嗎？」黃胖姑道：「這個自然！拿不穩，也不來關照你了。你引見之後，第二天召見下來，頭一條上諭，軍機處存記，那是坐穩的。只要第三天有什麼缺出，軍機把單子開上去，單子上有你的名字，裏頭有了這個底子，黑大叔再在旁邊一幫襯，這個缺還會給別人嗎？」賈大少爺道：「設或是個苦缺，怎麼樣呢？」黃胖姑道：「一分行情一分貨，你拚得出大價錢，他肯拿行貨給你嗎？這個買賣，我們經手也不止一次了，如果是騙人，以後還望別人來上鉤嗎？」一席話，更把個賈大少爺說得快活起來，賽如已經得了實缺似的；便問：「大約要報效多少銀子？這銀子幾時要繳？」黃胖姑道：「銀子繳的越快越好，早繳早放缺；至於數目看你要得個什麼缺，自然好缺多些，壞缺少些。」賈大少爺道：「像上海道這麼一個缺，要報效多少銀子呢？」黃胖姑把頭搖了兩搖道：「怎麼你想到這個缺？這是海關道，要有人保過記名，以海關道簡放才輪得著。然而有了錢呢，亦辦得到，隨便弄個什麼人，保上一保，好在裏頭明白，沒有不准的。今天記名，明天就放缺，誰能說我們不是？至於報效的錢，面子上倒也有限。不過這個缺，裏頭一向當他一塊肥肉；從前定的價錢，多則十幾萬，少則十萬也來了；現在這兩年，聽說出息比前頭好，所以價錢也就放大了。新近有個什麼人，要謀這個缺，裏頭一定要他五十萬。

他出到三十五萬，裏頭還不答應。」賈大少爺聽說，把舌頭一伸，道：「要報效這許多麼？」黃胖姑道：「你怎麼越說越糊塗？我不是同你說過，面子上有限嗎？報效的錢，是面子上的錢，就是蓋造園子用的，你多報效也好，少報效也好，不過借此為名，總管好替你說話。至於所說的五十萬，那是裏頭大眾分的。你倘若不要上海道，再次一點的缺，價錢自然也會便宜些。」

賈大少爺楞了半天，說道：「錢來不及，亦是沒有法想。但是使了這許多錢，總得弄個好點的缺，可以撈回兩個。」黃胖姑道：「五十萬，本來太多；而且人家一個上海道，做得好好的，你會化錢，難道人家就不會化錢麼？你就是要，人家也未必肯讓。現在我替你想，隨便化上十幾萬，弄他一個別的實缺。只要有錢，倒也並不在乎關道，你道如何？」賈大少爺道：「你是知道的，我一共匯來十萬銀子，已經用去一大半了。現在再要打電報給老人家，你曉得我們老人家的脾氣，我的事他是不管的。現在至少再湊個十萬才夠使；而且還要報效。」黃胖姑道：「報效有了一萬儘夠的了。光安置裏頭，再有十萬也好了。現在只要你再湊十萬，我替你想法子，包你實缺到手。」賈大少爺道：「這個我知道。但是十萬銀子，從那裏來呢？」意思想要黃胖姑擔保，替他去借，同黃胖姑商量；黃胖姑道：「借是有處借，但是利錢大些。我們自己人，不好叫你吃這個虧。」賈大少爺道：「橫豎幾天就有實缺的，等到有了缺，還怕出不起利錢麼？只求早點放缺，就有在裏頭了。」黃胖姑聽罷，便不慌不忙，說出一個人來。

你道這人是誰，且看下回分解。

第二十六回　模稜人慣說模稜話　勢利鬼偏逢勢利交

卻說：賈大少爺因為要報效園子的工程，又想走門子放實缺，兩路夾攻，尚短少十萬銀子之譜，託黃胖姑替他擔保，暫時挪借。黃胖姑忽有所觸，想著了一個人。你道是誰？就是上回書所說黑八哥請吃飯，在座的那個時筱仁時太守。這位時太守，本來廣有家財，此番進京引見，也匯來十幾萬銀子，預備過班，上兌之後，帶著謀幹。只因他這個知府，是在廣西邊防案內保舉來的，雖然他自己並沒有到過廣西，然而仗著錢多，上代又有些交情，因此就把他的名字保舉在內。其實這種事情，各省皆有，並不稀奇。至於他那位原保大臣，是一個提督軍門，一直在邊界上帶兵防堵。近來為著尅扣軍餉，保舉不實，被都老爺一連參了幾本，奉旨革職，押解來京治罪。這道聖旨一下，早把時筱仁嚇毛了。這時筱仁初進京的時候，拉攏黑八哥拜把子，送東西，意思想拚命的幹一幹；等到得著這個風聲，嚇得他把頭一縮，非但不敢引見，並且不敢拜客，終日躲在店裏，惟恐怕都老爺出他的花樣。等到夜裏人靜的時候，一個人溜到黑八哥宅裏，同八哥商量，託八哥替他想法子。八哥道：「現在是你原保大臣出了這個岔子，連你都帶累的不好，我看你還是避避風頭，過一陣再出來的為是。就是我們家叔，雖然不怕什麼都老爺，然而你是一個知府，還不夠上他老人家替你到上頭去說話。」時筱仁聽了後，覺得沒趣，因此便與黑八哥生疏了許多。

黃胖姑的消息，是頂靈不過的，曉得他有銀子存在京裏，一時不便拿出來使用，便把他拉來，叫他借錢與賈大少爺，自己於中取利。主意打定，便說道：「人是有一個；不過人家曉得你辦這種事情，利錢是大的。」賈大少爺問：「要多少利錢？」黃胖姑道：「總得三分起碼。」賈大少爺嫌多。黃胖姑道：「你別嫌多，且等我找到這個人來，問他願意不願意再講。」賈大少爺道：「如此拜託費心了！」當時別去，說明明日一早來聽回音。等他去後，黃胖姑果然去把時筱仁找了來，先寬慰他幾句，又替他出主意，勸他忍耐幾時；所說的話，無非同黑八哥一樣。慢慢的才說到他的錢：「放在京裏錢莊上，以前為著就要提用，諒來是沒有利錢的。現在一時既然用不著，何如提了出來，到底可以尋兩個利錢，總比乾放著好。不比錢少，十幾萬銀子，果然放起來，就以五六釐錢一月而論，卻也不在少處，大約你一個月在京裏的開銷，連著揮霍也儘夠了。」一句話提醒了時筱仁，心中甚以為是；但不過五六釐錢一個月，還嫌少，一定要七釐。黃胖姑暫時不答應他。等到第二天，賈大少爺來討回信，便同他說：「銀子人家肯借：利錢好容易講到二分半，一絲一毫不能少；訂期三個月。人家不相信你，要我出立憑據，必須由我手裏給你，將來你不還錢，人家只問我要。老弟這事情，是我勸你辦的，好處你得，這副十萬銀子的重擔，卻在愚兄身上。但是小號裏股東，並不是愚兄一個；如今要小號出這張票子，你得找個保人，不是做愚兄的不相信你，為的是幾個股東跟前，有個交代。」賈大少爺一聽利錢只要二分半，已比昨天寬了半條心。幸虧他會拉攏，親戚世誼當中，很有幾個有名望的在京，出錢買缺，又是當今通行之事，因此大家不以為奇，倒反極力慫恿，當時就有幾位出來做保。黃胖姑又把時筱仁找了來，由本店出立存摺給他；時筱仁更覺放心。但是黃胖姑一口咬定，利錢只有五厘半，時筱仁只好由他。閒話休提。

* * *

且說：賈大少爺錢已借到，又會過八哥幾面；八哥滿口答應，說：「一切事情，都在兄弟身上。」看看已到了引見之期，頭天赴部演禮。一切照例儀注，不容細述。這天賈大少爺起了一個半夜，坐車進城。同班引見的，會著了好幾位。在外頭等了三四個鐘頭，一直等到八點鐘，才有帶領引見的司官老爺，把他們帶了進去。不知道走到一個什麼殿上，司官把袖子一摔，他們一班幾個人，在臺階上一溜跪下。離著上頭約摸有二丈遠，曉得坐在上頭的，就是當今了。當下逐一背過履歷，交代過排場，司官又帶他們從西首走了下來。他是道班，又是明保的人員，當天就有旨叫他第二天預備召見，又要謝恩，又要到各位軍機大人前稟安，真是忙個不了。

賈大少爺雖是世家子弟，然而今番乃是第一遭見皇上，雖然請教過多人，究竟放心不下。當時引見了下來，先見著華中堂。華中堂是收過他一萬銀子古董的，見了面問長問短，甚是關切。後來賈大少爺請教他道：「明日朝見，門生的父親是現任臬司，門生見了上頭，要碰頭不要碰頭？」華中堂沒有聽見上文，只聽得「碰頭」二字；連連回答道：「多碰頭，少說話，是做官的秘訣。」賈大少爺忙分辯道：「門生說的是：上頭問著門生的父親，自然要碰頭；倘若問不著，也要碰頭不要碰頭？」華中堂道：「上頭不問你，你千萬不要多說話；應該碰頭的地方，又萬萬不要忘記不碰。就是不該碰，你要多磕頭，總沒有處分的。」一夕話說的賈大少爺格外糊塗，意思還要問，中堂已起身送客了。賈大少爺只好出來，心想：「華中堂事情忙，不便煩他。不如找黃大軍機，黃大人是才進軍機的，若去請教他，或者肯賜教一二。」誰知見了面，賈大少爺把話才說完，黃大人先問：「你見過華中堂沒有？他怎麼說的？」賈大少爺照述一遍。黃大人道：「華中堂閱歷深，他叫你多碰頭，少說話，老成人之見，這是一點兒不錯的。」兩句話，亦沒有說出個道理。賈大少爺無法，只得又去找徐大軍機。

這位徐大人，上了年紀，兩耳重聽；就是有時候聽得兩句，也裝作不知。他生平最講究養心之學，有兩個訣竅：一個是「不動心」；一個是「不操心」。那上頭見他「不動心」，無論朝廷有什麼緊要的事，請教到他，他絲毫不亂，跟著眾人隨隨便便，把事情敷衍過去；回他家裏，依舊吃他的酒，抱他的孩子。那上頭見他「不操心」，無論朝廷有什麼難辦的事，他到此時，只有退後，並不向前；口口聲聲反說：「年紀大了，不如你們年輕人辦的細到，讓我老頭子休息休息罷！」他當軍機，上頭是天天召見的。他見了上頭，上頭說東，他也東，上頭說西，他也西；每逢見面，無非「是是是」「者者者」。倘若碰著上頭要他出主意，他怕用心，便推著聽不見，只在地下亂碰頭。上頭見他年紀果然大了，鬍鬚也白了，也不來苛求。他往往把事情交給別人去辦。後來他這個訣竅，被同寅中都看穿了，大家就送他一個外號，叫他做琉璃蛋。他到此，更樂得不管閒事；大眾也正歡喜他不管閒事，好讓別人專權，因此反沒有人擠他，表過不提。這日賈大少爺因為明天召見，不懂規矩，雖然請教過華中堂，黃大軍機，都說不出一個實在，只得又去求教他。見面之後，寒暄了兩句，便提到此事。徐大人道：「本來多碰頭是頂好的事；就是不碰頭，也使得。你還是應得碰頭的時候，你碰頭；不應得碰頭的時候，還是不必碰的為妙。」賈大少爺又把華，黃二位的話述了一遍。徐大人道：「他兩位說的話都不錯，你便照他二位的話，看事行事最妥。」說了半天，仍舊說不出一毫道理。又只得退了下來。後來一直找到一位小軍機，也是他老人家的好友，才把儀注說清。第二天召見上去，居然沒有出岔子。等到下來，當天奉旨是發往直隸補用，併交軍機處存記。

這幾天，黑八哥一天好幾趟來找他。黃胖姑也勸他：「上緊把銀子該報效的，該孝敬的，早些送進去。倘或出了缺，黑大叔在裏頭，就好替你招呼。」賈大少爺亦以他二人之言為然。當時算了算，連前頭用剩的，以及新借的，總共有十三萬五千銀子。當下黃胖姑替他分派，報效二萬兩；孝敬黑大叔七萬兩；再孝敬四位軍機二萬兩；餘下二萬五千兩，以二萬作為一切門包使費，經手謝儀；以五千作為在京用度。賈大少爺聽了甚為入耳。滿心滿意，以為這十幾萬銀子用了進去，不到三個月，一定可以得缺的了。

*　　*　　*

且說：此時周中堂，雖然告退出了軍機，接連請假在家，不問外邊之事；然而京報是天天看的。一日看見奉旨叫賈某人預備召見，召見之後，又奉旨發往直隸補用，又交軍機處存記；忽然想著了他，說道：「賈筱芝的兒子，乃是我的小門生。他自從到京之後，我這裏只來過一趟，以後沒有見他再來。明天要請幾個門生吃飯，順便請請他。他這趟進京，總算得意，同他聯絡聯絡，臨走的時候，還好問他借兩百銀子。」主意打定，就順便多發了一副帖子，約他到宅中吃飯，賈大少爺於這位太老師跟前，久已絕跡的了。齊頭帖子來的時候，正因為得了軍機處存記，曉得是黑大叔同幾位軍機大人的栽培，意思正想要請請八哥，託他約個日子，帶領進宮謝大叔恩典。忽然見管家拿了周中堂的帖子進來，賈大少爺看過，是約明午吃飯，心上一個不高興，隨嘴說了一句道：「明午我自己要請客，我那裏有工夫去擾他？」管家問：「怎麼回覆來人？」賈大少爺道：「帖子留下。明天推頭有病不去就是了。」管家自去回覆來人。不提。

這裏賈大少爺忙寫信約黑八哥，明午館子裏一敘。叫管家即刻送去。管家到黑宅的時候，剛剛黃胖姑拿了七萬銀子的銀票，又二萬銀子的報效連費用交代八哥；託八哥替他去求大叔。八哥一算，銀子一共只有九萬；忙問道：「不是他專為此事，問時某人借過十萬，怎麼你只拿九萬來呢？家叔跟前，為得要個整數，少了拿不出手；咱們自己人，我不瞞你，有了他，還有咱呢！」黃胖姑一聽口音不對，連忙替賈大少爺分辯，說道：「實在沒有錢，好容易借了十萬，拿一萬替他老太爺還了八千銀子的債，剩餘下二千，做京裏的開銷。好在他多孝敬，少孝敬，大叔肚子裏，總有分寸就是了。」黑八哥聽了，甚為失望，面子上頓時露出悻悻之色。正說話間，門上人傳進賈大少爺約明午吃飯的信。黑八哥正是滿肚皮不願意，看了信，隨手把信一摔道：「我那裏有工夫去擾他？」黃胖姑見黑八哥動了真氣，於是左一個揖，右一個揖，連連說道：「這一遭，是兄弟效力不周，總求你擔代一二，以後補你的情就是了。」黑八哥一時雖不願意，究竟因為他經手的買賣多，少他不得，一時也不便過於回絕他；歇了半天，才說道：「胖姑這遭事，虧得是你經手，叫咱也不好意思的同你翻臉；若是換了別人，我早把這九萬銀子，摔在大門外頭去了，看你還有臉再到我的門上來！」黃胖姑聽說，連忙又作一個揖道：「多謝八哥栽培！你老人家同我鬧著玩，我是禁不起嚇的，早已嚇了一身大汗，連小褂都汗透了。倒是賈潤孫他請你吃飯，也是他一番盛意，總還求你賞他一個臉，去擾他一頓，等他也好放心。」黑八哥至此，方教把信留下，叫手下人回覆來人：「同他說，我明天一準到就是了。」

黃胖姑從黑宅出來，先去拜賈大少爺。見面之後，不好說黑八哥同他起初翻臉，怕的是賈大少爺笑他；只好說：「現在裏頭開銷很大，黑大叔拿了你這銅錢，統通要開銷給別人，如今七萬銀子不夠，黑八哥一定不肯收，後來虧了我好說歹說，又私下許了他些好處，他才答應，替我們竭力去幹。你道辦事煩難不煩難！老弟！你幸虧這事，是託愚兄經手，倘若是別人，還不曉得如何煩難呢！」賈大少爺自然連稱「費心感激」。不提。

一宵易過，便是明天，賈大少爺清晨起來，先寫一封信給周中堂，推頭感冒不能趨陪，等到病好，即來請安。將信寫好，叫人送去。周中堂本來很有心於他，見他不來，不免失望。然又想拉攏他，隨手交來人帶回一信，說：「世兄既然欠安，不好屈駕。等到清恙全愈，就請便衣過來談談。」賈大少爺拆開看過，鼻子裏嗤的一笑道：「我自己事情還忙不了，那裏有工夫去會他？」說完，把信丟在一邊，自己卻到館子裏去，請黑八哥吃飯。

*　　　*　　　*

等到黑八哥來到，賈大少爺先提起：「這番記名，全是大叔栽培，心上感激得很！意思想求老哥帶領進去，當面叩謝。」黑八哥道：「家叔事情忙，等我進去說明白了，約好日子，再來關照。」賈大少爺不免又是連連稱謝。八哥這天吃飯下來，因事進宮，順便把賈大少爺要進來叩謝的意思說了。黑大叔道：「賈筱芝的兒子，也過於囉嗦了。有了機會，咱自然照應他，咱一天到晚事情忙不了，那裏有工夫去會他。」黑八哥見他叔叔推頭沒有工夫見賈大少爺，生怕出來被賈大少爺瞧他不起，說來連這點手面都沒有，面子上落不下去。但是他叔子的脾氣，一向是知道的，既然說過沒有工夫，也不便一定逼著他見。只好一聲不響，垂手侍立，一站站了約摸有半點多鐘。他叔子見他不走，又不言語，便說道：「你得了姓賈的多少錢，這樣的替他幫忙？」八哥走上兩步，朝他叔叔打了一個千，說道：「姪兒替人家經手事情，一向不敢問人家多要一個錢，大叔只管查問。倘然姪兒多拿了一個錢，聽憑大叔要拿姪兒怎麼辦，就怎麼辦，姪兒是死而無怨。現在賈筱芝的兒子，他這銀子是的的確確的借來的。如今姪兒把他帶進來，叫他見過大叔一面，非但他自己放心，就是那借銀子給他的人聽見了也可放心，曉得他這銀子已經交了進來，不久總要得好處的。」黑大叔道：「難道銀子放在我這裏，他們還不放心嗎？」八哥道：「放心還有什麼不放心！就是姪兒替人家經手，至今也不止一次了，何曾誤過人家的事？但是咱們的買賣，是一年到頭做的；來京引見的人，有幾個腰裏常常帶著幾十萬銀子，不過也是東挪西借，得了缺再去還人家。如今並不是要大叔馬上給他好處，只求大叔賞他一個臉，再見他一面；人家出了銀子，心上也安穩了。」黑大叔一聽這話不錯，但是一時自己又掉不過臉來，只好說道：「你們這些孩子，真正沒有經過事，七八萬銀子，算得什麼，只顧來同我纏。我若是不答應你，怕的你今天沒有臉出去，就是出去了，也見不得姓賈的。現在你去同他說罷，叫他後天來見我。」說完，黑大叔踱了進去。

八哥到此，正如奉了聖旨一般。出來之後，立刻叫人去通知黃胖姑，叫黃胖姑轉諭賈某人，叫他後天一早前來伺候，一同進去，不得有誤。黃胖姑不敢怠慢，自己不得空，又怕傳話的人說不清楚；特地叫人把個賈大少爺找了來，鄭重其事的，把黑八哥的話，傳給了他。賈大少爺自然感激不盡。

* * *

等到回家，剛跨進門，只見管家拿了一張大名片進來，上面寫著「候選知縣包信」六個小字。賈大少爺看過，連說：「我並不認得此人，他為什麼要來找我？」管家道：「家人也問過他。他說他的胞兄是華中堂那裏西席。他曉得老爺不久就有喜信，本已求過中堂，要薦到老爺這裏來，是中堂叫他今兒先來的。」賈大少爺道：「有信沒有？」管家道：「家人亦問過他，既然是中堂薦來的，應得有中堂的薦信。他說：『沒有。』又說：『等你們大人見了面，他自然曉得的。』」賈大少爺道：「不要是撞木鐘罷！既然是華中堂薦來的，多少一個條子總有，為什麼空著手來見我呢？」既而一想：「他說我不久就有什麼喜信，或者果是他們老夫子的兄弟，打著中堂的旗號，前來找我，也未可知。我不如請他進來，見機行事。」主意打定，就吩咐得一聲：「請。」一霎管家引了那人進來，卻是靴帽袍套。賈大少爺先想穿了便衣出去相會，惟恐他果是華中堂薦來的，或者中堂真有什麼吩咐，生怕簡慢了他，便是簡慢中堂。又想：「倘然穿了官服去會他，設或他並不是中堂什麼世交故誼，豈不是我自己褻瀆自己；而且他是知縣，我是觀察，畢竟體制所關。」想了一會，於是仍舊穿著便衣，叫家人取過一頂大帽子戴上，然後出來相見。

那姓包的見面之後，立刻爬下行禮。賈大少爺雖然一旁還禮，卻先爬起來。等到坐定，動問「台甫」「履歷」。姓包的自稱：「賤號松明，敝省山東濟寧州人。卑職的胞兄，號叫松忠，是前科的舉人，上年就在老中堂家坐館。卑職原先也在京城坐館。去年由五城獲盜案內，保舉了候選知縣。往常聽見家兄說起，大人不日就要高升，馬上得實缺的；所以卑職就託了卑職的胞兄求了中堂，想來伺候大人，求大人的栽培。」賈大少爺道：「你見過中堂沒有？」包松明道：「見是見過幾面。」賈大少爺道：「中堂有信沒有？」包松明道：「卑職原想求中堂賞封信，昨天見著中堂，中堂說：『你先去見他，我隨後寫信送來。』所以卑職今天來的。後來卑職出來的時候，中堂叫帶個信給大人。」賈大少爺一聽中堂託他帶信，不禁又驚又喜；忙問：「中堂有什麼見諭？」包松明道：「中堂說大人上回送的那對煙壺，中堂很喜歡，把自己所有的拿出來比了一比，竟沒有比過這一對的。但是中堂的意思，很想照樣再弄這樣一對才好。該多少錢，他老人家都不可惜。」賈大少爺一聽中堂賞識他的煙壺，立刻眉花眼笑，曉得包松明與中堂交非泛泛，所以才把這話交代於他。於是同包松明言長言短；又要留他在寓裏吃飯；又說：「本來兄弟久慕得很，極想常常請教一切。」又說：「現在兄弟還未得缺，一切簡慢，將來外放之後，另外盡情。」又問：「貴寓在那裏？寶眷在京不在京？可以搬在兄弟這兒一塊住。」包松明巴不得如此，一一答應，連說：「家眷不在這裏。」賈大少爺即吩咐管家：「立刻把西廂房王師爺的牀，移在下首你們門房裏。王師爺住的地方，另外攏張牀。去把包大老爺的行李，搬了來，即刻就去，不准躲懶；要是誤了包大老爺的差事，你們這些王八蛋，一齊替我滾出去。」張羅了半天，包松明起身告別，說：「要先到中堂跟前去覆過命；回來就搬過來。」

賈大少爺又再三叮嚀了幾句，方才進來。一心只想著包松明說中堂賞識他的煙壺，曉得銀子沒有白化，不久必有好處，卻忘記把「中堂還要照樣再弄一對」的話味一味。一團高興，便想去告訴黃胖姑，忙喚套車，到了前門大柵欄，黃胖姑開的錢莊上，會著了胖姑，按照包松明說的話，述了一遍。黃胖姑聽了，只是拿手摸著下巴頦，一言不發。賈大少爺莫明其妙；忙又問道：「包松明說的話，很有道理，的確是中堂薦來的；但是怎麼連個薦條都沒有呢？」黃胖姑微微笑道：「大人先生這些事情，豈肯輕易落筆。你送他煙壺，他都肯同姓包的說，這姓包的來歷就不小；你如何發付那姓包的呢？」賈大少爺便把留他住的話說了。黃胖姑道：「很好。倒是姓包的後頭那句話，你懂不懂？」賈大少爺茫然。黃胖姑道：「中堂的意思，還要你報效他一對呢！」賈大少爺道：「我報效過了。」黃胖姑道：「我也曉得你報效過了。他說中堂心上還想照樣再弄這麼一對，他不是點著了你，仍舊要你孝敬他？倘若不想到了你，他為什麼要把這話，叫姓包的來傳給你呢？」賈大少爺聽了這話，手摸著脖子，一想不錯；躊躇了半天，說道：「銀子多也化了，就是再報效一對也有限。但是到那裏照樣再找這麼一對呢？」黃胖姑沉思了一回道：「你姑且再到劉厚守鋪裏瞧瞧看。」

* * *

賈大少爺一聽他話不錯，好在相去路不多遠，立刻坐了車去找劉厚守。見面寒暄之後，提起要照前樣再買一對煙壺，劉厚守故作躊躇道：「我的大爺，前一對還是彼此交情，讓給你的；叫我那裏去照樣替你去找呢？現在的幾個闊人，除掉這位老中堂，你又要去送誰？」賈大少爺正想告訴他，原是華中堂所要。既而一想，怕他借此敲竹槓；話在口頭仍舊縮住，慢慢的道：「是我自己見了心愛，所以要照樣買這麼一對。」劉厚守是何等樣人，而且他的店就是華中堂的本錢，他們裏頭息息相通，豈不曉得之理？他既不談，也不追問。歇了一會說道：「有是還有一對，是兄弟留心了二十幾年，才弄得這麼一對，原想留著自己玩，不賣給人的。如今彼此相好，也說不得了。」賈大少爺一聽他還有，不禁高興之極，連說：「如蒙厚翁割愛，要多少價錢，兄弟送過來就是了。」劉厚守只要他一句話，立刻走到自己常坐的一間屋裏，打開櫥箱，取了出來，交給賈大少爺。賈大少爺托在手上一看，誰知竟與前頭的一對，絲毫無二。看了半天，連說：「奇怪！怎麼與前頭買的一對，一式一樣，竟其絲毫沒有兩樣呢？」劉厚守立刻分辯道：「這一對比那一對好，怎麼是一樣？前頭一對你是二千兩買的；這一對你就再加兩倍，我亦不賣給你。」賈大少爺道：「依你要多少？」劉厚守道：「一個不問你多要，一文也不能少我的，你拿八千銀子來，我賣給你。」賈大少爺道：「倘然是另外一對，果然比前頭的一對好，不要說是八千，連一萬我都肯出。現在仍舊是前頭的一對，怎麼要我八千呢？」劉厚守道：「你一定說他是前頭的一對，我也不來同你分辯。你相信就買，不相信我留著自己玩。」說著，把這煙壺收了進去。

賈大少爺坐著無趣，遂亦辭了出去，仍舊趕到黃胖姑店裏。黃胖姑見面，就問：「煙壺可有？」賈大少爺道：「有是有一對，同前頭的絲毫無二。照我看起來，很疑心就是前頭的一對。」黃胖姑不等他說完，忙插嘴道：「既然有此一對，就該買了下來。」賈大少爺道：「價錢不對。」黃胖姑問：「多少價錢？」賈大少爺道：「他向我要八千。」黃胖姑便道：「八千不算多；就是八萬，你也要買的。」賈大少爺忙問其故。黃胖姑嘆一口氣：「咳！你們只曉得走門子送錢給人家用；連這一點點精微奧妙，還不懂得。」賈大少爺聽了詫異，一定要請教。黃胖姑便告訴他道：「你既然認得就是前頭的一對，人家拿你當傻子，重新拿來賣給於你。你以傻子自居，買了下來，再去孝敬，包定一定得法的就是了。」說到這裏，賈大少爺也就恍然大悟；想了一想，說道：「仍舊要我二千也夠了，一定要我八千，未免太貴了些。」黃胖姑把頭一搖道：「不算多。他肯說價錢，這事情總好商量。」賈大少爺還要再問，黃胖姑道：「你也不必多問。我們快去買了下來，再配上幾樣別的古董，仍舊託劉厚守替我們送了進去。老弟，不是愚兄誇口，若非愚兄替你開這一條路，你這路那裏去找呢！」說著，兩人一塊兒坐車，又去找到劉厚守，把來意言明。劉厚守開嘴笑道：「我早曉得潤翁去了，一定要回來的。如今連別的東西，我都替你配好了。」取出看時，乃是一個搬指，一個翎管，一串漢玉件頭，總共二千銀子，連著煙壺，一共一萬。

賈大少爺連稱：「費心。」黃胖姑便道：「銀子由我那裏劃過來。」當下又議定三千兩銀子的門包，仍託劉厚守一人經手。諸事就緒，賈大少爺方才回寓。

＊　　＊　　＊

下車進門，便問：「包大老爺的行李搬了來沒有？」管家回道：「搬了來了。」又問：「牀鋪好了沒有？」管家回道：「王師爺出去了，家人們不好拆他的牀，等他回來，才好動他的。」賈大少爺便罵：「混帳王八蛋！你們吃我的飯，還是吃姓王的飯？」管家們不敢做聲。賈大少爺又問：「包大老爺來過沒有？」管家們回：「來過一次，又去了。」賈大少爺又罵管家：「不會辦事，替我得罪人。姓王的是你們那一門的祖宗，不敢得罪他？」一頭說，一頭走到師爺住的屋裏，親自動手，去掀王師爺的鋪蓋。管家們也只好幫著下帳子，捲鋪蓋。賈大少爺直等著看把包老爺的帳子掛好，被褥鋪好，方才走去。

列位曉得，這位王師爺，是個什麼人？他原是浙江杭州秀才，乃是賈臬臺做浙江糧道時，書院取過高等的；故此就拜了門，也無非竭力仰攀，以圖後來提拔的意思。賈臬臺倒也很賞識他，就把他帶到河南，一直留住在衙門裏。齊巧兒子得了保舉進京，賈臬臺就把這人交代兒子道：「你把他帶了去，有什麼往來信札請客帖子，可以叫他寫寫。」因此他所以才跟了賈大少爺進京。上文說的一位代筆師爺，就是他了。祇因他的為人，過於拘執了些，所以東家不大喜歡。他是杭州人，說起話來，「姐的姐的」全是土音，有點上不得臺盤；所以東家更覺犯他的惡意，思想辭他館，打發他回去，已非止一日了。這天賈大少爺因他不在家，又急於要巴結包老爺，所以趁空自己動手，掀他的鋪蓋，誰知掀到一半，他剛剛從外頭回來，在門簾縫裏張了一張，見是如此，這一氣非同小可。

要知後事如何，且看下回分解。

第二十七回　假公濟私司員設計　因禍得福寒士捐官

卻說：賈大少爺正在自己動手掀王師爺的鋪蓋，被王師爺回來從門縫裏瞧見了，頓時氣憤填膺，怒不可遏。但是他的為人，一向是忠厚慣的，要發作一時又發作不出。他是杭州人，別處朋友又說不來；每日沒有事的時候，一定要到仁錢會館裏走走，同兩個同鄉親戚談談講講，吃兩頓飯，借此消悶。這天也正從會館回寓，一見東家如此待他，曉得此處不能存身；便獨自一人踱出了門，在街上轉了幾個圈子。意思想把行李搬到會館裏住，一來怕失脫館地，二來又怕同鄉恥笑；倘若仍舊縮轉來，想起東家的氣燄，實在令人難堪；而且叫他與管家同房，尤其逼人太甚。

想來想去，一籌莫展。正在為難的時候，不提防背後有人，拿手輕輕的在肩膀上拍了一下，王師爺陡吃一驚，回頭一看，不是別人，正是他同鄉同宗王博高。這王博高，乃是戶部額外主事，沒有家眷在京，因此住在會館之中，王師爺是天天同他見面的。王博高這天傍晚無事，偶到騾馬市大街一條胡同裏看朋友；不提防遇著王師爺，低著頭，一個人在街上亂碰；等到拍了他一下，又見他這般吃驚的樣子，便也疑心起來。王博高是個心直口快的，劈口便問：「你有什麼心事，一個人在街上亂碰？」王師爺見他問到這句，不禁兩隻眼直勾勾的，朝他望了半天，一句話也說不出。王博高性子素來躁急，見了這樣，心上更為詫異；便道：「你這樣子，不要是中了邪罷？快跟我到會館裏去，請個醫生，替你看看。」王師爺也一聲不響。於是王博高雇了一輛站街口的轎車，扶他上車，自己跨沿，一拉拉到仁錢會館，扶他下車，走到自己房間，開門進去。王師爺一見了牀，倒頭便睡。王博高去問他，只見他呼嗤呼嗤的哭個不了。王博高頂住問為什麼哭，死也不肯說；再問問，他怪自己的命運不好。王博高道：「你再不說，你快請罷，我這張牀上不准你在著。」如此一逼，王師爺才一五一十的說了出來；還再三叮囑王博高，叫他不要做聲，恐怕同鄉聽見笑話。

王博高不等他說完，早已氣得三尸神暴跳，七竅內生煙；連說：「這還了得！他有多大的一個官，竟其拿朋友不當朋友，與奴才一樣看待，這還了得，眼睛裏也太沒有人了！我頭一個不答應；明天倒要約齊了同鄉，叫了他來，同他評評理！」王師爺一見王博高動氣，馬上伏在床上哀求道：「你快別嚷了！總是我嘴快的不好。我告訴了你，你就嚷了出來，無非我的館地更辭的快些，眼望著要流落在京裏。你又不是寬裕的，誰借盤川給我回杭州呢？」王博高道：「這種館地，你還要戀著，怕得罪東家，無怪乎被東家看不起！如今這事情既然被我們曉得了，我一定要打一個抱不平。你怕失館，我們大家湊出錢來，送你回杭州。」王博高一面說，一面叫自己的管家，去到賈大人寓處，替王老爺把鋪蓋行李搬了出來。一面又把這話，統通告訴了在會館住的幾個同鄉，大家都抱不平。

一霎時，王博高的管家，取了行李鋪蓋回來。王博高問管家：「瞧見賈大人沒有？」管家回道：「小的走到賈大人門上，把話告訴了他門口。他的門口上去回了賈大人，把小的叫了上去，朝著小的說：『這是姓王的自己辭我的，並不是我辭他的。我辭他，我得送他盤川打發他回去；他辭我，一定另有高就，我也不同他客氣了。』」王博高道：「你說什麼呢？」管家道：「小的同他辯什麼，拿著鋪蓋行李回來就是了。」王博高聽了愈加生氣，說：「他太瞧不起我們杭州人了。明天上衙門，倒要把這話告訴告訴徐老夫子，叫個人去問問他，看他在京裏還站得住站不住？」

列位看官，你道王博高說的徐老夫子是誰呢？就是上文所說綽號琉璃蛋那位徐大軍機。他正是杭州人，現為戶部尚書。王博高齊巧是他部裏的司官。王博高中進士時，卻又是他的副總裁，所以稱他為徐老夫子。但是這位徐大人，膽子最小，從不肯多管閒事。連著他老太爺的事情，他還要推三阻四，不要說是同鄉了。然而杭州人總為靠著泰山北斗，有了事不能不告訴他；其實他除掉要錢之外，其餘之事，是一概不肯管的。

* * *

這一夜把王博高氣的直截未曾合眼，問了王師爺一夜的話，打了幾條主意。到的次日，照例上衙門。齊巧這日尚書徐大人沒有到部；王博高從衙門裏下來，便一直坐車到徐大軍機宅內，告訴門上人，說：「有要緊事情面回大人。」徐大軍機無奈，只得把他請了進去，問及所以。王博高便把同鄉王某人，受他東家賈潤孫蹧蹋的話說了一遍。又道：「賈潤孫把王某人鋪蓋掀到門房裏去，明明拿他當奴才看待，直截拿我們杭州人不當人，瞧我們杭州人不起。所以門生氣他不過，昨天就叫王某人搬到會館裏住。今兒特地來請老師的示，總得想個法兒懲治懲治姓賈的才好。」徐大軍機聽了半天不言語，拿手撚著鬍子；又歇了半天，才說道：「說起來呢，同鄉人也多得很，一個個都要我照應，我也照應不來。大凡一個人出來處館，凡百事情總得忍耐些。做東家的也有做東家的難處。為著一點點事情，就鬧脾氣辭館不幹，等到歇了下來，只怕再要找怎麼一個館地，亦很不容易呢！」王博高道：「這回倒不是他自己辭的館，是門生氣不過，叫他搬出來住的。」徐大軍機道：「老弟，這就是你的不是了。『是非只為多開口，禍亂都因硬出頭』，你難道連這兩句俗話還不曉得嗎？現在世界，最忌的是硬出頭；不要說是你，就像愚兄如今當了軍機大臣，什麼事情能夠逃得過我的手，然而我凡是可以不必問信的事，生來決不操心。如今為了王某人的事情，你要硬出頭，替他管這個閒帳，現在王某人的館地已經不成功了。京城地面，沒有事情的人，豈可以長住的嗎？倘或王某人因此流落下來，我們何苦喪這陰隲呢！」王博高道：「姓王的一面，門生早已同他說過，由同鄉湊幾文送他回杭州去。」徐大軍機不等說完，連連搖頭道：「同鄉人在京城的很多，倘若要幫忙，我這幾兩俸銀，不夠幫同鄉忙的。我頭一個不來管這閒帳。就是你老弟，每月印結分的好，也不過幾十兩銀子，還沒有到那『博施濟眾』的時候，我也勸你不必出這種冤錢。至於姓賈的，雖然也不是什麼有道理的人；但是我們犯不著為了別人的事，同他過不去。老弟你以我言為何如？」

王博高聽了，又添了一肚皮的氣，心裏想：「他不肯出力，這事豈不弄僵！現在坍臺坍在姓賈的手裏，心上總不甘願。」默默的盤算了一回。幸虧曉得徐老夫子有個脾氣，除掉銀錢二字，其餘都不在他心上。賈潤孫同華中堂如何往來，如何孝敬，都已打聽明白。他所孝敬徐老夫子的數目，實實不及華中堂十分之二。至於黑大叔一面，更不能比。現在除非把這事和盤托出，再添上些枝葉，或者可以激怒於他，稍助一臂之力。

主意打定，便道：「不瞞老師說，姓賈的非但瞧不起杭州人，而且連老師都不在他眼裏！」一句話激醒了徐大軍機，忙問：「他怎樣瞧我不起？但是背後的話，誰不被人家罵兩句，也不能作他的准。」

王博高道：「空口無憑的話，門生也不敢朝著老師來說。但是賈潤孫這個人，實在可惡！他的眼睛裏，除掉黑總管，華中堂之外，並沒有第三個人。他自己為靠著這兩個人，就保他馬上可以放缺，再用不著別人的了。」徐大軍機道：「論起來放缺不放缺，原應得我們軍機上作主。如今我們的買賣，已經一大半被裏頭太監們搶了去，這也不必說他了。他離著上頭近，說話比我們說得響，所以我們也只好讓他三分。至於華中堂，他雖是中堂，但是我進軍機的時候，不曉得他還在那裏做副都統。就是論起科分來，他也不能越過我去，怎麼倒拿我看得不如他呢？」王博高道：「正是為此，所以門生氣不過，要來告訴老師一聲。」說著，便把賈大少爺如何走劉厚守門路，一回回買古董拜在華中堂門下，所有的錢，都是前門外一爿錢莊的掌櫃，名字叫黃胖姑替他過付的。賈潤孫的錢不夠，又託黃胖姑替他借了十來萬；聽說就是送黑總管，華中堂兩個人的，大約一邊總有好幾萬。徐大軍機道：「你這話聽誰講的，可是真的？」王博高道：「怎麼不真？門生的意思，也同老師一樣，黑總管那裏，倒也不必說他了；但是華中堂同老師，兩下裏同是一樣的軍機，他偏兩樣看待。真正豈有此理！」

徐大軍機一聽此言，楞了半天不響，心上盤算了一回，越想越氣，霎時間面色都發了青了。王博高見他生氣，便又說道：「姓賈的劣迹，聽說不少。他在河工上，並沒有當什麼差使，就得了送部引見的保舉，明明是河督照應他的。而且在河工上很賺了些錢，來京引見，大老婆小老婆，帶的人可不少。就是到京之後，鬧相公，逛窰子，嫖師姑，還同人家吃醋打相公堂子，實在是個不安分的人。倘若這樣人得了實缺，做了監司大員，那一省的吏治，真正不可問了！」徐大軍機道：「別的我不管他，倒是他究竟孝敬華中堂多少錢，老弟你務必替我打聽一個實數。他送華中堂多少錢，能少我一個，叫他試試看。」

說完送客。王博高自回會館。不提。

* * *

這裏徐大軍機氣了一夜，未曾合眼。次日一早到了軍機處，會見了華中堂，氣吁吁的不說別話，兜頭便問道：「恭喜你收了一位財主門生了。」華中堂聽了詫異，不知所對，一定要請教老前輩說的是那個。徐大軍機又微微的冷笑了一聲，說道：「河南臬司賈筱芝的兒子，不是他才拜在你的門下嗎？」華中堂氣憤憤的道：「我們收兩個門生，算得什麼。我說穿了，我們幾個人，誰不靠著門生孝敬過日子？各人有本事，誰能管得誰？」徐大軍機道：「我不是禁住你不收門生；但是賈筱芝的兒子，漂亮雖是漂亮，然而過於滑溜，這種人我就不取。」華中堂道：「天底下那裏有真好人？老前輩你我也不過擔待他們些就是了。」徐大軍機道：「我見了不好的人，心上就要生氣，我不如你有擔待，你做中堂的，是宰相肚裏好撐船，我生來就是這個脾氣不好。」華中堂道：「既然老前輩不喜他，等他來的時候，關照他，以後不要叫他上徐大人的門就是了。什麼財主門生，不財主門生？門生不財主，豈不要老師一齊喝了西北風嗎？」華中堂還要再說，別位軍機大人，恐怕他倆鬧起來，叫上頭曉得了不好看，好容易總算極力勸住。徐大軍機還說：「你也傳個信給姓賈的，叫他候著，再歇一個月，實缺包他到手。」華中堂聽了又生氣，說道：「放缺不放缺，恩出自上，誰亦作不了誰的主！」

正鬧著，上頭傳出話來，召見軍機幾個人，一齊進去，方才把話打住。但是王博高自己拍胸脯，在王師爺面前，做了這麼一回好漢。雖然把徐老夫子說惱了，已同華中堂反過臉；然而賈大少爺那裏，一點沒有叫他覺著，心上總不滿意。想來想去，總得再去攛掇徐老夫子，或者叫了姓賈的來，當面坍他的臺；否則亦總得叫他破費兩個，大家沾光兩個，這事方好過去。想了一回，主意打定。

第二天又去拜見徐大軍機。只見徐大軍機氣色還不好看，曉得是昨夜餘怒未消。寒暄了兩句，王博高又趁空提到賈大少爺的話。徐大軍機道：「為了這個人，我昨兒幾乎同華老二打起來。」王博高愕然。徐大軍機道：「可恨華老二，依老賣老，不曉得果真得了姓賈的多少錢，竟一力幫他，連個面子都不顧了。」王博高一聽，曉得有機會可乘，便趁勢說道：「回老師的話，他孝敬華中堂的錢，比大概的都多，所以難怪華中堂。倒是姓賈的這小子，自從走上了黑總管，華中堂兩條路，竟其拿別人不放在眼裏，非但不把老師放在眼裏，而且背後還有蹧蹋老師的話；都是他自己朋友出來說的，現有活口，可以對證。」徐大軍機聽說賈大少爺背後有侮辱他的話，雖然平時不動心慣了的，至此也不能不動心；便問：「他背後侮辱我什麼？」王博高道：「他雖罵得出，門生卻說不出。」徐大軍機道：「這小子他還罵我嗎？」王博高道：「真正豈有此理！門生聽著，也氣得一天沒有吃飯。」徐大軍機道：「他罵我什麼，你說？」王博高又楞了半天。徐大軍機又催了兩遍，王博高才說道：「說說也氣人，他背後說老師是個『金漆飯桶』。」徐大軍機聽了不懂，便問：「什麼叫『飯桶』？」王博高道：「一個人只會吃飯，不會做別的，就叫做『飯桶』。『金漆飯桶』，大約說徒有其表，面子上好看，其實內骨子一無所有。」徐大軍機至此，方動了真氣，說道：「怎麼他說我沒用？我倒也使點手面給他瞧，看我到底是飯桶，不是飯桶。真正豈有此理！」說著，那氣色更覺不對了，兩隻手氣得冰冷，兩撇鼠鬚一根根都蹺了起來，坐在椅子上，不聲不響。

王博高曉得他年高的人，恐怕他氣的痰湧上來，厥了過去；忙解勸道：「老師也犯不著同這小子嘔氣，他算得什麼！老師為國家柱石，氣壞了倒不是玩的！將來給他個利害，叫他服個罪就是了。」徐大軍機便問：「怎麼給他個利害，說的好容易，光叫他服個罪，我這口氣就平了嗎？」此時王博高已想好一條主意，走近徐大軍機身前，附耳說了一遍。徐大軍機平時雖然裝癡做聾，此時忽然聰明了許多，王博高說一句，他應一句，等到王博高說完，他統通記得，一句沒有遺漏；便笑嘻嘻的道：「准其照老弟說的話去辦。摺稿還是就在我這裏起，還是老弟帶回去起？依我的意思，會館裏人多，帶回去恐怕不便，還是在我這裏隱瞞些。」王博高因為要在老師跟前獻殷勤，忙說：「老師吩咐的極是，門生就在老師這裏把底子打好了再出去。」徐大軍機忙叫人把他帶到自己的一間小書房裏。等他把摺稿擬定，彼此又斟酌了一番，王博高方才辭別徐大軍機，攏了稿底出來。也不回會館，竟往前門大柵欄，黃胖姑錢莊而來。

到門不及投帖，下了車就一直奔了進去。店裏夥計見他來的奇怪，就有幾個人出來招呼，問他：「貴姓？找那一個？」王博高說：「我姓王，找你們黃掌櫃的。」夥計們便讓他在客堂坐了，進去告訴了黃胖姑。黃胖姑走到門簾縫裏一張，是個不認得的人；便叫夥計出去探問車夫，才曉得他是戶部王老爺，剛從軍機徐大人那裏來的，黃胖姑便知道他來歷不小，肚裏尋思，或者有什麼買賣上門，也未可知，連忙親自出來相陪。一揖之後，歸坐奉茶，彼此寒暄了兩句。王博高先問道：「有個賈潤孫賈觀察，閣下可是一向同他相好的？」黃胖姑是何等樣人，一聽這話，便知話內有因，就不肯說真話；慢慢的回答道：「認雖認得，也是一個朋友介紹的，一向並沒有什麼深交，就是小號裏他也不常來。」王博高道：「他可託過寶號裏經手過事情沒有？」黃胖姑不好說沒有，只得答道：「經手的事情也有，但是不多，也是朋友轉託的。」王博高道：「既然如此，就是了。」說完，便問胖姑：「有空屋子沒有？我們談句話。」

胖姑道：「有有有。」便把他拉到頂後頭一間屋裏去坐。

這間屋，本來是間密室，原預備談秘密事的。兩人坐定，王博高就從袖筒管裏，把摺稿拿了出來，說：「有一件東西，是從敝老師徐大軍機那裏得來的。小弟自從到京以來，也很仰慕大名，無緣相見；所以特地從敝老師那裏，抽了出來，到寶號裏來送個信。敝老師的為人，諸公是知道的；凡事但求過去，決計不為已甚。這摺稿原是敝同門趙都老爺擬好了，來請教敝老師的；老兄看了自然明白。」此時黃胖姑把摺稿接在手中，早已仔仔細細看了一遍，原來是位都老爺參賈潤孫的，並且帶著他自己，摺子上先參賈某總辦河工，浮開報銷，濫得保舉，到京之後，又復花天酒地，任意招搖，並串通市儈黃某，到處鑽營，卑鄙無恥，相應請旨將賈某革職，同黃某，一併歸案訊辦，澈底根究，以儆官邪而飭吏治各等語。另外還黏了一張單子，是送總管太監某人若干，送某中堂若干，送某軍機若干，都是黃胖姑一人經手；不過數目多少不甚相符。黃胖姑看過之後，他是「老京城」了，這種風浪，也經過非止一次，往往有些窮都，借此為由，想敲竹槓。在他眼裏，實已見過不少。此番王博高前來，明明又是那副圈套，心上雖不介意；但念：「自己代賈潤孫經手，本是有的；王某人又是從徐大軍機那裏來的，看來事情瞞不過他。」又念：「凡事總要大化小，小化無。羊毛出在羊身上，等姓賈的再出兩個，把這件事平平安安過去，不就結了嗎？」想罷，便說道：「此事承博翁費心，晚生感激得很！晚生經手雖有，但是什麼中堂總管跟前，晚生也夠不上同他們拉攏。摺子上說的，未免言過其實。不過既承博翁關照，事情料可挽回，索性就託博翁照應到底。徐大人跟前，以及博翁跟前，還有周都老爺那裏，應該如何之處，晚生心上都有個數。晚生是個做買賣的人，全靠東家照應開這個店，那裏有什麼錢？打破天窗說亮話，還不是等姓賈的過來盡點心，只要晚生出把力，你們老爺還有什麼不明白的。」一席話，說得王博高也不覺好笑，連說：「老兄真是個爽快人，聞名不如見面，兄弟以後，倒要常常過來請教。」當時黃胖姑訂定明日回音。王博高答應。黃胖姑又把摺稿擇要錄了幾句下來，就把帶參自己的幾句話，抹去未寫。等到寫好，王博高帶了原稿忙回去。

*　　　*　　　*

黃胖姑等他去後，便叫人把賈大少爺找了來。先拉他到密室裏，同他說知詳細，又拿摺略要他閱過。賈大少爺這幾天，正因各處安排停當，早晚就要放缺，心中無所事事，終日終夜嫖姑娘鬧相公。正在發昏的時候，不提防有此一個岔子，賽如兜頭被人打了一下悶棍一般，一時頭暈眼花，半句話回答不出。黃胖姑道：「老弟，這事情幸虧是愚兄禁得起風浪的；若是別人，早已嚇毛了。」說著，便把託王博高暫時替他按住，將來三處都得盡心，等商量定了，明天給他回去等話，一齊告訴了賈大少爺。賈大少爺道：「怎麼個盡心呢？」黃胖姑道：「軍機徐大人跟前，你是拜過門的，我想你可再孝敬三千。博高費了一番心，至少送他一千道乏。至於周都老爺那裏，不過託博高送他兩百銀子，就結了。一共不過五千銀子，大事全消！」賈大少爺看看銀子存的不多，如今又要去掉五千兩，不免肉痛；只因功名大事，無奈只得聽從。

到了次日，王博高來討回音，先說：「敝老師徐大軍機跟前已經說明，並不計較。就是周都老爺那裏，亦是多少唯命。不過現在打聽出這件事，是他自己朋友杭州人姓王的起的。賈某人瞧不起朋友，所以姓王的串出都老爺來參他，倘若參不成，姓王的還要叩閽；目下倒是安排姓王的頂要緊。姓王的空在京裏沒有事情做，終非了結。亦是敝老師的吩咐，勸賈某人拿出兩弔銀子，我們大家做中人，算他借給姓王的，捐個京官，再由敝老師替他說個差使；等他有了事，便不至於同賈某人為難了。」黃胖姑只得回稱：「商量起來看。」王博高隨又告辭回去。

黃胖姑又去找了賈大少爺來，同他商議。賈大少爺一聽還要叫他添銀子，執定不肯。又是黃胖姑做好做歹，勸他添一千銀子。仍舊孝敬徐大軍機三千兩不敢少；送王博高的改為五百；送周都老爺及上下門包，一共五百；提出二千，作為幫王師爺捐官之費。一齊打了銀票。等第三天王博高來，統通交代清楚。王博高帶了賈大少爺，又去見了徐大軍機一面；另外備了一席酒，替賈大少爺及王師爺解和。又過了兩天，徐大軍機又把王博高叫了去，拿幾百銀子交代他，替王師爺捐了一個起碼的京官，又給他二百現銀子，以為到衙門製衣服一切使用；下餘一千多兩，徐大軍機便同王博高說：「老弟你費了多少心！姓賈的又送了我三千金，我也不同你客氣了，這是王某人捐官賸下來的一千多銀子，你拿了去，就算替你道乏罷。」王博高偶然打了一個抱不平，居然連底連面，弄到一千幾百兩銀子，心上著實高興，心想好人是做得過。閒話少提。

* * *

且說華中堂自與徐大軍機衝突之後，彼此意見甚深，便是有心要照應賈大少爺，不好公然照應，因此賈大少爺倒反擱了下來，一擱擱了兩個多月，連著一點放缺的消息都沒有了。幸虧他這一陣子，自以為門路已經走好，裏頭有黑總管，外頭有華中堂，賽如泰山之靠。就是都老爺說他兩句閒話，他也不怕。但是膽子越弄越大；鬧相公，鬧窰子，同了黑八哥一般人，終日廝混，比前頭玩得更兇。一玩玩了兩個月，看看前頭存在黃胖姑那裏的銀子，漸漸化完，只剩得千把兩銀子，而放缺又遙遙無期。黃胖姑又來同他說：「再歇一個月，時筱仁的十萬銀子，就要到期；應該怎麼，亦好預先打算。」賈大少爺一聽，心上不免著急，便同黃胖姑說起放缺一事：「如今銀子都用了下去了，怎麼出了這們許多缺，一個輪不到我？請你找找劉厚守，託他裏頭替我上點勁才好。」黃胖姑道：「這兩年記名的道員，足足有一千多個。你說你化錢，人家還有比你化錢多的在你頭裏，總得一個個挨下來，早晚不叫你落空就是了。」賈大少爺到此也無法想，只有在京守候。只是黃胖姑經手的那筆十萬兩頭，看看就要期滿；黃胖姑自己不見面，每天必叫夥計前來關照一次，說：「日子一天一天的近了，請請賈大人的示，預先籌劃籌劃，到期之後，賈大人還了小號，小號跟手就要還給時大人的。若誤了期，小號裏被時大人追起來，那是關係小號幾十年的名聲，不是玩的！」賈大少爺被他天天來囉嗦，實在討厭之極，而又奈何他不得。

等到滿期的頭一天，黃胖姑又把他用剩的幾百兩銀子，結了一結，打了一張銀票，叫夥計送過來。跟手就把往來的摺子，要了回去，說要塗銷。賈大少爺聽了，這一氣非同小可，急的踱來踱去，走頭無路。幾天裏頭，河南老太爺任上，以及相好的親友那裏，都打了電報去籌款。到了這日，只有一個把兄弟，寄來五百兩銀子，也無濟於事；其餘各處杳無回音。真把他急得要死，恨不得找個地方躲兩天才好。

到了第二天，便是應該還錢的那一天了。大清早上，黃胖姑就派了人來，拿他看守住了。來看他的人，輪流回店吃飯。但是黃胖姑所派來的人，只在賈大少爺寓處靜候，並不多說一句話。到得天黑，賈大少爺叫套車要出門，黃胖姑派來的人怕他要溜，也就雇了一輛車，跟在他的車後頭；賈大少爺到了朋友家下車進去，黃胖姑派的人，也下車在門口守候。賈大少爺出來上車，他也跟著出來上車；真是一步不肯放鬆！等到晚上十一點鐘，黃胖姑又加派兩個人來；但亦是跟出跟進，並不多說一句話。賈大少爺見溜不掉，自己趕到黃胖姑鋪子裏，想要同他商量；黃胖姑只是藏著不見面，店裏別的夥計，見了他也是淡淡的。賈大少爺在那裏無趣，仍舊坐車回來，看守他的人，也仍舊跟了回來；其時已有頭兩點鐘了。賈大少爺回來，剛才下車跨進大門，便見黃胖姑同了前頭替他做保人的一個同鄉，一個世交，一齊進來；見面也不寒暄，只是板著面孔坐著要錢。賈大少爺無法，只好左打一恭，右請一安；求黃胖姑替他擔代，展限兩個月。黃胖姑執定不允，說：「並不是我來逼你老弟，實在我被別人逼不過。你快還我，我要還人；倘若不還，以後我京裏就站不住，還想做別的買賣嗎？」禁不住賈大少爺一再哀求，兩個保人也再三替他說法，黃胖姑連著兩個保人，都一起埋怨一頓。看看挨到天快亮了，黃胖姑見他實在無法，便道：「兩個月太遠，小店裏耽擱不起。既然你們二位作保，我就再寬他一個月。但是現在利錢很重，至少總得再加二分，共是四分五釐利息。」賈大少爺無奈，只得應允；又立了字據，由中人畫了押，交給了黃胖姑。賈大少爺又說：「京裏無可生法，總得自己往河南去走一遭。」黃胖姑也明曉得他出京方有生路；面子上卻不答應，說：「你這一走，我的錢問誰要呢！」後來仍由兩個保人出主意：請黃胖姑派一個人——兩個保人當中也去一個——跟他到河南取銀子，言明後天就動身。黃胖姑方才答應，相辭回去。

欲知後事如何，且看下回分解。

第二十八回　待罪天牢有心下石　趨公郎署無意分金

做書的人，一枝筆不能寫兩樁事，一張嘴不能說兩處話，總得有個先後次序。如今暫把賈大少爺赴河南籌款一事，擱下慢表，再把借十萬銀子與他的那個時筱仁，重提一提。

且說：時筱仁，自從拿十萬銀子，交給黃胖姑生息之後；一個月倒很得幾百兩銀子的利息。他此時因為躲避風頭，不敢出面，既不拜客，亦不應酬，倒也用度甚省，每月倒可多餘幾文。黃胖姑同賈大少爺，雖然訂了三個月的期限；他同黃胖姑，卻是能夠多放一天，便多得一天利息。只要黃胖姑不來退還他，此時他沒有正用，決計不來討回的。但是他的為人，原是功名熱中的人；自己雖沒有到廣西，同土匪打仗，靠了上代的交情，居然也保舉到一個候補知府；這番上京引見，帶了十幾萬銀子進來，又想謀幹，又想過班。正在興頭的時候，忽被都老爺一連參了幾本，說他的那個原保大臣舒軍門，「剋扣軍餉，縱兵為匪，誤剿良民，捏報勝仗，以及濫保匪類，浮開報銷」，足足參有二十多款。朝廷得奏，龍心大怒，立刻下了一道旨意，叫兩廣總督，按照所參各款，查明覆奏，不得徇隱。齊巧碰著這位兩廣總督，年少精明，勇於任事，不怕招怨；竟其絲毫不為隱瞞，一齊和盤托出，奏了上去。上頭說他「溺職辜恩」，「養癰貽患」；立刻降旨，將他革職拿解來京，交與刑部治罪；廣西防務，另派別人接辦。時筱仁因為原參摺內，有濫保一條，恐干查究；就是查不出，倘若在京鬧的聲名大了，亦怕都老爺沒有事情之時，拿他填空，總為不妙。黑八哥一干人，也勸他，叫他暫時匿跡銷聲，等避過風頭，再作道理，這也是照應他的意思。

有天外邊傳說：舒軍門業已押解來京，送交刑部，當由刑部掣籤山西司審訊。聽說已經問過一堂，收入天牢之內，時筱仁當初保此官時，原是靠著上代交情，自己卻未見過那舒軍門一面。自從舒軍門解到刑部之後，雖然亦有幾個受過他的恩惠的人，前去看他同他招呼一切；時筱仁因彼此素昧平生，也樂得裝作不知，求免拖累。

* * *

單說：這位舒軍門，歷年帶兵，在廣西邊界上，剋扣的軍餉，每年足有一百萬。無奈他交遊極廣，應酬又大，京官老爺們，每年總得他頭二十萬銀子，大家分潤。至於裏頭的什麼總管太監，軍機大人以及各項御前有差使的人，至少一年也得結交三四十萬。此外還有世交故舊，沾他光的也不少，所以進款雖多，出款亦足相抵。等到革職交卸，依然是兩手空空。由廣西押解進京，尚在半路，業已借貸度日。門生故吏當中，有兩個天良不泯的，少不得各憑良心，幫助他幾個。其在一班勢利小人，早已溜之大吉。舒軍門是湖南衡州人，他自己歷年在廣西，家小卻一直住在原籍。等到奉著革拿上諭，家眷立刻趕到京城。舒軍門家內並無他人，只有一個太太，一個小少爺，年紀不過十二三歲。他外面用錢雖然揮霍，只因一向不大顧家，所以太太手裏，並不曾有甚積蓄。到京之後，住在店裏，已經是當賣度日，坐吃山空；他今乃是失勢之人，那裏還有人來問信！

一天舒軍門押解來京，一直送交刑部，照例審過一堂，立時將他收禁。他做官做久了，豈有不懂得規矩之理？這個刑部大牢，並不是空手可以進得的！況他又是闊綽的人，更非尋常官犯可比！當他在半路上，早已東拼西湊，湊得三千銀子，專為監中打點之用。及至到監打聽，才曉得現在做提牢廳的這位司官老爺，是他老把弟，前任山東泉臺史達仁之子——本部主事史耀泉。這史耀泉歷年在京充當京官，亦很得這老世叔的接濟不少。所以舒軍門一打聽是他，不禁把心寬了一大半。及至進監，不多時候，史耀泉便走來看他，口稱：「老世叔，暫時委屈，老世叔平日，上頭聖眷很好，不過借此堵堵人家的嘴；料想不日就有恩詔，一定還要起用的。至於這裏的一切事情，都有小姪招呼，請老世叔儘管放心罷了。」舒軍門聽他如此說法，雖然歡喜；但是閻王好見，小鬼難當，老世姪雖然不要錢，還有禁卒人等，未必可以通融的，便把湊到的三千銀子取出來，交與史耀泉，託他上下代為招呼。史耀泉嘴裏雖說不要，卻早已伸手接了過來，順手點了一點，大大小小的銀票，一共只有三千銀子，數完之後，仍舊交還了舒軍門，說道：「老世叔的事，小姪自可效勞。何必定要這個？況且老世叔在這裏頭，至多不過三五日，一定就要出來的，你儘管放心就是了。」說罷，揚長而去。舒軍門聽他說話，不覺信以為真。

列位看官，要曉得刑部監禁官犯的所在，就在獄神旁邊，另外有幾間房子。當下史耀泉去後，禁卒便把他領到一個所在，乃是三間敞廳，房子雖然軒敞，卻是空空洞洞的，其中一無所有，不但睡覺的沒有，連著一張桌子一張椅子也沒有。舒軍門走了進去之後，只好一個人在地下踱來踱去，連個坐處都沒處尋。他老人家生平煙癮最大，從前在大營時候，三四個差官，輪流替他打煙，還來不及。此時把他一個人，丟在這裏，不但煙具不來，而且連著鋪蓋也不送進。歇了一回，煙癮上來，直把他難過的了不得。沒有進監的時候，早同手下人講明，應用物件，無不立時送進。那知等了三個時辰，還是杳無音信。此時他老人家的眼淚鼻涕，一齊發作，漸漸的支持不住，只好暫在牆根底下，權坐一回。後來等到天黑，依然不見手下人進來，便曉其中必有緣故。又拜求禁卒，把個史耀泉找了來，同他商議。史耀泉說：「小姪因為老世叔兩三天就要出去的，生怕老世叔一時看不開，或者尋個自盡，小姪擔當不起，所以就吩咐這屋裏不准多放東西。這也是小姪一片苦心，務求老世叔原諒一二！小姪事情多，容明天再來請安罷！」說完，掉頭不顧的走了。舒軍門情知不妙，然又無計可施，只得罷手。此時煙癮大發，加以飢火上蒸，更覺愁苦萬狀。擱下慢表。

* * *

且說：舒軍門由廣西押解來京，手下只有一個老伴當❶，——現在也保舉了武官——兩個差官；都是在跟前當差當久了的，軍門平時待他們還好，所以他三個不得不跟了軍門，吃這一趟苦。然而三個當中：只有一個老伴當，名喚孔長勝，一個差官名喚王得標，這二人還肯掏出一點忠心，替軍門謀幹。此外還有一個差官，名喚夏武義，因他排行第十，大家都叫他夏十。他為人卻與那兩個不同，自從軍門壞了事之後，他一直就想另覓枝棲；因被孔，王兩個再三相勸，方才一路同來。到京之後，也不問軍門死活；把一應事務，通統卸在孔，王二人身上，他卻早已訪親覓友，幹他自己的去了。孔，王兩個，奈何他不得，只好聽其所為。後文再敘。

且說：孔，王兩個，送舒軍門進了刑部監，以為軍門身邊有三千兩銀票，大約上下可以敷衍。他兩人便把煙具行李，收拾齊整，預備跟著送到裏邊。豈知走到門前，為禁卒們所阻，口稱：「提牢史老爺

---

❶ 伴當：僕從。

吩咐：軍門所犯案情重大，既不容跟隨人等進監探視，亦不准將行李食物，私相傳遞；倘有不遵，一概重辦。」舒軍門將要進監的時候，曉得自己三千兩一定不夠，滿腹盤算：「京官當中，受過我接濟的人，雖然不少；然而京官窮的居多，不可前去開口。至於大員當中，雖然也有些用我錢的；但念我此時，業已身犯重罪，死活未知，只盼他們顧念前情，肯替我在上頭，說一兩句好話，幫扶我，叫我不死，便已儘夠，那裏還有向他們借貸之理？」想來想去，一籌莫展。後來忽然想到順治門外，有個開鏢局的涿州盧五；這盧五從前是馬販子出身，舒軍門歷年統帶營頭，營裏用馬，都是他販賣前去，營盤裏的錢，比別處賺的容易，他就此興家立業，手內著實有錢。他為人又愛交朋友，最有義氣。使的一手好雙刀，因此江湖上又送他一個表號，叫他為雙刀盧五。盧五從前為了一件什麼案件，也曾下過刑部監，後來遇赦得放，他在刑部監時，禁卒人等，著實得過他的好處；因此刑部裏面，沒有一個不曉得他的。舒軍門既然想著了他，便同孔，王兩個說知。孔，王兩個這日見軍門進監之後，內外漠不通氣，諒係人情未曾託到；一時走頭無路，便急急奔到順治門外，去找雙刀盧五。誰知奔到那裏，盧五已於五天前頭，因事出京，直把他二人急得要死，恨不得哭出來。鏢局裏人，問起根由。才曉得是舒軍門派來的差官；頓時鏢局裏的人，異常殷勤，連說：「五爺幾天頭裏，就提起軍門不日可到，齊巧有事，他老人家回家去了。五爺臨走的時候，曾經有過話：倘或軍門到京，短了一萬八千使費，儘管來取。又叫局裏夥計們，幫著招呼。」說罷，便吩咐備飯，款待二位。孔，王兩個道：「現在不拘你們那一位，趕緊幫著到部裏，替軍門招呼招呼就夠了。軍門從午刻進監到如今，鴉片煙還沒送進去，不曉得裏邊怎樣吃苦哩！」盧五的夥計一聽這話，便有一個瘦長條子，挺身而出，道：「既然如此，我陪二位一同前去。」說罷，便到後面，牽出一匹馬，孔，王兩個，自有牲口。當時三人同時上馬，一個轡頭，到得刑部監。

這盧五的夥計，名喚耿二，倒是盧五結義的朋友。盧五那年犯案下刑部監，一應都是耿二替他跑腿。當下刑部監裏的人，一見是他，一齊趕著叫二爺。耿二道：「現在舒軍門舒大人到這裏，諸位有什麼說話，一齊在小弟身上。舒大人雖然帶了這多年的營頭，但他是個清官，諸位得原諒他一二！」一干人道：「二爺一句話，比一萬兩銀子還重。二爺到這裏，不用吩咐，我們一齊明白。不過提牢老爺跟前，須得二爺自己去同他言明一聲。現在的事情，倒不是我們下頭為難。」耿二便問：「提牢是那一位老爺？」眾人說：「是史耀泉史老爺。」耿二說：「不認得。」當下便有一個老禁卒說：「我帶你去，我先替你通報，你倆好說話。」耿二應允。老禁卒果然上去，同史耀泉唧唧噥噥的半天，然後下來招呼耿二。耿二見了史耀泉，叫了一聲老爺，又打了一個扦。史耀泉也把身子彎了一彎。史耀泉聽了老禁卒先入之言，心上早有了底子。耿二說不滿三句，他便笑嘻嘻的說道：「舒大人沒有錢，我們是世交，豈有不曉得的？但是我們這些同寅當中，當他是塊肥肉，我們又是世交，我倘若拿他少了，人家一定要說我用情在他身上，真正說不出的冤枉。舒大人一進來，就交給我三千票子；你想這門大的一個衙門，加上他老人家的身分，叫我拿他這三千兩，派給那一個好？幸虧你來了，這事情我們就有了商量了。」耿二道：「三千兩不夠，小的亦知道；但是舒大人亦是實在沒有錢，各位大人跟前，少不得總求老爺替他擔代一二。現在小的既求老爺替他周全，斷乎不能再叫老爺為難。准定小的回去，明天再湊三千銀子送過來。至於下頭的這些夥計們，由小的去同他們商量，不敢再要老爺操心。」史耀泉聽了，方才無話，但是三千兩頭，要當天交進來。耿二說：「天已黑了，那裏去打票子？就是有現元寶，也不能擡了進來，叫人看著，算個什麼樣子呢！」復由老禁卒從中做保，准他明日一早交進，此事方才過去。

且說：舒軍門這日在監裏足足等到二更天，方見手下人拿了煙具鋪蓋進來，猶如絕處逢生，說不盡他那種苦惱情形。當下急急開燈，先呼了十幾口煙，方慢慢的問起情由。差官就把前後情形，統通告訴了他。舒軍門聽到耿二又答應史耀泉三千銀子，不禁大為詫異道：「他這人還算人嗎？他同我拉交情，說明不要我一個大錢。怪道我左等右等，總不見你們進來，原來是嫌三千太少。既然嫌少，當時何不與我言明，一定要磨折我，這是什麼道理呢？」差官道：「到了這地方，還有什麼道理好講，不全是他們的世界嗎？」舒軍門嘆了一口氣。差官又說：「別的有限。倒是這一罐子鴉片煙，可就值得錢了。」軍門問：「多少？」差官回：「一應上下，都是盧五的夥計耿二擔在身上，亦不曉得是多少。但是這罐鴉片煙拿進來，另外是三百兩。」舒軍門聽了吐舌頭。自此以後，舒軍門的差官，便時常進監探望，送東西。一應使費，都是盧五局裏擔付。過了幾天盧五回京，又親自進監問候。不在話下。

* * *

目下再說時筱仁時太守，因為舒軍門獲咎，暫避風頭，不敢出面。他平生最是趨炎附勢的，如何肯銷聲匿跡，如今接連把他悶了幾個月，直把他急得要死。心想：「我這個人，總得想個出頭之日，方好。」合當有事。舒軍門押解到京，收入刑部；太太聞信，亦來探望。三個差官，曉得太太已從原籍到京，大家便搬在一塊兒住，以便商量辦事。家裏的人，都曉得軍門外面交情很不少，孔，王兩個，又趁進監探望的時候，細問軍門：某人有什麼交情，某處有銀錢來往；一一問明，以便代為設法。時筱仁，到京已久，畢竟有曉得他的蹤跡的；就將他的住處履歷，詳細通知舒軍門一邊。軍門的兒子小，一切都在孔，王兩個，加著太太，親自出去向人討情。這天得知時筱仁在京，又探明這時筱仁的官，乃是軍門所保；一來彼此本有淵源，二來也曉得這時筱仁，手頭素裕；當下便由舒太太帶著兒子，同孔，王兩個，趕到時筱仁寓處求他幫忙。時筱仁見面之後，著實拿舒太太安慰，連說：「小姪這個官兒，還是軍門所保，小姪飲水思源，豈有坐視之理？老伯母儘管放心！」舒太太聽他此言，以為總有照應，便也不往下說，帶了兒子欣然而去。那知過了兩天杳無消息，不得已寫上一信，差人送去；寫明暫時借銀五千兩。誰知時筱仁接信之後，立刻回覆一封信來，上說：「小姪此番北上，只湊得引見費一千餘金；原為親老家貧，亟謀祿食。詎料軍門獲咎，人言嘖嘖；小姪轉為所誤，避匿至今，不特將引見費全數用完，此外復增虧累不少。若論上代交情，以及小姪知遇，極應勉力圖報，聊盡寸心；無如小姪此番，實係進退兩難，一籌莫展。效力不周之處，伏乞格外海涵，不勝感荷！」云云。舒太太得信，大為失望，不免背後就有不滿意於他的話，說他不是無錢，明明是負義忘恩，坐視不救。

不料舒太太只顧恨罵時筱仁，旁邊倒觸動了一個人，你道這人是誰？就是跟著舒軍門進京的差官，夏十夏武義便是。這夏十自從跟隨軍門進京，一路上怨天恨人，沒有一些些好聲氣。軍門現是失勢之人，也不同他計較。自從軍門進了監，他鎮日在寓處，除掉吃飯睡覺之外，一無事事；有時還要吃兩杯酒，吃醉了借酒罵人。起先孔，王兩個，還將他好言相勸；後來人家一開口，他的兩隻眼睛，已豎了起來，因此孔，王兩個，也就相戒不言。舒軍門的太太，本是個好人，更不消說得了。這夏十京城之內，也很有幾個朋友，無奈同他來往的，都是混混一流。曉得夏十在外邊久了，一定發了大財；那些朋友，起初都來想他好處，等到想不著，也就漸漸的疏遠了。所以夏十自從到京，轉眼已是三個月，除了這裏，在外總弄不到一條出路，因此便悶悶在家，也不出去。這兩日無意之中，曉得軍門太太去找時筱仁，偶然聽他們說起，時筱仁官居知府，廣有錢財，他便動了擇木之思。後來舒太太向時筱仁借錢不遂，背後罵時筱仁如何忘恩，如何負義；他一一聽在耳中。忽然意有所觸，於無事時向孔，王兩個，把時筱仁的履歷住處，一一問明；等到黃昏時候，便借探友為名，一直走到時筱仁寓處，叩門求見。

連日時筱仁正為舒軍門信息不好，朝廷有嚴辦的意思；他恐怕牽連，終日躲避在家，不敢出外。正在一個人自怨自艾，連說：「我有了這許多錢，早知如此，一個實缺道臺都可以到手了。只為捐班不及保的體面，所以才走了他的門路；誰知如今反為所害，弄得不敢出頭。今天又有人來說：『這老頭子在廣西時節，部下兵勇，暗中皆與會黨私通；所以都老爺才參他縱兵為匪，養癰成患。』現在又有廷寄給廣西巡撫，說他手下辦事的人，難保無會黨頭目混跡在內；叫廣西巡撫嚴密查辦，務絕根株。我雖不在他手下辦事，然而是他所保，不免總有人疑心我們都是一黨。我今總得想個法兒，洗清身子才好；否則便是一輩子也無出頭之日。」時筱仁正在一個人自思自想，不得主意的時候，忽然管家來回：「舒軍門跟來的差官夏某人，前來求見。」時筱仁一聽「舒軍門」三個字，還當又是來借錢的，想要回頭不見。管家道：「這姓夏的說道，他雖在軍門公館裏當差，此來卻非為軍門之事。」時筱仁聽了這話，不覺得心上一動，便道：「你去領他進來。」霎時夏武義進來，叩頭請安。時筱仁摸不著他的底細❷，急忙彎著腰去扶他，又像還禮，又像不還的，同他謙遜了一回。時筱仁叫他坐，他不敢坐，口稱：「標下理當伺候大人，大人跟前，那有標下的坐位。」時筱仁還不曉得他是個什麼來意，又道：「你是軍門跟前的

❷ 底細：詳細的根由與情形。

人，我也是軍門保舉的，我們自己一家人，你還同我鬧這個嗎？」夏十聽了，方斜簽著身子坐下。當下言來語去，無非一派寒暄之詞。兩人雖都有心，然而誰摸不著誰的心思，總覺得不便造次。

後來還是時筱仁熬不住，先試探一句道：「這兩天軍門的信息很不好，你曉得不曉得？」夏十說道：「亦是聽見人家說起。但是上頭究竟是個什麼意思，依大人看起來，軍門到底幾時可以出來？」時筱仁道：「放出來的話，如今還說不到哩！能夠不要他老人家的命，已經是他的造化。」夏十又問道：「這話怎講？」時筱仁便把都老爺又參，以及重派廣西巡撫密查的話，說了出來。夏十半天不言語。時筱仁把身子湊前一步道：「我請教你一樁事情。」夏十一聽「請教」二字，不覺肅然起敬，連說：「大人有話請吩咐。」時筱仁道：「我的官雖是軍門所保，但是我並沒有在他手下當過差使。像你是跟軍門年代久了，軍門所辦的事，究竟如何，都老爺所參的到底冤枉不冤枉，你我是自己人，私下說說不妨事的。」

夏十聽到此話，覺得意思近了一層，也把身子向前湊了一湊道：「這話大人不問，標下也不敢說。論理標下跟了他十幾年，受了他老人家幾十年好處，這話亦是不該應說的；但是大人是自家人，標下亦斷無欺瞞大人之理。」時筱仁道：「我這裏你說了不要緊的。」夏十又歎一口氣道：「唉！說起這位軍門來，在廣西辦的事，論起他的罪名來，莫說一個頭不夠殺，就是十個八個頭也不夠殺。」時筱仁忙問：「這是怎麼說？」夏十道：「國家『養兵千日，用在一朝』。別的不要說，這兩句話是人所共知的。這位軍門，自從到廣西的那一年，手下就有四十個營頭，大人你想，四十個營頭，一年要多少餉；你猜實實在在有多少人？」時筱仁道：「六七成總有？吃上三四成，也就不在少處了。」夏十道：「只有倒六折，這也不必說他。初到的兩年，地方上平靜，沒有土匪，雖然只有四成人，倒也可以敷衍過去。近來四五年，年成不好，遍地土匪，他老人家還是同前頭一樣，你說怎麼辦得了呢！標下聽得人家說，都老爺摺子上，還有一句叫做什麼『縱兵為匪』。標下起先聽了還不懂，到後來才明白，說他叫兵為匪，這句話是假話；但是兵匪串通一氣，這句話卻是實在不冤枉他。」

時筱仁道：「照你說來，軍門應該著實發財了。怎麼如今還要借帳呢？」夏十道：「錢雖賺的多，無奈做不了肉。大人你想，光京城裏面，什麼軍機處，內閣六部，還有裏頭老公們，那一處不要錢孝敬。東手來，西手去，也不過替人家幫忙。事到如今，錢也完了，人情也沒有了，還不同沒有用過錢的一樣？平心而論：我們軍門倘若不把錢送給人用，那裏能夠叫你享用到十幾年，如今才出你的手呢？」時筱仁道：「都老爺參他，還有些別的事情，可確不確？他手下辦事的人，到底有什麼會黨沒有？」夏十道：「標下前後在大營，頓過二十來年，有什麼不曉得的。前還是打『長毛』打『捻子』的時候，營盤的人，敘起來都是同鄉。這裏頭又多半是無家無室的，故爾把同鄉都作親人一樣；因此就立下一個會，無非是有福同享，有難同當的意思。有了事情，大家可以照顧。彼此只當作哥兒兄弟看待，同拜把子的一樣；並不論官職大小，亦並沒有為非作歹的意思。打起仗來，一鼓作氣，說聲『上前』，一齊上前；所以從前打『長毛』，打『捻子』，屢次打贏，就是這個緣故。到後來，上頭一定要拿他當壞人看待。大人你想吃糧當兵的人，有幾個好的？當他壞人，他就做了壞人了。非但當他壞人，而且還要剋扣他，怎麼能夠叫他心服呢？至於我們這位軍門，他手下的人，未必真有這幫人在內；有了這幫人，均叫他如此剋扣嗎？廣西事情，一半亦是官逼民反。正經說起來，三天亦說不完。」時筱仁道：「閒話少講，我只問都老爺所參的事情，可樣樣都有？」夏十道：「總而言之一句話：只有些事情，都老爺摸不著，所以參的不得當。至於所參的，乃是帶營頭的通病，人人都有的；說起來，那一位統領，不該應拿問，不該應正法？如今獨獨叫他一個人當了災去，還算是他晦氣呢！」

時筱仁道：「別的不要說。但是像你跟了軍門這許多年，吃了多少苦，總望軍門烈烈轟轟帶你們上去。如今憑空出了這們一個岔子，真是意想不到之事。」夏十道：「軍門一面，不用去說他了。倒是旁人的氣難受。」時筱仁道：「軍門現是失勢之人，你還跟了他進京，也算得赤心忠良了。怎麼旁邊人能夠給你氣受？」夏十又歎了一口氣，隨口編了些假話，把孔，王二差官，如何把持，借著軍門的事，如何在外頭弄錢，太太又如何糊塗，連著背後罵時筱仁「忘恩負義」的話，統通說了出來。說完了起來，替時筱仁請了一個安，說：「標下情願變牛變馬，過來伺候大人。姓舒的飯，情願不要吃了。」時筱仁聽了他一番言語，別的都不在意，但是他說「軍門還有許多事情，連都老爺都不曉得」，倒要問問他。「人家說我同他一黨，害得我永無出頭之日。如今借他做個見證，替我洗清身子也好。」主意打定，便道：「我用你的地方是有，但是你暫且不要搬到我這裏來住，以免旁人耳目。你若是缺錢用，我這裏不妨每月先送你幾兩銀子使用，等到我的事情停當，咱們一塊兒出京，到那時候，你的事情都包在我的身上。」夏十見時筱仁應允，而且每月還先送他銀子，立刻爬在地下，叩頭謝賞。那副感激涕零的樣子，真是一言難盡。叩頭起來，時筱仁又問了許多話，無非是舒軍門在廣西時候的劣迹。

等到夏十去後，他恐怕忘記，隨手又拿紙筆錄了出來。寫好之後，看了又看，改了又改，整整盤算了一夜，改到一半，忽然擱筆道：「他現在已是掉在井裏的人，我怕他不死，還要放塊石頭下去，究於良心有虧。」想到這裏，意思想要就此歇手。忽然看見桌子上一本京報，頭一張便是驗看之後，分發人員的諭旨。前兩個就是同自己一塊兒進京的，內中還有兩個同時進京，目下已經選缺出去了。時筱仁看了這個，不覺心上又為一動。又想到：「朋友們叫我暫時避避風頭」的話，「照此下去，我要躲到何年何月，方有出頭之日?」又一轉念道：「『識時務者為俊傑。』他本來不認得我，雖然他保舉我過班，畢竟是老人家的面子，他受過老人家的好處，他保舉我，只算是補老人家的情，他與我並無來往，我又不必為他耽誤了自己功名。況且他在廣西所做的事情，亦實實在在對不住皇上；我現在就是告發他，也不為過。」想到這裏，忽又轉一念道：「我去出首又要見證，又要對質。有了夏十不愁沒有見證；但是我何犯著同他對質呢?」想來想去，總不妥當。於是又盤算了一回，想要找個朋友來談談心，想：「這些朋友當中，一向只有黃胖姑，黑八哥二個，遇事還算關切，我明天先找他兩個，商量商量再說。」主意打定，上牀安置，未及睡著，天已大亮了。

他恐怕誤了正事，立刻起身去找黃胖姑。胖姑被他鬧起，還當他是來提銀子的，心上倒捏了一把汗。及至見面問起來意，時筱仁低低的同他說過，又說：「現在並不求別的，只求我自己洗清身子，好幹我事業去。」黃胖姑躊躇了一回道：「你要洗清身子，目下先要得罪兩個人。」時筱仁請教那兩個，黃胖姑道：「裏頭一個黑總管，外頭一個華老爺，他倆從前著實受過姓舒的孝敬，所以到如今，一直還是庇護他。依他倆的意思，本來沒有這回事的；都是琉璃蛋架在頭裏，所以才把他拿問。」時筱仁也曉得他說的琉璃蛋就是現在的徐大軍機了；便問：「他怎麼架在頭裏?」黃胖姑道：「琉璃蛋一定要辦；華老爺一定不要辦。他倆天天在那裏，為著這件事擡槓子，有天幾乎打起架來，至於黑總管，聽說他常常在佛爺前，替軍門求情，說好話，說什麼『舒某人有罪；佛爺很可以革掉他的功名，叫他帶罪立功，以觀後效。都老爺的話，奴才不敢說他是假；然而風聞奏事，一半亦是有影無形。舒某人果然不好，為什麼不在廣西造反，倒乖乖的等著上頭拿問呢？』這都是黑大叔的話，是他姪兒親口說給我聽的。照這樣兒，虧你還想出首告他。」時筱仁道：「不是這兩天，又被都老爺參的很不好聽，有廷寄叫廣西巡撫查辦嗎？」黃胖姑道：「你這話聽那個講的？這班窮都，正像一群瘋狗似的，沒有事情說了，大家一窩蜂打死老虎。但碰著膽子小的，禁不起參，私底下送他們兩個，也是樂得。至於廷寄查辦，還不是照例文章。他的人已經進了刑部，不好提出來問他，何犯著到廣西去查呢？大約又是華老爺敷衍琉璃蛋的。這些話，都是人家嚇你的。你當了真，又混出主意了。」時筱仁被黃胖姑一席話，說的頓口無言。心想：「到底我走那一條路才好？現在我若是去出首，只好走徐大軍機一路。但是聽胖姑所講，裏頭黑大叔，外面華中堂，都幫著軍門這邊。何以軍門一出了事，八哥反叫我不要出面，避避風頭，這是什麼用意呢？」隨又把這話，詳詳細細的，請教黃胖姑。胖姑聽了哈哈大笑，頓時又收住了笑，做出一副正言厲色的樣子，說道：「總而言之一句話：凡百事情，都是官小的晦氣。你瞧一省之中，督撫被參，弄到後來還不是壞掉一兩個道府了事。道府被參，弄到後來，還不是壞掉一兩個州縣佐雜了事。舒軍門的事情，雖比不上這些；你也不是他手下的人，然而他總是你的原保大人。他正在信息不好的時候，你何苦自己去碰在刀上？不要多，只要被都老爺輕輕的帶上一句，你就吃不下了！這無非八哥關照你的意思，有什麼別的用意呢！」

時筱仁道：「八哥照應我，總得替我想個出頭的路才好。」黃胖姑又哈哈笑了一聲道：「有什麼出頭不出頭，你連『財去身安樂』一句話，還不曉得嗎？」時筱仁道：「我帶了銀子進京，為的那回事！既然想錢，為什麼不說明，叫我癟了兩三個月呢？」這黃胖姑一句話在口頭，沒有說出，是：「早要你出，你一定不肯多出；必須逼你到這條路上來，然後你方心服情願的多出。」但是這句話，又不便向時筱仁說明，只得支吾其詞道：「這不過我想情度理是如此。究竟他們心上想要你多少，他們不說明，我也不會曉得。或者真心照應你，不要你錢也未可定。」時筱仁道：「胖姑你又要自謙了。這些朋友當中，還有高明過你的？你說的話，決計不會錯的。現在我也不東奔西走了，只要你肯照應我，替我出個主意。徐大人既同軍門不對，他那裏有什麼路，你替我疏通疏通。至於八哥他叔叔，還有華中堂那裏，既然都是幫著這一邊的，那話自然更容易說了。」黃胖姑此時心中，其實路道早已安排停當；但是一時不肯說出，怕叫時筱仁看著事情容易。回稱：「你歇兩日再來候信。」時筱仁至此時，心上已經明白，華，黑兩個，是不妨事的，只要有銀子就會說話。惟現在急於打聽徐大軍機這一條路；只要有人代為介紹，等我認得了這個人，彼時舒軍門的事，不妨見機而行，能夠替他解開無事，也是我陰功積德。倘然不能，我就順了這邊放上一把火，只要徐大軍機不來恨我，橫豎是沒有人曉得的。主意打定。因見黃胖姑有叫他「歇兩天來候信」的話，只得暫時起身相辭。

又在寓中悶守了兩日，那第三天早上，又來找黃胖姑。黃胖姑便告訴了他說：「人是有一個，這人是徐大軍機的嫡親同鄉，而且還是師生，偏偏又是他部裏的司官老爺。一天沒有事，徐大軍機宅子裏，他得去到兩趟。所以徐大軍機很歡喜他。有些事情，都同他商量，叫他經手。但就本部而論，就有好幾個差使，此外還有好處，都是吃糧不管事的。如今徐大軍機跟前，除非託他疏通，更沒有第二個。」時筱仁忙問：「是誰？」黃胖姑便說出王博高來，又道：「這位王公，宦途著實得意的很。新近又被順天府辛大京兆，保薦了人材，召見過一次。他的頭又會鑽，不曉得怎麼，弄的軍機處幾位，都同他合式起來。召見的那一天，佛爺問軍機：『給他點什麼好處？』軍機擬了三條旨意，佛爺圈了頭一條，是：『免補主事，以員外郎升用。』目下有缺，就是他的了。我們也是新近，為著別人家一件事，相識起來的。但是他的為人，明送是不肯受的；只好說是你要拜徐大軍機的門，一切贄見門包，總共多少銀子呢，統通拜託了他，託他替你去包辦。他外面做的，卻是方正的了不得。你交給他幾千銀子，他事情辦完之後，一定要開一篇細帳，不拘十兩八兩，五錢六錢，多少總要還你點，以明無欺。你不必另外送他，他也儘夠的了。我現在把這個人說給你，你果然要辦這一手，我們就去辦了來。」時筱仁道：「銀子呢？」黃胖姑道：「十萬頭非預先說明，一時提不出。你要銀子用，我替你借，你認利錢就是了。」時筱仁明曉得他，「無非又要借此敲我的重利。」然而事已至此，也只好聽其所為。當下只得滿口應承，連稱：「費心，感謝」不置，「一切准照老兄吩咐的辦理。」

* * *

於是胖姑留他吃過中飯。一同出門，找到博高新搬的房子。家人通報，博高出來。彼此見禮之後，尚未歸座，博高忽拉胖姑到一旁，咕嚕了一回。胖姑邁步走過來，對了時筱仁連連拿手拍著胸脯說道：「險呀！險呀！我們還算運氣好！」時筱仁急問：「怎的？」胖姑慢慢的說道：「因為你要拜徐大人的門，你那天託我之後，我跟手就來看博翁。博翁替朋友做事，那是天下第一個熱心腸的人。他便當天出去，替你去回徐大人。徐大人跟前，倒替說好了。誰知今天一早，博翁上衙門，看見他同寅傅理堂的姪少爺傅子平——也是本部郎中，——兩個人閒談。子平就提起他親家畢都老爺，已經有個摺子做好，一連參了十幾個人；有的是軍門手下辦事的，也有得過軍門保舉的；聽說你筱翁的名字也在內。子平同博翁要好，博翁要替你介紹去見徐大人，這話兩天頭裏，也同子平談過，所以子平肚裏有了底子。當時見他親家有此一番舉動，便攔住他親家，叫他不要動手，三日之後覆音。子平今日到衙門，會見了博翁，就告訴了博翁。博翁也託他去攔住他的親家，說：『大家那裏不結交一個朋友，有話彼此可以商量。』博翁曉得你今明要來，所以約子平一准後天給他回音，叫他親家摺子千萬不可出去。剛剛博翁同我講的，就是這個話。」時筱仁聽了這個話，一時不得主意；便請黃胖姑及王博高兩個，替他斟酌辦理。當下議定：拜的徐大軍機的門，贄見連上下包，一共五千銀子，統通交給王博高經手；將來共用若干，等事情過後，再由王博高開出帳來。傅子平的親家畢都老爺那裏，先送三百兩。傅子平經手，送五十兩。

說到這裏，王博高便吩咐管家，到隔壁把傅老爺請來。霎時來了，穿的甚是破舊。彼此見面一揖之後，也不及動問姓名，王博高便把他拉在一旁，鬼鬼祟祟了半天，那人便起身告辭。只聽得王博高說了聲：「等會，四數統由兄弟交過來。」那人道：「舍親那裏，有兄弟，請放心就是了。」說罷自去。

這裏時筱仁見事情已辦得千妥萬當，便亦起身告辭。同到黃胖姑店裏，把借銀子的筆據寫好。黃胖姑又跟手替他把銀票送到王博高宅中。博高接著，就叫人在隔壁，把個傅子平找來。諸公要曉得間壁這位傅子平，雖然姓傅，何嘗是浙江巡撫傅理堂的姪兒；不過說是傅某人的姪兒，人家格外相信些。至於他的官，卻實實在在是個郎中。京城裏的窮司員，比狗還多，候補到鬍子白，尚不得一差一缺的，不計其數。這位傅子平，正吃了這個苦處。因他認得王博高，又是新鄰居，所以時時刻刻來告幫。齊巧這天，有了時筱仁的事情，王博高要假撇清，遂借他用了一用，做了一個見證。等到王博高銀子到手，只叫人送過來四兩。然而在他已經餓了好幾天，窮的當賣俱無，雖只區區四金，倒也不無小補，又可以苟延殘喘過好幾日了。此正是當京官的苦處。

要知後事如何，且看下回分解。

第二十九回　傻道臺訪豔秦淮河　闊統領宴賓番菜館

卻說：時筱仁自從結交了王博高，得拜在徐大軍機門下。徐大軍機本來是最恨舒軍門的，屢次三番請上頭拿他正法。無奈上頭天恩高厚，不肯輕易加罪大臣；又加以外面華老爺，裏面黑大叔替他一力斡旋；所以把他羈禁在刑部天牢，從緩發落。徐大軍機因扳他不動，心上自不免格外生氣；不但深恨舒軍門，連著舒軍門保舉的人，亦一個兒不喜歡；只要人提起，這人是舒某人保過的，或者是在廣西當過差的，他都拿他當壞人看待。此番時筱仁幸虧走了王博高的路。博高是徐大人得意門生，曉得老師脾氣；預先進去，替時筱仁說了多少話，又道：「時某人雖是舒某人所保；但時某人著實漂亮，有能耐，而且並沒有在廣西當過差使。」徐大軍機一聽是舒某人所保，任你說的如何天花亂墜，心上已有三分不願意。後來又虧得王博高把時筱仁的贄見呈了進來；徐大軍機一看數目，卻比別的門生不同。因此方轉嗔為喜，解釋前嫌，不向他再追究前事了。

黃胖姑又趁這個擋口，勸時筱仁在華，黑二位面前，大大的送了兩分禮，一處見了一面，從此這時筱仁賽如撥雲霧而見青天，在京城裏面，著實有點聲光，不像從前的銷聲匿跡了。

時筱仁又託黃胖姑替他捐過了班。他生平志向很不小，意思想弄一個人拿他保薦使才，充當一任出使大人，以為後來升官地步。主意打定，先進去請教老師徐大軍機。無奈琉璃蛋生平為人，到處總是淨光的滑，不肯擔一點干係，而且又極其守舊。聽了他的話，連連搖頭道：「不妥不妥。做出使大人，要到外洋；到外洋，就要坐火輪船，火輪船在海裏走幾天幾夜，不靠岸，設或鬧點事情出來，那時候上天無路，入地無門，我老師救不了你，我不能救你，還是小事；你家裏還有妻兒老小，將來設或問我要起人來，我拿什麼還他呢！我看你還是先去到省，等到歷練幾年，弄個送部引見，保舉放任實缺做做，倒是頂穩當的一條路。老弟，你萬萬不可錯打主意，那時悔之無及！」時筱仁道：「門生本來已經指省江蘇。此番到省，總求老師格外栽培，賞兩封信，不要說是署缺，就是得個差使，也可以貼補貼補旅費。」徐大軍機無奈，只得應允。

* * *

正是光陰似箭，日月如梭，時筱仁又在京城裏面鬼混了半個多月，等把各式事情料理清楚，然後坐了火車出京。他老先生到了天津，又去稟見直隸制臺。這位制臺是在旗，很講究玩耍的。因為他是別省的官，而且又有世誼，便不同他客氣。等他見過，出去之後，當天就叫差官拿片子，到他棧房裏去謝步，並且約他次日吃飯。他本想第二天趁了招商局安平輪船，往上海去的，因此只得耽擱下來。

到了第二天，席面上同座的，有兩個京官：一個是主考，請假期滿；一個是都老爺，丁艱起服；都由原籍進京，路過天津的。還有兩個：一個客官，是才放出來的鎮臺，剛從北京下來；一個也是江南記名道，前去到省的。連時筱仁賓主共六個人。未曾入座，制臺已替那位記名道通過姓名。時筱仁於是曉得他叫佘小觀。一時酒罷三巡，菜上六道。制臺便脫略形迹，問起北京情形。在制臺的意思，不過問問北京現在鬧熱不鬧熱，有什麼新鮮事情。時筱仁尚未開口。不料佘小觀錯會了宗旨，又吃了兩杯酒，忘其所以，竟暢談起國事來，連連說道：「不瞞大帥說，現在的時勢，實在是江河日下了。」制臺聽了詫異，楞住不響，聽他往底下講。他又說道：「不要說別的，外頭一位華中堂，裏頭一位黑總管，他這兩個人，無錢不要，只要有錢就是好人。有這兩個人，國事還可以問嗎！」這位制臺，從前能彀實授這個缺，以及做了幾多年，一直太平無事，全虧華，黑二人之力居多；現在聽見佘小觀罵他，心上老大不高興。停了一會，慢慢的問道：「老兄在京裏，可曾見過他二位？」佘小觀趁著酒興，正說得得意，聽了這問，不禁歎一口氣道：「『在他簷下走，怎敢不低頭！』大帥連這句俗語還不知道嗎？上頭縱容他們，他們才敢如此，還有什麼說的。」制臺是旗人，另有一副忠君愛國的心腸；一見佘小觀說出這犯上的話來，連連拿話打斷他的話頭，怕他再說出些不中聽來，被旁人灌在耳朶裏，傳了進去，連自己都落不是。

一霎時酒闌人散。時筱仁回到客棧，曉得這佘小觀是自己同省同寅；而且直隸制臺請他吃飯，諒來根基不淺；便想同他結識，一路同行，以便到省有得照應。誰料見面問起佘小觀還要在天津盤桓幾日，戀著侯家后一個相好，名字叫花小紅的不肯就走。時筱仁卻因放給黃胖姑的十萬頭，在京城裏只取得一半，連過班，連拜門，早已用得乾乾淨淨；下餘五萬，胖姑給他一張匯票，叫他到南京去取。他所以急於到省，不及候佘小觀了。

* * *

單說：佘小觀佘道臺在天津一連盤桓了幾日。直隸制臺那裏，雖然早已稟辭，卻只是戀著相好，不肯就走。他今天請客，明天打牌，竟其把窰子當作了公館。後來耽擱的時候太長久了，朋友們都來相勸，說：「小翁既然歡喜小紅，何妨就娶了他做個姨太太呢？」那知這佘道臺的正太太，非凡之兇，那裏能容他納妾；佘道臺也只是有懷莫遂，抱恨終天而已！又過了兩日，捱不過了，方與花小紅揮淚而別。花小紅又親自送到塘沽上火輪船；做出一副難分難捨的樣子，害的佘道臺格外難過。

等到輪船開出了口，就碰著了大風，霎時顛播起來，坐立不穩。在船的人，十成之中，倒有九成是嘔吐的。佘道臺脾虛胃弱，撐持不住，早躺下了。睡又睡不著，吃又吃不進，幸虧有花小紅送的水菓，拿來潤口，好容易熬了三天三夜。進了吳淞口，風浪漸息，他老人家掙扎起來。又停了一會，船攏碼頭。住了長發棧。當天歇息了一夜，沒有出門。

次日坐車，拜了一天客。當天就有人請他到館子，吃大菜，吃花酒，聽戲，他一概辭謝。後來被朋友親自來拖了出去；到了席面上，叫他帶局，他又不肯，面子上說：「恐怕不便。」其實心上戀著天津的相好，說：「他待我如此之厚，我不便辜負他！」所以迸住不叫別人。過了兩天，就坐了江裕輪船，一直往南京而去。

第三天大早，輪船到了下關，預先有朋友替他寫信招呼。曉得他是本省的觀察，下船之後，就有一爿什麼局，派來四名親兵，替他搬運行李。他是湖南人，因為未帶家眷，暫時先借會館住下，隨後再尋公館。一連幾天，上衙門拜客，接著同寅接風，請吃飯，整整忙了一個月，方才停當。

列位看官，要曉得江南地方，雖經當年洪逆蹂躪；幸喜克復已久，六朝金粉，不減昔日繁華。又因江南地大物博，差使很多，大非別省可比。加以從前克復金陵立功的人，儘有在這裏置立房產，購買田地，以作遠久之計。目下老成雖已凋謝，而一班勳舊子弟，承祖父餘蔭，文不能拈筆，武不能拉弓，嬌生慣養，無事可為。幸遇朝廷捐例大開；上代有得元寶，只要擡了出去上兌，除掉督撫藩，例不能捐，所以一個個都捐到道臺為止。倘若捨不得出錢捐；好在他們親戚故舊，各省都有，一個保舉，總得好幾百人，只要附個名字在內，官小不要，起碼亦是一位觀察。至於襁褓孩提，預先捐個官放在那裏，等候將來長大去做，卻也不計其數。此外，還有因為同鄉親戚做總督，奏調來的；亦有羨慕江南好地方，差使多，指省來的。有此數層，所以這江南道臺，竟愈聚愈眾。

閒話少提。卻說：佘小觀佘道臺，他父親卻也是個有名的人，曾經做過一任提督。他自己中過一個舉人，本是一個候選知府；老太爺過世，朝廷眷念功勳，就賞了他個道臺，已經是特旨了。畢竟他是孝廉出身，比眾不同，平時看了幾本新書，胸中老大有些學問，歡喜談論談論時務。有些胸無墨汁的督撫，見他如此，便以天人相待。就有一省督撫，保舉人材，把他的名字附了進去，送部引見，又交軍機處記名。若論他的資格，早可以放實缺了；無奈他老人家雖是官居提督，死下來卻沒有什麼錢；無錢化費，如何便能得缺？齊巧此時做兩江總督的這一位，是他同鄉，同他父親是有交情；便叫他指分江南，到省候補。他自從到省之後，同寅當中不多幾日，居然很結識得幾個人，不是世誼，便是鄉誼；就是一無瓜葛的人，到了此時，一經拉攏，彼此亦就要好起來；所謂「臭味相投」，正是這個道理。

卻說：他結識的幾個候補道，一個姓余號藎臣，雲南人氏；現當牙釐局總辦。一個姓孫，號國英，是直隸人；現充學堂總辦。這兩個都是甲班出身。一個姓潘號金士，是個安徽人；現當洋務局會辦。一個姓唐號六軒，是個漢軍旗人；現充保甲局會辦。還有旗人叫烏額拉布，差使頂多，上頭亦頂紅。這五個人連著佘小觀，一共六位候補道，是常常在一起的。六個人每日下午，或從局裏，或從衙門裏，辦完公事下來，一定要會在一處。江南此時麻雀牌盛行，各位大人閒空無事，總借此為逍遣之計。有了六個人，不論誰來湊上兩個，便成兩局。他們的麻雀，除掉上衙門辦公事，是整日整夜打的。六人之中，算余藎臣公館頂大，又有家眷，飲食一切，無一不便。因此大眾都在這余公館會齊的時候頂多。他們打起麻雀來，至少五百塊一底起碼。後來他們打麻雀的名聲出了，連著上頭制臺都知道。有天要傳見唐六軒，制臺便道：「你們要找唐某人，不必到他自己公館裏去，只要到余藎臣那裏，包你一找就到。」

制臺年紀大了，有些事情，不能煩心，生平最相信的是「養氣修道」，每日總得打坐三點鐘，這三點鐘裏頭，無論誰來，是不見的，空了下來，簽押房後面，有一間黑房，供著呂洞賓，設著乩壇，遇有疑難的事，他就要扶鸞，等到壇上判斷下來，他一定要依著仙人所指示的去辦。倘若沒有緊要事情，他一天也要到壇好幾次，與仙人談詩為樂。一年三百六十日，日日如此，倒也樂此不疲。所以朝廷雖以三省地方，叫他總制，他竟其行所無事，如同臥治一般。所屬的官員們，見他如此，也樂得逍遙自在；橫豎照例公事不錯，餘下工夫不是耍錢，便是玩女人，樂得自便私圖；能夠顧念大局的，有幾個呢？

余小觀又有三件脾氣，是一世改不掉的。頭一件打麻雀：自到江南結識了余藎臣，投其所好，自然沒有一天不肯不打。而且賭品甚高，輸得越多，心越定，臉上神色絲毫不動；又歡喜做「清一色」，所以同賭的人，更拿他當財神看待。第二件講時務：起先講的，不過是如何變法，如何改良；大人先生見他說話之間，總帶著些維新習氣，就不免有些討厭他。他自己已經為人所厭，尚不曉得；而又沒有錢內外打點，自然人家更不喜歡他了。他這個道臺，雖然是特旨，是記名，在京裏一等，等了兩年多，沒有得缺。心上一氣，於是又變為滿腹牢騷，平時同人談天，不是罵軍機，就是罵督撫；大眾聽了，都說他是痰迷心竅，因此格外不合時宜。第三件是嫖婆娘：他為人最深於情，只要同這個姑娘要好了，連自己的心都肯掏出來給人家。在京城的時候，北班子裏有個叫金桂的，他倆弄上了，銀子用了二千多，自己沒有錢，又拉了一千多銀子虧空。一個要嫁，一個要娶，賽如從盤古到如今，世界上一男一女，沒有好過他倆的，誰知後來金桂又結識了一個闊人，銀子又多，臉蛋兒又好，又有勢力；佘道臺抵他不過，於是賭氣不去；並且發下重誓，說：「從今以後，再不來上當了！」在京又守了好幾個月，分發出京。碰著一位老世伯，幫了他一千銀子，到了天津，手裏有了錢，心思就活動了；人家請他吃花酒，又相好個花小紅，幾乎把銀子用完。被朋友催不過，方才硬起心腸，同小紅分手的。路過上海，因為感念小紅的情義，所以沒有去嫖。到了南京之後，住了兩個月，寄過兩件的現成織頭貢緞子，送給小紅作衣服穿。後來同寅當中，亦很有人請他在秦淮河船上，吃過幾檯花酒；他只是迸著不肯帶局。後來時候久了，同秦淮河釣魚巷的女人，漸漸熟了；不免就把思念小紅的心腸，淡了下來。

* * *

一天佘藎臣請他在六八子家吃酒，檯面上唐六軒帶了一個局，佘小觀見面之後，不禁陡吃一驚。原來這唐六軒唐觀察，為人極和藹可親，見了人總是笑嘻嘻的，說起話來一張嘴比蜜糖還甜，真正叫人聽了又喜又愛。因此南京官場中，就送他一個表號，叫他糖葫蘆。這糖葫蘆到省之後，一直就相好了三和堂一個姑娘，名字叫王小四子的。這王小四子原籍揚州人氏，瘦括括的一張臉，兩條彎溜溜的細眉毛，一個直鼻樑，一張小嘴，高高的人材，小小的一雙腳；近來南京打扮，已漸漸的仿照蘇州款式，梳的是圓頭，前面亦有一寸多長的「前劉海」；此時初秋天氣，身上穿一件大袖子，三尺八寸長的，淺藍竹布衫，拖拖拉拉，底下已遮過膝蓋，緊與褲腳管上滚條相連，亦瞧不出穿的褲子是什麼顏色了。佘道臺因見他面貌像天津的花小紅，所以心上突然一動。當下王小四子走到櫈面上，往糖葫蘆身後一坐；糖葫蘆只顧低著頭吃菜，未曾曉得。對面坐的是孫國英孫觀察，綽號叫孫大鬍子的，見了王小四子，拿手指指糖葫蘆，又拿手擺了兩擺。王小四子誤會了意，齊巧這兩天，糖葫蘆又沒有去，王小四子便打情罵俏起來，伸手把糖葫蘆小辮一拖，把個糖葫蘆的腦袋，掀到自己懷裏，舉起粉嫩的手打他的嘴巴。此時糖葫蘆嘴裏正啣著一塊荷葉卷子，一片燒鴨，嘴唇皮上油晃晃的，回頭一看，見是相好來拖他，亦就撒嬌撒癡趁勢把腦袋困在王小四子懷裏，任憑打罵。只聽得王小四子說道：「你這兩天死到那裏去了，我那裏一趟不來？叫你打的東西怎麼樣了？到底還有沒有？」糖葫蘆嘻皮涎臉的答道：「我不到你那裏去，我到我相好家裏去。」他說的是玩話。誰知王小四子倒認以是為真，立刻眉毛一豎，面孔一板，說道：「我早曉得，我仰攀你大人不上。那個姑娘，可比我長的俊，你要同別人『結線頭❶』，你又何必再來帶我呢？」一頭說話，那副神形，就要掉下淚來，慌忙又拿手帕子去擦。糖葫蘆只是仰著頭，朝著他笑。王小四子瞧著格外生氣，掄起拳頭，照准了頭，又是兩下子，打的他不由的喊「啊唷！」孫大鬍子哈哈大笑道：「打不得了，再打兩下子，糖葫蘆就要變成『扁山查』了！」王小四子聽了這話，忽然撲嗤的一笑；又趕緊合攏了嘴，做出一副怒容。佘道臺見了這副神氣，更覺得同花小紅一式一樣，毫無二致。因為他是糖葫蘆帶的人，不便問他芳名住處；只得暗底下拉孫大鬍子一把，想要問他。孫大鬍子又只顧同糖葫蘆，王小四子說話，沒有聽見。佘道臺只得罷休。

此時王小四子，糖葫蘆正扭在一處。孫大鬍子見王小四子認了真，恐怕鬧出笑話來，連忙勸王小四

❶ 結線頭：俗稱攀相好為「結線頭」。

子道：「放手，不要打了。凡百事情有我。你要怎麼罰他，告訴了我，我替你作主。你倘若把他的臉打腫了，怎麼叫他明天上衙門呢？這豈不是你害了他麼？」王小四子道：「我現在不問他別的，他許我的金鐲子，有兩個月頭了，問問還沒有打好；我曉得的，一定送給別個相好了。」糖葫蘆道：「真正冤枉！我為著南京的樣子不好，特地寫信到上海，託朋友替我打一付。前個月有信來，說是打的八兩三錢七分重。後首等等不來，我又寫信去問，還沒有接到回信。昨兒到了一個上海朋友，說起這付鐲子，那個朋友，已經自己留下，送給相好了。現在替我重打，包管一禮拜准定寄來。如果沒有，加倍罰我。」王小四子道：「孫大人，請你做個見證，一禮拜沒有，加倍罰。前頭打的是八兩三錢七分重，加一倍，要十六兩七錢四了。」孫大鬍子正要回言；不提防他的鬍子，又長又多，他的相好雙喜，坐在旁邊無事，嫌他鬍子不好看，都替他把左邊的一半，分為三綹，辮成功一條辮子。孫大鬍子的鬍子，是素來被相好玩慣的，起初並不在意；後來因為要站起來，去拉糖葫蘆，不料被雙喜拉住不放。低頭一看，纔曉得變成一條辮子，把他氣的開不出口。歇了一回說道：「真正你們這些人會淘氣！沒有東西玩了，玩我的鬍子。」雙喜道：「一團毛圍在嘴上，像個刺蝟似的，真正難看；所以替你辮起來，讓你清爽清爽，還不好？」孫大鬍子道：「你嫌我不好看，你不曉得我這個大鬍子，是上過東洋新聞紙，天下聞名的，沒有人嫌我不好，你嫌我不好。真正豈有此理！」說著，有人來招呼王小四子雙喜到劉河廳去「出局」；於是二人匆匆告假而去。

余藎臣問：「劉河廳是誰請客？」人回：「羊統領羊大人請客。請的是湖北來的章統領章大人。因章統領初到南京，沒有相好，所以今天羊大人請他在劉河廳吃飯，把釣魚巷所有的姑娘，都叫去看看。」

其時潘金士潘觀察亦在座，聽了說道：「不錯，章豹臣剛剛從武昌來，聽說老帥要在兩江安置一個事情。羊紫辰恐怕佔了他的位子，所以竭力的拉攏他，同他拜把子。聽說還托人做媒，要拿他第二位小姐，許給章豹臣的大少君。明天請章豹臣在金陵春喫番菜。今兒兄弟出門出的晚，齊巧他的知單送了來，諸位都是陪客，單是沒有佘小翁。想是小翁初到省，彼此還沒有會過？」佘小觀答應了一聲：「是。」其實他此時，一心戀著王小四子一個人，默默的暗想：「怎麼他同花小紅，賽如一塊印板印出來的？可惜此人已為唐六軒所帶，不然我倒要叫叫他哩！現在且不要管他，等到散過席，拉著六軒去打茶會再講。」說話之間，席面上的局已經來齊，又喊先生來唱過曲子，漸漸的把菜上完，大家喫過稀飯。佘小觀便把前意通知了唐六軒。這幾天糖葫蘆，也因為公私交迫，沒有到王小四子家續舊，以致檯面上受了他一番埋怨，心中正抱不安；現在又趁著酒興，一聽佘小觀之言，立刻應允。

等到抹過了臉，除主人佘藎臣還要入坐不去外，其餘的各位大人，一齊相辭。走出大門，只見一並排擺著十幾頂轎子，綠呢藍呢都有。親兵們一齊穿著號褂，手裏拿著官銜洋紗燈，還夾著些火把，點的通明透亮，好不威武！其間孫大鬍子因為太太閫令森嚴，不敢遲歸，首先上轎，由親兵們簇擁而去。此外也有兩個先回家的，也有兩個自去看相好的，只有佘小觀無家無室，又無相知，便跟了糖葫蘆，去到王小四子家打茶會。

一進了三和堂，幾個男班子，一齊認得唐大人的，統通站起來招呼，領到王小四子屋裏。其時王小四子出局未歸。等了一回，姑娘回來了，跨進房門，見了糖葫蘆，一屁股就坐在他的懷裏，又著實拿他打罵了一頓，一直等到糖葫蘆討了饒，方纔住手。王小四子因為他好幾天沒有來，把他脫下的長衫馬褂，一齊藏起，以示不准他走的意思。又教他明日七月七日，是「乞巧日」，一定要他喫酒。糖葫蘆也答應了，又面約佘小觀明夜八點鐘到這裏來等候。佘小觀自從走進了房，一直呆呆地坐著，不言不語。王小四子自從進門，問過了「貴姓」，敬過瓜子，轉身便同糖葫蘆瞎吵著玩，亦沒有理會他。後來聽見自鳴鐘噹噹的敲了兩聲，糖葫蘆急摸出錶來一看，說聲：「不早了。明天還有公事，我們去罷！」王小四子把眉毛一豎，眼睛一斜道：「不准走！」糖葫蘆只得嬉皮笑臉的，仍舊坐下。說話間，佘小觀卻早把長衫馬褂穿好，王小四子一直沒理他，坐著沒趣，所以要走。今忽見他挽留，不覺信以為真，連忙又從身上把馬褂脫了，重新坐下。

這一坐又坐了一個鐘頭，害得糖葫蘆同王小四子兩個人，只好陪他坐著，不得安睡。起先彼此還談些閒話，到得後來，糖葫蘆，王小四子恨他不走，那個還高興理他。佘小觀坐著無趣，於是又要穿馬褂先走。偏偏有個不懂事的老婆子，見他要走，連忙攔住說道：「天已快亮了，只怕轎夫已經回去了。大人何不坐一回，等到天亮了再走？」佘小觀起身朝窗戶外頭一看，說了聲：「果然不早！」糖葫蘆、王小四子二人只是不理他。老婆子只是挽留，氣得糖葫蘆、王小四子暗底下罵：「老東西，真正可惡！」因為當著佘小觀的面，又不便拿他怎樣。歇了一歇，糖葫蘆在煙榻上裝做困著，王小四子故意說道：「煙鋪上睡著冷，不要著了涼！」於是硬把他拉起，扶到大牀上睡下。糖葫蘆裝作不知，任他擺布，等到扶上大牀，王小四子便亦躺了下來。佘小觀一人覺得乏味，而又磕銃上來，便在糖葫蘆所躺的地方睡下了。畢竟夜深人倦，不多時便已鼻息如雷。起先挽留他的那個老婆子，還說：「現在已經交秋，寒氣是受不得的，受了寒氣，秋天要打瘧疾的。」一頭說，一頭想去找條毯子給他蓋。誰知王小四子在大牀正還沒有睡著，罵老婆子道：「他病他的，管你什麼事！他又不是你那一門子的親人，要你顧戀他做什麼？」老婆子捱了一頓罵，便躡手躡足的出去，自去睡覺了。

* * *

卻說：屋裏三個人，一直睡到第二天七點鐘。頭一個佘小觀先醒，睜眼一看，看見太陽已經曬在身上，不能再睡，便一骨落爬起，披好馬褂，竟獨自拔門而去。此時男女班子，亦有幾個起來的，留他洗臉吃點心，一概搖頭。只見他匆匆出門，喚了一輛東洋車，一直回公館去了。這裏糖葫蘆不久即起身。因為現在這位制臺大人，相信修道，近來又添了功課，每日清晨定要在呂祖面前跪了一枝香，方纔出來會客；所以各位司道以及所屬官員，挨到九點鐘上院，還不算晚。當下糖葫蘆轎班跟人到來，也不及回公館，就在三和堂換了衣帽，一直坐了轎子上院。走到官廳上，會見了各位司道大人。昨兒同席的幾個，統通到齊，佘小觀也早來了。此時還穿著紗袍褂，是不戴領子的。有幾個同寅，望著他好笑。大家奇怪，及至問及所以，那位同寅，便把糖葫蘆的小衫領子一提，卻原來袍子襯衣裏面，穿的乃是一件粉紅汗衫，也不知是幾時同相好換錯的。大家俱哈哈一笑。糖葫蘆不以為奇，反覺得意，正鬧著，齊巧余藎臣出去解手，走進來鬆了扣帶，提起衣裳，兩隻手重行在那裏紮褲腰帶。孫大鬍子眼快，忙問：「余藎翁，你腰裏是條什麼帶子？怎麼花花綠綠的？」大眾又趕上前去一看，誰知竟是一條女人家結的汗巾，大約亦是同相好換錯的。余藎臣自己瞧著，亦覺好笑。

等把褲子紮好，巡捕已經出來招呼。幾個有差使的紅道臺，跟了藩司鹽糧兩道，一齊上去稟見，照例談了幾句公事。制臺發話道：「兄弟昨兒晚上，很蒙老祖獎勵，道兄弟『居官清正，修道誠心』；已把兄弟收在弟子之列。老祖的意思，還要託兄弟替他再找兩位仙童，以便朝晚在壇伺候。有一位是在下關開雜貨鋪的；這人很孝順父母，老祖曉得他的名字，就在乩上批了下來，吩咐兄弟，立刻去把這人喚到。兄弟今天五更頭，就叫戈什，按照老祖所指示的方向，居然一找找著；如今已在壇前，蒙老祖封他為淨水仙童。什麼叫做淨水仙童呢？只因老祖跟前，一向有兩個童子，是不離左右的，一個手捧花瓶，一個手拿拂塵。拿花瓶的，瓶內滿貯清水，設遇天乾不雨，只要老祖把瓶裏的水滴上一滴，這江南一省，就統通有了雨了；佛經上說的『楊枝一滴，遍遍大千』，正是這個道理。」制臺說到這裏，有一位候補道插嘴道：「這個職道曉得的，是觀音大士的故典。」制臺道：「你別管他是觀音，是呂祖，成仙成佛，都是一樣。佛爺仙爺，修成了悉在天上，他們是仙佛，看來是差不多的。但是現在捧淨瓶的一位有了，還差一位拿拂塵的，這位仙童，倒很不好找尋。」說到這裏，舉眼把各位司道大人，周圍一個個的看過來，看到孫大鬍子便道：「孫大哥，我看你這麼一嘴好鬍子，飄飄有神仙之概，又合了古人『童顏鶴髮』的一句話，我看你倒著實有些根基。等我到老祖面前，保舉你一下子，等他封你為拂塵仙童，也不用候補了。我們天天在一塊兒，跟著老祖學道，學成了一同昇天。你道可好？」孫大鬍子是天天打麻雀，嫖姑娘，玩慣了的，而且公館裏太太又凶，不能一天不回去，如何能當這苦差！聽了制臺的吩咐，想了一會，吞吞吐吐的回道：「實不瞞大帥說，職道雖然上了年紀，但是根基淺薄，塵根未斷，恐怕不能勝任。這個差使，還求大帥另選賢能罷！」制臺聽了，似有不悅之意，也楞了一會說道：「你有了這麼一把鬍子，還說塵根未斷，你叫我委那一個呢？」說罷，甚覺躊躇，再仔細觀看，別位候補道，不是煙氣沖天，就是色慾過度，又實實在在無人可委，只得端茶送客。

走出大堂，孫大鬍子把頭上的汗一摸道：「險呀！今天若是答應了他，還能夠去擾羊紫辰的金陵春嗎？」說罷，各自上轎，也不及回公館脫衣服，逕奔金陵春而來。

* * *

其時主人羊紫辰同著特客章豹臣，還有幾位陪客，一齊在那裏了。羊紫辰本來說是這天晚上，請喫番菜的；因為這天是「乞巧日」，南京釣魚巷規矩，到了這一天，個個姑娘屋裏，都得有酒，有了酒，纔算有面子。章豹臣昨天晚上，在劉河廳選中了一個姑娘，是韓起發家的，名字叫小金紅，當夜就到他家去「結線頭」。章統領是闊人，少些拿不出手，羊統領替他代付了一百二十元洋錢。第二天統領吩咐，預備一桌滿漢酒席，又叫了戴老四的洋派船，一來應酬相好的，二來謝媒人，三來請朋友。戴老四的船，已經有人預先定去，因為章統領一定指名要，羊統領只得叫他回覆前途。戴老四不願意。羊統領發脾氣，要叫縣裏封他的船，還要送他到縣裏辦他。戴老四無奈允了。是日各位候補道大人，凡是與釣魚巷姑娘有相好的，一齊都有檯面，就是羊統領自己，也要應酬相好；所以特地把金陵春一局改早，以便讓出工夫，好做別事。

當下主客到齊，一共也有十來位，主人叫西崽讓各位大人點菜，合席只有孫大鬍子喫量頂好，一點點了十二三樣。席間各人，又把自己的相好叫了來。這天不比往日，凡有來的局，大約只坐一坐，就告假走了。羊統領見章豹臣新相好小金紅也要走，便朝著他努嘴，叫他再多坐一會兒。小金紅果然末了一個去的。章豹臣非凡得意，大眾都朝他恭喜。說話間，各人點的菜都已上齊。問問孫大鬍子纔喫得一小半，還有六七樣沒有來；於是叫西崽去催菜。西崽答應著去了。席面上烏額拉布烏道臺曉得這爿番菜館，是羊統領的大老板，孫大鬍子及余藎臣一干人，亦都有股分在內，便說笑話道：「國翁你少喫些，多喫了，羊大人要心疼的。」羊統領道：「你讓他喫罷！橫豎是蜻蜓喫尾巴，多喫了，他自己也有分的。」章豹臣道：「原來這爿番菜館，就是諸位的主人，生意是一定發財的了。」羊紫辰道：「也不過玩玩罷了！你看就能夠靠著這個發財麼？」

正說著，窗戶外頭河下，一隻七板子，坐一位小姑娘，聽見裏面熱鬧，便把船緊靠欄杆，用手把著欄杆，朝裏一望。一見羊大人坐著主位，在那裏請客，便提高嗓子，叫了一聲：「乾爺。」羊紫辰亦逼緊喉嚨，答應了一聲：「嗳。」大家一齊笑起來。章豹臣道：「我倒不曉得，羊大人有這們一位好『令愛』。早曉得你有這們一位好『令愛』，我情願做你的女婿了。」糖葫蘆也接口道：「不但章大人願意，就是我們誰不願意做羊大人女婿呢！」羊紫辰道：「我的女兒，有了你們這些好女婿，真要把我樂死了。」這時，那個小姑娘，已經在他身上坐下了。大家又鬼混了一陣。孫大鬍子點的菜，亦已喫完。只因今日應酬多，大家不敢耽誤。差官們進來請示：「還是坐轎去，坐船去？」其時戴老四的船，已經撐到金陵春窗外，章豹臣便讓眾位大人上了船，正讓著，章豹臣新結的「線頭」小金紅亦回來了。當天章豹臣在席面上，又賞識了一個姑娘，名字叫做大喬，這大喬見章豹臣揮霍甚豪，曉得他一定是個闊老，便用盡心機，拿他十二分巴結。章豹臣亦非常之喜。小金紅坐在一旁，瞧著甚不高興。這一席酒，定價是五十塊，加開銷三十塊，戴老四的船價，一天是十塊，章豹臣還要另外賞犒，一齊有一百多塊。

章豹臣的席面散後，接著孫大鬍子，余藎臣，糖葫蘆，羊紫辰，烏額拉布，統通有酒。雖說一處處都草草了事，然從兩點鐘吃起，吃了六七檯，等到吃完，是半夜裏三點鐘了。孫大鬍子怕太太，仍舊頭一個回去。

章豹臣賞識了大喬，吃到三點鐘，便假裝吃醉，說了聲「失陪」，一直到大喬家去了。這夜大喬異常之忙，等到第二天大天白亮才回來。章豹臣會著，自然異常恩愛，問長問短。大喬就把自己的身世，統都告訴了他。到底做統領的人，銅錢來的容易，第二天就託羊紫辰同鴇兒說：「章大人要替大喬贖身。」鴇兒聽得人說，也曉得章大人的來歷，非同小可，況且又是羊統領的吩咐，敢道得一個「不」字。當天定議，共總一千塊錢。章豹臣自己挖腰包，付給了他。大喬自然分外感激章大人不盡。

又混了兩天，章豹臣奉到上頭公事，派他到別處到差，約摸一時不得回來。動身的頭一天，叫差官拿著洋錢，一家家去開銷。他叫的局本來多，連他自己還記不清楚。差官一家家去問，誰知問到東，東家說：「章大人的局包，羊大人已經開銷了。」問到西，西家說：「章大人的帳，羊大人已經代惠了。」後來接連問了幾處，都是如此，連小金紅「結線頭」的錢，亦是羊大人的東道，差官無奈，只得回家據情稟知章豹臣。章豹臣道：「別的錢，他替我付，我可以不同他客氣；怎麼好叫他替我出嫖帳呢？這個錢都要他出，豈不是我玩了他家的人嗎？」說罷，哈哈大笑。後來章豹臣要拿這錢算還羊紫辰，羊紫辰執定不肯收，說道：「幾個錢算什麼！連這一點點還不賞臉，便是瞧不起兄弟了！」章豹臣聽他如此說，只得罷手。

只因這一鬧，直鬧得南京城裏，聲名洋溢，沒有一個不曉得的。

要知後事如何，且看下回分解。

第三十回　認娘舅當場露馬腳　飾嬌女背地結鴛盟

話說：羊紫辰羊統領，本是別省的一位實缺鎮臺。只因他本缺十分清苦，便走了門路，由兩江總督出奏，奏留他在南京，統帶防營，這便是上頭有心調劑。他自從接事之後，因見地方平靜，所有的兵丁，大半是吃糧不管事。他的前任，已經有兩成缺額，到他接手，便借「裁汰老弱」為名，又一去去了兩三成；卻是舊的雖去，新的卻沒有補進一個。歇上三年，制臺閱操一次，有的是臨時招人，有的還是前後接應。怎麼叫做前後接應呢？譬如：一營之中，本是五百個人，他倒缺了三百名的額子，實實在在，只有二百個人。等到制臺閱操的時候，前頭一排點過名，趕緊退了下來，改換衣服軍械，跟著後頭的人，再上去應名。如此一排排的上來下去，輪流倒換，不要說是一營五百人，他缺三百個，就是再缺多些，有此妙法，也容易彌補。況且制臺年紀大了，又要修道養心，大半是派營務處的道臺，替他校閱。這班營務處上的人，那一個不是羊統領的朋友，天天吃花酒，嫖婊子，同在一處玩慣了的。等到派了這個差使下來，並不要羊統領前去囑託，他們早已彼此心照，模模糊糊把制臺敷衍過去，就算了事。統領如此，營官自然亦是如此。

調換營官，更是統領一件生財之道。倘然出了一個缺，一定預先就有人鑽門路，送銀子，不是走姨太太的門路，就得走天天同統領在一塊兒玩的人的門路，甚至於統領的相好，什麼私門子，釣魚巷的婊子，這種門路，亦都有人走。統領是非錢不行，他經手過付的人，所賺的錢亦都不在少處。閒話休提。

* * *

且說：歸羊統領管轄的，什麼護軍正營，護軍副營，新兵營，常備軍，續備軍，一共有好幾個名目。每一營之中，有營官，有哨官。營官都是記名提鎮；哨官則自副參游以下，以至千總外委，都有在內。其時有一個在江陰帶砲划子的哨官，據他自己說，是一個副將銜的游擊。就是人家談起來，說他的官，亦並不是假的，他在江陰炮船上，當了兩年零三個月的差使，因為剋扣兵餉，被上頭查了出來，拿他的差使撤去。他就跑到南京來，另覓生路。

卻說：這人姓冒名字叫得官，本來是在江北泰興縣跟官，當長隨的。後來攢聚了幾十弔錢，有天為著做錯了一件事，被主人將他罵了一頓，正在悶極無聊的時候，便到煙館裏吃煙。合該他官星透露。其時正值江南裁撤營頭，所有前頭打「長毛」得過保舉的人，一齊歇了下來，謀生無路。很有些提鎮副參，個個弄到窮極不堪，便拿了飭知❶獎札，沿門兜賣。這時候只要有人出上百十弔錢，便可得個一二品的功名，亦要算得不值錢了。這日冒得官走到煙館裏面，值堂的是認得他的，連忙讓出一張煙鋪，請冒大爺這邊來坐。冒得官有事在心，悶悶不樂，便沒精打彩的，躺了下去。值堂的又趕過來，替他燒煙。抽不上三四口，忽然煙榻前來了一個黧形大漢，雖然是面目黧黑，形容枯槁，卻顯出一副雄糾糾氣昂昂的神情。冒得官亦不理他。值堂的見了，倒擺出滿臉的悻悻之色，朝他哼兒哈兒的趕他走開。只聽得那人嘆一口氣說：「你不要朝著我這個樣兒，我也不是什麼好欺負的。你認得我是誰？你們江南，若是沒有

❶ 飭知：公文名稱。舊時上級官署或職官對於下級官署或職官有所指揮或督責或差委時用之。

我們，你們那裏來的這種好日子過呢？不過是我運氣不好，以至落拓到這步田地。如果要講起身分來，不要說是你一個做跑堂的，算得什麼，就是泰興縣縣大老爺，比比頂子，要比我差著好幾級呢！」值堂的見他出言無狀，便把眉毛一豎，眼皮一掀，一骨碌爬起，想要動手，趕他走開。誰知那大漢哈哈大笑，值堂的非但推他不動，反被大漢摔了一個筋斗。值堂的氣的了不得，憤憤的要出去叫地保。大漢冷笑道：「我正苦沒有飯吃，這個樣兒，又見不得官。你今送我前去，好好好，我就跟了你去。見了你們大老爺，只要他肯把我收留下來，等我吃兩天飽飯，省得在外頭捱餓，我就感激不盡了。」值堂的見他如此，更是火上加油。

這些話，冒得官都聽得明明白白，心上甚是詫異；暗想：此人必定有點來歷，又看他的樣子，決不是等閒之輩。便叫值堂：「不要同他多講，等待我問他。」一面說，一面把煙槍一丟，坐了起來，慢慢的問他：「你貴姓？聽你口音，不像本地人氏，怎麼會到此地來的？」那大漢見冒得官說話講理，便亦改換了一副神情，先嘆了一口氣道：「一言難盡！」冒得官又讓他在煙榻前一張杌子上坐了。誰知這大漢後頭，還跟著一個人。冒得官問：「是誰？」那大漢回稱是他外甥。冒得官並不在意。那大漢坐定之後，自己說了姓名，「是湖南人氏。從前打『長毛』，身當前敵，克復城池；後來敘功，歷保至花翎副將銜，儘先候補游擊。當時保雖保了，等到平定之後，那裏有這些缺安置他們。記名提鎮能夠借補個游擊都司，已經是十不獲一；何況是內無奧援，外無幫助！一旦裁撤歸農，無家可歸，焉有不流落之理！在營盤的時候，大注錢財，也曾在手裏經過，無奈彼時心高氣傲，揮金如土，直把錢看得不當東西。就是出營之後，身邊也還得帶幾文，有的是坐吃山空，有的是同人合股，做個小買賣，到得後來，亦總是關門。即以在下而論：正坐著這個毛病。一身之外，除掉兩件破舊衣裳，還有幾張破紙頭，便是當年所得的獎札飭知了。這種破紙頭，飢不可為食，寒不可為衣；真正窮到極處，可惜這個東西，沒得人要，如有人要，我情願取得幾文錢，就賣了他。」

冒得官聽到這裏，不覺心上一動，便問：「你這東西，帶在身邊沒有？」那大漢道：「我孑然一身，無家室，又無行李，除掉帶在身邊，更把他放在何處？」冒得官道：「你拿出來我瞧瞧。」那大漢正在解衣取出之時，值堂的走過來說道：「大爺你別上他的當。他天天拿著這個，到這裏騙人。」大漢見值堂的打散他的買賣，掄起拳頭，便要打值堂的；被冒得官呼喝了值堂的兩句，彼此方才罷休。冒得官是在衙門裏頓過的，認得獎札飭知，知道不是假。此時忽動了做官之念，便問他要幾多錢。那大漢起初不肯說，後來冒得官頂住問他，才說得一百五十塊。禁不住冒得官再四磋磨，說明三十塊錢。當天先付三塊錢的定洋，先拿他一個獎札；下餘的約明次日兩點鐘，仍到這爿煙館裏交割。大漢拿到洋錢，歡欣鼓舞的而去。值堂的又要去問他拿扣頭，大漢不肯，值堂的一定要，彼此爭論起來；又幸虧冒得官呼喝了兩聲，方才住手，大漢已去。冒得官亦即回衙。

到了次日，冒得官帶了二十七塊錢，仍到煙館裏來交割。等到飭知獎札統通拿到了手，冒得官揣回家中，在燈下取出觀看，見飭知上的名字，乃是毛長勝三個字。雖然名字不同，幸喜姓的聲音還是一樣。過了一天，這冒得官便上去到主人跟前告假，另外走了門路，一心想去投效提標。其時提臺駐紮江陰，既有門路，自然收留，不到兩個月，便委了他炮船管帶；從此這冒得官便真正做了「冒得官」了。

在江陰炮船上當了三年多的管帶，船上不比岸上，來往的人少，一直沒有人看出他的破綻。有日提臺傳令看操，許多炮划子，正在操演的時候，人家當管帶的，一齊站在船頭上指揮兵丁們；不想他老人家，在艙板上滑了一腳，一滑就滑到水裏去。一眾兵丁慌了手腳。虧得有人會泅水的，脫去衣服，好容易把他撈救了上來。提臺在長龍船上瞧看，吩咐戈什坐了小划子過去問信。問他還有氣沒有。其時兵丁人們已把他救起，拖過三條板凳，把他背朝上，臉朝下，懸空著伏在板凳上，好等他把嘴裏喝進去的水淌出來。淌了半天，水也少了，肚子也癟了；然後拿他扛到艙裏去睡，又灌了兩碗薑湯，才慢慢的回醒過來。

戈什回去稟覆提臺，提臺道：「阿彌陀佛！我心上一塊石頭才放下。他這個差使，是某人保薦的；倘若他死了，我怎麼對得住朋友呢！」到了第二天，冒得官請了三天假，一直到第四天，才上去叩謝提臺，口稱：「沐恩自不小心，走滑了腳，倒叫老帥操心，沐恩實在感激不盡！沐恩家裏還有八十歲的老娘，孩子年紀小，都不會掙飯吃；沐恩跌下去的時候，自己也還明白，肚皮裏想道：『我這下子可完了！』如今總算託賴著老帥的洪福沒有死，還能夠來伺候老帥。所以沐恩當時就許下願：拜三天龍王懺，超度超度水裏的這些冤魂。老帥請放心，以後就沒有事了。」提臺道：「你跌下去的時候，我替你捏著一把汗，倘若被水淹死了，雖然是你命該如此，總要算是沒於王事。我已經打算，替你打咨文給制臺，奏明上頭，請個卹典，將來你的兒子倒可無庸多慮。現在你既未有死，這些話也不必提他了。」冒得官又重新下了半跪，叩謝老帥的恩典。

提臺又道：「你跌下去的地方，水有多麼深。想來一定是淺的，所以你沒有送命。」冒得官道：「回老帥的話。現在水陸營頭，一齊改了洋操，最講究的是測量之學。沐恩測雖不會測，要說單是量，還辦得來。即以沐恩自己而論：那天跌下去的地方，大約那裏的水，只有五尺多深。何以見得？沐恩常常聽見老一輩子的人講：大凡跳河自盡的人，一定是站在水裏的。那天沐恩的嘴裏，水都灌得進，一定這水已經沒了頭頂。到了第二天，沐恩又拿起靴子來一看，果然滿靴的泥，可見是已經到底。沐恩穿的是三尺八寸的袍子，上頭再加腦袋，頂帽，下頭再加靴子，統算起來，這水不過五尺多深。」提臺道：「就不會六七尺嗎？你在水裏那裏量得這麼清楚？」冒得官湊前一步道：「大帥明鑑：沐恩手下的那些兵丁，五尺深的水，他們還敢下去，所以還救得沐恩上來；若得再深些，他們就不敢跳了。這是沐恩親身試驗的，不敢撒一字謊。大帥不信，不妨差個人去查查看，也可以顯顯沐恩量的到底準不準。」提臺道：「你量過就是了，亦不用查得的。」說完了話，冒得官退了下來。

又過了兩個月，上頭調他到別處去拿鹽梟。有天晚上，炮船上的人，都睡著了，反被鹽梟跳上了他的船，把船上的帳篷軍器，拿了一個乾淨。他從睡夢中驚醒，提著褲子出來探望；有個鹽梟，照著他的臉，放了一聲空鎗；直把他嚇的跪在艙板上，磕頭如搗蒜，口稱：「大王饒命！」後來鹽梟跑了，他便鬧到縣裏去，怪地方官緝捕不力；又開了一篇假帳，說共總被強盜打劫去許多東西，一定要知縣認賠。知縣說道：「清平世界，那裏來的強盜？兄弟到任之後，嚴加整頓，竊案尚且沒有，怎麼會有盜案呢？」當被冒得官頂住不走。知縣不得已，答應替他查辦，方才走的。過了兩天，又來催討。其時知縣已派人查過，曉得是鹽梟所為。見了冒得官，便對他說是鹽梟，不是強盜。冒得官道：「說強盜打劫也好，說鹽梟打劫也好，橫豎總在你貴境裏出的搶案。」知縣發急道：「這倒不可以胡亂說說的，強盜是強盜，鹽梟是鹽梟。強盜打劫了人家，自然是地方官之事。至於鹽梟，一定是懷恨你們，前來報仇的；如說不是報仇而來，何以不搶岸上的居民，專搶你們河裏的炮船呢？況且你們炮船上，又有兵勇，又有軍器，你老哥為一船之主，又是有本事的人，怎麼不去打退他們，倒反吃了他們的虧？此乃決無之事，兄弟一定不能相信。」冒得官道：「如果是白天，兄弟一定同他打一仗；無奈是半夜裏，一齊睡著了，所以上了他算。」知縣道：「等你睡著了時，他才動手，這明明是偷，怎麼好說是搶呢？地方上出了竊案，亦是兄弟的事。來啊！」跟班的答應了一聲：「著。」知縣道：「冒大人船上失竊東西，限捕快三天替我破案，拿不到人打斷他的狗腿。」跟班的答應下去。冒得官至此，方無話說，只好告退。

過了兩日，心還不死，又催知縣。知縣恨極了，上去求了本府。齊巧這時候，新換了一個提臺，本府同他有點淵源，便按知縣的話，寫信告訴提臺。提臺新到任，正要借他立個下馬威，便道：「他自己被賊偷了，說是強盜打劫，要知縣賠他東西，豈非是無賴！就說是強盜打劫，派他出去，原是要他拿強盜，今倒反被強盜劫了去，他管的什麼事情。這種東西，要他何用！」一角公事，便撤了他的差使，另派了別人接管。他被撤之後，無顏再到江陰，所以才到南京來的。

* * *

他在炮船上的時候，亦很賺得幾個錢。一到南京，便鑽頭覓縫的尋覓事情，就有人對他說：「現在只有羊紫辰羊統領，上頭的面子頂好，手下的營頭又多，只要走上他的門路，弄個營官當當，那是很容易的事。然而走統領的路，還不如走他姨太太的路。統領事情多，怕有忘記；走了姨太太的路，姨太太早晚在一旁，替你加死力的催差使，又好又快，比走統領的路，要好上幾倍呢！」冒得官問道：「姨太太在裏頭，我們又見不著，怎麼會巴結得上呢？」那人道：「你又呆了。要做這種事情，總得下水磨功夫，頭一個離不掉門房，門口拿權的，或是戈什差官之類，你總得先把他弄好；以後有了機會，或者是姨太太做生日了，或者是姨太太想吃什麼，想穿什麼；你巴結好了門口，他們就通信給你，好等你去辦了來。頭兩次，你不好自己居功，要算是替他門上的人代辦的。等他們自己人先得了好處，以後你再求他們，提拔提拔你。人心是肉做的，受了你的好處，總得替你說兩句好話，補報補報。你到這時候，一句話總抵得十句，只要姨太太跟前，有他們一幫人替你說話，統領跟前，又有姨太太替你說話，這事情豈有不成之理？但是你要先聯絡他們門口的人，不但底下要聯絡，就是上房的老媽子丫頭亦得弄好。這是什麼緣故呢？戈什差官到上房，是有數的，不能一天到晚，守著姨太太，伺候姨太太。老媽子丫頭，卻是一天到晚，守好了姨太太，一步不離的。姨太太又相信他們的話，所以他們說的話，更比別人說得靈。」冒得官聽了，心上尋思：「原來求差使有這許多經絡。」連忙謝了又謝。又問：「統領跟前，總得見一面才好。」那人道：「統領見不見，倒不在乎此；見了統領，沒有差使，亦是枉然。只要到過一次，上過一次手本，做個引子，以後便好常常同他門口來往，相機行事。」冒得官連稱：「領教」，牢記在心。

後來如法泡製：先從門口結識起，又送了多少東西，天天跑來廝混，後來跑的時候久了，統領共有八個姨太太，他又打聽得那一個最得寵，遇見這一位姨太太有什麼差使，派了下來，他便趕著替門口上這班人去做。有時候墊了錢，亦不要他們還；他辦的差事，又討好，又快當，又省錢，所以門口上這班人，都同他要好的了不得。後來大家交情深了，他便把謀差的意思說了。眾人俱各應允，得便就替他竭力上頭去求。

齊巧這日姨太太要裱糊一間房子，自己想中了一種有顏色花頭的洋紙，派了多少差官去買，總辦不來。就有人說給冒得官，冒得官便化了三天工夫，把個南京城裏的大小洋貨店，城外下關的洋行，統通跑遍，居然照樣辦到。差官拿進去給姨太太看了，正對意思，連夜就叫裱糊匠把房子糊好，搬了進去。不料這差官，正是姨太太的紅人，姨太太一見之後，就著實拿他誇獎，說他有能耐，會辦事。此番這差官，有心要替冒得官說好話，便說：「這紙是一個來營投效的冒某人弄得來的，南京城裏城外，足足跑了三天，才弄得來孝敬姨太太的。」姨太太道：「我倒不曉得是他背地裏替我出力。他是個什麼功名？」差官道：「他是個副將銜的游擊，在江陰帶過炮船。如今沒有事，所以來到這裏，想要求統領賞派個差使。候了好幾個月，還沒有見著。」姨太太道：「要差使你為什麼不來跟我說？你去關照他，叫他明天來見統領，包他見面之後，就有差使。」差官出去，把話傳給了冒得官。冒得官自然感激。當夜姨太太告訴了統領。有了內線，還有什麼不靈的；而且他這條內線，更與別人不同。到了第二天，冒得官又來上手本。自然羊統領立刻見他，而且問長問短，著實關切，當面許他派他差使。

冒得官退了下來，一等等了三天，沒有動靜。那個差官，又去同姨太太說了。姨太太想賣弄自己的手段，便把統領請了來，撒嬌撒癡，把統領的鬍子拉住不放，一定要統領立刻答應派冒得官一個好差使，方肯放手。統領答應三天還不算，一定等統領應允，當天下委札，方才放手。統領一手拿出小木梳來梳鬍子，已經有好兩根弄斷，掉了下來了。只因這位姨太太，又是一向縱容慣的，因愛生懼，非但拉掉鬍子不敢做聲；並且立刻出來，替他對付差使。無可如何，硬把護軍右營的一個管帶，說他「營務廢弛」，登時撤掉差使，就委冒得官接管。札子寫好了，用過關防標過硃，羊統領又拿進去，給姨太太瞧過了，然後交到門口。不用等到差人去送，冒得官早在外頭伺候好了，立刻上來叩謝統領。統領照例敷衍了兩句面子上的話，無非是「修明紀律，勤加訓練」的話頭。冒得官一迭連聲的答應：「是，是。」下來又託人帶他上去叩謝姨太太，姨太太卻沒有見。次日又辦了幾分重禮，把羊統領公館裏的人，上上下下，打點了一番。然後擇了吉日去到差。

* * *

接差的頭一天，照例要「點卯」。忽然內中有個哨官，帶著水晶頂子，上來應名。冒得官看了他一眼，甚是面善；那哨官亦不住的擡頭看冒得官，四目相注，彼此分明打了一個照面。當時冒得官想他不起，亦就撩開。不料這哨官，卻記好了他。等到事完之後，便獨自一個拿了手本，跑到冒得官下處求見。冒得官一看手本，知是本營的人，心裏尋思道：「我今天頭一天接差，他有什麼事情來找我？」先回報不見；後來這哨官一定要見，只得吩咐叫他進來。那哨官進來之後，見了營官，自然先要行還他的官禮。冒得官因為初接差，見了他格外謙和，問他有什麼事情，畢竟當武官的心粗氣浮，也不管跟前有人沒人，開口便說：「大人，你怎麼連標下都不認得了？你老的這個官，不是某年某月在某處煙館裏，俺娘舅拿你三十塊錢賣給你的嗎？你這個官有人說起，要值好幾千銀子哩！標下就是他的外甥，那天不是同在煙館裏，你還問俺娘舅，問我是誰；我娘舅說：『他叫朱得貴，是我外甥。』怎麼你忘記了？真正是貴人多忘事了！」

冒得官一見他對著眾人，揭破他的底細，心上這一氣非同小可！立刻把臉一沉道：「混帳胡說！我的官是張宮保保的，怎麼說是你舅舅賣給我的？你是誰？你舅舅又是誰？你不要認錯了人，在此胡說，快些回去！好端端的說出這種話來，豈非是無賴。再要這樣的胡說，你卻不要怪我翻臉，是不認人的。」

朱得貴還強辯道：「我何曾記錯！你老左邊耳朵後頭，有一塊紅記，我記得明明白白的；不信你們大家來看，怎麼說我胡說？我現在也不想你別的好處，但是我的娘舅，上個月裏得了病死了，棺材雖然有了，還寄在廟裏，沒有找到地方去埋他；只要你老寬寬手，隨手拿出幾個錢來，弄塊地殯葬了他；你也對得住死的，我也對得住死的。以後我在這裏當差，你老看我娘舅面上，能夠另眼看待我，那是你的恩典，就是我死的娘舅在陰間裏，亦是感激你的。」冒得官聽了，又氣又恨，而又無可奈何他。只得連連冷笑，對旁邊人說道：「你們聽聽，他這話越發胡說了！他這人想是有點痰氣病，你們快些拉他出去，叫他去歇歇。」左右的人，便想拖他出去。朱得貴越發怒道：「我說的是真話，我那裏來的病！你老愛幫錢就幫，不愛幫錢就不幫，天在頭上，各人憑良心說話，要說你的官，不是我娘舅賣給你的，割掉我頭，我也不能附和你的！」冒得官見他如此的說法，不禁惱羞變怒，喝令左右：「替我趕他出去！」又道：「這個樣子，明明是個瘋子；明日一定撤他的差使，換派別人。」朱得貴至此，亦不相讓，嘴裏一面嚷著回罵，一面已被眾人連推帶拉的拉出來了。

冒得官還是恨恨不已，心上想要立刻撤掉他的差使，趕他出去；既而一想：「就此撤他的事，他一定心上不服，陡然鬧出些口舌是非，反於聲名有礙。不如隱忍不發，朝晚找他一個差，辦他一個永遠不得翻身。」主意打定，便作沒事人一般。

冒得官在江陰時，本有兩個太太，分兩下裏住。一個是結髮夫妻，生得一兒一女，小姐年十七歲，少爺才十一歲。那一個，聽說還是人家的一個二婚頭❷，不知怎樣，冒得官同他相好上的。冒得官到南

❷ 二婚頭：再嫁的婦人。

京謀事，只帶得這個二婚頭同來。那個正太太，同著兒女，仍在江陰居住。冒得官好容易走了羊統領姨太太的門路，得了差使。便亦不忘夫妻之情，派個差官，帶了盤川，把他娘兒接了上來。輪船上下，甚是簡便，不消三四天，便已接到。另外賃公館住，齊巧正對羊統領公館裏的後門，為的是早晚到統領公館裏，請安便當之故。閒話休題。

且說：大營的規矩。每逢初一十五，營官一定要升帳，約齊了手下大小將官，團團坐定，談論一回閒話，彼此一哄而散；其名謂之「講公事」。從前所講的，無非是些用兵之道，殺敵之方，同戲臺上取帥印秦叔寶教導尉遲恭的話，大致彷彿。到得後來，當營官的，有幾個懂得韜略，也不過是個具文罷了。這天剛正初一，冒得官率領大小將官，升帳坐定，才談論一句「今天天氣很好」，眾人尚未接談。不料那個朱得貴，在眾人中忽然挺身而出，朝著冒得官恭恭敬敬叫了一聲「娘舅」，還稱：「外甥在這裏替娘舅請安。」冒得官不提防他有此一來，直氣得目瞪口呆，面色發紫，紫裏轉青，很不好看。朱得貴又在人叢中，拉出一個頭戴暗藍頂子的人，拿手指指他說道：「他是娘舅的把兄弟。娘舅是老把哥，他是老把弟，你倆敘敘舊。」眾人舉目看時，只見老把弟已經鬍鬚雪白，老把兄不過三十多歲；這其間明明顯出不對。只是顧著他營官面子，不好說破。

無奈冒得官的無明火，早已按捺不住，也不管當著眾人，拚命向前，扭住朱得貴拳腳交下；朱得貴亦不相讓，頓時兩人就扭成一團。冒得官罵他：「好個撒野東西！眼睛裏沒有上司！你這東西，我打都打得。叫人替我拿軍棍來！」朱得貴道：「你這不要臉的東西！冒了人家的官，還要打人！我就是不服你的管！你是個好的，你敢同我到統領跟前去評理！」冒得官道：「就同你去。」說著，兩個人就從營盤裏，一路拉著辮子，拉到羊統領的公館裏來；足足走了三里多路。街上看熱鬧的，以及營盤裏，跟著勸解的，少說有上千的人。一哄哄到統領公館門口。其時天色尚早，統領正從釣魚巷住夜回來，在家裏睡著養神。睡夢中忽聽人聲嘈雜，還當是剋扣了他們的軍餉，他們不服，鼓噪起來，禁不住瑟瑟的抖。屢次三番，叫差官出去問信。大家一看都是熟人，一齊忙和著上前勸解，卻忘記回報統領。直等他倆都放了手，才有人進來，把詳細情形，一一稟聞，統領膽子頓時就硬起來，罵他二人都不是東西，營官不像營官，哨官不像哨官。又罵冒得官：「當初他來的時候，我看他就有點鬼鬼祟祟。原來他這個官是假的，這倒要仔仔細細的查查。」

羊統領如此說，不料旁邊驚動了一個人，你知道這人是誰？就是替冒得官說好話的那位姨太太了。姨太太說：「天底下樣樣多好假的，官怎麼好假。況且他從前在別處，已經當過差使，為什麼從前沒有人告發他？這明明是姓朱的想訛詐他。等他們出去勸勸就完了，用不著大驚小怪，要你統領自己出去。」羊統領一想，姨太太的話很有理，而且自己出去，事情反不容易落場，便亦聽其自然。外面冒得官，朱得貴兩個人其時亦被眾人勸住，各自回營無事。

卻不料這一鬧，風聲竟傳到制臺耳朵裏去。次日傳見羊統領，便問起他來；羊統領已有姨太太先入之言，立刻回稱沒有。後來制臺一定說有，要他查辦。羊統領只得答應下來，先把冒得官傳了來，申飭了一番；又弔他從前所得的功牌獎札飭知。冒得官不敢隱瞞，統通呈了上去。誰知年紀竟其大相懸殊；若論他得功名的年紀，足足已有六十多歲；及看他的面貌，連四十都未滿。羊統領看過，笑了一笑，心中早有成竹。也不說別的，但問得一聲：「老兄本事倒不小，還沒有養下來，已經替皇上家立了這許多功勞。令人可敬得很！」說完這句話，端茶送客。

冒得官畢竟賊人心膽虛，一聽話內有因，便漲紅了臉，一句對答不上。後見統領端茶，只得退回家中。愁眉不展的，終日在家裏，對了老婆孩子咳聲嘆氣。俗話說得好：「一隻碗不響，兩隻碗叮噹。」冒得官自從娶了那個二婚頭，常常家裏搬弄口舌，挑是非。其實這個二婚頭，一直沒有同正太太在一塊兒住；無奈他心裏總嫌多他娘兒幾個。正太太曉得冒得官相好了這種混帳女人，心上也是不高興，同冒得官吵鬧，已非止一次。因此兩下裏的冤仇，就此越結越深。冒得官更自從當了羊統領的差使，回家談天，開口閉口，總是不離「統領」兩個字。統領的好處，雖然是著實表揚；就是統領的不好之處，什麼包婊子，相好女人，也都當作家常話說了出來。誰知言者無心，聽者有意，早被那個二婚頭，記在肚裏，待時而動。齊巧這一天，冒得官在統領前碰了頂子回來，心上沒好氣，開口就是罵人。一到夜，坐臥不定，茶飯無心，一個人走出走進，不是長吁，就是短嘆，好像滿肚皮心事似的。二婚頭問他亦不響，一時摸不著頭腦；後來問跟去的人，才曉得他同朱得貴的前後一本帳。二婚頭眉頭一皺，計上心來。進得房中，先借別事開端，拿他軟語溫存了一番；然後慢慢的講到今日之事：「雖說是上頭制臺的意思，然而統領實在亦是想拿我們的岔兒，這樁事情，權柄還在統領手裏；總得想個法兒，修全修全才好。」冒得官道：「我的意思，何嘗不是如此。但是我們初到差，那裏來的錢去交結他呢？」二婚頭鼻子裏嗤的一笑道：「你們只曉得巴結上司，非錢不行。」冒得官忙接嘴道：「除了錢，你還有什麼法子？」二婚頭道：「法子是有，只怕你未見得能夠做得到。於你的事無濟，我反多添一層冤家；我想想不上算，還是不說罷！」冒得官道：「我此時是一點點主意都沒有了。你的主意，你說出來，我們大家商量。倘若事情弄好了，也是大家好。」二婚頭道：「你別忙，待我講給你聽。你不是說的，統領專在女人身上用工夫嗎？」冒得官道：「不錯，他在女人身上用工夫，你總不能夠去陪他，好替我當面求情。」二婚頭把嘴一撇道：「我不是那種混帳女人，一個女人好嫁幾個男人的！」冒得官道：「你是再要清節沒有，生平只嫁我一個。現在這些閒話都不要講，我們談正經要緊。」二婚頭把臉一板道：「倒亦不是這樣講，只要於你老爺事情有益，就苦著我的身體去幹，也不打緊。我聽見你常提起，後營周總爺，不是先把他太太孝敬了統領，才得的差使嗎？但只要於你老爺事情有益，這亦不算了什麼大事，人家好做，我亦辦得到；——只可惜我是四十歲的人了，統領見了不歡喜，不如年輕的好。」冒得官道：「這個人那裏去找呢？」二婚頭道：「人是現成的，只要你拚得光。你拚得也無用，還要一個人拚得，最好亦要他本人願意。」冒得官道：「你越說我越糊塗了，到底你說的是誰？」二婚頭又故作沉吟道：「究竟權柄還在你手裏，你是一家之主，說出來的話，要行就行，誰能駁回你去。」冒得官道：「你老實說罷，可急死我了！」二婚頭又躊躇一回道：「其實事情大家之事，又不是我一人之事。我說了出來，也為的是眾人；並不是老爺得了好處，我一個人享福。」冒得官接著又頂住他問：「所說的到底是那個？」二婚頭至此，方說道：「這件事不要來問我，你去同你令愛小姐商量。」冒得官聽了，頓口無言。

二婚頭道：「男大須婚，女大須嫁。人家養姑娘，早晚總得出閣的，出閣就成了人家的人，總不能拿他當兒子看待，留住家裏一輩子。既然終須出閣，做大亦是做，做小亦是做。與其配了個中等人家做大，我看不如送給一個闊人做小，他自己豐衣足食，樂得受用，就是家裏的人也好跟著沾點光。為人在世，須圖實在；為這虛名上，也不知誤了多少人！我的眼睛裏，著實見過不少了。」冒得官聽了搖頭道：

「我如今總算是三品的職分，官也不算小了，我們這種人家，也不算低微了。怎麼好拿女兒送給人家做小老婆呢？這句話非但太太不答應，小姐不願意，就是我也不以為然。」二婚頭見他不允，又鼻子裏嗤的一笑道：「我早曉得，我這話是白說的，果不出我之所料，大家落拓大家窮，並不是我一人之事。從今以後，你們好歹，都與我不相干涉，你們不必來問我，我也不來管你們的閒事。」說完，便自賭氣，先去睡覺去了。冒得官也不言語，獨自盤算了一夜，始終想不出一條完全的法子。慢慢的回想到二婚頭的話，畢竟不錯，除此之外，並沒有第二條計策。於是又從牀上把二婚頭喚醒，稱贊他的主意不錯，同他商量怎樣辦法。此時二婚頭惟恐不能報仇，一見冒得官從他之計，便亦欣然樂從，把嘴附在冒得官的耳朵上，如此如此，這般這般，傳授了一個極好的辦法。冒得官連連點頭稱「是」。

* * *

到了第二天絕早，也不及洗臉吃點心，急急奔到大太太住的公館裏敲門。手下人開了門。便一直跑到太太屋裏，也不及說別的，掀開太太的帳子，來問太太：「鴉片煙盒子在那裏？」太太還當他起早到統領公館裏請安回來，沒有過癮，如今要鴉片煙過癮，便說：「在抽屜裏。」小姐就住在太太牀背後，太太又忙喚女兒起來：「快替你爹爹打煙。」說時遲，那時快，小姐還沒有下牀，他這裏已經從抽屜裏找到煙盒子，順手揭開蓋，拿煙抹了一嘴唇，把煙盒往地下一丟，趁勢咕嚕一聲，倒在地板上。喊道：「我那裏要吃煙！我是要尋死。我死，好等你們享福！」說完這句，便四腳朝天，一聲不言語了。太太小姐一聽這話，都嚇得魂不附體；連忙起來看時，果然老爺吞了煙，躺在地下了。連日老爺被朱得貴訛詐，及統領當面申飭的事情，他母女亦早有風聞。都道他假官之事發作，無臉見人，所以自盡。但天下斷無看著丈夫父親自盡，不去救他的道理。於是太太小姐慌了手腳，連哭帶喊，把合公館的人都鬧了起來。一面到善堂裏差人去討藥，一面弄糞給他吃，說：「大煙吃下去的工夫還少，一吐就好了。」冒得官抵死不肯吃糞，太太小姐親自動手，要扒開他的嘴，拿糞灌下去。

冒得官急了，拿手擺了兩擺，揮退屋裏的眾人。一骨碌坐起，就坐在地板上。太太小姐，也只得陪著他坐在地板上。他未曾開口，先嘆一口氣，停一停道：「我是要死的人了！但是此時鴉片煙毒，還沒有發出來，趁我有口氣，交代你們幾句話。你們也要曉得，我為什麼要尋死？」太太小姐一迭連聲的催他道：「你快說呀！」冒得官拿手指指小姐道：「我為的是你呀！」太太問：「怎麼為了他呢？」冒得官道：「說說我的氣就上來了。我想我們現在，也不是什麼低微人家；可恨這位統領，一定看上了他，要他。」太太道：「統領不是有太太姨太太嗎？怎麼還要娶什麼太太？」冒得官道：「呸！他要他做小。你想我的臉擱在那裏去！所以想想只得尋死！這也怪我們小姐自己不好，我們前門緊對他的後門，我們這位小姐，專愛站門子。他一夜到天亮，出進兩次，不曉得，那天被他看見了。齊巧前天姓朱的那雜種，同我搗蛋；統領便借此為由，找出我的花樣，撤差使參官都不算，一定還要查辦。太太，你是知道我這官，瞞不了你的。倘或查實在了，我的性命都沒有。所以我想來想去，沒有路走，只得走到這條路上去，一死為淨！你們一定救回我來。現在除掉把女兒孝敬統領做小，沒有第二條路，你說我肯不肯！」太太小姐聽了，相對無言。冒得官此時，反有了精神，頂住太太女兒問道：「你們還是要我自盡，還是等統領稟過制臺，拿我參官拿問？論不定殺頭充軍，這要看我的運氣去碰，總而言之：同你們是不會再在一塊兒的了！」說罷，拿袖子裝著擦眼淚，卻不時偷瞧著女兒。

太太聽了這話，當時也不好說別的；一心掛念老爺要尋死，未知救得活救不活；要老爺不死，除非把女兒送給人家做小，又是心上捨不得；因此心上七上八下，也禁不住撲簌簌掉下淚來。至於小姐呢，平時愛站門子是有的，統領走出走進，也著實見過幾面；又粗又蠢的一個大漢，實在心上有些不願意。現在為了此事，害的爹爹要尋死；想來想去，總怪自己命苦，所以會有這些磨難。一面想，一面哭，除哭之外，亦無別話可說。冒得官看了氣悶，發急說道：「我的命根子在你們手裏，怎麼說，還是要我活，要我死？」小姐一頭哭，一頭說道：「總是我這個禍害不好，害的爹爹要尋死；與其爹爹死，還不如等我尋個自盡罷！」說完了話，在地下拾起煙盒子就想去舐；卻被太太一把搶過，說道：「一個人沒有救活，怎禁得再加上你一個呢！」冒得官道：「罷罷罷！你們索性隨我死，也不用來救我了。我自己養的女兒，都不能救我一命，我還活在世界上做什麼人呢！」小姐也說道：「罷罷罷！你們既不容我死，一定要我做人家的小老婆，只要你老人家的臉過得下，不要說是送給統領做姨太太，就是拿我給叫化子，我敢說得一個不字嗎？現在我再不答應，這明明是我逼死你老人家，這個罪名我卻擔不起。橫豎苦著我的身子去幹，但願從今以後，你老人家升官發財就是了！」

冒得官一見女兒應允，心上暗暗歡喜，便做出假欲嘔吐之狀，弔了幾個乾惡心，吐出了些白痰。太太小姐忙著替他揉胸搥背，一面問他怎麼樣，只見他連連點頭道：「好了，好了，如今一齊吐了出來，大約不妨事的了。」又忙爬下，替女兒磕了一個頭，說：「我這條老命，全虧是你救的；將來我老兩口子有了好處，決定不忘記你的。」小姐連忙跪下，攙老子起來，滿肚皮的委曲，只是說不出來，半天纔掙得一句道：「這是女兒命裏所招，也怨不得爹爹。」冒得官起來之後，在牀上歇了一回，又吃了一點東西，便吩咐太太：「快把女兒收拾收拾，論不定一說妥就要過去的。」說完這兩句，獨自一個揚長出門而去。

走出大門，肚裏尋思道：「現在這一頭，已經說好了，那一頭還得尋人做媒。先前走的那條路，是姨太太手下的人，倘若被他曉得了，那時反好為仇，是不妥當的。後營周總爺，在統領跟前，雖然也說得話動；但是他的太太也在裏頭，他靠著他太太得的差使，怎樣還肯再把我的女兒弄進去呢？若是當面去求統領，又怕當面臊他，事情做不成，反討一場沒趣。」左右思量，都不妥當。後來忽然想到統領有個小戈什，每逢統領出來住夜，總是他拿著煙槍，跟來跟去，而且統領很相信他的話，現在不如出去走他的門路。主意打定。便去找到了他，送了幾兩銀子，說明：「家裏女孩子長的還下得去，今年剛正十七歲，常常站在大門口，料想統領是一定見過的。聽說統領還要娶位姨太太，我情願把這個丫頭孝敬了他。但是這個媒人，我不好自己去做，所以要借重你老哥代言一聲。但是也不便說出是我的女孩子，怕的是他老人家聽得了，不肯來的緣故。我們知己之談，現在我兄弟的功名，在他手裏；倘若他老人家不肯，我的事就要弄僵。如今且把他瞞住，等到生米煮熟飯，他老人家也賴不到那裏去了；我的事也好說了。只要我的差使不動，我們相會的日子長著哩！」小戈什得了他的銀子，自然是滿口應允，但說得一句道：「你倒會爬高，索性做起他的小丈人來了，我們倒要稱你一聲好聽的呢！」冒得官把臉一紅道：「為了吃飯，也叫做沒法。老哥你就去替我說，我此刻先回到家裏安排，預備他老人家今夜好光降。」小戈什道：「慢著！說不說由我，來不來由他；你且候我的信，再辦事不遲。」冒得官道：「有你吹噓，還怕事情不成功！」說著自去了。

這裏小戈什，果然暗底下替他回了統領說：「我們後門對過新搬來的一個人家，就是母女兩個，聽說都不怎麼正經，女兒今年十七歲，長的真是頭挑人才。昨兒會見他的娘，他娘說女兒大了，有什麼對勁的媒人，替他做做；就是給人家做小也願意，亦不要什麼身價。統領如果中意，包管一說就成，而且不消另外賃公館，等到晚上請過去就是了。」一派話說得天花亂墜，羊統領本是個好色之徒，在後門時常出出進進，也見過這女孩子幾面，雖然不及小戈什說得好，然而總要算得出色的了。如今聽了他的話不禁動了垂涎之思，坐在那裏半天不言語。小戈什是摸著脾氣的，曉得是已經有了意思了；便說：「沐恩此刻就去招呼他娘，統領晚上過去就是了。」說著，也就出來，去找冒得官，通知了。冒得官聽了，非常之喜，便說：「家裏都已交代好了，只等晚上請他老人家賞光就是了。我在這裏不便，我得到別處去躲過一夜，等明兒一早再回來。」小戈什道：「明兒一早回來做丈人，可是不是？」冒得官又把臉一紅，搭訕著自去。這裏小戈什的，也就回去轉稟統領，以便晚上成其好事。

以後如何，且看下回分解。

中國古典名著

專家校注考訂　古典小說戲曲大觀

世俗人情類

紅樓夢
脂評本紅樓夢
金瓶梅
老殘遊記
平山冷燕
品花寶鑑
野叟曝言
綠野仙踪
禪真逸史
海上花列傳
九尾龜
醒世姻緣傳
三門街
花月痕
孽海花
魯男子
遊仙窟　玉梨魂（合刊）
筆生花
浮生六記
玉嬌梨
好逑傳
啼笑因緣
歧路燈

公案俠義類

水滸傳
兒女英雄傳
三俠五義
七俠五義
小五義
續小五義
蕩寇志
綠牡丹
羅通掃北
楊家將演義
萬花樓演義
粉妝樓全傳
七劍十三俠
包公案
海公大紅袍全傳
施公案
乾隆下江南

歷史演義類

三國演義
東周列國志
東西漢演義
隋唐演義
說岳全傳
大明英烈傳

神魔志怪類

西遊記
封神演義
濟公傳
三遂平妖傳
南海觀音全傳　達磨出身傳燈傳（合刊）

諷刺譴責類

儒林外史
官場現形記
文明小史
鏡花緣
二十年目睹之怪現狀
何典　斬鬼傳　唐鍾馗平鬼傳　（合刊）

擬話本類

拍案驚奇
二刻拍案驚奇
喻世明言
警世通言
醒世恒言
今古奇觀
豆棚閒話　照世盃（合刊）
石點頭
十二樓
西湖佳話
西湖二集
型世言

著名戲曲選

竇娥冤
漢宮秋
梧桐雨
琵琶記
第六才子書西廂記
牡丹亭
荊釵記
荔鏡記
長生殿
桃花扇
雷峰塔
倩女離魂

國家圖書館出版品預行編目資料

官場現形記／李伯元撰;張素貞校注;繆天華校閱.－－四版二刷.－－臺北市：三民，2024
面；　公分.－－（中國古典名著）

ISBN 978-957-14-7203-4（一套：平裝）

857.44　　110007494

中國古典名著
官場現形記(上)

撰者	李伯元
校注者	張素貞
校閱者	繆天華
創辦人	劉振強
發行人	劉仲傑
出版者	三民書局股份有限公司(成立於1953年)

三民網路書店
https://www.sanmin.com.tw

地址	臺北市復興北路386號 (復北門市) (02)2500-6600
	臺北市重慶南路一段61號(重南門市) (02)2361-7511
出版日期	初版一刷 1979年11月
	三版四刷 2017年6月
	四版一刷 2021年7月
	四版二刷 2024年6月
書籍編號	S851810
ISBN	978-957-14-7203-4

三民書局